Marie Vieux-Chauvet

Liebe
Wut
Wahnsinn

Marie Vieux-Chauvet

Liebe
Wut
Wahnsinn

Roman

Aus dem Französischen
von Claudia Steinitz

claassen

Die Originalausgabe erschien 2005 unter dem
Titel *Amour, Colère et Folie* beim Verlag Emina
Soleil, Léchelle

claassen ist ein Verlag
der Ullstein Buchverlage GmbH

ISBN-13: 978-3-546-00383-4
ISBN-10: 3-546-00383-7

Redaktion: Kora Perle
Satz: Franzis print & media GmbH, München
Druck und Bindung: GGP Media GmbH, Pößneck

I

Liebe

Ich stehe dabei, blass wie ein Schatten, und verfolge das Drama, Schritt um Schritt. Ich allein durchschaue alles, ich allein bin gefährlich, und niemand hier ahnt etwas davon. Die alte Jungfer! Die keinen Mann gefunden hat, die nicht weiß, was Liebe ist, die niemals wirklich gelebt hat. Sie täuschen sich. Allerdings genieße ich meine Rache in aller Stille. Das ist meine Stille, meine Rache. Ich weiß, in wessen Arme Annette sich werfen wird, und ich werde meiner Schwester Félicia um nichts in der Welt die Augen öffnen. Sie ist allzu selig und trägt allzu stolz ihren drei Monate alten Fötus im Leib. Wenn sie schlau genug war, einen Ehemann zu ergattern, soll sie es gefälligst auch sein, um ihn zu halten. Sie hat zu viel Vertrauen in sich selbst, zu viel Vertrauen in die Welt. Ihre Gelassenheit bringt mich zur Verzweiflung. Sie lächelt und näht Hemdchen für ihren künftigen Sohn; denn es muss natürlich ein Sohn sein! Und Annette wird die Patin, darauf wette ich …

Ich lehne mich in meinem Zimmer auf das Fensterbrett und beobachte sie: Unverhohlen, im hellen Licht, bietet Annette Jean Luze die Frische ihrer zweiundzwanzig Jahre. Sie wenden Félicia den Rücken zu und besitzen einander, ohne sich zu berühren. Das Verlangen funkelt in ihren Augen. Jean Luze kämpft dagegen an, aber das Ende ist unausweichlich.

Ich bin neununddreißig Jahre alt und ich bin noch Jungfrau. Kein beneidenswertes Schicksal, das die meisten Frauen in der haitianischen Provinz ereilt. Ist es überall so? Gibt es auf der ganzen Welt Kleinstädte wie diese, festgefahren in uralten Gewohnheiten, wo einer dem anderen nachspioniert? Meine Stadt! Meine Heimat!, sagen sie voller Stolz zu diesem trostlosen Friedhof, wo man nur wenig Männer sieht außer dem Arzt, Apotheker, Priester, Bezirkskommandanten, Stadtrat und Präfekten, alle frisch ernannt und so unverkennbar »Leute von der Küste«, dass einem übel wird. Verehrer sind eine Seltenheit, da es seit jeher der größte Ehrgeiz der Eltern ist, ihre Söhne nach Port-au-Prince oder ins Ausland zu schicken, um sie zu Gelehrten zu machen. Einer von ihnen, Doktor Audier, kehrte nach seinem Studium in Frankreich zu uns zurück, doch bis heute suche ich bei ihm vergeblich nach den Spuren des Übermenschen …

Ich bin 1900 geboren. Zu einer Zeit, da die Vorurteile in dieser kleinen Provinz hohe Wellen schlugen. Drei Gruppen hatten sich gebildet und hielten sich wie Feinde voneinander fern: die »Aristokraten«, zu denen wir gehörten, die Kleinbürger und das Volk. Schon seit frühester Kindheit quälte mich meine besondere, geradezu zwiespältige Situation. Ich litt unter der dunklen Färbung meiner Haut, dieser von einer fernen Ahnin geerbten Mahagonifarbe, die im engen Kreis der Weißen und der weißen Mulatten, in dem meine Eltern verkehrten, einen Misston darstellte. Aber das ist nun vorbei, und mir liegt zumindest im Moment nicht daran, mich dem zuzuwenden, was nicht mehr ist …

Père Paul meint, ich hätte mir den Geist mit Bildung vergiftet. Meine Intelligenz schlummerte und ich habe sie geweckt, das ist die Wahrheit. Daher die Idee zu diesem Tagebuch. Ich habe ungeahnte Begabungen bei mir entdeckt. Ich glaube, ich kann schreiben. Ich glaube, ich kann denken. Ich bin hochmütig geworden. Ich bin mir meines Wertes bewusst. Mein Innenleben auf Augenmaß zurechtzustutzen, das ist mein Ziel. Hehres Bestreben! Schaffe ich es? Von mir zu erzählen ist einfach. Ich muss nur sehr viel lügen und mir dabei einreden, dass ich die Wahrheit niederschreibe. Ich werde mich in Aufrichtigkeit üben: Die Einsamkeit hat mich verbittert; ich bin wie die Früchte, die vor der Reife vom Baum fallen und auf dem Boden faulen, ohne dass man sich die Mühe macht, sie aufzuheben. Es lebe Annette! Nach Justin Rollier, dem an Schwindsucht gestorbenen Dichter, kam Bob, der Syrer; nach Bob kam Jean, unser beider Schwager, und sie ist noch keine dreiundzwanzig. Unsere kleine Stadt emanzipiert sich. Jetzt sind also auch wir von dem verseucht, was man Zivilisation nennt.

Ich bin die älteste der drei Clamont-Schwestern. Zwischen uns liegen jeweils genau acht Jahre. Wir leben zusammen in diesem Haus, dem ungeteilten Erbe unserer verstorbenen Eltern. Mir werden, wie üblich, die mühseligsten Arbeiten übertragen. »Du hast doch nichts zu tun«, scheinen sie zu sagen, »also beschäftige dich.« Und sie überlassen mir die Zügel des Hauses und die Kontrolle über die Kasse. Ich bin Dienerin und Herrin zugleich, eine Art Gouvernante, auf deren Schultern das tägliche Einerlei unseres Lebens lastet. Als Gegenleistung gibt mir jeder etwas Geld, damit ich für mich selbst sorgen kann. Annette arbeitet. Das ruinierte, in Bedrängnis geratene Bürgertum versinkt schamlos in Zugeständnissen und Zügellosigkeit, und so steht sie als Verkäuferin bei Bob Charivi, einem Syrer der übelsten Sorte, der in der Grand-Rue einen Laden hat. Jean Luze, Félicias Ehemann, ein schöner Franzose, der durch irgendein Wunder an unseren gastlichen Ufern gestrandet ist, arbeitet für Mister Long, den Direktor einer amerikanischen Firma, die sich vor zehn Jahren bei uns niedergelassen hat. Da ich nur wenig Bedürfnisse habe, häufe ich dank ihrer Gaben einen kleinen Schatz an. Mit zunehmendem Alter entwickle ich einen schnöden Geiz. Man muss nur zusehen, wie ich jeden Monat eifrig meine Ersparnisse zähle. »Es ist erbärmlich, dass Claire sich so vernachlässigt!«, sagt Annette.

Félicia zuckt mit den Schultern.

Seit ihrer Hochzeit gibt es für sie niemanden auf der Welt außer Jean Luze. Den schönen Jean Luze! Den intelligenten Jean Luze! Jean Luze, den geheimnisumwitterten, exotischen Ausländer, der seine Bücher und seine Plattensammlung bei uns eingeräumt hat, und der sich, das merke ich wohl, über unsere Lebensweise und unser zurückgebliebenes Denken lustig macht. Er ist der Mann ohne Tadel, der ideale Ehemann. Félicia strömt über vor Bewunderung und Liebe. Ich werde ihr nicht die Augen öffnen. Regelmäßig beobachte ich vom Fenster aus, was sie tun und lassen. So habe ich eines Abends Annette in den Armen ihres syrischen Chefs ertappt. Sie saß auf der Rückbank des Autos, das sie halb in die Garage gefahren hatten. Ich habe alles gesehen, alles gehört, obwohl sie vorsichtig waren, um Félicia nicht zu wecken. An mich dachten sie nicht. Wie könnte die alte Jungfer, die nichts von der Liebe weiß, sie auch nur einen Augenblick verdächtigen? Das Verhältnis dauerte bis zu Félicias Verlobung. Dann geriet für Annette wieder alles ins Wanken …

Félicia, mittelgroß und dicklich, helle Haut und farbloses blondes Haar, hat die feinen Züge einer Weißen. Annette, obwohl ebenfalls weiß, hat Gold unter der Haut. Und ihr Haar ist schwarz, bläulich schwarz wie ihre Augen. Abgesehen von der Hautfarbe sieht sie aus wie ich vor sechzehn Jahren. Diese beiden weißen Mulattinnen sind meine Schwestern. Ich bin die Überraschung, die das Mischblut unseren Eltern bereitet hat; eine unangenehme Überraschung in jenen Jahren, kein Zweifel, sie haben mich genug darunter leiden lassen ... Die Zeiten haben sich geändert und ich habe mit dem Alter gelernt, zu schätzen, was mir auferlegt ist. Die Geschichte steht nicht still und die Mode auch nicht, zum Glück ...

Jean Luze betrachtet Annette. Er kämpft. Dabei weiß er genau, dass er am Ende erliegen wird. Wenn sie einen Mann im Kopf hat, dann gibt sie nicht so schnell auf, diese Erkenntnis habe ich teuer bezahlt. Dieser Mann ist einer der verführerischsten, die ich je gesehen habe. Seine großen Schritte im Hof! Seine Art, die Treppe hinaufzustürmen! Seine junge, so fröhliche, leicht heisere Stimme, die das Glück, das sie verbreitet, zu dämpfen scheint! Seine perfekte Sprechweise! Und sein Blick! Unbewusst liebkost er alles. Sogar mich ...

»Wie geht's, Claire?«

Er läuft an mir vorbei und geht hinauf zu sich, zu ihnen. Aber er begehrt Félicia nicht mehr, ich weiß es. Seine Gedanken sind bei Annette. Und die Schwangerschaft schadet Félicia. Sie ist außerstande, sich zu verteidigen. Ihr Lächeln wird immer vertrauensvoller, immer süßlicher, während Annettes Blick immer aggressiver und quälender wird. Wann platzt der Knoten? Ich lauere. Ich stehe hinter den Kulissen und sie denken, ich sei nicht da. Dabei bin ich der Regisseur des Dramas. Ich stoße sie auf die Bühne, sehr geschickt, ganz so, als mischte ich mich nicht ein, dabei lenke ich sie. Und sei es nur, wenn ich Félicia zurede, sich im Liegestuhl auf dem Balkon auszuruhen, während ich weiß, dass Annette und Jean Luze unten im Esszimmer miteinander allein bleiben ...

Mit scheinbarer Gleichgültigkeit schließe ich die Türen und warte. Sie schweigen, verschlingen einander mit Blicken, mit klopfenden Herzen, verwirrten Sinnen. Der Moment ist noch nicht gekommen. Annette kann nicht vergessen, dass Jean Luze ihr Schwager ist, und für ihn bleibt Annette die Schwester seiner Frau.

Wir alle sehen seit einiger Zeit aus wie räudige Hunde, so sehr peinigen uns die Angst, der Sommer, die Sonne, die Hungersnot und alles, was daraus folgt. Schuld daran sind die Wirbelstürme, die Gott über uns entfesselt hat, um uns für das zu strafen, was Père Paul unsere Gottlosigkeit und unsere Schwäche nennt.

Eine grausame Sonne streckt uns aus dem Rachen des haitianischen Sommers die Zunge heraus. Eine dicke, riesige Zunge voller Gerüche, die über unsere Haut gleitet und uns den Atem nimmt. Wir verbrennen. Unser Schweiß rinnt ohne Unterlass. Es gibt kein Wasser mehr in der Luft, und der Kaffee, der einzige Reichtum dieses Ortes, beginnt zu vertrocknen. Ich sehe den Augenblick, da Eugénie Duclan, die persönliche Freundin unseres Priesters Père Paul, Prozessionen organisieren wird, um die Wolken zu beeinflussen.

»Der Regen ist der Segen des Himmels«, behauptet Père Paul sehr haitianisch in seinen Predigten.

Also sind wir verflucht! Zyklone, Erdbeben und Trockenheit, nichts bleibt uns erspart. Die Stadt quillt über vor Bettlern. Krank und halb nackt belagern die Überlebenden der letzten Naturkatastrophe die Gartenzäune vor unseren Häusern. Jeder tut, als sähe er sie nicht. War nicht das Elend der anderen immer schon da? Seit zehn Jahren nimmt es ständig zu, heute trägt es das erstarrte Gesicht des Gewohnten. Schon immer gab es die einen, die sich satt essen, und die anderen, die mit leerem Magen schlafen gehen. Mein Vater, ein mächtiger Landwirt und obendrein Spekulant, der eine zweihundert Hektar große Kaffeeplantage besaß, bezichtigte die Hungrigen der Faulheit.

»Was ist dein Beruf?«, fragte er den, der ihm flehend die Hand entgegenstreckte. Und er antwortete an seiner Stelle: »Bettler.«

»Ruchloser!«, schrie dann Tonton Mathurin, »Ruchloser!« Ach ja, der gute Tonton Mathurin! Wir hatten gelernt, uns vor ihm zu fürchten, als wäre er der Teufel in Person! Seit zwanzig Jahren ist er tot und seit zwanzig Jahren sehe ich ihn, wenn ich an seinem Haus vorbeigehe, in seinem alten Umhang dastehen und meinem Vater ins Gesicht speien …

Das Elend und die Ungerechtigkeit der Gesellschaft, all die unzählbaren Ungerechtigkeiten der Welt, werden erst mit der menschlichen Rasse verschwinden. Hundertfach erleichtert man das Leiden, millionenfach sieht man es auferstehen. Vergebliche Mühe. Und außerdem gibt es den Hunger des Körpers und den der Seele, den der Intelligenz und den der Sinne. Jedes Leid wiegt gleichermaßen schwer. Um sich zu verteidigen, hat der Mensch die Bosheit kultiviert. Durch welches Wunder konnte dieses Volk so lange friedlich, harmlos, gastfreundlich und fröhlich bleiben, trotz seines Elends, trotz der Ungerechtigkeiten und der gesellschaftlichen Vorurteile, trotz unserer vielen Bürgerkriege? Seit der Unabhängigkeit üben wir uns darin, uns gegenseitig umzubringen. Die Krallen des Volkes sind gewachsen und schärfer geworden. Der Hass ist zwischen uns geboren. Er hat die Folterknechte hervorgebracht. Sie foltern, ehe sie töten. Das ist ein Kolonialerbe, an das wir uns klammern wie an das Französische. Wir glänzen im einen und sind noch mittelmäßig im anderen. Oft höre ich das Brüllen der Gefangenen. Das Gefängnis ist ganz in unserer Nähe. Ich sehe es von meinem Fenster aus. Es verschandelt mit seinen grauen Mauern die Landschaft. Die Polizei ist hellhörig geworden. Sie überwacht jede unserer Regungen. Ihr Anführer ist Kommandant Calédu, ein grausamer Neger, der uns seit fast acht Jahren terrorisiert. Er entscheidet über Leben und Tod und er missbraucht diese Macht.

Zwei Tage nach seiner Ankunft durchsuchte er fast alle Häuser der Stadt. Sämtliche Waffen wurden beschlagnahmt, sogar das Jagdgewehr von Doktor Audier. Begleitet von seinen Schergen, die uns in Schach hielten, wühlte er in unseren Schränken und Schubläden, seine Lippen waren schmal vor Hass. Wie viele Menschen hat er schon ermordet? Wie viele sind verschwunden, ohne Spuren zu hinterlassen? Wie viele sind unter entsetzlichen Umständen gestorben? Seine Bosheit hat uns angesteckt: Knien auf grobem Salz, die Gefolterten zu zwingen, selbst die Schläge zu zählen, die ihnen die Haut von den Knochen fetzen, oder kochende Kartoffeln im Mund sind nur die geringsten Strafen, die einige von uns ihrer Dienerschaft auferlegen. Echte Sklaven, die der Hunger ihnen zutreibt und an denen sie gern ihre Bitterkeit und ihren Zorn auslassen. Bei ihren Schreien und auch bei denen der Gefangenen kocht mein Blut, tobt die Auflehnung in mir. Ich habe schon meinen Vater dafür gehasst, dass er die Söhne der Pächter grundlos auspeitschen ließ.

Trotz der Ruinen, trotz des Elends bleibt sie schön, unsere kleine Stadt. Hin und wieder fällt es mir auf, wenn in meinem Geist unverhofft die Empfindung erwacht. Die Gewohnheit zerstört das Vergnügen. So oft laufe ich gleichgültig am Meer und an den Bergen vorbei, die den Horizont säumen. Auch wenn die Erosion die Hänge ganz und gar zerfressen hat, sind sie doch umwerfend schön. Die vertrockneten Äste der Kaffeesträucher haben aus der Ferne einen wohltuenden Pastellton und das Ufer ist wie mit schaumiger Spitze bestickt. Aus der Tiefe des Wassers steigt der Geruch von Seetang auf. Kleine Boote sind an Pfählen vertäut.

Ihre Segel zeichnen weiße Flecken auf das Meer, über dem sich der Himmel wölbt und seine Farben ausbreitet. Einmal in der Woche ertönt die Sirene des amerikanischen Frachters. Der einzige, der heute noch unsere Häfen anfährt. Beladen mit Fisch, Kaffee und Edelholz sticht er wieder in See. Unser Haus im Kolonialstil, dem der letzte Sturm ein Stück Dach weggerissen hat, ist etwa sechzig Jahre alt. Auf der einen Seite grenzt es an das von Dora Soubiran, auf der anderen an das von Jane Bavière, zwei Freundinnen aus Kindertagen, mit denen wir aus schwerwiegenden, aber ganz unterschiedlichen Gründen nicht mehr verkehren. Unter all den alten Häusern, die unserem aufs Haar gleichen und die Grand-Rue zu beiden Seiten säumen, sticht die moderne Villa des neuen Präfekten hervor. Monsieur Trudor ist eine Autorität, vor der sich alle tief verneigen. Wir haben unsere Überheblichkeit verloren und verneigen uns gegenwärtig vor jedem. Viele Wirbelsäulen beginnen sich ob der häufigen Krümmung zu verformen. Monsieur Trudor gibt Empfänge, zu denen alle Ex-Bürger-Mulatten-Aristokraten eingeladen sind. Sie werfen sich in Schale, holen die Seidenkleider aus ihren Schränken und leisten der Einladung murrend Folge. Man muss eben mit den Wölfen heulen. Da die neue Zeit alles über den Haufen geworfen hat, geben wir uns Mühe, uns anzupassen. Einige von uns lassen sich lange bitten, doch als munteres Kind ihres Jahrhunderts nimmt Annette es auf sich, uns zu vertreten ohne eine einzige Einladung zu versäumen.

Die steinige, von den Stürmen übel zugerichtete Straße wird von grünlichen Wasserrinnen durchzogen, in denen die Mücken hausen. Der Stadtrat, ein wohlgenährter, nach Frauen und Alkohol gieriger *griffe*, so nennen wir die Mischlinge mit dunkler Haut, kümmert sich um andere Dinge. Die Straßenhygiene gehört nicht zu seinen Sorgen. Er verbringt seine Zeit lieber bei Madame Potiron, der Lebensmittelhändlerin von der Ecke, eine pummelige *grimelle* mit heller Haut und Kraushaar, die Clairin verkauft, den einheimischen Zuckerrohrschnaps, in dem Blätter mit aphrodisischer Wirkung schwimmen. Vor Fieber zitternde Bettler kauern an den Rinnen und schöpfen mit der Hand das stinkende Wasser, um es zu trinken. In den Seitengassen hausen in verfallenen Hütten, deren Wände sich auf den stark beschädigten Fundamenten kaum noch aufrecht halten, Familien mit eingefallenen Wangen und finsteren Gesichtern. Dort leben auch einige Dichter, die von der Polizei verfolgt werden, weil sie den so genannten »Intellektuellen« misstraut. Die Polizei misstraut grundlos, denn wir sind sanft wie Schäfchen und vorsichtiger als Schildkröten geworden; seit einer Ewigkeit gehören unsere ständigen Bürgerkriege der Geschichte an, sind nur noch eine abenteuerliche Legende, die der Jugend ein Lächeln entlockt.

Der Präfekt führt inmitten dieses Elends in seiner »Villa« ein prächtiges Leben. Er verdient nicht viel, aber er ist reich.

»Der liebe Gott hat euch gestraft«, seufzt er angesichts der ausgestreckten Hände der Bettler.

»Der liebe Gott ist unzufrieden mit euch«, bestärkt ihn Père Paul von seiner Kanzel herab, »ihr frönt dem Aberglauben, ihr praktiziert den Voodoo. Gott hat euch gestraft.«

Seit dreißig Jahren lebt er in diesem Land und bekämpft diesen Kult, aber er hat noch nicht begriffen, dass nichts ihn jemals ausrotten kann. Um nicht daran zu glauben, um nicht den Schutz der Götter zu suchen, muss man sich ein für alle Mal von allem befreien, das Joch jeder Gottheit abwerfen und nur auf seine eigenen Kräfte vertrauen. Das habe ich getan. Aber wie soll man dieses unwissende Volk daran hindern, sich an alles zu klammern, was in seinen Augen Rettung verspricht, wenn doch seine Anführer, wenn selbst mein eigener Vater, dieser Pariser Mulatte, regelmäßig den Loas, den Göttern des Voodoo, opferte?

Ich habe den Schlüssel zu meinem Zimmer zweimal umgedreht und in meine Tasche gesteckt. Ich lasse niemanden herein, nicht mal meine Schwestern. Trotzdem habe ich die Liebesromane, die ich geradezu verschlinge, aus Vorsicht unter meinem Bett versteckt, ebenso wie die pornographischen Postkarten, die mir eines Abends an einer einsamen Straßenecke ein zwielichtiger Junge mit Brille verkaufte, der gerade aus Port-au-Prince angekommen war und dann glücklicherweise spurlos verschwand.

Reinheit existiert nicht und fleischliche Bedürfnisse sind normal. Kann man leben, ohne zu essen oder zu trinken? Ich winde mich auf meinem Bett, dem unstillbaren Verlangen ausgeliefert. Ich schließe mein Fenster, sehe nach, ob die Tür verriegelt ist, und ziehe mich aus. Ich stehe nackt vor dem Spiegel, immer noch schön. Aber mein Gesicht ist welk. Ich habe Säcke unter den Augen und Falten auf der Stirn. Das reizlose Gesicht einer alten Jungfer, die sich nach Liebe verzehrt. Ich hasse Félicia dafür, diesen Mann ins Haus gebracht zu haben. Meine Versuchung. Meine schreckliche und köstliche Versuchung! Wenn sie ihr Zimmer verlassen, gehe ich und berühre ihr Bett, rieche an dem Laken, auf dem sie sich geliebt haben, wie eine Dürstende suche ich den mit männlichem Schweiß gemischten Geruch von Meeresalgen, das muss der Geruch des Spermas sein, über den sich Félicias fades Parfum legt.

Annette lässt sich nicht mehr von Bob Charivi nach Hause bringen. Ob es regnet oder stürmt, sie kommt zu Fuß zurück. Eine simple Taktik, um Jean Luze zu erweichen. Diese Taktik ist ganz in meinem Sinne. Ich will, dass Annette Jean Luze gehört. Ich will, dass sie im Leben dieses Mannes Félicias Platz einnimmt. Félicia gefällt mir nicht. Sie ist zu weiß, zu blond, zu lau und zu gesetzt. Ach! Wenn ich nur Annettes Jugend hätte. So wie ich aussehe, werde ich es niemals wagen. Ich muss nur mein vorzeitig gealtertes Gesicht betrachten, um mich gleich wieder einzuigeln. Diese Verheerung! Das kommt vom Unbefriedigtsein. Wie ich es hasse! Weshalb hat sich Jean Luze nur Félicia ausgesucht?

Ich erinnere mich an seine Ankunft in der Stadt, an einem Morgen im letzten Jahr um diese Zeit. Ein mit Schlamm und Schmutz bedecktes Mietauto, gelenkt von einem schwarzen Chauffeur, blieb zufällig vor unserem Haus stehen. Alle Fensterläden öffneten sich gleichzeitig einen Spalt, und neugierige Augen blickten hinter vergilbten, staubigen Spitzenvorhängen auf die Ankommenden. Ich fegte gerade die Galerie. Er öffnete die Autotür, stieg aus und kam auf mich zu. Hielt er mich für das Dienstmädchen? Er grüßte mich kaum und fragte nach der Firma von Mister Long, dem Amerikaner, Direktor der Export-Corporation; ich wies ihm mit der Hand den Weg. Als er uns später in Begleitung von Doktor Audier besuchte, der uns erklärte, dass Monsieur Luze extra von weit her gekommen sei, um für die Export-Corporation zu arbeiten, setzte Annette alles daran, ihn zu verführen. Mich bemerkte er kaum. Nur als Doktor Audier uns vorstellte: »Die Clamont-Schwestern!«, starrte er mich erstaunt an. Was in mir kurz die Komplexe erwachen ließ, von denen ich mich endgültig geheilt wähnte. Sein amüsierter Blick ging durch den Salon, streifte Annette, blieb an Félicia hängen. Sie sah erschrocken und bewundernd zu ihm auf und betrachtete ihn mit leicht geöffnetem Mund. Ich glaube, ich habe ihn von der ersten Minute an geliebt. Leider hatte ich mich zu lange darin geübt, die anderen über meine wahren Gefühle zu täuschen, doch unter meiner distanzierten Maske brannte ich lautlos weiter wie eine Fackel. So steif und verkrampft, wachsam wie ein Gendarm, hätte ich noch den Kühnsten in die Flucht geschlagen. Auch früher schon, bei Frantz Camuse und Justin Rollier, zwei annehmbaren Bewerbern, bin ich unfähig gewesen zu reagieren. Damals fühlte ich mich allerdings noch gehemmt von der dunklen Farbe meiner Haut, an der sich die Verwandten heuchlerisch entzückten, wie an einer Absonderlichkeit.

»Wie anders sie aussieht als ihre Schwestern!« »Wem ähnelt sie eigentlich?« Und leiser fügten sie hinzu: »Was für ein Pech, dass sie so ›schlecht geraten‹ ist.«

Außerdem stellte ich mir den Geschlechtsakt, Liebkosungen, sogar Küsse als schändliche Handlungen vor, für die nur die Kirche durch das Sakrament der Ehe die Absolution erteilen konnte. Erzogen von absurden, engstirnigen Geistern, die mir meine ganze Kindheit hindurch immer wieder erklärten, dass die Liebe eine Sünde sei, eingesperrt in diesem Haus, in dieser Provinz, die ich nur zweimal verließ, um in Begleitung meiner Eltern nach Port-au-Prince zu reisen, lebte ich unter Menschen, von denen die meisten nicht aufgeklärter waren als meine Erzieher. Ich lernte, meine Instinkte zu unterdrücken, und schämte mich törichterweise meiner selbst. Jeder nähere Umgang mit jenen, die nicht der »besten Gesellschaft« angehörten, war für meine Verwandten eine Schande. Ihre Engstirnigkeit beeinflusste mich so sehr, dass für mich nur noch die Menschen existierten, die wir bei uns empfingen. Meine Mutter vermied es, Frauen zu grüßen, die des Ehebruchs verdächtigt wurden, mein Vater nannte sie allesamt nur schamlos. Er war ein Schürzenjäger und sprach aus Erfahrung. Um es den Eltern recht zu machen und auch um dem Gerede zu entgehen, das in ihren Augen ebenso schlimm war wie die Sünde selbst, musste man ein zurückgezogenes Leben führen.

Viel später erst verstand ich, dass der Liebesakt auf einer Ebene mit allen anderen körperlichen Bedürfnissen des Menschen steht. Ebenso spät wurde mir die Dummheit der gesellschaftlichen Einteilung nach Reichtum und Hautfarbe bewusst. Ich habe Geschick in der Entlarvung der Emporkömmlinge und Heuchler entwickelt, hinter deren scheinheiligem Gehabe ich so etwas wie Künstler ahne, für die die erstaunlichsten Verrenkungen der Kopulation kein Geheimnis bergen. Es macht mir Spaß, mir ein Paar beim Akt vorzustellen. Und je nachdem, ob es grotesk oder anmutig ist, kommt es mir lächerlich oder wunderbar erregend vor.

Im Schatten der Bäume entsteht unter meinem Fenster eine Oase der Frische. Ich sehe Jean Luze und Annette heimkommen. Jetzt bringt er sie nach Hause. Und Félicia empfängt sie mit offenen Armen. Sie hat heute fünfmal erbrochen, erzählt sie, während ihr Mann sie flüchtig umarmt. Der Geruch des Essens vertreibt sie vom Tisch. Ich bediene Jean Luze. Er isst langsam und starrt auf seinen Teller. Annette lacht, weil er beinah sein Glas umgeworfen hätte. Ihr Lachen klingt wie eine Kristallglocke und ihre Schmetterlingsaugen blitzen ebenso wie ihre Zähne. Für Jean Luze ist es eine Folter. Er entschuldigt sich und steht auf. Sie ruft ihn zurück und bittet ihn um eine Zigarette. Wie sie seinen Namen ausspricht! Er singt auf ihren Lippen. Sie zieht die einzige Silbe lang und lässt sie in ihrer Kehle vibrieren. Sie sieht ihm in die Augen, während sie die Zigarette an seinem Feuerzeug anzündet.

»Danke, Jean.«

»Keine Ursache.«

Trotz der Höflichkeit verrät sein Ton unterdrückten Missmut.

»Du siehst verärgert aus!«

»Ich?«

»Du hast Unannehmlichkeiten!«

»Keineswegs.«

Sie geht hinauf in den Salon, legt eine Platte auf und tanzt allein. Die Nadel kratzt.

»Ich bitte dich, mach meinen Apparat nicht kaputt«, fleht Jean Luze.

Er schaut sie an, ohne mich zu beachten.

Aufruhr auf der Straße: Spekulanten, Händler, Landwirte, Ladenbesitzer, Groß- und Einzelhändler gehen aufeinander los, als wollten sie sich gegenseitig verschlingen. Der Lärm ist ohrenbetäubend. Sie klagen sich gegenseitig an. Jeder wirft dem anderen seinen eigenen Ruin und sein Elend vor und macht ihn dafür verantwortlich. Diese Toren! Haben sie vergessen, dass der Kommandant und seine Männer im *Cercle* lauern? Sie werden sie kurzerhand einsammeln und wegen subversiver Umtriebe anklagen. Jean Luze steht neben mir in der Esszimmertür, die sich diskret auf die Galerie öffnet. Wir beobachten das Schauspiel.

»Was haben sie?«, fragt er mich.

»Sie prügeln sich.«

»Wie immer. Und das Schlimme ist, dass niemand zu begreifen scheint, woher das Übel kommt.«

Er lacht ironisch, fast tonlos.

Unter einem Verkaufsstand schwankt eine Waage, mit der früher der Kaffee gewogen wurde, wie ein Hinkender hin und her. Stapel leerer Säcke, aus denen einzelne Kaffeebohnen fallen, bedecken den Boden. Bettler kommen mit ausgestreckter Hand auf uns zugerannt. Jean Luze winkt angewidert ab:

»Das ist ekelhaft!«, meint er.

Und wirklich, sie stinken.

Ein Gendarm trennt die bissigen Hunde und verprügelt die Widerspenstigsten. Ein Bettler in Lumpen, dessen Gesicht vom Hunger zerstört ist, blickt verstohlen zu uns auf.

»Und dann lassen sie sich auch noch verdreschen«, knirscht Jean Luze mit zusammengepressten Zähnen.

Er hat schon gelernt, vorsichtig zu sein.

Der Bettler hebt den Arm, um sich am Kopf zu kratzen, und entblößt dabei eine Waffe, die mit einer Schnur fest um seine Hüfte gebunden ist.

Er ist einer von Kommandant Calédus Spitzeln. Calédu hat den Ruf eines Sadisten. Am liebsten peitscht er Frauen aus, ab und zu lässt er die eine oder andere einfach so festnehmen, um seinen Spaß zu haben.

Ich habe mit eigenen Augen gesehen, wie Dora Soubiran, meine Schulfreundin und unsere Nachbarin, aus dem Gefängnis kam. Sie war des Aufruhrs angeklagt. Dora ist eine absolut harmlose Frömmlerin, nur dass sie – absichtlich oder nicht – ständig erklären muss, sie habe nur einen Herrn, nämlich Gott. Calédu liebt es, wenn man ihn fürchtet und ihm das zeigt. Vor allem bei einer Dora Soubiran, Erbin und Nachkomme des verstorbenen César Soubiran, Exdirektor des Lyzeums, Diplom in Paris, Exabgeordneter, Exbotschafter aller früheren Regierungen. Dora Soubiran behandelte Calédu von oben herab. Sie weigerte sich, den Gang der Geschichte, den Wandel der Umstände zu verstehen. Eines Abends holte er sie persönlich ab. Sie folgte ihm, ihren Rosenkranz betend, über die Grand-Rue, wo sich die Leute hinter ihren halb geöffneten Fensterläden im Dunkeln verkrochen hatten. Zwei Tage später kam sie zurück, verstört, nicht wiederzuerkennen, verfolgt vom Spott der Bettler, die vor Lachen kreischten, sie wie eine Behinderte breitbeinig gehen zu sehen. Nachts hören wir sie schluchzen. Niemand wagt ihr beizustehen. Sie ist eine Verdächtige. Gezeichnet von Calédu, dem Anführer der Polizei, der extra ausgewählt wurde, diese kleine, ob ihrer Arroganz und ihrer Vorurteile berüchtigte Stadt in den Griff zu bekommen.

In drei Tagen habe ich Geburtstag und sie möchten mich feiern. Ich lege keinen Wert darauf. Ich stehe nicht gern im Mittelpunkt. Ich werde trotzdem einen Kuchen backen, um nicht zu geizig zu erscheinen … »Mit Schokolade«, hat sich Annette gewünscht und sich die Lippen geleckt, »wie du ihn immer so toll bäckst.« Ja, aber wo finde ich Schokolade? Mein Gott, sie soll gefälligst mit dem zufrieden sein, was man ihr anbietet. Annette sprüht vor Leben. Für Jean Luze ist sie bestimmt die Versuchung selbst. Er verschlingt sie ungewollt mit Blicken. Ihre langen Beine zeichnen bei der kleinsten Bewegung faszinierende Arabesken. Er ist gespalten zwischen Kühnheit und Beherrschung. Félicia bleibt seit zwei Tagen in ihrem Zimmer. Jetzt müssen sie sich doch ungestörter, freier fühlen. Wird Annette endlich Jean Luzes Widerstand brechen? Er schaut sie oft so eindringlich an, dass es mir Schauer über den Rücken treibt. Vielleicht genieße ich alles, was er ihr gibt, noch mehr als sie selbst. Nicht sie empfängt, sondern ich. Durch welches Wunder?

»Mister Long hat mir zwei Flaschen Whisky geschenkt«, sagte Jean Luze. »Ich lade ihn zum Fest ein.«

»Gut«, stimmte Félicia zu.

»Und den Kommandanten?«, fragte Annette.

»Nein«, protestierte ich energisch.

»Ach!«, sagte sie abfällig. »Weißt du, wir leben nicht

mehr wie zu Zeiten unserer lieben Eltern. Vorurteile sind aus der Mode.«

»Es geht nicht um Vorurteile«, antwortete ich.

»Wir müssten ihn ab und zu empfangen«, riet die vorsichtige Félicia, »warum sollen wir ihn gegen uns aufbringen?«

»Alle empfangen ihn«, drängte Annette, »sogar Madame Camuse, wenn er erst etwas gegen uns hat, was geschieht dann?«

»Hast du ihm persönlich etwas vorzuwerfen, Claire?«, fragte mich Félicia. »Natürlich, was mit Dora passiert ist, ist höchst empörend. Aber sie war immer inkonsequent …«

»Er ist ein anständiger Kerl, glaub mir«, sagte Annette, »er hat seine Anweisungen, er kann nichts anderes machen. Und außerdem ist er ein gut aussehender Offizier. Er tanzt umwerfend und überhäuft Frauen mit Geschenken. Neulich hat er Corinne Laplanche eine wunderbare Kette aus Port-au-Prince mitgebracht.«

»Es ist normal, dass eine Corinne Laplanche seine Geschenke annimmt«, entgegnete ihr Félicia. »Du aber nicht!«

»Warum nicht?«

»Weil du Annette Clamont heißt.«

»Dummes Zeug!«, rief Annette, »Corinne Laplanche ist gebildeter als alle Clamonts zusammen. Nur gehören ihre Eltern nicht zu unserer guten Gesellschaft, wie ihr es so schön nennt, das ist alles. Dabei war ihre Mutter, Elina Jean-François, eine Mitschülerin von Claire … Nicht wahr, Claire?«

»Ja«, antwortete ich.

»Ich brauche dich gar nicht zu fragen, warum du nicht mit ihr befreundet warst«, fügte sie hinzu, »aber ich suche mir die Leute, die ich mag, einfach so aus, ohne an ihren Status zu denken. Ich verlange nur, dass sie Eigenschaften haben, die mir fehlen, damit ich sie bewundern kann.«

Sie spricht für mich. Habe ich ihr die Worte in den Mund gelegt?

»Das ist sehr gut, Annette«, lobte Jean Luze und sah sie interessiert an, »du bist gar nicht so einfältig, wie du immer scheinen möchtest. Du müsstest nur noch mehr lesen …«

»Ich bin erst zweiundzwanzig! Ich habe noch alle Zeit der Welt. Es gefällt mir ganz gut, ein bisschen herumzusuchen, ehe ich mich finde.«

»Man kann genauso gut herumsuchen, wenn man sich bildet, glaub mir«, antwortete Jean Luze. »Schließlich ist es Claires Geburtstag und nicht eurer, also soll sie die Gäste selbst bestimmen.«

»Dann wird niemand da sein«, folgerte Annette resigniert.

»Wir werden da sein«, antwortete ich ruhig.

»Und Mister Long?«, fragte Annette.

»Und Mister Long.«

Jean Luze holt mich an der Tür zu meinem Zimmer ein.

»Du hasst ihn, nicht wahr?«

»Wen?«

»Den Kommandanten.«

»Ich mag keine Menschen, die ich nicht kenne.«

»Und mich magst du, weil du mich kennst? Magst du mich, Claire?«

»Natürlich mag ich dich. Bist du nicht mein Schwager?«

»Das ist kein Grund.«

Er lacht und stützt sich mit einer Hand an den Türrahmen.

»Ich rate dir nur, deine Abneigung gegen Calédu nicht zu zeigen«, sagt er, »er würde es dich teuer bezahlen lassen. Obwohl ich hier neu bin, habe ich schon einiges begriffen. Eure Kleinstadt erlebt mitten im 20. Jahrhundert, was in Frankreich zu Zeiten von Louis XVI. passiert ist. Das wäre lustig, wenn es nicht so tragisch wäre. Mach das Spiel mit und beuge den Kopf vor dem Kommandanten und seiner Clique. Zeig deine Antipathie nicht so wie Dora Soubiran. Das ist vergebliche Mühe, die nur traurige Folgen hat …«

Ich habe mich plötzlich abgewandt und bin in mein Zimmer gegangen. Wofür hält er mich? Ich zittere vor Angst beim kleinsten Geräusch, ich gehe den Verdächtigen aus dem Weg und wage nicht mal, Dora zu besuchen, ich vermeide es, mit Bewaffneten zu sprechen, ja sie nur anzusehen, und er hält mich für fähig, diesen Schlächter Calédu herauszufordern. Er ist verrückt! Ich bin feige, das weiß ich wohl. Ich bin geprägt von meiner zimperlichen bürgerlichen Erziehung. Ist er wirklich so blind? Dass er meinen verliebten Hass, meine verliebte Auflehnung mit etwas anderem verwechselt, das werde ich ihm nie verzeihen!

Ich habe Dora vorbeigehen sehen. Sie schleppt sich immer noch breitbeinig dahin wie ein verstümmeltes Tier. Was hat man ihr angetan? Welch schreckliche Folter musste sie erleiden, dass sie seit einem Monat nicht normal laufen kann? Doktor Audier behandelt sie, aber er macht den Mund nicht auf. Ich habe ihn kürzlich mit gesenktem Kopf und gerunzelter Stirn aus ihrem Haus kommen sehen.

»Und unsere Nachbarin?«, hat Jean Luze ihn gefragt.

Audier hat ihn mit zusammengepressten Lippen angestarrt, ohne zu antworten.

Es ist schon mutig genug, eine Gefolterte zu behandeln, wird sich Doktor Audier sagen. Das Entsetzen hat seine Kraft gebrochen. Der Politiker, der große Verfechter der Freiheit und der Menschenrechte, der er zu

Lebzeiten meines Vaters war, ist in ihm gestorben. Er lächelt sogar Calédu an, wenn er ihm die Hand schüttelt. Er ist alt und er hat Erfahrung. Er lächelt den Präfekten an. Er lächelt den Stadtrat an. Obwohl er unsere einstigen Besetzer aus tiefster Seele hasst, lächelt er auch Mister Long an. Denn Long, der für wenig Geld alles aufkauft, was hier wächst und lebt, hat sich sehr geschickt in den Schutz der Mächtigen geflüchtet, um uns das Blut auszusaugen. Und diese hohlköpfigen Neger sind offenbar geschmeichelt von der anteilnehmenden Freundschaft des Weißen. Sein Haus ist mit Eisendraht geschützt, sein Wasser gefiltert, sein Essen desinfiziert. Er hütet sich nach Kräften vor Mikroben und Mücken. Malaria und Typhus werden ihn nicht kriegen. Die Mächtigen haben nur einen Gedanken im Kopf: sich mit allen Mitteln zu bereichern, all jene zu demütigen, die früher sie gedemütigt haben, und die arroganten Bürger fertig zu machen; das nutzt Mister Long aus, er bestärkt sie, klatscht in die Hände und ruft: *Marvelous! Go ahead! God save Haiti!*

Heute ist Sonntag. Ich habe das langärmlige weiße Kleid angezogen, den schwarzen Hut aufgesetzt und bin zur Messe gegangen. Ich folgte der Zeremonie, ohne daran teilzunehmen, mein Gebetbuch vor Augen und den Rosenkranz in der Hand. Mit den Gedanken war ich woanders. Wo sind sie? Was tun sie?, fragte ich mich. Jean Luze und Annette waren noch im Bett, als ich ging. Ich stellte mir vor, wie sie zusammen frühstückten, ich hörte Annette lachen, malte mir aus, wie Jean Luze sie ansah. Auf Knien, während der Priester die heilige Hostie emporhob, bemühte ich mich vergeblich, diese Bilder zu verjagen. Ich weiß, dass ich die Fromme seit langem nur noch spiele. Ich habe den Glauben verloren, als ich nach dem letzten Orkan den Haufen von Kinderleichen sah. Viele von den Ältesten und Boshaftesten hatte er verschont. Warum? war die erste Frage, die ohne Antwort blieb und mir half, mutig einen Schlussstrich zu ziehen. ›Wie viele dieser Frauen, die hier knien, um den Leib und das Blut Christi zu empfangen, sind ihrem Nächsten nie zu Hilfe gekommen?‹, fragte ich mich an diesem Sonntag. Alle um mich herum waren große Sünder: Wucherer, Ausbeuter, Sadisten und Verdorbene. Ich kenne sie seit meiner frühesten Kindheit. Keinen hätte man in den Himmel heben können. Keiner zeigte Erbarmen für Jane Bavière und die durch die Schuld der Leute an Tuberkulose gestorbene Agnès Grandupré, keiner, der nicht den einzigen Gerechten verfluchte, der unter uns lebte, den alten Neger Tonton Mathurin, der meinen Vater das Zittern lehrte.

Wie engelhaft sie in der Kirche aussahen! Was dachten sie wohl, während sie hier scheinheilig beteten? Übten sie sich darin, selbst Gott zu täuschen, diesen ach so großzügigen Gott, der alle aussätzigen Schafe in seine Arme nimmt?

Es war ungefähr sieben Uhr abends.

Ich stand im Flur und wollte hinuntergehen, als ich den Kopf hob und die Blicke auffing, die Annette und Jean Luze einander zuwarfen. Annette nahm als Erste seine Hand und schob ihn in ihr Zimmer. Ich tat, als ginge ich nach unten, um sogleich wieder umzukehren und mein Ohr an die Tür und dann das Auge ans Schlüsselloch zu pressen: Sie waren noch angezogen und Jean Luze, die Hände auf ihren Schultern, das Gesicht versteinert, kaum wiederzuerkennen, schien mit der Versuchung zu kämpfen. Er warf sie aufs Bett. Ihr Rock rutschte hoch und er betrachtete sie mit hasserfüllter und bewundernder Neugier. Sie stöhnte, zog ihn mit geschlossenen Augen heftig an sich und krallte die Fingernägel in seinen Rücken.

Von Schamhaftigkeit gepackt, richtete ich mich hastig auf und blieb lange hinter der Tür stehen, mein Herz in Aufruhr, die Wangen glühend. Überwältigt von einer Flut von Gefühlen, die in mir aufeinander prallten, dass mir schwindlig wurde, rannte ich davon und warf mich auf mein Bett. Ich blieb auf dem Bauch liegen, bis ich hörte, dass mich Félicia rief. Schnell wusch ich mir das Gesicht und ging zu ihr. Sie verlangte nach Brühe und fragte, wo ihr Mann sei.

»Er ist im Salon«, antwortete ich ruhig.

»Und was macht er?«

»Er liest.«

»Sag ihm, er möchte hochkommen und mich umarmen. Er hat immer Angst, mich zu wecken.«

Um Zeit zu gewinnen, schlug ich ihr vor, sich schön zu machen.

Als ich ein paar Minuten später aus ihrem Zimmer kam, traf ich Jean Luze im Salon, wo er wirklich las. Sicher bemühte er sich aus Vorsicht um Ruhe. Er stand auf und suchte eine Platte aus, immer dieselbe. Aber in seiner Verwirrung irrte er sich in der Seite, und der zweite Satz des Concerto n°5 von Beethoven erhob sich zunächst mit sanften, melodiösen Flügelschlägen, um dann plötzlich in einem Akkord von unerhörter Gewalt loszubrechen.

Er sah mich mit unendlicher Sanftheit an.

»Liebst du dieses Konzert auch? Jedes Mal, wenn ich es auflege, kommst du angelaufen. Der erste Satz ist ebenso schön, aber ich habe mich geirrt. Wirklich, ich könnte niemals ohne Musik leben … Ich glaube, ich habe mein ganzes Leben lang einen Plattenspieler mit mir herumgeschleppt. Ich war noch keine zwanzig, da verzichtete ich auf alles andere, um mir den ersten zu kaufen. Meine Eltern waren gerade gestorben, ich verdiente meinen Lebensunterhalt mehr schlecht als recht …«

In diesem Moment kam Annette herein. Ich verschlang sie mit den Augen, um auf ihrem Gesicht die Spuren ihres Triumphes zu entdecken und ihn zu genießen. Sie zündete sich mit zitternden Fingern eine Zigarette an und warf Jean Luze einen schrägen Blick ganz ohne jene zärtliche Dankbarkeit zu, die ich darin zu finden hoffte. Er musterte sie wie einen Feind. Ihr Verhalten überraschte und enttäuschte mich. Ich habe nur unter der Bedingung eingewilligt, diese Liebe durch Annette zu leben, dass sie sich dessen würdig erweist. Sie muss in einer grenzenlosen Anstrengung über sich selbst hinauswachsen. Hat sie diesen für mich so bedeutenden Akt entweiht? Was hat sie gesagt, getan? Was ist zwischen ihnen vorgefallen? Es ist unmöglich, dass nichts ihre Umarmung überdauert hat. Das wäre zu trostlos.

Mister Long ist ein dicker Mann mit aufgedunsenem rotem Gesicht. Bei der Hitze und der Sonne, denn heute, an meinem Geburtstag, werden wir förmlich gebraten, gleicht er einem gekochten Hummer. Jean Luze bietet seinem Chef einen Stuhl an und gibt ihm Whisky.

Der Kuchen steht auf dem Tisch, umkränzt von achtzehn Kerzen. Natürlich eine Idee von Annette. Sie umarmen mich, geben mir ihre Geschenke und singen im Chor *Happy birthday to you*. Von Jean Luze habe ich ein Handarbeitsnecessaire bekommen, von Annette eine Packung Taschentücher und von Félicia eine goldene Medaille.

»Ich zeichne dich aus«, hat sie gesagt und mir die Medaille an die Bluse gesteckt.

»Na komm, ein schönes Lächeln.«

Jean Luze hält mein Kinn fest und sieht mir in die Augen. Ich habe Angst, dass er das wilde Klopfen meines Herzens hört. Er ist so groß, dass ich ihm kaum bis an die Schulter reiche. Ich wünsche mir, dass er sich plötzlich vorbeugt, mich in seine Arme nimmt und weit fort trägt. Unverbesserliche Sentimentalität, die in jeder alten Jungfer schlummert.

Wir geben dem Dienstmädchen Augustine Kuchen. Das Haus feiert.

»Leg eine Platte auf, Jean«, schlägt Annette vor, »diese Schreie verderben mir den Spaß.«

Sie kommen aus dem Gefängnis, an- und abschwellend, geschlechtslos, grauenvoll.

»Calédu amüsiert sich«, ruft Mister Long mit einem fetten Lachen, das seine Hängebacken schüttelt. (Sein Akzent gibt dieser grausamen Bemerkung eine kindliche Note.)

»Komische Art, sich zu amüsieren, finden Sie nicht?«, fragt Jean Luze mit einem seltsamen, fast feindseligen Lächeln.

»Ach, wissen Sie, ich akzeptiere es, wenn die Leute sich nach Lust und Laune vergnügen. Und außerdem muss man doch unter diesen Umständen völlig verrückt sein, wenn man irgendetwas ändern will.«

Er streckt Jean Luze sein Glas entgegen, der gießt ihm einen neuen Whisky ein.

Annette schwirrt um sie herum. Sie verausgabt sich sogar für diesen widerlichen Amerikaner. Das grenzt schon an Nymphomanie.

»Wie ich Ihnen neulich schon sagte, Monsieur Luze, ist die Kaffeeernte seit drei Jahren so schlecht, dass wir uns auf Holz umstellen müssen«, fährt Mister Long fort. »Ich erwarte eine Antwort von unserer Firma. Ohne den Versand von Holz werden wir gezwungen sein, unser Handelshaus zu schließen. Sie haben hier auf den Bergen und sogar in der Stadt wunderbare Bäume, die ein hervorragendes Holzreservoir darstellen! Diese Gegend ist bezaubernd: das Meer, die Berge, die Bäume! Schade nur, ja, wirklich schade, dass sie so arm und vom Pech verfolgt ist.«

»Was wird aus den kleinen Feldern der Bauern, falls sie überhaupt zum Abholzen bereit sind? In der Regenzeit wird die ganze Erde weggeschwemmt«, gibt Jean Luze zu bedenken.

»Mein Lieber, das ist doch ihre Angelegenheit. Entweder sind sie bereit, ihr Holz zu verkaufen oder wir gehen weg von hier. Wir wollen ihr Holz ja nicht geschenkt, nein …«

Ich höre kaum zu. Die Schreie fordern meine ganze Aufmerksamkeit. Ich spitze die Ohren. Ich muss auch noch das leiseste Stöhnen vernehmen. Ich bin fast sicher, dass da ein Kind schreit. Mein Gehör wird immer feinfühliger. Ein letztes Brüllen verklingt in einem heiseren Ton, so voller Schmerz, dass ich aufstehe und die Hände an die Ohren presse.

»Stört es Sie so sehr, die Schreie zu hören?«, fragt mich Mister Long.

»Überhaupt nicht.«

Jean Luze reicht mir ein Glas.

»Trink«, sagt er.

Meine Hand zittert.

Long spricht von seinem Land, das anscheinend so reich ist, so schön, so gut organisiert. Was sucht er dann in diesem Loch, wenn nicht den Reichtum? Warum ist er gekommen, wenn nicht, um uns Schäfchen zu scheren?

Als Mister Long sich verabschiedet hat, geht Félicia in ihr Zimmer. Jean Luze hört im Salon Beethoven. Annette beobachtet ihn verstohlen. Ich bleibe so lange wach wie sie. Ich durchschaue ihr Theater: Sie sind heute Abend verabredet. Ich schließe die Türen und warte. Das Haus scheint zu schlafen. Ich höre ihre vorsichtigen Schritte, das Quietschen von Annettes Zimmertür. Ich stelle sie mir nackt vor, wie sie sich umarmen, einander wieder und wieder nehmen. Ich lege mich hin, nackt auch ich, lodernd vor Verlangen. Ich bin bei ihnen, zwischen ihnen. Nein, ich bin allein mit Jean Luze. Wie die Liebe doch jedes andere Gefühl auslöscht! Hörte ich jetzt Schreie aus dem Gefängnis, ich würde nicht darauf achten. Ich bin Annette. Ich bin sechzehn Jahre jünger. Dann höre ich nur einen entsetzlichen Schrei und den Sturz eines Körpers. Ich will nicht peinliche Zeugin eines Dramas sein. Ich rühre mich nicht und warte, bis die Aufregung sich legt. Annettes Tür steht halb offen und Félicia liegt auf dem Boden. Jean Luze, korrekt gekleidet, beugt sich über seine Frau, während Annette im Hausmantel, blass wie eine Tote, mich anschaut, mich. Ich weiß nichts. Ich verstehe nichts. Ist es nicht auch ganz normal, dass einer schwangeren Frau übel wird?

»Lauf zu Doktor Audier«, sage ich zu Jean Luze.

Er trägt sie in ihr Zimmer und rennt davon.

Ich höre die Treppe unter seinen Schritten knarren und beuge mich nun ebenfalls über Félicia.

»Mein Gott, was ist denn mit ihr?«, ruft Annette und presst die Hände an die Brust.

Sie spielt nicht die Unschuldige. Die Komödie ist nicht ihre Stärke. Sie wollte diese Komplikationen nicht. Jetzt ist sie beunruhigt und ratlos.

Ich verzichte auf eine Antwort. Ich bin damit beschäftigt, Félicias Hände zu reiben.

»Geh aus dem Zimmer, Annette«, sage ich nur.

Wir sind allein, Félicia und ich. Ich spritze ihr Alkohol auf die Wangen, ohrfeige sie und rufe ihren Namen. Sie erwacht aus ihrer Bewusstlosigkeit und beginnt zu schluchzen.

»Claire! Claire!«

Oh nein, ich will nichts hören. Ich werde sie pflegen, wie ich es immer getan habe, aber ich möchte auf keinen Fall ihre Geständnisse hören. Man möge die alte Jungfer verschonen.

»Claire! Claire!«

»Sei still. Sonst wird es noch schlimmer und du verlierst das Kind.«

Jean Luze kommt mit Doktor Audier zurück. Félicia bedeckt ihr Gesicht mit den Händen und schluchzt. Nachdem Audier sie untersucht hat, gibt er ihr eine Spritze und befiehlt ihr, ein paar Tage das Bett zu hüten.

»Lassen Sie sie bloß nicht allein«, rät er Jean Luze leise, »sie hat einen schrecklichen Schock erlitten.«

Jean Luze ist voller Reue. Er küsst sie und flüstert ihr etwas ins Ohr.

Ich bin immer noch da und lauere auf jede Regung, jedes Wort.

»Es ist nichts passiert, ich schwöre es dir, nichts«, wiederholt er diesmal etwas lauter.

Glaubt sie es? Sie streichelt sein Gesicht mit einer langsamen Bewegung, voller Zärtlichkeit, als hätte sie bereits alles vergessen. Was für ein Vertrauen sie in ihn hat!

»Zum Glück keine Blutung!«, ruft der Arzt, »Nur eine Unpässlichkeit!«

Ich bringe ihn hinaus, dann kehre ich an Félicias Bett zurück. Sie ist eingeschlafen, die Spritze wirkt.

Ich setze meine Unschuldsmiene auf und frage Jean Luze:

»Wie ist das passiert?«

Er sieht mich ruhig an.

»Ich habe keine Ahnung. Ich war im Salon, plötzlich habe ich sie schreien gehört ...«

Oh, wie gut wir beide lügen!

Er ist heute früh nicht zur Arbeit gegangen. Ihre Zimmertür ist zu und Augustine hat ihnen das Frühstück ans Bett gebracht. Annette wirkt noch gereizter als gestern. Sie rennt hin und her, starrt auf die Tür. Warum hat er sich mit Félicia eingeschlossen? Was wird er ihr versprechen? Am Nachmittag geht die Tür endlich auf und es erscheint ein so finsterer und distanzierter Jean Luze, dass es übermenschlichen Mutes bedürfte, ihn anzusprechen. Annette ruft ihn trotzdem, und er sieht sie voller Abneigung an, die er keineswegs zu verbergen sucht. Ich habe mich versteckt, um ihr Gespräch zu belauschen.

»Es ist vorbei, Annette«, sagt er, »ich hoffe, du hast es verstanden. Félicias Leben und das des Kindes hängen von deinem Verhalten ab. Du musst dich beherrschen.«

»Aber das kann ich nicht, das werde ich nie …«

»Übertreib nicht.«

Sein Ton ist schneidend.

»Ich liebe dich.«

»Sei still.«

»Zwei Schritte von dir entfernt leben und schweigen, das kann ich nicht.«

»Dann verlassen Félicia und ich das Haus. Ich habe geheiratet, um ein Heim und Kinder zu haben und mein Abenteurerleben zu beenden. Ich will keine Schwierigkeiten, verstehst du? Ich will keine Geschichten.«

Seine Stimme ist so hart, dass ich zweifle, ob ich ihn am Vorabend wirklich in ihren Armen ertappt habe.

»Du liebst mich also nicht?«

Schweigen.

»Du liebst mich also nicht?«

Er antwortet ehrlich erstaunt und voller Verachtung.

»Dich lieben? Was denkst du dir?«

Wieder herrscht Schweigen und ich bedaure, dass ich Annettes Gesicht nicht sehen kann. Meins ist mürrisch, unzufrieden. Vielleicht, weil ich überzeugt bin, dass ich unsere Sache besser vertreten würde?

»Du musst das Haus nicht verlassen«, erklärt sie mit zitternder Stimme.

»Abgemacht?«, fragt Jean Luze.

»Abgemacht«, antwortet sie.

Jeder kehrt in sein Zimmer zurück. Ich schließe mich hastig in meinem ein. Dieser Satz, mit dem er sie geohrfeigt hat, ich spüre, wie meine Wange davon brennt. Abgemacht, hat sie zugestimmt. Ich stimme nicht zu. Ich werde kämpfen. Niemals werde ich akzeptieren, dieses Abenteuer so erbärmlich enden zu sehen. Auch wenn Annette sich als gute Spielerin darin fügt, einen Schlusspunkt zu setzen, ich werde aufbegehren. Ihr Mut, der Mut, den ich nicht hatte, muss belohnt werden. Sie muss diese Liebe zu meiner eigenen Befriedigung leben, bis ihr Verlangen gestillt ist …

Schreit nur auf, wenn euch dieses Manuskript je in die Hände fällt, nennt mich schamlos und unmoralisch. Verpasst mir die schlimmsten Schimpfnamen, wenn es euch erleichtert, aber ihr werdet mich nicht mehr einschüchtern. Ich habe genug Zeit damit verloren, euch ernst zu nehmen, ich habe mein Leben verpfuscht. Ich will meine Rache. Ich rebelliere. Ich lehne mich auf. Jetzt kommt alles hoch und es macht mich rasend. Mein Leben reicht mir nicht mehr. Essen, das Haus in Gang halten, mich am Schlaf berauschen, das ist kein Leben. Ich will etwas anderes. Wie ihr, wie der ganze Rest der Welt. Unsere freundliche Miene ist eine Täuschung, unser zufriedenes Lächeln soll nur den Neid wecken. Es tröstet, es hilft uns zu leben, wenn wir vorgeben, zu den Auserwählten dieser Erde zu gehören. Ich brauche euer Privatleben nicht auszuspionieren, ich weiß, wie es ist. Es sieht überall gleich aus. Warum solltet ihr anders sein als ich? Die Angst schnürt uns die Kehle zu und zwingt uns alle zu einem abartigen Verhalten. Deshalb verkriechen wir uns hinter einer Fassade. Wenn die Fassade einstürzt, sind wir erbarmungslosen Richtern ausgeliefert, die noch schlimmer sind als wir. Ihre Stellung schützt sie. Ich habe Angst vor ihnen. Sie haben mich die Heuchelei gelehrt. Im Grauen der Einsamkeit habe ich entdeckt, dass die Gesellschaft es nicht mal verdient, dass man ihr einen Kuhfladen opfert. Sie verschanzt sich hinter einer Barrikade des Schwachsinns. Sie ist die Erste, die die Freiheit verstümmelt. Geboren werden, leiden, altern und in Ergebenheit sterben, das ist unser Los, wenn wir unser Joch nicht abwerfen. Das Leben geht mit vielen von uns nicht gerade großzügig um. Was hat es mir geboten? Nichts. Ich konnte mich nicht durchsetzen und es hat mich vergessen. Fast jede alte Jungfer wird von einem Haustier begleitet. Eugénie Duclan hat ihre Katze und Dora Soubiran ihren Hund. Ich mag keine Tiere; ihre Berührung ekelt mich an. Der treue Hund, der dir die Füße leckt, die scheinheilige Katze, die nur darauf lauert, auf den Tisch zu springen, sie sind mir zuwider. Ihr Verhalten erinnert mich an niedere Kreaturen. Aus Furcht vor dem Skandal habe ich in mir einen ganzen Ozean der Liebe unterdrückt. Ich habe meinen Charme in egoistischer Einsamkeit vergeudet. Meine Zeit zu lieben ist abgelaufen. Ich bin eine Wüste ohne Schatten. Für mich ist es zu spät, mit dem Leben zu beginnen. Doch alles um mich herum lebt, um mein Leid aufs Äußerste zu steigern, sogar die Insekten. Sie sind mir lieber als die Menschen, die ihre Enthaltsamkeit pflegen und sich brüsten, ihre Würde bewahrt zu haben. Als säße diese Würde irgendwo in ihrem Körper! Auf meinen pornographischen Postkarten posieren Paare, die mich den Liebesakt lehren: Sie tun ein nützliches Werk. Die Verklemmten haben miteinander gemein, dass sie die Bedeutung dessen, was sie öffentlich ablehnen, insgeheim übertreiben. Die Priester verbergen ihr Verlangen unter einem Rock und die Nonnen unter einem Schleier, aber sie sind dennoch davon besessen. »Es ist unsere vornehmste Pflicht, den Skandal zu meiden«, sagte mein Vater immer, obwohl sein ganzes Leben skandalös war, und er peinigte mich, um mich die Weisheit zu lehren. Die Weisheit! Ich habe lange daran geglaubt, ehe ich ihre Leere entdeckte. Sie macht einen dumm. Das Glück ist flüchtig. Man braucht ein Körnchen Wahnsinn, um es im Flug zu ergreifen.

Annette ist heute nicht zum Essen erschienen, das Ehepaar Luze auch nicht. Seit Félicias Unpässlichkeit schließt sich Jean Luze mit ihr ein, sobald er von der Arbeit kommt. Ich bin allein im Esszimmer, stelle die Gerichte zusammen und lasse sie von Augustine hochbringen. Das Haus ist stiller als ein Friedhof. Sobald Annette weggeht, nutzt Jean Luze die Gelegenheit, im Salon Musik zu hören. Ich kenne das Concerto schon auswendig, so oft habe ich es gehört. Ich liebe es ebenso wie er. Es trägt mich so weit fort, dass ich zu mir zurückkehre, meine Nerven sind so empfindlich, als wäre mir das Alltagsleben unerträglich geworden. Félicia hingegen liebt nichts von dem, was er liebt. Die Musik lässt sie gleichgültig, die Bücher auch. Ich plündere heimlich Jean Luzes Bibliothek. Ganz allein habe ich wahre Schätze entdeckt. Selbst wissenschaftliche Werke schrecken mich nicht.

Es gibt wieder eine Zusammenrottung auf der Grand-Rue. Mister Long versucht im Beisein des Präfekten und des Bezirkskommandanten die Bauern zu überzeugen, ihre Bäume zu fällen und das Holz zu verkaufen.

»Durch den Verkauf von Holz werdet ihr schneller reich als durch den Kaffee«, schreit Long in stümperhaftem Kreolisch.

»Wenn du uns denselben Preis dafür zahlst wie für den Kaffee, bleiben wir arm, Mister Long«, antwortet ein Bauer.

Die Syrer stehen in den Türen ihrer Geschäfte, beobachten die Szene und tauschen ihre Meinungen in einer Sprache aus, die nur sie allein verstehen.

»Dieses Geld wird uns wie Sand durch die Finger rinnen«, warnt ein anderer Bauer. »Wir müssen unsere Bäume behalten, sie sind das Einzige, was uns bleibt. Große Vögel haben sich auf uns gestürzt: kra, kra, kra! Sie wollen uns die Haut abziehen.«

Ein kräftiges Lachen schüttelt die Anwesenden.

Calédu wird ungeduldig. Die Bettler wälzen sich wollüstig im Staub.

»Kra, kra, kra«, wiederholen sie unter Zuckungen.

Wo finden sie nur die Kraft zu lachen?

»Überlegt es euch«, sagt der Präfekt, »Mister Long bietet euch ein ›business‹ an. Wenn ihr es nicht wollt, lehnt ihr es einfach ab. Deswegen muss man sich doch nicht aufregen.«

»Geht auseinander, verschwindet, geht nach Hause, um zu überlegen«, befiehlt der Kommandant.

Er marschiert mit gewichtiger Miene voran und lässt seinen Stock wirbeln. An seinem Gürtel hängen Waffen. Er ist ein lebendes Arsenal. Man wagt kaum, zu ihm aufzuschauen. Die Bettler weichen kriechend zurück, die Bauern gehen mit gesenkten Köpfen nach Hause. Von vornherein besiegt.

Calédu und Mister Long stehen vor unserem Zaun. Ich höre sie reden.

»Verprügeln Sie sie«, sagt Mister Long. »Wollen Sie vielleicht, dass unser Geschäft platzt?«

»Sie geben schon nach«, antwortet Calédu, »der Hunger wird für sie entscheiden.«

Die Sonne sperrt ihren glühenden Rachen über uns auf. Das Meer braut schwere, schaumige Wellen.

Ich sehe Jean Luze nach Hause kommen. Er hat den Hemdkragen geöffnet und wischt sich im Gehen das Gesicht ab. Der Schweiß klebt eine braune Strähne an seine Stirn. Nie war er schöner. Er fragt: »Wie geht's?«, und lässt sich mir gegenüber im Salon in einen Sessel fallen.

»So eine Hitze!«, stöhnt er. »Komisch, in meiner Heimat habe ich mir diese Insel ganz anders vorgestellt. Sie erschien mir durch meine Lektüre wie ein Paradies, in dem man weder leiden noch sterben kann.«

»Du bist enttäuscht.«

»Ich habe immer davon geträumt, in ferne Länder zu fahren. Außerdem hielt mich nichts mehr zu Hause. Ich bin so weit gereist, um hier den Reichtum und das Paradies zu finden. Nun arbeite ich für einen Hungerlohn mitten in der Hölle. Dabei kann man die Schönheit dieses Himmels, dieses Meeres gar nicht leugnen; ebenso wenig den heiteren Charme dieser Gegend. Irgendwas muss die Stadt in dieses Höllenparadies verwandelt haben.«

»Glaubst du an einen Fluch?«

»Nein, ich glaube nicht daran. Aber es ist schon ziemlich verwirrend, wenn man manchmal eine unsichtbare böse Hand auf sich lasten spürt. Wie hast du früher gelebt?«

»Ich! Ach, weißt du ...«

»Versteck dich nicht ständig hinter einer Maske. Sag, was du denkst, Claire, lerne, dich zu verteidigen. Du bist klug, intelligent. Was ihr hier erlebt, kann doch für dich keine Strafe Gottes sein. Du hast sicher über alles nachgedacht und das Problem verstanden. Gib es zu.«

»Es gibt nichts zu verstehen. Die Zeiten haben sich geändert, das ist alles.«

»Wie war es vorher?«

»Anders.«

Und ich senke verdrossen den Kopf.

»Geheimniskrämerin«, sagt er noch.

Die Wahrheit auszusprechen ist schwer, wenn sie beschämend ist. Anderen würde ich sie vielleicht gestehen, aber nicht ihm. Es ist schon schlimm genug, dass er unseren Niedergang, unsere Demütigung miterlebt. Er beugt sich über mich. Das Grübchen in seinem Kinn wird tiefer, wenn er lächelt. An den Schläfen ergraut sein Haar so wunderbar. Ich hebe langsam die Hand zu seinem Kopf. Sein Blick hat mich schon verlassen. Gleichgültigkeit. Er geht ohne ein weiteres Wort ins Schlafzimmer, wo ihn Félicia erwartet.

Jetzt bringt wieder der syrische Ladenbesitzer Annette nach Hause. Sie gibt ihm die Hand und lacht übertrieben laut. Es ist ein unechtes Lachen, das Lachen einer Kranken. Man kann förmlich zusehen, wie sie abnimmt. Ihr Blick klebt an Jean Luzes und Félicias Zimmer. Wir leiden beide Qualen und fürchten, dass er an seiner Entscheidung festhält. Wir empfinden die gleiche Enttäuschung, die gleichen Sorgen, den gleichen Schmerz. Manchmal vergesse ich, wer ich bin, dann glaube ich, dass Jean Luze mir aus dem Weg geht, dass ich ihn in den Armen gehalten habe. Ich sträube mich gegen die Aussicht, dass Annette nicht kämpfen wird, um ihn zu halten. Wie konnte sie nur so leicht kapitulieren? Was macht ihr Angst? So ein Mann hätte doch ihre Kampflust wecken müssen. Ich spinne weiter an meiner Intrige. Ich leiste Félicia Gesellschaft, damit er freier ist. Den ganzen Tag bade ich in ihrer faden Intimität. Begeistert empfange ich die alte Schwatzliese Gisèle Audier, weil ich weiß, dass ihr Gerede Jean Luze aus dem Zimmer vertreiben wird. Sie rollt auf ihren kurzen Beinen herein und beugt ihr Gesicht mit der faltigen Himmelfahrtsnase über Félicia.

»Meine Liebste, wie schrecklich, diese plötzliche Unpässlichkeit!«

Félicia lächelt. Bald kann sie sich in den Liegestuhl setzen und wieder an der Wäsche für ihren Sohn arbeiten.

»Ich habe die schöne Annette gar nicht gesehen …«

»Sie ist in ihrem Zimmer«, antwortet Félicia.

Ihre Stimme hat unmerklich gezittert, aber sie beherrscht sich. Gisèle Audier spricht jetzt vom Baumfällen, das gestern begonnen hat.

»Sie haben eine Riesenmenge Edelhölzer verkauft. Offenbar wird ihnen Long einen guten Preis zahlen.«

»Jean findet es bedauerlich für den Kaffee.«

»Und Jules ist wütend. Aber er hat die Amerikaner ohnehin nie gemocht. Er macht sie für alles verantwortlich. Ich glaube, das kommt von seinem Hass auf die Besatzung. Euren Vater hat sie getötet und aus meinem Mann hat sie einen Besessenen gemacht, der überall, selbst bei den schlimmsten politischen Katastrophen, die Hand des State Departments wittert. Das wird zur Obsession.«

Sie lacht.

Dieses Gespräch lässt für einen Moment den Geist meines Vaters und seiner Anhänger auferstehen. Ich sehe Laurent, Justin Rollier und all die Verschwundenen, wie sie den *Cercle l'Étoile* betreten, den der verstorbene Monsieur Camuse gegründet hat und in dem, eine nach der anderen und zu ganz unterschiedlichen Zeiten, die drei Clamont-Schwestern in langen Seidenkleidern ihren Einzug in die Welt gehalten haben. Der *Cercle* wurde unter Calédus Augen von den Bettlern geplündert, heute sitzen seine Leute dort. Als es geschah, wäre Madame Camuse vor Empörung beinah gestorben.

Jean Luze spielt im Salon Musik. Weil er sie hört, durchfließen mich diese Noten. Ich bebe am ganzen Körper und meine Gefühle sind so stark, dass ich mich schnell in meinem Zimmer einschließe. Die Töne explodieren wie Schreie, verweilen wie Liebkosungen. Das ganze Haus ist davon erfüllt. Welch Hymne an das Leben ist doch dieses aus dem Schmerz geschöpfte Werk!

Um den Anschein zu wahren, besuche ich weiter regelmäßig die Messe und empfange jeden Monat die Kommunion. Père Paul nimmt mir die Beichte ab. Um den Mythos der reinen, makellosen alten Jungfer nicht zu zerstören, gestehe ich ihm nur meine lässlichen Sünden; ich behalte für mich, was man als Todsünde ansieht. Das ist eine Sache zwischen Gott und mir. Mutig nehme ich jede Strafe auf mich, so schrecklich sie auch sein mag. Mit ausgestrecktem Zeigefinger werde ich vor ihm erscheinen. Ich werde die Klägerin sein. Ich weiß nicht, ob da oben alles perfekt ist, aber auf der Erde herrscht ein heilloses Durcheinander! Ich werde ihm erzählen, wie es läuft. Ich werde ihm die Augen öffnen. Aber vorher werde ich bei der Prozession zum Fest der Jungfrau erst mal eine der zwölf Töchter Marias sein, zu denen ich seit fünfundzwanzig Jahren gehöre. Ich werde die Unbefleckte begleiten und ihr Banner tragen, gekleidet in weiß und mit einem blauen Gürtel wie sie. Eugénie Duclan wird an der Seite von Père Paul ihren Kreuzzug zur Eroberung des Herren ausrufen. Die Prozessionen beginnen mit Gesängen und Gebeten, um den Himmel zu erweichen und seinen heiligen Segen zu erbitten. Père Paul hat ein Lied komponiert: »Möge Gott es regnen lassen, möge er die Stadt von ihren Sünden reinwaschen. Erbarmen! Erbarmen! ...«

Nie würde Madame Camuse es wagen, ihren Ruhealtar ohne meine Hilfe zu schmücken. Eine Frage der Gewohnheit. Sie empfängt mich mit Freudenrufen:

»Ich wusste, dass du mich nicht im Stich lässt! Wenigstens du bist treu. Diesmal hätte ich gern einen Altar, der einen Winkel des Paradieses zeigt, in dem eine Heilige mit einer Blumengirlande steht. Aber wer soll die Heilige darstellen?«

Sie mauzt beim Reden wie eine alte kokette Katze und erklärt voller Überzeugung:

»Du wirst es sein.«

»Ich?!«

»Ja, du, ich kann mir dich sehr gut als Heilige vorstellen.«

»Ein junges Mädchen wäre viel besser«, rede ich ihr ein, denn ich fürchte, sie könnte sich an ihrer Idee festbeißen.

»Ein junges Mädchen, ja. Aber wer?«

»Die Tochter des Präfekten.«

»Die Tochter des Präfekten!«, schreit sie auf. »Oh nein! Das meinst du nicht ernst? Diese widerliche kleine Negerin! Und außerdem, unter uns, ich lasse mich ja herab und mache Zugeständnisse, aber das geht zu weit. Habenichtse! Emporkömmlinge, die sich durch böse Schliche bereichert haben! Leute ohne Manieren, die vor der Plünderung unseres *Cercle* die Augen verschlossen, des *Cercle*, den mein armer Mann gegründet hat und der nur die Creme der Gesellschaft aufnahm! Sie haben eine Kaserne daraus gemacht, und inzwischen haben ihre schmutzstarrenden Füße unsere Teppiche verdorben und ihre Hintern mit den Waffen am Gürtel unsere Sessel zerdrückt! ... Also wirklich, das wundert mich sehr von dir, Claire.«

Sie ringt nach Luft.

»Sie empfangen doch auch den Kommandanten«, sage ich.

Sie wirft einen besorgten Blick zur Tür und senkt die Stimme.

»Ich habe ihn nicht eingeladen«, vertraut sie mir an. »Er ist von selbst gekommen. Es ist grauenvoll, wie schamlos sie sind.«

Madame Camuse trägt ein langärmliges graues Kleid, das bis zu ihren Stiefeletten reicht. Sie läuft mit kleinen Schritten hin und her, greift plötzlich nach der Kamee, die an einer langen Kette über ihrer Brust hängt, hebt den Blick zu dem französischen Ahnen, der sie mit strengem Blick mustert, und sagt:

»Lieber verzichte ich auf den Ruhealtar!«

Sie rückt ihren weißen Haarknoten zurecht und steckt ihn ganz oben auf ihrem schönen rassigen Kopf fest, dann wechselt sie das Thema.

»Ich habe Nachricht von Frantz«, erzählt sie mir. »Vielleicht kommt er mich bald besuchen. Glaub mir, es tut mir so leid, dass er nicht dich geheiratet hat! Ich habe etwas Angst vor dieser Ausländerin. Obwohl ich gereist bin, bin ich doch eine schreckliche Wilde geblieben. Ich fühle mich nur wohl, wenn ich in vertrauter Umgebung bin … Er schien dich sehr charmant zu finden, und das warst du auch, meine Tochter, das warst du.«

Sie spricht von mir in der Vergangenheit, als wäre ich schon tot.

»Weißt du, dass mein Sohn auf dem Weg ist, eine medizinische Kapazität zu werden? Und durch seine Ehe mit Mademoiselle Dechantre wird er keine Schwierigkeiten haben, sich in Frankreich durchzusetzen.«

Sie räuspert sich, zupft ihr Tuch zurecht und reicht mir ein Foto:

»Sieh nur, wie hübsch sie ist«, sagt sie.

Sie ist wirklich hübsch und viel jünger als ich.

»Wie läuft es bei dir mit Félicias Ehemann?«, fragt sie dann. »Ich finde ihn etwas … distanziert, etwas … seltsam …«

»Jean Luze ist der perfekte Ehemann«, antworte ich trocken.

»Oh, là, là, wie schnell du eingeschnappt bist, wenn es um ihn geht! Auf jeden Fall wird er Félicia hübsche Kinder machen … Ich denke oft an deine Eltern … Sie wären so glücklich über diese Ehe. Ich hoffe nur, dass Annette auch noch einen Mann findet, der ihrer Familie würdig ist.«

Und weiter springt sie ganz nach ihrer Art von einem Gedanken zum nächsten.

»Was hört man von der armen Dora Soubiran?«, fragt sie mich geradeheraus. »Sie müssen sie ja regelrecht verstümmelt haben. Hast du sie gesehen? Ich warte noch, bis sich die Aufregung etwas legt. Eugénie Duclan hat sie besucht. Heimlich, aber sie hat sie besucht. Sie hat nichts mehr, da … Das muss entsetzlich sein. Sie hat Eugénie erzählt, dass ihr Fleisch in Fetzen herumflog, während Calédu sie auspeitschte. Sie lag auf dem Rücken, die Beine gespreizt, festgehalten von vier Gefangenen, vier schmutzigen Bettlern, denen er sie nachher überließ … Ich bin fünfundsiebzig. Ich habe Revolutionäre und alle nur denkbaren Galgenvögel in die Stadt kommen sehen, ich habe blutige Schlachten erlebt und den Bürgerkrieg mitgemacht, aber nie, verstehst du, niemals habe ich so sehr das Grauen und den Fluch auf unserer Stadt gespürt …«

Aus dem Nachbarhaus erhebt sich eine klagende Stimme, dann brüllt sie laut. Ich spitze die Ohren und lausche.

»Das ist Jacques Marti«, unterbricht sich Madame Camuse. »Seit gestern ist er außer Rand und Band.«

»Heiß, heiß, ich brenne«, singt die Stimme, »Gott hat die Tore der Hölle für uns geöffnet. Flammen schießen aus dem Himmel herab. Flammen, die Flammen der Hölle, und Satan ist unter uns. Hütet euch, meine Brüder …«

»Psst! Sei still«, zischt eine andere Stimme. »Sonst hört man dich noch.«

Der Verrückte stößt einen Schrei aus.

»Da ist der Satan, ich sehe ihn, da, vor mir, er spuckt Feuerströme. Heiß! Ich brenne!«

»Pah!«, macht Madame Camuse und zieht fröstelnd ihr Tuch über den mageren Schultern zusammen. »Ihm ist heiß, mir ist kalt, eine Frage des Alters und des Temperaments. Armer Joël! Seit gestern versucht er vergeblich, seinen Bruder zu beruhigen. Es ist schwer, wenn man in seinem Alter für einen Verrückten sorgen muss.«

Sie starrt voller Angst auf die Tür:

»Hoffentlich werden Jacques' Worte nicht schlecht ausgelegt!«, flüstert sie mir zu.

Schaudernd schlingt sie die Arme um die Brust.

Dumpfe, rhythmische Geräusche kommen von den Hängen.

»Sie fällen die Bäume«, sagt Madame Camuse. »Hör nur die Äxte.«

»Peng, peng, peng!«, brüllt der Verrückte. »Satan klopft ans Tor der Stadt, peng, peng, peng!«

»Psst!«, zischt sein Bruder Joël wieder.

Ich verlasse Madame Camuse. Auf der Straße treffe ich Calédu. Er grüßt mich, ich gehe mit erhobenem Kopf vorbei, hochmütig, verächtlich, als würde ich ihn nicht sehen. Aber mir ist nichts entgangen: weder die Bettler, die sich an ihn klammern, noch ihr Flehen und die Fußtritte, mit denen er sie wegscheucht, noch die Abscheu und der Hass in den Augen des alten Krüppels, der zitternd vor Fieber am Rand der Wasserrinne liegt.

Ich habe Lust auf ein neues Kleid. Ich möchte schön sein beim Fest der Jungfrau. So etwas kommt auch bei Frauen meines Alters vor, sogar bei alten Jungfern. Ich werde Jane Bavière das Kleid nähen lassen, unsere Nachbarin zur Linken. Es ist Zeit, dass ich ihr helfe, aus Widerstandsgeist und um Félicia zu ärgern. Ich stelle mir das Gespräch vor:

»Du ermutigst die Sünde, Claire«, wird sie mit scharfer, gereizter Stimme sagen, »warum hast du ausgerechnet sie darum gebeten? Eine ledige Mutter!«

Als wäre in unserer geistigen Entwicklung kein Fortschritt vorgesehen!

Jane Bavière war früher meine Freundin, und ich

habe beschlossen, unsere gute Beziehung wiederzubeleben. Ich habe sie lange genug im Stich gelassen. Lange genug habe ich dem Geschwätz unserer braven Bürger applaudiert. Ich lehne mich auf. Da ist nichts mehr zu machen. Kommt es, weil in meinen Augen auch sie vom Glück vernachlässigt wurde? Auf jeden Fall kann ich mich in ihrer Gesellschaft entspannen. Ich kann mich ihr noch nicht anvertrauen, aber das, was sie mir mit beneidenswerter Unbefangenheit von sich erzählt, ist für mich die anregendste Lektion, die ich je erhalten habe. Sie ist ebenso gelassen wie Félicia, ebenso fröhlich. Dabei hatte ich Sorge, Misstrauen und Bitterkeit als Folge des Skandals erwartet.

»Verbrecherin!«, hat Eugénie Duclan sie einmal angeschrien. »Du hast deinen Vater und deine Mutter umgebracht.«

Ihr Sohn ist gewachsen, er ist schon zehn Jahre alt.

»Und Jane?«, fragt mich Madame Camuse ohne Erbarmen. »Lebt sie immer noch in der Sünde?«

Ich hätte gern den Mut von Jane Bavière. Ein Kind würde meinem Leben ein Ziel geben. Ein Kind würde mich über alles hinwegtrösten. So glaube ich jedenfalls. Aber wäre ich nicht enttäuscht, sobald ich dieses Ziel erreicht hätte? Ist das wirklich das eigentliche Bestreben meines Daseins? Oder halten mich meine Unzufriedenheit und die Vorstellung, eine Versagerin zu sein, zum Narren? Ich habe zu große Angst vor dem Skandal, um es auszuprobieren. Ich habe Angst vor den anderen, und diese Angst ist die Garantie dessen, was sie meine Anständigkeit nennen. Lieber pflege ich künstliche Freuden. Heimlich verhätschle ich eine Puppe. In meinem Alter spiele ich noch Mama. Ich versuche, mein Dasein mit diesem Ding auszufüllen, das nach Klebstoff riecht. Ich rede mir ein, dass ich sie liebe, und parfümiere sie mit Eau de Cologne und Talkumpuder, um mich selbst besser zu täuschen. Ich habe ihr ein Fläschchen gekauft. Oh, ich musste mit aller List vorgehen, um Annettes Misstrauen zu dämpfen. Sie hat mir die Puppe selbst im Laden des Syrers verkauft, das Fläschchen auch.

»Für wen ist das?«, hat sie mich gefragt.

»Für eine Patentochter in Port-au-Prince. Du kennst sie nicht.«

»Mit wem schickst du sie hin?«

»Mit irgendwem.«

Ich bin nicht sehr redselig. Sie gibt sich mit meinen einsilbigen Antworten zufrieden und schweigt.

Hinter der verschlossenen Tür in meinem Zimmer wiege ich Caroline und drücke sie an mich. Manchmal möchte ich ihr fast die Brust geben. Wie gern sähe ich die Milch herausschießen! Ich lege sie neben mich und liebkose ihr totes schwarzes Haar. Ich will, dass sie etwas verlangt, dass sie mich braucht. Nur kleine Kinder brauchen manchmal wirklich Hilfe und Zärtlichkeit. Deswegen rührt uns alles, was ihnen ähnlich ist. Ich würde gern wissen, ob Jean Luze weinen kann.

Er sitzt wieder am Tisch und sieht Annette gleichgültig an. Dadurch verliert sie ihren Reiz und wird ganz mürrisch, sie, die Fröhliche. Sie zeigt ihre Enttäuschung, das ist ungeschickt. Abends erscheint Félicia am Arm ihres Gatten.

»Guten Abend, Annette«, sagt sie einfach.

»Guten Abend, Félicia.«

Es gibt nichts zu sagen. Sie besitzt eine ungewöhnliche moralische Kraft, die für eine Minute meine Bewunderung erregt.

Wir essen, und das Gespräch dreht sich um belanglose Dinge. Oft ist vom Fest der Jungfrau, von den Altären und von der Prozession die Rede.

»Offenbar wird Madame Camuse in diesem Jahr

keinen Ruhealtar spenden«, sagt Félicia. »Die Nonnen stellen am Tor ihrer Schule einen auf. Leider wie immer eine Krippe.«

»Mit einer dicken Puppe, die im Stroh liegt«, ergänzt Annette gähnend.

Sie ist weder fromm noch keusch, alle wissen es, und sie versetzt unsere Umgebung mit ihrer Schminke und ihren Dekolletées in helle Aufregung. Sie geht zu sehr mit der Zeit für dieses engstirnige Milieu. Neulich erst hat sie Père Paul in die Wange gekniffen und ihn einen schönen Alten genannt. Glücklicherweise geschah das bei uns zu Hause.

Jean Luze ist weder distanziert noch übertrieben freundlich zu ihr. Er ist nur noch der Schwager.

»Zigarette?«

Er reicht ihr sein Etui. Annette greift zitternd nach der Zigarette. Sie steht vom Tisch auf, als hätte sie nicht gesehen, dass er ihr Feuer anbietet. Sie verrät sich. Jean Luzes Verhalten ist ebenso vollendet, wie ihres falsch ist. Sie leidet und er ist einfach wieder er selbst.

Ich fühle eine beunruhigende Lebhaftigkeit in mir, die umso gefährlicher ist, als ich sie unterdrücke. Ich bin wie eine hinterhältige Wanze, die sich in den Möbelritzen verkriecht. Wie sie lauere ich geduldig auf meine Beute, um ihr das Blut auszusaugen. Im Moment ist Jean Luze meine Beute. Wenn er sich um seines Friedens und seiner Ruhe willen mit der Lauheit seines Ehelebens begnügen will, werde ich ihn schon davon abzubringen wissen. Im Moment kriecht er förmlich auf allen vieren, damit ihm seine Frau verzeiht, taucht völlig in ihrem faden Alltag ab. Aber irgendwann bekommt er genug davon. Ich werde ihm dabei helfen, doch diesmal viel geschickter. Es gibt einiges zu tun, das ist mir schon klar. Wie eilig er sich wieder an Félicias keuschen Busen schmiegt! Félicia ist so anständig, so vorsichtig, so vernünftig! Ich stelle mir ihre Umarmungen vor. Ich weiß Bescheid über die Theorie des perfekten Koitus. Manche Passagen aus *Lady Chatterley* kenne ich auswendig. Das Buch liegt immer auf meinem Nachttisch. Es ist mein Aphrodisiakum.

Im Morgengrauen ergötzen mich der Himmel und das trotz aller Stürme ewig gleiche Meer mit dem Glanz ihrer Farben. Gleichgültig für unser Unglück hat der Festtagshimmel die zarten Farben der Morgenröte angelegt und das ruhige, heitere Meer in der Ferne breitet sich aus wie ein silbrigblauer Ölteppich. Mit neuer Freude nehme ich alles in mich auf, lausche mit kindlichem Glücksgefühl, das mich verräterisch in die Vergangenheit zurückführt. Ich höre die Stimme meines Vaters wie eine Trommel dröhnen, die Pferde wiehern, meine Mutter sprechen und Augustine weinen, weil meine Mutter sie geschlagen hat. Ich höre das Klavier unter meinen ungeschickten Fingern spielen und meine Lehrerin, Mademoiselle Verduré, rufen: ›Noch einmal, Claire, noch einmal!‹ Die Straßen sind voller Fröhlichkeit. Vor den Gartentoren versammeln sich schon die Männer. Während sie ihre erste Zigarre rauchen, tauschen sie die politischen Neuigkeiten aus Port-au-Prince aus. Die Ladentüren stehen offen. Europäische Schiffe entladen ihre Waren auf den Kais, wo es von Menschen aller Klassen wimmelt. Die Händlerinnen kommen unter unseren Fenstern vorbei und rufen die Kunden: »Madame Clamont«, sagen sie, »hier sind Reis und Erbsen, Hühner und Gemüse.« Und meine Mutter geht auf Augustine gestützt die Treppe hinunter und setzt sich unter die Galerie, um zu handeln. Was ist aus dem schönen Geschäft von Madame Bavière geworden? Was aus dem der Duclans, wo französischer Wein, Likör und die beste französische Schokolade verkauft wurden? Pleite!

Einer nach dem anderen war ruiniert. Und die Syrer haben sich wie Aasgeier auf die Reste gestürzt und alles aufgekauft. Sie halten sich gut. Schon immer haben sie den Haitianern Konkurrenz gemacht. »Unlautere Konkurrenz!«, behauptete mein Vater wütend. »Sie flüchten sich unter die Fittiche der ausländischen Mächte und genießen ihren Schutz.«

»Nieder mit den Syrern! Tod den Syrern!«, bestärkten ihn Doktor Audier und alle Händler. Dabei waren nicht die Syrer schuld, dass mein Vater noch vor seinem Tod seine Kaffeefelder verlor. Seinen Ruin verdankte er vielmehr der fixen Idee, eines Tages Staatschef zu werden. Ein Grundstück nach dem anderen wurde verkauft, um zehn Jahre lang seine Wahlkampagnen zu finanzieren. Meine Mutter, die unsere Aussteuer in den Händen seiner Anhänger verschwinden sah, weinte und protestierte ohnmächtig.

Es gibt Menschen, unter deren Händen sich ein Vermögen in Nichts auflösen kann, und das sind meist nicht die Großzügigsten. Hat mein Vater gut daran getan, den Millionär zu spielen, um die einfachen Leute zu beeindrucken und seinen Ehrgeiz zu befriedigen? Ich erinnere mich noch! … Aber ich schiebe die Vergangenheit weg. Ich werde ihr erliegen, kein Zweifel. Doch im Moment nimmt mich allein die Gegenwart gefangen.

Jeden Morgen öffnen die Syrer ihre Läden, deren Auslagen vom amerikanischen Schiff aufgefüllt werden. Sie haben Kunden wie Calédu, Mister Long, den Präfekten, den Stadtrat und einige von uns, die sich noch den Luxus von ein paar Ellen Stoff leisten können. Das Schiff von Mister Long versorgt sie, ohne Zollgebühren, wie es heißt, weil die Zöllner bestochen sind. Außerdem haben sie die amerikanische Staatsbürgerschaft angenommen, obwohl sie kaum ein paar Brocken Englisch können. »Das ist eine Gangsterbande«, protestiert Doktor Audier noch, aber er wird immer leiser. Ihre Adlernasen ragen aus den durchtriebenen Gesichtern, die »Araber«, wie das Volk sie nennt, lächeln und setzen sich im Lande fest. Jacques Marti sagt ihre Abreise voraus.

»Die Syrer werden sich ihre Säcke auf den Rücken laden und zu Fuß in ihr Land zurückkehren. Der Hunger kommt über uns«, brüllt er und torkelt mit großen Schritten durch die Straßen, »wir werden auf Knien kriechen und die Steine auf den Wegen essen. Satan herrscht über die Stadt und Gott hat sein Gesicht von uns abgewandt ...«

Calédu wird wütend. Madame Camuse hat Recht. Bald wird er Jacques wegen subversiver Umtriebe anklagen und einsperren. Er mag keine Prediger des Unglücks, und dieser hält an seiner Rolle fest, wie nur ein Verrückter es kann.

Die Leute stürzen an ihre Fensterläden und starren hinaus. Alles geschieht hier heimlich. Wir verstecken uns sogar beim Reden.

»Los, los, Jacques«, stacheln sie ihn heimtückisch an, »erzähl uns von Satan, sag uns, wie er ist.«

Und zu ihrem Ergötzen brüllt er heftig gestikulierend:

»Dick, groß, schwarz, mit Hörnern, riesigen Hörnern, so ist er. Hütet euch, meine Brüder!«

Lachende Kinder umringen ihn.

»Jacques, Jacques«, rufen sie und bewerfen ihn mit Steinen, »bist du verrückt? Sag uns, ob du verrückt bist ...«

Er rennt direkt auf den Polizeiposten zu, aber Violette, die Prostituierte aus der stinkenden Gasse, tritt ihm in den Weg und hält ihn fest.

»Geh nach Hause«, empfiehlt sie ihm freundlich, »das ist besser.«

Sie nimmt ihn bei der Hand und er lässt es sich gefallen. Er wirkt ganz glücklich an ihrem Arm.

»He!«, schreit ihm Madame Potiron zu und klatscht sich auf den Hintern, »Du hast eine Frau aufgetrieben, mach's dir nett!«

Ein vulgäres Lachen schüttelt ihren Körper.

Hinter meinen Fensterläden verschlinge ich Violette mit den Augen. Sie ist jung. Sie ist schön. Sie ist frei. Sie spuckt auf uns und sie hat Recht. Ich wäre gern an ihrer Stelle.

Die Blätter fallen von den Bäumen und tanzen und wirbeln durch die Luft, ehe sie sich auf dem Boden zur Ruhe legen. Die Schlaflosigkeit hat mich an den lebendigen Atem der Nacht gewöhnt. Ich nehme jeden Schrei der Insekten oder Eidechsen, jede Sternenbewegung, jede Zuckung der Erde wahr. Ich liege nackt auf meinem Bett, feucht von Schweiß, bebend vor Verlangen. Männerarme umschlingen meinen Körper. Ich bin besessen. Ist es möglich, dass im nächsten Augenblick nichts davon übrig bleibt? Nicht die winzigste Erinnerung? Oh, Einsamkeit des Leidens! Ich ziehe mich an und gehe leise zu Annettes Zimmertür. Sie schluchzt im Dunkeln. Ich klopfe. Eine von Tränen heisere Stimme fragt, wer da ist. Als ich antworte, öffnet sie. Ich bin nicht lästig, ich bin die große Einfalt, über die das Leben hinweggegangen ist, ohne Spuren zu hinterlassen. Sie schluchzt in meinem Beisein weiter, dann sagt sie:

»Was willst du?«

Ich sehe sie wortlos an, da wirft sie sich in meine Arme.

»Wenn du wüsstest, Claire ...«

›Schweig! Erspar dir das Reden‹, sagt meine innere Stimme zu ihr, ›ich kenne deine Gefühle und teile sie. Die Seele ist lästig. Sie will sich in alles einmischen. Sie schafft Bindungen, um uns zu quälen. Die Seele berührt unsere Erinnerungen, zumindest die, die uns prägen. Du bist wie eine vom Wind misshandelte Blume.

Ich will, dass er dich deinen vulgären Freuden entreißt und in einem mächtigen Wirbel davonträgt, und koste es auch dein Leben …‹

»Ich möchte sterben! Ich möchte sterben!«, schreit sie plötzlich, so voller Leidenschaft, dass sie es selbst kaum fassen kann.

Sie starrt mich verstört an, als verlangte sie von mir eine Erklärung. Nicht sie hat gesprochen, sondern ich. Wie müde sie aussieht! Wie diese Liebe sie aushöhlt! Was für einen schwachen Charakter sie hat! Jean Luze ist kein Mann für sie. Das Gefühl, das er in ihr weckt, ist so stark, dass es sie zerstört. Wird sie daran sterben? Egal! Ich brauche sie als Mittlerin. Ich bin alt. Fast glaube ich, schon einen ranzigen Geruch zu haben mit diesem jungfräulichen und ausgehungerten Geschlecht, das zusammengepresst zwischen meinen Schenkeln lauert.

›Weine mit mir. Es wird nicht lange dauern, du wirst sehen. Vertraue auf deinen Charme. Du hast alles, um ihn zu verführen. Sein Panzer ist nur Schein. Du hast den Beweis schon erbracht. Du musst dranbleiben. Du hast doch Erfahrung. Schon mit fünfzehn, kaum Herrin deiner Sinne, hast du die Männer umschwirrt. Ich war die Erste, die ernten musste, was sie gesät hatte. Ich werde euch foltern, euch beide foltern, bis ich euch um Gnade winseln höre …‹

»Nächsten Monat hast du Geburtstag. Ich schenke dir ein kleines Fest. Du kannst einladen, wen du willst.«

»Du redest mit mir, als wäre ich ein Kind«, protestiert sie.

Mein Angebot scheint kindisch, mein Ziel ist es nicht. Ich will, dass sich Annette wieder fängt, dass sie vor Jean Luzes Augen tanzt und lacht. Ich werde sie an die Grenze des Erträglichen führen. Leid rührt nicht, es weckt Mitleid oder Wut. Bei all meinem Geiz bin ich entschlossen, viel Geld für dieses Fest zu opfern.

Das Paar ist unter uns, morgens, mittags und abends, enger vereint als je zuvor. Félicia lebt auf, während ihr Bauch sich verformt. Sie wirkt gelassen wie eine Statue. Jean Luze isst mit Appetit. Er raucht nicht mehr bei Tisch, unter dem Vorwand, der Rauch schade seiner Frau.

»Die Schwangerschaft steht dir«, sagt er und küsst sie.

Jedes Mal, wenn er in meinem Beisein zärtlich zu ihr ist, hasse ich sie dafür, dass sie sich so mühelos mit dem bürgerlichen, maßvollen Gefühl begnügt, das sie in ihm weckt.

Ich schwöre, dass ich ihn aus seiner Lauheit reißen werde. Ich werde ihn scharf machen wie ein Pulverfass. Soll er ruhig eine Weile warten. Ich werde sein Eis zum Schmelzen bringen. Soll er uns nur immer mit diesem allzu sanften Blick ansehen, soll er nur lächeln. Ich mag es, wenn das Grübchen auf seinem Kinn erscheint und er seine Zähne entblößt.

Seit dem Morgen läuten die Kirchenglocken ohne Pause. Nun bin ich als Tochter Marias verkleidet. In dem Gewand, das mir Jane Bavière genäht hat, sehe ich aus wie eine Nonne. Ich kann ihr nichts vorwerfen, der Handwerker arbeitet nach dem Geschmack des Meisters: Die langen Ärmel und den hochgeschlossenen Kragen habe ich so bestellt. Verglichen mit den anderen mache ich im Festzug aber noch eine ganz gute Figur. Welch entsetzliche Horde vertrockneter Jungfern! Ich bin immerhin noch die beste von allen. Die alten Jungfern haben einen ganz typischen Ausdruck. Zumindest die echten. Nicht die, die wie ich von der Fackel zu Glut geworden sind. Die ineinander verschlungenen Venen auf ihren Gliedern, der dünne Strich ihrer Lippen, ihr unsteter Blick verraten sie. Es gibt einen Gesichtsausdruck des Unbefriedigtseins, der niemanden täuschen kann. Wenn ich sie ansehe, bin ich weniger stolz, meine Rolle zu spielen, auch wenn es die der Ersten ist, und das fromme Banner wird mir schwer. Vor mir wogen die Kinderköpfe mit weißen Kränzen; die Kleinen werfen Hände voll Blumen aus ihren Körben und schauen sittsam nach unten. Alle Balkons sind beflaggt, und in den Straßen schaukeln von den Nonnen gefertigte Girlanden aus Kunstblumen sanft zwischen den Bäumen. Es ist ein Fest der Jugend, bei dem wir nichts zu suchen haben. Die strahlende Jungfrau auf ihrem Sockel, der von vier jungen Männern getragen wird, ist ein Beweis dafür. Unser Platz ist in den Reihen der Büßer. In den Festzug passen wir so schlecht wie griesgrämige Eulen in einen Schwarm von Turteltauben. Es ist das letzte Mal, dass ich mich so zur Schau stelle. Während wir warten, singen wir im Chor den von Père Paul gedichteten Refrain: »Gott, lass deinen süßen Segen wohltuend auf uns niederregnen, dein heiliger Name sei gesegnet.« Oben in den Bergen regnet es Axthiebe auf das Holz. Als schlügen sie den Rhythmus zu unserem Gesang. Der Präfekt und der Stadtrat haben sich in ihre Anzüge aus grauer Wolle gezwängt, unter denen sie Blut und Wasser schwitzen. Sie sehen die Prozession vorbeiziehen und bekreuzigen sich vor dem Heiligen Sakrament. An der Tür des Cercle stehen Calédu und Mister Long. Der Priester segnet sie alle. Jacques, der Verrückte, kommt angerannt.

»Die Tore der Hölle sind offen, um uns zu verschlingen«, brüllt er und fuchtelt mit den Armen. »Gott hat uns verflucht, er hat die Höllentore für uns geöffnet …«

Der Gesang verstummt. Calédu runzelt die Stirn. Er

führt die Pfeife zum Mund, aber Jacques, der Verrückte, brüllt weiter und weist mit dem Finger auf Calédu.

»Vater, hüte dich vor dem Dämon!«

Calédu wirft sich auf ihn und packt ihn am Kragen. Er ohrfeigt ihn mit hassverzerrtem Gesicht.

»Sei still!«

»Satan!«, brüllt Jacques.

Da zieht Calédu einen Revolver aus dem Gürtel und schießt aus nächster Nähe auf den Schwachsinnigen, der ohne einen Ton auf die Knie fällt.

Die Prozession bleibt ruckartig stehen. In der Stille hört man nur die Kinder in der ersten Reihe weinen. Mit nervös zitternden Händen beten die Nonnen ihre Rosenkränze herunter. Andere drängen sich verstört aneinander. Wir stehen da, wie in Hypnose erstarrt. Da kriecht Jacques blutüberströmt auf uns zu, seine Fingernägel kratzen über die Erde. Mit erhobenem Kopf kommt er langsam, qualvoll näher. Doktor Audier ist schweißüberströmt, er macht einen Schritt auf ihn zu, aber eine Kugel pfeift dicht an seinen Füßen vorbei und nagelt den Entsetzten förmlich am Boden fest.

Der Apotheker dreht mechanisch seinen Hut in den Händen hin und her. Er dreht ihn immer schneller, als könnte er seine Bewegung nicht mehr kontrollieren. Die Frauen verstecken das Gesicht im Taschentuch; die Nonnen richten die Augen zum Himmel und rezitieren mit eintöniger Stimme das Vaterunser. Die auf der Erde liegenden Bettler folgen der Szene ohne jede Regung.

Ich sehe Joël Marti den Kopf nach rechts und links wenden, als suchte er Hilfe. Voller Entsetzen weist er mit dem Finger auf seinen Bruder, der zusammengebrochen ist, das Gesicht in den Staub gedrückt. Joël will zu ihm rennen. Jemand hält ihn zurück.

»Keine Bewegung!«, brüllt Calédu.

Er geht rückwärts, die rauchende Waffe in der Hand, während wir wie versteinert an unserem Platz verharren.

Père Paul flüstert den Chorkindern etwas zu und einen Augenblick später ist er von einer Weihrauchaureole umgeben. Er hebt die Monstranz über seinen Kopf und geht, umringt von den Chorkindern, bis zu Calédu.

»Und nun«, sagt er zu ihm, »bitte ich Sie um die Erlaubnis, meiner Pflicht als Priester nachzukommen.«

Das Murmeln der Gebete wird lauter.

Der Kommandant weicht zurück, winkt ungeduldig mit der linken Hand ab, um zu zeigen, dass ihm das vollkommen egal ist, und verschwindet in einer Seitenstraße.

Sofort bricht ein panisches Gerenne aus: Die Nonnen sammeln zitternd ihre Schüler ein. Männer, Frauen und Kinder eilen nach Hause. Doktor Audier und seine Frau folgen mir ins Esszimmer.

Dort mussten wir alles Jean Luze und Félicia erzählen, die wir aus dem Mittagsschlaf rissen.

Wir drückten uns an die halb offenen Fensterläden und sahen Joël Marti, der sich schluchzend über den Toten beugte.

Jean Luze starrte eine Sekunde in Doktor Audiers schweißüberströmtes Gesicht.

»Sind Sie sicher, dass er tot ist?«, fragte er ihn. »Ist nichts mehr zu machen?«

»Das wird sich später zeigen.«

»Später«, schrie Jean Luze, »später, und Sie stehen da und zittern vor Angst!«

»Psst! Beruhige dich, mein Schatz«, sagte Félicia sanft.

»Ich habe nichts damit zu tun. Es ist nicht meine Sache, eurem Kommandanten die Stirn zu bieten. Ich bin hier nur zu Besuch. Es steht einem Fremden nicht zu, Reformen in einer Gesellschaft durchzuführen, mit der er nichts zu tun hat.«

Er wurde immer lauter und wir zitterten immer mehr.

»Psst!«, machte nun Doktor Audier mit einem Blick zur Galerie.

»Ihr müsst protestieren, mit einer Demonstration auf diese Untat reagieren, alle gemeinsam der Gefahr die Stirn bieten. Niemand wird es je wagen, eine ganze Stadt zu zerstören. Diese Morde und Foltern sind doch nur dazu da, euch zu terrorisieren. Wenn nur einer von euch es auf sich nimmt, die Stadt zum Aufruhr zu bewegen, wird die Angst das Lager wechseln …«

»Sie haben keine Ahnung«, sagte Doktor Audier lakonisch, und seine zitternde Hand legte sich sanft auf Jean Luzes Arm.

Madame Audier schluchzte und schnäuzte sich lautstark.

Jean Luze öffnete mit mühsam zurückgehaltenem Zorn die Tür und ging hinaus. Wir sahen, wie er zu Joël Marti trat, um ihm zu helfen, Jacques' Körper zu tragen, dessen Füße er ungeschickt festhielt.

Jacques ist tot. Sie haben ihn heute beerdigt. Ein paar Dichter sind aus ihren Hütten gekommen und haben seinen Sarg schweigend und mit gesenkten Köpfen zum Friedhof getragen. Der Weg war von Gendarmen und Bettlern gesäumt. Violette ist dem Trauerzug mit Blumen im Arm gefolgt. Die anderen, zu denen ich gehöre, sind ruhig hinter ihren verriegelten Türen sitzen geblieben.

Verachtung liegt in Jean Luzes Augen und in seinem Lächeln. Er nimmt uns unsere Feigheit übel, mit jeder Bewegung wirft er sie uns vor. Jeder seiner Blicke trifft uns wie eine Ohrfeige.

»Haben Sie denn solche Angst zu sterben?«, fragte

er am Abend nach der Beisetzung Doktor Audier, der seine Beschimpfungen mit ungerührter Miene hinnahm, wie ein alter, erfahrener Mann die Launen seines Sohnes.

»Sie haben immer noch nichts begriffen«, antwortete ihm der Arzt. »Die Angst ist ein Laster, wenn man sie kultiviert, setzt sie sich fest. Man braucht Zeit, um davon zu genesen.«

Jean Luze zuckte mit den Schultern.

»Wer kann sich schon rühmen, niemals Angst gehabt zu haben«, entgegnete er Audier. »Wenigstens seid ihr vom Krieg verschont geblieben. Ich trage für immer seinen Stempel auf der Seele und am Körper.«

Sein Blick hatte sich verfinstert. Erneut durchlebte er Momente seines Lebens, die er für sich behalten wollte.

»Finden Sie diesen Hass zwischen Landsleuten nicht noch schlimmer?«, fragte ihn der Arzt leise.

»Was glauben Sie, was wir 1789 in Frankreich erlebt haben?«, erwiderte Jean Luze. »Aber immerhin kämpften unsere Meuchelmörder für eine Idee, ein Ideal. Was ist hier der Sinn des Leidens? Mag sein, dass ich das Ziel nicht verstehe. Deswegen habe ich Angst, mich vorzuwagen und für die einen oder gegen die anderen Partei zu ergreifen. Woher kommt dieser Hass zwischen euch?«

»Er ist in einem langen Prozess historischer Ereignisse gewachsen«, erklärte Doktor Audier und fuhr sich mit der Hand durch sein seidig weißes Haar. »Er ist angeschwollen, hat sich entzündet und ist schließlich geplatzt wie ein Abszess.«

»Ohne Skalpell?«

»Man braucht immer ein Skalpell, um einen Abszess zu leeren«, erwiderte Doktor Audier. »Ich bin siebzig und ich habe in diesem Land einiges erlebt. Früher haben wir immer rebelliert, es waren unbeschreibliche

Tage, als jeder bei der kleinsten Beleidigung wie ein Musketier Genugtuung verlangte. Die Waffen wurden schnell gezogen und ebenso leicht trotzten die Männer dem Tod. Ich bin so ziemlich der einzige Überlebende einer vergangenen Epoche. Vielleicht haben wir verdient, was wir jetzt durchmachen.«

»Fühlen Sie sich denn so schuldig«, fragte daraufhin Jean Luze, »dass Sie Ihren Verfolgern ohne weiteres die Absolution erteilen?«

»Mein junger Freund, ich habe genug Erfahrung, um zu schweigen und meine innersten Gedanken für mich zu behalten.«

»Verzeihen Sie, ich wollte nicht indiskret sein.«

»Entschuldigen Sie sich nicht, ich weiß, dass Sie nicht nur aus Neugier fragen. Sie wollen verstehen, was uns dazu gebracht hat, heute den Kopf zu senken und zu resignieren.«

Er öffnete die Tür des Esszimmers und spähte auf die Straße.

»Sehen Sie!«, sagte er, »Calédu schnappt sich die Dichter. Sie haben es gewagt, dem Sarg eines Verdächtigen zu folgen, der von der Polizei niedergeschossen wurde, und er nutzt die Gelegenheit, sich diejenigen zu greifen, die er als ›Verschwörer‹ bezeichnet. Und nun sehen Sie sich auch noch das an: Vor seiner Firma steht Mister Long. Er betrachtet das Ganze als unbeteiligter Zuschauer. Dabei wäre ich gar nicht erstaunt, wenn er tief darin verstrickt wäre.«

»Übertreiben Sie nicht ein bisschen?«, fragte ihn Jean Luze skeptisch.

»Beobachten Sie die Dinge etwas genauer, und ich bin sicher, Sie werden mir Recht geben«, antwortete ihm Audier.

Félicia lächelte, gelassener denn je.

»Er ist besessen«, erklärte sie ihrem Mann später, »seine Frau hat es uns doch gesagt. Viele von uns suchen sich in diesen Zeiten einen Sündenbock, um ihre eigene Feigheit zu rechtfertigen. Schuld sind nur diese Neger, die hier eingesetzt wurden, um uns zu bändigen, glaub mir. Sie tun sich mit Mister Long zusammen, um sich zu bereichern. Als könnte Geld alles geben!«

»Mein liebes Weib«, sagte Jean Luze zu ihr, »wie sektiererisch du bist.«

»Was willst du machen«, antwortete sie, »man kann die Spuren einer langen Erziehung nicht einfach so wegschnipsen.«

Ganz am Ende der Grand-Rue, in der elenden Gasse mit den alten Bruchbuden, weinten die Mütter beim Anblick ihrer Söhne in Handschellen.

Die Tage vergehen. Das Elend des Volkes nimmt zu. Jedem sein Schicksal. Unser Egoismus wird zum Lebensgesetz. Immer tiefer versinken wir in Feigheit und Resignation. Mehr denn je bin ich in den Mann meiner Schwester verliebt und will an nichts anderes denken als an diese Liebe. Sie wird meine Zuflucht, mein Trost. Félicia ist ihrer selbst wieder so sicher, so voller Vertrauen in ihren Mann, dass sie Annette heute früh zum Geburtstag geküsst hat. Sie haben ihr Parfum und Reispuder geschenkt. ›Putz dich nur raus mit Parfum und Puder, ich habe vor nichts mehr Angst‹, schien Jean Luzes Lächeln zu sagen. Wir werden ja sehen.

In den letzten Tagen habe ich beobachtet, wie Annette ihm vergeblich auflauerte, auf dem Treppenabsatz, im Salon, an ihrer Zimmertür. Er hat all ihre Pläne durchkreuzt, ohne dabei überheblich zu sein. Sie weiß nicht mehr, was sie sich noch ausdenken soll, um ihn zu verführen. Gestern kam sie in einem selbst genähten Badeanzug aus ihrem Zimmer und wandte sich unter dem Vorwand, sie könne das Oberteil nicht schließen, an Jean Luze. Ein freundschaftlicher Klaps auf die Schulter mit den Worten »So, erledigt!« war die einzige Reaktion.

Ich habe ihn einen Moment dafür gehasst. Es kommt mir so vor, als würde ich mich ganz umsonst abmühen.

Er ist unzugänglicher denn je. Sein Verhalten ist so korrekt, dass es kränkend ist. ›Du hast mich kurz entflammt, aber noch mal fängst du mich nicht‹, will er Annette zu verstehen geben. Das ist von seiner Seite weder Spiel noch Koketterie. Er hat von einem Tag auf den anderen alle Spuren der Erinnerung in sich ausgelöscht. Aber was ist das Verlangen, wenn es nicht mehr die Kraft findet, sich zu erneuern, sobald es befriedigt ist? Wie würde ich es ertragen, abgewiesen zu werden? Wollte mich das Leben bisher verschonen, indem es eine bestimmte enttäuschende Realität von mir fern hielt? Provoziere ich es gerade jetzt, wo ich mich verzweifelt in ein auswegloses Abenteuer stürze? Meine Gefühle für diesen Mann haben so viel Raum in meinem Dasein eingenommen, dass ich mich nicht mehr davon lösen kann. Nichts scheint ihn zu rühren. Es ist zum Verrücktwerden. Annette hat sich vor seinen Augen von Bob küssen lassen, und er hat nicht mit der Wimper gezuckt. Er hat sie nachsichtig und freundlich angesehen, der reine Blick des Erzengels, schlimmer als eine Ohrfeige.

Sieg für Père Paul! Sieg für Eugénie Duclan! Gestern Abend hat es geregnet. Ein heftiger, sintflutartiger Regen, der vier Stunden gedauert hat. Seitdem wird es nicht mehr schön. Große schmutziggraue Wolken hängen wie Lumpen vom Himmel herab. Wir waten wie Schweine durch schlammige Pfützen. Die rissigen Straßen haben sich in Tümpel verwandelt. Unbeeindruckt transportiert das Schiff das auf dem Kai gestapelte

Holz. Der Handel blüht. Mit puterrotem Gesicht leitet Mister Long persönlich die Operation. Die Bauern sehen aus wie geprügelte Hunde. Resigniert strecken sie die Hände nach dem Lohn aus und schauen zu den verwüsteten Bergen in der Ferne. Große weiße Streifen breiten sich aus wie Lepra. Riesige Felsen erheben sich wie Grabsteine an den Hängen. Da stehen sie in ihren groben Leinenjacken, barfuß, das Tuch um den Hals, und aus ihren Gesichtern spricht die Unzufriedenheit.

»Unser Land ist hin«, sagt einer von ihnen. »Wir haben zu viel abgeholzt.«

»Ich hatte nein gesagt! Ich hatte nein gesagt!«, ruft ein anderer. »Wir hätten uns zusammenschließen und alle Angebote ablehnen müssen. Aber die Neger aus den Bergen waren noch nie solidarisch. Sie geben immer nach bei den Weißen und bei den Herren. Jetzt fängt der Regen wieder an und unser Land ist hin. Der Amerikaner wird reich und andere mit ihm. Sie sind alle gegen uns.«

Der Stadtrat und der Präfekt begleiten Mister Long zu seiner Firma, einem kleinen Gebäude mit der Aufschrift »Long & Co., Export Corp«. Dort sitzt Jean Luze den ganzen Tag lang über den Papieren. Er kennt alle Geheimnisse. Als Buchhalter neigt er sein schönes Gesicht über die Hefte und reiht die Zahlen aneinander.

Niemand misstraut ihm. Er ist ein Weißer. Und ein Weißer muss einfach Mister Long Recht geben. Er hört sie reden. Und er erfährt viel in ihrer Gesellschaft.

Ich lauere hinter meinen Fensterläden auf Jean Luze. Es ist vier Uhr und er muss jeden Moment von der Arbeit kommen. In der Hand halte ich das Buch und das Papiermesser, die er mir gestern mit den Worten geschenkt hat: »Du verwöhnst mich, also verwöhne ich dich. Nein, wirklich, du bist ein tolles Mädchen. Sieh mal, es ist aus Mexiko. Das ist ein Dolch. Und auch noch ein besonders guter. Behalte ihn als Erinnerung an mich.«

»Gehst du fort?«

»Man weiß ja nie.«

Er ist nicht glücklich. Was kann ich mir einfallen lassen, um ihn zurückzuhalten? Wenn er weggeht, was wird dann aus mir? Wie kann ich die Dinge um uns herum ändern? Zum ersten Mal im Leben würde ich meine Kräfte gern für ein gemeinsames Ziel einsetzen. Ich würde diese Welt gern verändern, um für ihn das ersehnte Paradies zu erschaffen.

Ich spiele meine letzte Karte aus. Heute Abend ist der Ball. Er findet mit drei Tagen Verspätung anlässlich von Annettes Geburtstag statt. Mein Ziel vor Augen, habe ich meine Abneigung überwunden und die erbärmlichsten Zugeständnisse gemacht. Der Bezirkskommandant, der Stadtrat, die Trudors und ihr Sohn Paul, der in den Ferien hier ist, sind zu uns gekommen. Ich glaube, heute habe ich sogar Calédu die Hand gereicht, ohne es zu merken.

Viele Gäste, unter ihnen Corinne Laplanche, waren schon im Salon, als Annette in einem blauen Kleid, das ihre Schultern und ihren Rücken entblößte, den Raum betrat.

Corinne Laplanche wirkte wahrhaft ebenso vornehm wie ein Fräulein aus der guten Gesellschaft, hübsch und geschmackvoll gekleidet mit einem weißen, langärmligen Crêpekleid. Sie beugte sich zu mir und erklärte:

»Ich bin Corinne Laplanche, die Tochter von Elina Jean-François. Meine Mutter hat mir oft von Ihnen erzählt. Sie waren, glaube ich, Klassenkameradinnen.«

Ich schüttelte ihr lächelnd die Hand.

»Wer ist das?«, fragte Madame Camuse und drückte

den plissierten Jabot ihrer schwarzen Taftbluse zusammen.

»Die Tochter einer Mitschülerin: Elina Jean-François.«

»Jean-François! Jean-François! Ich kannte früher mal einen Blinden, der uns Geflügel und Schweine brachte. Ist das derselbe?«

»Ja.«

»Diese Annette! Also wirklich! Na ja, man muss sich fügen oder zu Hause bleiben. Viehbauern und Parvenus in unseren Salons! Was es alles gibt ...«

Diese Bemerkung enthüllt mir eine unbekannte, mutige und aufsässige Annette, die mit gesenktem Kopf auf die Barrikaden losgeht, die man ihr in den Weg stellt, und sie mit dem Witz der Jugend überwindet.

Während ich das denke, beobachte ich die Gäste: Madame Audier, Madame Camuse und Eugénie Duclan haben sich dicht neben den Tisch gestellt, um sich besser mit Kuchen voll stopfen zu können. Augustine trägt eine weiße Schürze über ihrem karierten Kleid und läuft mit gesenkten Augen anonym und alterslos zwischen den Gästen hin und her. Die Jugend plaudert und tanzt, die Mädchen tragen lange Kleider, die Männer dunkle Anzüge und eine Rose im Knopfloch. Calédus Khakiuniform sticht hervor. Wo versteckt er wohl seine Waffen?

Ich fühlte mich in meiner Ecke schrecklich alt und unmodern und versuchte mit einer fast übermenschlichen Willensanstrengung, mich selbst zu vergessen, um mich ganz und gar mit Annette zu identifizieren. Ich sah, wie sie ihren Freunden die Wange zum Kuss darbot, ihre Geschenke empfing, Rum in einem Zug hinuntergoss, tanzte und lachte, ohne Jean Luzes Anwesenheit auch nur eine einzige Sekunde aus dem Gedächtnis zu verlieren. Sie bewegte sich nur für ihn. Genau das verlangte ich von ihr. Er saß neben Félicia auf dem Sofa und rauchte. Sie schwamm in der Seligkeit, in die sie seine liebevolle Sorge tauchte. Die Harmonie ihres Lebens sprang ins Auge. Würden sie die Stärkeren sein? Nach dem dritten Glas Rum tanzte Annette mit dem Sohn des Präfekten, einem recht eleganten Stutzer, der seine schwarze Wange an ihre presste. Das war der Anfang eines Flirts, der Jean Luze völlig ungerührt zu lassen schien. Dann tanzte sie mehrmals mit Calédu. Ich staunte, wie anmutig er den gerade modernen Merengue beherrschte. Er kam zu mir, nachdem er mich offenbar mit dem Blick gesucht hatte.

»Tanzen Sie, Miss Clamont?«

Warum Miss? Ist er so amerikanisiert, seit er mit Mister Long verkehrt?

»Danke, ich mag nicht tanzen«, antwortete ich ihm kalt.

»Mit mir werden Sie es mögen.«

Er nahm mich, keinen Widerspruch duldend, in den Arm und drehte mich, bis mir schwindlig wurde. Seine Hände besaßen eine solche Kraft, dass bei ihrer Berührung mein ganzer Körper wie in einem Schraubstock eingeklemmt schien. Ich wollte mich befreien, er verstärkte seinen Griff. Unsere eng verbundenen Körper glühten vor Hass. Ich blieb plötzlich stehen und seine Beine klammerten sich ungeschickt an meine. Ich entriss ihm meine Hand.

»Müde?«, fragte er, um den Schein zu wahren.

Aber sein Blick strafte das mondäne Lächeln auf seinen Lippen Lügen, und ich begriff, dass ihm erst in diesem Moment das Ausmaß meines Hasses bewusst wurde.

»Ich habe gehört, Miss Clamont«, flüsterte er boshaft, »dass sich vor langer Zeit ein blutiges Drama auf Ihrem Land abgespielt hat, ganz oben, am Morne au lion, dem Löwenberg. Also haben Sie und ich Tote auf dem Gewissen. Meine quälen mich nicht weiter. Und Ihre?«

Er tanzte wieder mit Annette. Er hatte den Mund an ihrem Ohr, und während er mich anstarrte, flüsterte er Worte, die ich nicht verstand und die sich die kleine Idiotin lächelnd anhörte. Dann tanzte er mit allen anwesenden Frauen, den schönen und den hässlichen. Er schien sich etwas auf seine Uniform und seine Autorität einzubilden, die ihm mühelos auch fest verschlossene Türen öffneten. Der mondäne Henker in Hochform! Seine Mörderhände umschlossen die Taillen, drückten andere Hände. Wir hätschelten ihn, in der Hoffnung, verschont zu werden! Ich wandte den Blick ab, um mich nicht zu verraten, doch was er mir in meinem Haus ins Gesicht geschleudert hatte, verstärkte meine Verachtung und meinen Hass ...

Gegen Mitternacht war Annette betrunken genug, um Jean Luze aufzufordern. Er ließ sich eine Weile bitten, schließlich willigte er, von Félicia ermuntert, ein. Wieder einmal hielt er sie in den Armen. Ich richtete all meine Aufmerksamkeit auf dieses anmutige Bild und fand darin Ablenkung von dem Hass, den mir der Kommandant einflößte. Ich erforschte Jean Luzes regloses Gesicht. Annette vergaß sich, schloss die Augen. Plötzlich sah ich, wie sie seinen Kopf festhielt, um ihn auf die Lippen zu küssen. Er machte sich sofort von ihr los und sah sie ohne ein Lächeln an:

»Du bist verrückt, was?«, fragte er.

Sie senkte den Kopf im gleichen Moment wie ich.

Von dieser Minute an war mir alles gleichgültig. Ich saß in meiner Ecke, ohne einen Gedanken oder Wunsch, halb tot vor Mutlosigkeit und Verzweiflung. Wie im Traum sah ich die Leute vorbeigehen und hörte sie reden. Dennoch nahm ich für einen Moment Calédus auf mich gerichteten Blick wahr. Ich erhob mich, verließ unsere Gäste und ging in mein Zimmer, dessen Schlüssel ich wütend zweimal umdrehte.

Ich habe in der Nacht kein Auge zugemacht. Wegen Calédus Bemerkungen. Wer hat ihm davon erzählt? Sind wir schon so weit, dass wir unseren Stolz und unsere Solidarität verlieren, dass die Angst uns treibt, einander zu verraten? Wer hat so taktlos die Asche der Vergangenheit aufgewühlt? Nach so langer Zeit das blutige Drama des Morne au lion wieder aufleben zu lassen? Wissen sie nicht, dass sie unseren Feinden damit weitere Waffen gegen uns liefern? Waffen, die sie einsetzen werden, um uns zu demütigen, die uns zwingen werden, schändlich immer weiter zurückzuweichen. Nichts wird mich dazu bringen, den Kopf zu senken! Ich werde mich niemals beugen. Selbst wenn er mich prügelt, wenn er mich foltert wie Dora, werde ich den Kopf oben behalten. Ich werde die Einzige sein, die sich nicht ergibt. Ich weigere mich, mitzumachen, zur Komplizin zu werden. Lieber verbünde ich mich mit unseren alten Bonzen und gebe Madame Camuse Recht, obwohl mir ihr Verhalten nicht gefällt. Warum haben sie uns auch so unsympathische, besonders kriminelle Typen geschickt, um die Reformen in unserer zurückgebliebenen kleinen Stadt durchzusetzen? Du und ich, Kommandant! Mach dir nichts vor, du wirst es mit einer mächtigen Gegnerin zu tun haben. Unser Hass ist gleich stark. Segne die Liebe, die mich gefangen hält, bedanke dich bei Jean Luze, dem Franzosen, der mich so in Beschlag nimmt, dass ich für etwas anderes als die Liebe gar nicht existiere. Du spielst den Aufschneider und spreizt dich, bewaffnet wie ein ganzes Arsenal, und ich bin intelligent genug, mein Spiel zu kaschieren, bis du mich für harmlos hältst. Eben das ist meine Kraft. Ich bin geduldig und du bist impulsiv wie alle Schwachköpfe. Ich hülle mich in den Mantel alter Familienwürde, während ich in mir das Gift der Viper nähre; du trägst deine Grausamkeit zur Schau, ich kann meine verbergen; du beißt, ich steche heimtückisch, und mein Blick, geschult durch die bürgerliche Erziehung, die ich seit meiner Kindheit aufgesogen habe, macht aus mir die raffinierteste Feindin. Ich warte auf meine Stunde. Denn im Moment rettet mich noch die Liebe vor dem Hass.

Jeden Abend kommt Annette ziemlich betrunken von Bob Charivi nach Hause. Ich kann noch so fest an den Zügeln ziehen, sie entgleitet meiner Kontrolle. Ich habe in ihrer Abwesenheit ihr Zimmer durchsucht und auf ihrem Nachttisch ein Fläschchen mit Schlafmittel gefunden. Sie berauscht sich, um zu schlafen. Ich tappe wie eine Blinde durch die Schwärze meiner Gedanken. Ich erschrecke mich selbst. Um mich abzulenken, besuche ich Madame Camuse. Ich finde sie im Bett, Eugénie Duclan an ihrer Seite.

»Nicht der Rede wert«, begrüßt mich Madame Camuse, »eine böse Grippe.«

Auf ihre Bitte laufe ich zu Charles Farus, um Terpentinöl zu holen, wir reiben ihr den Rücken und die Brust damit ein. Dann verlangt sie von mir einen »Tee aus Katzenzungengras«, und empfiehlt mir, die drei Blätter, die ich kochen muss, nach dem bei uns herrschenden Aberglauben mit geschlossenen Augen zu pflücken.

»Eine schreckliche Epidemie steht uns bevor!«, jammert Eugénie Duclan. »Der Regen hört nicht auf. Gott hat unsere Gebete erhört, aber die Sonne kann die Pfützen nicht mehr trocknen. Gestern sind sechs Kinder am Malariafieber gestorben. Im Krankenhaus gibt es keine Medikamente und auch keine Krankenschwestern mehr.«

Madame Camuse bewegt sich in ihrem Bett.

»Wir müssen beten und unsere Toten um Hilfe bitten, unser Land siecht dahin«, sagt sie.

Sie dreht sich zu mir, um nach der Tasse mit dem kochend heißen Tee zu greifen.

»Claire«, sagt sie dann, »bist du am Grab deiner Eltern gewesen? Es sieht sehr vernachlässigt aus. Dass sich Félicia und Annette nicht darum kümmern, ist verzeihlich; sie haben sie kaum gekannt, aber du, die Älteste …«

Was mischt sie sich ein? Glaubt sie, ich bin noch das Wetterfähnchen, das sie gekannt hat? Ich antworte nicht und küsse sie, um mich zu verabschieden.

»Bist du mir böse?«, fragt sie. »Ich habe dich zur Welt kommen sehen, deine Mutter war meine Freundin und mein Sohn hat dich geliebt. Hast du das vergessen?«

Nein, ich habe nichts vergessen. Meine Erinnerungen sind unversehrt, aber sie wird nichts davon erfahren.

»Ich bin Ihnen nicht böse, Madame Camuse.«

Eugénie Duclan sieht mich mit durchtriebener Boshaftigkeit an.

»Du siehst auch nicht gut aus«, flüstert sie mir zu, »ach ja, wir werden alt, du, Dora und ich, ohne Mann und ohne Kinder.«

»Man erzählt, dass du immer noch hinter diesem erbärmlichen Apotheker her bist«, sagt Madame Camuse zu ihr. »Du wirst ihn doch nicht heiraten, Eugénie? Das ist unmöglich. Du, die Tochter von Edgar Duclan, würdest den illegitimen Sohn einer Negerin und eines Mulatten heiraten, dessen Namen man nicht einmal kennt.«

»Vielleicht ist das besser, als eine alte Jungfer zu bleiben«, antwortet Eugénie und weicht meinem Blick aus.

Schon seit zehn Jahren klammert sie sich nun an Charles Farus, einen dunkelhäutigen Mulatten. Er hat seinen Laden »Große Apotheke der Grand-Rue« genannt. Anscheinend übt dieses Adjektiv eine besondere Anziehung auf ihn aus. Es ist, nebenbei bemerkt, unsere einzige Apotheke, seit ein Feuer die von Doktor Audier zerstört hat. Mit den staubigen Regalen und den mit Kampfer- oder Naphtalinkugeln voll gestopften Gläsern gleicht sie, wie Jean Luze sagt, einem Marketenderladen an der Front. Charles Farus hätte sie ausbauen können, aber er weigert sich und beschuldigt die Wirbelstürme, ihn allzu oft ruiniert zu haben. Aus seiner Zeit als Wucherer besitzt er angeblich ein kleines Vermögen, das er wie Balzacs Monsieur Grandet in einem alten Koffer aufbewahrt, um es nach Belieben zählen und betrachten zu können. Wer weiß, ob nicht sein Ruf als reicher Mann zu Eugénies Entscheidung beigetragen hat! Und vielleicht auch seine Beziehungen. Ich habe ihn oft mit Calédu und anderen Würdenträgern gesehen. Wir haben die Tür unserer Salons vor ihm verschlossen, und er ist sicher hocherfreut, dass sich die ziemlich verarmte Tochter einer unserer besten Familien in seine Arme wirft. Dabei waren Eugénie und ich früher unzertrennliche Freundinnen! Wie man sich ändern kann! Nicht der Charakter, denn das Wesen bleibt immer gleich; aber der Geschmack: Meiner hat sich mit dem Alter glücklicherweise verfeinert.

Madame Camuse mustert sie missfällig und winkt mich heran:

»Nimm die Blumen mit«, sagt sie, »es sind die vom Ruhealtar der Nonnen, Père Paul hat sie mir gestern geschenkt. Sie sind noch frisch, bring sie deinen Eltern. Sie waren streng, das stimmt. Aber sieh nur, was für ein wunderbares Mädchen du geworden bist! Außerdem hilft es nicht, die Toten zu verstimmen, nicht wahr?«

Ich nehme die Blumen ohne Dank an und gehe. Der

Friedhof ist nicht weit. Nur ein paar Schritte. Das Grab ist halb mit Unkraut überwuchert. Ich sehe mich um, ehe ich ihnen die Blumen hinwerfe, wie einem Hund den Knochen. Aber ich werde trotzdem das Gras schneiden und das Grab weißen lassen, damit sie nicht über mich herziehen.

Ich suche Trost bei meiner Puppe, die ich hinter verschlossener Tür wiege. Das Leben hat mir die Freuden der Mutterschaft vorenthalten, und in mir ruht ein Schatz an Mutterliebe. Welches Verbrechen habe ich begangen, dass ich dieses Glück nicht verdiene? Vielleicht ist es noch nicht zu spät. Wer will mit mir schlafen? Wer will mir ein Kind machen? Gratis, ohne Heirat hinterher. Ich feilsche nicht mehr … Alles nur Schau. Niemals werde ich den Mut dazu aufbringen. Außerdem gehöre ich zu denen, die wählen. Und meine Wahl ist Jean Luze. Ich hasse meine müden Augen, meine ersten weißen Haare und die Falten auf meiner Stirn. Eine Sternschnuppe fällt und ich wünsche mir etwas. Manchmal komme ich mir vor wie ein Ungeheuer. Wovor fliehe ich, dass ich die Vision der Liebe mit solcher Inbrunst in meinem Leben empfange? Das kann nicht nur die Unzufriedenheit sein oder der Hass auf Calédu. In mir ist ein Kampf entbrannt, ich weiß es, und eines Tages werde ich mich auch entscheiden müssen. Welche Berufung ist stärker? Wie soll ich verstehen und gehorchen? Mein Kampfgeist ist nicht erlahmt. Ich muss nur Dora vorbeigehen sehen, und mir kocht das Blut in den Adern, und neulich, als der Stadtrat mir nach der Messe die Hand drückte, hätte ich ihm beinah ins Gesicht gelacht.

»Er ist lächerlich, unser kleiner Bürgermeister«, hat mir Madame Camuse an diesem Tag zugeflüstert. »Er sieht in seinen Wolljacketts eingequetscht aus wie eine billige Wurst. Sieh dir nur die Frau des Präfekten an!

Sie hat vier Armbänder über ihre dicken Arme geschoben und sich Brillanten an die Ohren gesteckt. Glaubt sie vielleicht, sie ist auf einem Ball?«

Sie spricht noch immer wie eine Aristokratin. Mit fünfundsiebzig Jahren wird sie sich nicht mehr ändern. Beim Anblick der bewaffneten Bettler im Cercle wird ihr übel.

»Sie haben alles besetzt!«, seufzt sie. »Oh, unsere gute alte Zeit ist lange vorbei.«

Die Zeit, da sie die Zügel der Provinz in der Hand hielt, da sie auf großem Fuße lebte, ihre Dienerschaft drangsalierte und hetzte, Empfänge im *Cercle* organisierte, an der Stirnseite des Tisches ihrem, in seinen schönsten Gehrock gekleideten verstorbenen Mann gegenübersaß und auf der Einladungsliste inbrünstig die Namen von Gästen strich, deren Familien noch allzu frisch waren. Diese Zeiten sind vorbei. Annette und ihre Altersgefährten passen sich an. Annette ist eine Dirne, denken Madame Camuse und Madame Audier. Eine Dirne, verraten sie einander in der Intimität ihres Salons, den jetzt die Stiefel von Kommandant Calédu und die allzu neuen Schuhe des Bürgermeisters und des Präfekten beschmutzen. Das ist der Kalte Krieg der Vorurteile, des Grolls und des Hasses.

Heute früh habe ich Félicia ihre Brühe gebracht. Ihr Bauch quillt unter der weiten Jacke hervor: ein richtiger Pottwal!

»Claire, meine Liebe«, hat sie gesagt, »Jean und ich haben beschlossen, dass du die Patin unseres Sohnes sein sollst.«

Ich lächle und ich danke. Auf meine Art.

»Freust du dich?«

»Natürlich freue ich mich.«

Ich will kein Kind, das mir zu einem Viertel gehört,

sondern eins, das ganz meins ist. Ich will mich nicht an die Kinder von anderen binden. Auch wenn mir das Leben alles verweigert hat, bin ich keineswegs geneigt, die Adoptivmutter zu spielen. Ich küsse die runden Bäckchen von Janes Sohn, aber ich bleibe frei, die Tür zu meinem Herzen ist so fest verbarrikadiert wie die meines Zimmers.

Natürlich wird Doktor Audier der Pate sein. Er ist Trauzeuge bei fast allen Ehen und Pate fast aller Kinder, die in unseren feinen Familien zur Welt kommen. Ich bin also in guter Gesellschaft. Ein anständiger Kerl, der trotz seines Aufenthalts in Paris hundertprozentig zur haitianischen Provinz gehört. Er vergisst immer noch, seine Schnürsenkel zu binden und seinen Hosenstall zuzuknöpfen. Die von Speichel durchnässte Zigarette hängt stets in seinem Mundwinkel; einmal hat er aus Unachtsamkeit die Asche auf Félicias nackten Bauch fallen lassen. Er ist der Vertrauensarzt der Luzes, wie er früher unserer war. Wir hätten ohnehin kaum die Qual der Wahl. Und außerdem ist doch ein Arzt, der in Frankreich studiert hat, ein Gelehrter! Er besucht uns weiterhin alle acht Tage in Begleitung seiner Frau, die immer wie mit Raureif gepudert ist, weißer als ein Pierrot. Bekommt sie noch ihre Kiste mit Sommersprossenmilch aus Paris? Nein, denn die französischen Schiffe haben unsere Häfen verlassen. Mein Gott!, jammerte sie und spielte die große Dame, ich werde so leicht braun! Sie ist zuckersüß, wenn sie mit dem Präfekten spricht, zuckersüß auch mit Calédu. »Kommandant«, hat sie einmal zu ihm gesagt, »Ihre Uniform steht Ihnen wirklich gut.«

Jetzt fühlt sie sich erst mal verpflichtet, beim Anblick der Ausstattung für das erwartete Baby begeisterte Schreie auszustoßen.

Jean Luze plaudert mit Doktor Audier. Sie lassen Erinnerungen aufleben und reden über Paris. Wie und in welchem Moment das Thema gewechselt hat, weiß ich nicht zu sagen. Ich höre nur Doktor Audier antworten:

»Ja, ich behandle Dora Soubiran, wie ich alle Frauen behandelt habe, die von Calédu geschlagen wurden. Wir haben es mit einem Sadisten zu tun, der sich vielleicht für seine eigene Unfähigkeit an den Frauen rächt. Ich sage vielleicht, denn er ist auch verbittert und lässt die anderen für seine soziale Herkunft büßen. Seine Foltermethoden beweisen es.«

»Warum kann man ihn nicht anzeigen?«, fragt Jean Luze.

»Bei wem?«, antwortet Audier. »Bei denen, die ihn extra entsandt haben, um diese Stadt zu säubern?«

»Aber es ist doch unmöglich, dass Sie gar nichts tun können!«

»Also haben Sie immer noch nichts begriffen«, erklärt Doktor Audier resigniert. »Es ist wohl wahr, dass die Ausländer, so gebildet sie auch sein mögen, uns nur schwer verstehen können, auch wenn sie uns hundert Jahre leben sehen.«

»Ich glaube, ich habe schon eine ganze Menge verstanden«, antwortet Jean Luze lächelnd, »aber was mich bei Ihnen allen hier überrascht und ein wenig abstößt, das gebe ich zu, ist diese Schicksalsergebenheit braver Kinder, mit der Sie gehorsam die Hosen herunterziehen, um sich auspeitschen zu lassen. Ich sehe ringsum keine Auflehnung, nicht einmal den Anschein einer Revolte, nichts, was Ihre Unzufriedenheit offenbart.«

»Sie täuschen sich. Diese Provinz ist im Terror gefangen. Aber das ist vielleicht nur vorübergehend so. Wir Haitianer haben unsere Unabhängigkeit auf einem Weg erlangt, dessen sich nur wenige Völker rühmen können. Wir sind noch sehr jung. Vielleicht finden wir es normal, ab und zu die Peitsche zu spüren, wie Sie sagen. Die Reaktion wird kommen. Wenn die Zeit reif ist, wird sie kommen, glauben Sie mir …«

»Das werde ich leider nicht mehr erleben.«

»Bei Ihrer Export-Corporation wird es Sie wohl nicht mehr lange halten«, antwortet Doktor Audier und hebt mahnend den Finger.

»Mein Vertrag läuft in drei Monaten aus. Ich habe viel gespart …«

Er wischt sich die feuchte Stirn und lächelt.

Ich werde ihn verlieren, ich weiß es.

Félicia sieht ihn wortlos an.

Sie wird tun, was er will. Auch sie würde ihm bis ans Ende der Welt folgen.

Félicia geht es eindeutig besser. Ich sehne mich nach ihrer Krankheit zurück, die mir reichlich Gelegenheit gab, mich in ihr Privatleben zu schleichen. Ich sah Jean Luze im Pyjama, im Bett, träumend oder dösend. Einmal habe ich absichtlich ihre Zimmertür geöffnet, ohne zu klopfen. Er stand in Unterhosen am Fenster.

»He, pass auf, Claire«, hat er fröhlich gerufen, »du wirst noch erblinden.«

Und er zog sich lachend die Hose an.

Gerade an diesem Tag sprach Félicia mit mir über Annette.

»Hier sind gewisse Dinge vorgefallen, die mein Mann und ich gern für uns behalten möchten, meine liebe Claire«, sagte sie. »Außerdem möchten wir dich nicht unnötig mit solchen Offenbarungen verwirren … Annette macht mir Sorgen. Das Leben, das sie führt, empört sogar Jean. Da du eine Mutter für sie warst, glaube ich, dass es deine Pflicht wäre, mit ihr zu sprechen und ihr ins Gewissen zu reden. Weißt du, dass sie jede Nacht nach zwei Uhr heimkommt?«

»Sie geht mit Freunden aus, jedenfalls hat sie es mir so gesagt.«

»Sie betrinkt sich. Sie ist zu jung, um so ein Leben zu führen. Madame Audier hat mir mit aller Zurückhaltung, derer sie fähig ist, erklärt, dass Annettes Ruf gefährdet sei. Sollte es eines Tages zum Skandal kommen, wird er auch uns nicht verschonen. Unsere Eltern haben uns einen ausgezeichneten Namen hinterlassen, aber Annette ist dabei, ihn zu beschmutzen.«

Ich hörte mir alles an, ohne etwas zu sagen. Sie dachte wohl, die Sache würde mich überfordern.

Sie hat also aus Angst vor einem Skandal eingewilligt, sich mit Annette zu versöhnen! Aus Angst vor einem Skandal hat sie so schnell alles weggewischt und die Rivalin weiterhin in ihrem Heim geduldet? Allerdings gehört uns das Haus ebenso, und es wäre an ihr zu gehen, da Jean Luze eine gute Stellung hat. Doch sie ist kaltblütig und hat sicher an alles gedacht: Sie hat eine schwache Gesundheit und ist eine schlechte Hausfrau. Würde sie das Haus verlassen, verlöre sie mit einem Schlag ihre Gouvernante, die künftige Patin, die sich für sie abrackern soll, die alte Jungfer und Amme, die zu allem gut ist und die ihrem Sohn den Hintern abwischen wird, während sie mit ihrem Mann herumschmust. Sie hat gründlich nachgedacht. Sie fürchtet sich so sehr davor, ihre Beziehung zu Annette zu verschlimmern, dass ich als Schutzschild herhalten soll. Ich werde für niemanden als Schutzschild herhalten. Annette ist frei. Soll sie doch machen, was sie will. Ich werde kein Wort zu ihr sagen. Stattdessen werde ich mit der heuchlerischen Madame Audier ein paar Takte reden. Noch nie hat jemand Gnade vor ihr gefunden. Sie hat eine böse Zunge, die mit dem Alter nur noch giftiger wird und auf die Père Paul jeden Monat demütig die heilige Hostie legt. Sie ist ein fester Pfeiler der Kirche, stets der heiligen Jungfrau oder dem heiligen Judas ergeben, sie tratscht herum, was die anderen tun, oder denkt sich Sachen aus, nur um etwas erzählen zu können. Sie war schon immer eine öffentliche Gefahr, ein Ungeheuer von harmlosem Äußeren, höchst beliebt im Kreis der Müßiggänger. Ich habe Geschichten über sie gehört, die nicht mehr lustig sind, meine Mutter beschuldigte sie im Familienkreis, anonyme Briefe an gehörnte Ehemänner zu schreiben, um ihnen die Augen zu öffnen. Bei Félicia spielt sie die ehrenwerte Frau, die alle anderen verurteilt. So wie sie noch mit fünfundsechzig vor Leben und Fantasie sprüht, hat sie sich bestimmt nicht mit ihrem Jules begnügt. Und sollte sie sich doch mit ihm begnügt haben, dann nur aus Angst vor dem Skandal.

Aus meinem Zimmer höre ich unsere Augustine Kreolisch brabbeln. Fast dreißig Jahre ist sie nun schon bei den Clamonts, doch erst seit zehn Jahren als Angestellte, bei mir, Claire, einer Gegnerin der Sklaverei, die stolz darauf ist, wenn auch nur im ganz Kleinen, die Gerechtigkeit in dieser Welt wiederherzustellen. Ich bezahle Augustine, während sie für meine Eltern umsonst arbeitete. Was kann sie mehr verlangen? Vielleicht tröstet es sie, vor sich hin zu reden, mir aber gefällt es nicht, wenn sie dabei in unser Essen spuckt. Wir sind alle beide griesgrämig. Hat auch sie keinen Mann? Was hat diese arme, unwissende Negerin aus den Bergen wohl loszuwerden? Wir sind einander spinnefeind. Sie ist nachlässig und ich bin manisch. Unvermeidliches Übel alter Jungfern. Obwohl ich weiß, dass es auch sehr unreinliche Jungfern gibt. Ein Staubkorn bringt mich zur Raserei. Misstrauisch rieche ich am Geschirr und am Essen, was wiederum Augustine aufs Äußerste reizt. Keine Gefahr, dass sie ihre Stellung aufgibt, auch wenn ich ihr noch so sehr zusetze: Ich verschließe die Augen vor ihren kleinen Diebereien. Ich bin nicht naiv: Eine treue Dienerin ist einfach nur eine, die Grund hat, es zu sein.

»Du vergiftest alles«, protestiert Félicia, wenn ich die Mücken in den Ecken und Winkeln mit DDT bekämpfe.

Wie alle trägen Frauen neigt auch sie dazu, alles laufen zu lassen, sie denkt, sie kann alles regeln, indem sie unablässig an der Wäsche ihres Kindes stickt.

Die Wahrheit ist, dass es mich auch von mir selbst ablenkt, Jagd auf den Staub zu machen. Seit einiger Zeit rühme ich mich, Herrin eines makellosen Hauses zu sein. Wenn Jean Luze seine Zigarettenasche auf den Teppich fallen lässt, knie ich mich hin, um sie aufzusammeln. Ich bessere seine Wäsche aus, seit seine Frau schwanger ist, und er wendet sich immer häufiger an mich.

»Claire, kannst du mir bitte diesen Knopf annähen?«

Und dann liebkose ich seinen Hosenstall, während ich mich endlos an dem Knopf zu schaffen mache. Er dankt mir und umfängt mich mit seinem Blick. Seine Augen sind wie Edelsteine in einem Samtkästchen. Ich werde den Kleinen vergöttern, wenn er ihm ähnlich ist, und es wird eine Höllenqual für mich sein, gegen dieses Gefühl anzukämpfen, das ich aus Stolz womöglich unterdrücken möchte.

»Trink nicht soviel«, hat Félicia heute Morgen streng zu Annette gesagt, »und gib dir Mühe, ein anständiges Leben zu führen.«

»Was verstehst du unter einem anständigen Leben?«, hat sie ihr aufsässig geantwortet.

»Félicia meint es gut mit dir«, habe ich der Form halber hinzugefügt.

»Aha.«

Ihre Schmetterlingsaugen blitzten, und sie griff nach der Rumflasche, um sich noch ein Glas einzugießen.

Jean Luze hat sie kalt angesehen, als müsste er sich beherrschen, sich sein Missfallen und seine Verachtung nicht anmerken zu lassen! Er liebt sie nicht, kein Zweifel. Tatsächlich benimmt sie sich seit einiger Zeit wie eine kleine Nutte. So schön sie auch ist, nie wird ein Mann wie er sie lieben können. Dabei hat er sicher schon einige Abenteuer erlebt! Vielleicht hat ihn das so unzugänglich gemacht. Dass sich der Widerstand der Frauen so leicht überwinden lässt, hat sein Misstrauen verstärkt. Er weiß, woran er bei ihnen ist. Deshalb hat er sich die langweiligste, die unbedeutendste von uns dreien ausgesucht.

Es war zwei Uhr morgens und ich schlief fest, als jemand an meine Tür klopfte. Es war Jean Luze. Ein besorgter, verzweifelter Jean Luze, der mich anflehte, zu Félicia zu kommen. Sie war schweißgebadet und wand sich vor Schmerzen.

»Wir brauchen Doktor Audier«, sagte ich zu ihm.

Sobald Jean Luze weg war, räumte ich schweigend die Wäsche zusammen, die auf den Stühlen herumlag. Félicia klagte, weinte und rief nach mir.

»Oh, es tut so weh!«, sagte sie. »Claire, es tut so weh!«

Kurz darauf beugte sich Doktor Audier über sie. Er hatte sich so beeilt, wie es ihm mit seinen kleinen Füßen und dem runden Bäuchlein möglich war.

»Die Geburt beginnt«, erklärte er Jean Luze.

»Aber sie ist erst im siebten Monat«, rief dieser mit unverhohlener Sorge.

Audier nickte ihm zu, dann sagte er: »Viele kräftige Männer sind vorzeitig geboren!«

Jean Luze drückte seine Frau mit unendlicher Zärtlichkeit an sich und trocknete ihre Stirn.

»Sei tapfer«, sagte er zu ihr.

»Setzen Sie Wasser auf, Claire«, bat mich Doktor Audier, »und legen Sie saubere Laken bereit.«

Dann wandte er sich an Jean Luze.

»Und Sie gehen jetzt hinaus«, sagte er freundlich. »Félicia wird mutiger sein, wenn Sie nicht dabei sind. Die Anwesenheit der Männer macht es immer schwieriger.«

»Bleib bei ihr, Claire«, flehte Jean Luze.

»Was ist los?«, rief Annette aus dem Flur.

»Félicia bekommt ihr Kind«, antwortete Jean Luze.

»Ihr Kind!«, wiederholte sie fassungslos.

Ich rannte ins Dienstmädchenzimmer, um Augustine zu wecken. Wir setzten Wasser auf und holten Laken und Badehandtücher aus dem Schrank.

»Die arme Madame Luze!«, seufzte Augustine. »Wie sie leidet!«

Liebt sie uns? Liebt sie wenigstens meine jüngeren Schwestern, die sie zur Welt kommen und aufwachsen sah? Welchen Platz nimmt in einer großen Familie eine Haussklavin ein, die Babys respektvoll Mademoiselles nennt und bei Androhung von Schlägen allen Launen nachgeben muss? Jean Luze verhält sich ihr gegenüber höflicher und respektvoller als wir.

Sie läuft hin und her, ihr schwarzes Gesicht ist mürrisch, aber sie lauscht auf Félicias Klagen.

»Da, Mademoiselle Claire«, sagt sie, »das kochende Wasser, wir müssen es in das Zimmer von Madame bringen.«

Während ich Félicias Hand hielt und ihr schweißnasses Gesicht trocknete, schmerzte mein Herz vor Bitterkeit: Sie würde Jean Luzes Sohn zur Welt bringen.

Im Salon war er allein mit Annette. Dieser Gedanke half mir, Félicia zu verzeihen, dass sie an meiner Stelle dem Mann, den ich liebte, so großes Glück schenkte.

Die Entbindung ist anstrengend. Ich bin bis sechs Uhr morgens an Félicias Bett geblieben. Jean Luze ist so nervös, dass er nichts essen kann. Annette hat plötzlich eine rätselhafte Miene aufgesetzt. Ich weiß nicht, ob etwas zwischen ihnen vorgefallen ist.

Ich blickte auf den gemarterten Körper meiner Schwester. Ich hörte sie stöhnen und schreien, geduldig wischte ich ihr weiter die Stirn ab.

»Claire! Claire!«, jammerte sie und klammerte sich an meinen Arm.

Gegen sieben Uhr stieß sie einen grauenvollen heiseren Schrei aus. Doktor Audier, die Zigarette im Mundwinkel, beugte sich vor und empfing das Kind auf dem großen Mahagonibett, wo schon meine Mutter unter seiner Obhut ihre drei Töchter zur Welt gebracht hat.

»Es ist ein Junge«, teilte er mir mit.

Er sah so hässlich aus, dass ich überzeugt war, ihn niemals lieben zu können.

»Und Félicia?«, fragte Jean Luze und schob die Zimmertür einen Spalt auf.

»Alles ist gut«, antwortete Doktor Audier. »Warten Sie noch einen Moment, ehe Sie hereinkommen.«

Das Kind röchelte schwach, es war ganz lila. Der Arzt klatschte ihm auf den Po und tauchte es in ein lauwarmes Bad. Es bewegte sich und schrie.

»Geben Sie mir Watte, Claire«, bat Doktor Audier, »viel Watte.«

Er umgab das Baby mit einer dicken Schicht und hüllte es dann in eine Decke.

»Es ist sehr klein«, erklärte er, »die Wärme wird ihm gut tun.«

Der Zustand des Babys ist besorgniserregend. Audier hält sich bedeckt. Félicia weiß natürlich nichts. Sie ist gelassener denn je und pumpt geduldig die Milch ab, die ihre Brüste anschwellen lässt. Heute ist sie auf Anweisung des Arztes zum ersten Mal aufgestanden und hat ein paar Schritte durchs Zimmer gemacht. Jean Luze zwingt sich zu lächeln, wenn er bei ihr ist. Sie merkt glücklicherweise gar nichts! Was für ein Naturell! Félicia hat ein dickes Fell. Sie ist wie ausgestopft. Ich kenne jeden Ausdruck dieses Mannes und ahne seine Reaktionen voraus. Warum spürt sie seine tödliche Besorgnis nicht? Sie isst voller Appetit, während er die Speisen kaum anrührt, obwohl ich mich bemühe, seine Lieblingsgerichte zu kochen. Für ihn existiert Annette ebenso wenig wie ich. Er sieht sie nicht mal. Er lebt in ständiger Angst, einer so quälenden Angst, dass sie ihn mir gänzlich entzieht. Er hört keine Musik mehr. Er hat auf gar nichts Lust. Gestern war er im Salon und rauchte Pfeife, ich bin auf Zehenspitzen hineingegangen und habe das Concerto von Beethoven aufgelegt. Er hat eine Minute zugehört, dann ist er aufgestanden, um sich über das Baby zu beugen, das immer noch in Watte gehüllt ist und hässlicher aussieht als ein kleines Äffchen.

Die Verbitterung macht Annette krank. Sie scheint ebenso zu leiden wie ich. Sie macht mir Sorgen. Ich habe sie gezwungen, zu intensiv zu leben. Sie ist es nicht gewöhnt, zu leiden, es zerreißt sie förmlich: Mit ihren exzentrischen Kleidern und der übertriebenen Schminke sieht sie aus wie eine Verrückte. Sie isst nicht mehr. Jean Luze scheint ihre Abwesenheit bei Tisch nicht einmal zu bemerken. Die angespannte Atmosphäre zerrt an meinen Nerven. Sind Félicia und das Gör, das sie geboren hat, für diesen Mann die Welt?

Im Salon warten Gäste. Unter anderem Eugénie Duclan und ihr Apotheker. Ich habe gerade ein Rezept von Doktor Audier für Félicia. Ich gebe es Charles Farus, der seine Brille zurechtrückt, um es zu entziffern. Dann schüttelt er den Kopf: Nein, dieses Medikament hat er nicht, er muss es aus Port-au-Prince kommen lassen. ›Wozu ist Ihre Apotheke überhaupt gut?‹, möchte ich ihn anschreien. Sie sind da, fast vollzählig, und alle gierig zu erfahren, ob Félicia tot ist oder lebt, ob das Kind dick ist oder dünn. Man spürt ihr Verlangen nach Ablenkung und vor allem nach Tratsch. Man liest es in ihren Gesichtern. Sie sind schon dabei, die Monate zu zählen, die Daten zu vergleichen. Jean Luze zwingt sich, freundlich zu bleiben. Sie scheinen eingeschüchtert, ja geradezu geschmeichelt, ihm die Hand zu drücken. Minderwertigkeitskomplexe? Ein Ausländer galt in unseren Augen schon immer als der Größte. Er hat den Ruf, reich und glücklich zu sein; alles zu wissen und zwar besser als wir. Er öffnet uns neue Horizonte, offenbart uns eine unbekannte, geheimnisvolle Welt.

Eugénie Duclan reicht dem halbseitig gelähmten Charles Farus ihren Arm. Tatsächlich scheint bei ihnen alles wie geschmiert zu laufen. Ich denke, dass wir diese alte Klatschbase von vierzig Jahren schon bald am Arm des Apothekers die Kirche betreten sehen werden. Mit zunehmendem Alter und fortschreitender Krankheit wird er sie am Ende womöglich als Pflegerin zu sich nehmen.

»Also ist alles in Ordnung?«, fragt Eugénie noch einmal.

»Es ist alles in Ordnung«, erklärt Jean Luze.

»Gelobt sei der Herr!«

»Gelobt sei der Herr«, wiederholt er ungerührt.

Sie trägt einen gestärkten Rock, in dem sie aussieht wie eine aufgeplusterte Pute. Farus hat einen grünen Alpakaanzug an und einen schmutzigen Panamahut in der Hand.

»Oh, là, là!«, meinte Jean Luze, als sie weg waren. »Wie aus einem Gemälde des letzten Jahrhunderts.«

Darüber musste ich lächeln.

Dann kam Madame Camuse. Sie hat die Anweisung missachtet und ist mit ihrem Geschenk geradewegs in das Zimmer der Luzes geplatzt.

»Du! Du! Félicia Clamont, mein Patenkind, niemals hätte ich das gedacht! Madame Audier ist eifrig dabei, die Nachricht zu verbreiten: Alle meinen, du warst bei der Hochzeit schwanger, meine Tochter.«

»Was bedeutet das schon, Patin«, antwortete sie ihr, »Hauptsache ich bin verheiratet.«

Und sie tauschte mit ihrem Mann ein so verständnisinniges Lächeln, dass ein Heiliger vor Eifersucht erblasst wäre.

Audier hat uns beruhigt. Das Baby wird leben. Er hat es endlich aus seinem Wattekissen geholt. Jean Luze ist etwas ruhiger. Meine Nerven entspannen sich, sonst wären sie vielleicht zerrissen.

Leider hat sich Annette genau diesen Moment für einen Selbstmordversuch ausgesucht.

Als ich am Abend die Tür zu ihrem Zimmer öffnete, fand ich sie in tiefem Schlaf, röchelnd wie im Todeskampf. Ich rief Jean Luze und zeigte ihm wortlos das leere Glas mit Schlafmittel. Er runzelte die Stirn, beugte sich vor und schob die Hand unter Annettes Kopf. Ihr wunderbares Haar glitt über seine Finger, ohne dass er es auch nur bemerkte.

»Was hast du getan? Was hast du nun wieder angestellt? Gott im Himmel!«, schrie er.

Ungeschickt verpasste er ihr ein paar Ohrfeigen, dann drehte er sich zu mir um: »Ich hole Doktor Audier.«

Ebenso ungeschickt ließ er Annettes Kopf auf das Kissen fallen und rannte los.

Als er wiederkam, blieb er einen Moment im Salon, um mit Audier zu sprechen. Er flüsterte ihm etwas zu, das ich nicht verstand. Ich spitzte die Ohren, dann hörte ich ganz deutlich Doktor Audiers Stimme.

»Solche Mädchen nehmen gar nichts ernst, wissen Sie, für sie ist das Leben nur eine Komödie.«

»Ja, aber ich verabscheue diese durchgedrehten Frauen, die nur durch ihre Sinne leben«, antwortete Jean Luze. »Gibt es kein Mittel, sie zu beruhigen, sie zu heilen? Es muss doch eine geeignete Behandlung geben …«

»Wenn sie sich darauf einlassen, ja, dann kann man ihnen helfen: Nymphomanie ist heilbar. Die Patientin muss nur mitmachen.«

Der Ton, in dem Doktor Audier die letzten Worte ausgesprochen hatte, war schlimmer als eine Beleidigung. Er folgte uns in Annettes Zimmer, nahm das leere Fläschchen, das Jean Luze ihm reichte, sah es sich kurz an und stellte es auf den Tisch.

»Ich werde eine Magenspülung vornehmen«, erklärte er.

Brutal presste er mit einem Löffel ihre Zähne auseinander, öffnete ihren Mund und schob ein langes Rohr in ihren Rachen. Sie schluckte, hustete, spuckte Blut und übergab sich.

»Helfen Sie mir, Claire«, befahl er.

Ich zitterte vor Wut und Sorge. ›Er ist hart wie ein Stein‹, dachte ich. Ich sah Jean Luzes unzufriedenes Gesicht und hatte das Gefühl, auf einen glühenden Gipfel geklettert zu sein, um dann abzustürzen und mir alle Knochen dabei zu brechen.

Ein eisiger Wind trocknete den Schweiß auf meiner Stirn. ›Wenn Annette ihn gleichgültig lässt, wie kann ich dann hoffen, ihn zu rühren?‹, fragte ich mich. ›Er ist stark, und die Starken sind immer erbarmungslos, auch gegen sich selbst.‹

›Der Mann formt sein Verlangen nach der Frau, die er besitzt, und die Qualität seiner Liebe ist das Maß seiner Wertschätzung‹, redete ich mir ein, um mich zu trösten. Je mehr ich darüber nachdachte, gelangte ich mühelos zu der Einsicht, dass Annette nichts Dauerhaftes in ihm wecken konnte.

»Geht es ihr jetzt besser?«, fragte ich Doktor Audier.

»Ja, sie wird ein, zwei Tage schlafen, dann wacht sie wieder auf.«

Die Asche seiner Zigarette war auf Annettes Gesicht gefallen, Jean Luze beugte sich vor und pustete sie weg.

Ich lauere auf Annettes Erwachen. Ich sitze mit verschränkten Armen neben ihr. Ich lasse sie nicht aus den Augen. Es ist aus. Soll sie ihr eigenes Leben führen. Ich habe mit ihr mein Ziel verfehlt. Ich werde meine zweite Karte ausspielen. Diesmal ohne Mittler. Eine gewisse Kühnheit erwacht in mir. Ganz langsam kommt sie zum Vorschein. Ist es das Alter? Ich streiche mit der Hand über mein Gesicht, um den ersten Metamorphosen meiner Züge zu folgen. Ja, ich habe mich verändert. Meine feuchten Lippen öffnen sich ein wenig vor einer nahenden, noch unbekannten Entscheidung. Ich werde mir meines Wertes bewusst. Alles, was fast vierzig Jahre in meiner Vorstellung gereift ist, mein unbefriedigtes Begehren, meine unbeantworteten Rufe, die sterile Ekstase der einsamen Vergnügungen, erhebt sich in mir. Das ist eine Revolution. Ich fühle mich bereit, den Forderungen meines Seins zu begegnen.

Jean Luze ist wieder nervös. Jetzt hat er schon zwei kranke Frauen am Hals. Er weiß genau, dass er für Annettes Selbstmordversuch mitverantwortlich ist. Was geht in ihm vor? Und was geht in mir vor, die ich vollständig dafür verantwortlich bin? Zum zweiten Mal in meinem Leben, das erste Mal liegt zwanzig Jahre zurück, habe ich keine Lust, in mich hineinzusehen.

Annette hat nach zwei Tagen die Augen aufgemacht. Sie hat weder geweint noch ein Wort gesagt. Sie hat die von Doktor Audier empfohlene Milch genommen und mit verzogenem Gesicht ausgetrunken. Dann ist sie auf wackligen Beinen ins Bad gegangen und hat sich anschließend wieder ins Bett gelegt, das ich inzwischen frisch bezogen hatte.

»Ich will niemanden außer dir in diesem Zimmer sehen, hörst du, Claire? Niemanden sonst …«

Die trübe Starrheit ihres Blicks weckt in mir nicht die geringsten Gewissensbisse.

»Nicht mal Jean?«

»Nicht mal ihn.«

»Und Doktor Audier?«

»Er ist ja der Arzt.«

Sie hat ebenfalls eine Entscheidung getroffen. Vielleicht haben wir sie einvernehmlich getroffen.

»Ich konnte nicht einschlafen«, fügt sie mit einer gewissen Würde hinzu, »da habe ich zu viel Schlafmittel geschluckt … Wie lange war ich ohne Bewusstsein?«

»Zwei Tage.«

Mit boshafter Freude halte ich Jean Luze an ihrer Tür zurück.

»Sie will niemanden sehen.«

»Nicht mal mich?«

»Nicht mal dich.«

Er zündet sich eine Zigarette an.

»Ich habe Félicia natürlich nichts davon erzählt«, sagt er, »und ich verlasse mich auf deine Diskretion. Was auch immer Annette dazu bewegt hat, es gibt keine Entschuldigung. Sie denkt nur an sich selbst. Sie ist eine dreckige kleine Egoistin, verstehst du? Die dreckigste kleine Egoistin, die mir je begegnet ist.«

Leere in mir. Gräben, Schluchten, Abgründe sind nicht tief genug, mich zu begraben. Ich bin in die letzte Erdschicht gesunken, gleichzeitig tot und lebendig. Nein, tot, wirklich tot. Eine Art Roboter. Ich habe keine Seele mehr. Ist das die Verzweiflung? Ich kann mir nichts mehr vormachen. Sollte ich je so unvorsichtig sein, mich ihm an den Hals zu werfen, weiß ich, was mich erwartet. Er hat uns verurteilt. »Dreckige kleine Egoistin«, hat er gesagt, »durchgedrehte Frauen.« ... Und Annette und ich sind genau das, ich weiß es.

Ich wiege meine Puppe, allein in der Dunkelheit. Kalt ist der künstliche Körper in meinen Händen. Kalt sind die Haare, die der Wind nie zerzaust hat, kalt, alles ist kalt, wie der Tod, wie Jean Luze.

Wie reich war ich in meinem Elend! Ich freute mich über jede Kleinigkeit, wenn sie nur von ihm kam. Mit welchem Recht war ich so fordernd? Und wie wurde ich bestraft! Rasend vor Wut unterdrücke ich Hoffnung und Liebe. Nur der Hass ist noch in mir. Seine Wurzeln breiten sich aus, ich spüre, wie sie jede Faser meines Seins in Besitz nehmen. Jeder Mensch birgt in sich den Keim zur Erfüllung, doch sein Streben nach Glück verurteilt ihn zum Leiden. Alle, die beten, verlangen irgendwelche Wohltaten von Gott. Er wird mit Bitten überhäuft und rächt sich, indem er bei seinem Werk schludert. Wir sind Entwürfe, derer sich die Natur zynisch bedient, um eines Tages zur Perfektion zu gelangen. Gequälte Kreaturen, eine schreckliche Mischung aus Göttlichem und Abscheulichem, wild durcheinander in eine ungastliche Welt geworfen, um hier den Tod zu erwarten! Haben wir eine Wahl? Aber die Liebe muss mich doch vor mir selbst schützen! Ich habe Angst, mich allein mit so viel Hass in mir wiederzufinden. Was wird aus mir, wenn ich diesem Hass ins Gesicht sehe, wenn ich ihm nachgebe?

Und dennoch entzündet das Feuer des Begehrens meinen seelenlosen Körper. Das ist ein neuer Zustand, an den ich mich sicher mit der Zeit gewöhnen werde.

Ich begrabe die sentimentale alte Jungfer, ihre Liebesträume, die unechten, überspannten Lebensideale: Liebe ist nichts weiter als die Reibung zweier Körper, folgere ich zynisch. Will sich diese prosaische Definition an mir rächen? Heute Nacht sehe ich zum ersten Mal das Gesicht eines anderen Mannes, der sich über mich beugt. Ich spüre, wie mich seine Hände liebkosen, ich höre seine Stimme flehen, vor Liebe schreien, vor Verzweiflung schluchzen. Und ich schließe die Augen, um einen großen schwarzen, muskulösen nackten Körper an mich zu ziehen, den ich nicht erkennen will.

Jean Luze ist wieder fröhlich geworden. Er schaut auf Félicia, die jetzt ihr Kind stillt.

Ich habe unter dem Vorwand sauber zu machen in ihrem Zimmer gestöbert. Ich habe mit krankhafter Neugier die Schubfächer geöffnet, in alle Truhen geschaut. Hass und Eifersucht entfachen in mir eine Wachsamkeit, die mich treibt, in ihre tiefste Intimität einzudringen. In einem verschlossenen Koffer von Jean Luze, dessen Schloss ich wütend aufgebrochen habe, während Félicia schlief, habe ich das Foto einer sehr jungen Frau mit großen verträumten und traurigen Augen gefunden, die Félicia überraschend ähnlich sieht. Sicher eine Verwandte von ihm. Kein interessantes Indiz. Nichts. Jetzt bin ich endgültig zum Spitzel ihres Lebens geworden.

Die Sterne vermehren sich, trennen sich und verstreuen sich schließlich. Alles hat ein Ende. Und alles beginnt von vorn. Plötzlich ist der Himmel wolkenfrei und das heitere Gesicht des Mondes lächelt herab. Nein, er ist nicht am Himmel. Er wandert zwischen Himmel und Erde. Allein, wie ich. Er erfüllt seine Pflichten als Mond voller Freude. Er fügt sich in seine Rolle. Er hat Frieden gefunden.

Ich kümmere mich weiter um Félicia und das Kind. Ich bade sie, ich bereite ihnen ihr Essen. Ich lebe mehr in ihrem Zimmer als in meinem. Jean Luze kommt und geht, betritt das Bad, wechselt das Hemd, ohne sich an meiner Anwesenheit zu stören. Sie reden über nichts anderes als über Jean-Claude. Sie sprechen von dieser Larve wie von einem menschlichen Wesen. Wenn Félicia »unser Sohn« sagt, schaut Jean Luze sie voller Anbetung an. Auch wenn er noch eine Larve ist, für sie existiert er. Und das allein zählt.

Madame Audier hat auch ein Geschenk für Félicia gebracht. Sie schaukelt unter Jean Luzes gleichgültigem Blick hin und her wie ein altes Affenweibchen.

»Jetzt ist alles in Ordnung. Jules hat es mir erzählt. Ist das nicht herrlich!«

Sie muss einem immer zu verstehen geben, dass ihr Mann Wunder vollbringt.

Sie ahnt irgendwas, so wie sie neugierig in alle Ecken schielt. Irgendwann hält sie es nicht mehr aus.

»Und die schöne Annette? Man sieht sie gar nicht mehr.«

»Sie arbeitet um diese Zeit«, antworte ich.

Sie lächelt mich heuchlerisch an. Wie konnte es Doktor Audier nur so lange bei dieser Frau aushalten? Und was kann man von so einem Mann schon erwarten? Trotz allen Respekts, den ich ihm schulde, gebe ich Jean Luze Recht, wenn er ihn beschimpft. Er ist den jungen Leuten ein Vorbild an Vorsicht, Resignation und Feigheit. Und ich habe Lust, es seiner Frau ins Gesicht zu schreien. Während sie spricht, lauert sie auf Félicias Reaktionen. Sie rühmt Annettes Schönheit und redet von ihren Affären mit einer Unschuldsmiene, die gar nicht zu ihren runzligen, durchtriebenen Augen passt.

»Sie ist einfach ein modernes Mädchen, das nicht für diese Kleinstadt geschaffen ist«, sagt sie. »Sie würde im Althergebrachten verfaulen, wenn sie sich nicht ein bisschen Mühe gäbe. Sie hat Recht, sich aufzulehnen!«

Sie lacht, aber ihr Lachen klingt falsch. Das Alter macht sie allmählich bitter, das sieht man. Wie sehr sie Annette für ihre Jugend hassen muss! Mit ihren Zwergenbeinen sah sie schon immer aus wie eine hässliche Gliederpuppe. Jean Luzes Anwesenheit macht sie verlegen. Solange er da ist, wird sie ihr Gift zurückhalten. Fehlt es ihr an Takt oder spricht sie absichtlich von Annette, weil sie hofft, dass Félicia die Geduld verliert? Diese Genugtuung wird sie nicht erhalten. Ich kenne meine Schwester. Sie würde sich foltern lassen, ohne sich zu verraten. Unsere schmutzige Wäsche waschen wir in der Familie, soweit es geht. Um Madame Audier zu enttäuschen, werde ich dabei helfen, den Anschein zu wahren. Kaum ist Jean Luze weg, zieht sie über Jane Bavière her.

»Diese schamlose Person! Sie schämt sich für gar nichts. Jetzt geht sie mit ihrem Sohn vor den Augen der anständigen Leute spazieren. Schade, dass du am Sonntag nicht in der Messe warst! Die Predigt von Père Paul richtete sich direkt gegen sie …«

Wenn all das, was in dieser Stadt vorgeht, sie nicht zu bessern vermag, sind wir nicht mehr zu retten.

Ich kann mir jedenfalls kaum vorstellen, dass Jane über sie und ihr Verhalten herzieht. Sie erinnert sich wahrscheinlich nicht einmal mehr, dass es Madame Audier gibt: Man zieht über die Nachbarn her, um seinen Neid zu verbergen, und worum sollte Jane sie beneiden?

Um sie zu ärgern, würde ich am liebsten Violette, die Prostituierte, loben, aber ich traue mich nicht. Madame Audier erwartet ab und zu eine Bestätigung von mir und ist überzeugt, dass ich ihre Ansichten teile. Wie mächtig doch die Gewohnheit ist! Ich bekomme die Zähne nicht auseinander, um ihr zu sagen, was ich denke.

Heute Abend halte ich eine männliche Gestalt in den Armen, so groß wie Jean Luze. Ein so perfekter Körper würde sogar die Glut einer Messalina stillen. Ich schließe die Augen, ich bin nackt, bereit. Und meine Fantasie ist entfesselt! Es ist seine Hand, die mich liebkost. Ich bin gespannt wie ein Bogen. Ich stöhne seinen Namen. Mein Kopf fliegt auf dem Kissen hin und her. Jetzt sehe ich nicht mehr ihn, sondern einen anderen. Wen? Ich wage nicht zu verstehen. Trotz größter Anstrengung bleibt ein Gefühl der Frustration. Müde komme ich zum Höhepunkt, mit Bedauern und Gewissensbissen, als missbilligte mein Körper dieses Gespaltensein.

Die Freiheit ist eine innere Macht. Deshalb hat die Gesellschaft hier eine Grenze gezogen. Kämen unsere Gedanken ans Licht, würden sie uns als Verrückte und Ungeheuer entlarven. Auch der Fantasieloseste verbirgt noch etwas Erschreckendes in sich. Unsere ungezählten Anomalien würden ausreichen, unsere primitive und grausige Herkunft zu beweisen. Wir sind Entwürfe. Und wir werden es bleiben, solange wir nicht den Mut haben, uns den Weg durch das dichte Gebüsch des Lebens zu bahnen, um mit festem Blick auf die Wahrheit zuzugehen. Der mühsame Weg eines vergänglichen Lebens zur Vollendung. Man erreicht dieses Ziel nicht ohne Opfer und Leiden. Ich hätte gern die Sicherheit, dass Beethoven mit ruhigem Gewissen gestorben ist, weil er seine Concerti geschrieben hat. Was wäre ohne diese Gewissheit die schmerzhafte Jagd eines Cézanne nach einem Farbton, der ihm entflieht? Die Angst eines Dostojewski, der sich auf der Suche nach Gott durch das Gewimmel der Gedanken tastet, gequält von der teuflischen Vielschichtigkeit seiner

Seele! Das alles sind Beweise für ein anderes, geheimnisvolles, nicht greifbares Leben, das seinen Anteil an der Unsterblichkeit verlangt. Jeder von uns ist es sich schuldig, in sich selbst nach der Möglichkeit zu suchen, solchen Ansprüchen gerecht zu werden. Man muss wollen und handeln. Man muss wählen, Marionette oder Mensch zu sein. Es kommt mir manchmal so vor, als wäre ich von meinem Weg abgewichen und hätte lange vor einer Tür gestanden, die man mir nicht öffnete und die ich nicht aufzubrechen wagte. Vielleicht aus Furcht, der Wahrheit ins Gesicht zu sehen. Mein Spürsinn lässt mich im Stich, sobald ich meiner eigenen Fährte folgen muss. Oh! Was würde ich darum geben, ein für alle Mal den entscheidenden Faden meines Denkens zu ergreifen! Irgendetwas, das ich nicht beschreiben kann, steigt in rasch verfliegenden Wallungen aus meinem tiefsten Innern auf. Und ich finde mich mit offenen Händen wieder, die leerer sind als je zuvor.

Das Leben geht weiter seinen eintönigen und schäbigen Gang. Zum Glück trage ich eine ganze Welt in mir, die völlig anders ist als die, in der ich lebe. Ich habe mich sogar von Annette getrennt. Die Durchschnittlichkeit ihres Geschmacks stößt mich ab. Ich strebe nach einer Art Glückseligkeit, indem ich über mich selbst hinauswachse. Ich will, dass unsere Schicksale von nun an autonom sind. Ich mag den Jungen nicht, der sie abends unter der Galerie befummelt, diesen Paul Trudor, der ihr seit dem Ball nachläuft.

»Sie ist dabei, eine Mesalliance einzugehen«, hat mir Félicia schamhaft zugeflüstert. »Sprich mit ihr!«

Warum sollte ausgerechnet ich mich widersetzen? Das ist der Mann, den sie braucht. Er wird so auf sie losgehen, dass ihre Flammen verlöschen. Ich höre Annette lachen. Es ist ihr früheres kristallklares Lachen.

Es ist wirklich zu Ende, Jean Luze hat keine Macht mehr über sie. Sie schlängelt sich in ihrem engen Rock dicht an ihm vorbei und bläst ihm den Zigarettenrauch ins Gesicht.

»Weißt du«, sagt sie zu ihm, »ich kann mir noch keine richtige Meinung über deinen Sohn bilden: Er ist so klein, dass ich nicht einmal weiß, ob ich ihn schön oder hässlich finden soll.«

Jean Luze lacht. Er schüttelt Paul Trudor die Hand und sieht sie aneinander geschmiegt davongehen.

Seine Reaktion gefällt mir, da ist nichts zu machen. Selbst wenn ich ihn mit den Augen der anderen sehe, kann er mich nicht enttäuschen. Oder ich bin nicht imstande, objektiv zu sein, wenn es um ihn geht. Ich weiß, dass Leidenschaft blind macht, dass man die Dinge und Menschen so sehen kann, wie man sie sich wünscht. So hatte ich mir einmal in den Kopf gesetzt, eine hübsche Pflanze zu gießen, die Annette aus Bob Charivis Geschäft mitbrachte, und freute mich, wie sie unter der Frische des Wassers auflebte. Ich verstand meine Dummheit erst, als mir meine Schwester lachend erklärte, dass es eine künstliche Pflanze sei.

»Mein Augenlicht lässt wohl nach«, sagte ich zur Entschuldigung.

Durch welches Wunder hatte ich diese Pflanze bei der Berührung mit dem Wasser erstrahlen sehen? Mysteriöse Kraft der Gedanken. Hat nicht die Überlegenheit ihren eigenen Geruch ebenso wie die Unterwerfung? Ich habe die Menschen immer mit reinen oder stinkenden Dingen verglichen, je nachdem, woran sie mich erinnerten. Ich gebe zu, dass die Vergleiche bei Jean Luze immer schmeichelhafter werden. Charaktere aus einem Guss gefallen mir nicht. Ich mag weder den perfekten Mörder noch den toleranten Heiligen. Dieser Mann vereint Gewalt und Sanftheit in sich, Kraft und Schwäche. Könnte er, so zart und rein wie er ist, die Flut des Begehrens in mir stillen, die mich zuweilen zu einem kleinen, abstoßenden Tier macht?

Heute Morgen hat uns Annette ihre Heiratspläne mitgeteilt.

»Was?«, rief Félicia, beherrschte sich dann aber gleich wieder: »Herzlichen Glückwunsch, Annette«, fügte sie hinzu und senkte den Blick.

»Bravo«, war alles, was Jean Luze dazu meinte.

»Gefällt dir Paul?«

»Du heiratest ihn doch, nicht ich, oder?«

Seine Stimme klang so zweideutig, als schwinge Groll darin mit. Oder ist er einfach nur unzufrieden mit dieser Verbindung, so wie wir?

»Claire«, sagte Annette dann zu mir, »stell dich darauf ein, ordentlich Geld auszugeben. Ich wünsche mir ein wunderbares Spitzenkleid von dir. Und du, Jean, was schenkst du mir? Bei meinem Chef gibt es ein goldenes Armband, das mir gefällt.«

»Ich schenke es dir«, antwortete er nur.

»Seht zu, dass ihr meine Aussteuer in einer anderen Stadt besorgt. Hier machen sogar die Geschäfte der Syrer Pleite und man findet nur noch Ramsch«, fügte sie hinzu.

»Monsieur Trudor fährt doch ziemlich oft nach Port-au-Prince«, bemerkte Jean Luze in rätselhaftem Ton. »Diesen Dienst wird er seiner künftigen Schwiegertochter bestimmt nicht abschlagen.«

»Das ist eine tolle Idee«, antwortete Annette.

Félicia wartete, bis Annette weg war, dann sagte sie mit funkelnden Augen zu mir:

»Ein Neger! Ein Neger in unserer Familie. Und einer der schlimmsten! Kannst du dir das vorstellen?«

»Mein Gott«, sagte Jean Luze und legte ihr nachsichtig die Hand aufs Haar, »daraus muss man doch wirklich kein Drama machen.«

»Ich werfe ihm ja gar nicht die Farbe seiner Haut vor, sondern seine Gewöhnlichkeit und vor allem, dass er der Sohn seines Vaters ist«, stammelte Félicia leicht verlegen.

Die Hochzeitsvorbereitungen stellen das ganze Haus auf den Kopf. Annette kommt jeden Tag mit neuer Wäsche nach Hause, die sie auf dem Esszimmertisch ausbreitet, damit wir sie bewundern: Büstenhalter, Nachthemden, Höschen, nichts fehlt. Auch Jean Luze muss sein Urteil abgeben. Er kenne sich aus, behauptet sie, denn er sei viel gereist.

Übersprudelnd vor Fröhlichkeit und Charme öffnet sie die Arme.

»Reisen! Reisen!«

Sie wendet sich an Jean Luze.

»Erzähl uns was!«, bettelt sie. »Wie hast du gelebt? Was hast du getan? Du musst dir doch eine Menge Frauen gegönnt haben!«

Er steht auf. Etwas überstürzt.

»Ich erzähle nicht gern Geschichten«, sagt er kalt, »und ich hatte nicht viel Zeit, mich um Frauen zu kümmern ...«

Er geht hinaus. Ich schaue zu Félicia. Sie sieht ihm mit besorgtem Blick nach.

»Er spricht nie über seine Vergangenheit«, sagt sie langsam, »niemals.«

»Auch nicht mit dir?«, fragt Annette.

»Auch nicht mit mir.«

Sie steht auf.

Mir aber hat er sich geöffnet. Ich weiß schon sehr viel über ihn. Hat er so großes Vertrauen, dass er mir die Ehre erweist, Geheimnisse preiszugeben, die er vor seiner Frau verbirgt? Oder lässt er sich bei der alten Jungfer hinreißen, ab und zu ein paar Brocken aus seinem Leben zu erzählen, um die Frau, die er liebt, zu schonen, sie von dem fern zu halten, was er war, um ihr nur seine gegenwärtige Liebe und die künftigen Freuden zu schenken? Egal! Jedenfalls kann ich Geheimnisse mit ihm teilen, eine schmerzhafte, elende Vergangenheit, und ich werde ihm helfen, sie zu ertragen. Oh! Die Gewissheit, dass er Félicia nichts von sich offenbart hat!

Das Baby ist immer noch sehr hässlich. Es schnieft leise in seiner Wiege. Félicia hütet es wie eine Glucke. Sie würde es unter ihren Flügeln verstecken, wenn sie welche hätte. Seit es da ist, hat sie es mir noch nie anvertraut. Dafür wasche ich seine Fläschchen und achte auf seine Mahlzeiten. Ich habe mein Leben lang stets eine untergeordnete Rolle gespielt. Das ertrage ich immer schlechter. Ich werde dieses Kind niemals lieben. Es ist so klein, dass ich mir nicht vorstellen kann, dass es eines Tages wachsen wird. Es sieht aus wie Schleim. Ich habe überhaupt keine Lust, es in den Arm zu nehmen. Seine Nase ist stets verstopft und es schält sich noch immer.

»Mein schöner Liebling!«, summt seine Mutter, »mein Süßer!«

Es fängt wieder an. Heute früh hat Calédu einige Bauern ausgepeitscht. Er ist außer sich. Ich habe die ganze Szene hinter meinen Fensterläden verfolgt. Auch andere Nachbarn spähten hinaus. Ich sah, wie sich die Vorhänge unter zitternden Händen bewegten, wie Blicke hinter den Fensterläden funkelten; ich hörte es rechts und links flüstern, und zwischen diesem Getuschel erschallten in fast regelmäßigen Abständen Calédus Flüche und die Protestrufe und Schmerzensschreie der Bauern: Sie waren in den Streik getreten, um von Mister Long mehr Geld für ihr Holz zu fordern. Als Antwort hatte Mister Long vom Schiff, das seit zwei Stunden im Hafen lag, eine elektrische Säge laden lassen, und der Kommandant zwang die Bauern, diese selbst zu tragen. Das Fällen der Bäume mit der Axt geht zu langsam, und Mister Long hat es eilig, das ganze Holz aus den Bergen zu dem Preis zu kaufen, den er selbst festgelegt hat. Einer der Bauern sprach trotz der Schläge weiter.

»Ergebt euch nicht!«, schrie er, »haltet durch, und wenn ich tot bin, vergesst nicht, dass ihr immer zusammenhalten müsst.«

Man schleppte ihn sterbend ins Gefängnis ...

Ich presse meine Puppe an mich. Allein in der Dunkelheit, betrachte ich den Mond und versuche zu lächeln. Das Begehren schwindet. Ich fühle mich wie gereinigt. Ich höre, wie die Kirchenglocken die Stunden schlagen. Eine neue Nacht vergeht in Schlaflosigkeit, erbarmungslos bricht der Tag an, um sich zu den anderen Tagen meines Lebens zu gesellen. Meine Falten werden tiefer, und meine Züge welken. Bald ist das Alter da. Oh! Leben, leben, ehe es zu spät ist! Mehr denn je hungere ich nach Zärtlichkeit. Meine eigene habe ich vergeudet, und ich würde sie so gern verschenken. Ich öffne das Fenster. Der Morgen graut, duftend von den nächtlichen Säften der Bäume. Ich stelle mir Jean Luze vor, wie er neben Félicia liegt. Sie dreht ihm im Schlaf den Rücken zu. Er ist allein, wie ich. Allein mit seinen Erinnerungen und jener schweren Vergangenheit, die er wie eine Eisenkugel hinter sich herzieht. Ich sehe ihn. Er hat eine Hand unter dem Kopf, die andere dreht am Knopf seines Pyjamas, und er denkt nach. Ich habe mich geirrt. Er ist im Salon. Ganz leise dringt meine Lieblingsmelodie zu mir. Er ist bei Beethoven. Warum ist er aus seinem Zimmer geflohen? Welchen Frieden schenkt ihm diese Musik? Was geht in ihm vor? Vorsichtig öffne ich meine Tür. Da sehe ich ihn, im Schlafrock, der Kopf ruht auf seinen Armen, gebeugt von einem unbekannten Kummer. Leise ziehe ich mich wieder in mein Zimmer zurück und stütze die Ellbogen auf das Fensterbrett: Auf der Straße läuft ein anderer Mann auf und ab, das Gesicht zu unserem Haus gewandt. Die glühende Zigarettenspitze verrät seine hektischen Bewegungen. Wen beobachtet dieser Mann? Diese einsame Wache unter meinem Fenster offenbart entweder Hass oder Liebe.

Heute ist Jean Luzes Stirn von einer Sorgenfalte durchzogen. Er raucht ununterbrochen und läuft im Esszimmer auf und ab. Wir sind allein. Félicia ist in ihrem Zimmer und Annette ist noch nicht nach Hause gekommen. Ich sehe ihn verstohlen an, und so sehr ich mich auch bemühe, ich kann mich doch nicht überwinden, ihn auszufragen. Aber er leidet, ich spüre es. Er bleibt vor mir stehen, betrachtet mich einen Moment und nimmt einen langen Zug von seiner Zigarette.

»Weißt du, was mir Mister Long gestern vorgeschlagen hat?«, fragt er. »Nein, es ist widerwärtig! Er will, dass ich die Buchhaltung fälsche, um zu beweisen, dass er das Holz zum dreifachen Preis von den Bauern gekauft hat. Natürlich würde ich meinen Anteil am Gewinn bekommen. Das ist eine richtige Bande, zu der auch die Syrer gehören. Erst kürzlich habe ich den Beweis gefunden …«

Er ist außer sich.

»Ich bin vielleicht dumm«, fährt er fort, »aber ich kann einfach nicht gegen meine Natur, ich bin unfähig, mich auf diese Weise zu bereichern. Das ist altmodisch, ich gebe es zu, denn Diebstahl und Ausbeutung sind heutzutage völlig üblich. Mister Long hat sich einen Ausländer als Buchhalter gesucht. Er wusste schon, weshalb. Denn was habe ich im Grunde damit zu tun, wird er sich sagen. Aber er vergisst, dass der Mensch, egal, wo er ist, seine Ideen und seine Überzeugungen in sich trägt. Ich habe mein Leben lang hart geschuftet. Niemals war ich bereit, mich auf einen Betrug einzulassen. Das geht über meine Kräfte. Indem ich für Mister Long arbeite, habe ich das Gefühl, euch zu betrügen. Ein amerikanischer Freund hat mir diese Stellung angeboten, und ich habe sie angenommen. Einfach so. Man glaubt, Erfahrung zu haben, aber wenn man es mit Bestechung zu tun bekommt, muss man einsehen, dass man nichts vom Leben weiß.«

»Kündige bei Long«, sage ich nur.

»Willst du, dass ich euch in diesem Haus auf der Tasche liege? Glaubst du, das wäre eine Lösung für mich? Nein, ich kann nur fortgehen. Ich warte, bis mein Vertrag abläuft, um mit Félicia zu sprechen. Sie ist so zart, so empfindlich!«

Er steht auf und sieht auf die Uhr.

»Es ist schon sechs! Ich muss mich anziehen«, erklärt er, »entschuldige, Claire, und danke, dass du eine Freundin für mich bist …«

Ich hatte nicht die Kraft, mich in seine Arme zu werfen und ihm meine Liebe zu gestehen. Seine letzten Worte über Félicia haben mich zurückgehalten. Offenbar ist es das Naive, Kindlich-Zarte, das er an ihr liebt. Für ihn bin ich die Älteste, die erfahrene Frau, die ihre Entscheidung getroffen und nicht geheiratet hat, um unabhängig zu bleiben. Niemals würde er glauben, wie sehr ich darunter gelitten habe, so zu sein, wie ich bin, und wie sehr ich an mir selbst zweifele. Er kommt zu mir wie zu einer Schwester, er öffnet mir sein Herz, was kann ich mir mehr wünschen? Wenn er wüsste, dass meine Erfahrungen nur auf denen der anderen beruhen, wenn er wüsste, dass er, um mich zu nehmen, liebevoll und umsichtig handeln müsste! Was würde er tun? Glaubt er, dass ich Männer gekannt habe? Wenn er Annette sieht, führt er sich dann vor Augen, dass andere Frauen in dieser kleinen Stadt traumatisiert und gedemütigt alt werden konnten, ohne jedes Abenteuer? Er redet von sich und ich schweige. Ich konnte immer nur schweigen.

»Augustine!«, rufe ich, um meine Unzufriedenheit an jemandem auszulassen. »Wann deckst du endlich den Tisch?«

»Ich bleibe nicht in diesem Loch«, explodiert Annette heute früh. »Ich gehe hier weg. Sie wollen Paul hindern, mich zu heiraten. Sie erzählen ihm alle möglichen Geschichten über mich. Die Feigsten schicken ihm anonyme Briefe. Als hätten sie nichts anderes zu tun! Aber er wird mich heiraten, ich schwöre es!«

Sie erfährt die Boshaftigkeit am eigenen Leib und sie leidet. Einmal im Leben ist sie gezwungen, auch mit den anderen zu rechnen, und das regt sie auf.

Wie soll ich ihr erklären, dass nur die Armseligsten etwas auf Gerüchte geben, welcher Schicht der Gesellschaft sie auch immer angehören. Das wäre ebenso unvorsichtig wie unnütz.

»Für mich existieren sie gar nicht«, schreit sie mich an, »was mischen sie sich in meine Angelegenheiten ein?«

An diesem Abend isst der junge Trudor mit uns. Annette ist so verführerisch, dass er kaum einen Bissen herunterbekommt. Sie zieht ihn in den Salon. Später, als die Luzes schon in ihrem Zimmer verschwunden sind, ertappe ich ihn, wie er vor ihr kniet. Er liebkost sie langsam, gründlich, den Mund an ihrer Brust. Dann legt er sie hin und versenkt den Kopf zwischen ihren Schenkeln. Sie stöhnt und schreit leise auf, wie im Schmerz. Er will sie nehmen, aber sie stößt ihn zurück. Sie zieht ungeduldig ihren Rock zurecht und streicht ihm übers Haar. Er wird sie erst in der Hochzeitsnacht bekommen. Sie ist nicht so hirnlos, wie es scheint: Sie weiß, wie man mit einem Mann umgeht.

Jane Bavière hat mir ein blaues Kleid genäht, das ich zur Taufe tragen werde. Ich will keine hässliche Patentante sein. Das Baby ist schon einen Monat alt. Überrascht sehe ich, wie sich seine kleinen Glieder verändern. Es ist nicht mehr so mager. Es starrt an die Decke, seine Augen gleichen denen seines Vaters, und es jammert. Ich kann es nicht weinen hören. Ich wache allzu aufmerksam über seine Mahlzeiten. Das ist verdächtig. Fange ich etwa an, es zu lieben?

Morgen ist die Taufe. Ich habe von meinem Mitpaten ein Parfum geschenkt bekommen, das widerlich ist, und Blumen, die ich im Salon in eine Vase gestellt habe. Hoffentlich vergisst er nicht, seine Schnürsenkel zu binden und seinen Hosenstall zu schließen.

Félicia hat ein erlesenes Menü bei mir bestellt. Nein, wie ahnungslos! Auf dem Markt gibt es nur noch Trockenfisch und gemahlenen Mais. Von schlechtester Qualität. Die Hühner sind mager und unbezahlbar, Gemüse gibt es gar nicht. Augustine kommt jeden Tag brabbelnd vom Markt zurück. »Das ist der Tod«, sagt sie, »der Tod!« Sie liebt diesen Satz und benutzt ihn in jeder misslichen Situation. Egal, dann gibt es eben Fisch mit allen möglichen Soßen, nur Fisch.

Die Trudors müssen natürlich allesamt dabei sein. Ich habe auch Madame Camuse und Père Paul eingeladen. Diesmal hat Jean Luze den Namen Long nicht auf die Gästeliste gesetzt und ich habe Annette überredet, auf Calédu zu verzichten. Komme, was da wolle.

Bei Tisch sind wir ein ziemlich gemischter Haufen. Madame Camuse, sehr vornehm in ihrem schwarzen Kleid mit Stehkragen, und der laut hustende Père Paul, eine ansehnliche Erscheinung und ein großer Liebhaber von Wein und Essen; Madame Trudor, eine Negerin, ebenso muskulös wie ihr Sohn, und ihr kleiner kahler, magerer Ehemann; Félicia, so bleich, dass sie fast grün aussieht, mit Ringen unter den Augen (Jean-Claude hat sich angewöhnt, nachts zu schreien) und Annette, der das lange schwarze Haar über die Schultern fließt und die vor Gesundheit strahlt; Paul Trudor, schweigsam, mürrisch, und Jean Luze, herzlich, liebenswürdig, sehr weltmännisch, weiß Gott. Neben mir sitzt Pauls Schwester, eine kleine Idiotin, die gackert wie ein Huhn. Sie hat ein durchtriebenes Gesicht, das mir nicht gefällt. Die Trudors sind wahrscheinlich auch keine besonders guten Erzieher. Wegen Madame Camuse sitze ich wie auf Kohlen: Sie beobachtet die Trudors allzu aufmerksam. Sie lässt ihren Blick von der Mutter zum Vater, vom Vater zu den Kindern wandern; verfolgt mit zusammengepressten Lippen jede Bewegung: Monsieur Trudor pustet zu laut auf seinen Löffel und seine Frau vergisst, sich den Mund abzuwischen, ehe sie trinkt. Ich meide Madame Camuses Blick und esse schweigend. Doktor Audier sitzt neben seiner Frau und hört Père Paul zu, der ziemlich geisttötende Geschichten aus seiner Jugend erzählt.

»Die haitianische Jugend schert sich nicht mehr um die Vergangenheit«, sagt Doktor Audier. »Früher zehrte sie davon, schöpfte daraus Hoffnung und Mut.«

»Was wollen Sie«, entgegnet ihm Jean Luze freundlich, »überall in der Welt hat die Jugend gelernt, der Zukunft ins Auge zu sehen, sie bemüht sich, die Vergangenheit zu vergessen.«

»Ist das so einfach?«, fragt ihn Père Paul.

»Die Vergangenheit zu vergessen? Ja und nein. Auf jeden Fall wird das Vergessen nötig sein. In der Geschichte eines Landes kann das Beispiel der anderen, selbst wenn sie Helden waren, niemandem helfen. Die Umstände ändern sich. Der Kampf wird ein anderer.«

»Sie haben Recht«, bemerkt Madame Camuse inkonsequenter denn je, »und Sie scheinen aus Erfahrung zu sprechen. Man braucht Ihnen nichts zu erzählen, über das, was hier vor sich geht, wenn Sie unsere Vergangenheit auch nur ein klein wenig kennen. Es wird Sie verwundern, wenn ich Ihnen sage, dass wir vor gar nicht langer Zeit noch im Überfluss lebten …«

»Überfluss!«, wiederholt Jean Luze skeptisch.

»Ach!«, ruft Annette in diesem Moment, »ich habe heute gesehen, wie ein Bettler einen rohen Fisch verschlang, er ist kopfüber ins Meer getaucht und hat ihn mit der Hand gefangen.«

»Nur einige von Ihnen lebten im Überfluss«, betont Monsieur Trudor, ohne Annette die geringste Aufmerksamkeit zu schenken. »Sie werden mir entgegenhalten, dass sich nichts geändert hat oder dass die Lage noch schlimmer geworden ist; aber die Rollen haben sich nur vertauscht. Was besagt ein haitianisches Sprichwort: ›Heute Jäger, morgen Wild‹? Und an den Bettlern sind doch nur die Wirbelstürme schuld, nicht wahr?«

Niemand antwortet. Jean Luze verzieht unwillkürlich das Gesicht. Madame Camuse lächelt unmerklich und nickt überaus aristokratisch, eine Herausforderung an die Gewöhnlichkeit dieses Wildes, zu dem der Präfekt und seine Familie gehören.

»Und Ihre Helden waren selbstlos«, beharrt bedeutungsvoll Père Paul, der weiter seinen eigenen Gedanken folgt. »Ich will niemanden kritisieren, aber ich habe in diesem Land Menschen getroffen, die Bewunderung verdienen, weil sie zuerst an ihr Land und nicht an die eigene Tasche dachten.«

»Wer ist nicht selbstlos?«, ruft plötzlich Madame Trudor. »Die öffentlichen Ämter sind so schlecht bezahlt, dass man sich rühmen kann, der Republik aus purer Uneigennützigkeit zu dienen. Nicht wahr, Julien?«

»Man setzt sich nicht durch, indem man das Elend

wählt«, erklärt wiederum Monsieur Trudor, »damit setzt man sich durch«, (er schlägt kurz gegen seinen Gürtel, in dem eine Waffe steckt), »und auch damit …« (Er reibt den Daumen der rechten Hand an den anderen Fingern.)

»Hm!«, macht Père Paul.

Jean Luze lenkt taktvoll das Gespräch auf ein anderes Thema. Er wendet sich an Paul, fragt ihn, ob er gern liest.

»Ja, Krimis«, gibt dieser unumwunden zu.

»Das ist sehr schön«, lobt Madame Camuse mit ironischem Lachen.

Dann wendet sie sich an Jean Luze:

»Wäre es indiskret, Sie zu fragen, ob es Ihnen bei uns gefällt, lieber Freund?«

»Meine Arbeit hält mich hier«, antwortet er kalt.

»Wissen Sie«, sagt sie in süßsaurem Ton, »das dachte ich mir. Die Wahl dieser haitianischen Provinz ist für einen Mann wie Sie sicher nicht die glücklichste. Was hat Sie nur hierher verschlagen? Das würde ich gern wissen.«

»Ich gehe, wohin mich die Arbeit ruft, Madame, ich bin leider kein Rentier.«

»Nun«, gibt Madame Camuse mit vielsagendem Nicken zu bedenken, »Sie haben hier immerhin das Glück gefunden.«

»Ja«, antwortet Jean Luze, ohne Félicia anzusehen, »das stimmt.«

»Die Europäer lieben uns. Zu Kolonialzeiten verließen angeblich viele Franzosen ihre Frauen für schöne Mulattinnen«, erzählt Madame Camuse. »Ich persönlich stamme in direkter Linie von adligen französischen Siedlern ab, die *de* Camuse hießen. Aber was wollen Sie machen? Die Zeit hat das *de* gefressen, wie sie alles frisst. Man muss sich dem Neuen anpassen, ohne allzu viel Schaden zu nehmen. Ach ja!«

Wir waren beim Kaffee. Père Paul, ganz rot, weil er ebenso viel gegessen wie getrunken hatte, strich sich mit zufriedenem Gesicht über den Bauch und nahm sogar ein Glas Anisette an, wobei er erklärte:

»Man muss den Kaffee ein bisschen schieben, Monsieur Luze, nicht wahr?«

Das heiterte die Gäste auf, die sich bei seinen kompromittierenden Bemerkungen, der ungeschickten Verteidigung des Präfekten und der Taktlosigkeit von Madame Camuse etwas verkrampft hatten.

Wir gingen in den Salon. Félicia stellte fest, dass Véra während des Essens kein Wort gesagt hatte und ziemlich schüchtern wirkte.

»Die Kleine! Sie ist doch erst vierzehn«, entgegnete Madame Trudor. »Wer ist in diesem Alter nicht schüchtern?«

»Das kann man in jedem Alter sein«, meinte Annette. »Claire ist ein Beispiel dafür.«

»Verwechseln wir Schüchternheit nicht mit Zurückhaltung«, entgegnete Jean Luze kurz. »Claire ist nicht geschwätzig, das ist alles.«

»Claire hat tatsächlich noch nie sehr viel gesprochen«, bestätigte Père Paul.

Madame Camuse sah von Jean Luze zu mir.

»Vielleicht ist ihre Zurückhaltung das Ergebnis einer allzu harten Erziehung«, gab sie dann zu bedenken. »Ich kannte Monsieur und Madame Clamont, sie waren ziemlich streng. Nicht wahr, Claire?«

»Ja, ziemlich …«

»Und es gibt noch andere Gründe«, bemerkte Doktor Audier. »Komplexe beispielsweise.«

»Komplexe!«, rief Jean Luze.

»Stellen Sie sich vor, mein Lieber, Claire hat lange darunter gelitten, nicht so wie ihre Schwestern zu sein, so weiß und rosig wie eine Lilie.«

Ich sah mich hastig nach den Trudors um. Sie standen glücklicherweise in einer anderen Ecke des Salons. Ich warf Doktor Audier einen vorwurfsvollen Blick zu und spürte, dass Jean Luzes Augen auf mir ruhten. Es war so seltsam, so verwirrend, dass ich die Haltung verlor und mir den Anislikör über das Kleid goss.

»Dummchen!«, flüsterte er mir zu, als wir mehr oder weniger allein waren, »Dummchen, du warst früher ganz sicher die Schönste der drei Clamont-Schwestern!«

Mein Gott! Jetzt spricht er schon wie Madame Camuse in der Vergangenheit von mir.

Wie rätselhaft ein menschliches Wesen für denjenigen sein kann, der es beobachtet! Selbst seine Geständnisse offenbaren ihn mir nur halb. Wie soll ich wissen, was wirklich in Jean Luze vorgeht?

Er hat mit großer Überwindung eingewilligt, Annette zum Altar zu begleiten. Dafür hat sie sofort das goldene Armband bekommen, das sie begehrte, was Jean Luze zwei Küsse auf die Wangen eingebracht hat. Das ganze Haus ist in Aufruhr. Sie heiratet morgen, und wird mit Geschenken überschüttet. Das von Monsieur Trudor besorgte Spitzenkleid, das mich eine ganze Stange Geld gekostet hat, ist auf einem Sessel im Salon ausgebreitet, ebenso der mit Orangenblüten verzierte Schleier.

»Du bist dicker geworden seit der Schwangerschaft«, sagt Annette zu Félicia. »Du solltest versuchen, weniger zu essen.«

Jean Luze hat unwillkürlich seine Frau angesehen. Fällt ihm auf, wie hässlich sie geworden ist? Eine fade Weiße unter all den anderen, die er gekannt hat. Annette betrachtet Félicia ohne Nachsicht, schüttelt den Kopf, sieht Jean Luze gerade in die Augen, dann läuft sie herum und schwenkt provozierend und unwiderstehlich die Hüften. Das ist eine Haitianerin, die sogar einen Heiligen schwach machen kann. Trotz der nur zart gebräunten Haut ist nichts an ihr dazu angetan, sie mit einer Weißen zu verwechseln.

Am nächsten Tag habe ich Félicia in ein Korsett gezwängt, das sie auch nicht schlanker gemacht hat. Wir haben das Baby bei Augustine gelassen und sind zur Kirche gegangen.

Dort drängten sich viele gepuderte Besucher in Sonntagskleidern. Nicht unbedingt die »Creme der Gesellschaft«, wie Madame Camuse sagen würde, die selbst elegant und unmodern aussah in ihrem langen schwarzen Kleid und mit dem Federhut, den sie nur zu besonderen Anlässen trägt. Annette, am Arm von Jean Luze, strahlte. Zwei Brautjungfern in rosa Organdykleidern gingen ihnen voran. Dann folgten der Bräutigam am Arm von Félicia, Monsieur und Madame Trudor, Doktor Audier und seine Frau, Eugénie am Arm ihres Apothekers, der sein gelähmtes Bein hinter sich herzog, der Bezirksrichter, wie der Präfekt stets in Grau gekleidet und mit schwarzem Hut, und andere Gäste, die aus Port-au-Prince gekommen waren, Freunde der Trudors, die wir nicht kannten. Im Vorbeigehen sah ich Jane Bavière, die mit ihrem Sohn in der Tür stand, Doras Augen folgten uns hinter den Fensterläden. Ihr Anblick verwirrte mich. Ich hatte weder die eine noch die andere einzuladen gewagt, damit beugte ich mich den gesellschaftlichen Regeln und der herrschenden Macht.

Das verrückte Volk, das in die Kirche drängte, hinderte mich daran, die ganze Zeit Jean Luze anzusehen. Mir fiel nur seine distanzierte, verlegene Miene auf, während er Annette zum Altar führte. Er sah so unglücklich aus, dass ich ihn für eifersüchtig hielt.

»Sieh nur, wie wütend Jean guckt«, flüsterte Félicia mir zu. »Ich musste erst schimpfen, ehe er einwilligte. Es bringt ihn um, so eine auffällige Rolle zu spielen.«

War sie ihrer selbst so sicher, wie es schien?

Als wir wieder zu Hause waren und die Gäste mit

ihrem Champagnerglas im Salon standen, kam der Kommandant. Er begrüßte nur das Brautpaar und blieb an den Türrahmen gelehnt stehen. Unsere Blicke prallten aufeinander. Er kam langsam zu mir und zischte: »Unser Hass ist ebenbürtig.«

Doch der Ausdruck in seinem Gesicht schien seine Worte Lügen zu strafen.

Ich begann zu zittern, während sich mein Blick an seine Lippen, seine Zähne, seine Hände heftete. Ich sah ihn lächeln, da wandte ich mich heftig von ihm ab.

Nun hatte ich wieder Monsieur Trudor vor mir, der gerade das Wort ergreifen wollte, umringt von Gästen, die mit gereckten Hälsen auf das Brautpaar starrten. Dass es eine erbärmliche Rede war, bemerkten zum Glück nicht viele. Jean Luze machte mich zu seiner Komplizin und zwinkerte mir mit einem amüsierten Lächeln zu, als nehme er mich zur Zeugin für diese Katastrophe.

Noch eine schlaflose Nacht wegen Calédu. Ich ärgere mich, dass ich vor ihm gezittert habe. Ich bedaure, dass ich meinen Hass eindämmen muss, um zu versuchen, den beängstigenden Ausdruck in seinem Gesicht zu entschlüsseln. Ich konnte ihn nur mit großer Mühe aus meinen Gedanken verjagen.

Wie leer das Haus ohne Annette ist! Fast wie ein Friedhof. Keine Tanzmusik mehr, kein Lachen, kein wildes Gerenne. Wir essen schweigend, Jean Luze, Félicia und ich. Ich kümmere mich weiter um den Haushalt, wasche die Fläschchen von Jean-Claude und sorge für Félicia. Bin ich auf dem Weg, mein Selbstvertrauen zurückzugewinnen? Wie lässt sich diese plötzliche Lebensfreude erklären, die mich treibt, das Fenster aufzureißen, in tiefen Zügen die frische Morgenluft einzuatmen und mich dann mit ausgebreiteten Armen und geschlossenen Augen aufs Bett zu werfen? Welch eine Lust, im Traum zu versinken, um sein Leben für sich allein zu leben! Alle Schleusen sind geöffnet, alle Dämme gebrochen, alle Hindernisse hinweggefegt, ich springe voller Fröhlichkeit in die Freiheit. Das bin ich, mit mir allein, ohne jemand anderen. Werde ich sterben, ohne die Umarmung eines Mannes zu kennen? Es kommt ein Alter, da die Jungfräulichkeit geradezu unanständig wirkt. Hat mich die Erziehung, die ich erhalten habe, so sehr geprägt, dass mir Befriedigung ohne Ehe unmöglich ist?

Acht Tage nach ihrer Hochzeit schauten Annette und Paul bei uns vorbei. Wir aßen gerade Mittag. Sie kam hereingerannt und umarmte uns mit fröhlichen und glücklichen Worten.

»Félicia! Meine Arme, du gefälltst mir gar nicht.«

Das artet in Verfolgung aus.

Ohne sich um Félicias Antwort zu kümmern, stürzt sie zur Wiege und kommt mit Jean-Claude zurück, den sie einfach geweckt hat.

»Sieh nur, Paul, mein Liebster, wie süß er ist!«

Sie bedeckt seine Wangen mit Küssen, dann legt sie ihn schließlich auf dem Schoß seiner Mutter ab.

Sie rast in die Küche, wo sie sogar die griesgrämige Augustine umarmt, sie rast in den Salon, wo bald eine mitreißende Melodie erschallt. Das Haus lebt wieder!

»Denkt man hier wenigstens an mich?«

Sie seufzt, ohne uns Zeit zum Antworten zu lassen.

»Wir müssen leider weg, wir sind bei Freunden eingeladen. Merkt ihr, wie braun ich bin? Ich bin nur noch am Strand. Das entsetzlich altmodische Weiß verschwindet zum Glück!«

Schon ist sie weg. Aus dem Auto winkt sie uns noch. Ihr Lächeln gräbt Grübchen in ihre gebräunten Wangen.

»Es ist der Tod hier ohne Mademoiselle Annette«, gibt Augustine plötzlich von sich.

Sie hat auszusprechen gewagt, was wir vielleicht alle dachten, denn die Gewohnheit schafft Bindungen, und jeder Mensch, so oberflächlich er auch sein mag, lässt eine Leere hinter sich zurück.

Auch wenn er sich noch so mustergültig seiner Frau gegenüber verhält, ist es Liebe, was er für sie empfindet? Ihm fehlt es an der Begeisterung, der Freude, der Sorglosigkeit, die einem dieses Gefühl schenkt. Rede ich mir vielleicht etwas ein? Ich liebe ihn noch, wenn lieben heißt, bei jeder Handbewegung vor Wollust dahinzuschmelzen, ohne Rückhalt zu bewundern, verborgene Gemeinsamkeiten zu entdecken, von denen man nicht zu sprechen wagt, um sich nicht zu verraten. Wie lange werde ich noch an dieser sterilen Leidenschaft leiden? Muss ich mich mein ganzes Leben mit den Spielen meiner Fantasie begnügen, um mich zu befriedigen? Ich mache die Dinge immer komplizierter und erfinde, wie eine Masochistin, tausend Arten, mich zu quälen. Weil ich die Zeit der Naivität, die einem Selbstvertrauen schenkt, sinnlos verstreichen ließ. Jetzt habe ich schon zu viel Erfahrung, um mich selbst widerstandslos zu belügen. Ich weiß zum Beispiel, dass nur das Leiden ihn zu mir führen könnte. Wie sadistisch und grausam einen die Liebe macht. Gleiche ich nicht diesen Henkern? Ich habe zu viel gelitten. Ich brauche eine Waffenruhe. Ich will sie in einer anderen Lebensweise finden. Die platonische Liebe ist nichts als eine Legende. Nur die Perversen begnügen sich damit. Meine Liebe ist vollkommen: eine wohldosierte Mischung aus sexuellen Trieben und geistigen Empfindungen. Genau das Nötige, um die anständige Frau, die ich bin, nicht ganz und gar zu verschrecken.

Ich werfe mich auf mein Bett und öffne die Arme

für Jean Luze. Ich spüre das Gewicht seines Körpers auf meinem. Die Trockenheit meiner Lippen bringt mich zur Einsamkeit zurück. Ach ja! Ich bin allein, allein. Immer mehr hasse ich diese Ersatzbefriedigungen, die Beweis sind für meine Feigheit. Warum bist du nicht auch allein, Jean Luze? Warum bist du nicht frei? Ich lösche Félicia in Gedanken aus. Jetzt bin ich schon auf dem Weg, eine Verbrecherin zu werden! Ich erschrecke vor mir selbst. Ein verzweifelter Aufschrei lässt mich zusammenzucken. Jemand ruft in der Dunkelheit um Hilfe. Ich renne zum Fenster. Ich höre Waffen klirren und eine Frau schreien. Ich stelle mir meine Nachbarn vor, die wie ich mit gespitzten Ohren zitternd lauschen, und die Frau, die in Handschellen von Calédu abgeführt wird. Ich reiße den Riegel auf und öffne das Fenster einen Spalt. Ich kann nichts sehen und nichts mehr hören. Alles ist in einer Grabesstille versunken. Ich wundere mich über das Zittern meiner Hände, über die Wut, die mich schüttelt. Was habe ich damit zu tun? Dennoch spüre ich deutlich, dass mich einen Augenblick lang ein störender, gefährlicher Gedanke überkommt, den ich bewusst verdränge. Ich muss den Morgen abwarten, um Erkundigungen einzuziehen. Derselbe Gedanke kehrt wieder und durchfährt mich wie ein Blitz. Ein Blitz in Form eines Dolches, der aus meinem Kopf hervorschießt und wie ein Symbol vor meinen Augen funkelt. Ich verstecke mein Gesicht in den Händen. Um die grausame Vision an der Wiederkehr zu hindern, rufe ich meine Erinnerungen wach und versenke mich dieses eine Mal voller Lust in mein vergangenes Leben.

Bin ich das kleine Mädchen, das mit glänzenden Augen und voller Freude auf einem Bein auf der Treppe hüpft? Wie alt bin ich? Sechs, sieben? Das ist so lange her. Meine ersten Erinnerungen stammen aus dieser Zeit. Vorher existierte ich nicht. Erst mit der Entdeckung des Leids nimmt man sich selbst wahr. Dieses Alter muss für meine Eltern von besonderer Bedeutung gewesen sein, denn sie wurden plötzlich streng und misstrauisch. Sie bestraften mich wegen jeder Kleinigkeit und bespitzelten mich auf Schritt und Tritt. Meine Mutter gab mir eine Handarbeit und ich verbrachte die meiste Zeit auf einem niedrigen Stuhl zu ihren Füßen. Mein Vater rief mich jeden Tag mit seiner lauten, grimmigen Stimme, um meine Lektionen abzuhören und mich beim kleinsten Fehler ins Ohr zu kneifen, bis es blutete. »Das entlastet das Gehirn«, erklärte er mir, um mich seiner Bosheit zu versichern.

Um mich härter zu machen und sicher auch, um mich seine enttäuschten väterlichen Hoffnungen büßen zu lassen, beschloss er auf einmal, mich wie einen Jungen zu erziehen. Jeden Morgen ließ er sein Pferd bringen und setzte mich in den Sattel. Beim ersten Mal schrie ich wie am Spieß, zum Entsetzen des Stallgehilfen Démosthène, eines alten Negers, der ob seines mageren Lohns noch halb Sklave war und vor meinem Vater zitterte. Beim zweiten Mal fiel ich runter. Démosthène hob mich auf und mein Vater sagte:

»Setz sie wieder aufs Pferd.«

Ich klammerte mich weinend an den Hals des Alten.

»Setz sie in den Sattel«, brüllte mein Vater.

Und der arme Mann musste gehorchen.

Ich fiel noch einmal, Démosthène nahm mich in die Arme und floh mit mir ins Haus.

»Madame«, sagte er zu meiner Mutter, »er bringt Ihr Töchterchen um.«

Mein Vater kam mich holen. Er schlug Démosthène, riss mich wütend aus den Armen meiner Mutter und führte mich erneut zu dem Tier.

»Es wird dir nichts tun«, sagte er, »sieh her!«

Er hob meine eisige Hand zum Maul des Pferdes,

dann setzte er mich wieder in den Sattel und schlug dem Tier mit der Peitsche auf die Kruppe.

Ich stieß einen Entsetzensschrei aus und umklammerte mit den Beinen den warmen Bauch des Pferdes. Einen Monat später ritt ich mit ihm unter den Bäumen im Hof herum.

Während ich darauf wartete, dass man mich nach Frankreich schickte, besuchte ich wie die anderen Bürgertöchter die staatliche Schule der französischen Nonnen, deren Vorsteherin eine Freundin meiner Mutter war. Deshalb wurde ich besonders streng überwacht. zu Hause war es die Aufgabe meines Vaters, mit mir zu arbeiten. Jeden Tag wurde ich für die Tintenkleckse bestraft, die ich in meinem Schreibheft machte. Die Strafe bestand darin, ein paar Schritte von meinem Vater entfernt mit verschränkten Armen und erhobenem Kopf zu knien. Zitternd vor Müdigkeit wartete ich mit geschlossenen Augen auf das »steh auf«, das die Qual beenden würde. Manchmal weinte ich, dann dauerte die Strafe noch viel länger.

Zweimal in der Woche hörte ich in meinem Zimmer, wie mein Vater Befehle schrie, ehe er zum Morne au lion galoppierte, zur zweihundert Hektar großen Kaffeeplantage, die unseren Wohlstand begründete. Mein Vater war sehr stolz auf seinen Kaffee, er rühmte sich, in Frankreich Agronomie studiert zu haben, und hatte im Unterschied zu den anderen Farmern stets ein Auge auf seine Pächter.

Als ich zehn Jahre alt wurde, schenkte er mir mein eigenes Pferd, das ich ohne nachzudenken Bon-Ami nannte, vielleicht ahnte ich die seelische Einsamkeit, die mich erwartete.

Die Bewohner unseres Viertels pflegten nur wenig Umgang miteinander. Bei den seltenen Empfängen öffnete sich unser Salon für die Granduprés, Bavières, Soubirans, Duclans, Camuses, Audiers, für Monsieur

Prélat, einen französischen Händler von der Grand-Rue, die Besatzung der französischen Schiffe und eine ganze Gesellschaft aus Port-au-Prince, die wir auf französische Art mit viel Wein und Champagner bewirteten. Unser Hafen stand Europa und Amerika offen, die Grand-Rue quoll über von französischen, deutschen, englischen und amerikanischen Waren. Auch die Syrer, die gerade die haitianische Staatsbürgerschaft angenommen hatten, um legal von all unseren Privilegien zu profitieren, versorgten sich bei diesen Schiffen.

1912, ich war gerade zwölf Jahre alt, freundete ich mich mit Térésa Aboud an, einer kleinen, sehr sanften Syrerin mit langem schwarzem Haar, die nichts außer Kreolisch sprach. Ich war nur in der Schule mit ihr zusammen, wobei ich mich vor der Schulvorsteherin versteckte. Eines Tages erzählte uns Térésa weinend, dass die Syrer vom haitianischen Präsidenten aus dem Land gejagt würden und dass sie, die Abouds, nach Kingston flüchten und dort sicher verhungern würden. Meine Freundinnen und ich fanden eine solche Maßnahme sehr ungerecht und so nahmen wir Térésa unter unsere Fittiche.

»Papa«, fragte ich meinen Vater beim Abendessen, »warum will Präsident Leconte die Syrer aus unserer Stadt verjagen?«

»Weil sie sich auf unsere Kosten bereichern«, antwortete mein Vater. »Außerdem geben sie nur wenig aus, raffen viel Geld zusammen und fangen an, sich unter den Schutz der ausländischen Mächte zu begeben, wobei sie sich jetzt auf einmal rühmen, von ihnen abzustammen. Deshalb ist es ein unehrlicher Wettbewerb, und die armen Haitianer werden in den Ruin getrieben.«

»Man hat viel zu lange damit gewartet, sie wegzujagen«, fügte meine Mutter ungehalten hinzu, »diese Konkurrenz hat meine Eltern ruiniert.«

»Stimmt das wirklich, Mama?«

»Das stimmt, mein Kind.«

Als ich wieder in der Schule war, vermied ich es, mit Térésa zu sprechen, und lehnte auch die Bonbons ab, die sie mir täglich mitbrachte.

»Warum?«, fragte sie.

»Ihr habt die Eltern meiner Mutter ruiniert«, antwortete ich hart, »geht in euer Land zurück.«

Eines Abends kam mein Vater ganz aufgeregt nach Hause und berichtete, englische Kriegsschiffe hätten vor Port-au-Prince geankert, um ihre syrischen Staatsangehörigen zu schützen. Dora Soubiran, Eugénie Duclan, Jane Bavière, Agnès Grandupré und ich stellten uns Térésa am Gartenzaun in den Weg, stürzten uns auf sie und verprügelten sie.

Am nächsten Tag bekam mein Vater Besuch von Doktor Audier und den Vätern meiner Freundinnen. Sie waren alle außer sich und die Cocktails meiner Mutter, die wie ein Schatten auf Zehenspitzen hinein- und hinausging, verstärkten noch ihren Eifer und ihre Erregung.

»Der Ausländer hat unser Land überfallen«, kläffte mein Vater, »unser Handel ist in den Händen von Franzosen, Deutschen, Engländern und Amerikanern. Die Syrer sind nur die Strohmänner. Konkurrenz gibt es nur noch zwischen diesen Großmächten. Wer bewaffnet den Pöbel mit Stöcken und ruft: Nieder mit den Syrern?«

»Die Franzosen«, antwortete Doktor Audier.

»Und wer protestiert offen gegen die Ausweisung der Syrer?«

»Die Amerikaner und die Engländer«, sagte Doktor Audier und sah sich Bestätigung heischend um.

»Die Amerikaner fürchten, im Importgeschäft von Europa verdrängt zu werden«, ergänzte mein Vater. »Das ist der Kalte Krieg zwischen Europa und den

Amerikanern. Welche Rolle spielen wir bei alldem? Ein armes Volk von Schafen, die von den Wölfen verschlungen werden. Nur ein Mann hat die Herausforderung angenommen und die ungeliebten Syrer verjagt, und dieser Mann ist unser geliebter Präsident. Es lebe Präsident Leconte!«

»Es lebe Leconte!«, schrien die anderen und hoben ihre Gläser.

»Das Volk versinkt in Arbeitslosigkeit«, fuhr mein Vater fort, »in diesem Land ohne Industrie ist es dem Elend ausgeliefert. Die Großmächte behandeln uns wie Unmündige: Sie mischen sich in unsere Angelegenheiten, verlangen die Kontrolle über unsere Zölle und streiten sich wie Schakale um das Fell, das sie uns über die Ohren ziehen. Ich bin ein Patriot, ein Nationalist, und ich werde unsere nationalen Interessen bis zum letzten Atemzug verteidigen.«

»Es lebe der Abgeordnete Clamont!«, rief ein kleiner rundlicher Mann mit Pausbacken und blondem Haar namens Laurent.

»Es lebe unser Abgeordneter!«, wiederholten die anderen wie ein Echo.

»Danke, meine Herren«, antwortete mein Vater leise, als ergötzte er sich insgeheim an diesen begeisterten Ausrufen. »Meine Stunde hat noch nicht geschlagen, aber sie wird kommen, daran zweifle ich nicht. Inzwischen unterstütze ich aufrichtig unseren Präsidenten und überwache die Opposition aus nächster Nähe. Ich kehre mit dem nächsten Schiff nach Port-au-Prince zurück. Während meiner Abwesenheit müssen alle, die ihn verraten, bei der Polizei angezeigt und ohne Erbarmen bestraft werden.«

Meine Mutter zog mich unter dem Tisch hervor, wohin ich mich verkrochen hatte, ohne meinen Vater aus den Augen zu lassen.

Am nächsten Tag riss uns das Horn des Bezirkskommandanten im Morgengrauen aus dem Schlaf. Wir stürzten auf den Balkon.

Er trug eine glänzende Uniform mit breiten Epauletten und einen Zweispitz. Umgeben von seiner Garde, den »kleinen Soldaten«, die sich von den Bettlern nur durch die Armbinde mit der Aufschrift »Polizei« unterschieden, verlas er eine Proklamation.

»Freiheit, Gleichheit, Brüderlichkeit«, fing er an.

Und wir erfuhren, dass der Befehl zur Liquidation der syrischen Geschäfte erlassen worden war.

Ich erlebte die Abreise von Térésa Aboud nicht mit, da ich mit Masern im Bett lag. Aus Angst vor Ansteckung durften meine Freundinnen unsere Schwelle nicht überschreiten. Als ich eine Woche später mein Zimmer verließ, sah ich von der Galerie aus die verschlossenen Türen der Syrer, und Dora erzählte mir, dass der Stein eines Fanatikers Térésas Mutter getroffen hatte, als sie das amerikanische Schiff bestieg.

Kurz darauf erfuhren wir in unserer brodelnden Stadt, dass der Nationalpalast explodiert war und mehr als dreihundert Soldaten mit Präsident Leconte umgekommen waren. Die Gerüchte kochten hoch. Die Männer rannten Tag und Nacht durch die Straßen oder versammelten sich im Cercle, um über die politischen Ereignisse zu diskutieren. Wer hatte meinem Vater diese absurde Idee in den Kopf gesetzt? Ich habe es nie erfahren. Er begann seine Wahlkampagne und bereitete seine Reden vor.

Tonton Mathurin, der allein in einem ebenso großen und schönen Haus lebte wie wir, wurde eine Zeit lang in der guten Gesellschaft unserer kleinen Stadt geduldet. Dann beschuldigte man ihn plötzlich, mit Gesindel zu verkehren und die Dienstmädchen aus dem Viertel mit unanständigen Absichten bei sich zu empfangen, worauf er kurzerhand verbannt wurde. Meine

Eltern drohten mir, mich zu Hause einzusperren, sollte ich jemals wieder mit ihm reden.

»Er lebt in der Sünde«, erklärte mir meine Mutter, »und die Sünde ist ansteckend.«

Obwohl ich es stets zu vermeiden suchte, sah ich ihn manchmal auf einem Rohrstuhl sitzen, den er im Gebüsch neben seinem Gartenzaun versteckte. Einmal, als ich aus der Schule kam, stand ich ihm plötzlich gegenüber und starrte wie versteinert auf seine mächtigen Brauen und das alte schwarze Gesicht voller Freundlichkeit mit dem unschuldigen Mund, der bis zu den Ohren reichte. Ich spuckte ihm vor die Füße und bekreuzigte mich.

»He!«, sagte er. »Hältst du mich für den Mensch gewordenen Teufel?«

Ich rannte davon, während er noch sprach, und erleichterte am nächsten Tag bei Père Paul mein Gewissen von der schändlichen Sünde, die ich begangen hatte. Um sich an mir zu rächen, zeigte mir Tonton Mathurin jedes Mal eine lange Nase oder streckte mir die Faust entgegen, wenn er mich traf.

Neben seinem Haus stand das der Granduprés. Die arme Agnès, die mich mit ihren verweinten Augen und ihrer Magerkeit an Sophie Fichini erinnerte, und die wir jeden Tag unter den Schlägen ihrer Eltern schreien hörten, wurde ebenfalls mit einem Bann belegt. Meine Mutter sagte:

»Du wirst nie mehr mit Agnès Grandupré spielen, weder in der Schule noch bei ihr zu Hause. Hast du verstanden? Sie ist eine Verderbte, die trotz des Verbots ihrer Eltern heimlich zu Tonton Mathurin geht.«

Agnès' Laster beschäftigte mich. Ich dachte so intensiv daran, dass ich anfing, sie von unserem Haus aus heimlich zu beobachten. Eines Tages sah ich sie nach einer Tracht Prügel schluchzend unter der Galerie sitzen. Ich rief sie. Sie zeigte mir ihre Arme und

Beine, die mit Striemen bedeckt waren, und sagte nach einem angstvollen Blick zu ihrem Haus: »Sie haben mich wieder geschlagen, Claire. Sie verbieten mir, Tonton Mathurin zu treffen, aber er ist der Einzige, der gut zu mir ist.«

»Was macht er mit dir? Was sagt er zu dir?«

»Er streichelt meine Haare und erzählt mir von seiner Tochter Suzette, die er verloren hat, und der ich ähnlich bin.«

»Das ist alles?«

»Ja, ich schwöre es dir.«

Ich hörte meine Mutter schreien. Mein Vater kam angerannt, und als er uns sah, wurde er bleich vor Zorn.

»Claire, komm her.«

Agnès stürzte auf die Straße und rannte nach Hause.

»Komm her«, wiederholte mein Vater.

Ich ging zu ihm.

»Wer hat dir erlaubt, mit der kleinen Grandupré zu spielen«, schrie er und gab mir einen so heftigen Schlag auf den Rücken, dass es mir den Atem raubte. »Wer? Wie oft hast du sie getroffen? Was hat sie dir erzählt? Was habt ihr miteinander gemacht?«

Jede Frage wurde von einem grausamen Gürtelhieb begleitet. Beim dritten brüllte ich genauso laut wie Agnès, beim zwanzigsten verlor ich das Bewusstsein. Am nächsten Tag hatte ich so hohes Fieber, dass meine Mutter Doktor Audier rufen lassen musste.

»Also wirklich! Also wirklich!«, meinte er und schüttelte seinen dicken Kopf. Ich bemerkte, wie er meinen Vater unter seiner Brille vorwurfsvoll ansah.

»Was wollen Sie, lieber Freund, ich habe bestimmte Prinzipien und erwarte, dass man mir gehorcht«, sagte dieser. »Unsere Rasse ist disziplinlos und das Blut einstiger Sklaven ruft nach der Peitsche, wie mein verstorbener Vater zu sagen pflegte.«

»Spricht da der Kolonist aus Ihnen?«, fragte der Arzt vorsichtig.

»Vielleicht! Wir Mulatten sind ein bisschen von allem, das wissen Sie. Würden Sie mir glauben, dass ich schwarzes Blut in den Adern habe, wenn Sie mich nicht so lange kennen würden? Das bedeutet, dass sich mein schwarzes Blut zurückentwickelt und ich einige Eigenschaften geerbt habe, die ihr fehlen werden, wenn ich sie nicht korrigiere.«

Erst in diesem Moment fielen mir seine milchweiße Haut und die kaum dunklere meiner Mutter auf. Erstaunt sah ich auf meine braunen Arme auf dem Laken. War ich wirklich ihre Tochter? Nein, das war unmöglich. Wie konnte ich die Tochter dieser beiden Weißen sein? Meine Mutter weinte verstohlen und ich sah, wie Doktor Audier freundschaftlich ihren Arm drückte, als er ging.

Unsere Dienerschaft wurde von meinem Vater mit dem Stock regiert. Diejenigen, die bezahlt wurden, ebenso wie der Junge, ein wahrer Prügelknabe, den mein Vater nach dem Tod seiner Eltern eines Abends vom Morne au lion mitgebracht hatte. Er erwies sich sofort als aufsässig und unverschämt.

»Schwarz, du bist so schwarz wie ich«, sagte er einmal zu mir und zog mich an den Haaren, »ich nehme dich zur Frau, wenn ich groß bin.«

Mein Vater, dem ich seine Worte hinterbrachte, verprügelte ihn so, dass er davonlief. Wir sahen ihn nie wieder. Er wurde durch Augustine ersetzt, die ihre Eltern vom Morne au lion zu uns brachten, und ich lernte durch das Unrecht, das man ihr zufügte, meinen eigenen gesellschaftlichen Rang zu würdigen und meinen Vater zu schätzen, trotz der Schläge, die er mir weiterhin gab. Augustine und ich waren etwa gleich alt, und ich hätte gern mit ihr gespielt. Doch meine Mutter lehnte das kategorisch ab.

»Sie ist eine Dienerin«, erklärte sie mir, »eine Negerin aus den Bergen, die wir nicht mal bezahlen! Dein Vater wird wütend, wenn du mit ihr spielst. Du kannst Jane, Dora und Eugénie einladen, aber lass das Mädchen seine Arbeit machen.«

Manchmal entging ich der Überwachung meiner Eltern und lief zu unserem alten Stallknecht, eher eine Art Verwalter, der sich um alles Mögliche kümmerte, und den sie sehr pariserisch *garçon* riefen. Er schlief auf einer Matte im Stall, neben den Pferden. Ich holte den Zucker aus der Tasche, den ich für ihn entwendet hatte.

»Danke, Mamzelle Claire«, sagte er, »bist ein guter Mensch, du.«

Dann umarmte ich Bon-Ami, der die Nüstern hochzog, um den Zucker aus meiner Hand zu fressen.

Félicia war gerade vier Jahre alt. Da meine Mutter kein Vertrauen zu den Dienern hatte, musste ich ihr helfen. Damit war meine ganze Zeit in Beschlag genommen. Wenn ich von der Schule kam und meine Hausaufgaben gemacht hatte, musste ich ständig auf meine Schwester aufpassen. Ich rächte mich hinterhältig, indem ich sie so viel wie möglich sich selbst überließ. Einmal schubste ich sie absichtlich die Treppe hinunter, was mir eine weitere Tracht Prügel einbrachte. Eine Bemerkung von Augustine über unsere unterschiedliche Hautfarbe hinderte mich daran, meine Schwester zu lieben, und ich begann allmählich, sie zu beneiden.

An meinem dreizehnten Geburtstag befahl mein Vater Démosthène, unsere Pferde zu satteln, und wir ritten in wildem Galopp zu seiner Plantage. Ich trug ein Amazonenkostüm, das er extra aus Frankreich hatte kommen lassen, er war in Reithosen, auf dem Kopf seinen Pflanzerhut. Mit dem langen Rock, der weißen Bluse mit Jabot und dem mit einer Gänsefeder verzierten Hut wirkte ich so affektiert wie eine versnobte Aristokratin aus dem 18. Jahrhundert. Ich hatte vergebens gefleht, die Feder vom Hut nehmen zu dürfen, wobei ich mich auf meine Jugend und auf die Verlegenheit berief, die ich in diesem Aufzug empfinden würde.

»Ich werde dich in das große Leben einführen«, sagte mein Vater wütend. »Du wirst bald den Grund erfahren.«

Die Kaffeesträucher blühten. Wenn ich daran denke, meine ich noch den bittersüßen Geruch der vom Tau feuchten Kirschen, der Mango- und Honigbeerbäume zu spüren, deren Äste sich wie Sonnenschirme über den Feldern ausbreiteten; den Geruch der Vögel, die zwischen den Blättern zankten und so niedrig flogen, dass sie uns streiften; den Geruch von frischem Harz, das die runzligen Stämme der Blutholzbäume und der Eichen unter der Sonne ausschwitzten. Kra, kra, riefen die Fregattvögel, die Bauern wedelten mit den Armen und verjagten sie mit Geschrei. Ich hatte die Pächter seit einiger Zeit nicht gesehen, und sie staunten, dass sie nun eine junge Frau vor sich hatten. Sie reichten mir schlaff die Hand, auf Bauernart, einer von ihnen kratzte sich am Kopf und sagte:

»Bei Gott, eine schöne Negerin haben Sie da, Agronom.«

Das Lachen meines Vaters klang gezwungen. Er antwortete in gekünsteltem Kreolisch: »In unserer Rasse gibt es immer Überraschungen, Louisor; niemand hier kann voraussagen, wie ein Kind aussieht, ehe es aus dem Bauch seiner Mutter gekommen ist.«

»Nur die echten Neger, Agronom«, entgegnete Alcius, der älteste Pächter, »die wissen genau, dass sie sich niemals täuschen werden. Ein Neger und eine Negerin machen nur kleine Neger. Das ist die Wahrheit.«

Mein Vater gab dem Gespräch eine andere Wendung, pflückte eine Kaffeekirsche und zerdrückte sie, um ihr Aroma besser zu spüren.

»Mein Kaffee ist der beste in der Gegend«, rief er zufrieden. »Hört zu, Pächter, ich weiß, was auf anderen Plantagen los ist: Dort herrscht das Chaos. Die großen Pflanzer überlassen ihren Kaffee unehrlichen Kerlen, die sie ausplündern. Ich habe Vertrauen in euch, das wisst ihr, aber trotzdem komme ich während der Ernte zweimal in der Woche herauf, um eure Arbeit zu überprüfen. Seht euch das Ergebnis an ...«

Er streckte die Hand aus und wies auf die weiten, grünen Felder, auf denen die Kirschen wie Rubine zwischen den Blättern funkelten.

»Auch wenn ich nicht mehr da wäre«, fuhr er fort, »müsst ihr treu eure Verpflichtungen erfüllen. Gott hat mir einen Sohn versagt, aber meine älteste Tochter wird darüber wachen, dass meine Geschäfte ordentlich laufen. Das ist mein Wille.«

Die Bauern drehten sich zu mir und sahen mich neugierig an.

Waren sie beruhigt zu hören, dass ein ganz junges, harmloses und schwaches Mädchen meinen Vater im Fall seines Todes ersetzen würde? Sie richteten ihre amüsierten und verschmitzten Blicke auf mich, die ich tapfer ertrug.

»Allerdings«, fügte mein Vater hinzu und schlug sich mit einer übertrieben theatralischen Geste an die Brust, »allerdings bin ich stark wie ein Fels und werde erst mit hundert sterben. Ich bin der Löwe, der über diesen Berg wacht, und selbst wenn ich im Präsidentensessel sitze, werde ich dafür sorgen, dass alles wie am Schnürchen läuft.«

»Gott ist groß«, erwiderte Alcius friedlich.

Er gab seiner Schwiegertochter ein Zeichen, die daraufhin zu ihrer Hütte rannte, und mit dampfendem Kaffee auf einem Tablett zurückkam.

»Setz dich, Mademoiselle«, sagte die Frau zu mir und wies auf einen Rohrstuhl.

»Also wirst du bald Staatschef, Agronom?«, fragte Alcius meinen Vater.

»Wenn Gott es so will.«

»Agronom«, sagte Louisor, Alcius' Sohn, ging auf meinen Vater zu, blieb mit verschränkten Armen vor ihm stehen und sah ihm in die Augen, »wir arbeiten seit vielen Jahren für dich, aber was du uns bezahlst, macht unsere Kinder nicht satt.«

»Louisor!«, rief Alcius.

Sein furchtsamer Blick wanderte zu einer abseits stehenden Hütte, deren Tür geschlossen war.

»Such woanders, Neger«, antwortete mein Vater Louisor, »und wenn du etwas Besseres findest, erlaube ich dir, mich zu verlassen.«

»Ich habe mein Haus auf deinem Land gebaut«, sagte Louisor. »Also werde ich bleiben.«

Mein Vater nickte Alcius zu, sie gingen zu der Hütte, deren Tür geschlossen war, und klopften dreimal. Ein Greis mit weißem Bart erschien, salutierte vor meinem Vater, legte ihm vertraulich die Hand auf die Schulter und führte ihn hinein. Louisors Frau kauerte sich zu meinen Füßen nieder, die Knie in Höhe des Kinns. Der Rock spannte sich um ihre Hüften. Ihre sechs Kinder spielten kreischend Fangen unter einem Mangobaum. Der Älteste, der wie ein Zehnjähriger aussah, sammelte Palmensamen und zerdrückte sie, um sie zu essen. Sie trugen kurze rote Hemdchen, die kaum über den Nabel reichten. Auch der Älteste war nicht anständiger gekleidet und ich bemühte mich, zu übersehen, was ich damals als schamlosen Aufzug empfand. Der Jüngste begann zu jammern und verlangte Brot. Die Frau sah mich schweigend an. Ihre lang gezogenen schrägen Augen waren starr auf mein Gesicht gerichtet und ich las darin nichts als ein dumpfes Erstaunen.

Da das Kind immer lauter weinte, befahl ich ihr, es zum Schweigen zu bringen.

»Ruhe, Ruhe«, schrie sie es an. »Es reicht.«

»Was hat es denn?«, fragte ich.

»Er hat Hunger.«

»Gib ihm zu essen.«

»Die Mangobäume geben jetzt keine Früchte«, antwortete sie, »es ist nichts im Haus, er muss bis zum Abend warten.«

»Warum?«, fragte ich.

»Bis Louisor mit dem Geld zurück ist, das er für die zwei Bündel Kräuter bekommt, die er in die Stadt bringt.«

»Was macht ihr denn mit dem Geld, das mein Vater euch bezahlt?«

»Geld!«

Sie sagte kein Wort mehr, nahm das Kind und stopfte ihm mit Gewalt seinen Daumen in den Mund.

»Saug, saug«, sagte sie leise, »saug.«

Das sehr junge Gesicht der Frau war wie in Stein gemeißelt. Ich hatte den Eindruck, weder Freude noch Schmerz könnten es verändern. Tausend Gedanken überfielen mich, die ich zunächst nicht sortieren konnte. Mein Vater erschien in der Tür der Hütte neben Alcius und dem Alten. Sein Hals war mit bunten Ketten geschmückt und um seinen Kopf lag ein rotes Tuch. Mein Herzschlag setzte aus. Er rief mich zu sich und wandte sich an den Alten:

»Papa Cousineau«, sagte er, »da ist sie.«

Der Alte betrachtete mich eine Minute wortlos, dann reichte er mir die Hand und sagte: »Sie sieht einem in die Augen, Agronom, das zeigt, dass sie einen starken Willen hat.«

»Ich habe sie erzogen wie einen Mann«, antwortete mein Vater. »Jetzt ist sie alt genug, meine Verpflichtungen einzulösen.«

»Da du noch lebst, musst du selbst deine Versprechen den Loas gegenüber halten. Der Morne au lion wird deine Abwesenheit nicht überleben. Deine Tochter wird dir nach deinem Tod folgen, erst nach deinem Tod«, verkündete der Alte mit fester Stimme.

»Dann wird sie weiße Haare haben«, erklärte mein Vater lachend. Er schlug sich an die Brust: »Der Löwe ist noch stark, Papa Cousineau, stark wie ein Fels. Aber du vergisst, dass ich oft unterwegs bin. Bald beginne ich meine Wahlkampagne und ich habe beste Chancen, Präsident der Republik zu werden. Ich habe darauf verzichtet, sie nach Frankreich zu schicken, ich habe sie reiten gelehrt, ich habe ihr Mathematik beigebracht, das alles nur, damit sie mein Land verwalten kann. Nun muss auch sie den Loas dienen.«

Ich sah meinem Vater in die Augen.

»Ich habe nur eine Religion, Papa«, sagte ich langsam, »ich werde niemals den Loas dienen.«

»Dann verlierst du den Morne au lion.«

»Stoß sie nicht vor den Kopf, Agronom«, warf der Alte ein. »Die katholischen Priester und die Nonnen haben ihr das Gehirn voll gestopft und haben ihr den Voodoo als Verdammnis beschrieben. Gib ihr Zeit, älter zu werden, und sie wird von allein dazu kommen, wie jede gute Negerin.«

»Niemals werde ich den Loas dienen«, wiederholte ich.

Wütend rannte ich zu meinem Pferd und sprang in den Sattel.

Bon-Ami spürte die Peitsche und galoppierte mit bebenden Nüstern den Weg entlang. Bald hörte ich die Hufe des Pferdes meines Vaters dröhnen, dem vor Wut, zurückgehalten zu werden, der Schaum auf die Gebissstange rann. Guavenzweige klammerten sich an meinen Rock, schlugen mir ins Gesicht und mein Amazonenbarett blieb an einem Ast hängen. Mein Vater schrie, er lockerte die Zügel und gab seinem Pferd die Sporen. Ich erreichte die Stadt ein paar Minuten vor ihm. Es war Sonntag. Meine Mutter war ausgehfertig, und als sie mich sah, fragte sie, wo mein Vater sei.

»Er kommt schon«, antwortete ich.

»Du hast gerade noch Zeit dich umzuziehen, um mich zum Vespergebet zu begleiten«, sagte sie.

Augustine, den Kopf voller kleiner gekräuselter Zöpfchen, folgte Félicia wie ein Hund.

Noch immer atemlos, hörte ich den Schritt meines Vaters. Er öffnete die Tür, kam auf mich zu und ohrfeigte mich so hart, dass ich beinah hinfiel.

»Was hat sie getan?«, fragte meine Mutter.

»Verdammter Sturkopf!«, brüllte mein Vater. »Du wirst mir gehorchen, verstehst du, ich kriege dich klein, und wenn ich dich mit Peitschenhieben zur Raison bringen muss.«

Meine Mutter senkte schniefend den Kopf. Ich zog mich um und begleitete sie zum Vespergebet.

»Was hast du deinem Vater schon wieder angetan?«, fragte sie mich auf dem Weg zur Kirche.

»Er verehrt die Voodoogötter, Mama, ich habe ihn bei Papa Cousineau gesehen, geschmückt wie ein Adept.«

»Leider!«, seufzte meine Mutter, »Er war so unvorsichtig, die Erbschaft seiner Negergroßmutter anzutreten, und er hat Angst, seine Verpflichtungen nicht einlösen zu können.«

»Ich werde sie nicht für ihn einlösen, Mama«, rief ich weinend.

»Psst!«, machte meine Mutter und riss ängstlich die Augen auf. »Dass dich nur niemand hört, das wäre ein Skandal!«

In jener Nacht konnte ich nicht schlafen. Überraschung und Abscheu versetzten mich in solche Erregung, dass ich Fieber bekam. Voodoo war für mich bis zu jenem Tag eine schändliche Religion gewesen, der nur die armen Leute anhingen. Nun trat sie plötzlich mitten in mein Leben und zog mich in einen Kampf, den ich kaum gewinnen konnte: Ich fürchtete meinen Vater und hatte Angst davor, ihm die Stirn zu bieten.

»Bleib standhaft, meine Tochter«, riet mir Père Paul, dem ich mich in meiner Verzweiflung anvertraute. »Du musst mit all deiner Kraft widerstehen. In diesem Fall ist dir auch der Ungehorsam erlaubt.«

Ich widerstand und wurde ausgepeitscht. Die Zeit verging. Mein Vater wurde nicht gewählt. Er warf mir vor, Unglück über ihn zu bringen, und schwor, er werde mich kleinkriegen.

»Ich habe es versprochen, verstehst du, ich habe versprochen, dass du, mein erstes Kind, das Erbe weiterführst. Doch das war vor deiner Geburt. Konnte ich ahnen, dass du ein Mädchen würdest?«

Obwohl ich sehr viel lernen musste, hatte ich bis zu jenem Zeitpunkt nur Geschichtsbücher und die Fabeln von La Fontaine gelesen. In den Augen meines Vaters waren alle Bücher schädlich, und auf seine Anweisung machte meine Mutter persönlich in meinem Zimmer sauber, um es nach Belieben zu durchwühlen. Das Schicksal meiner Freundinnen war nicht besser; ich fügte mich in meins und wartete auf die Heirat, die mich befreien würde. Mit den Jahren organisierte ich mein Leben. Ein geheimes und sehr erfülltes Leben, zu dem niemand Zugang hatte. Nicht einmal meine Freundinnen. Einsamkeit und Müßiggang waren meine Komplizen. Ich entdeckte die Bedeutung der Heuchelei, um mich vor Indiskretion zu schützen. Bei meinen Eltern spielte ich das gehorsame junge Mädchen, doch sobald sie mir den Rücken zuwandten, vollzog sich in mir eine radikale Wandlung. Ich änderte sofort meine Haltung, schob vor dem Spiegel die Brust nach vorn, nahm schmachtende Posen ein und drehte mich zu einem Walzer, den ich leise trällerte.

In dieser Zeit sah ich Frantz Camuse sehr häufig. Er kehrte aus Frankreich zurück, wo er seit einigen Jahren studierte. Unsere Mütter waren Freundinnen gewesen und trafen sich nach sechsjähriger Trennung wieder. Er besuchte uns am Sonntag mit seiner Mutter, die mir übers Haar strich und erklärte, ich sei das hübscheste Mädchen, das sie je gesehen hätte. Sie wiederholte es so oft, dass ich an ihrer Aufrichtigkeit zu zweifeln begann. Meine Eltern empfingen sie herzlich und fuhren alles auf, was im Hause war. Frantz sah gut aus, und ich begann an ihn zu denken. Nachts in meinem Bett murmelte ich seinen Namen, mein Herz war erfüllt von köstlicher Erregung, doch in seiner Anwesenheit war ich wie erstarrt.

»Der kleine Camuse scheint sich für unsere Tochter zu interessieren«, sagte mein Vater eines Abends zu meiner Mutter. »Bringen wir ihre Mitgift ins Spiel, um ihn zu ermutigen. Da ich diesem Sturkopf ohnehin nichts beibringen kann, können wir sie ebenso gut verheiraten. Die Camuses sind halb ruiniert, sie werden froh sein, ihr Wappen wieder etwas zu vergolden.«

»Sie bilden sich ein, sie seien direkt dem Schoß Jupiters entsprungen«, antwortete meine Mutter.

»Ich habe genug Geld, ihre Vorurteile verstummen zu lassen, und außerdem habe ich noch nicht auf meine Kandidatur verzichtet.«

»Henri!«, flehte meine Mutter mit verzweifeltem Blick.

»Diese Hochzeit findet statt«, fuhr mein Vater fort, »und mein Geld wird ihnen helfen, bestimmte Dinge zu vergessen.«

»Ach ja!«, seufzte meine Mutter und warf mir verstohlen einen besorgten Blick zu.

Félicia griff unschuldig nach meiner Hand.

»Warum ist Claire schwarz, Mama?«, fragte sie.

»Aber sie ist doch nicht schwarz«, antwortete meine Mutter und senkte den Blick.

»Warum ist sie schwarz?«

Ich zog heftig meine Hand zurück.

»Die Sonne hat sie ein bisschen verbrannt«, meinte meine Mutter, »sie ist hübsch braun.«

»Nein, sie ist schwarz und wir sind alle weiß.«

»Schluss jetzt, Félicia«, brüllte mein Vater.

Félicia weinte, meine Mutter nahm sie in die Arme und ich rannte in mein Zimmer. Dort stand ich lange allein vor meinem Bild im Spiegel der Kommode.

»Warum? Warum? Warum?«, schluchzte ich und schlug mit den Fäusten gegen den Spiegel.

Auch begann ich die Ahne zu hassen, deren schwarzes Blut sich nach so vielen Generationen heimtückisch in meine Adern geschlichen hatte.

Die folgenden Tage wurden für mich zur Qual. Lange Familiendiskussionen, an denen auch Madame Bavière und Madame Soubiran teilnahmen, hatten mir so starke Komplexe eingeflößt, dass ich nicht mehr wagte, die Augen zum rosigen, blonden Kopf von Frantz Camuse zu heben. Ich gehorchte meiner Mutter und trug die neuen Kleider, die sie mich anprobieren ließ, während sie sich über deren »vorteilhafte Farbe« begeisterte, ich spielte die Walzer von Chopin, die mich meine Klavierlehrerin, Mademoiselle Verduré, gelehrt hatte, ich servierte unseren Gästen Getränke und Kuchen, aber mir war unendlich schwer ums Herz. ›Niemals wird er mich lieben, niemals‹, sagte ich mir immer wieder. Ich sah, wie Dora und Eugénie Frantz umschwirrten und wie Gänse gackerten. Ich fühlte seinen Blick auf mir ruhen. Aber ich war zu jung, um das ehrliche Interesse zu spüren, das ich in ihm geweckt hatte.

Eines Abends kam er ohne seine Mutter und bat mich, ihn bis zum Gartentor zu begleiten.

»Ich fahre in der nächsten Woche nach Port-au-Prince«, sagte er, »ich würde Ihnen gern schreiben.«

»Nein, schreiben Sie mir niemals«, antwortete ich.

»Warum nicht?«

Ich zitterte dermaßen, dass er mich erstaunt ansah. Er griff nach meiner Hand und ich zuckte zusammen, als hätte er mich geschlagen. Der Kontrast zwischen unseren vereinten Händen bestürzte mich. Ich stieß ihn heftig zurück und er rief:

»Verabscheuen Sie mich wirklich so sehr?«

»Machen Sie sich nicht über mich lustig«, schrie ich, »ich verbiete es Ihnen, machen Sie sich nicht über mich lustig.«

Ich floh in mein Zimmer, um ihn hinter den Fensterläden zu beobachten. Tränen der Wut und der Enttäuschung flossen über meine Wangen, und als meine Mutter hereinkam, brüllte ich sie an:

»Warum bin ich schwarz? Warum?«

»Dein Vater macht dich zu einer reichen Erbin.«

»Ich will nicht, dass man mich wegen meines Geldes heiratet, ich werde niemals heiraten, niemals.«

»Claire!«

Am nächsten Tag ritt mein Vater mit Laurent nach Port-au-Prince. Ich hatte gesehen, wie meine Mutter ihm eine prall gefüllte Geldbörse reichte, ich hatte gehört, wie sie weinte und ihm vorwarf, alles zu vergeuden, was wir besaßen, um seinen aussichtslosen politischen Leidenschaften nachzugehen.

»Du ruinierst deine Kinder, Henri«, sagte sie, »du hast schon mehr als fünfzig Hektar Land verkauft. Du musst aufhören.«

»Lass mich ein letztes Mal mein Glück versuchen«, antwortete mein Vater, »mehr als tausend Männer sind an meiner Seite. Die Gesellschaft in Port-au-Prince ruft nach mir, ich muss nur noch das Vertrauen des Volkes gewinnen, und das gewinne ich hiermit. (Er wies auf die Geldbörse.) Ich werde lange fort sein. Démosthène soll mit Claire auf unsere Plantagen reiten. Sie sollen aufpassen, dass wir nicht von den Bauern betrogen werden. Adieu, mein Weib. Vielleicht bist du bald die Frau des Staatschefs.«

Démosthène ritt allein zum Morne au lion, denn ich weigerte mich, ihn zu begleiten.

»Denk an den Zorn deines Vaters, Claire«, sagte meine Mutter immer wieder, »denk an seinen Zorn.«

Aber ich blieb standhaft.

Lange vor der Heimkehr meines Vaters erfuhren wir, dass Tancrède Auguste gewählt worden war. Mein Vater kam gealtert, entmutigt und halb verarmt aus der Hauptstadt zurück. Zu Hause wurde er von seinen Anhängern empfangen, die auf den neuen Präsidenten schimpften, von dem sie meinten, er sei ein Versager.

In weniger als zwei Jahren sah das Land vier weitere Staatschefs kommen und gehen, die von Anarchie, Elend, Tod und den ständigen Revolutionen der Cacos – der Rebellen aus dem Norden – lange vor Ende ihrer Amtszeit von ihrem Stuhl vertrieben wurden. Die Aufstände hatten den Staat völlig ruiniert. Sogar in der Provinz ließ einen die politische Atmosphäre ahnen, dass dem Land die schlimmsten Katastrophen drohten und es in den Abgrund stürzen würden. Die bedrängte Regierung von Vilbrun Guillaume Sam streckte die Hand aus und verlangte von den Amerikanern finanzielle Unterstützung. An diesem Tag sah ich die Clique meines Vaters voller Zorn durch die Straßen rennen und das ganze Viertel aufhetzen, als wären sie verrückt geworden.

»Versager!«, brüllte mein Vater. »Alles Versager! Sie führen uns direkt in den Untergang. Bald steht der Amerikaner an der Spitze all unserer Institutionen. Sie lauern nur auf den geeigneten Moment, uns an die Gurgel zu springen. Sie streben nach der Herrschaft über unsere Finanzen. Sie werden die Kontrolle über unsere Zölle bekommen. Sie werden uns die Schlinge um den Hals legen. Wenn wir weiter kämpfen und weiter unser Blut in Bruderkämpfen vergießen, werden wir eine Armee amerikanischer Soldaten auf unserem Boden landen sehen. Die Haitianer haben einen schlechten Geschmack. Niemals werden sie den Mann wählen, der imstande ist, sie aus dieser Katastrophe zu retten, niemals werden sie ihn an die Macht bringen.«

»Hoch lebe Clamont!«, rief die Menge. »Hoch lebe Henri Clamont!«

Diesmal trug man ihn im Triumphzug durch die Straßen, und trotz ihrer Tränen musste meine Mutter ihm noch einmal eine Börse voller Geld geben, das er unter einer Bande von Unbekannten verteilte, die um Audienz bei ihm baten und ihn den künftigen Präsidenten nannten. Er wurde immer optimistischer und vernachlässigte seine Plantagen. Die fixe Idee der Macht ließ ihn nicht los. Wieder und wieder reiste er per Schiff oder zu Pferd nach Port-au-Prince, und kehrte jedes Mal enttäuschter und um Jahre gealtert zu uns zurück.

»Wir haben nur noch hundert Hektar Land«, klagte meine Mutter, »wir sind schon zur Hälfte ruiniert! Was wird aus unseren Kindern?«

»Ach Weib«, wetterte mein Vater, »unterstütze mich lieber, anstatt mir Vorwürfe zu machen. Glaubst du, dass alle, die je im Präsidentensessel saßen, die Hände in den Schoß legten, ehe sie gewählt wurden?«

»Aber du wirst niemals zum Präsidenten gewählt werden«, versuchte meine Mutter zu argumentieren.

»Sei still!«, befahl mein Vater. »Ich sollte dich mit nach Port-au-Prince nehmen, damit du dich mit eigenen

Augen von meiner Popularität überzeugen kannst. Ich war von Weihrauch umgeben und meine Reden erhielten so viel Applaus, dass mir vor Rührung die Stimme versagte. Sie wollen keine Raufbolde und Revolutionsführer mehr, sagen sie, und sie werden mich, den anständigen Plantagenbesitzer wählen, um das Land aus der Katastrophe zu führen. Wir sind mit Schulden überlastet. Als ich den Zuhörern mein Programm zur finanziellen Befreiung darlegte, haben sie mich im Triumphzug auf ihren Schultern getragen. Hörst du, Weib? Ich wurde im Triumphzug getragen, ich, und nicht von einer Bande Habenichtse, sondern von gebildeten Leuten, der Elite von Port-au-Prince, der einzigen vernünftigen, fähigen und repräsentativen Klasse.«

Er sah mich, kam zu mir und sagte:

»Obwohl du mir deine Hilfe verweigert hast, wirst du dir den Mann deiner Träume aussuchen, ich verspreche es dir.«

Er strich sich über den Schnurrbart, streckte die Brust vor und ging.

»Nieder mit Clamont!«, hörten wir.

»Wer wagt es?«, brüllte mein Vater.

Tonton Mathurin in seinem alten Überrock und mit seiner Baskenmütze auf dem Kopf kam aus dem Gebüsch, in dem er gelauert hatte.

»Ich!«, rief er. »Clamont, Sie sind ein erbärmlicher Versager, ein beschränkter, eingebildeter Mulatte. Das Landwirtschaftsdiplom, das Sie in Paris ergattert haben, kann nur die beeindrucken, die noch dümmer sind als Sie. Hochstapler! Sie sind ein Hochstapler und ich schwöre, dass kein vernünftiger Mensch Sie unterstützen wird. Wir haben vier Versager an der Macht gesehen, das reicht. Diese Ära ist bereits Vergangenheit.«

»Mathurin«, kreischte mein Vater, »mit welchem Recht machen Sie den Mund auf? Sie, der Schamlose, von der Gesellschaft Verbannte …«

»Von welcher Gesellschaft reden Sie, Clamont? Besteht sie nicht aus einer Ansammlung von beschränkten Menschen wie Ihnen, die sich rühmen, weiß zu sein, und anständigen Negern die Türen ihrer Salons verschließen? Haben Sie Ihre Großmutter vergessen, Clamont, die Negerin, deren Loas Sie immer noch dienen?«

»Ich habe sie wahrhaftig vergessen«, antwortete mein Vater, bleich vor Wut.

»Ihre älteste Tochter ist da, um Ihr Gedächtnis aufzufrischen. Ich danke Gott, dass er die Dinge so gut regelt.«

Immer mehr Menschen liefen zusammen. Einige hörten Mathurin lächelnd zu; andere, darunter Laurent und Doktor Audier, zogen meinen Vater am Ärmel, um ihn ins Haus zu bringen.

»Das ist doch nur ein alter Verrückter«, zischte Laurent.

Wer sich nicht zu zeigen wagte, beeilte sich, dass er hinter den Fensterläden nichts verpasste. Ich sah Augen blitzen, hörte ersticktes Lachen, Kommentare, Urteile, gegen deren Unerbittlichkeit sich mein Vater kaum verteidigen konnte. An diesem Tag starb meine Angst vor ihm. Er war vor meinen Augen errötet, hatte gezittert, war zurückgewichen. Eine diffuse Vorahnung warnte mich vor der Verlogenheit unserer Verhältnisse und ich wunderte mich, dass meine innere Stimme Tonton Mathurin Recht gab.

Am nächsten Tag stürmten sechs maskierte Männer Mathurins Haus und packten ihn. Drei Stunden später kam er, mit zerrissenen Kleidern und blutüberströmtem Gesicht zurück: Sie hatten ihn in den Wald geschleppt und fürchterlich verprügelt. Er lauerte meinem Vater auf, ging direkt auf ihn zu und spuckte ihm ins Gesicht.

»Feigling!«, schrie er ihm entgegen. »Du sitzt noch

nicht auf deinem Präsidentenstuhl, und schon missbrauchst du heuchlerisch deine Macht. Seht her, ihr anderen, ich habe eurem Kandidaten ins Gesicht gespuckt.«

Mein Vater rannte nach Hause, holte sein Gewehr und schoss auf Mathurin, verfehlte ihn aber glücklicherweise. Er wurde sogleich entwaffnet. Um ihn zu beruhigen und sein böses Blut zu vertreiben, verpasste ihm meine Mutter zwei Löffel Rizinusöl, das er schluckte, ohne mit der Wimper zu zucken.

An diesem Abend dachte ich lange nach, ehe ich einschlief. Mathurins Beschimpfungen gingen mir wieder durch den Kopf. Mir wurde bewusst, dass wir kein einziges Mal die Eltern von Alcine Joseph und Elina Jean-François bei uns empfangen hatten, zwei sehr intelligente schwarze Mädchen, die meine Freundinnen und ich in der Schule kennen gelernt hatten. Und das Wort Vorurteile gewann für mich an Gewicht …

Ein paar Tage später landete ein französisches Schiff in unserem Hafen und brachte neue Ware für die Geschäfte der Stadt: Gläser, Wäsche, Wein, Schnaps, Stoffe und Schmuck zierten die Auslagen der Händler. Meine Mutter gab auf Empfehlung meines Vaters unsere letzten Reserven aus und kaufte sich ein hauchzartes Tischtuch und neue Gläser, die sie bei unserem nächsten Empfang würde vorzeigen können. Meine Aussteuer wurde um drei Blusen aus gesticktem Schleierleinen mit Spitzen und Bändern ergänzt. Am Abend vor dem Empfang breitete meine Mutter ein weißes Faillekleid mit Volants auf meinem Bett aus, dazu schwarze Lackschuhe und eine mit Perlen besetzte Samthandtasche. Wir hatten viele Einladungen verteilt und mein Vater, der drei Tage später mit dem französischen Schiff nach Port-au-Prince fahren wollte, lud auch die Schiffsoffiziere ein, die er kannte. Doras zwanzigjähriger Cousin Georges, ein talentierter Pianist und Dichter, sollte Kontertänze und Walzer spielen.

Die Kaffeeernte nahte. Mein Vater besuchte kurz seine Pächter und teilte uns bei seiner Rückkehr glücklich mit, dass sich die Säcke bald mit Kaffee und dann mit Geld füllen würden.

»Ich herrsche wie der Löwenkönig über mein Land«, sagte er lachend, »die Bauern haben Angst vor meinen ›Voodoopunkten‹ und werden mich nie bestehlen.«

War er ein so guter Schauspieler, dass er überzeugend genug vortäuschen konnte, ein Voodoosi zu sein, um seine naiven Pächter zu beherrschen? Diese Frage blieb für mich unbeantwortet.

Es war der 3. Juli 1915. Erstickende Hitze lag über der Stadt. Kein Windhauch trocknete an diesem Morgen den Schweiß, der über die Gesichter unserer »kleinen Soldaten« rann, die mit ihrem Gewehr über der Schulter durch die Straßen patrouillierten. Die politischen Diskussionen waren lebhaft und die letzten Neuigkeiten, welche die Studenten mit dem französischen Schiff in die Stadt gebracht hatten, alarmierten die Patrioten. Nach deren Berichten drängten die Vertreter des State Departments Präsident Sam, einen Vertrag aufzusetzen, der ihnen die Kontrolle über die Zölle garantieren würde.

»Wenn Präsident Sam bereit ist, diesen Vertrag mit den USA auszuhandeln, sind wir unwiederbringlich verloren«, prophezeite Doktor Audier. »Frankreich und Deutschland werden einen ebenso großen Anteil verlangen. Clamont hat Recht. Sie machen uns fertig. Es ist Zeit, dass er an die Macht kommt.«

Mein Vater, obschon von seinen zahlreichen Enttäuschungen verschlissen, opferte noch einmal vergeblich zwei Geldbörsen. Man erzählte sich, er würde Verschwörungen organisieren, und eines Abends kam

Augustine, um ihm zu sagen, dass ein Mann ihn sprechen wolle.

»Wie heißt er?«, fragte mein Vater.

»Weiß nicht, Missié.«

»Ist er ordentlich gekleidet?«

»Nein, Missié.«

»Ist es ein Bettler?«

»Nein, Missié, aber er ist schwarz.«

Sehr beunruhigt ließ mein Vater Doktor Audier, Monsieur Camuse, Laurent und die Väter meiner Freundinnen im Salon zurück und ging hinunter. Er öffnete die Esszimmertür und stand vor einem groß gewachsenen, sauber gekleideten Neger mit einem Strohhut, den dieser hastig vom Kopf zog.

»Ich bin Horelle Jean-François«, sagte der Mann auf Französisch. »Ihre ältere Tochter war mit meiner Elina in der Schule bei den Nonnen.«

»Das wusste ich nicht«, antwortete mein Vater.

»Monsieur Clamont«, fuhr der Mann fort, »sehen Sie sich vor. Man hat Sie als Verschwörer angezeigt, und der Kommandant hat Sie im Auge. Ich wollte Sie warnen, weil auch ich ein Anhänger von Ihnen bin.«

»Danke, Jean-François«, sagte mein Vater, »ich sehe mich vor.«

»Ich werde Ihnen viele Anhänger bringen. Wir wehren uns alle gegen die Einmischung der Amerikaner in die inneren Angelegenheiten des Landes.«

Elina stand hinter ihrem Vater. Ich sah, wie er die Hand ausstreckte und nach ihr tastete.

»Ich bin blind«, sagte er.

»Ach so!«, meinte mein Vater. »Soll ich Ihnen einen Stuhl holen lassen?«

»Nein, Monsieur Clamont, danke, ich muss gehen. Ich komme ein anderes Mal wieder.«

»Jean-François«, sagte mein Vater noch, »wenn es

Ihnen Recht ist, empfange ich Sie und Ihre Freunde auf dem Morne au lion.«

»Danke, Monsieur Clamont, aber ich komme lieber ohne sie. Nur meine Tochter wird mich begleiten.«

»Nein, nein, machen Sie sich keine Umstände, ich kenne Ihr Haus und werde persönlich bei Ihnen vorbeischauen.«

»Gut, Monsieur.«

Als mein Vater die Tür hinter ihnen schloss, erblickte er mich.

»Du schleichst mir ständig hinterher«, sagte er, als schämte er sich. »Stimmt es, dass du dieses Mädchen bei den Nonnen getroffen hast?«

»Ja, Papa.«

»Hat sie alle Klassen absolviert?«

»Ja, Papa.«

»Gut, gut, geh zurück ... Geh deiner Mutter helfen. Heute ist viel zu tun. Unsere Gäste kommen bald.«

Pünktlich um acht Uhr erschienen die Schiffsoffiziere in Ausgehuniform. Der Tisch voller Speisen und Wein bot den kostbaren und prunkvollen Anblick einer römischen Tafel. Die neuen Gläser auf der ungebleichten Spitzendecke füllten sich mit Champagner. Georges Soubiran setzte sich ans Klavier und spielte einen Walzer von Chopin, die ersten Paare fingen an zu tanzen. Wallende Kleider schwangen im Licht der Lüster! Frisuren mit Perlen und Diamanten! Tiefe Dekolletées, nur unmerklich dunkler als die Perlen, die sie zierten! Die Brüste kaum verborgen unter feinen Taftbändern, die am Rücken wie Schmetterlinge flatterten. Schwarze Hosen, Gehröcke und keck nach oben gezwirbelte Schnurrbärte! Blondes oder schwarzes Männerhaar glänzend von duftender Pomade! Elegante Bewegungen von Händen und Füßen! Verführerische Blicke! Geschwungene Taillen, geschmeidige Kurven! Der Champagner floss in Strömen und half meinen Freundinnen und mir, unsere Schüchternheit zu überwinden. Unsere Herzen klopften vor Aufregung, es war der erste Ball, an dem wir in Abendkleidern teilnahmen. Die zitternden Finger, die wir zart auf den Arm unseres Kavaliers legten, verrieten uns, und ich erinnere mich, dass ich mit den Zähnen klapperte, als sich der schöne französische Offizier vor mir verneigte.

»Sie sind ganz einzigartig, Mademoiselle«, sagte er und legte den Arm um meine Hüfte.

Ich senkte den Kopf, ohne zu antworten.

»Liegt es daran, dass mich die Atmosphäre dieses haitianischen Salons so sehr an Paris erinnert? Jedenfalls finde ich Sie ganz bezaubernd. Sie haben als Einzige diese warme Hautfarbe der Menschen von den Inseln. Glauben Sie mir, für uns sind Sie eine schwarze Göttin, die von ihrem Thron herabgestiegen ist, um uns arme Sterbliche zu empfangen.«

Dieses allzu geschraubte Kompliment klang für mich falsch.

Ich dachte, er mache sich über mich lustig, ließ seine Hand los und entfloh.

Gleich zu Beginn des Balls hatte ich mich zwischen Dora, Eugénie und Jane im Spiegel des Salons gesehen, und kam mir in meinem weißen Kleid vor wie eine Fliege, die in ein Glas Milch geflogen war. Den Respekt, die Schmeicheleien, mit denen man mich umgab, verdankte ich einzig meiner gesellschaftlichen Stellung. Wie könnte auch die Tochter des weißen Mulatten Henri Clamont, Eigentümer des schönsten Hauses der Grand-Rue und einer zweihundert Hektar großen Kaffeeplantage, gleich einer Elina Jean-François oder Alcine Joseph aus der Gesellschaft ausgeschlossen werden? Zwischen den Franzosen vom Schiff, unseren europäischen Händlern und diesen auserlesenen Mulatten fühlte ich mich völlig verloren. Meine Mutter fand mich auf dem Bett, im Ballkleid, schluchzend, den Kopf im Kissen vergraben.

»Was ist jetzt schon wieder los, Claire?«

»Es geht mir nicht gut, Mama.«

»Dann zieh dich aus. Ich entschuldige dich bei unseren Gästen.«

Eine Viertelstunde später, als ich im Nachthemd ins Bett gekrochen war, kam Dora herein.

»Was ist los mit dir?«

»Nichts. Mir ist nicht gut.«

»Ein schöner Offizier verlangt nach dir. Er hat deinem Vater gesagt, du wärst die schönste Schwarze, die er je gesehen hat. Weißt du, Claire, diese Ausländer sind dumm. Sobald man eine etwas dunklere Haut hat, ist man für sie schwarz.«

»Lass mich. Ich bin müde.«

»Gerade ist Frantz Camuse gekommen. Er ist mit dem Schiff heimgekehrt. Gib dir einen Ruck, steh auf.«

»Nein, lass mich, bitte, Dora.«

»Madame Camuse hat gesagt: Geh Claire holen, sie ist ebenso wenig leidend wie ich und Frantz wird enttäuscht sein, sie nicht zu sehen.«

»Nein, ich bin wirklich krank. Sag das Madame Camuse und geh.«

Kaum war sie weg, sprang ich aus dem Bett und öffnete meine Tür einen Spalt. Sie hatten mich offenbar vergessen. Mein Vater lächelte sein grausames Raubtierlächeln und tanzte Walzer mit Mademoiselle Verduré, die ganz hingerissen war. Sein schwarzes, gescheiteltes Haar klebte am Schädel und sein weißes Gesicht sah ganz aufgedunsen aus. Ich hielt nach meiner Mutter Ausschau. Sie saß weich, dick und weiß zwischen Madame Duclan und Madame Audier, die mich schon damals zu recht dreisten Vergleichen mit Félicias hässlicher Puppe inspirierte. Eugénie tanzte mit Frantz, Dora und Jane hatten französische

Offiziere. Ich schloss die Tür und legte mich wieder ins Bett. Die Musik hinderte mich am Einschlafen, bis die Gäste gingen. Georges Soubiran, Doras armer Cousin, der nur aus Mitleid geduldet wurde, und den man förmlich ans Klavier gefesselt hatte, spielte ohne Erschöpfung bis zwei Uhr morgens.

Agnès Grandupré war in völliger Isolation aufgewachsen. Man hatte sie aus unserem Leben gestrichen und manchmal vergaß ich, dass es sie überhaupt gab. Ich sah sie nur bei der Messe, wo ihre Gegenwart immer für Raunen und Ablenkung sorgte. Sie heftete ihre fiebrigen Augen auf das Gebetsbuch, hielt ihren mageren Körper sehr aufrecht und das Kinn stolz erhoben, rührend in ihrer Zurückhaltung. Seit langem hatte sie ihre Besuche beim alten Mathurin eingestellt, sie führte ein würdiges und bescheidenes Leben. Doch die nachtragende, rachsüchtige Gesellschaft, die stets auf neue Opfer lauert, verzieh ihr nicht. Ihre Eltern hatten den Skandal selbst noch geschürt, indem sie Agnès unablässig misshandelten, um nicht als schlechte Erzieher dazustehen. »Die kleine Grandupré, die Verderbte von nebenan«, nannte sie Madame Duclan. Und Mademoiselle Verduré, die ich immerhin dabei ertappt hatte, wie sie neben dem Klavier meinen Vater küsste, und die mit fünfunddreißig noch unverheiratet war, verdrehte die Augen und rief: »Und sie besitzt die Frechheit, erhobenen Hauptes herumzulaufen!« Das tragische Gesicht der jungen Frau schien allerdings etwas anderes zu verbergen als Laster. Eines Tages rezitierte Georges Soubiran Verse von unendlicher Traurigkeit und Zartheit, die, wie er uns gestand, von Agnès stammten. Georges war Waise. Doras Eltern, bei denen er lebte, machten ihm Vorwürfe, dass er mit uns über Agnès gesprochen hatte, und befahlen ihm, mit ihr zu brechen. Als Antwort packte er seine Koffer und verließ ihr Haus. Mathurin nahm ihn bei sich auf. Jetzt erreichte der Skandal seinen Höhepunkt und sorgte wieder für Gesprächsstoff. Agnès und Georges liebten einander, seit mehreren Tagen trafen sie sich bei Mathurin, das war die Neuigkeit, die von Tür zu Tür getragen wurde. Die Granduprés schlugen ihre Tochter halb tot und sperrten sie ein. Tonton Mathurin stand mitten auf der Straße und beschimpfte sie, nannte sie Idioten, Provinzbürger, brach in ihr Haus ein, und ging hinauf in Agnès' Zimmer. Sie lag im Bett, glühend vor Fieber. Er kniete sich daneben und sprach leise mit ihr. Dann stand er auf und bat die fassungslosen Grandupés für Georges Soubiran um die Hand ihrer Tochter.

»Er ist arm, sie ist auch nicht reich. Ich habe Geld für zwei. Es wird ihnen an nichts fehlen«, verkündete er.

Dann ging er zurück auf die Straße.

»Ich bin ein Neger«, schrie er, »und dieser Neger spuckt euch ins Gesicht. Grausam seid ihr, seht überall das Böse. Ihr engstirnigen Kleingeister beschmutzt jedes edle Gefühl. Sogar Gott spuckt auf diese Provinz, das weiß ich, und es kommt der Tag, da ihr seine rächende, schreckliche Hand spüren werdet.«

Die auf den Galerien versammelten Neugierigen bekreuzigten sich hastig.

Acht Tage später weckte man Doktor Audier mitten in der Nacht. Er hatte gerade noch Zeit, sich seinen Morgenmantel überzuwerfen, dann rannte er hinter seinem Diener, der den Weg mit einer winzigen Kerze erhellte, zu den Grandupés. Agnès spuckte Blut und starb in den Armen von Georges Soubiran, die Hand von Vater Mathurin in der ihren.

Ihre Eltern schienen unter Schock zu stehen. Sie saßen am Sarg ihres einzigen Kindes und sahen die mitleidigen Köpfe vorbeiziehen, die sich am Tag zuvor noch abgewandt hatten, als Mathurin sich erhob:

»Wir werden Mademoiselle Grandupré ohne euer Beisein begraben«, rief er, »lasst sie wenigstens in Frieden ruhen.«

Und Madame Grandupré, die sich plötzlich ihres Schmerzes bewusst wurde, schien die Hand nicht zu sehen, die meine Mutter ihr entgegenstreckte.

Ich betrachtete Agnès, so blass und so weiß, dass sie meinen Neid weckte. Man hatte ihr die Hände über der Brust gefaltet, Georges Soubiran kniete neben dem Sarg und weinte. »Wäre ich doch an ihrer Stelle gestorben«, sagte er zu mir. Meine Mutter stieß mich mit verkniffenem Mund aus dem Zimmer. Ich schlich mich heimlich von zu Hause fort und folgte dem Sarg bis zum Friedhof. Georges Soubiran stellte sich auf das frische Grab, rezitierte ein Gedicht von Agnès und schwor ihr, dass ihr Name für immer in der Literatur Bestand haben würde.

Die entsetzlichen politischen Neuigkeiten, die uns an diesem Abend durch die Passagiere eines englischen Schiffes übermittelt wurden, hielten meine Eltern davon ab, mich für das zu bestrafen, was sie meinen Ungehorsam nannten. Es war der 27. Juli 1915, ein schreckliches Datum, das die politischen Ambitionen meines Vaters für immer zunichte machen, seine robuste Gesundheit angreifen und ihn direkt ins Grab führen sollte.

Am nächsten Morgen, wir schliefen noch, trieb uns Doktor Audiers Stimme aus dem Bett.

»Clamont!«, verkündete er, »In Port-au-Prince herrscht Krieg. Sie haben den Nationalpalast gestürmt und die politischen Gefangenen füsiliert.«

»Woher haben Sie diese Neuigkeiten?«, fragte mein Vater, der mit zerzaustem Haar und verstörtem Blick angerannt kam.

»Von einem Studenten, Justin Rollier. Er ist heute Nacht hergeritten.«

Schließlich kam völlig außer Atem Laurent in Begleitung Justin Rolliers angelaufen, um zu melden, dass Präsident Sam ermordet worden sei.

»Sie haben die Tür der französischen Vertretung aufgebrochen, wo der Präsident Zuflucht gesucht hatte. Sie haben ihn ermordet. Seine verstümmelte Leiche wurde durch die Straßen geschleppt ... Oh, Clamont, ich wage gar nicht weiterzureden, ich wage es nicht ...«

»Was denn?«, schrie mein Vater. »Reden Sie, Laurent, ich beschwöre Sie!«

»Die Amerikaner!«

»Und? Was denn? Was ist mit den Amerikanern?«

»Ihre Truppen sind in Bizoton gelandet. Sie besetzen bereits die ganze Stadt.«

»Laurent! Hören Sie!«, sagte mein Vater und zwang sich, ruhig zu sprechen. »Haben Sie etwa den Verstand verloren?«

»Leider nicht, Clamont!«

Er sah nicht, dass Doktor Audier hinter dem Rücken meines Vaters heftig den Kopf schüttelte, und schob den nach dem langen Ritt schmutzstarrenden Justin Rollier nach vorn.

»Sprich, Justin«, sagte er zu ihm. »Erzähl ihm, was du mit eigenen Augen gesehen hast.«

Als dieser mich jedoch im Nachthemd in meinem Zimmer bemerkte, begann er vor Verlegenheit zu stammeln. Ich schloss hastig die Tür, zog den Morgenmantel an und lief hinunter zu Augustine in die Küche.

»Schon auf, Mademoiselle Claire!«, rief sie erstaunt.

»Servier mir meinen Kaffee hier.«

»Ja, Mademoiselle.«

»Gib mir auch Brot und Butter.«

»Gut, Mademoiselle ... Und jetzt geh ich rauf, nachsehn, ob Mademoiselle Félicia schon wach ist, dann komm ich das Tablett für Madame und Missié holen.«

Als ich sie schreien hörte, stürzte ich zur Treppe und rannte hinauf: Mein Vater lag vor Justin Rollier auf der Erde und Doktor Audier war dabei, ihn mit Laurents Hilfe zu entkleiden.

»Himmelherrgott«, murmelte der Arzt, »ich habe Ihnen doch Zeichen gemacht, Sie sollten still sein! Diesem starken Sanguiniker unvorbereitet eine solche Nachricht zu überbringen, das ist Wahnsinn!«

»Oh Gott! Oh Gott!«, jammerte Laurent nur.

Meine Mutter, noch nicht angekleidet, kam angerannt und begann ebenfalls zu schreien.

»Bleiben Sie ruhig, Madame Clamont«, sagte Doktor Audier, »das ist nur eine vorübergehende Unpässlichkeit. Denken Sie an das Kind, das Sie erwarten.«

Dann wandte er sich an mich: »Claire, begleiten Sie Ihre Mutter in ihr Zimmer, und schicken Sie Augustine mit einer Schüssel und Handtüchern zu mir.«

Trotz mehrerer Aderlässe starb mein Vater noch am selben Tag. Sechs Monate später brachte meine Mutter ein kleines Mädchen zur Welt, das ebenso weiß war wie Félicia, reichte es mir und sagte: »Zieh sie groß, meine Tochter, wie dein Vater dich großgezogen hat, und hüte deine Schwestern, um sie vor der Sünde zu bewahren.« Drei Jahre später starb auch sie, an einer unbekannten Krankheit, der Doktor Audier den schönen Namen Wehmut gab.

Inzwischen hatten wir eines Morgens amerikanische Marines bei uns landen sehen, die das Polizeirevier, die Zollverwaltung, alle öffentlichen Ämter und das Gesundheitsamt besetzten. Sie entließen und ernannten. Sie bauten ein neues Krankenhaus, zogen Gräben und legten die Stadt trocken. Mit dem Zweispitz des Bezirkskommandanten wurden auch alle »kleinen Soldaten« aus dem Verkehr gezogen. Sie wurden wegen ihres Gesundheitszustandes entlassen und durch andere ersetzt, die ein amerikanischer Unteroffizier unter den Kräftigsten aussuchte. Und wir erfuhren, dass wir eine Gendarmerie bekommen würden. So sah die Besatzung mit all ihren Demütigungen aus, aber auch mit den Wohltaten für das arme, undisziplinierte, verschuldete, von inneren Kämpfen erschöpfte Volk, das wir waren. Doktor Audier, der zum Direktor des neuen Krankenhauses ernannt werden sollte, lehnte rundweg ab; Bavière, der Bürgermeister, und Duclan, der Präfekt, traten zurück. Alle, die ein Amt in der Regierung von Präsident Dartiguenave annahmen, wurden von unseren Nationalisten über einen Kamm geschoren und als »dreckige Kollaborateure« beschimpft. Die Jahre vergingen. Manche starben, andere wurden geboren. Die Syrer kehrten in unsere Stadt zurück, und wir gewöhnten uns allmählich an die Khakiuniformen der Amerikaner und unserer Gendarmen. Einige amerikanische Ausdrücke, wie *Goddam* oder *Son of a bitch,* wurden uns vertraut. Dann kam der Aufstand: das Drama von Marchaterre, der Studentenstreik und 1934 schließlich das Ende der Besatzung. Studenten kehrten aus Port-au-Prince zurück und erzählten uns, dass sie weinend zugesehen hatten, wie unsere Fahne wieder über den von Leconte errichteten Kasernen gehisst wurde, von denen sie seit 1915 verschwunden war … Doch bleiben wir bei dem, was während dieser Zeit mein Leben war.

Ich fand mich also von einem Tag auf den anderen als Oberhaupt der Familie wieder, mit etwa zwanzig Hektar Land, die wie durch ein Wunder den kostspieligen Ambitionen meines Vaters entgangen waren. Sogleich hatte ich mit unendlichen Schwierigkeiten zu kämpfen. Ich war erst neunzehn und nun bedauerte ich, meinen Vater nicht öfter auf seine Plantagen begleitet zu haben. Um es ihm nachzutun und meine Kompetenz zu beweisen, stand ich jedoch zweimal in der Woche vor meinen Schwestern auf, überließ sie Augustines Obhut und sprang auf mein Pferd, das zum Morne au lion galoppierte. Papa Cousineau, der Voodoopriester, war einige Monate vor meiner Mutter gestorben, und seine Hütte blieb für immer verschlossen. Im Unterschied zu meinem Vater wurde ich weder gefürchtet noch respektiert. Die hundertachtzig Hektar Land, die er verkauft hatte, um seine Wahlkampagne zu finanzieren, waren in die Hände schwarzer Pflanzer gefallen, die jetzt auf eigene Rechnung arbeiteten. Lächerlich vor Stolz und Kälte trat ich Alcius, Louisor und einigen anderen Bauern entgegen, deren Dienste wir während der Erntezeit mieteten. Ich gab Befehle, schielte zu den Maschinen in der Fabrik, deren Funktionsweise mir rätselhaft war, und kehrte mit der Überzeugung nach Hause zurück, dass meine Besuche völlig unnütz waren. Im ersten Jahr brachte mir Louisor eine kleine Summe Geld und behauptete, dies sei der Erlös aus dem Verkauf des Kaffees. Ich nahm es ohne Protest an. Im zweiten Jahr erhielt ich viel weniger. Der Kaffeepreis sei stark gesunken, erzählte mir Louisor, und ich hätte auch nur noch zwanzig Hektar Land. Wollte er mich dazu treiben, ihm meine Plantagen für ein paar Heller zu überlassen?

»Auf diese Weise werden wir bald gar nichts mehr zu essen haben«, gab ich ihm zu bedenken.

»Die Geschäfte gehen schlecht«, antwortete er.

Und in dem Blick, mit dem er mich ansah, glaubte ich eine Abneigung zu lesen, die an Hass grenzte.

Dann begann ich sie zu zähmen. Ich brachte den Frauen Wäsche, den Männern Rum, ich ging in die Hütten, ich verteilte Bonbons an die Kinder, versuchte geschickt, mir mit Süßigkeiten ihre Ergebenheit zu erkaufen. Ich musste lernen, dass es nicht ausreichte, denn im nächsten Jahr erhielt ich noch weniger Geld von Louisor.

Zu dieser Zeit ließ sich ein Deutscher namens Petrold bei uns nieder. Er kaufte den Kaffee, lud ihn auf das ebenfalls deutsche Schiff und begann sich zu bereichern. Bald kursierte das Gerücht, er wolle seine eigene Fabrik aufbauen und habe ein Auge auf den Morne au lion geworfen. Ich ging zu Doktor Audier, um mir Rat zu holen.

»Ich bekomme gar nichts mehr von den Pächtern«, gestand ich ihm, »und ich weiß kaum, wie ich über die Runden kommen soll.«

»Wollen Sie verkaufen, was vom Morne au lion übrig ist?«, fragte er mich.

»Ja, wenn mir der Deutsche einen guten Preis macht. Wir haben nur noch zwanzig Hektar Land, aber die Fabrik ist Gold wert.«

»Würden Sie mich ermächtigen, mit Monsieur Petrold zu sprechen?«

»Ich bitte Sie darum, Doktor. Ich brauche Hilfe.«

Um die Bauern zu ruinieren und mich an ihnen zu rächen, legte ich in diesem Jahr selbst den Preis für meinen Kaffee fest und gab Petrold den Vorzug.

»Wer hat den Preis für seinen Kaffee auf zwölf Centimes festgesetzt? Wer ist der Gierige, der Vielfraß, der uns in den Ruin treibt?«, schrien die Bauern am nächsten Tag vor Petrolds Tür.

In meinem Zimmer versteckt, sah ich durch die Fensterläden, wie sie die Fäuste zu meinem Haus erhoben.

»Ihr wollt nicht verkaufen?«, fragte Petrold sie. »Dann geht mit eurem Kaffee nach Hause. Wenn mir der Morne au lion seinen Kaffee für zwölf Centimes überlässt, warum sollte ich euch dann mehr geben?«

»Der Morne au lion hat vielleicht ein Geheimnis, Geld zu vermehren«, schrie ein Bauer, »ein großes

Geheimnis, das den Löwen und seine Frau ins Grab gebracht hat. Wir sind Gott sei Dank noch lebendig, und für diesen Betrug wird der Morne au lion büßen müssen.«

Die Pächter meines Vaters bezahlten meine Laune mit dem Leben, denn an die zwanzig mit Macheten bewaffnete Pflanzer stürmten unser Land und brachten sie um. Am nächsten Tag saß ich steif und aufrecht auf meinem Pferd und sah mit eigenen Augen ihre Körper, die Körper ihrer Frauen und Kinder, zerhackt und blutüberströmt. Die Mörder wurden angezeigt, und der Polizeileutnant brachte die Schuldigen ins Gefängnis. Die von diesem jungen, unerfahrenen und freundlichen Offizier geführte Einheit hatte die Racheakte nicht verhindern können. Niemand wagte es, mich offen anzugreifen, mich, die Tochter des großen despotischen und erbarmungslosen Plantagenbesitzers, doch ich war für all das verantwortlich, sie wussten es. Ich empfing den jungen Leutnant, der mich um einige Informationen über meine Plantagen bat.

»Meine Pächter haben mich bestohlen. Ich habe Monsieur Petrold meinen Kaffee für einen zu niedrigen Preis überlassen«, erzählte ich ihm. »Das ist alles. Sie haben sich an meinen Pächtern gerächt.«

»Sie sind eine schlechte Geschäftsfrau«, antwortete er, »lassen Sie sich, um solche Geschichten zu vermeiden, in Zukunft beraten, ehe Sie etwas unternehmen.«

Ich dankte ihm und er fügte etwas widerwillig hinzu:

»Die Sache scheint kompliziert zu werden. Die Bauern haben ihre Vertreter nach Port-au-Prince geschickt, um sich zu rächen. Sie haben sich das Schweigen des Bezirkskommandanten erkauft, und diese Privatangelegenheit droht riesige Dimensionen anzunehmen.«

»Was meinen Sie damit?«

Er zuckte die Schultern und ging, ohne mehr zu sagen.

Eine Woche später brach ein schrecklicher Wirbelsturm die Kaffeepflanzen, riss die Dächer von den Häusern und ertränkte das Vieh. Achtundvierzig Stunden vorher hatte sich der Himmel verdunkelt. Schwere schwarze Wolken von erstickender Dichte wälzten sich über den Horizont. Wind begleitete den feinen Regen, der die Steine auf den Wegen peitschte und die Bettler aus ihren Winkeln trieb. Am nächsten Tag wurde der Wind stärker und am späten Abend begann er wieder zu pfeifen, zu brüllen, blies Meer und Flüsse auf, die über die Ufer traten.

»Ein Wirbelsturm kommt«, schrien die Leute von Fenster zu Fenster.

Zwei Stunden später waren alle Türen verbarrikadiert. Ich hatte Démosthène gerufen, um ihn mit uns im Haus einzuschließen, aber er war verschwunden. So lauschten Augustine, meine Schwestern und ich allein auf das Klagen der Bäume, die der Sturm entwurzelte, auf das Krachen der von ihren Balken gerissenen Dächer, die wie riesige Flügel dröhnend vorüberrasten. Das Wasser überflutete die Grand-Rue und lief ganz langsam unter der Tür ins Haus. Es stieg und überschwemmte die Möbel. Wir hörten entsetzliche Schreie. Die aufgewühlte Erde bebte. Alles schwankte. Wir fanden uns krampfhaft aneinander geklammert auf dem Boden wieder. Die unermesslichen Schäden ruinierten die meisten Pflanzer und Viehzüchter. Viele von uns waren umgekommen, und Père Paul begann die Leichen zu segnen und die Waisen zu trösten. Er rief die Töchter Marias herbei, zu denen ich gehörte, und am Tag nach der Katastrophe kümmerten sich zwölf in den Farben der Jungfrau gekleidete Mädchen um die Verletzten. Ich warf mich ohne eine Träne über Démosthène und den Körper meines Pferdes, die man im reißenden Fluss gefunden hatte.

»Für unsere Sünden wurden wir verflucht«, predigte

Père Paul dem kleinen Häufchen Überlebender, die sich in der Kirche versammelt hatten. »Gott hat uns bestraft. Wir müssen Buße tun und bereuen. Blut ist geflossen. Mit welchem Recht richten wir uns selbst, wenn doch Gott über uns wacht?«

In den noch frischen Tümpeln stapelten sich die Leichen. Man identifizierte sie und die Stadtverwaltung setzte ihre Namen auf eine Liste. Gestorben waren: Tonton Mathurin, der sein Vermögen, wie wir später erfuhren, Georges Soubiran vererbt hatte, der zum Studieren nach Frankreich fuhr; Laurent; Madame Marti und alle, die auf die eine oder andere Weise versucht hatten, ihren Besitz vor dem Untergang zu retten.

Über uns erstrahlten die von frischem Grün überzogenen Berge, trotz der Ruinen, trotz des Todes. Die ganze Natur ging wie gereinigt aus dem Sturm hervor. Auf dem Morne au lion lagen die zerstörten, von den Fluten aus dem Boden gerissenen Kaffeepflanzen in der einen Fuß tief aufgewühlten Erde. In der Stadt türmten sich die bis zur Unkenntlichkeit zerstörten Waren, die das Wasser durchtränkt hatte, in schlammigen, stinkenden Vitrinen. Die haitianischen und syrischen Händler weinten und jammerten. Am schlimmsten hatte es natürlich die Bauern getroffen. Ohne Unterkunft und ohne Einkommen verließen sie die Berge und vergrößerten die Schar der Bettler. Eine grausame Sonne war auf den Wirbelsturm gefolgt und hatte die riesigen Müllberge getrocknet, welche die Straßen verstopften. Der Schlamm verwandelte sich in Staub, einen dicken, blind machenden Staub, der aufwirbelte, sobald ein Windhauch blies. Typhus, Malaria und Grippe streckten fast die ganze Stadt nieder. Wegen fehlender Pflege starben die Kinder aus dem Volk jeden Tag zu Dutzenden. Père Paul appellierte ständig an unsere Hingabe und verpflichtete die Töchter Marias zu Schwerstarbeit. Eugénie Duclan, Jane Bavière,

Dora Soubiran und ich unterstützten Madame Camuse, die von Père Paul zur Präsidentin der Hilfsliga ernannt wurde. Madame Marti, unsere Schneiderin, war unter recht mysteriösen Umständen ums Leben gekommen. Man fand sie weit von ihrem Haus entfernt, der Hals war halb vom Körper abgetrennt. »Sie wollte unseren kleinen Hund retten! Sie ist unserem kleinen Hund hinterhergerannt!«, schluchzten ihre Kinder. Madame Camuse nahm sie bei sich auf. Fünfzig Särge wurden bei einer religiösen Zeremonie gesegnet, an der selbst die Ungläubigsten teilnahmen. Die Predigten von Père Paul verschonten niemanden. Unsere blutgetränkte Erde sei mit viel Wasser von Gott gereinigt worden, wiederholte er wieder und wieder, und der Wind, so hoffte er, hatte bei dieser Gelegenheit den bösen Geist des Dämons hinweggefegt. Seltsam, ja geradezu verwirrend war für mich, dass Monsieur Petrolds Haus keinerlei Schaden genommen hatte, und ich begann in diesem Moment an der Gerechtigkeit Gottes zu zweifeln. Trotz der Zerstörung des Kaffees gierte Petrold nach unserem Besitz und kaufte mir meine Fabrik, mein Klavier und die zwanzig Hektar Land auf dem Morne au lion ab. Viele andere Kaffeepflanzer folgten entmutigt meinem Beispiel, überließen ihm ebenfalls ihre Felder und wurden seine Pächter. Ich legte mein Geld auf Empfehlung von Doktor Audier bei der Bank an und rechnete mir aus, dass wir ein paar Jahre durchhalten könnten, wenn wir sparsam wären. Das Leben breitete sich platt und hart vor mir aus, ohne Freude oder Überraschung, und ich gab die Hoffnung auf, jemals zu heiraten.

Als Strafgefangene und Freiwillige die Straßen halbwegs gereinigt hatten, empfingen wir aus Port-au-Prince eine Delegation von Ärzten und mit dem folgenden Schiff eine amerikanische Kommission. Das State Department gab sich philanthropisch, ohne nachtragend zu sein, denn die Amerikaner hatten unser Land seit vier Jahren verlassen. Ich traf Frantz Camuse bei seiner Mutter. Meine Selbstsicherheit schien ihn zu verwundern. Sein Blick, der eine gewisse Schärfe gewonnen hatte, was wohl an seinem Beruf lag, ruhte lange auf mir.

»Was geschieht mit unserer Provinz?«, fragte er mich. »In Port-au-Prince redet man von ihr wie von einem immer noch brodelnden Kessel.«

»Ich verstehe nicht.«

»Blutbäder und Clankämpfe werden der Polizei gemeldet. Und gegenwärtig bereitet man sich darauf vor, euren Bezirkskommandanten durch einen anderen zu ersetzen, der euch vermutlich fest im Griff halten wird. Was hat sich nur auf Ihrem Land abgespielt, Claire?«

»Ich habe kein Land mehr«, antwortete ich trocken. »Der Morne au lion gehört nicht mehr den Clamonts.«

Frantz begleitete mich gleichgültig und freundschaftlich nach Hause. Acht Tage lang behandelte und tröstete er die Verletzten, so gut er konnte, und ich überraschte ihn, wie er kopfschüttelnd vor einem Kind stand, dem ein Baum beide Beine gebrochen hatte.

»Wir sind verflucht, meint Père Paul«, flüsterte ich ihm zu.

Er runzelte die Stirn, sah mich an, ohne zu antworten, und beugte sich über den Kranken. Als er ihm die Verbände angelegt hatte, hob er den Kopf und sagte:

»Sie haben sich sehr verändert, Claire.«

»Zum Guten oder Schlechten?«

»Ich weiß es nicht. Aber irgendwas stimmt nicht mit Ihnen.«

»Also zum Schlechten«, schlussfolgerte ich triumphierend und presste die Lippen zusammen.

›Dummkopf‹, wollte ich schreien, ›ich bin nicht

mehr die kleine Spröde, die du gekannt hast, also nimm mich in die Arme.‹

Er reiste zwei Tage später ab und hatte nicht versucht mich wiederzusehen.

An diesem Abend empfing ich den Leutnant in Begleitung von Jane. Sie war hübsch, lebhaft und ungezwungen. Der Leutnant liebte sie und wollte sie heiraten. Von meinem Platz aus sah ich, wie sich die Fensterläden von Madame Bavière bewegten, die wie jede Mutter in dieser Provinz ihre Tochter tyrannisierte und ihr hinterherspionierte. Ich schloss leise unsere Haustür, damit sie nicht mitbekam, was bei mir geschah. Woher rührte diese Toleranz, wenn nicht aus dem Wunsch, mich für die strenge Erziehung, die ich erfahren hatte, zu rächen? In meiner Auflehnung gegen alles, was mich geprägt hatte, versuchte ich heuchlerisch, die Mythen zu zerstören, und rüttelte am Joch, ohne mich eine Sekunde zu verraten. Verschmitzt beobachtete Annette durch den Türspalt, wie sich die beiden Liebenden umarmten. Ich bemerkte, wie sie sich plötzlich an den Hals von Jacques Marti hängte, um ihn auf den Mund zu küssen. Ich lächelte. Sie hatte gewagt, was ich, die sechzehn Jahre ältere, niemals vermocht hätte. Da Frantz Camuse für immer verloren war, musste ich jede Hoffnung auf eine Heirat begraben. Welcher Mann hier würde ihn je ersetzen können?

Aber eines Tages kam Justin Rollier aus Port-au-Prince zurück. Zwölf Jahre waren seit dem Tod meines Vaters vergangen. Wir freuten uns, einander wiederzusehen, und nun vernahm man abends eine Männerstimme im Haus. Annette streichelte und küsste ihn, erklärte immer wieder, er sei der schönste Mann dieser Provinz. Waren wir alle drei in ihn verliebt? Félicia beugte ruhig und lächelnd den Kopf über ihre Stickerei, während ich so leise wie möglich mit Augustine den Tisch deckte, um unseren Gast zu bewirten. Nur einmal ertappte ich Félicia, wie sie ihn ansah, und in diesem Augenblick erkannte ich, dass auch sie eines Tages womöglich eine gefährliche Rivalin sein würde. Justin war fröhlich. Er sang uns schöne Liebeslieder vor und rezitierte Gedichte.

»Meine drei Grazien!«, rief er eines Abends angesichts der anmutigen Gruppe, die wir im Schein der Lampe formten.

»Wen hast du am liebsten, Justin?«, fragte ihn Annette, »Wen findest du am schönsten?«

»Bei euch dreien kann sich mein Herz nicht entscheiden«, antwortete er lachend, doch sein Blick blieb sehr verliebt an meinem hängen.

Annette war noch ein Kind. Justin war dreißig. Er schenkte mir allein eins seiner Gedichte und bat mich, drei Jahre auf ihn zu warten. Diese Frist hatte er sich gesetzt, um eine angemessene Stellung zu finden und etwas Geld zu sparen, um eine Familie zu gründen.

»Ich reise ab«, sagte er, »ich muss, Claire. Aber wenn Sie mir versprechen, auf mich zu warten, komme ich wieder, um Sie zu heiraten. Drei Jahre sind schnell vorbei. Wenigstens werden wir uns das einreden, um geduldiger zu sein.«

Ich konnte mich nicht mal entschließen, ihm meine Hand zu überlassen.

Als er wiederkam, war Annette fünfzehn. Sie warf sich in seine Arme, aber anders als vorher. Er wehrte sich, suchte meinen Blick, doch sein Widerstand wandelte sich in Bewunderung. Er kam ebenso oft wie früher, aber nicht wegen mir, das merkte ich schnell. Annette hatte mich ohne große Mühe in den Schatten gestellt, und im Vergleich mit ihr spürte ich, dass meine Jugend bereits zu verblühen begann. Eines Abends überraschte ich sie, als sie sich küssten, und rannte in mein Zimmer.

»Ich liebe Justin«, erklärte mir Annette am nächsten Tag, »und er liebt mich auch. Ach Claire, ich bin ja so glücklich!«

Ihre Verlobung wurde zur gleichen Zeit bekannt wie die von Jane. Drei Monate später starb Justin an einer Lungenentzündung und Janes Leutnant kam bei einem Autounfall auf der Fahrt nach Port-au-Prince ums Leben.

Annette weinte und vergaß. Jane aber war schwanger. Ich war die Erste, der sie es gestand. Durchdrungen von meiner bürgerlichen Erziehung, bekam ich Angst vor der Verantwortung und überließ sie ihrer Verzweiflung. Ihre Eltern sperrten sie ein. Sie floh. Ich ließ sie gehen, ohne ihr zu helfen. Während der fünf Jahre, die sie in dem Armenviertel lebte, das die Töchter aus anständiger Familie nicht betreten dürfen, vermied ich es, mit ihr zu sprechen, ja ich grüßte sie nicht einmal mehr. Das ist, glaube ich, der einzige Fehler, den ich mir vorwerfe. Einige Tage nach dem Tod des Leutnants traf ein neuer Bezirkskommandant ein, er hieß Calédu.

Mit diesem Namen bin ich wieder in der Gegenwart angelangt. Der Morgen graut nach einer Nacht ohne Schlaf. Ich habe versucht, ohne allzu große Entstellungen all jene wieder aufleben zu lassen, die ich kannte und die der Tod hinweggerafft hat. Wie gut ist es mir gelungen? Die auf diese Weise zurückgeholte Vergangenheit liegt wie unter einem dichten Schleier verborgen, hinter dem ich mich gleichsam getrennt von der Gegenwart entwickelte: erstaunte Zuschauerin meines eigenen Lebens.

Die Händlerin an der Ecke ist das neue Opfer. Ich habe es von der ganz aufgeregten Madame Audier erfahren. Das weckt gewisse Zweifel an Doktor Audiers Diagnose über Calédus Angriffe gegen das Bürgertum. Der kleine Lebensmittelladen von Madame Potiron wurde vollkommen geplündert.

»Diesmal ist es ein anderer Beweggrund«, hat Doktor Audier Jean Luze erklärt. »Glauben Sie mir, Madame Potiron wird nicht gefoltert. Aber man muss ja irgendwie die bewaffneten Bettler ernähren, nicht wahr? Die Ermordung Jacques Martis, die Verhaftung der Dichter und die der Händlerin zeugen nur vom übertriebenen Eifer eines Soldaten, der die Aufmerksamkeit seiner Vorgesetzten auf sich ziehen und Auszeichnungen erhalten will. Die Qualen, die er einer bestimmten Kategorie von Frauen zufügt, verraten etwas anderes.«

»Was wollen Sie damit sagen?«, fragte Jean Luze.

»Nun ja, nur, dass unser Kommandant offenbar allzu oft von unseren schönen Bürgerfrauen gedemütigt wurde und sich jetzt auf seine Art an ihnen rächt.«

»Die schwierige Klassenfrage«, sagte Jean Luze mit gerunzelter Stirn.

»Und die Rassenvorurteile. Ich sage Ihnen wohl nichts Neues, wenn ich Ihnen erkläre, dass die schwarze Rasse in diesem Land ebenso heikel und empfindlich ist wie in den USA.«

»Haben die Schwarzen in diesem Land wirklich so sehr gelitten?«

»Ganz ehrlich, ja«, antwortete Doktor Audier und senkte den Kopf.

»Ist das ein Grund für den Kommandanten, sich wie ein Wilder zu benehmen?«, fragte Félicia. »Wir haben immer auf seine Empfindlichkeit Rücksicht genommen. Wir haben ihm unsere Türen geöffnet. Was kann er noch wollen?«

»Vielleicht, dass wir ihn wie einen Freund empfangen«, sagte Doktor Audier, »oder dass eine unserer schönen ›Aristokratinnen‹ einwilligt, ihn zu heiraten.«

»Oh nein! Niemals!«, protestierte Félicia. »Es ist

schon schlimm genug, sich zu solchen Zugeständnissen herabzulassen. Und wer, außer Annette, würde ihm schon gefallen? Wir haben doch nur noch eine Schar von alten Weibern.«

»Félicia, mein Liebling!«, sagte Jean Luze. »Bleib ruhig, das ist ein Thema, bei dem du dich immer zu sehr aufregst.«

»Sie sind mir zuwider, sie sind mir so zuwider«, stammelte Félicia und presste seine Hand an ihre Wange, »Annettes Heirat hat uns schon genug gedemütigt. Ich habe geschwiegen. Ich habe alles hingenommen. Aber es war so schrecklich ...«

»Merken Sie es?«, fragte Doktor Audier und schüttelte den Kopf. »Wie Sie sehen, habe ich nicht übertrieben.«

»Na, aber unter uns gesagt, tun Calédu und die anderen Würdenträger hier auch nichts, um sich beliebt zu machen«, antwortete Jean Luze. »Der eine ist ein gewöhnlicher Verbrecher und die anderen sind widerliche Emporkömmlinge, die vor nichts zurückschrecken, um sich die Taschen zu füllen. Es muss doch in diesem Land irgendwo noch Männer von anderem Schlag geben.«

»Allmählich verstehen Sie etwas mehr«, jubelte Doktor Audier, »und jetzt haben Sie endlich einmal den Finger in die Wunde gelegt. Glauben Sie, lieber Freund, dass sich anständige Männer so wie Calédu oder Trudor verhalten würden? Sie wurden doch gerade für das ausgewählt, was sie darstellen.«

»Ja. Aber mit ihrem ständigen Amtsmissbrauch machen sie doch alles nur noch schlimmer ...«

»Sie haben eine Gelegenheit gefunden, sich an uns zu rächen und uns ebenfalls zu demütigen«, sagte Doktor Audier und wandte sich plötzlich an seine Frau, die noch kein Wort gesagt hatte.

»Was hast du mir erzählt, als ich Doktor Béranger einmal zum Abendessen bei uns empfing?«

»Dass ich niemals einen Schwarzen am Tisch meiner Eltern gesehen habe«, antwortete sie ungehalten.

»Und das galt ebenso für die Clamonts«, fuhr Doktor Audier fort, »wie auch für die Camuses, die Duclans und die Soubirans, für uns alle.«

»Ich bedaure die Verbrechen des Kommandanten«, sagte Jean Luze und starrte vor sich hin, »denn sonst würde er mir noch sympathisch werden. Auf jeden Fall hat er sich zum Vertreter von Hass und Gewalt gemacht, und kein anständiger Mensch kann es sich erlauben, ihn von Schuld freizusprechen.«

»Keine Frage«, bestätigte Doktor Audier. »Er hat sich zu schlecht benommen. Sie sollen alle zum Teufel gehen!«

Gleich darauf packte ihn die Panik, er stürzte zur Tür und öffnete sie einen Spalt, um auf die Straße zu spähen …

Ja, vielleicht haben sie Recht, sich so zu verhalten, dachte ich mir danach. Ja, vielleicht wäre ich an ihrer Stelle auch so gierig, so unerbittlich. Nur eins bleibt immer wahr: Hass lässt sich nur mit Hass beantworten.

Calédu hat mir neulich voller Abscheu vor die Füße gespuckt. Seine aggressiven bewaffneten Bettler benehmen sich in ihren Lumpen wie große Chefs. Sie hetzen uns wie Raubtiere. Wir laufen wie geprügelte Hunde mit eingezogenem Schwanz und gekrümmtem Rücken durch die Gegend. Terrorisiert und gedemütigt von armen Schluckern und Emporkömmlingen. Was für eine Erniedrigung!

Mein Traum von gestern Nacht verfolgt mich immer noch: Ich war allein und stand nackt im hellen Licht mitten in einer riesigen Arena, auf deren Stufen eine furchterregende Menge mit den Armen fuchtelte. Sie brüllten, riefen meinen Namen und zeigten mit dem Finger auf mich. Wofür klagten sie mich an? Voller Scham ob meiner Nacktheit rannte ich umher und suchte vergeblich eine dunkle Ecke, um mich zu verstecken, als sich plötzlich eine steinerne Statue vor mir erhob. In diesem Moment wurde das Geschrei der Menge ohrenbetäubend. Die Statue, die einen riesigen, in einem Krampf wollüstigen Leidens aufgerichteten Phallus hatte, war Calédu. Sie wurde lebendig und ihr Phallus bewegte sich fiebernd. Ich warf mich ihr zu Füßen, gleichermaßen unterwürfig und aufsässig, wagte kaum die Augen zu heben, presste die Schenkel aneinander. Ich hörte Schreie: »Töte sie! Töte sie!« Es war die Menge, die Calédu anspornte, mich zu ermorden. Kaltes Metall strich fast zärtlich über die Haut meines Halses, gleichzeitig ertönte ein grausames Lachen, das die plötzlich verstummten Schreie ablöste. Die Waffe drang langsam, tief in mein Fleisch ein. Ich verharrte eine Zeitlang, starr vor Entsetzen. Dann richtete ich mich auf und ging durch einen dichten Nebel, die Hände vorgestreckt, enthauptet, den Kopf vor der Brust. Ich war gestorben und erlebte meinen eigenen Tod …

Solche Albträume sind mir vertraut. Wie oft wurde ich von rasenden Stieren, abscheulichen Bestien und wilden Ungeheuern verfolgt, die mich alle vergewaltigen oder töten wollten? Als kleines Mädchen träumte ich oft von meinem Vater, der sich in ein zweibeiniges Tier mit einer Löwenmähne verwandelte und mich brüllend in einem Käfig auspeitschte, dessen Schlüssel ich vergebens suchte.

Wir sind für einen Tag zu den Trudors eingeladen. Ich hätte Jean-Claude als Vorwand nehmen können, um nicht hinzugehen, aber Félicia will ihn wegen des Strandes mitnehmen.

»Ich kenne dich«, hat Annette zu mir gesagt, »keine Tricks! Ich hole dich persönlich ab, wenn die Luzes ohne dich kommen.«

Also musste ich wohl oder übel gehorchen.

Die moderne Villa des Präfekten ist das einzig schöne Gebäude in unserer Provinz. Es sticht schamlos zwischen unseren alten Häusern hervor, die mit ihren zwanzig Türen und Fenstern, den Balkons und Giebeln auf den ersten Blick die Geschichte einer märchenhaften Vergangenheit erzählen. Wenn der Präfekt aus bloßer Uneigennützigkeit der Republik dient, wie seine Frau neulich behauptete, muss er auf eine Goldmine gestoßen sein. Zwischen all den Lüstern, Seidenvorhängen und Teppichen vergisst man sogar die Bettler und wähnt sich in einer anderen Welt. Heute ist es nicht so warm. Das Meer liegt vor uns. Seine Wellen verebben am Strand. Das Wasser ist so klar, dass man den gewellten Sandboden hindurchschimmern sieht, so weit das Auge reicht. Unter der Veranda, auf der die Bougainvilleen blühen, verausgabt sich Madame Trudor bei der Vorbereitung eines riesigen Buffets. Sie empfängt mich voller Begeisterung.

»Endlich bekomme ich intelligente Unterstützung«, sagt sie. »Diese Diener sind so was von dumm!«

Denkt sie genauso wie ich, dass mein Platz in der Küche ist? Jedenfalls habe ich eine Beschäftigung, das ist gut. Ich fühle mich sehr unbehaglich zwischen all den halb nackten Frauen. Félicia hat Jean-Claude vor sich auf ein Kissen gelegt, und Annette kniet in anbetungsvoller Pose vor ihm. Jean Luze plaudert mit Monsieur Trudor und trinkt Whisky mit Eis. Er ist offenbar ganz guter Dinge. Der Anblick der weiblichen Körper ist ihm sicher nicht unangenehm. Allzu oft ertappe ich ihn, wie er unter den Gästen eine große Bohnenstange mit gebräunter Haut anstarrt, ein umschwärmtes Mädchen aus Port-au-Prince, das die Unschuld vom Lande spielt. Er geht sich umziehen und kommt in Badehose zurück. Madame Trudor und ich sind die Einzigen, die nicht baden. Dabei würde ich sie zu gern halb nackt sehen. Ich fühle mich nicht gerade geschmeichelt, dass wir beide ein Paar bilden. Denken sie, ich sei schlecht gebaut? Nicht mal Annette hat solche Grübchen, die das Becken zieren. Félicia trägt einen äußerst dezenten Badeanzug, sicher um ihre Fettwülste zu verbergen. Sie leidet nicht an falscher Scham, wirklich ein unbeschwertes Naturell.

Monsieur Trudor springt glänzend vor Schweiß zwischen den Damen herum, ganz glücklich, in seiner Luxusvilla den Pascha zu spielen. Er führt Jean Luze mit erhobenem Zeigefinger ins Haus.

»Sie sind doch ein Intellektueller, das spürt man gleich. Kommen Sie, ich zeige Ihnen etwas, das Ihnen gefallen wird.«

Er bringt ihn in die Bibliothek, damit er seine Bücher bewundert. Man hat das Gefühl, dass sie nur zur Zierde dort stehen. Vielleicht hat er sie sogar nie gelesen.

Als die Männer hinausgehen, werfe ich selbst einen Blick in die Bibliothek: Sie ist wirklich sehr umfangreich. Ich betrachte einen Moment Salambos nackten, von einer bunten Schlange umwundenen Körper auf einem Ledereinband, lese hastig ein paar bekannte Titel, die mir in diesen Luxusaufmachungen weniger anziehend erscheinen, und gehe schnell wieder hinaus, um mich unter die anderen zu mischen.

Beim Essen macht sich die Bohnenstange aus Port-au-Prince an Jean Luze ran. Plaudernd gehen sie um das Buffet herum. Dann schlägt sie vor, ihn zu beraten; sie sucht Speisen aus und weist ihn mit dem Finger darauf hin. Ich sehe mich nach Félicia um. Sie wiegt Jean-Claude und trinkt etwas Kaltes.

Angeblich enttäuschen einen die Menschen, je besser man sie kennt. Beobachte ich Jean Luze unablässig, weil ich hoffe, enttäuscht zu werden? Alles, was ich bisher an ihm entdeckt habe, hat meine Bewunderung bestärkt. Sogar seine Härte gegen Annette findet vor meinen Augen Rechtfertigung. Die Zurückweisung hat den Jagdinstinkt in mir geweckt. Ich wittere die Hinterhältigkeit in den Köpfen der anderen, wenn ich die Nasenflügel blähe. Trotz des ruhigen Anscheins spüre ich, dass bei Félicia etwas nicht stimmt.

Sie, die eigentlich so vertrauensvoll ist, strahlt plötzlich etwas Nervöses, Unsicheres aus. Sie hat sich ihre Nächsten immer nach ihren Wünschen geformt. Sogar nach der Szene, die sie selbst miterlebt hat, bleibt Jean Luze für sie der Mann ohne Tadel, den Annette vergeblich provoziert hat. Ebenso wenig kann sie zugeben, dass Jean-Claude sie anstrengt. Er muss das beste Baby der Welt sein, denn er ist ja ihr Sohn. Trotz ihrer schlaflosen Nächte erzählt sie hartnäckig, dass er nur weint, wenn er Hunger hat. Ich zittere bei der Vorstellung, dass sie ebenso hartnäckig leugnen würde, wenn er krank wäre.

Ich liege weiter auf der Lauer, bin weniger sichtbar denn je. Ich bin so unscheinbar, dass ich fast durchsichtig werde. Das ist das einzige Mittel, der üblen Nachrede zu entgehen. Die wenigstens hat mich verschont. Sogar Père Paul würde mich ohne Beichte an der Kommunion teilnehmen lassen und mich in seinen Predigten als Vorbild hinstellen. Glaubt er wirklich an die Reinheit? Reinheit nenne ich die totale Unwissenheit über die Qualen des Fleisches oder den Sieg des Willens über diese. Wenn nach unserer Religion dieser Sieg die Seele retten kann, wie lassen sich dann die sexuellen Regungen einer Frau erklären, die in fortwährender Enthaltsamkeit gelebt hat?

Ich kann mir ein Leben woanders als in diesem Haus nur schwer vorstellen. Es hütet all die traurigen Erinnerungen meiner Kindheit und Jugend. Vielleicht würde mich die Flucht von meiner Leidenschaft heilen. Doch schon der bloße Gedanke fortzugehen macht mich krank. So hässlich diese Provinz auch sein mag, sie ist mir so teuer wie mein Augapfel. Könnte ich in meinem Alter noch meine Gewohnheiten ändern, wenn Jean Luze mich mit sich nähme? Bin ich dabei, eine unmögliche Hoffnung zu nähren? Wird diese Hoffnung durch die Freundschaft und die Achtung bestärkt, die dieser Mann für mich empfindet? Aber so rätselhaft seine Reaktionen auch scheinen mögen, habe ich nicht seinen wunden Punkt getroffen? Denn er wäre doch um ein Haar Annette erlegen. Es kann auch gut sein, dass er ihr erlegen ist und Félicia belogen hat.

Er hat sich mit Joël Marti angefreundet. Sie reden über Literatur und Musik. Ich sehe erstaunt, wie lebhaft er sein kann. Er kommt bei ihren Diskussionen so in Fahrt, dass er geradezu überschwänglich wird.

»Nein, nein, du irrst dich, Chopin ist ein Dichter, ein melancholischer Dichter, er ist der Musiker der Nervenkranken; Beethoven hingegen verkörpert den Mut im Leiden, den Kampf im Unglück. Seine Krankheit hat ihn bereichert, statt ihn zu schwächen. Sein Verhalten muss uns ein Beispiel sein. All seine Kompositionen sind Hymnen an das Leben. Hör zu …«

Er spielt eine Minute das Concerto N° 1 von Chopin, dann legt er das Concerto N° 5 von Beethoven auf.

»Vergleiche!«, befiehlt er Joël.

»Mein Phonograph hat einfach nicht denselben Klang. Es ist ein sehr alter Apparat, wissen Sie.«

Jean Luze lacht, er ist glücklich. Wie sehr er einen Freund brauchte!

Ich bringe ihnen Gläser, Eis und den Rest von Mister Longs Whisky.

»Nein, Claire, Rum, Joël trinkt lieber Rum, ich auch seit ein paar Tagen«, sagt Jean Luze.

Er beugt sich zu Joël vor.

»Du bist erst zwanzig«, sagt er, »und du lebst in einer altmodischen Welt. Ich werde dich formen. Welche Autoren magst du? Es ist unglaublich, in dieser Ecke jemanden wie dich zu treffen, so neugierig, gebildet, leidenschaftlich und empfindsam.«

»Viele Männer, die Calédu verhaftet hat, wollten genauso gern lernen wie ich. Wir waren viele hier, die Gedichte schrieben, sich für Musik und Literatur interessierten. Unsere Treffen wurden verboten. Wir haben protestiert, er hat uns verfolgt. Einige wurden aus dem Verkehr gezogen, andere sind geflohen. Ich würde auch gern weggehen, aber ich bin leider zu arm.«

Er streckt seine zitternde Hand nach dem Rum aus und schenkt sich ein.

Spätabends sehe ich ihn nach Hause torkeln.

Jean Luze weiß nicht, wie sehr sie sich betrinken können, diese berühmten unverstandenen Dichter.

Vielleicht gibt ihnen dieses Laster das trügerische Gefühl, über sich selbst hinauszuwachsen.

Ich bin unfair. Sie haben Recht, nach einer Ablenkung von ihrer Verzweiflung zu suchen und ihre Unzufriedenheit in einem Meer von Alkohol zu ertränken, denn die Zukunft ist für sie so dunkel wie ein Abgrund.

Jean Luze hat eingesehen, dass er Joël kurz halten muss. Er nimmt ihn auch gleich ins Gebet.

»Langsam, Joël, langsam«, hat er heute zu ihm gesagt und ihm die Rumflasche aus der Hand genommen, »du bist auf einem gefährlichen Weg.«

Aber Joël ist schon betrunken und nimmt ihm diese Bemerkung sehr übel.

»Oh nein, bloß keine Moralpredigt oder ich gehe woanders trinken.«

Er wird ziemlich grob und Jean Luze beruhigt ihn.

»Ich will doch nur dein Bestes, das weißt du.«

»Ja, das stimmt, ich weiß es. Aber was mich bei unserer Freundschaft stört, ist, dass du nie, niemals verstehen wirst …«

»Was? Dass du dich betrinkst, bis du verrückt wirst? Nein, das werde ich nie verstehen. Deine Verzweiflungsanfälle könnte ich besser verstehen, wenn du Gedichte schreiben würdest, um dich zu trösten. Ihr tut alle so, als hättet ihr ein Monopol auf das Leiden. Um ein Volk in den geistigen Ruin zu treiben, muss man es nur davon überzeugen, dass sein Elend einzigartig ist.«

»Was weißt du schon vom Elend?«, schreit ihn Joël an.

»Was ich darüber weiß!«

»Weißt du, wer mein Bruder war? Weißt du, was er für mich bedeutet hat? Nach dem Tod unserer Eltern hat er wie ein Vater für mich gesorgt. Er war intelligent, anständig. Sie haben ihn verrückt gemacht. Das ist ihre Schuld, hörst du, ihre Schuld! Und ich werde auch irgendwann verrückt …«

»Du wirst den Mund halten!«, versetzte Jean Luze mit so gebieterischer Stimme, dass der Junge zusammenzuckte. »Wirst du dich auch mit gesenktem Kopf in die Falle stürzen, die sie aufgestellt haben? Willst du ihnen auch als Zielscheibe dienen?«

Joël wendet den Blick ab.

»Sie haben uns sowieso im Griff«, flüstert er mit dumpfer, verzweifelter Stimme, »wir sind in einem Räderwerk gefangen, und der einzige Ausweg heißt Flucht oder Verzweiflung.«

»Nein, ihr müsst kämpfen.«

»Mit unseren Fäusten?«

»Du darfst die Hoffnung nicht verlieren«, antwortet Jean Luze etwas sanfter. »Wer Hass sät, wird eines Tages Hass ernten. Die da prügeln und foltern sind nur die Marionetten eines Systems, das schon geschwächt ist. Hinter ihrem Hass steht noch ein anderer Hass. Ihr müsst euch zusammenschließen und eure Stunde abwarten.«

Joël lauscht ihm voller Leidenschaft.

Oh ja, unter seiner Führung irgendeinem Hirngespinst folgen! Ein Idealist, ja. Aber wie gut es tut, der Hoffnung freien Lauf zu lassen und wenigstens im Traum eine neue, bessere Welt zu errichten.

Gestern Abend waren Joëls Freunde da. Traurige Dichter, die der Alkohol krank macht und die an den Wänden entlangschleichen, wenn es Abend wird. Jean Luze hat Menschen gefunden, die er schützen, führen, beraten kann. Sein Leben hat einen Sinn bekommen. Ich bin ganz glücklich, wenn ich sehe, wie er sich ihr Unglück zu Herzen nimmt. Vielleicht wird er ihretwegen doch nicht fortgehen!

»Endlich hat Jean Freunde gefunden«, sagt Félicia. »Joël Marti ist offenbar außergewöhnlich intelligent, und auch er liebt Musik und Bücher.«

Wie sehr er unter seiner Isolation gelitten haben muss! Ich schäme mich für uns. Ach, was gäbe ich dafür, meine Komplexe abzuschütteln! Sie hindern mich daran, den Mund aufzumachen und meine Gedanken auszusprechen, obwohl sie mich ersticken. Die Intelligenz unserer kleinen Welt dient nur noch dem Gewinn und der Schmeichelei. Egal, was Doktor Audier erzählt, der Terror hat aus uns einen Haufen von Feiglingen und Enttäuschten gemacht. Wer wird uns helfen? Wer außer Jean Luze hatte den Mut, uns furchtlos die Wahrheit zu sagen? Ich folge allen Gesprächen, ohne mich einzumischen. Gleichzeitig lassen uns die Schreie aus dem Gefängnis zusammenfahren. »Verdammter Schlächter! Verdammter Schlächter!«, hat er neulich gemurmelt und sich wütend übers Haar gestrichen. Bald wird er sich noch verdächtig machen. Ich sehe schon den Augenblick kommen, da Calédu ihm vorwirft, »zweifelhafte Intellektuelle« zu empfangen. Mein stummer Hass hat sogar Félicia angesteckt. »Ich halte das nicht mehr aus!«, hat sie geschrien und sich die Ohren zugehalten. Sie hat sich so vor dem Klang ihrer eigenen Stimme erschreckt, dass sie mit geschlossenen Augen und offenem Mund sofort wieder verstummte. Und unter ihren Wimpern sah ich Tränen glänzen.

Eugénie Duclan heiratet. Sie ist quietschvergnügt und rennt von Tür zu Tür, um das glückliche Ereignis zu verkünden. Annette lacht sich halb tot, als sie Félicia davon erzählt.

»Paul hat mir versichert, dass der arme Charles schon lange ›knock out‹ ist. Das wird eine Enttäuschung für Eugénie! Aber wie kann man auch in diesem Alter heiraten!«

Sie erwartet, dass ich ihr zustimme.

Wahrscheinlich ist es genauso lächerlich, aus Vernunft zu heiraten wie sich zu verlieben, wenn man ein gewisses Alter erreicht hat. Die Sitten sind ebenso mächtig wie die Mode; man kann ihnen nicht trotzen, ohne zu schockieren.

Eugénie Duclan,
schaut sie euch an
mit vierzig Jahren
will sie's erfahren …

singt Annette. Dieses Lied ist nicht auf ihrem Mist gewachsen, jeder kennt es, erzählt sie Félicia amüsiert.

Eugénie will eine erstklassige Hochzeit und wagt

es, mir anzubieten, mit den anderen Töchtern Marias die Brautjungfer zu spielen. Sie hat sich wie ein kleines Mädchen geschminkt und frisiert. Ihr Gesicht sieht aus wie eine alte weinerliche, geschlechtslose Maske.

»Ich weiß, dass sie sich über mich lustig machen«, sagt sie, »aber was soll's! Bist du bereit, meine Brautjungfer zu sein? Wir müssen doch weiter zusammenhalten.«

Zusammenhalten? Gegen wen? Gegen was?

Nachdem ich alles versprochen habe, setze ich sie fast vor die Tür. Ich habe nur eine Sorge: dass mich Jean Luze in so grotesker Gesellschaft sehen könnte. Ich will zu keiner Gemeinschaft gehören. Die Vorstellung, eine besondere, eine einzigartige alte Jungfer zu sein, gefällt mir …

Jean Luze plaudert im Salon mit Joël, und Annette wirbelt um sie herum. Félicia wiegt Jean-Claude. Jean Luze ist so in sein Gespräch vertieft, dass er Annettes Anwesenheit gar nicht bemerkt. Er sitzt ganz dicht bei Joël und redet leise auf ihn ein. Dafür ist Joël abgelenkt. Er folgt Annette mit den Augen und Jean Luze dreht sich wütend um.

»Warum musst du ständig um uns rumrennen?«, fragt er sie.

»Ich? Um euch rumrennen!«, antwortet sie verdutzt, »Nicht im Geringsten.«

Sie poltert die Treppe hinunter und geht zu Félicia ins Esszimmer.

»Anscheinend störe ich die philosophischen Gespräche der Herren. Ich frage mich, was dein Mann an diesem jungen Heißsporn findet.«

»Jean meint, er ist sehr gebildet für sein Alter.«

»Pah! Er ist doch schließlich ein Mann! Oder?«

»Was willst du machen? Die Intellektuellen interessieren sich nicht nur für Frauen.«

»Schade!«

Félicia gähnt.

»Du musst dich nicht beklagen. Bist du glücklich?«, fragt sie Annette.

»Ja.«

»Ist Paul ein guter Ehemann?«

»Er ist ein guter Liebhaber.«

»Was heißt das?«

Annette lächelt verschmitzt und zupft eine Strähne auf ihrer schönen Stirn zurecht.

»Das heißt, was es heißt. Du bist doch schließlich kein dummes Küken. Es gibt natürlich Ehemänner, die ihre Frauen schlecht unterweisen. Für sie ist der Liebesakt nur eine Pflicht. Pah! Und das ist alles! Diese Ehemänner sind schlechte Liebhaber; es gibt andere, die ihre Frau wie eine Geliebte behandeln: Sie sind gleichzeitig gute Ehemänner und gute Liebhaber.«

»Das sind ja Theorien!«

»In die Praxis umgesetzt, sind sie gar nicht schlecht, glaub mir.«

Sie hat in geradezu fürsorglichem Ton und sehr selbstsicher gesprochen. Will sie Jean Luze mit unterschwelligen Vergleichen bei Félicia schlecht machen? Oder hat sie sich mit ihrer neuen Erfahrung eine Meinung über ihn gebildet?

»Ich sage dir bloß, was mir Paul beigebracht hat«, fährt sie boshaft fort. »Wenn ein Mann eine Frau in die Arme nimmt und sich zurückhält, ist er entweder impotent oder nicht normal.«

Ich sehe einen besorgten Ausdruck in Félicias Augen.

»Dir ist das wohl nie passiert«, bringt sie mühsam heraus.

»Doch, einmal.«

Félicias Finger verkrampfen sich um die Armlehne.

»Ach! Aber was bedeutet das alles schon, wenn man liebt«, erklärt sie ärgerlich.

»Ich dachte wie du, ehe ich Pauls Frau wurde.«

»Also ist dein Paul ein Gott?«

»Nein. Er ist ein Neger und er weiß, wie man eine Frau nimmt. Er ist so leidenschaftlich, dass er nur deine Hand berühren müsste, um dich zu begehren.«

»Erzähl das nicht deinen Freundinnen.«

»Ich bringe jede um, die sich ihm nähert.«

»Du bist verrückt«, sagt Félicia nur noch.

Aber sie schnappt nach Luft.

Jetzt bräuchten wir Prozessionen, damit der Regen aufhört. Er fällt ohne Pause und unglücklicherweise gerade nach dem Abholzen der letzten Wälder. Vierzehn Tage lang haben wir ununterbrochen die elektrische Säge von Mister Long gehört. Alle fünf Minuten fiel ein Baum. Ich bin gestern am Hang entlanggeklettert, um dieses Massaker mitzuerleben. Riesige Bäume stürzten mit entsetzlichem Krachen auf den Boden, als brüllten sie auf, ehe sie ihre Seele aushauchten. Schon ist eine ganze Region entwaldet und die Gesichter der von Calédu verfolgten Bauern sind verschlossen, feindselig, beunruhigend. Erdlawinen kommen die Berge herab und sammeln sich im Tal. Der Kaffee existiert nur noch in unserer Erinnerung. Mister Long interessiert sich nicht mehr für diesen Handel, den der Holzexport vollständig verdrängt hat. Wenn es kein Holz mehr gibt, wird Mister Long sich auf etwas anderes stürzen. Vielleicht verlegt er sich dann auf Menschenhandel. Er kann mühelos Hunderte verschicken, die er unter den Bettlern aussucht. Es wird schon darüber geredet, Bauern für die Zuckerrohrernte in Santo Domingo zu engagieren. Das haben wir in den Zeitungen aus Port-au-Prince gelesen, die Doktor Audier regelmäßig erhält. Nächste Woche wird eine

Kommission von Ärzten, Sekretären und Buchhaltern erwartet. Der Handel mit den Hungerleidern hat begonnen. Wird sich Mister Long auch in dieses Geschäft einmischen? Es gibt schon Gerüchte, dass die Bauern ihre ausgebluteten Felder verlassen und auf der Landstraße nach den Autos Ausschau halten, die aus Port-au-Prince kommen sollen. Ihre Zahl wächst täglich.

Offenbar essen sie auf dem Morne au lion inzwischen sogar ihre Hunde. »Warum nicht? Wir essen ja auch Rinder und Ziegen«, sagt Annette. Ich sehe schon den Tag kommen, da wir zu Menschenfressern werden. Diese Geschichte, die man sich von Tür zu Tür erzählt, finden viele komisch. »Igitt! Hund essen! Das schmeckt doch widerlich. Diese Kinder haben das Verbrechen im Blut«, erklärt Madame Audier. Eugénie Duclan beschuldigt die Bauern rundheraus, perverse Feinschmecker zu sein. Das ist unbegreiflich, denn das Elend der anderen geht sie auch etwas an, todsicher.

»Mir wird ganz übel von den heruntergekommenen Gestalten, die ich auf der Straße treffe«, beklagt sich Annette. »Es ist widerlich. Sie könnten sich wenigstens waschen.«

Sie ist schwanger, und ihr Mann gewöhnt sich an, sie immer häufiger bei uns zu lassen. Will er ihr Misstrauen einschläfern? Angeblich muss er immer zu irgendwelchen Geschäftsterminen. Annette stürzt sich auf Félicia. Sie weiß nicht mehr, was sie sich noch ausdenken soll, um sie aus der Ruhe zu bringen und sie zu verletzen. Ist sie in Wirklichkeit neidisch auf Félicia? Die Spannung zwischen den beiden wächst. Félicia ist recht gewitzt, wenn es darum geht, ihren Mann zu verteidigen.

»Aber es geht doch nicht um Jean!«, protestiert Annette heuchlerisch. »Warum denkst du immer, dass ich ihn meine?«

Félicias Lippen zittern. Wahrscheinlich muss sie sich

ziemlich beherrschen, um Annette nicht ins Gesicht zu sagen, dass sie wohl einfach nur enttäuscht ist. Das denke ich auch. Auf jeden Fall rächt sie sich an Félicia. Die Wahl der Rache kennzeichnet das Individuum: Ihre ist schäbig und ohne Raffinesse.

Paul, der heute eine Stunde zu spät gekommen ist, wird mit Freudenrufen an der Tür des Salons begrüßt. Annette überzeugt sich, dass sie allein sind, dann ändern sich ihr Ton und ihr Ausdruck:

»Ich glaube nicht an deine Geschäftstermine«, erklärt sie wütend, »ich glaube nicht daran.«

Ich sehe schon den Tag kommen, da sie diese Ehe bereut und da ihr Paul als echter Haitianer vorwirft, nicht als Jungfrau geheiratet zu haben.

Die Einstellungskommission ist eingetroffen. Ihre Mitglieder wohnen hier und da und haben sich zum Arbeiten für acht Tage im früheren Geschäft von Madame Potiron niedergelassen. Hunderte Bauern ziehen im Gänsemarsch vorbei, je nach Gesundheitszustand und Alter werden sie angenommen oder abgelehnt. Offenbar erkaufen sich einige die Arbeitserlaubnis sogar bei den Ärzten, die solche Gelegenheiten gern ausnutzen. Doktor Audier hat sich geweigert, drei Lungenkranken ein Gesundheitszeugnis zu geben, aber sie fahren trotzdem mit den anderen. Die verlassenen Berge erheben sich ungerührt in der Ferne. Morgen wird die Kommission abreisen, und schon jetzt drängen sich die Bauern mit ihren Säcken auf den Lastwagen.

»Wohin fahrt ihr?«, werden sie gefragt.

»Zuckerrohr in Santo Domingo ernten.«

»Für Geld?«

»Natürlich. Sehen wir so aus, als würden wir uns umsonst im Land der Weißen die Gesundheit ruinieren?«

»Was muss man machen, um eingestellt zu werden?«

»Lasst euch im Büro eintragen. Wenn ihr nicht gesund seid, müsst ihr bezahlen, dann könnt ihr trotzdem fahren.«

»Kommen wir wenigstens reich zurück?«

»Das wissen wir nicht. Wir versuchen halt unser Glück.«

Und die Berge leeren sich weiter, noch ungerührter als zuvor.

Es ist unglaublich, dass uns der Handel so kalt lassen kann, den unsere Landsleute mit ihren eigenen Landsleuten treiben.

»Sie suchen woanders ihr Glück«, hat Madame Audier zu mir gesagt, »sie sind glücklicher als wir.«

Félicia hält an ihren Prinzipien fest. Das weiß ich, aber ich gehe trotzdem immer öfter zu Jane.

»Du übertreibst, Claire«, hat sie neulich zu mir gesagt, »und du bist ein schlechtes Vorbild für Annette. Findest du nicht?«

»Jane braucht Hilfe«, habe ich geantwortet.

»Na gut, gib deinem weichen Herzen nach, schick ihr Arbeit, aber besuch sie weniger oft. Bald wird man über diese Freundschaft reden. Du kennst doch unsere kleine Gesellschaft.«

Auch Père Paul geht zum Gegenangriff über. Neulich traf ich ihn, als ich gerade auf dem Weg zu Jane war.

»Was wollen Sie bei diesem Mädchen, mein Kind?«, fragte er mich.

»Sie näht mir meine Kleider.«

»Also hat Félicia Recht. Sie lassen sich neuerdings häufig Kleider machen. Ich gehe nicht, ohne Ihnen zu sagen, wie sehr dieser Umgang Ihre Schwester beunruhigt. Sie hat mich informiert. Ich hoffe, es gibt nichts Sündiges in Ihrer Beziehung zu Jane Bavière.«

Er stützte sich auf seinen Stock und sah in seinem schwarzen Gewand aus wie ein Würgeengel. Ich bin nicht mehr so jung, das müsste er merken. Aber er hat mich so verschüchtert und furchtsam kennen gelernt, dass er einfach nicht glauben mag, ich könne mich ändern.

»Was meinen Sie damit, Pater?«

»Das Leben hat Ihnen gewisse Freuden versagt, mein Kind, versuchen Sie nicht, sie in der Sünde zu finden.«

»Nichts rechtfertigt Ihre niederträchtigen Anschuldigungen«, antwortete ich zitternd vor Wut.

»Ich bin Priester und ich erfülle meine Pflicht als Priester, indem ich Sie vor sich selbst schütze.«

Ich unterbrach ihn frech.

»Ja, aber ich mag keine Priester, die das Beispiel der üblen Nachrede predigen.«

»Sie verteidigen mit Inbrunst diejenigen, die in der Sünde leben, und vergessen dabei ausnahmsweise sich selbst. Ich erkenne Sie nicht wieder. Wissen Sie etwa nicht, dass sie nach Einbruch der Nacht Männer empfängt?«

Ich wandte ihm den Rücken zu und klopfte an Janes Tür. Sie merkte sogleich, wie aufgebracht ich war.

»Du zitterst ja«, sagte sie, »bist du krank?«

Als ich schwieg, dachte sie nach. Ihr Gesicht wurde traurig.

»Man hat dir wegen mir Schwierigkeiten gemacht, nicht wahr?«, fragte sie. »Ich weiß, dass sie mich verurteilen. Deine Freundschaft ist mir unendlich kostbar, aber ich möchte dich bitten, nicht wiederzukommen.«

Sie führte mich zu einem Sessel und beugte sich über ihre Handarbeit.

»Man weiß nicht, wie man die Menschen zufrieden stellen soll«, fuhr sie fort. »Weil ich ein uneheliches Kind bekommen habe, bin ich für jedes Laster gut; du hast dich allem verweigert, und trotzdem verschonen sie dich nicht. Man weiß wirklich nicht, wie man sie zufrieden stellen soll.«

Sie nahm ihren Sohn in die Arme und küsste ihn zärtlich.

»Was soll's, ich bin glücklich«, sagte sie noch.

»Ich nicht.«

Sie schob das Kind zu mir.

»Umarme Claire«, sagte sie, »umarme sie ganz fest.«

Das Kind legte mir die Arme um den Hals und küsste mich freundlich auf die Wange.

»Er wird allmählich zum Mann«, sagte Jane. »Und man ist nie allein mit einem Mann, wenn man ihn liebt.«

Ich staune, wie sehr mich die Gespräche zwischen Jean Luze und Joël Marti interessieren. Mir können sie nicht vorwerfen, um sie herumzurennen. Nein, ich sitze ganz bescheiden auf meinem Stuhl und bin mit einer Handarbeit beschäftigt. Wer würde mir je misstrauen? Darin liegt meine Kraft. Ich wundere mich auch, wie sympathisch mir Joël auf einmal ist. Dieser Joël, den ich von klein auf kenne, ohne mich je für ihn interessiert zu haben. Nicht mal, als er Waise wurde, denn man kann schauen, ohne zu sehen, jemanden treffen, ohne ihn zu kennen, geben, ohne zu teilen – mit einem Wort, jede Kommunikation mit den anderen von vornherein ablehnen und neutral bleiben. Ich werde zu menschlich, zu aktiv. Das liegt an Jean Luze. Es ist gefährlich. Ich übernehme zu viel. Ich nehme zu viel auf mich. Doch was für ein Rausch! Welch geheime Begeisterung das in mir auslöst!

Félicia ist erneut durch ein Unwohlsein ans Bett gefesselt. Ist sie wieder schwanger? Jean-Claude ist erst sechs Monate alt. Sie versagt sich nichts. Jedenfalls muss ich mich um das Kind kümmern. Es ist mehr bei mir als bei ihr. Ich wiege und verwöhne es.

Als ich es heute Morgen unter der Galerie herumtrug, kam Jean Luze mit verlegener Miene zu mir:

»Claire, ich schäme mich, deine Großzügigkeit zu missbrauchen, aber ich wollte dich bitten, Jean-Claude für ein paar Tage in dein Zimmer zu nehmen. Félicias Gesundheitszustand beunruhigt mich.«

Er wollte die Wiege sofort in mein Zimmer tragen, aber ich hielt ihn entsetzt zurück.

»Gib mir etwas Zeit, damit ich Platz für ihn schaffen kann«, protestierte ich, zitternd bei dem Gedanken, ihn unverhofft in mein Heiligtum eindringen zu sehen.

»Gut, natürlich«, sagte er. »Aber wo wir gerade dabei sind, warum schließt du eigentlich deine Tür ab?«

Sobald er weg war, rannte ich hinauf, um meine Schätze in Sicherheit zu bringen. Ich versteckte die Puppe so gut es ging im Schrank, überzeugte mich, dass die Bücher an ihrem Platz unter dem Bett waren, und öffnete meine Tür, erschauernd, als würde ich vergewaltigt.

Jean-Claude ist seit einigen Tagen mein Gast. Ich stehe nachts auf, um seine Windeln zu wechseln und ihn zu wiegen. Dieser kleine, lebendige Körper in meinen Armen. Glücklich sehe ich zu, wie er seine Windeln voll macht, sein Fläschchen leert und nach mehr schreit. Der Duft des Talkumpuders, der Geruch der Milch, Félicia wird von allem übel. Sie umarmt ihren Sohn und übergibt sich. In ihrem Zustand ist sie offenbar allergisch. Jean Luze lebt jetzt praktisch in meinem Zimmer. Gesegnet sei diese neue Schwangerschaft, diese neue, quälende Schwangerschaft. Oh, sie soll zehn, zwanzig Kinder bekommen und sie mir überlassen. Ich werde die Amme all ihrer Kinder sein, ich werde mich für sie umbringen, wenn er dadurch nur ein bisschen mir gehört. Auf meinem Bett wälzt er sich, um mit seinem Sohn zu spielen, auf meinem Bett streckt er sich aus, um auszuruhen. Er hinterlässt auf meinen Laken den Geruch seines Körpers, seinen Männergeruch, eine Mischung aus Tabak und herbem, sauberem Schweiß. Tief atme ich den Geruch des Kissens ein, auf dem sein Kopf gelegen hat; ich küsse seinen Sohn da, wo er ihn geküsst hat. Ich schwelge in Glückseligkeit. Oft bringt er nach der Arbeit die Einkäufe mit und gibt sie mir, als wäre ich seine Frau. Er schaut mich an und kneift mich in die Wange, sicher um mir zu danken, weil ich mich so gut um Jean-Claude kümmere. Ich renne in die Küche, um eine Tasse schwarzen, dampfenden Kaffee zu holen, wie er ihn am liebsten hat.

»Du bist die Beste aller Frauen«, sagt er dann zu mir.

Schon seit einem Monat habe ich nichts mehr in mein Tagebuch geschrieben. Ich hatte weder Zeit noch Lust. Mein Leben ist so erfüllt. Ich habe einen Sohn und einen Mann. Meine Tür steht den ganzen Tag offen für Jean Luze. Warum sollte ich mir im Schreiben Luft machen? Ich genieße das Leben in vollen Zügen.

Félicia ist im vierten Monat und ihre Übelkeit wird immer schlimmer, anstatt sich zu legen. Sie wird immer dünner, während ihr Bauch sich rundet. Der Anblick ihrer Leichenmiene tut weh. Jeden Tag gibt ihr Doktor Audier eine Spritze, denn sie spuckt das wenige, was sie isst, sofort wieder aus. Neulich hat sie Jean Luze aus ihrem Zimmer gejagt, weil er angeblich nach Tabak roch. Ist sie auch allergisch gegen die Liebe? Die Enthaltsamkeit wird ihn zu einer leichten Beute machen.

Annette kommt fast jeden Nachmittag zu uns. Sie sieht blendend aus unter ihrer weiten Jacke. Sie hört nicht auf, Félicia triumphierend zu piesacken.

»Mein armer Schatz«, ruft sie, wenn sie sie umarmt, »du siehst ja entsetzlich aus! Das ist ein Verbrechen! Dein Mann hätte dir niemals Kinder machen dürfen!«

Und das sogar im Beisein von Jean Luze.

Sie erzählt uns mit einem unvergleichlichen Mienenspiel von Eugénies Hochzeit. Sie ahmt den schleifenden Schritt des Apothekers und Eugénies kindisches Benehmen nach.

»Sie war sogar so dreist, sich eine Orangenblütenkrone auf den Kopf zu setzen. Dadurch sah sie noch viel älter aus. Nichts erregt so viel Aufmerksamkeit wie der Gegensatz. Ein schreckliches Schauspiel! In diesem Alter sollte man den Anstand besitzen, bescheiden zu heiraten.«

Die Jugend ist erbarmungslos, und sie hat Recht!

Ich habe gesehen, wie Dora Soubiran hingefallen ist. Sie ist breitbeinig mit einem Korb am Arm über die Straße gelaufen, über einen Stein gestolpert und gestürzt. Ich bin die Treppe hinuntergerannt. Ich habe ihr mitten auf der Straße die Hand gereicht und sie zu ihrem Haus gebracht. In diesem Moment kam Calédu vorbei und blieb stehen. Ich habe ihn nicht angesehen. Hinter den Fensterläden funkelten die Augen. Charles Farus, der hinter seinem Ladentisch stand, legte die Hand auf den Mund und riss die Augen auf. Die Bettler versperrten uns den Weg.

»Lasst uns vorbei!«, schrie ich sie ungeduldig an.

Ich bin mit Dora hineingegangen, und wir verloren uns lange in alten Erinnerungen.

»Hüte dich vor dem Kommandanten«, flüsterte sie plötzlich, »hüte dich vor ihm!«

»Ich komme dich jeden Tag besuchen«, erklärte ich entschlossen.

»Hüte dich vor ihm«, wiederholte sie.

Dann begann sie plötzlich zu zittern, als sei ihr kalt.

»Bei jedem Schlag schrie er: Aristokraten, Aristokratenpack, Mulattenaristokraten, ich mache euch alle zu Krüppeln, alle, verdammte Aristokraten …«

Sie verbarg ihr Gesicht in den Händen und schluchzte.

»Er hasst uns! Claire, er hasst uns!«

Den Grund seines Hasses begreift sie nicht: Sie hat nie viel von Politik verstanden, und ihr Leiden ist das unnötigste, das ungerechteste, das Calédu je zugefügt hat.

Das Tuscheln hinter den Fensterläden verfolgte mich bis nach Hause. Warum hatte ich Angst? Wie wenig Anstrengung es doch kostet, dieses Gefühl zu überwinden!

»Erinnerst du dich an unsere schönen Abende, früher, in der guten Zeit?«, fragt Dora am nächsten Tag. »Wir aßen, was uns schmeckte, wir hatten vor niemandem Angst und wir waren glücklich.« Sie senkt die Stimme. »Er hat meinen Körper verstümmelt, doch meine Seele hat nur einen Herrn, Gott, Gott.«

Ihre Hartnäckigkeit entlockt mir ein Lächeln.

»Ich werde auch nicht mehr den Kopf vor ihm beugen«, verspreche ich.

»Sie bespitzeln mich unaufhörlich, Claire. Sie kleben Tag und Nacht an meiner Tür, das ist unerträglich!«, fährt sie fort. »Sie überwachen mich, als wäre ich der Anführer einer Verbrecherbande. Sieh nur …«

Sie öffnet die Tür zum Hinterhof einen Spalt weit: Bettler versuchen auf Zehenspitzen über den Zaun hinweg zu erspähen, was bei ihr vor sich geht.

»Sie sind alle bewaffnet«, flüstert sie, »ich werde nach Port-au-Prince fliehen. Ich habe schon meinen Freunden geschrieben und ihnen alles erzählt.«

»Wem hast du den Brief anvertraut?«

»Madame Camuse. Sie hat mir versprochen, ihn sicher ans Ziel bringen zu lassen.«

Die auf der Straße postierten Bettler verfolgen mich

mit ihren Blicken bis zu meiner Tür. Zwei von ihnen begleiten mich sogar. Schwäche? Angst? Ich habe meine Tasche geöffnet und ihnen Geld gegeben.

Bin ich etwa die Feigste von uns allen?

Irgendwo am Himmel gibt es einen Sternenreigen. Ich kann nicht schlafen. Wie intensiv und geheimnisvoll das Leben der Nacht ist! Es gleicht meinem Innenleben. Ein paar Sterne spielen Verstecken, ich sehe sie am Himmel herumflitzen und einander verfolgen. Ein Lichtpunkt unter den Bäumen auf der Straße weckt meine Neugier. Dort geht jemand spazieren und raucht. Ich erkenne Calédus Gestalt. Er kann auch nicht schlafen. Ich würde am liebsten zu ihm rennen, ihm die Fingernägel in die Augen bohren und ihn blind und blutend die Grand-Rue langzerren.

Ich pflege Félicia wie eine Mutter. Ich knie vor ihr, um sie mit Brühe zu füttern, ich sitze an ihrem Bett …

Ich dachte immer schon, dass man großzügig wird, wenn man überraschend zu Reichtum gelangt, aber man wird auch gut, wenn man sich glücklich fühlt. Jeder macht sich seine eigene Vorstellung vom Glück. Durch das Leid bin ich bescheiden geworden, und gebe mich derzeit mit den Almosen zufrieden, die mir das Leben hinwirft. Ich zittere sogar davor, zu anspruchsvoll zu werden, aus Angst, alles zu verderben. Félicia stört so wenig, dass sie mich nicht ärgern kann. Ich behandle sie wie eine Behinderte. Wie könnte ich auf dieses Wrack eifersüchtig sein? Ich bin die Mutter von Jean-Claude. Ich bin die Frau von Jean Luze. Bei diesem Gedanken steigt eine solche Freude in mir hoch, dass ich sie gern teilen würde. Ich drehe das Beethovenkonzert voll auf. Ich möchte das Haus damit in Brand setzen. Félicia bittet mich ungehalten, die Musik leiser zu stellen; das Concerto stört sie. Ich komme wieder zu mir. Sie existiert. Sie steht zwischen uns. Im Moment lauscht sie dem Klatsch von Gisèle Audier, die kreischt wie eine Elster.

»Meine Liebe, ich verurteile alle Frauen, die unter dem Vorwand, sie seien unabhängig, die Gesetze der Gesellschaft missachten. In unsere Sitten hat sich eine solche Nachlässigkeit eingeschlichen, dass es geradezu abstoßend ist. Früher war das anders. Wir haben bei der Jugend die Zügel zu sehr schleifen lassen. Dadurch gerät sie auf die schiefe Bahn. Ich will keine Namen nennen, aber ich kenne sehr junge Mädchen, die sich nichts versagen. Sicher hast du gehört, was für ein Leben Jane Bavière führt. Das ist grauenvoll! Sie empfängt Männer, wenn es dunkel ist. Man hat schon viele hineingehen sehen. Wen? Das wissen wir noch nicht. Niemand hat sie erkannt. Sie kommen nachts und klopfen an ihre Tür. Eugénie Duclan hat sie einmal gesehen. Madame Camuse auch. Vielleicht empfängt sie den Präfekten, den Bezirksrichter und den Kommandanten. Sie wird ihr Geheimnis nicht lange bewahren können. Die ganze Nachbarschaft überwacht sie. Oh ja, wir werden die Namen schon herausbekommen! Das ist wie mit der Geschichte der kleinen Grandupré. Ich war nämlich die Erste, die sie erwischt hat, als sie zu Tonton Mathurin schlich, dem alten Sünder. Ich habe das ganze Viertel alarmiert, und Madame Grandupré hat sie blutig geschlagen.«

Mein Gott! Wie gern würde ich mir erlauben, sie zu ohrfeigen, um sie zum Schweigen zu bringen! Wie boshaft sie trotz allem geblieben sind!

Es war gerade erst fünf Uhr, Jean-Claude war früher als üblich aufgewacht und weinte in seiner Wiege, als es an meiner Tür klopfte.

Ich öffnete und Jean Luze kam herein.

»Warum weint er?«, fragte er. »Ist er krank?«

»Monsieur hat sich wohl nass gemacht und wünscht, dass man seine Windeln wechselt.«

Er beugte sich mit mir über die Wiege, wobei sich unsere Köpfe berührten.

Er lächelte und hob den Kopf, um mich anzusehen.

»Beruhige ihn, deinen Sohn«, sagte er.

»Meinen Sohn!«

Mein Ton schien ihn zu überraschen, denn er richtete sich plötzlich auf.

»Ist er das nicht, Claire? Ist er das nicht?«

Mit meinem zerzausten Haarknoten und dem Dekolletée meines Morgenmantels, das den Brustansatz enthüllte, fand er mich wohl sehr anrührend, denn er rief, als sähe er mich zum ersten Mal: »Ich finde dich wunderbar so!«

Ich beschäftigte mich mit Jean-Claudes Windeln.

»Ich finde dich wunderbar so«, wiederholte er. »Du musst ein entzückendes junges Mädchen gewesen sein und ich frage mich, warum du kein eigenes Leben hattest. An den Komplexen, von denen Doktor Audier gesprochen hat, habe ich meine Zweifel. Vielleicht hat dich eine große Enttäuschung in der Liebe fürs Leben gezeichnet. Es geht mich ja nichts an«, fügte er trotz meines Schweigens gleich hinzu, »aber ich finde, dass du alles hast, um einen Mann glücklich zu machen. Claire! Hörst du mir überhaupt zu?«

Er nahm Jean-Claude in die Arme und warf sich auf mein Bett.

»Deine Patentante antwortet nie, wenn man sie etwas fragt«, sagte er zu ihm, »das ist ihre Taktik, um Neugierige abzuschrecken.«

Mit nackten Füßen, im Pyjama, auf meinem Bett, verwirrte er mich so sehr, dass ich ihn kaum anzusehen wagte. Ich holte das Fläschchen für den Kleinen aus der Küche, als ich wiederkam, lag er rauchend neben ihm und dachte nach.

»Warst du wirklich so unglücklich mit deinem Schicksal?«, wollte er wissen.

»Warum fragst du?«

»Du siehst manchmal so verzweifelt aus!«

»Ich!«

»Ja, du. Und außerdem hast du dir angewöhnt, dich zu opfern, und alle nutzen dich aus. Das ist nicht gerecht …«

Sein Mitleid empörte mich, und ich unterbrach ihn.

»Das ist doch alles unwichtig.«

»Nein, nein, es ist sehr wichtig.«

Er legte die Hände auf meine Schultern, eine freundschaftliche Geste voller Zuneigung.

»Du findest dich nur schwer mit den Dingen ab, Claire«, sagte er dann, »und du lebst in einem Zustand ständiger Auflehnung. Ebenso wie ich läufst du Gefahr, dein Leben lang unglücklich zu sein. Ich würde dir gern helfen.«

»Du!«

Dieses Wort drang wie ein Schrei aus meinem Mund.

Er zog ein paar Mal an seiner Zigarette und sagte, ohne mich anzusehen: »Du bist mir ähnlich. Ich merke es jeden Tag mehr. Diese Sorgenfalte auf deiner Stirn, ich kenne ihren Grund. Du musst Calédu vergessen, du musst deinen Widerstand zügeln. Weißt du, was mit Leuten wie uns passiert? Weißt du, was sie erwartet?«

Und mit abgehackter Stimme, als risse er sich die Worte aus dem Leib, erklärte er: »Ich war erst achtzehn, da habe ich gegen die Deutschen gekämpft. Mein Vater war ein Jahr zuvor gestorben, und ich ließ meine Mutter und meine kleine Schwester zu Hause zurück. Wir waren sehr arm; sie brauchten mich. Aber ich hatte nur einen Wunsch: die Deutschen zu töten, um uns zu rächen. Ich zog los, und man schickte mich in die Schützengräben, direkt ins Gefecht. Kalte Wut erfüllte mich, und ich erschoss die Deutschen aus nächster Nähe. Ich schrieb ihre Zahl in ein Heft, und nach vier Jahren hatte ich fast fünfzig getötet. Ich wurde schwer verwundet, und man brachte mich mit aufgeschlitztem Bauch halb tot ins Lazarett. Als ich wieder nach Hause kam, erfuhr ich, dass meine Schwester und meine Mutter gestorben waren. Ich fand Arbeit in der Ferne, wo ich vergebens das Vergessen und meinen Seelenfrieden suchte. Ich hatte getan, was alle meine Pflicht nannten, doch in meinem tiefsten Innern bin ich bis heute davon überzeugt, dass der Krieg mir meine Mutter und meine Schwester genommen hat, die aus Not und Angst gestorben sind …«

»Es wird keine Kriege mehr geben«, sagte ich.

»Du kümmerst dich offenbar nicht darum, was in der Welt passiert, meine arme Claire!«, antwortete er. »Wenn mein Land wieder gegen Deutschland kämpft, weiß ich, dass ich ihm noch einmal meinen Sohn und meine Frau opfern werde. Nichts kann mich davon abhalten, nichts.«

Er schwieg einen Moment und warf seine Zigarette aus dem Fenster, ich sah, wie er um Fassung rang.

»Schluss!«, ergänzte er dann. »Beenden wir dieses schmerzhafte Gespräch und kümmern uns um dieses Engelchen. Wie sagt man hier so schön: Gott ist groß! Und der Krieg wird nicht stattfinden.«

Er wollte Jean-Claude zu essen geben. Zwei kleine Hände klammerten sich gierig an seine.

»Mein kleiner Mann! Mein kleiner Mann!«, wiederholte er glücklich.

Sie gehören mir so sehr, dass ich vor Glück weinen könnte. Niemand wird sie mir jemals wieder nehmen.

Das Gefühl lenkt die Welt. Die Zyniker behaupten das Gegenteil, aber eines Tages packt es auch sie. Alle sind wir auf der Suche nach dem »Sandkorn«, das uns mit uns selbst versöhnen kann. Selbst die Blasierten tragen ihre Langeweile mit dieser Hoffnung durch die Welt. Ich habe sogar Calédu und seine Clique vergessen. Jean-Claude und sein Vater heilen meine Wunden. Ich habe kühn die Dämme gesprengt. Ich habe mein »Sandkorn« gefunden. Ich gebe diesen beiden Menschen alles, was mein Herz an Liebe in sich birgt. Der Hass hat mich verlassen. Ich halte alles von mir fern, was mich von diesem wunderbaren Zustand ablenken könnte.

Gestern, als Annette da war, brauchte Jean Luze ein Buch, um mit Joël Marti darüber zu diskutieren. Er suchte es vergeblich in der Bibliothek und rief nach mir.

»Ich finde die Geschichte der Religionen nicht, die ich hierhin gestellt hatte.«

»Das Buch ist in meinem Zimmer«, musste ich zugeben.

»In deinem Zimmer?«, fragte er verwundert. »Liest du es gerade?«

»Ich habe es wieder gelesen.«

Er sah mich an, als zweifelte er an meinen Worten.

»Unglaublich!«

»Du scheinst sehr erstaunt, dass ich lese, hältst du mich für eine Idiotin?«

Mein Ton war ausnahmsweise so scharf, dass er mich ansah, als erkenne er mich nicht wieder.

Ich setzte sofort meine verkniffene Miene auf und ging das Buch für ihn holen.

»Da ist dein Buch«, sagte ich und reichte es ihm. »Es ist noch ganz.«

»Nicht doch, Claire, ich mache dir gar keinen Vorwurf!«

Seine Stimme und sein Blick waren so sanft, dass ich mich meiner Empfindlichkeit schämte.

Er hielt mich an der Schulter fest und wollte mich freundschaftlich küssen, aber ich machte mich hastig los.

»So nachtragend?«, meinte er und kniff mich in die Wange.

»Bravo, Claire«, rief Annette lachend, »du spielst die Mama für seinen Sohn und für ihn die Frau!«

Glücklicherweise sah sie den hasserfüllten Blick nicht, den ich ihr zuwarf. Nein, Dummkopf, ich spiele gar nichts, ich bin tatsächlich Mutter und Frau. Bist du etwa ausnahmsweise einmal eifersüchtig auf mich? Früher hast du mir alles und jeden weggeschnappt, ohne dass ich ein Wort sagte, um mich zu verteidigen. Ich habe dich absichtlich in die Arme von Jean Luze getrieben, nur um meine Macht zu ermessen. Er wird dich niemals lieben. Verstehst du? Niemals. Sei gewiss, meine Rolle ist nur scheinbar zweitrangig. Ich lebe für ihn, das springt ins Auge. Oder willst du, dass ich ihm auch Avancen mache, um dich davon zu überzeugen? Ich bin dir immer noch weit überlegen. Unsere Vertrautheit bietet mir oft Gelegenheit zu Inszenierungen, die deiner würdig wären, aber ich verzichte darauf. Ich will ihn nicht mit den Machenschaften einer eitlen Verführerin gewinnen. Ich will mehr von ihm als seinen Körper. Ich bin anspruchsvoll und schwierig. Gewisse Verhaltensweisen wären unverzeihlich für eine Frau meines Alters, das weiß ich. Mit vierzig Jahren kann man weitergehen, aber man kann nicht mehr anfangen. Zumindest in gewisser Hinsicht. Ich bin mir dessen bewusst und warte geduldig darauf, dass meine Stunde kommt.

Wie schwierig ist es, Aufrichtigkeit zu erlernen! Wo fängt sie überhaupt an, die Aufrichtigkeit? Und wo endet sie? Mit offensichtlicher Unaufrichtigkeit weigere ich mich, in mir selbst klar zu sehen. Manche Gedanken, sind sie erst einmal in der Welt, sind ebenso gefährlich wie Worte. Manchmal packt mich bei meinen wie im Fieber fantasierten Liebesszenen die Panik. Eine Panik, die oft durch die unverhoffte Erinnerung an meinen Vater ausgelöst wird, der mich mit seinem Gürtel auspeitscht. Wenn Jean Luze in so einem Moment in mein Zimmer käme, um mich in die Arme zu nehmen, würde ich ganz sicher kämpfen, schreien, mich wehren, als wäre mein Leben in Gefahr. Gefällt mir vielleicht nur die Idee der Liebe? Habe ich dieses Leben voller Hirngespinste nicht aus freiem Willen gewählt, weil ich mich unfähig fühle, bis zum Ende zu gehen? Ich fordere mich selbst heraus. Ich werde Jean Luze gehören. Er allein kann mir helfen. Ich muss wissen, woran ich bin.

Ich mag die langen Blicke nicht, die mir Calédu immer noch zuwirft, wann immer ich ihm auf der Straße begegne. Auch wenn ich all meine Verachtung aufbiete, gelingt es mir nicht mehr, die aristokratische Gleichgültigkeit zu bewahren, die den nötigen Abstand zwischen uns herstellte und ihn zwang, verlegen zu Boden zu schauen.

Immer häufiger habe ich das Gefühl, mich in Gedanken in die Arme von Jean Luze zu werfen, so als suchte ich eine besonders starke und destruktive Ersatzbefriedigung. Werde ich mich noch lange selbst belügen können?

Mir gehört der Junge, den ich nicht in meinem Leib getragen habe! Ich habe ihm seine ersten kleinen Hosen genäht. Er krabbelt auf allen vieren und steht, wenn man ihm hilft. Er hat acht Zähne, die ihm ohne große Schmerzen gewachsen sind. Er ist ein kleiner, kräftiger, sehr lebhafter Kerl, der seinem Vater zur Begrüßung die Arme entgegenstreckt. Obwohl ich es ihm oft vorspreche, kann er noch nicht Mama sagen. Ich will, dass er mich als Erste so nennt. Liegt es an seiner Anwesenheit in meinem Zimmer? Meine Sinne haben sich beruhigt. Ich schäme mich sogar, nackt vor ihm herumzulaufen, so entwaffnend ist die Unschuld, so ansteckend die Reinheit. Gestern habe ich deshalb alles verbrannt, was mich an meine Vergangenheit erinnerte: die Puppe, die pornographischen Postkarten und so weiter. Ich bin nur noch Ehefrau und Mutter. Nun ist zerstört, was mich ablenkte. Ich bin mühelos eine Stufe höher gestiegen.

»Ruf Jean«, sagt Félicia manchmal. »Es geht mir so schlecht, dass ich nicht mehr die Kraft habe, ihn zu lieben.«

Ich sehe ohne Eifersucht, wie er sich zu ihr setzt, um ihre Hand zu küssen und ihr übers Haar zu streichen. Ich habe ihn nie bei einer wirklich verliebten Regung ertappt. Er behandelt sie ungewollt wie eine Kranke. Sie weckt sein Mitleid, nicht ich.

»Das ist die Schwangerschaft«, sagt er, um sie zu trösten. »Wir müssen nur warten. Bald ist es vorbei. Du bist schon im fünften Monat …«

Welche Zärtlichkeit er geben kann!

»Jean ist so ätherisch«, hat Annette gestern gesagt, »wahrscheinlich ist er ein erbärmlicher Liebhaber. Ich würde ihn sicherlich betrügen, wenn ich seine Frau wäre. Und ich danke dem Leben, dass es alles so gut gefügt hat.«

Ich glaube kein Wort von dem, was Madame Audier und Père Paul über Jane erzählen. Auch wenn Félicia die Stirn runzelt, besuche ich sie ebenso regelmäßig wie Dora. Dora und ihr noch immer verstörter Blick! Jane, über ihre Nähmaschine gebeugt, bis tief in die Nacht arbeitend, sie sieht niemanden außer mir! Ich werde sie beide nicht mehr im Stich lassen. Janes Sohn plaudert oft mit Pierrilus, dem einarmigen Bettler, der unter unserer Galerie schläft. Er ist der Einzige, den Calédu wegen Aufsässigkeit verprügelt hat – er verlangte seinen Lohn –, aber sicher nicht der Einzige, der ihn wegen seiner Überheblichkeit und seiner Gleichgültigkeit für ihr Elend hasst. Meint Calédu, er sei quitt mit ihnen, wenn er sie gegen uns bewaffnet, ist er so dumm zu glauben, dass es sie über den Hunger hinwegtröstet?

Félicia geht es immer schlechter. Sie ist nur noch ein Skelett. Ich verbiete mir, an ihren Tod zu denken; sie sieht wahrhaft wie eine Verurteilte aus. Wie oft habe ich sie in Gedanken ausgelöscht? Ich tat es, um meine Träume zu beflügeln, um mich mit Hirngespinsten zu nähren. Welch perfekte Verbrechen, welch erbarmungslosen Verrat tragen wir doch in uns! Nur in unserem Innern haben wir den Mut, wahrhaft zu leben. Und das ist ein Glück. Ich ziehe Félicia an, ich gebe ihr zu essen. Sie ist wehrlos ihrer schlimmsten Feindin ausgeliefert.

Heute hat Félicia ihre Brühe ausgespuckt. Sie kann nichts mehr bei sich behalten. Als Jean Luze kommt, hat sie gerade einen Schwächeanfall, bei dem sie Blut verliert. Jean Luze rennt zu Audier und kommt allein zurück.

»Was tun?«, fragt er mich. »Audier ist nicht zu Hause.«

Félicia ist so blass, dass sie wie eine Tote aussieht. Jean Luze kniet neben ihr. Er ruft sie. Er ist voller Angst. Dann rennt er wieder los. Félicia verliert gleich darauf das Bewusstsein. Ich stürze ins Bad, um die Flasche mit Alkohol zu holen. Als ich zurückkomme, röchelt sie. Wo ist Jean Luze? Ich will nicht mit ihr allein bleiben. Meine Finger zerren an den Knöpfen meiner Bluse. Endlich geht die Tür auf und Jean Luze kommt mit Doktor Audier herein.

Er beugt sich über Félicia, um sie zu untersuchen.

»Erkennen Sie mich?«, fragt er sie.

Sie öffnet leicht die Augen und nickt.

Die Untersuchung ist unangenehm, sogar schmerzhaft. Doktor Audier nimmt Jean Luze beiseite und sagt:

»Ich empfehle ein paar Injektionen, damit sie genug Kraft hat, den Abbruch zu überstehen.«

»Den Abbruch!«

»Es ist besser, glauben Sie mir. Ihre Frau hat ein Fibrom und sie hat viel Blut verloren.«

»Ich gebe sie in Ihre Hände«, antwortet Jean Luze verzweifelt, »oder wäre es vielleicht besser, dass ich mit ihr nach Port-au-Prince fahre? In Ihrem Krankenhaus fehlt es an allem, und ich will mir nichts vorwerfen müssen.«

»Je früher, desto besser«, rät ihm Doktor Audier erleichtert, sich eines neuen Opfers zu entledigen.

Er reicht Jean Luze ein Rezept und wendet sich an mich: »Packen Sie die Koffer, Claire, Félicia muss unverzüglich nach Port-au-Prince gebracht werden, und Sie müssen wegen des Babys mitfahren.«

Die Zigarette hängt ungeduldig an seiner feuchten Lippe.

Ohne zu antworten, habe ich die Koffer aus der Kammer geholt und gepackt, dann bin ich zu Jane gerannt und habe ihr unsere Abreise angekündigt.

Félicia ist seit gestern Abend im Krankenhaus Saint-François-de-Sales. Die Autofahrt hat acht Stunden gedauert. Jean Luze umklammerte das Lenkrad und wich den Löchern aus; er schimpfte und verfluchte den Zustand der Straße, während ich schweigend Félicias Stirn trocknete. Ihr Kopf lag auf meinem Schoß und ich dachte: ›Ist sie klug genug zu sterben, ohne dass ich eingreifen muss?‹

Jetzt warte ich mit Jean-Claude im Arm und starre auf die Tür des Operationssaals. Jean Luze hat solche Angst, dass er nicht stillstehen kann. Ich bin überzeugt, dass meine Liebe ihn Félicia schnell vergessen lassen wird. Er streift uns mit einem zerstreuten Blick, der uns auszulöschen scheint, seinen Sohn und mich.

Endlich öffnet sich die Tür, und der Chirurg kommt heraus. Jean Luze stürzt ihm entgegen.

»Es ist sehr gut gelaufen«, sagt er. »Sie wird überleben. Ich komme heute Abend wieder.«

»Claire!«, ruft Jean Luze mit einem Seufzer der Erleichterung, »endlich können wir aufatmen.«

Ich muss mich an den Gedanken gewöhnen, ich muss mich an die Qual gewöhnen, die mir dieser Gedanke bereitet, wenn ich nicht von ihm zermalmt werden will: Félicia wird gesund, wir werden zurückkehren und sie wird ihren Platz bei ihrem Mann und ihrem Sohn wieder einnehmen.

Ich bin in einem Hotelzimmer und nutze den winzigen Aufschub, den mir das Leben gewährt. In mir ist nicht die geringste Neugier für die große Stadt, die ich so lange nicht gesehen habe. Ich bin sozusagen an meine fixe Idee gefesselt, verblendet von meiner Obsession, der ohrenbetäubende Lärm der Autos und all die Geräusche rund um das Hotel errreichen mich nicht. Bald werde ich wieder allein sein. Wo ist meine Vergangenheit, um mir zu Hilfe zu kommen? Wo sind all meine alten, krankhaften Gewohnheiten? Wo sind die Dinge, die mich über mich selbst hinwegtäuschten und die ich unvorsichtigerweise zerstört habe? Meine Hände sind leer, leerer als zuvor. Ich bin allein mit meiner Angst, allein mit meiner Qual, die nur darauf lauert, sich zu entladen und mich niederzustrecken. Werde ich den Mut haben, Félicia zu töten? Oh, diese langen schlaflosen Nächte, wo man sogar die Luft leben hört, die man atmet, wo jede Stunde das Herz zerreißt wie eine Totenglocke! Wie sehr haben sie mein Gesicht ausgehöhlt und altern lassen!

Félicia geht es viel besser. Sie braucht mich nicht. Jean Luze passt auf, dass Tag und Nacht eine Schwester an ihrem Bett sitzt. Auf ihrem Tisch strahlen rote Rosen, die er ihr geschenkt hat. Sie ist schön in ihrem blauen Seidennachthemd. Wer hat ihr das Band ins Haar gewunden?

»Claire«, hat sie mit leiser Stimme, wie von weit her gesagt, »ich möchte mein Kind umarmen.«

Und ich habe ihr ihren Sohn gereicht.

Die Niederlage schwächt mich. Ich habe keine Kraft mehr, mir etwas vorzumachen. Ich weiß, dass ich für ihn nur eine passable, ergebene Schwägerin bin, die sich um seinen Haushalt kümmert und die er ab und zu mit ein paar Vertraulichkeiten und kleinen Geschenken belohnt. Niemals habe ich für ihn als Frau gezählt. Diese Gewissheit quält mich. Ich würde gern Heldentaten vollbringen, nur um seine Aufmerksamkeit zu erregen. Wäre es nicht heldenhaft, mich ihm an den Hals zu werfen und ihm meine Liebe zu gestehen?

Wir fahren nach Hause. Die Koffer sind gepackt, ich stehe mit Jean-Claude im Arm an der Hoteltür und warte auf die Luzes. Die kommenden Tage werden wie ein endloser Todeskampf sein! Ich werde sehen, wie sie sich umarmen, küssen, zu zweit in ihrem Zimmer leben. Sie werden mich zur Zeugin ihrer Liebe machen, sie werden mir ihre Pläne mitteilen, werden glauben, mir zu gefallen, obwohl sie mich foltern. Werde ich sie ertragen, ohne zu explodieren?

›Jean Luze‹, sagte ich bei mir selbst, ›weißt du, wozu ich imstande bin? Weißt du, in was für ein Ungeheuer sich ein ausgehungertes Geschöpf verwandeln kann, das man in Versuchung bringt, ohne seinen Hunger je zu stillen? Du warst sehr unvorsichtig im Umgang mit mir. Du hast mir einen Sohn gegeben, und du nimmst ihn mir wieder, nachdem du mir von vornherein die Türen deiner Liebe verschlossen hast. Denn du hast mir jede Regung, jedes Wort verboten. Unseliger! Du bist mein Sündenbock. Verstehst du? Deine Gleichgültigkeit ist ein Ansporn für jene fruchtlose Auflehnung, von der du selbst gesprochen hast. Sie ist die einfache Erklärung für meine Verzweiflung. Ich belaste dich, um mein Gewissen von den harten Wahrheiten zu erleichtern, die es meinem Verstand ins Gesicht schleudert. Unzufriedenheit mit sich selbst ist das Gift, das die Bosheit fördert.‹

Félicia erholt sich nur langsam von den Anstrengungen dieser schrecklichen Reise, und auch mir tut alles weh von den Stößen und dem Gewicht meiner Schwester und ihres Sohnes auf meinen Gliedern. Jean Luze hat Recht. Ich habe mich schon zu sehr geopfert. Ich werde etwas mehr an mich denken und eine endgültige Entscheidung für meine Zukunft treffen. Mein Blick ist unsteter denn je. Ich habe Angst, man könnte die Unordnung meiner Gedanken darin lesen. Ich kontrolliere jeden Ausdruck, jede Bewegung. Werde ich diese erstickende Maske bis an mein Lebensende tragen?

Nun sind wir wieder zu Hause! Hinter mir liegen unbedeutende Erinnerungen, die ich mühelos im Hotelzimmer oder im Krankenhaus zurückgelassen habe. Unsere kleine Stadt ist bestürzt über Janes Verschwinden. Was ist mit ihr und dem Kind geschehen? Niemand weiß es. Ich verfluche diese Reise nach Port-au-Prince. Wäre ich da gewesen, wäre diesmal alles anders gelaufen. Es ist das letzte Mal, dass Calédu meine Freundinnen angreift. Was ist aus Jane und ihrem Kind geworden? Einige behaupten, sie hätten sie gegen Mitternacht umringt von bewaffneten Bettlern gesehen. Joël und Jean Luze flüstern sich rätselhafte Bemerkungen zu, sie tun, als würden sie etwas vor mir verbergen. Arbeiten sie gemeinsam am Sturz von Calédu? Half ihnen Jane dabei? Waren die Männer, die man zu ihr gehen sah, Joël und seine Freunde? Drei Fragen, für die ich noch keine Antwort finde. Aber wenigstens in einem Punkt bin ich mir sicher: Der Kommandant hat Jane mit keinem anderen Ziel verhaftet, als dass ich mich ihm zu Füßen werfe und ihn um Mitleid anflehe. Lieber sehe ich Jane und ihren Sohn sterben. Lieber sterbe ich selbst.

Ich höre die Schreie. Sind es die von Jane und ihrem Sohn? Ich balle die Fäuste und knirsche mit den Zähnen. Ein geheimnisvolles Beben scheint die Stadt zu erschüttern, wie das gedämpfte Geräusch eines Flügels, der langsam über unseren Köpfen schwebt. Das Schaudern, das mich erfasst, kann nicht nur mein eigenes sein, das weiß ich jetzt. Jeder arbeitet wohl wie ich daran, sich von Bedrängnis und Angst zu befreien. Ich bin nicht allein. Sie sind alle da, um mich herum, und wir leiden gemeinsam an der fixen Idee einer baldigen Erlösung.

Félicia lässt sich verwöhnen. Janes Schicksal und das ihres Sohnes scheint sie kaum zu berühren, so tief flüchtet sie sich in Jean Luzes Liebe. Sie hat alles, ich nichts. Trotzdem glaube ich nicht, dass ich sie beneide. Neid reicht nicht aus, um den entsetzlichen Hass zu erklären, den ich für sie empfinde. Diese Frau ist meine Feindin. Sie ist mir in die Quere gekommen, sie hat meine Hoffnung getrübt, sie hat mein Schicksal durchkreuzt, sie hat mir mein Glück gestohlen, wie Annette vor sieben Jahren. Aber diesmal bin ich entschlossen, mich zu verteidigen. Wenn Félicia nicht mehr ist, wird mir Jean Luze ganz sicher mehr gehören, als er ihr gehört. Ich werde in ihm sogar die Erinnerung an seine Vergangenheit zerstören.

Sich überschätzen heißt, sich aufrichtig zu belügen. Denn man ist sich des Betruges bewusst. Man schöpft Kraft und Mut aus der falschen Vorstellung, die man sich von sich selbst macht. Welche grausame Enttäuschung erwartet mich hinter diesem Schleier von Lügen? Werde ich die zerbrochenen Stücke meines einstigen Ichs noch zusammenfügen können? Ich bin eine verkannte Liebende. Ich halte mich für inbrünstiger als Messalina, erfahrener als Cleopatra, romantischer als Emma Bovary. Und ich will, dass Jean Luze es mir beweist. Ich bin auf dem Weg zum Narzissmus. Die Anomalie stößt mich ab. Ich sehe darin einen Makel.

Heute Abend werde ich ihn in meinem Zimmer empfangen und ihm meine Liebe gestehen. Er muss mich mir selbst offenbaren.

Ich habe es nicht geschafft, den ersten Schritt zu machen. Zwanzigmal habe ich mein Zimmer verlassen, um zu ihm zu gehen, vergeblich. Ich werde es nie können. Es geht über meine Kräfte, einem Mann Avancen zu machen.

Jetzt erfüllt mich die Einsamkeit mit Entsetzen. Ich renne durch das Haus wie eine vergiftete Ratte. Jean Luze geht neuerdings allein mit seinem Sohn spazieren. Er setzt sich mit ihm auf unseren kleinen Platz und wiegt ihn in seinen Armen. Vor mir liegen lange leere Stunden. Ich meide sogar die Küche. Nichts zählt mehr außer der Bitterkeit, die mich auf kleiner Flamme verbrennt. Das ist gefährlich. Der Gedanke an das Verbrechen verfolgt mich. Er wechselt auf seltsame Weise mit der Empörung, die mich packt, wenn ich an Jane und ihren Sohn denke.

Allzu oft liebkose ich den Dolch, den mir Jean Luze geschenkt hat. In grausamen Tagträumen sehe ich mich, wie ich ihn ohne Zögern in Félicias Brust bohre.

Heute hat Jean Luze das Zimmer seiner Frau mit Blumen geschmückt. Sie brauchen mich nicht mehr und lassen es mich unbewusst spüren. Nun sind sie alle drei eingeschlossen in ihre Welt. Familie Luze braucht keinen Eindringling.

»Wir haben dich allzu sehr ausgenutzt«, hat Jean Luze zu mir gesagt. »Jetzt sollst du dich ausruhen.«

Die Magerkeit steht Félicia gut. Mit dem Band im Haar sieht sie aus wie ein Kind. Sie hat wirklich etwas Entwaffnendes, gleichzeitig kindlich und ernst. Neulich habe ich gesehen, wie sie an der Schulter von Jean Luze weinte.

Was quält sie? Hat sie Angst um ihn? Es ist wohl wahr, dass er sich etwas zu sehr engagiert, seinen Freunden zu sehr sein Herz öffnet. Gestern Abend waren sie wieder da und haben bis elf Uhr im Salon getuschelt. Jean Luze ist also angesteckt! Er macht so wie wir Hinterzimmerpolitik. Auch er muss sich vorsehen, dass seine Worte nicht weitergetragen werden und Calédu nicht daran Anstoß nimmt! Pierrilus entfernt sich nicht mehr von Janes Tür. Habe ich mich getäuscht? Gestern kam es mir so vor, als würden Jean Luze und Joël durch den Zaun mit ihm sprechen.

Ich habe zu viel Zeit, und meine Fantasie wagt sich über ihre Grenzen hinaus. Ich erforsche alle Winkel meines Denkens. Was für ein grauenhaftes Gewimmel unförmiger Larven! Wenn sich die Larven in Ideen verwandeln, werden sie als Abscheulichkeiten geboren. Mir platzt der Schädel. Ich suche tausend Vorwände, um mich bei ihnen einzuschleichen. Ich suche die Qual. Sie allein kann mich zu der Tat treiben, die ich noch nicht zu vollbringen wage. Dabei bin ich außer mir vor Pein. Kann sie noch schlimmer werden, ohne mich zu zermalmen?

»Da, geh mal ein bisschen zu deiner Patin«, sagt Félicia und reicht mir ihren Sohn.

Ich trage ihn mit starrem, verletztem Blick unter die Bäume, weigere mich, ihn zu küssen, bin selbst überrascht von der Feindseligkeit, die ich für den Kleinen empfinde. Ich kämpfe gegen die entsetzliche Versuchung, aber ich fühle mich, als ginge ich unter Peitschenhieben durch die glühenden Flammen einer teuflischen Welt. Und wieder hat mich die Schlaflosigkeit gepackt. Ich komme mir verloren vor, verirrt im Innern der Erde. Ich wälze mich auf meinem Bett hin und her, das Blut pulsiert in meinen Schläfen, die Kehle ist trocken. Mein Leben verrinnt sinnloser denn je. Meine undankbare Aufgabe als alte Jungfer ekelt mich an. Zweitrangige Rollen passen nicht mehr zu mir. Der Triumph hat mich gezeichnet. Ich habe das Glück liebkost. Ich kenne jeden Zug seines Gesichts. Ich weine, zusammengerollt wie eine Kugel. Ich fühle mich winzig, geschrumpft vor Leid. Ich klammere mich an das Verbrechen wie an einen Rettungsring. Es ist der einzige Ausweg. Ich kämpfe, aber es hat mich fest im Griff. Ich weiß, dass ich schließlich nachgeben werde, ich bin in einem Räderwerk gefangen, mit Leib und Seele einem gnadenlosen Kampf geweiht, einem Kampf, den ich verberge. Ich bin wie ein an der Leine gehaltenes Tier, das den Kopf von dem Weg abwendet, den es nehmen soll.

Es klopft an meiner Tür, und Jean Luze kommt herein.

»Du sollst nicht so im Dunkeln liegen. Das macht deinen Kummer nur noch schlimmer. Ich verstehe, dass dich das Schicksal von Jane und ihrem Sohn quält. Ich verstehe es …«

Ich mache wortlos Licht.

»Weißt du, Claire, meine Entscheidung ist getroffen«, erzählt er mir. »Wir gehen bald fort und nehmen Joël mit. Ich konnte leider nicht viel für euch tun. Aber wenigstens rette ich diesen jungen Mann, indem ich ihn von hier wegbringe. Und du, willst du mit uns kommen? Ich frage dich ganz ehrlich.«

»Nein, danke«, antworte ich.

Er wühlt nervös mit den Fingern in seinen Haaren und zündet sich eine Zigarette an.

»Du willst wirklich nicht?«

»Nein, danke«, wiederhole ich.

»Das tut mir Leid, Claire. Wir werden oft an dich denken und dein Patensohn wird aus der Ferne lernen, dich zu lieben. Es tut mir wirklich Leid, dass du nicht mit uns kommen willst …«

Dieser banale, konventionelle Satz aus seinem Mund! Wut, Groll, Auflehnung brodeln in mir. Er drückt freundschaftlich meinen Arm und geht hinaus.

Ich sehe die Katze der Audiers um das Haus schleichen. Sie streicht mit erhobenem Schwanz dicht an der Mauer entlang, den heuchlerischen Blick halb verdeckt von den blinzelnden Lidern. Sie hat das graue Fell eines Greises. Ihr Mauzen hat mich nachts oft geweckt. Sie ist Augustines schlimmste Feindin: Sobald unser Dienstmädchen nicht aufpasst, stiehlt sie ihm etwas zu essen. Mir kommt ein Gedanke. Ich werde an ihr üben. Ich werde sie erstechen, um zu sehen, wie das ist, was man empfindet, welche Kraft man aufbringen muss, um sein Ziel nicht zu verfehlen.

Joël ist allein mit Jean Luze.

Sie spielen im Salon Musik. Ich höre sie flüstern. Jemand klopft leise an die Esszimmertür und Joël rennt hinunter. Er lässt Pierrilus herein, den einarmigen Bettler, und bekommt von ihm ein Paket, das er versteckt, als er mich sieht.

»Pass auf!«, ruft Jean Luze.

Vertraut er mir nicht mehr? Ich fühle mich so gedemütigt, es ist, als würde ich gar nicht mehr existieren. Seine Blicke gehen durch uns hindurch. Er sieht uns nicht mehr, höchstens wenn wir seine endlosen Gespräche stören. Dann schenkt er uns einen kalten, undurchdringlichen Blick, der uns aus der Fassung bringt. So leise wie möglich stelle ich die Flasche mit Rum und die Gläser ab, um die er mich bittet. Félicia wagt nie, ihn zu unterbrechen. Endlich leidet auch sie! Sie ist eine harmlose Rivalin geworden. So zärtlich, so aufmerksam er auch zu ihr ist, ich weiß jetzt, dass er sie nie geliebt hat.

Auf jeden Fall wird ihn ihr Tod zu mir treiben. Ich kann ihn nur durch den Kummer bezwingen. Wenn sie verschwunden ist, werde ich wieder die Mutter seines Sohnes sein. Unsere Vertrautheit wird zurückkehren.

Ich sitze auf meinem Bett, den Dolch in der Hand. Ich betrachte und streichle ihn. Seine Spitze ist scharf, der fein ziselierte Griff leicht gebogen. Woher stammt diese Waffe? Was ist ihre Geschichte? Vor allem muss ich wissen, ob sie einen Menschen mit einem Stich zu töten vermag oder nicht. Muss ich einem endlosen Todeskampf beiwohnen, wenn ich mein Ziel verfehle? Werde ich den Mut haben, mehrmals zuzustechen, um sicherzugehen? Wie soll ich dann glaubhaft machen, dass es Selbstmord war? Ich habe an alles gedacht. Ich überlasse nichts dem Zufall. Die Katze der Audiers wird mir als Versuchskaninchen dienen. Ich werde ihr den Dolch in den Rücken bohren, um es zu erfahren. Ich will nicht, dass Jean Luze Schwierigkeiten bekommt. Der Verdacht wird zuerst auf ihn fallen. Ich werde die Polizei auf eine Fährte lenken, bei der sie nur an Selbstmord glauben kann. Mit dem Verweis auf ihre nahe Abreise werde ich Félicia bitten, unter dieses Familienfoto, das wir am Tag von Jean-Claudes Taufe aufgenommen haben, einen rührenden Satz zu schreiben, etwa: ›Leb wohl, Claire, ich vertraue dir alles an, was ich hier liebe.‹ Die Polizei wird nichts merken, sie hat Wichtigeres zu tun: Nur die Politik interessiert sie.

Wenn ich Félicia getötet habe, lege ich ihr den Dolch in die Hand. Alle werden sagen: »Sie hat sich das Leben genommen, sie konnte sich nicht durchringen, ihr Land zu verlassen, arme Madame Luze!«

Die Katze ist tot. Ich habe ihr aufgelauert, sie mit frischem Fisch angelockt und mit Schwung zugestochen. Von meinem Fenster aus betrachte ich den Kadaver. Sie ist im Hinterhof unter meinem Fenster zusammengebrochen. Ihre Glieder sind schon steif. Die in einem grauenvollen Grinsen zurückgezogenen Lefzen entblößen spitze weiße Zähne. Welche Erlösung!, wird Augustine rufen, wenn sie das sieht. Und Madame Audier wird der Form halber dieses hinterlistige und verschlagene Tier beklagen, obwohl sie zu seinen Lebzeiten nicht einmal daran dachte, es zu füttern.

Ehe sie starb, hat mich die Katze angesehen. Und ich kann ihn nicht vergessen, diesen Blick. Was für eine Schwäche! Eine Katze! Nur eine Katze! Und mich quälen Gewissensbisse. Warum? Weil sie in meinen Augen unschuldig war?

Der Gedanke an das Verbrechen verfolgt mich. Er nagt an mir. Ich fühle mich so schwach wie eine Genesende. Worauf warte ich? Der Schlaf flieht mich. Ich denke an Jane. Ich denke an ihren Jungen und ich möchte schreien.

Ich bin bereit, Félicia ist allein in ihrem Zimmer. Gleich gehe ich hinein. Ich übe, indem ich sie in Gedanken töte.

Meine Zähne klappern. Ich beiße mir auf die Faust. Übelkeit packt mich. Mein Kopf ist leer. Nein, nein! Ich darf mir nicht eingestehen, dass ich niemals den Mut haben werde, Félicia zu töten. Ich werde an ihrer Stelle sterben. Es wird Zeit, dass ich diese hoffnungslosen Kämpfe beende. Ich glühe. Habe ich Fieber? Umso besser! Ich sehne mich nach dem Delirium. Es wird mir helfen, meinen Tod vorwegzunehmen. Ich bin daran gewöhnt, mich selbst zu begraben. Es ist tröstlich, dieses Eintauchen ins Nichts. Ich hoffe, dass es mir das Grauen der Wirklichkeit erspart. Durch diese Erfahrung bin ich vertraut mit dem Gedanken an den Tod. Er erschreckt mich nicht. Mein Kettenhemd, mein Panzer, mein Schutzmantel, das ist meine Vorstellungskraft.

Das Blut hämmert in meinen Schläfen. Hammerschläge auf Metall, mein Kopf platzt und Blut fließt über mein Gesicht. Es ist auf meinem Bett, auf meinem Hemd, auf dem Boden, überall. Nein, das ist nicht wahr, ich sehe rot. Vor Wut. Ich bin wütend auf mich selbst. Ich habe mich überschätzt und der Anblick meiner Feigheit macht mich krank.

Ich bin nur noch ein verstümmelter Leib. Ich bin es, die ermordet wird. Ich habe mir den Dolch irgendwo in den Körper gebohrt. Ich weiß nicht genau, wo. Oh! Blut der Verzweiflung! Verschwinden! Wenn ich nur verschwinden könnte, ohne Spuren zu hinterlassen. Das ist unmöglich. Man verschwindet nicht einfach so. Ich existiere. Ich bin frei, frei vor mir selbst. Ich muss handeln und darf diesmal vor allem nichts verpatzen. Werde ich dazu imstande sein? Ja. Mein Stolz ist ungebrochen. Er wird mich stützen. Das Lächeln des Mondes am Himmel verhöhnt mich. Seine Gelassenheit erinnert mich an die von Félicia. Flüchtige Bilder der Vergangenheit! Lang und öde der Film meines traurigen Lebens!

Widersprüchliche Empfindungen kämpfen heftig in mir. Sie brodeln. Mein Herz ist zerfetzt. Wozu ist man ohne Leidenschaft überhaupt imstande? Laue Menschen sind wie Reptilien: Sie kriechen oder schleppen sich auf allen vieren dahin. Ich beneide sie nicht. Lieber aufrecht krepieren. Wer hat den Selbstmord als feigen Akt bezeichnet? Nichts als eine Entschuldigung, um sich ins Leben zu fügen, widerliche, erbärmliche Marionetten, die wir sind, mit einem Loch im Magen, das wir dreimal am Tag füllen müssen! Endlich stehe ich als Richterin vor dem Leben. Ich stelle mir vor, es zu erdolchen. Ich bin dabei, über mein eigenes Schicksal zu entscheiden. Ich jongliere mit meinem Dasein. Welch ein Rausch! Ich schließe die Faust, ganz fest. Das ist das Leben, es ist darin gefangen. Wie leicht es ist, es zu besiegen! Ich bin die Stärkere. Oh ja, mir ist zum Lachen. Das Leben ist nichts. Wir können mit ihm von gleich zu gleich verhandeln. Nur unsere Waffen sind ungleich. Es hat unter unseren Füßen ein riesiges Loch gegraben, um uns Angst einzujagen. Es beugt uns unter einem entwürdigenden Diktat. Bei jedem Schritt stoßen wir gegen die Spitzen seiner Bajonette. Es versetzt uns verräterische Fußtritte. Ich werde ihm ein für alle Mal die Rechnung präsentieren. Ich habe genug davon, den Kopf zu senken, zu zittern. Im Spiegel betrachte ich mein zerfurchtes Gesicht. Erstaunt entdecke ich seine Asymmetrie. Linkes Profil: verträumt, sanft; rechtes Profil: sinnlich, grausam. Bin ich das, oder ist es das, was ich von mir sehe? Auch meine Hände kommen mir plötzlich ungleich vor; diese ist zum Handeln bestimmt, dicker, schwerer. Warum habe ich so einen bitteren Geschmack im Mund?

Als letzte, größte Koketterie habe ich mein schönstes Nachthemd angezogen, mein Haar gelöst und mich hingelegt. Ich will unbedingt, dass alles perfekt ist. Frische Luft umhüllt mich. Zögere ich etwa? Oh Feigheit! Wie viele Verkleidungen lässt man dich anlegen! Ich habe den Dolch in der Hand. Ich bereite mich auf den Tod vor. Die raue Berührung meiner Laken ist verschwunden. Ich gleite durch Seide. Das ist bewegend. Bin ich es, die verzückt und in Purpur gekleidet diesem fremden Schattenland entgegengeht? Das Fieber steigt. Nun bin ich unter einem Sarg aus Blumen begraben. Ich sehe meinen Atem. Eisige Luft durchfährt mich. Ich bin ein Eisberg, den der Wind über die Unendlichkeit des Meeres treibt. Letztendlich ist dieses verdammte Leben gar nicht so verdammt, wenn man im Herzen auch nur den geringsten Grund zur Hoffnung hat. Ja, aber habe ich selbst irgendeinen Grund zur Hoffnung? Ich hebe den Arm über meine linke Brust, als das Geschrei einer aufgebrachten Menge mich aus meinem Delirium reißt. Während der Dolch über mir schwebt, lausche ich. Woher kommt das Geschrei? Schon ist meine Aufmerksamkeit von ihrem Ziel abgelenkt. Hängen Leben und Tod nur von einem simplen Zufall ab? Ich verstecke den Dolch an meinem Leib und gehe hinunter. Es sind so viele Bettler, dass ich von ihrem Gestank nach Schweiß und Schmutz fast ersticke. Die Straße ist hell von Fackeln, die von den Bauern geschwenkt werden. Sie schreien: »Nieder mit Mister Long«, und gehen zum Haus des Amerikaners. Der richtet ein Maschinengewehr auf sie: Zwanzig Körper stürzen zu Boden. Calédu und seine Gendarmen kommen von der Polizeistation angerannt, sie wollen offenbar die Ordnung wiederherstellen, und schießen in die Luft. Es kommt mir so vor, als würde aus Janes Haus ein Schuss abgegeben. Pierrilus zieht den Revolver aus seinen Lumpen und zielt auf Calédu; andere tun es ihm nach: Drei Gendarmen brechen zusammen. Die Kugeln pfeifen dicht an mir vorbei, sie kommen von Janes Balkon, jetzt bin ich ganz sicher: Ich erkenne Joël und Jean, die hinter der Brüstung kauern. Uniformen bedecken den Boden. Der Kommandant weicht schießend zurück. Er hat Angst, allein, im Dunkeln, verfolgt von den Bettlern, die er selbst bewaffnet hat. Er nähert sich rückwärts meinem Haus: Ist es ihm bewusst? Hinter den Fensterläden des Esszimmers lauere ich und erwarte ihn.

Ich hole den Dolch hervor und öffne leise die Tür. Er steht unter meiner Galerie. Ich sehe ihn zögern und sich in alle Richtungen umschauen. Jetzt ist er nur noch eine Armlänge entfernt. Mit außergewöhnlicher Kraft stoße ich ihm den Dolch in den Rücken, einmal, zweimal, dreimal. Blut spritzt auf. Er dreht sich um, klammert sich an die Tür, starrt mich an. Wird er hier sterben, unter meinem Dach? Ich sehe ihn schwankend davongehen und auf der Straße lang hinschlagen, mitten in die Abflussrinne. Die Bettler, allen voran Pierrilus, stürzen sich wie die Wilden auf die Leiche.

Niemand hat mich gesehen, höchstens vielleicht Dora Soubiran, deren Haus so dicht neben meinem steht. Vorsichtig schließe ich die Esszimmertür. Ich höre Jean-Claude weinen und Félicia sprechen. Die wilden Schreie der Bettler werden immer lauter. Hinter den Fensterläden lauern Hunderte verängstigte Blicke.

Jean Luze kommt mit einer rauchenden Waffe in der Hand angelaufen. Ich höre Joël Marti rufen: »Zum Gefängnis! Befreien wir die Gefangenen!«

Tosender Lärm antwortet ihm.

Jean Luze greift nach meinen Händen. Die eine hält noch den blutigen Dolch.

»Wie ein Tier, er ist gestorben wie ein Tier«, stoße ich langsam hervor.

»Du hast ihn getötet? Du? Du hast ihn also erwischt? Ach Claire …«

Er umarmt mich so fest, dass ich fast ersticke. Seine Wange ist an meiner, sein Atem in meinem Ohr.

»Wenn du wüsstest, wie müde ich bin!«

Habe ich diese Worte gesprochen? Habe ich ihn sanft, ganz sanft zurückgeschoben?

Ich verlasse ihn. Sein Blick folgt mir, ohne eine Regung. Ich gehe in mein Zimmer und drehe den Schlüssel zweimal herum. Ich sitze auf meinem Bett, betrachte das Blut an meinen Händen, das Blut an meinem Nachthemd, das Blut am Dolch …

Durchs Fenster sehe ich die schwankenden Fackeln im Wind. Die Haustüren stehen offen, die ganze Stadt ist auf den Beinen.

II

Wut

Erster Teil

1

An jenem Morgen war der Großvater als Erster nach unten ins Esszimmer gegangen. Versteckt hinter der Tür, die er einen Spaltbreit geöffnet hatte, starrte er mit angstgeweiteten Augen nach draußen auf den Hof und lauschte.

Schwarz gekleidete Männer schlugen rings um das Haus Pfähle ein. Unter der Morgensonne glänzten ihre Uniformen vor Schweiß. Die Orden, Waffen und Hämmer blitzten im gleißenden Licht immer wieder auf, und der Großvater dachte, dass sich die Männer beim Gehen vorbeugten wie Raubtiere auf der Suche nach Beute. ›Was für eine düstere Uniform tragen sie und mit welchem Recht schlagen sie diese Pfähle auf meinen Feldern ein?‹, fragte er sich.

Die untersten Treppenstufen knarrten, er zuckte zusammen, als kehrte er von weit her zurück. Rasch fuhr er sich mit der Hand über das Gesicht, um den Ausdruck fassungslosen Entsetzens abzustreifen, dann drehte er den Kopf zu seinem Sohn:

»Männer in schwarzer Uniform sind auf unseren Feldern; sie schlagen Pfähle rings um unser Haus ein.«

»Pfähle!«, rief der Sohn.

»Sieh selbst!«

Mit seiner immer noch kräftigen Hand zog ihn der Großvater neben sich hinter die Tür und wies in den Hof.

»Sieh selbst!«, sagte er erneut.

Der Sohn stammelte beim Anblick der Männer in Uniform unverständliche Wörter, Zeichen einer panischen Angst, die er nur mit äußerster Anstrengung unterdrücken konnte.

»Seit dem Morgengrauen sind sie da«, fügte der Alte hinzu.

Sein Bart zitterte. Der Sohn fürchtete einen der schrecklichen Wutanfälle des Vaters und blickte ihn mit provozierender Gelassenheit an.

»Beruhige dich, Papa, beruhige dich erst einmal.«

Diesmal knarrte die Treppe schon bei den obersten Stufen, es polterte, und ein neunzehnjähriger Junge mit athletischen Schultern betrat das Esszimmer.

»Guten Morgen!«, sagte er.

Er schaute zum Tisch:

»Wo ist Mélie?«, fragte er. »Hat sie beschlossen, uns heute Morgen verhungern zu lassen?«

Er hielt inne, lauschte, stürzte, ehe man ihn zurückhalten konnte, zur Hoftür und riss sie weit auf.

»Was ist denn da los? Was machen die bei uns?«

»Sie schlagen Pfähle ein«, antwortete der Großvater lakonisch.

»Mit welchem Recht?«, empörte sich der Sohn.

»Um uns zu zeigen, dass die Freiheit tot ist und dass sie da sind«, antwortete der Großvater. »Verstehst du das nicht?«

Er schwieg, als er das Dienstmädchen sah. Es schlurfte in ihrer naiven, penetranten Art herein und während es den Tisch deckte, beobachtete es scheinheilig den Teil des Hofes, in dem die Männer in schwarzer Uniform arbeiteten.

»Es muss doch wenigstens einer von uns hingehen und fragen, was sie auf unseren Feldern machen«, verlangte der junge Mann, »sonst sieht es so aus, als hätten wir Angst.«

»Bleib ruhig, Paul!«, schrie ihn der Vater an, der sich offensichtlich anstrengen musste, um wütend zu werden. »Du siehst doch, was sie machen: Sie schlagen Pfähle ein, um uns von den Feldern zu trennen.«

Bedrückende Stille kehrte ein, unangenehm vor allem für das Dienstmädchen, das nicht mehr aufschaute; es hatte die Lippen zusammengepresst, sein Gesicht war ausdruckslos, eine in den schwarzen Stein der afrikanischen Antike gehauene Statue.

Abgesehen von dem Satz, mit dem er seinen Sohn zur Ordnung rief, hatte der Vater ruhig und sachlich gesprochen, ganz im Gegensatz zur stummen Nervosität des Alten und der kaum gebändigten des jungen Mannes. Der Großvater blickte vom Sohn zum Enkel. Solange das Schweigen andauerte, hörte er nicht auf, beide mit einer Eindringlichkeit anzuschauen, die ein oberflächlicher Beobachter für senil hätte halten können.

»Das Böse ist auf uns niedergekommen. Wir müssen kämpfen, um es zu besiegen«, sagte er schließlich.

»Wir müssen vor allem vorsichtig handeln«, antwortete der Vater, der sein Schweigen erst brach, als das Dienstmädchen hinausgegangen war, »einen schlauen und mächtigen Anwalt nehmen, der es allen Parteien recht macht, und vor allem ganz genau seinen Anweisungen folgen.«

»Und wenn er dir, wie ich es kommen sehe, erklärt, dass die Sache von vornherein verloren ist, dass wir uns fügen sollen?«, fragte der Großvater.

»Dann müssen wir uns fügen.«

»Ich überlasse meine Felder nicht diesen Räubern«, brüllte der Großvater und stampfte auf seinen Sohn zu, der mit einem Satz bei der Hoftür war, um sie zu schließen, »mein Vater hat viel Schweiß vergossen, um sie zu bekommen. Ich überlasse meine Felder nicht diesen Räubern.«

Er beruhigte sich nur mit Mühe und lauschte.

Es waren keine Hammerschläge mehr zu hören. Die unerwartete Stille draußen, die auf seinen Ausbruch zu antworten schien, war für den Alten so beängstigend, dass er sich mit beiden Händen auf den Tisch stützte und wie unter einer drohenden Gefahr den Rücken krümmte. Der Enkel hatte die Arme verschränkt und sah mit gerunzelter Stirn auf seinen Vater; dieser schien das Entsetzen überwunden zu haben. Er glich einem Dompteur in einem Käfig voll wilder Tiere, der konzentriert und mit angespannten Muskeln darauf wartet, dass sie sich auf ihn stürzen, um ihn zu zerreißen.

»Wenn sie kommen und vor allem, wenn sie uns gehört haben, müsst ihr schweigen und mich reden lassen«, flehte er mit so leiser Stimme, dass man ihn kaum verstand.

Er presste die Zähne aufeinander, wodurch sich seine Gesichtsmuskeln verkrampften.

Lange verharrten sie so. Dann löste der junge Mann den Blick von seinem Vater, zuckte mit den Schultern, ging zur Tür und öffnete sie ein zweites Mal.

»Sie sind immer noch da«, sagte er mit gezwungener Unbekümmertheit und setzte sich hin, um zu frühstücken.

Dann aber schob er das Omelett beiseite, das ihm Mélie zubereitet hatte, und goss sich Kaffee ein.

»Vielleicht müssen wir uns fügen, wie mein Vater gesagt hat«, meinte er.

Bei diesen Worten entfernte sich der Großvater mit blutunterlaufenen Augen vom Tisch und ging hinaus auf die Galerie. Er hatte die Daumen unter die Hosenträger geschoben und lief lange auf und ab, dann blieb er stehen und seine Schultern waren plötzlich gebeugt: Ringsum erhoben sich die Häuser des Viertels, jenes alten Viertels von Port-au-Prince, wo er im Wohlstand aufgewachsen war, weil sich sein Vater als Bauer mit seiner Ehrlichkeit und Hartnäckigkeit in der engstirnigen Bürgerwelt der Schwarzen und der Mulatten durchgesetzt hatte. Im Schweiße seines Angesichts hatte sein Vater diesen Wohlstand erworben, wie er, der Großvater, es gerade seinem Sohn und seinem Enkel entgegengeschrien hatte, und bis auf den heutigen Tag war der Name der Familie hoch geachtet. Der Urgroßvater, ein Viehzüchter aus Cavaillon, ein intelligenter, pfiffiger, unermüdlicher Mann, hatte sich für seinen Sohn ein anderes Leben erträumt. Dieses Haus, dieses »Oberhaus«, wie er es auf Kreolisch nannte, hatte er in den achtziger Jahren des neunzehnten Jahrhunderts, am Ende der Regierungszeit von Präsident Lysius Salomon, bauen lassen, und als sich alle einen Weg durch das trübe Gewässer der Politik bahnten, war er seinem Geschäft treu geblieben. Während des Währungshochs 1887, als die haitianische Gourde und der amerikanische Dollar gleich standen, hatte er ein kleines Vermögen angehäuft.

Das Holzhaus im Kolonialstil glich den anderen alten Häusern des Viertels. Mit ihren Balustradenbalkons und den wie Hüte aufgestülpten Giebeln standen sie zwischen Hof und Garten inmitten großer Ländereien, die meist mit Obstbäumen, Eichen oder Akazien auf engstem Raum bepflanzt waren. Hier und da klebten zu ihren Füßen moderne quadratische Konstruktionen, weil das Land zerstückelt war. Bei diesem Anblick bedauerte der Großvater, dass er nicht wie die anderen seinen Besitz an die Neureichen verkauft und das Geld an seine Kinder verteilt hatte.

Gedemütigt von seinem Vater, der als echter haitianischer Neger an der Anbetung der Loas festhielt, hatte er von sich aus auf die religiöse Berufung verzichtet, die er schon sehr früh verspürt hatte. Als seine Eltern starben, weigerte er sich, das Haus zu vermieten oder gar das Viertel zu verlassen, obwohl er keinerlei Einkünfte hatte. Wem hätte er auch das Grab seines Vaters anvertrauen sollen, um es zu pflegen? Vierzig Jahre lang hatte er sich mit dem wenigen begnügt, was ihm die Früchte einbrachten, welche die Händlerinnen aus der Gegend bei ihm kauften.

Während der Erntezeit ging er jeden Tag in den Garten und bezahlte junge Neger, die mit Säcken auf dem Rücken geschickt in die Bäume kletterten. Die Kokosnüsse wurden mit der Machete von den Palmen geschlagen und die heftig geschüttelten Zweige der Mangobäume ließen die schönsten Früchte des ganzen Landes herabregnen. Honigbeeren, Zitronen und Orangen wurden körbeweise verkauft, und der Großvater verdiente damit genug Geld, um voller Herablassung die fünfzig Gourdes anzunehmen, die ihm sein Sohn jeden Monat gab.

Die etwa dreißig Meter entfernten Pfähle trennten das Haus von den Feldern, schlossen es nahezu ein. Man konnte es nur noch über die Galerie betreten. Dem Großvater war, als bewegten sich viele schwarze Gestalten unter den Eichen. Nervös suchte er in seinen Taschen nach der Brille. Aber vor ihm wiegten sich lediglich die belaubten Äste der hundertjährigen Bäume. Das frisch geweißte Grab des Urgroßvaters stach unter dem Grün der Zitronenbäume hervor, die er selbst gepflanzt hatte. Der dickköpfige, abergläubische Bauer hatte verlangt, an dieser Stelle begraben zu werden, und geschworen, tot ebenso über seine Felder zu wachen wie lebendig. Und er, sein Sohn, damals gerade zwanzig Jahre alt, konnte nicht anders als gehorchen.

»Ich lasse ihn aus seinem Grab aufstehen«, murmelte der Alte drohend, »ich lasse ihn aus seinem Grab aufstehen.« Und wütend zog er an seinem krausen Bart.

Im Haus gegenüber, das mit seinen Steinwänden und großen Glastüren recht neu wirkte, sah er seinen Freund Jacob, einen Syrer, den der Handel mit importierten Stoffen aus Amerika reich gemacht hatte. Der Großvater hatte schon im Morgengrauen bemerkt, wie Jacob hinter den Fensterläden seines Schlafzimmers herüberspähte, doch er verdrängte den unangenehmen Gedanken, der ihm durch den Kopf schlich, seit er auf die Galerie gekommen war. Er spürte, dass die Augen der Nachbarn auf ihn gerichtet waren, spielte jedoch den Gleichgültigen, lief wie jeden Morgen mit unbekümmertem Gesicht hin und her und mied den Blick auf die umliegenden Häuser. Er ging wieder ins Esszimmer. Inzwischen war die Frau seines Sohnes, eine hellhäutige Mulattin, heruntergekommen und frühstückte. Er setzte sich ihr gegenüber, ohne sie zu begrüßen, bekreuzigte sich und murmelte ein Gebet.

»Ist Claude noch nicht wach?«, fragte sie ihn.

In diesem Moment ertönte eine jammernde Kinderstimme, die nach Hilfe verlangte. Der Großvater schob den Stuhl zurück, ging die Treppe hoch und kam mit einem kränklichen achtjährigen Jungen auf dem Arm zurück, in dessen blassgelbem Gesicht zwei riesengroße Augen fiebrig glänzten. Gleich darauf folgte ein junges Mädchen, das letzte Hand an seine Toilette legte. Der Großvater setzte das Kind auf einen Stuhl, während sich das Mädchen einen Milchkaffee eingoss, den es im Stehen trank. Sie war braunhäutig, ihr langes, dichtes Haar ringelte sich um ihren Kopf und wurde in einem Pferdeschwanz zusammengehalten. Ihre dunkle Haut schimmerte hier und da golden, vor allem auf den Wangen, als hätte sie ein diskretes Makeup aufgetragen.

»Setz dich doch, Rose«, sagte ihre Mutter.

Paul sah zu, wie sie den geschmolzenen Zucker aus

der Tasse leckte, und sagte sich, dass sie einer hübschen Katze glich, die ihr Köpfchen in einen Teller steckte.

›Sie ist mager und aufreizend, nur eine Negerin kann gleichzeitig so mager und so aufreizend sein; das muss an der Form des Hinterns liegen‹, dachte er. Und ihm fiel ein, wie sich sein Freund Fred, ein blasierter, reicher Mulatte, eines Abends beim Ball eine Ohrfeige von ihr eingefangen hatte, als er versuchte, sie zu küssen. ›Mager, unbewusst aufreizend, aber ernsthaft. Sie ist sicher kein einfaches Mädchen‹, überlegte er weiter. Dann wandte er nicht ohne Stolz die Augen von ihr ab.

»Im Namen des Vaters und des Sohnes«, begann der Großvater erneut für das Kind, »beten wir zu Gott, dass er uns verschont, und bitten wir ihn, uns die Richtung zu weisen, damit wir das Böse in uns und um uns überwinden.«

Und während er sprach, richtete sich sein Blick auf seine Schwiegertochter, die ihm offensichtlich auswich.

»Iss, Claude«, sagte sie zu dem Kind.

Sie brach Brot ab und reichte es ihm.

»Lass mich, Mama, ich bin kein Baby mehr«, protestierte der Junge ungeduldig.

Und er lächelte den Großvater an, der ihn als Einziger wie einen Erwachsenen behandelte.

»Du hast mir eine Geschichte versprochen«, sagte er.

»Habe ich je ein Versprechen nicht gehalten?«, entgegnete der Großvater.

Claude kleckerte, als er seinen Kaffee trank, und die Mutter wischte ihm hastig den Mund ab.

»Pass auf, mein Schätzchen.«

»Ich bin kein Mädchen, nur Mädchen nennt man Schätzchen«, antwortete er erbarmungslos.

»Gut. Ich werde dich künftig nur noch Claude nennen.«

»Ja, Claude, das ist der Name von Großvater und mir.«

Er machte dem Alten ein Zeichen, der aufstand und ihn auf den Arm nahm.

»Gehen wir in den Garten«, bettelte der Junge.

»Nein, heute nicht.«

»Ich bin so gern mit dir im Garten, wenn du mir Geschichten erzählst und mit mir lesen übst. Außerdem ist es höchste Zeit, die Früchte zu ernten, sonst verfaulen sie.«

»Ich weiß, aber heute gehen wir nicht in den Garten. Wir setzen uns hier hin, wo wir die Kirchenglocken läuten hören. Denn meine Geschichte handelt von Glocken.«

Das Kind war normal bis zu den Schenkeln. Seine skelettartigen Beine endeten in verkümmerten Füßen, deren spitze Form an Hummerscheren denken ließ. Meist kleidete man es in lange Hemden, die seine Verkrüppelung verbargen; am Tag seines achten Geburtstags hatte es jedoch Hosen und Strümpfe verlangt, was ihm, wie die Mutter meinte, der Großvater heimtückisch eingeredet hatte. Für den Alten war sie die Unerwünschte geblieben. In seinen Augen würde sie für immer nur die Tochter des stets betrunkenen Mulatten sein, der schon sehr früh im Delirium tremens gestorben war. Von Anfang an hatte der Großvater gegen diese Verbindung protestiert. Noch am Vortag der Hochzeit hatte er seinem Sohn eine schreckliche Szene gemacht und geschrien: »Diese Sippe ist verdorben. Du wirst es bereuen!« Und die Geburt des Krüppels gab ihm Recht. Seltsamerweise liebte er diesen kleinen Mulatten, ein von der Natur stiefmütterlich behandelter, kränklicher Nachkömmling, der ihm im Wesen viel ähnlicher war als sein eigener Sohn. Voller Freude sah der Großvater, wie sich der Kleine beim geringsten Ärger die Haare ausriss oder in die Faust biss. ›Abgesehen von der Hautfarbe, ist er mir wie aus dem Gesicht geschnitten‹, jubelte er voller Dankbarkeit für die launischen Gesetze der Vererbung, denn er bewahrte für die aufrechten, anständigen Neger seiner Zeit eine Bewunderung, die von der Erinnerung an seinen grausamen Vater genährt wurde.

»Hast du deine Schwester und deine Mutter gewarnt, Paul?«, fragte der Vater in diesem Moment. »Hast du ihnen gesagt, dass sie sich unter keinen Umständen jenseits der Pfähle wagen dürfen?«

»Nein«, antwortete der Sohn kurz.

»Pfähle? Was für Pfähle?«, fragte die Mutter und sah ihren Gatten an.

Rose stürzte zur Tür.

»Wer hat diese Pfähle auf Großvaters Felder gestellt?«, schrie sie. »Was ist geschehen?«

»Psst!«, machte der Großvater leise. »Denk doch an den Kleinen. Er wird sehr traurig sein, wenn er erfährt, dass wir nicht mehr mit ihm unter den Bäumen spazieren gehen können.«

»Wann ist das geschehen?«, stammelte Rose.

»Mein Gott!«, jammerte die Mutter.

Sie stand auf, um nach draußen zu sehen. Als sie die Holzstämme sah, die das Haus umgaben, schloss sie die Augen mit dem Gefühl, von einer dichten Menge umringt zu sein, die sie in ein Loch ohne Luft stieß. Sie legte die Hand aufs Herz und öffnete den Mund, als würde sie ersticken. Ihr noch junges Gesicht verzerrte sich, fiel in sich zusammen, war plötzlich wie entstellt.

»Mein Gott!«, wiederholte sie und suchte mit dem Blick nach dem Großvater.

Er stand mit dem Kind im Arm in einer Ecke, und sie sah, wie sein Bart zitterte. Der blasse, verkrampfte Junge senkte den Kopf.

»Was erzählen sie da, Großvater?«, fragte er, als weigerte er sich zu verstehen.

»Du hast richtig gehört«, antwortete Paul erbarmungslos, »sie haben uns unsere Felder weggenommen.«

»Sie! Wer sie?«, fragte das Kind mit aufgesetzter Fröhlichkeit.

»Niemand weiß es«, sagte Paul. »Sie tragen eine schwarze Uniform und Waffen. Und sie haben sich unsere Felder unter den Nagel gerissen. Das ist alles, was wir wissen.«

»Stimmt das, Großvater?«

»Das stimmt.«

»Ich will sie sehen! Ich will sie sehen!«

Der Großvater trug den Krüppel zur Tür.

Und als der Junge sie sah, schrie er:

»Wenn ich Beine hätte, würde ich alle Pfähle ausreißen.«

»Und wenn die Männer in schwarzer Uniform auf dich schießen«, fragte Paul, »was tust du dann? Na? Was tust du dann?«

»Ich würde sie töten, sie töten!«

Und er brach in verzweifeltes Schluchzen aus, biss mit den Zähnen in sein Hemd und riss sich an den Haaren, während seine unförmigen Füße wie zwei ausgerenkte Spielzeugglieder in der Hose baumelten.

»Bring ihn weg von hier, Großvater«, flehte die Mutter.

Sie lehnte den Kopf gegen die Tür und nahm den Geruch des warmen Gummis wahr, den die rauen Stämme verströmten, und den leichteren Duft ihrer Früchte. Die Blüten des Zitronenbaums, die von einer plötzlichen Brise davongetragen wurden, bedeckten das Grab des Urgroßvaters mit einem weißen Schleier, und es schien unter diesem Leichentuch vor jeder Störung geschützt.

»Sie werden sein Grab plündern«, flüsterte sie. »Sie werden seine Knochen ausgraben.«

Sie ging in ihr Zimmer zurück, räumte ein wenig

auf, zerstreut, als entglitten die eigenen Bewegungen ihrer Kontrolle. Sie horchte nach draußen, dann drehte sie den Schlüssel im Schloss, warf sich aufs Bett und brach in ein nervöses Lachen aus, das einem verzweifelten Stöhnen glich.

2

»Bring mir das Laufen bei«, sagte das Kind zum Großvater.

»Gut«, meinte der Großvater.

Er beugte sich vor und legte es sanft auf den Bauch.

»Erinnerst du dich an die Geschichte vom Indianerhäuptling, der den weißen Mann aus seinem Land verjagen wollte?«

»Ja«, antwortete das Kind.

»Was hat er gemacht, um geräuschlos bis zum Feind zu gelangen?«

»Er ist gekrochen.«

»Dann mach es wie er.«

Und das Kind begann mit Hilfe der Ellbogen und des Oberkörpers über den Fußboden seines Zimmers zu robben.

»Mach die Tür zu, Großvater. Die da müssen es nicht wissen.«

Der Großvater gehorchte.

»Sieh nur, ich werde immer schneller, sieh nur, Großvater.«

»In ein paar Tagen kriechst du genauso schnell wie der Indianerhäuptling.«

Der Alte beugte sich vor und nahm das Kind auf den Arm. Er stand am Fenster, vor sich den Mandelbaum, dessen Blätter das Dach des Hauses berührten.

»Da sind sie!«, rief das Kind, und seine fiebrig glänzenden Augen füllten sich mit Tränen.

Dreißig Meter entfernt hatten die Männer in schwarzer Uniform mit aufgepflanztem Bajonett Posten bezogen. Ein Vogel mit goldenem Gefieder schoss wie ein Blitz durch den Himmel, dann setzte er sich auf den Ast einer Eiche und trällerte ein sanftes Lied. Einer der Männer griff nach seinem Gewehr und tötete ihn. Der Großvater spürte, wie das Kind zusammenzuckte.

»Schwöre mir, dass du sie nicht auf unsere Felder lässt, Großvater.«

»Das wird schwierig, weißt du.«

»Schwöre es.«

»Sie werden uns töten.«

»Schwöre es, Großvater, schwöre es.«

»Ich schwöre es dir.«

Der Klang ihrer Stimmen erhob sich mit dem Wind, der leicht die Blätter des Mandelbaums bewegte.

Es war acht Uhr, sie mussten hinunter und frühstücken. Sie hatten schon die Schritte des Vaters, den müden Gang der Mutter und den Galopp der jungen Leute gehört. Als sie das Esszimmer betraten, saß die Familie am Tisch, Mélie bediente sie. Sie eilte herbei und wollte den Krüppel tragen, aber er wies sie mit einer schroffen Handbewegung zurück.

»Hast du gut geschlafen?«, fragte seine Mutter.

»Ja. Ich schlafe immer sehr gut. Nicht wahr, Großvater?«

»Doktor Valois denkt, dass du wächst und einen Rollstuhl gebrauchen könntest.«

»Was ist ein Rollstuhl?«

»Wie ein kleines Auto. Du lenkst ihn und er bringt dich, wohin du willst.«

»Ich glaube, das wird lustig.«

Er sah zum Großvater und zwinkerte verschwörerisch.

»Aber weißt du, Mama, ich glaube, ich werde bald ganz allein laufen.«

Die Mutter senkte den Kopf und biss sich auf die Unterlippe.

Stille breitete sich aus, zwei Kugeln pfiffen.

»Sie töten die kleinen Vögel«, seufzte das Kind.

Der Vater erbleichte und Paul ballte die Fäuste.

»Warst du beim Anwalt?«, fragte der Großvater.

»Ich habe heute Morgen einen Termin bei ihm.«

Der Vater stand auf und griff nach seinem Hut:

»Komm, Rose, wir gehen«, sagte er.

»Wohin geht sie?«, fragte der Großvater.

»Sie begleitet mich zum Anwalt.«

»Warum?«, fragte Paul.

Der Vater hüstelte verlegen, ohne zu antworten, und der Großvater, dessen Miene sich verdüstert hatte, zupfte an seinem Bart.

»Ich glaube, sie werden Papa besser behandeln, wenn er von einer Dame begleitet wird. Das ist alles«, sagte Rose.

Sie stand auf, wiegte sich provozierend in den Hüften und griff nach ihrer Handtasche.

»Wackle nicht so mit dem Hintern«, empfahl ihr der Bruder, der ebenso finster schaute wie der Großvater, »das könnte dich teuer zu stehen kommen.«

»Wenn wir Recht bekommen, wirst du anders mit mir reden«, antwortete sie und warf sich auf ihn, um ihn freundschaftlich an den Haaren zu ziehen. »Weißt du, was du riskierst, wenn ich nicht mit dem Hintern wackle? Hier zu verfaulen, ohne zu erfahren, wie die Universitätssäle in Europa aussehen.«

»Beruhigt euch«, schimpfte der Großvater und schlug mit der Faust auf den Tisch.

Das Kind tat es ihm sofort nach.

Die Mutter schloss die Augen, öffnete sie wieder und sah einen Moment ihren Mann an. Etwas abfällig verzog sie den Mund. Dann zündete sie sich eine Zigarette an, die ihr Rose lächelnd aus den Fingern nahm.

»Komm, Papa«, sagte sie, »wir gehen.«

Die Mutter zündete sich eine zweite Zigarette an und schaute immer noch auf ihren Mann.

»Du hast immer mit allem Recht gehabt«, sagte sie langsam, »du hast immer Recht gehabt, aber diesmal pass auf, pass sehr auf.«

Und sie ließ die beiden gehen, ohne ein Wort hinzuzufügen. Dann schob Paul seinen Stuhl zurück und erhob sich. Er blieb vor der Mutter stehen und sah ihr lange schweigend in die Augen.

»Wenn ich nur so stark wäre wie du!«, seufzte der Krüppel und schaute bewundernd zu ihm auf. »Wenn ich nur so stark wäre wie du!«

Der junge Mann stellte sich breitbeinig hin und beugte sich über das Kind.

»Was würdest du dann machen?«, flüsterte er ihm zu.

Und da er keine Antwort erhielt:

»Was würdest du dann machen?« Diesmal schrie er.

Er ging hinaus und knallte die Tür hinter sich zu.

Obwohl das Haus wegen der Felder recht isoliert stand und Jacob der einzige direkte Nachbar in der Straße war, hatte Paul sogleich das Gefühl, vom ganzen Viertel beobachtet zu werden. Er ging schnell, ohne sich umzusehen. ›Wenn sie denken, dass ich Angst habe, täuschen sie sich‹, dachte er und entfernte sich mit großen Schritten. Er ließ eine Straße hinter sich, dann eine zweite und betrat das Haus seines Freundes Fred Morin, der in der Fußballmannschaft spielte, die sie seit zwei Jahren trainierten. Madame Morin begrüßte ihn mit ungewohnt gezwungener Miene. Er meinte vor einer Fremden zu stehen, die er zum ersten Mal sah. Immerhin bat sie ihn, sich zu setzen, und rief ihren Sohn. Fred schüttelte ihm die Hand und fragte nach Neuigkeiten, seine Stimme klang ebenso falsch wie die seiner Mutter. Madame Morin hatte die Eingangstür langsam zugezogen. Als eine Windböe sie aufstieß, sah sich die Mutter besorgt um.

»Was führt dich her?«, fragte Fred schüchtern, und gleich darauf blieb sein Blick an der Tür hängen, hinter der man Stimmen flüstern hörte.

Er stand so ungeschickt auf, dass er einen Aschenbecher zu Boden warf. Diesmal ließ er die Tür ins Schloss fallen. Anstatt sich wieder zu setzen, blieb er vor Paul stehen, suchte mit den Augen seine Mutter und lächelte so heuchlerisch und dumm, dass Paul ebenfalls aufstand.

»Ich störe dich«, murmelte er mit erstickter Stimme. »Sie sind auf unseren Feldern und du weißt es. Für dich, für euch alle sind wir jetzt Gezeichnete, mit denen man besser nicht mehr verkehren sollte.«

»Ich verstehe dich nicht«, antwortete Fred zynisch.

Sie standen einen Moment voreinander, ohne dass Paul noch etwas zu sagen wagte.

Er war gekommen, um mit ihm über das nächste Spiel gegen die ausländische Mannschaft zu sprechen, die in der folgenden Woche erwartet wurde, und hatte auf einen herzlichen Empfang gehofft, der ihn von seiner Beklemmung befreien würde.

»Ich störe dich«, wiederholte er nur und öffnete selbst die Tür.

Auf der Galerie wurde er sofort von den Leuten umringt, die sich dort drängten, näher kamen und ihn neugierig anstarrten.

»Da ist er!«, hörte er. »Das ist der Sohn Normil!«

Er lief schnell, entkam nur knapp den Autos, die ihn absichtlich zu streifen schienen, und aus denen sich unbekannte Köpfe beugten. Eine Frauenstimme rief seinen Namen. Er blieb stehen und erkannte die Tochter von Doktor Valois. Er wollte zu ihr gehen, aber eine Wagenkolonne schob sich zwischen sie. Er wartete. Als die Autos wegfuhren, war sie verschwunden, und genau dort, wo sie eine Minute zuvor gestanden hatte, befanden sich nun drei Männer in schwarzer Uniform. Paul zuckte unwillkürlich zusammen und wich bis zu einem schattigen Platz mit Flammenbäumen zurück, unter denen eine Steinbank verborgen war.

Auf diese ließ er sich fallen.

»Es werden also immer mehr«, hörte er sich selbst sagen.

Er hatte sich kaum ausgeruht, als er das Dröhnen ihrer Stiefel hörte. Wie von unsichtbaren Fäden gelenkt, stand er auf. Als er fliehen wollte, stieß er fast mit ihnen zusammen und lief mit großen Schritten hinter die Bäume zurück. Tausend schwarze Uniformen, schwarze Stiefel und glänzende Helme zogen beim Klang der Fanfaren vorbei. Hinter zwei Männern, die mächtige Banner mit Totenköpfen und Waffen trugen, kamen sie in dichten Reihen, und die Menge jubelte ihnen zu. Eine Horde ausgemergelter Bettler fuchtelte heftig mit den Armen, stieß Schreie aus und klatschte Beifall.

›Wie lange‹, dachte er, ›wie lange werde ich sie sehen und hören müssen?‹

Zu Hause wunderte er sich selbst über die Hoffnung, die ihn überkam, als sein Vater und seine Schwester das Esszimmer betraten.

»Was hat der Anwalt gesagt?«, fragte der Großvater seinen Sohn ohne Umschweife.

»Er konnte uns nicht empfangen«, sagte der Vater kläglich.

»Sie haben meiner Schwester also keinerlei Aufmerksamkeit geschenkt«, bemerkte Paul mit sardonischem Lachen.

Rose vermied eine Antwort, warf ihrem Vater jedoch einen seltsamen und geheimnisvollen Blick zu, den ihr Bruder nicht zu deuten wusste.

Die Esszimmertür war geschlossen und die Geräusche von außen waren nur schwach zu hören. Sie aßen schweigend, langsam, als müssten sie sich zwingen, Opfer einer gemeinsamen Angst, die jeder für sich verdrängte; um sich herum spürten sie eine lastende, unsichtbare Anwesenheit, die jede ihrer Bewegungen beobachtete. Paul rief das Dienstmädchen, es antwortete nicht. Er stand auf, um den Wasserkrug aus der Küche zu holen, und sah, wie sie neben den Pfählen den Uniformierten zu trinken gab. Sie verneigte sich und lächelte, füllte die Gläser, zerbrach das Eis. Er wartete, bis sie zurück war, riss ihr das Tablett aus den Händen und schmetterte die Gläser zu Boden.

»Oh! Monsieur Paul«, rief das Mädchen erschrocken.

Das Klirren lockte die Familie in die Küche.

»Sie hat ihnen aus unseren Gläsern zu trinken gegeben«, murmelte er zitternd vor Zorn.

»Aber wenn sie Durst haben«, meinte der Vater und warf dem Mädchen einen besorgten Blick zu, »und Gläser verlangen, ist es dann nicht vernünftiger, ihnen etwas zu geben?«

Der Krüppel wand sich in den Armen des Großvaters, als leide er Schmerzen. Aus seinen riesigen schwarzen Augen, hinter denen das Gesicht zu verschwinden schien, starrte er den Vater an, und schleuderte ihm plötzlich die Faust entgegen.

»Nicht aus unseren Gläsern, Paul hat Recht, nicht aus unseren Gläsern.«

»Verschwinde«, schrie Rose das Mädchen an, das ihnen einen bösen Blick zuwarf.

Und als es weg war, fuhr sie fort:

»Ihr werdet alles verderben, Papa hat Recht, wir müssen sie auf die sanfte Art nehmen. Ich werde alles tun, um unsere Felder zu retten, das sage ich euch. Wir haben kein Geld, sie sind unsere einzige Habe. Wir müssen sie um jeden Preis retten.«

Sie trat vor ihren Bruder und sah ihm in die Augen.

»Hast du etwa keine Lust wegzugehen? Macht es dir nichts aus, dein Architekturstudium zu begraben? Hast du Lust, deine Zeit, deine Jugend zu vergeuden und darauf zu warten, ihre Uniform anzuziehen? Denn um künftig in Frieden zu leben, wirst du dich ihnen irgendwann anschließen müssen.«

Ihre Stimme wurde flehend.

»Ich bitte dich, Paul, hab Geduld, lass Papa und mich nur machen, mehr verlangen wir nicht, lass uns nur machen ...«

Sie sah, wie er den Kopf drehte, als suchte er ein geeignetes Ziel, dann donnerte seine Faust gegen die Küchentür. Der Großvater betrachtete ihn mit ehrlichem Erstaunen und der Krüppel klatschte ihm Beifall. Paul nahm ihn auf den Rücken und galoppierte mit ihm durch das Haus.

»Du wirst sie in die Flucht schlagen, ja, du schaffst es«, flüsterte ihm das Kind zu, als er außer Atem stehen blieb.

Die Mutter hatte die Augen geschlossen. Ein Gewicht lastete auf ihrer Brust, das ihr Herz bald langsamer, bald schneller schlagen ließ. Sie hörte es quietschen wie eine alte, verrostete Maschine, und sagte sich: ›Es kann nicht mehr. Eines Tages wird es stehen bleiben.‹

»Als wäre es noch nicht genug, mein Gott!«, rief sie ganz laut.

Und wiederum erschien ihnen die Stille so tief, so verwirrend, dass sie das Gefühl hatten, sie mit der Luft einzuatmen wie einen Lebenshauch. Die Vögel tummelten sich auf den Palmwedeln, und ihr fröhliches Gezwitscher schien das Grauen noch zu steigern. Die Mutter rannte zum Fenster. Kaum sah sie die Männer in schwarzer Uniform, presste sie das Taschentuch auf die Augen und begann zu weinen. Da verließ einer nach dem anderen das Zimmer, wie angewidert von den Tränen, die die Mutter nicht zurückhalten konnte.

3

»Großvater«, sagte der Krüppel, »erzähl mir eine Geschichte.«

»Es ist schon sehr, sehr lange her«, begann der Großvater, »da erfuhr mein Vater, als er gerade aus seinem Heimatdorf nach Port-au-Prince unterwegs war, dass sich Diebe auf seine Felder geschlichen hatten. Damals sind die Menschen viel geritten. Das Pferd meines Großvaters hieß Grand-Rouge, und es galoppierte so schnell wie noch nie ein Pferd auf der Welt. Mein Vater war Viehhändler in Cavaillon, wo er mit meiner Mutter lebte, einer jungen Bäuerin aus Fonds-des-Blancs, die schön war und ehrgeizig. Er ritt also schnell wie der Blitz zurück in sein Dorf, rief den Wächter und fragte: ›Stimmt es, dass Diebe auf meinen Feldern waren und meine Früchte gepflückt haben?‹ – ›Ja‹, antwortete der Wächter. ›Was hast du getan?‹, wollte mein Vater wissen. ›Ich habe sie ausgepeitscht, und sie sind schneller davongerannt, als sie gekommen waren.‹ – ›Mit der Beute?‹, fragte mein Vater. ›Nein, Monsieur, ohne die Beute.‹ – ›Ich bin oft unterwegs‹, fuhr mein Vater fort. ›Sollte jemals mein Sohn der Versuchung nachgeben, eine einzige Frucht aus dem Garten des Nachbarn zu pflücken, befehle ich dir, ihn ebenfalls auszupeitschen.‹ Meinem Vater gehörte nur ein Viertel der Felder. Ein winziger Zaun trennte unseren Besitz von den restlichen Ländereien. Eines Tages erwischte mich der Wächter auf der anderen Seite des Zauns, und meine Taschen waren voller Früchte. ›Schande über dich‹, rief er, ›wenn du auch nur in eine dieser Früchte beißt, bist du ein Dieb.‹ Und er hieß mich zurückkommen, riss mir die Früchte aus den Taschen und warf sie auf das Nachbargrundstück. Am nächsten Tag weckte mich der Hufschlag des Pferdes meines Vaters, und ich zitterte vor Angst. Ich hörte, wie mein Vater den Wächter rief. ›Alles in Ordnung?‹, fragte er. ›Alles in Ordnung‹, antwortete der Wächter. Die Diebe aber kamen zurück, schlichen auf unsere Felder und plünderten die wenigen Bäume, die wir besaßen. Der Wächter fing einen von ihnen. Er band ihn an einen Baum und peitschte ihn vor unseren Augen bis aufs Blut. ›Da siehst du, wie glimpflich du davongekommen bist‹, sagte er dann zu mir, ›wage dich nie wieder an das Eigentum eines anderen.‹«

Die Mutter stand langsam auf, legte ihre Handarbeit hin, ging zum Großvater und beugte sich an sein Ohr.

»Sieh ihn dir an, Großvater«, flüsterte sie, »sieh ihn dir nur an.«

Der Junge ballte die Fäuste und knirschte mit den Zähnen.

»Wer peitscht die Diebe aus, die uns unsere Felder genommen haben?«, fragte er, ohne die Mutter zu beachten. »Gibt es keine Wächter mehr, die den Mut dazu haben?«

»Leider nicht«, antwortete der Großvater.

»Warum nicht?«

»Weil es im Leben eines Volkes Höhen und Tiefen gibt. Wenn der Pfeil steigt, werden Helden geboren, wenn er sinkt, kommen nur noch Feiglinge zur Welt. Kein Wächter wäre bereit, sich denen entgegenzustellen, die uns unsere Felder genommen haben.«

Das Kind schniefte und der Großvater spürte, dass es weinte, obwohl keine Träne aus seinen Augen floss. Er sagte sich, dass sein verkrüppelter, schwächlicher Enkel gerade die nächste Heldenära begründete und dass der Pfeil seit acht Jahren ganz langsam die ansteigende

Kurve seiner Flugbahn nahm. ›Hunderte müssen gleichzeitig mit ihm geboren sein‹, dachte er, ›sie haben nicht nur eine mutige Seele wie er, sondern auch Füße und Beine. Der Tag wird kommen, da sie erwachsen sind, und an diesem Tag wird auch noch der letzte Raubvogel vor ihnen Rechenschaft ablegen müssen.‹

4

Wie jeden Tag kam der Vater zum Mittagessen von der Arbeit nach Hause. Er streifte die Stirn seiner Frau mit einem flüchtigen Kuss, begrüßte die anderen mit einer Handbewegung und setzte sich an seinen Platz. Am Ende der Mahlzeit sah er auf die Uhr und Rose tat es ihm nach. Sie standen auf und wandten sich zur Tür, die der Großvater fast vollständig verbarrikadiert hatte. Eben da hörten sie einen lauten Motor, ein Lastwagen voll mit Uniformierten fuhr auf ihr Land. Zwanzig Männer stiegen aus und machten sich sogleich daran, ein langes Metallband auszurollen.

»Sie beginnen die Felder zu vermessen«, sagte Rose mit schwacher Stimme.

»Macht die Tür zu«, brüllte der Großvater.

Paul stand auf und rannte wortlos die Treppe hinauf.

»Ich will es sehen! Ich will es sehen!«, rief das Kind.

»Nein«, antwortete der Großvater. »Wir gehen in unser Zimmer und beten.«

Die Mutter selbst nahm das Kind hoch und legte es dem Großvater in die Arme.

»Ich glaube nämlich an Wunder«, fügte der Großvater hinzu und starrte die Mutter herausfordernd an. »Das Gebet legt der Verzweiflung Fesseln an und befreit die Seele. Kennst du die Geschichte vom Trinker, der nicht beten konnte?«

»Nein«, antwortete der Krüppel.

»Das ist eine interessante Geschichte, es lohnt sich, sie zu erzählen.«

Er ging an der Mutter vorbei, die ihm hasserfüllt hinterherblickte. Ja, in diesem Moment hasste sie ihn so sehr, wie er sie hassen musste. ›Warum dieser Hass zwischen uns?‹, fragte sie sich manchmal. Was warf er ihr vor? Es konnte nicht nur der üble Lebenswandel ihres Vaters sein. Ein armer Möchtegernkünstler, der sich fünfunddreißig Jahre mit seiner Geige gequält hatte, ohne ihr je einen einzigen richtigen Ton zu entlocken. Nachdem er eines Abends vergeblich versucht hatte, einen Walzer von Chopin zu spielen, begann er zu trinken. Sie sah, wie er weinte und dann seinen Bogen zerbrach. An diesem Abend hatte sie lange gewartet, bis er torkelnd nach Hause kam.

Er hatte aus Verzweiflung getrunken. Er war an der Verzweiflung gestorben. Wie konnte ihm Gott, wenn es ihn gab, dafür grollen? Und mit welchem Recht verurteilte ihn der Großvater? Vielleicht sollte sie in ihm nur einen unzurechnungsfähigen Alten sehen und ihm vergeben. Am Anfang ihrer Ehe hätte sie ihn beinah gemocht. Zitternd vor Aufregung war sie zu ihm gekommen, die Tochter des unter grausamen, allseits bekannten Umständen gestorbenen Alkoholikers, und hatte ihn voll Dankbarkeit angesehen. Er hatte sie mit seinem Blick durchbohrt, und sie hatte demütig den Kopf gesenkt. ›Denk nicht, dass du uns Ehre machst, Mulattin‹, schien dieser Blick zu sagen, ›dein Vater war nur ein ewig betrunkener Mulatte, und ich habe ebenso wie er das Priesterseminar Saint-Martial besucht.‹ Er war nicht gut, das erkannte sie bald. Er glich jenem Gott, den er sich in seiner senilen Vorstellung erschaffen hatte und den er seinem Gegenüber in den schlimmsten Momenten wie einen Knüppel entgegenschleuderte, stets darauf bedacht, dass keine Bewegung, kein Seelenschrei ihm entging. Zuweilen hatte sie seinen grundlos anklagenden Blick auf sich gespürt, und schließlich hatte sie eingesehen, dass es zwischen diesem Gott und ihr niemals Liebe geben würde. Wo war der Gott des Großvaters bei dem, was sich um sie herum zusammenbraute? Worauf wartete er, um Unrecht und Gewalt zu beenden?

Sie hob den Kopf und sah die Nachbarin, Madame Saint-Hilare, eine alte, gebrechliche Mulattin, die ihren Sessel so vor ihr Fenster hatte stellen lassen, dass sie nichts von dem verpasste, was sich bei ihnen abspielte. Wenn Gott existierte, überwachte er seine Geschöpfe womöglich ebenso wie diese alte Frau ihre Nachbarn. Die Mutter winkte Madame Saint-Hilare zu, diese senkte hastig den Kopf und tat, als hätte sie nichts gesehen. »Jetzt sind wir zu Aussätzigen geworden!«, stellte sie fest, und ihr Herz blieb für einen Moment stehen. »Notwendige Prüfungen!«, murmelte sie und ahmte den belehrenden Ton des Großvaters nach. »Sadismus!«, fügte sie hinzu. »Mit diesem Gott gewinnen wir die Sterne nur, wenn wir mit unserem Leid bezahlen.« – »Na und«, hätte der Großvater gesagt, »Unglück über jene, die im Leben nur Glück gekannt haben!« Was verlangte denn dieser fordernde Gott von seinen Geschöpfen? O nein! Den wollte sie nicht. Sie träumte von einem anderen Gott voll Barmherzigkeit und Liebe, der Mitleid mit seinen Geschöpfen hatte, die Unschuldigen verschonen und die Schuldigen bestrafen würde. In der Einsamkeit hatte sie gelernt, auf ihre Art zu beten, und manchmal kam ein Frieden über sie, als würde sie ganz plötzlich von der geheimnisvollen Gewissheit eines göttlichen Schutzes getröstet.

Sie ging hinauf, um nach Paul zu sehen, der sich in seinem Zimmer eingeschlossen hatte, blieb stehen, als sie am Zimmer des Großvaters vorbeikam, und lauschte, als spionierte sie ihm nach.

»Heilige des Himmels«, sprach der Großvater vor.
»Verjagt die Dämonen!«, antwortete der Krüppel.
»Heilige des Himmels.«
»Verfolgt die Dämonen!«
Sie hörte ihre Stimmen das Vaterunser rezitieren und klopfte an die Tür ihres Sohnes. Paul ließ sie warten, ehe er sie hereinrief, und empfing sie im Bett.
»Bist du krank?«
»Nein ... Warum?«
Sie legte die Hand auf seine Stirn und merkte, dass sie glühend heiß war.
»Doch, du hast Fieber.«
»Ja, das Gefühl hatte ich auch schon. Ich habe so einen Aschegeschmack im Mund.«
Er setzte sich auf, nahm die Bücher, die auf dem Bett lagen, und reichte sie der Mutter.
»Leg dich hin«, sagte sie.
»Nein. Es geht schon vorbei. Ich will mich nicht mehr hinlegen.«
»Es ist keine Schande, ein bisschen krank zu sein«, entgegnete sie absichtlich streng. »Los, leg dich hin. Das ist sicher eine Grippe.«
Er gehorchte ihr widerwillig, und sie stopfte sein Laken fest, dann setzte sie sich neben ihn.
Durch das Fenster hörte man die Geräusche vom Hof. Hinter den Pfählen schrie jemand Befehle, darauf folgten Pfiffe, Schüsse knallten. Paul richtete sich nervös auf.
»Das ist nichts«, sagte die Mutter. »Leg dich hin.«
»Worauf haben sie geschossen?«
»Auf Vögel. Du weißt doch, dass es ihnen Spaß macht, sie zu töten.«
Sie nahm ihn bei den Schultern und zwang ihn, sich wieder hinzulegen.
»Warst du in den letzten Tagen nicht Fußball spielen?«

»Nein.«

»Wo ist Fred? Kommt er dich nicht mehr besuchen?«

»Nein.«

Voller Grauen spürte sie etwas Fremdes im Zimmer. Sie drehte den Kopf zum Fenster und schwieg.

»Vergeude nicht deine Zeit«, fuhr sie mühsam fort. »Vorläufig kannst du allein lernen.«

»Was heißt vorläufig?«

»Bis sich alles klärt.«

Sie bedauerte die letzten Worte und senkte den Blick, als wäre sie schuldig. Dieser neunzehnjährige Mann durchschaute die Situation wohl ebenso wie sie, und es war ungeschickt, ihn wie ein Baby zu behandeln. Mit ihrem Verhalten riskierte sie, seine Freundschaft zu verlieren, die ihr so wichtig war, und für die sie alles getan hatte. Sie verwöhnte ihn insgeheim und steckte ihm mit Indianerlist das Geld zu, das sie unter großen Opfern gespart hatte. »Dein knausriger Vater wird nichts erfahren«, sagte sie mit verschwörerischem Zwinkern. Oft kam sie in sein Zimmer, um ihm ihr Herz zu öffnen, sprach von seinem Vater und dessen heimlichen Ausflügen, deren Ziel sie genau zu kennen meinte. Er hatte zuerst widersprochen, konnte sich den gedankenverlorenen, strengen und mürrischen Fünfzigjährigen kaum in den Armen einer Frau vorstellen; dann hatte er ihn eines Tages gesehen, wie er voll jugendlichem Elan in einem Auto mit einer jungen Unbekannten sprach, und der Zweifel war geboren. Eine gewisse Solidarität unter Männern hinderte Paul daran, den Vater zu verraten, obwohl er ihm gegenüber viel zurückhaltender, viel verschlossener war.

»Ich mache dir einen Rumpunsch«, sagte sie.

»Mit viel Rum, bitte.«

»Mit viel Rum«, stimmte sie bereitwillig zu.

Sie ging hinunter, um Milch warm zu machen, in die

sie ein Eigelb und Rum gab. Sie kostete und goss noch etwas Rum nach.

Mélie sah ihr schweigend zu. In ihrem schwarzen Gesicht leuchteten schadenfroh die kleinen Schlitzaugen.

›Warum hasst auch sie mich?‹, fragte sich die Mutter. ›Was habe ich ihr getan?‹

»Der Großvater, Madame Louis«, sagte Mélie schließlich mit süßlicher Stimme in schleppendem Kreolisch, »er hat mir befohlen aufzupassen, dass niemand die Flasche anrührt.«

»Warum?«

»Ich weiß nicht, Madame Louis, aber er hat mir gesagt: ›Mélie, wenn irgendjemand im Haus es wagt, ohne meine Erlaubnis aus dieser Flasche zu trinken, mache ich dich verantwortlich.‹«

»Na gut! Dann wirst du ihm sagen, dass Monsieur Paul krank war und davon genommen hat.«

»Gut, Madame Louis, ich sage es ihm. Hat Monsieur Paul eine Grippe?«

»Er hat auch Fieber.«

»Dann ist es ein guter Grund. Der Großvater hat nur Angst, dass jemand ohne Grund Rum trinkt. Er mag keine Saufbolde. Das hat er mir gesagt, Madame Louis … Ich werde Monsieur Paul eine heiße Zitrone machen. Aber ich brauche Geld, um welche zu kaufen, weil ich dort keine mehr pflücken kann … Verstehen Sie?«

Sie wies mit der Hand auf die Felder.

»Ja«, antwortete die Mutter nur.

Die Hammerschläge ertönten, als sie den Fuß auf die Treppe setzte. Sie schaute aus dem Fenster und sah zwei Männer, die ein Schild an einen Eichenstamm nagelten. Als sie das Zimmer ihres Sohnes betrat, saß er im Bett und lauschte, als versuchte er die Geräusche, die er hörte, zu deuten. Er nahm seiner Mutter die

Tasse mit dem heißen Punsch aus den Händen und leerte sie in einem Zug.

5

Die Mutter wartete, bis das Haus still war, dann stand sie vorsichtig auf, während ihr Mann noch schlief. Sie zog ein Kleid an und ging auf Zehenspitzen die Treppe hinunter. Draußen wanderte ein praller Mond durch den Himmel. Plötzlich bedeckte ihn eine Wolke, und alles versank im Dunkeln. Die Mutter ging bis zu den Pfählen und blieb stehen. Sie sah auf das Schild, das ebenso weiß war wie das Grab, und las darauf die mit schwarzer Farbe gemalten Worte: BETRETEN VERBOTEN. Sie verharrte einen Moment, schaute reglos auf die Bäume, die in der Dunkelheit noch massiver wirkten. Eine leichte Brise bewegte ihre Äste und plötzlich, wie aus seiner Betäubung erwacht, schrie ein Käuzchen.

»Wer ist da?«, rief eine Stimme.

Eine Gestalt richtete sich auf, riesig und schwarz.

Die Mutter wich mit einem Schrei des Entsetzens zurück. Sie sah ihn, seine hasserfüllten Augen, das lautlose Lachen, und sie zitterte. Er zog seine Waffe und zielte auf sie. »Willst du mit mir schlafen, Mulattin? Willst du mit mir schlafen?«, hörte sie ihn fragen. Sie streckte die Hände zum Himmel, schrie »Nein, nein!«, und rannte zum Haus zurück. Eine Kugel pfiff an ihrem Ohr vorbei. Sie warf sich auf den Boden und schleppte sich auf allen vieren bis zur Küchentür. Sobald sie in Sicherheit war, schloss sie die Augen und presste die Hände auf die Brust. Atemlosigkeit und Angst ließen ihr Herz diesmal noch schneller schlagen. Minutenlang blieb sie so sitzen und lauschte mit gesenktem Kopf auf das Pochen, dann öffnete sie die Augen, trat vor das Buffet, schloss es auf und griff nach dem Rum. Sie trank einen großen Schluck direkt aus der Flasche und stellte sie wieder zurück. Der Vater schlief noch immer. Sie legte sich hin, zog an den Laken, um sich zuzudecken, hoffte in ihrer Berührung Trost zu finden. Sie streifte die Schulter des Mannes, der im Schlaf missmutig protestierte. ›Wie allein man doch sein kann!‹, dachte sie. Vergeblich versuchte sie Ruhe zu finden, beim Morgengrauen lag sie noch immer mit dem Arm über der Stirn und den Augen zur Decke.

Auf einmal ließen vorsichtige Schritte auf den Treppenstufen sie aufhorchen. Die Schritte kamen näher, so regelmäßig wie die Bewegung eines Uhrpendels, und die Treppe knarrte ebenso mechanisch. Sie stand auf und öffnete die Zimmertür: Rose stand mit zerzaustem Haar und tränennassen Augen vor ihr, die Schuhe in der Hand.

»Mama!«, rief sie mit erstickter Stimme. »Du hast mich erschreckt.«

»Wo kommst du her?«

»Ach Mama, bitte! Ich bin zwanzig, ich bin kein Baby mehr. Das wirst du wohl einsehen.«

»Mein Gott!«, stöhnte die Mutter und schloss die Augen.

»Mach vor allem kein Drama draus«, flüsterte das Mädchen weiter. »Ich weiß, was ich tue. Leg dich wieder hin.«

Die Mutter drehte sich um und ging ins Schlafzimmer zurück. Der Vater war aufgewacht. Sie setzte sich aufs Bett und verbarg das Gesicht in den Händen.

»Rose hat die Nacht woanders verbracht«, sagte sie, ohne ihn anzusehen.

Er hüstelte, als hoffte er, falsch verstanden zu haben, und rieb sich die Augen.

»Wo war sie?«

Sie zuckte mit den Schultern.

»Woher soll ich das wissen?«

»Wir müssen sie fragen«, fügte er bedächtig hinzu. »Vielleicht war sie bei Freunden, auf einem Ball oder einem Empfang. Wir müssen sie fragen.«

Um acht Uhr saß Rose mit der ganzen Familie am Tisch, gebadet, geschminkt und so frisch, dass man hätte schwören können, sie habe ihr Bett die ganze Nacht nicht verlassen.

»Im Namen des Vaters und des Sohnes«, begann der Großvater, ehe er das Brot brach.

Die anderen, außer dem Krüppel, aßen und sahen ihm zu.

»Ach ja«, meinte Rose unbefangen, »ich habe vergessen, dir Bescheid zu sagen, Papa, ich hatte eine Einladung, aber es ist mir zu spät eingefallen. Ich wollte dich und Mama nicht wecken, deshalb bin ich heimlich gegangen.«

»Nächstes Mal sagst du uns Bescheid, nicht wahr?«, antwortete der Vater ruhig.

»Natürlich, Papa.«

Zwischen seinen Augen lagen zwei ungewohnte Sorgenfalten.

»Ich muss mich beeilen. Komm, Rose, wir müssen heute früh noch mal zum Anwalt.«

Sie erhoben sich und machten sich sogleich auf den Weg.

»Mein Vater benutzt seine Tochter, in der Hoffnung, den Anwalt zu erweichen. Er entpuppt sich als ziemlich raffiniert und berechnend«, zischte Paul. »Nun zieht er Rose mit in das Böse.«

»Respektiere deinen Vater«, schrie ihn der Großvater an.

Er zupfte an seinem Bart und sprach etwas leiser weiter.

»Man kann niemanden in das Böse ziehen. Ein Hund

wird gut oder böse geboren, mit dem Menschen ist es ebenso.«

»Dann sind wir nicht verantwortlich«, sagte der junge Mann, jeden Widerspruch ausschließend.

»Wir sind verantwortlich, dass wir auserwählt sind, das Böse zu beherbergen«, versetzte der Großvater.

»Oh nein, wirklich nicht.«

»Das ist das Gesetz, mein Enkelsohn.«

»Das Gesetz! Welches Gesetz?!«

»Das göttliche Gesetz«, antwortete der Krüppel, der sich kein Wort dieses Gespräches entgehen ließ. »Großvater sagt, ich bin von Gott auserwählt, ein Held zu sein.«

»Wenn du ihm weiter solche Gedanken in den Kopf setzt, machst du ihn ganz verrückt«, sagte die Mutter vorwurfsvoll.

Um ihre roten Augen lagen schwarze Ringe. ›Ererbte Augen‹, dachte der Alte, als er sie ansah. ›Sie wird wie ihr Vater im Alkohol enden, denn es steht geschrieben, dass der Anfang der Weisheit darin liegt, Gott zu fürchten, und dass die Furcht vor ihm die Sünde verbannt, sie aber fürchtet sich nur vor dem Leben, doch das wird sie mitreißen und zugrunde richten, wie es ihren Vater zugrunde gerichtet hat.‹

»Lehre deine Tochter Gottesfurcht«, sagte er streng zu ihr, »auch wenn du selbst nicht weißt, was das ist. Den Rat gebe ich dir.«

Er hatte den Gedanken nicht laut aussprechen wollen und redete fast unbewusst. Er sah sie mit den Schultern zucken und hörte sie antworten:

»Was könnte Gott ihr vorwerfen?«

»Hältst du sie für so unschuldig?«

»Ja«, antwortete sie voller Würde. »Ich halte sie für unschuldig.«

»Möge Gott dir Recht geben«, antwortete der Großvater, »möge Gott dir Recht geben.«

6

An jenem Nachmittag hieß der Großvater das Dienstmädchen, den Krüppel in die Kirche zu tragen. Als er selbst auf seinem Platz saß, nahm er das Kind auf den Schoß und schickte Mélie weg. Sie wartete unter dem Portal. Der haitianische Priester hielt von der Kanzel herab eine Predigt, die dem Großvater missfiel, denn es ging darum, sich nicht nur den göttlichen Gesetzen zu fügen, sondern auch dem, was sich auf Erden Gesetz nannte.

»Wir müssen lernen, uns zu unterwerfen«, sagte der Priester, »wir müssen lernen, uns zu fügen, denn nichts auf der Welt geschieht ohne den Willen Gottes.«

Einige Zuhörer drehten sich um und sahen den Großvater an. Für einen Moment hatte er das schmerzliche Gefühl, dass die Predigt ihm galt. Er wollte schreien: ›Muss ich mich auch darin fügen, das Grab meines Vaters geschändet und seine Knochen ausgegraben zu sehen?‹ Er wusste wohl, dass ihm der Priester antworten würde: ›Ja, wenn dies der Wille Gottes ist.‹ Aber dann lebte er nicht mehr in der Wahrheit, denn Auflehnung und Rachsucht gärten in ihm. ›Jesus hat die Diebe mit Peitschenhieben aus dem Tempel vertrieben, mein Vater hat es ihm gleichgetan. Hatte er Unrecht?‹, fragte er sich. ›Nein, er hatte nicht Unrecht, und selbst als er das Messer in den Rücken des abgefeimten Diebes stieß, der die Richter bestochen und das Gesetz auf seine Seite gezogen hatte, selbst da hatte er Recht. Denn wann hat man je einen Mann, einen echten Mann erdulden sehen, dass ihm gegen seinen Willen genommen wird, was ihm rechtmäßig zusteht?‹ Und den Großvater packte das Verlangen, all diesen Jämmerlingen ins Gesicht zu spucken, allen voran dem eigenen Sohn. Zürnend verließ er die Kirche, den Krüppel in den Armen. Wenn die Kirche Diebe schützte, würde er fortan zu Hause beten. Und Gott würde endlich erkennen, dass die Kirche selbst der Verderbnis anheimgefallen war.

Jacob rief ihn, als er das Tor zu seinem Haus öffnete. Er wäre nicht stehen geblieben, aber die lastende Stille, die auf seinen Namen folgte, trieb ihn dazu hinüberzuschauen, um sich zu vergewissern, dass er sich nicht getäuscht hatte. Jacob stand vor der Tür und zappelte wie ein alter Hampelmann. Angesichts dieser stummen Dringlichkeit packte den Großvater die Neugier. Er vertraute den Krüppel dem Dienstmädchen an und ging zu seinem Nachbarn. Madame Saint-Hilare hob den Kopf, ihr Gesicht war ganz verkniffen vor Anstrengung. Sie sah, wie die beiden Männer aufeinander zugingen und sich umarmten.

»Seit fünf Tagen mache ich dir schon Zeichen. Mein alter Freund, mein guter alter Freund!«

»Ja«, antwortete der Großvater. »Aber bis vor fünf Tagen hattest du die Angewohnheit, zu mir zu kommen, wenn du mich sprechen wolltest.«

»Ach ja! Ich bin krank. Mein Ischias. Ich kann kaum gehen.«

Und tatsächlich zog er die Füße in den hässlich grüngrauen, staubigen Pantoffeln nach.

»Ich wollte dir durch das Mädchen eine Nachricht schicken, aber sie hat sich geweigert, sie zu überbringen.«

»Warum das?«

»Wegen der … wegen denen, die sich auf euren Feldern niedergelassen haben. Offenbar wurde einer ihrer Brüder von denen umgebracht.«

Erst in diesem Moment fiel dem Großvater auf, dass sein Freund so leise sprach, als hätte er keine Stimme. Das bestürzte ihn umso mehr, als Jacob ein lautes Organ besaß, das er nie hatte kontrollieren können. Während ihrer endlosen Kartenspiele musste der Großvater ständig mit ihm schimpfen, weil er den Krüppel aufregte oder aus dem Schlaf riss.

»Das ganze Viertel ist fassungslos«, fuhr Jacob fort, »die Demarquis wagen sich nicht mehr aus dem Haus, und Madame Saint-Hilare ist krank vor Erschütterung. Aber Gott sei Dank seid ihr alle gesund und munter ... Mein lieber Freund, ich will dir nur einen Rat geben: Stell dich tot, vergiss diese Felder. Das Leben ist kostbarer als jedes Gut. Und wenn du abends nicht zu viel Angst davor hast, dich hierher zu wagen, komm doch auf eine Partie Karten rüber. Ich lasse meine Tür offen. Wenn's keiner merkt, stört's keinen.«

Der Großvater dankte ihm und unterdrückte den starken Drang, ihn zu beschimpfen. Als Jacob die Tür öffnen ging, machte er einen kleinen lächerlichen Hüpfer, der ihn verriet. Er drückte die Hände auf den Rücken, verzog das Gesicht und lächelte betreten.

»Pfleg deinen Ischias«, riet ihm der Großvater mit einem zornigen Blick, »und danke für die Einladung.«

Widerwärtig war ihre Feigheit und erbärmlich ihre Freundschaft. Glücklicherweise erlaubte ihm Gott, ihre Seelen zu ergründen und ihre Gefühle zu ermessen. Denn er hatte an sie geglaubt. Nicht ohne Schmerz erinnerte er sich der langen Spaziergänge, die er mit Jacob unternommen hatte, an ihre Gespräche neben dem schlafenden Krüppel, ihre gemeinsamen Mahlzeiten. Als Jacobs einzige Tochter starb, war er so verzweifelt gewesen, dass der Großvater nicht von seiner Seite wich. Arm in Arm waren sie dem Leichenwagen gefolgt, und als sich das Grab schloss, hatte Jacob an seiner Schulter geweint. Natürlich kommt es oft vor, dass zwei Männer miteinander Umgang haben, ohne einander wirklich zu schätzen. Aber er, Claude Normil, war nie imstande gewesen, einen Menschen, den er verachtete, als Freund zu behandeln. Er war enttäuscht, denn nichts ist grausamer, als zu Unrecht auf einen Mann zu setzen, in einem Alter, wo einen die Erfahrung wappnet und vor Missverständnissen und Enttäuschungen zu schützen sucht. Wie naiv er gewesen war, auch nur eine Minute zu glauben, ein Syrer könnte für einen Neger aufrichtige, selbstlose Freundschaft empfinden! Jetzt wusste er, dass der Mensch, solange er die Augen offen hat, immer noch vom Leben lernen kann, auch wenn er bis zum Hals im Elend steckt. ›Kleinmütig und erbärmlich!‹, sagte er sich, dann ging er hinauf ins Zimmer, wo das Kind auf ihn wartete.

7

Rose betrat mit ihrem Vater die Kanzlei des Anwalts.

Ein Dutzend Leute standen in einem großen Raum, in dem es außer ein paar staubigen Stühlen keine Möbel gab. Eine übertrieben geschminkte Frau in einem hautengen schwarzen Kleid hatte die Arme verschränkt und starrte mit leblosen Augen auf einen Jungen in Livree, der eine Tür bewachte, durch die man nur nach seinem Aufruf treten durfte. Ein alter, zitternder, zahnloser Mann ging zu ihm und redete leise und voller Ehrerbietung auf ihn ein. Der Wächter warf dem Alten einen eisigen Blick zu, woraufhin dieser noch stärker zitterte und mit Fistelstimme eine Art Glucksen von sich gab, als wollte er dem Wächter beipflichten und ihm seine Ergebenheit beweisen. Die anderen Klienten wahrten mehr Distanz, auch sie standen und blickten verstohlen auf die leeren Stühle. Als sie sahen, wie Rose und ihr Vater sich setzten, zwinkerten sie einander bewundernd und gleich darauf spöttisch zu, als der Wächter die Tür öffnete und der Frau in Schwarz den Vorzug gab. Ein Murmeln des Protestes erhob sich. Da drehte sich die Frau um und sagte: »Ich bin seit zwei Tagen hier und habe mich nicht gesetzt, nicht wahr, Monsieur?« Der Wächter sah zu Rose, und ein undefinierbares Lächeln huschte für eine Sekunde über sein erstarrtes Gesicht.

Die Konsultation der Frau in Schwarz dauerte mehr als eine Stunde. Der zitternde Alte hatte mit verzweifelter Miene auf die Uhr geschaut und den Raum verlassen. Louis Normil, der neben seiner Tochter saß, wurde ungeduldig und machte sich Sorgen. Welche neue Lüge würde er sich ausdenken, um sich im Büro zu entschuldigen? Er war auf dem besten Weg, wegen der Vorwürfe, die man ihm ohne Rücksicht machte, sein Ansehen bei den anderen Angestellten zu verlieren. Sie wussten offensichtlich über seinen Ärger Bescheid und ließen es ihn deutlich spüren.

»Na, Schäfchen, lässt du dich scheren?«, hatte ihn kürzlich ein Kollege gefragt.

Aufgebracht von all diesen Gedanken, erhob er sich und ging zu dem Wächter.

»Monsieur, ich möchte Sie daran erinnern, dass ich zum dritten Mal da bin«, sagte er. »Ich warte seit zwei Stunden. Darf ich hoffen, empfangen zu werden?«

Der Wächter verneigte sich, ohne ihn anzusehen, sein Blick war auf Rose gerichtet, die gähnte und sich auf ihrem Stuhl rekelte. Gegen elf Uhr öffnete sich ein Spion ganz oben in der Tür und ein Auge wurde darin sichtbar, das außer Louis Normil niemand bemerkte. Der Wächter senkte den Kopf, um zu verstehen, was hinter der Tür gesprochen wurde, und sagte gleich darauf:

»Monsieur Louis Normil.«

Rose stand auf, winkte ihrem Vater zu, zuckte mit den Schultern und trat durch die Tür, die der Wächter weit geöffnet hatte. Sie wartete einen Moment auf ihren Vater, der zögerte, als dächte er ganz plötzlich an Flucht. Ungeschickt wehrte er die anderen Klienten ab, die sich beklemmend dicht um ihn drängten. Eine kurzsichtige Frau kam so nah an ihn heran, um ihn zu mustern, dass ihre Brille sein Kinn berührte.

»Lassen Sie den Herrn doch durch«, sagte der Wächter.

Rose reichte ihrem Vater die Hand und gleich darauf schloss sich die Tür.

Ein untersetzter Mann, dessen Augen von einer riesigen Sonnenbrille verdeckt waren, streckte den Kopf hinter einem Papierstapel hervor. Nebenan hörte man das Klappern von Schreibmaschinen und Stimmengeflüster. Ein Paravent hinter dem Tisch des Anwalts verbarg mehr schlecht als recht ein Ledersofa und einen kleinen Tisch, auf dem die Reste einer Mahlzeit kalt wurden.

»Treten Sie näher«, sagte der Anwalt.

Er wies auf zwei Sessel, recht weit von ihm entfernt, in die sich Rose und ihr Vater setzten. Louis Normil hatte dem Anwalt die Hand entgegengestreckt, der aber hatte sie anscheinend nicht bemerkt. Sein unangenehmer, boshafter Gesichtsausdruck glich dem einer ausgehungerten Bulldogge. Er kippte seinen Stuhl nach hinten, hob ein Bein und legte es lässig auf einen Beistelltisch.

»Womit kann ich Ihnen dienen, Monsieur?«, fragte er langsam, mit nasaler Stimme.

Louis Normil fühlte sich unbehaglich, er nahm einen freundschaftlichen, fast vertraulichen Ton an, um den Anwalt daran zu erinnern, dass sie sich auf der Schulbank kennen gelernt hatten.

»Wir waren sozusagen Schulfreunde«, sagte er schließlich.

Der Anwalt schien in seiner Erinnerung vergeblich nach einem überzeugenden Indiz zu suchen, und seine dicken weichen Lippen verzogen sich vor Abscheu.

»Ja ... ja ... die Schule, sagen Sie. Kann schon sein.

Aber ich erinnere mich nicht, selbst wenn ich mir noch so sehr Mühe gebe, dass Sie mich auch nur einmal zu sich eingeladen hätten. Schulfreunde, was für ein großes Wort. Unsere Leben waren doch recht unterschiedlich.«

»Unterschiedlich«, rief Louis Normil, fassungslos über die Wendung, die das Gespräch nahm.

»Sie sind im höchst vornehmen Viertel Tourgeau aufgewachsen und ich hinter dem Friedhof, nicht wahr? Ist das etwa kein Unterschied?«, brüllte der Anwalt plötzlich.

Dann dämpfte er seine Stimme.

»Die reichen Neger haben in diesem Land einmal die gleiche Rolle gespielt wie die reichen Mulatten«, fuhr er fort. »Ihr Vater war ebenso herablassend, ebenso erfüllt vom Klassendünkel wie all Ihre Nachbarn in Tourgeau. Ich muss Sie nur ansehen, um zu erkennen, dass es stimmt, was ich sage. Und jetzt fällt es mir doch ein: Ich war ein guter Schüler und Sie sind bei der Abiturprüfung erbärmlich durchgefallen; trotzdem hatten Sie genug zu essen, ganz im Gegensatz zu mir. Ich habe Sie beneidet und Sie haben sich nicht darum gekümmert, vielleicht ist dies das Geheimnis meines Erfolgs. Auch Sie hätten sich sehr angestrengt, wenn der Neid Sie beflügelt hätte.«

»Ich verstehe nicht …«, stammelte Louis Normil fassungslos.

»Aber das ist nicht die Frage«, unterbrach ihn der Anwalt, »womit kann ich Ihnen dienen?«

Bis dahin hatte er Rose keine Aufmerksamkeit geschenkt. Sie sah ihren Vater an, der völlig durcheinander war und stammelnd sein Anliegen vortrug. Der Anwalt hörte zu, ohne eine Miene zu verziehen, dann, als der Vater schwieg, sagte er leise und so bedrohlich, dass Rose erschauerte:

»Wissen Sie, was Sie da von mir verlangen? Diese Angelegenheit braucht Zeit und ist mit beträchtlichen

Ausgaben verbunden, denn die geringste Ungeschicklichkeit kann mich den Kopf kosten. Zunächst muss ich … (er suchte nach dem Wort) hoch gestellte Persönlichkeiten einbeziehen, die beurteilen werden, ob Sie es verdienen, dass man Ihnen Ihren Besitz wiedergibt. Außerdem muss ich äußerste Vorsicht walten lassen, um diejenigen nicht zu verärgern, die beschlossen haben, sich Ihre Felder anzueignen.«

»Aber diese Felder gehören uns!«, rief Rose. »Mein Vater wollte sie verkaufen, damit wir reisen können, mein Bruder und ich.«

Der Anwalt drehte ihr langsam den Kopf zu, und sie hatte das unangenehme Gefühl, als würde er sie mit seinem hinter der riesigen Brille verborgenen Blick ausziehen.

»Sie wollten wegfahren, sagen Sie? Sind Sie hier nicht glücklich, Mademoiselle?«

»Doch … natürlich … aber wir würden lieber woanders unser Studium beenden.«

»Was werfen Sie unseren Universitäten denn vor?«

»Aber … nichts.«

Er schien sie plötzlich nicht mehr zu beachten. Ungeduldig blätterte er in den Papieren, die vor ihm aufgestapelt waren, nahm einen Aschenbecher und klopfte damit zweimal laut auf den Schreibtisch.

Rechts öffnete sich eine dritte, unsichtbare Tür und eine Sekretärin kam mit einem Heft in der Hand herein, in das sie schon einige Sätze geschrieben hatte.

»Bitte notieren Sie, Mademoiselle«, sagte der Anwalt zu ihr. »Heute, am achten Tag des Monats Februar 19…, wird auf Antrag von Monsieur Louis Normil, wohnhaft in dieser Stadt, festgestellt, dass er zu Unrecht seiner Felder enteignet wurde …«

»Entschuldigen Sie, aber ich glaube nicht, dass ich das Wort Unrecht ausgesprochen habe«, sagte Louis Normil mit einem kläglichen, unterwürfigen Lächeln.

»Streichen Sie dieses Wort, Mademoiselle«, befahl der Anwalt mit unerschütterlicher Ruhe, »festgestellt, dass Monsieur Louis Normil, wohnhaft in dieser Stadt, seiner Felder enteignet wurde und dass eine Untersuchung eröffnet wird, um zu klären, ob die Eindringlinge …«

»Dieses Wort habe ich auch nicht benutzt, Herr Anwalt …«

»Streichen Sie es, Mademoiselle … ob die Personen, die sich auf dem bezeichneten Land niedergelassen haben, über Eigentumsurkunden verfügen, die dem Gesetz entsprechen.«

Die Sekretärin lächelte schief und ließ ein kurzes, sogleich ersticktes Lachen hören.

In diesem Moment klopfte es laut an die Tür, und ehe der Anwalt antworten konnte, öffnete sie sich, um einen kleinen, schmächtigen Mann in schwarzer Uniform hereinzulassen, dessen überlange knochige Hände wie Gorillapranken an seinen Armen hingen. Der Anwalt sprang aus seinem Sessel, stürzte dem kleinen Mann entgegen und verneigte sich tief.

»Wie geht es Ihnen?«, fragte er, und seine dicken Lippen öffneten sich zu einem liebenswürdigen, freundschaftlichen Lächeln.

Der kleine Mann hob die Waffen, die an seinem Gürtel hingen, und setzte sich mit einer Pobacke auf den Schreibtischrand.

»Nehmen Sie in diesem Sessel Platz«, flötete der Anwalt, »das ist doch bequemer.«

»Schon gut, schon gut«, antwortete der kleine Mann, schlug seine Füße in den Stiefeln übereinander, drehte den Kopf zu Rose und musterte sie seelenruhig.

»Eben, eben, lieber Freund«, fuhr der Anwalt mit seiner langsamen, nasalen Stimme fort, und überschlug sich diesmal fast vor Freundlichkeit, »ich dachte an Sie …«

Er legte ihm sanft die Hand auf die Schulter und lud ihn mit einem diskreten Wink ein, ihm hinter den Paravent zu folgen. Sie flüsterten kurze Zeit, und als sie wieder auftauchten, spürte Rose erneut den schamlosen Blick des kleinen Mannes auf sich ruhen.

»Ja«, antwortete er auf eine Frage, die ihm der Anwalt offenbar unter vier Augen gestellt hatte, »ja, das ließe sich womöglich machen. Sagen Sie es ihm und klären Sie die Bedingungen ab. Sie ist nicht schlecht. Wie Sie wissen, bin ich ziemlich schwierig und leicht enttäuscht. Ich will bei der Geschichte nicht draufzahlen.«

Und er brach in ein lautes, hysterisches Lachen aus, das seinen ganzen Körper schüttelte. Immer noch lachend ging er hinaus, und als er an Rose vorbeikam, streifte seine lange, behaarte Hand demonstrativ ihr Knie.

»Gehen wir, Papa«, sagte sie mit einem Gefühl, als hätte man ihr die Luft abgeschnitten.

»Sieh an, sieh an«, näselte der Anwalt, »das kleine Fräulein hat es eilig, uns zu verlassen.«

»Also, Herr Anwalt«, sagte Louis Normil, als wollte er diese groteske, erotisch aufgeladene Atmosphäre zerstören.

»Fünfhundert Dollar als Anzahlung«, versetzte der Anwalt mit schneidender Stimme. »Und ich bin so sicher, dass Sie Recht bekommen werden, dass ich bis zum Ende des Prozesses nicht mehr von Ihnen verlangen werde. Schicken Sie mir das Geld in der nächsten Woche durch die reizende junge Dame.«

»Es wird mir ein Vergnügen sein, es Ihnen persönlich zu überbringen.«

»Mein Lieber, ich schätze hübsche Menschen sehr, und ich mag es gar nicht, wenn man mir widerspricht. Ich nehme das Geld nur von Ihrer Tochter an.«

»Gut, Herr Anwalt, auf Wiedersehen, Herr Anwalt. Komm, Rose.«

Ihre Beine waren weich, sie klammerte sich an den Arm ihres Vaters.

»Das ist die Hitze«, meinte der Anwalt genüsslich.

Und er schnurrte vor sich hin, als ergötzte er sich an einem wollüstigen Gedanken.

Diesmal grüßte er sie zuerst und öffnete ihnen persönlich die Tür. Er sah ihnen nach und rieb sich die Hände, während seine Lippen vor Hass zusammengepresst waren.

Im Warteraum konnte Rose wieder leichter atmen, obwohl die Luft dort auch nicht besser war. Ihr Vater packte sie beim Arm und flüsterte ihr zu:

»Sag nichts, ehe wir draußen sind.«

Sie schwankten beide, als sie unter dem spöttischen Blick des Wächters die Kanzlei verließen.

»Mein Gott«, stöhnte Rose, »mein Gott!«

»Ja«, antwortete der Vater nur.

Sie gingen gemeinsam nach Hause, denn es war fast ein Uhr, Zeit zum Mittagessen. Die Familie war um den Tisch versammelt und aß schweigend. Als sie hereinkamen, richteten sich besorgte Blicke auf sie. Sie setzten sich, und Rose nahm sich mit gleichgültiger Miene eine große Portion.

»Ich sterbe vor Hunger«, sagte sie und sah ihrem Bruder gerade in die Augen.

Aber noch ehe sie zu essen begonnen hatte, brach sie in Schluchzen aus. Sie sprang auf, bedeckte ihr Gesicht mit der Serviette und rannte die Treppe hinauf.

»Was hat sie?«, fragte der Krüppel.

»Nichts«, antwortete der Vater, »sie ist ein bisschen müde. Wir haben beim Anwalt lange gewartet.«

»Und?«, fragte der Großvater.

»Es hat geklappt. Der Anwalt glaubt, dass wir beste Chancen haben, unser Eigentum zurückzubekommen.«

8

Wo er die fünfhundert Dollar bekommen würde, wusste der Vater. Er hatte nichts leichtfertig versprochen. Seit sechs Jahren verkehrte er mit einer jungen, sehr reichen Frau, die ihm oft ihre Zuneigung bewiesen hatte. Er würde zu ihr gehen und ihr alles erzählen. Sie wohnte etwas außerhalb der Stadt. Vielleicht wusste sie von nichts. Er würde ihr das Geld zurückgeben, sobald die Angelegenheit geregelt wäre. Er war so fest dazu entschlossen, dass er sich weigern würde, das Geld ohne Quittung anzunehmen. Noch an diesem Nachmittag würde er nach Büroschluss zu ihr gehen und erst spät in der Nacht zurückkehren, in dem Auto, das sie immer wie eine Verrückte über die einsamen Straßen lenkte, die zu seinem Haus führten. War es, weil er seine Frau seit zwanzig Jahren neben sich leben sah, dass er sie nicht mehr begehren konnte? Er hatte ihr nicht viel vorzuwerfen, das wusste er, abgesehen von ihrer Nachlässigkeit und mangelnden Fantasie, die sie in seinen Augen jeden Tag gleich erscheinen ließ, schweigsam und dick, müßig und verträumt. Ihre Nachlässigkeit zeigte sich sogar in ihrer körperlichen Beziehung, und er hatte zuweilen den unangenehmen Eindruck, dass sie seine Annäherungen nur aus Pflichtgefühl ertrug. War er dessen sicher? Hatte er je versucht, sie zu verstehen? Verbargen sich hinter ihrer vermeintlichen Kälte nicht stumme Vorwürfe, eine unausgesprochene, tief verwurzelte Unzufriedenheit? Bisweilen fragte er sich, ob er selbst frei war von Schuld. Das Interesse der reichen, dreißigjährigen Erbin war jedoch so schmeichelhaft, dass er nicht weiter darüber nachdachte. Um sich zu entlasten, redete er sich ein, dass seine Frau nur in Frieden leben wollte, und er schonte sie, so gut es ging. Besonnen und bescheiden, wie er war, hatte er sich seines Abenteuers nie gerühmt. Liebte ihn seine Mätresse? Auch diese Frage vermied er. Es reichte ihm, sie in den Armen zu halten und vor Leidenschaft vergehen zu sehen, um sich von Kopf bis Fuß als Mann und vollkommen glücklich zu fühlen. Früher hatte er den Ehebruch verurteilt und jetzt staunte er, wie er ihn ohne Gewissensbisse genoss. ›Die seltenen Augenblicke des Glücks findet man nur in der Liebe‹, stellte er fest. In den Armen seiner Geliebten brannte sein Feuer noch immer, in der Wärme des neuen Gefühls vergaß er die kleinen Demütigungen, die er geduldig beim Zoll ertrug, wo er nur ein einfacher Inspektor war. ›Die Mittelmäßigkeit des Lebens zerstört früher oder später die Ideale und den Ehrgeiz des Menschen, irgendwann glaubt man nicht mehr an sich selbst‹, hatte er sich eines Tages gesagt, ›ebenso gut kann man sich in den Armen einer Frau vergessen. Für diese eine wenigstens bin ich wie ein Gott, der sie sexuell zu befriedigen weiß, und das hilft mir zu leben …‹

Die Mutter war vom Tisch aufgestanden. Er sah reglos auf den noch immer begehrenswerten Körper und folgte ihr mit den Augen, in der beruhigenden Gewissheit, dass sie sich für alt hielt. Sie stand am Fenster vor den Pfählen und rauchte nervös eine Zigarette. Obwohl sie ihm den Rücken zuwandte, hatte er das Gefühl, dass sie jede seiner Bewegungen mit großer Aufmerksamkeit verfolgte. Er spürte ihre Gedanken, als berührte er sie, und sagte sich: ›Sie ist mir böse, ganz gewiss.‹ Und er erkannte, dass er sich selbst nicht mehr würde belügen können, wenn sie dieses Schweigen brach und nur ein einziges Wort sagte. In diesem Moment drehte sie sich um:

»Nie wieder wird Rose dich zu diesem Anwalt begleiten, hast du verstanden, nie mehr.«

Im maßvollen Ton dieses Satzes offenbarte sich eine solche Kraft, dass er sie erstaunt ansah.

Er merkte, wie sie den Mund vor Abscheu verzog und schämte sich. ›Die andere ist es, die mich belügt‹, sagte er sich fassungslos, ›ich bin vielleicht ein guter Liebhaber, aber ich bin kein Mann.‹

»Das hatte ich mir auch überlegt«, antwortete er. »Diese Anwaltskanzleien sind zu wahren Bordellen geworden.«

»Wusstest du das denn nicht?«, schrie Paul ihn an.

»Nein«, antwortete er, »ich wusste es nicht.«

Der Krüppel begann auf seinem Stuhl zu zucken und wäre gefallen, hätte die Mutter ihn nicht rechtzeitig aufgefangen.

»Beruhige dich«, bat sie ihn. »Komm, ich bringe dich ins Bett.«

»Nein, ich will nicht hochgehen«, protestierte er. »Rose weint, ich höre nicht gern, wie Leute weinen.«

»Lass ihn nur«, sagte der Großvater.

»Er versteht wirklich viel zu viel für sein Alter«, murmelte der Vater.

»Großvater meint, dass Helden Auserwählte sind und Auserwählte besondere Menschen«, sagte das Kind in überlegenem Ton.

»Lass uns in Ruhe mit deinen Helden«, schimpfte Paul und musterte ihn.

»Oh, wenn du wüsstest, wenn du wüsstest ... Aber ich sage nichts.«

»Komm mit«, sagte der Großvater.

Er stand auf, nahm ihn auf den Arm und trug ihn auf die Galerie, wo man die beiden flüstern hörte.

Die Mutter ging zu Rose hinauf. Sie lag auf ihrem Bett und las ruhig in einem Buch, das sie schloss, als sie die Mutter sah.

»Ich weiß nicht, was mit mir los war«, sagte Rose, »ich weiß es wirklich nicht (sie lächelte amüsiert), sicher die Nerven ...«

»Brauchst du wirklich nichts?«

»Nein, danke.«

»Und du willst mir nichts sagen?«

»Nein, warum?«

»Ich dachte, dass dich der Anwaltsbesuch vielleicht schockiert hat, dass du Dinge sehen musstest, die dir nicht gefallen haben.«

»Nein. Er hat nur darauf bestanden, dass ich ihm persönlich die fünfhundert Dollar bringe, die er von Papa verlangt.«

»Fünfhundert Dollar! … Ich verbiete dir, dorthin zu gehen.«

»Ich muss aber.«

»Weißt du, was das bedeutet?«

»Ich bin durchaus imstande, mich zu verteidigen.«

»Leider nicht, mein Liebling! Sie werden dich verschlingen, ehe du Luft geholt hast.«

»Ich habe keine Angst vor ihnen.«

»Du sprichst wie ein Kind.«

»Ich werde Paul bitten, draußen auf mich zu warten.«

»Und wenn du nicht gleich zurückkommst?«

»Kommt er mich holen.«

»Um sich zerreißen zu lassen? Rose, du hast doch genug Erfahrung, bist klug genug, um zu verstehen …«

»Aber was willst du denn, Mama?«, rief das Mädchen ungeduldig. »Dass wir die Hände in den Schoß legen und wie du auf das Alter und den Tod warten?«

Die Mutter schloss die Augen und biss sich auf die Lippen, ehe sie antwortete.

»Glaubst du, dass ich mich dem Alter und dem Tod so nahe fühle?«

»Ich weiß es nicht. Vierzigjährige Frauen geben sich sehr leicht auf. Wir jungen Frauen müssen immer meckern und um jede Kleinigkeit kämpfen. Das kommt vielleicht, weil unsere Kräfte noch unverbraucht sind, weil uns das Leben noch nicht verwundet hat. Wir wissen zwar, dass es nicht gerade sanft ist, aber wir haben Lust, ihm entgegenzutreten, zu sehen, wie weit es uns führen kann, nur um unsere Kräfte zu messen. Verstehst du?«

»Ich war auch jung. Ich flehe dich an, mein Töchterchen, pass gut auf, was du tust.«

»Versuch nicht, mir Angst zu machen, Mama, nur das nicht!«

Sie warf das Buch aufs Bett und stand auf.

»Spürst du nicht, es muss sein. Für Paul, nur für Paul.«

»Geh nicht hin, Rose, geh nicht …«

Mit diesen Worten stürzte sie davon, und die Tür des Zimmers fiel hinter ihr ins Schloss.

Rose setzte sich mit starrem Blick aufs Bett. Ihre Sinne registrierten das geringste Geräusch so genau, wie es ein Aufnahmegerät getan hätte. Hinter den Pfählen hörte sie Stimmen, hörte Männer marschieren, und ein Schauer des Entsetzens überlief sie bei der Erinnerung an den Gorilla, dessen behaarte Hand ihr Knie gestreift hatte. ›Ich sterbe, wenn er mich je berührt‹, sagte sie sich.

Als der Lastwagen mit lautem Krachen seine erste Ladung Steine unter die Bäume im Garten kippte, stürzten alle zum Fenster im Esszimmer. Bewacht von Männern in schwarzer Uniform, gruben zwanzig Bettler, die wie Zwangsarbeiter gestreifte Hemden trugen, mit ihren Hacken Erde um die Pfähle auf, während zwanzig andere den Mörtel vorbereiteten.

»Sie werden uns durch eine Mauer von unseren Feldern trennen«, sagte der Großvater bedächtig.

Paul, der in den letzten zwei Tagen nur aus dem Haus gegangen war, um sich Zigaretten zu kaufen, wurde blass und vertiefte sich wild entschlossen in seine Lektüre, als wollte er jede Verbindung zwischen sich und den von Minute zu Minute lauter werdenden

Geräuschen draußen abbrechen. Der Krüppel hatte verlangt, zum Fenster getragen zu werden, und starrte mit seinem seltsam frühreifen, fiebrigen Blick auf die Bäume.

»Wir werden die Eichen trotz ihrer Mauer sehen«, schrie er, »niemals kann sie so groß werden, niemals!«

Paul schaute von seinem Buch auf, betrachtete den Krüppel mit gerunzelter Stirn und hing einem Gedanken nach, den diese kindliche Bemerkung in ihm ausgelöst hatte. ›Wie schwer man entkommt, auch wenn man sich noch so viel Mühe gibt‹, dachte er. ›Diese Geräusche haben sich in mir festgesetzt, ebenso wie die Stimmen des Großvaters und des Kindes. Sie verfolgen mich bis in den Schlaf, um mich zu quälen. Die Dinge haben wie die Menschen ein eigenes Leben, das weiß ich jetzt. Trotz des Schutzschilds, den mein Wille aufrichtet, höre ich die Hacken und die Kellen, das dumpfe Hämmern der Steine. Ohne Pause dröhnen sie in meinem Kopf. Ich muss hier raus, muss weg und mich zwingen, einen Moment alles zu vergessen. Weder Papa noch Rose werden etwas ausrichten können. Sie täuschen sich, ihre Bemühungen sind sinnlos. Warum hat Rose geweint? Es war das erste Mal, dass ich sie so erlebt habe. Was heckt sie aus? Und Großvater? Warum flüstert er die ganze Zeit mit dem Kind? Wir haben uns in Clans aufgeteilt. Womöglich bilden Mama und ich sogar einen dritten, ohne dass wir es bemerken. Ist es das, was man einander Mut machen nennt? Um zu leben. Um weiterzuleben. Vielleicht ist das Leben vom einen Ende zum anderen, von der Geburt bis zum Tod, auch nur Mogelei! Nein, die Mogelei fängt erst später an. Sie beginnt mit dem Ende der reinen, verantwortungslosen Kindheit. Dann hat Claude niemals eine Kindheit erlebt, trotz seiner Launen und Wutanfälle. Und Großvater, der in ihm einen Freund gefunden hat, weiß nicht, warum er ihn liebt.

Warum sind sie auf unsere Felder gekommen? Warum diese Strafe? Warum dieser Fluch? Stellt uns das Leben auf die Probe, damit wir unsere Feigheit ermessen? Oder will es uns vielmehr helfen, uns selbst zu finden? Ich darf nicht mehr an sie denken und muss mich aus diesem Zustand der Verzweiflung befreien. Sonst werde ich krank. Fred besuchen. Ich muss versuchen, mich zu behaupten, muss wieder zur Mannschaft gehen, ein Mädchen suchen, das gewillt ist, mich zu lieben. Das ist es, die Liebe, die Liebe! Ja, aber welches Mädchen? Anna, die Tochter von Doktor Valois. Schön, sanft, klug. Kann es sein, dass so viele Tugenden in einer Frau vereint sind? Rose? Seit einiger Zeit ein großes Fragezeichen für mich. Ich weiß nicht, welche Rolle sie spielt. Wird nicht wie bei allen anderen Frauen auch Annas Schönheit vor meinen Augen zerfallen, wenn ich sie genauer betrachte? Intoleranz! Ich gleiche dem Großvater, und er merkt es nicht mal …‹ Nichts mehr hören! Weggehen! Vergessen! Vergessen!‹

Die Sätze tauchten vor ihm auf und ersetzten die aus dem Buch, die sinnlos an seinen Augen vorbeizogen. Am Fenster sah die Mutter die Mauer wachsen. Sie hatte ihre Bluse aufgeknöpft und rang nach Luft. Sie erinnerte sich, wie eines Morgens ein Vogel vor ihrem Fenster gesessen hatte. Die Nähe des Mannes, der neben ihr in tiefem Schlaf lag, während sie die Stunden vom Abend bis zum Morgengrauen zählte, hatte das Gefühl ihrer Einsamkeit nur noch verstärkt. Und plötzlich war der Vogel aufgetaucht, als hätte man ihn gerufen. Er hatte sie aus seinen runden Augen angestarrt und den Kopf erst nach rechts und dann nach links geneigt, als machte er sich lustig. ›Er bringt mir eine Botschaft‹, hatte sie wie ein Kind gedacht, ›er ist zu mir gekommen, um mich zu lehren, was Freiheit ist.‹ Eine Minute lang hatten sie einander reglos angesehen. Dann war der Vogel nach einem kurzen Pfeifen blitzschnell davongeflogen und hatte dabei ein glückliches Lied getrillert. Sich selbst zum Troste hatte sie in ihrer Einsamkeit Mythen von rührender Naivität genährt: ein kreiselndes Blatt im Wind, ein Schmetterling, schwarz oder in lebhaften Farben, der Ruf eines Käuzchens oder der zarte Gesang der Nachtigall, alles schien ihr voller Bedeutung.

9

»Erzähl mir, wie dein Vater war«, bat an jenem Tag der Krüppel den Großvater.

»Sehr groß, sehr stark und sehr schwarz«, antwortete der Alte. »Er trug wie die Bauern eine lange Jacke aus grobem Leinen und Sandalen.«

»Erzähl mir, wie er Herr über diese Felder wurde!«

»Diese Geschichte gleicht einem Wunder«, sagte der Großvater. »Verflucht seien jene, die sie nicht glauben, denn Gottes Hand lenkt unsere Taten. Also, hör mir gut zu: Eines Tages ging mein Vater nach Port-au-Prince, um sein Vieh zu verkaufen. Sein Pferd war drei Tage und drei Nächte getrabt, umringt von Zicklein, Kühen und Schafen, die von den Hunden kläffend zusammengetrieben wurden. Denn zu jener Zeit war das Land reich und der Handel blühte. Hast du jemals ein Schaf gesehen?«

»Nein, Großvater.«

»Ihre Rasse ist zur gleichen Zeit verschwunden wie der Überfluss. In den Bergen erzählt man heute noch, dass die Fregattvögel ihr Fleisch lieben und sie gleich nach der Geburt verschlingen. Sieh nur, wie sie über unseren Feldern schweben.«

Mit dem Finger zeigte der Großvater dem Kind ein Stückchen Himmel direkt über den Eichen, wo große schwarze Vögel langsam dahinglitten, fast die Äste streiften und krächzend ihre Schnäbel nach den Feldern reckten, die sie gierig beobachteten.

»Sie ähneln den Männern, Großvater, den Männern in Uniform, die uns unsere Felder weggenommen haben.«

Der Großvater zündete seine Pfeife an, die er gestopft hatte, während er von den Schafen sprach. Er steckte sie in den Mundwinkel und zog daran, bis sie brannte.

»Und dann?«, fragte das Kind.

»Dann«, fuhr der Großvater fort, »kam dein Urgroßvater in seinem Pulk von Schafen, Zicklein und Kühen nach Port-au-Prince, wo er zu einem sehr reichen Mann gehen wollte, der ihm seit langer Zeit sein Vieh abkaufte. Unterwegs aber traf er einen Bauern, der zu ihm sprach:

›Mein Herr tauscht seine Felder gegen Vieh. Nimm sein Angebot an, und du wirst es nicht bereuen.‹

›Wird er mich die Felder nach meinen Wünschen wählen lassen?‹, fragte mein Vater.

›So wird es sein. Und du wirst zu einem reichen Landeigentümer in einem der schönsten Viertel von Port-au-Prince.‹

Also folgte mein Vater dem Bauern. Im Tausch gegen drei Kühe, acht Zicklein und zwölf Schafe erhielt er ein ganz kleines Feld. Siehst du dort, unter der ersten Eiche …«

»Ich sehe es«, sagte das Kind.

»Auf dem Lande führte mein Vater ein raues und hartes Leben. Früh auf, spät im Bett, kümmerte er sich ohne Pause um das Vieh. Jedes Mal, wenn er mit seinen Tieren herkam, erhielt er im Tausch ein weiteres Eckchen Land. Als er genug zusammen hatte, ließ er darauf das Haus bauen, in das er meine Mutter und mich brachte, denn ich war alt genug, um zur Schule zu gehen. Meine

Mutter erwartete ein zweites Kind. Mein Vater aber zog weiter zwischen seinem Dorf und der Hauptstadt hin und her und wurde ganz krank davon.«

»Warum wollte dein Vater unbedingt sein Dorf verlassen und Herr dieser Felder werden?«, fragte der Krüppel und sah dem Großvater in die Augen.

Dieser senkte den Kopf, ohne zu antworten.

»War er ehrgeizig?«, fragte das Kind hartnäckig. »Er liebte dieses schöne Viertel, nicht wahr? Du hast mir neulich erst gesagt, dass deine Mutter auch ehrgeizig war. Liebt Gott die Ehrgeizigen?«

»Hör das Ende der Geschichte«, unterbrach ihn der Großvater etwas ungeduldig. »Wo war ich? Ach ja, ich erinnere mich. Meine Mutter erwartete ihr zweites Kind ...«

»Wie war deine Mutter, Großvater?«

»Ein bisschen wie du. Weißt du, alle Mädchen aus Fonds-de-Blancs haben eine fast weiße Haut. Sieh dir deinen Vater an, er ist anders als ich. Das Blut der Haitianer ist so gemischt, dass man jeden nur denkbaren Typ findet. Und das ergibt eine sehr schöne Rasse. Aber bleiben wir bei unserer Geschichte ... Eines Abends kam mein Vater gerade rechtzeitig zurück, um die Schmerzensschreie meiner Mutter zu hören und ihr beim Sterben zu helfen, weil sich das Kind in ihr festklammerte. Ich war so alt wie du heute. Er rief mich und sagte: ›Nun beginnt der Tod uns heimzusuchen. Wenn mir ebenfalls ein Unglück zustößt, möchte ich hier begraben werden, auf einem der Felder, die ich im Schweiße meines Angesichts erworben habe. Wenn deine Kinder oder die Kinder deiner Kinder in Not sind, erlaube ich dir, die Felder aufzuteilen und zu verkaufen. Aber schwöre mir, dass du, so lange du lebst, niemals das Stückchen Land verkaufst, auf dem mein Grabstein stehen wird.‹ Und weinend habe ich diesen Schwur geleistet.«

»Dann bist du durch zwei Schwüre gebunden«, sagte das Kind, »also müssen wir ganz schnell etwas unternehmen. Wann gehen wir zu seinem Grab, um ihn zu rufen?«

»Bald, wenn du richtig kriechen kannst. Denn ich werde dich nicht tragen können. Ich werde eine Hacke und ein Messer in den Händen halten. Die Waffen, die mein Vater benutzte, um den Mann umzubringen, der ihm dieses Land verkauft hatte und es ihm später wieder wegnehmen wollte, weil er reich und mächtig war.«

»Da hat er ihn getötet?«

»Ja. Um seine Habe zu verteidigen.«

»Wurde er nicht bestraft?«

»Nein. Weil der Böse von Gott gesehen wird und früher oder später für seine Boshaftigkeit zahlen muss. Hör gut zu: Wenn die Reichen und Mächtigen Verbotenes tun, wollen sie die Stimme der Gerechtigkeit ersticken, aber sie vergessen das Auge Gottes. Der Dieb hatte die Richter gekauft. Sie alle wollten sich die Felder teilen. Aber mein Vater, der tapfer und klug war, tötete den Dieb und brachte seine Besitzurkunden zu einem ehrlichen Anwalt, der dafür sorgte, dass er freigesprochen wurde, indem er mit der Aufdeckung des Skandals drohte.«

»Und hast du diese Papiere nicht mehr?«

»Ich habe sie«, antwortete der Großvater.

»Gib sie einem guten Anwalt, wie dein Vater es getan hat.«

»Die Zeiten haben sich geändert, mein Kind, und die Stimme der Gerechtigkeit scheint für lange Zeit verstummt zu sein. Die Richter fürchten den Skandal nicht mehr, und die Anwälte des Rechts wagen nicht mehr, die Stimme zu erheben.«

»Haben sie Angst?«, fragte das Kind.

»Sie haben Angst«, antwortete der Großvater. »Wo

Gewalt und Verbrechen herrschen, haben alle Angst, sogar die Henker, sogar die Verbrecher.«

»Ich will für Gerechtigkeit und Frieden kämpfen«, sagte das Kind. »Glaubst du, dass man auch ohne Füße kämpfen kann, Großvater?«

»Habe ich dir nicht versprochen, dass du eines Tages als Held sterben wirst?«, antwortete der Großvater.

An diesem Abend ging der Vater aus. Er war gleich nach Büroschluss zurückgekommen und hatte seiner Frau gesagt, dass er erst spät in der Nacht heimkehren würde. Sie sah ihn heimlich an, während er sich umzog. Eifersucht, Neugier und Sorge quälten sie. Von wem würde er die fünfhundert Dollar borgen? Wen wollte er verführen, dass er sich so sorgfältig parfümierte? War denn die Frau, die ihn ihr gestohlen hatte, so reich? Was sie empfand, war nicht wirklich Eifersucht. Nein, ihre recht laue Reaktion glich eher einer widerwilligen Komplizenschaft. Denn sie selbst bestäubte das Taschentuch, das sie ihm reichte, mit Eau de Cologne.

Er stieg nach halbstündiger Fahrt aus dem Taxi und bezahlte den Fahrer. Diese Rendez-vous waren teuer, aber konnte er sich beklagen? Es war schon dunkel und das Haus am Ende des von Büschen gesäumten Weges kaum noch sichtbar. Der bittere Duft der weißen Blüten, den er im Vorbeigehen einatmete, berauschte ihn, und er ging schneller. Sie empfing ihn mit ausgebreiteten Armen und drückte ihn fest an sich.

»Ich habe dich erwartet«, sagte sie. »Jedes Mal ist es, als würdest du mir Bescheid geben.«

Er hob sie hoch und trug sie in den Salon auf das Sofa voll bunter Kissen, die sie vor seinen Augen mit geschickter Hand bestickt hatte. Der japanische Kimono zeichnete ihre schmalen Hüften nach. Er beugte sich über sie und küsste sie gierig.

»Du hast mir gefehlt«, flüsterte er.

Verjüngt, verführerisch, charmant, Louis Normil wurde ein anderer.

»Sieh nur«, sagte sie, entwand sich ihm und rannte zum Schrank, den sie öffnete, um ein perlenbesetztes Kleid herauszunehmen, das im Licht der Lampe glitzerte.

»Ich habe es selbst gemacht«, sagte sie stolz. »Willst du, dass ich es zum Abendessen trage, nur für dich?«

»Ja«, murmelte er.

Sie zog sich vor seinen Augen aus und schlüpfte in das Kleid, in dem sie mit ihrer Sonnenhaut einer Prinzessin aus dem Orient glich.

Eine alte Negerin, die ihr seit ihrer Kindheit diente, rief sie zum Essen. Sie gingen ins Speisezimmer, wo eine herrschaftliche Tafel gedeckt war. Am Ende der Mahlzeit hob sie ihr Glas und sagte:

»Ich trinke auf unsere Liebe.«

Unter ihren zahlreichen Verkleidungen spielte sie die Rollen, die ihr gefielen, ohne sich je zu offenbaren. Sie nannte die Ehe eine empörende und langweilige Institution, beglückwünschte sich, der Versuchung eines bürgerlichen Daseins entgangen zu sein, und sah in diesem schönen, schon etwas verblassten, armen Mulatten den Schatten von Armand Duval. Sie verhielt sich jedoch recht klug in dieser Liaison und vermied es, sich mit ihrem Liebhaber zu zeigen, wobei sie vorgab, seine Frau schonen zu wollen. Da reiche Menschen oft Komplexe entwickeln, vermutete sie, dass es ihre Bewerber eher auf ihren Reichtum abgesehen hatten, als auf ihre Schönheit. Schon sehr früh eine Waise, war sie von ihrem Kindermädchen aufgezogen worden, das gelernt hatte, Augen und Mund zu verschließen, denn von klein auf fühlte sie sich von reifen, ja ergrauten Männern angezogen, bei denen sie die väterliche Zärtlichkeit suchte, die man ihr zu früh genommen hatte. Ihr Vater, ein ehemaliger Minister unter allen Regimes, der vorsichtig genug gewesen war, während seiner politischen Karriere ein recht hübsches Vermögen anzuhäufen, starb, als sie gerade zehn Jahre alt war.

»Du bist zugleich mein Vater, mein Geliebter und mein Freund«, hatte sie einmal zu Louis Normil gesagt. »Das sind viele Tugenden für einen Mann.«

Als sie im Bett waren und gesättigt von der Liebe, unternahm er mehrere vergebliche Anläufe, die Frage des Geldes anzusprechen. Aus Verzweiflung bediente er sich eines Umwegs.

»Hast du gehört, was uns geschehen ist?«, fragte er.

»Nein. Wovon sprichst du?«

»Männer in schwarzen Uniformen haben sich auf unseren Feldern niedergelassen.«

Sie fuhr auf, wie von der Tarantel gestochen.

»Wann? Warum? Was habt ihr gesagt, was habt ihr getan, um das zu verdienen? Deine Kinder? Mit wem verkehren sie? Kein Unheil kommt einfach so, ganz von allein ...«

Er hatte das unangenehme Gefühl, dass dieses Unglück sie eher erschreckte als schmerzte. Sie zündete sich mit zitternder Hand eine Zigarette an.

»Hast du etwas unternommen? Kennst du jemanden, der mächtig genug ist, dir zu helfen?«, fragte sie dann, bemüht, ihre Stimme ruhig zu halten.

»Ja, einen Anwalt. Aber er verlangt fünfhundert Dollar von mir, die ich nicht habe.«

»Hättest du das doch gleich gesagt, mein Liebster«, meinte sie erleichtert. »Warte.«

Sie öffnete den Schrank, nahm ein Bündel Geldscheine heraus und steckte sie in einen Umschlag.

»Ich würde gern noch ein Liebesbriefchen dazustecken, aber du wärst imstande, es herumliegen zu lassen.«

»Ich zahle es dir zurück, Maud.«

»Aber sicher doch.«

Er mochte diesen allzu entgegenkommenden Ton nicht, mit dem sie ihm so leichtfertig beipflichtete. Außerdem missfiel ihm die Angst, die sie gezeigt hatte. Würde sie jetzt wie die anderen den Umgang mit ihm fürchten? In seiner Zerstreutheit vergaß er, dass er sich vorgenommen hatte, ihr eine Quittung zu geben. Er stand auf und zog sich an. Sie blieb im Bett, rauchte, hielt die Lider gesenkt, schwieg und war plötzlich so fern. Er begriff, dass diese Nachricht die schöne Harmonie ihrer Beziehung zerstört hatte. Er hatte sich zu schnell angezogen, wurde sich aber erst hinterher seiner Ungeschicklichkeit bewusst.

»Du gehst … schon?«

In ihrer Frage schien ungewollte Ironie mitzuschwingen.

»Ich bleibe solange du willst.«

Er war zu besorgt. Unwillkürlich dachte er an den Ablauf des folgenden Tages. Er sah Rose zum Anwalt gehen, er sah sie vor dem kleinen Mann mit den Gorillahänden zittern, der ganz gewiss da sein würde, und er fasste den jähen Entschluss, selbst das Geld zu übergeben.

»Willst du, dass ich dich zurückbringe?«

Er sah auf die Uhr, beugte sich herab und küsste sie.

»Nicht nötig«, antwortete er.

Von dem Moment an, da er den Mund aufgemacht hatte, um ihr von seinen Sorgen zu erzählen, hatte dieser Abend jeden Geschmack verloren. Soeben hatte er Bekanntschaft mit ihrer Angst gemacht. Auch sie war angesteckt. Trotz ihres Reichtums und der selbstgewählten Isolation, die ihr einen gewissen Schutz gewährten. ›Wahrscheinlich habe ich mich nur in diese Beziehung geflüchtet, um mich stärker zu fühlen!‹, stellte er erstaunt fest. Bisher hatte er geglaubt, zumindest sie könnte sich erlauben, die ständige Bedrohung zu verachten, die seit einiger Zeit wie ein Fluch auf ihnen allen lastete. Eine Bedrohung, die sich durch deutliche Zeichen angekündigt hatte, aber er hatte sich geweigert, sie zu deuten, um seine Unbekümmertheit und die falsche Biederkeit zu bewahren, hinter die er sich ein für alle Mal zurückgezogen hatte. In diesem Moment tauchte eine Erinnerung, die er tot geglaubt hatte, in seinem Gedächtnis auf: Sechs Jahre war es her. Er hatte einen Kollegen besucht und befand sich auf dem Heimweg, als ihn das Knallen von Schüssen innehalten ließ. Er hatte sich in einen Hauseingang gepresst und dort lange zitternd gewartet. Dann war er ohne zu zögern über die Leiche eines Mannes gestiegen, die auf der Straße lag, und gesenkten Hauptes nach Hause gerannt. Am nächsten Tag hatte er in den Zeitungen einen Artikel über den Unfalltod eines armen, schmerzlich beklagten Familienvaters gelesen. Wie viele waren wie er Zeugen dieses Mordes geworden? Wie viele hatten wie er ängstlich geschwiegen? Gleich danach hatte er Maud getroffen, die ihn tröstete und ihm half, zu vergessen. Aber jetzt hatte sie ihn enttäuscht, und er fühlte sich wie aus ihrem Leben verbannt. Sie hatte nicht wie eine Liebende reagiert. Ganz unverhofft erinnerte er sich an ihre Bemerkungen über so genannte Freunde, die es nur auf ihr Vermögen abgesehen hatten. ›Pah!‹, sagte er sich, ›wenn alles geklärt ist, werde ich, wenn nötig, eins der Felder verkaufen, um ihr das Geld zurückzuzahlen, und alles ist vergessen …‹

Er konnte nicht einschlafen. Seine Frau drehte ihm den Rücken zu und rührte sich so wenig wie eine Tote. Dabei war er sicher, dass sie ebenfalls wach lag. Er beugte sich über sie und sah, dass ihre Augen tatsächlich offen waren.

»Schläfst du nicht?«

Sie bewegte sich und er sah, dass sie weinte.

»Was ist los, Laura?«

Sie zuckte mit den Schultern und kauerte sich ganz dicht am Bettrand zusammen.

»Musst du mich jetzt auch noch wecken?«, warf sie ihm trocken vor.

Er murmelte etwas, das sie nicht verstand, sie zog am Laken, deckte sich zu und tat, als schliefe sie.

So lagen sie reglos Rücken an Rücken. ›Das ist alles, was sie mir zu sagen hat‹, dachte er bitter. ›Dieser Kerl!‹, sagte sie sich im gleichen Moment. ›Nichts quält ihn, schon ist er wieder eingeschlafen.‹ Schließlich sanken sie dann doch in einen tiefen Schlaf, der von einem schrecklichen Lärm im Hof unterbrochen wurde. Sie stürzten gleichzeitig zum Fenster und erlebten eine wahre Invasion: Ein Lastwagen und zwei Motorräder, gelenkt von Männern in schwarzer Uniform, hielten unter den Eichen; zwanzig Männer sprangen aus dem Lastwagen, während die Motorradfahrer ihre Maschinen wieder in Gang setzten und über die Felder rasten. Die Männer gingen um die Pfähle herum, betraten den Hof und blieben stehen. Zehn von ihnen, deren Hemden demonstrativ ihre Waffen entblößten, stiegen auf die Galerie hinauf und klopften an die Tür zum Esszimmer, die Mélie ihnen weit öffnete. Der Vater sah seine Frau auf sich zukommen, sie rang verstört die Hände, ihr Gesicht war von Angst entstellt. Er hob die Matratze hoch, schob das Geld darunter und zog sich hastig an. Auf dem Treppenabsatz sah er die anderen.

»Ich gehe allein«, sagte er entschlossen.

»Im Namen des Gesetzes«, hörten sie.

»Ich komme schon«, antwortete der Vater und ging hinunter.

Er nahm die gestempelten Papiere, die man ihm reichte, überflog sie, ohne etwas zu begreifen. Angesichts der Waffe, die einer der Männer aus dem Gürtel gezogen hatte und mit den Worten: »Unterschreib hier!« gegen seine Schläfe drückte, verging ihm jede Lust zu diskutieren. Er suchte eine Feder, erhielt sie von demselben Mann und unterschrieb. Dann öffnete das Dienstmädchen wieder die Tür zum Hof, grüßte sie mit einem breiten, verschlagenen Lächeln und sah ihnen nach, ehe sie die Tür wieder schloss. Im Nu war die Familie unten.

»Was wollten sie?«, fragte der Großvater.

»Dass ich Papiere unterschreibe.«

»Was für Papiere?«

Louis Normil zuckte mit den Schultern.

»Sie haben mir keine Zeit gelassen, sie zu lesen.«

»Aber Papa!«, rief Rose.

Der Großvater setzte den Krüppel auf einen Stuhl und stellte sich wortlos vor seinen Sohn.

»Ich habe in bester Absicht gehandelt, Vater, glaub mir.«

»Gott im Himmel!«, brüllte der Großvater.

»Mach die Türen zu, Paul!«, befahl der Vater.

»Gott im Himmel!«, wiederholte der Großvater ebenso laut, »du zitterst also schon bei ihrem Anblick?«

»Wer zittert nicht bei ihrem Anblick?«, antwortete Louis Normil bedächtig.

»Ich!«, brüllte der Großvater weiter. »Weißt du, was du eben getan hast? Du hast Papiere unterschrieben, mit denen du anerkennst, dass uns diese Felder nie gehört haben, das hast du getan.«

Er war so außer sich vor Wut, dass ihm in seiner Erregung die Spucke über den Bart lief.

»Mit oder ohne unterschriebene Papiere, sie sind die Stärkeren, Vater, das weißt du genauso gut wie ich. Ich habe in bester Absicht gehandelt, ich schwöre es euch …«

Er verstummte, betastete seine Hosentasche und fügte hinzu:

»Jetzt dürfen wir keine Zeit verlieren, ich gehe sofort zum Anwalt.«

»Völlig vergeblich«, versetzte Paul in beißendem Ton.

»Und was soll ich sonst machen?«

Das Blut kochte in seinen Adern, seine Ohren glühten, aber er beherrschte sich, ging hinauf und holte das Geld.

Draußen beruhigte er sich, und sein Gesicht nahm wieder die unbewegten Züge einer schönen Maske an. Er traf zwei Kollegen, die tuschelten, als sie ihn erblickten, und grüßte sie mit einer Handbewegung, ohne eine Antwort zu erhalten. Es war noch nicht acht Uhr, und die Tür des Anwalts war geschlossen. Da er nicht ungeduldig erscheinen wollte, ging er weiter und kam eine Viertelstunde später wieder. Der Wächter war gerade dabei, aufzuschließen. Er schien ihn nicht wiederzuerkennen. Louis Normil wollte hinter ihm eintreten, aber der zitternde Alte, der bei seinem letzten Besuch voller Ungeduld das Wartezimmer verlassen hatte, baute sich vor ihm auf, schubste ihn beiseite und ging als Erster hinein. Er stürzte sich etwas atemlos auf einen Stuhl und wollte sich setzen, besann sich dann aber, schielte zu dem Wächter, blieb betreten stehen und drückte seinen Hut an den Bauch. Fünf andere Klienten reihten sich hinter ihm in eine dichte Schlange ein, ihre Nasen berührten fast den Nacken des Vordermanns. ›Als wären sie im Strafvollzug‹, dachte Louis Normil, der ganz gemütlich auf einem der Stühle Platz genommen hatte. Er meinte, in diesen Leuten Klienten zu erkennen, die außerstande waren, den Anwalt anders als mit Schmeicheleien zu bezahlen, und berührte zufrieden das Geld in seiner Tasche. Umso erstaunter war er, als er den zahnlosen Greis die

Brieftasche hervorholen, einen Zwanzigdollarschein nehmen und ihn mit einem Augenzwinkern dem Wächter zustecken sah. Der Spion öffnete sich ein wenig und ein Auge wurde darin sichtbar. Sofort, als hätte er nur auf dieses Signal gewartet, öffnete der Wächter die Tür und ließ den Alten eintreten. Die fünf anderen führten sogleich einen Ballettschritt aus, der sie dem Wächter ein Stück näher brachte.

»Bleibt doch ruhig«, ermahnte sie dieser mit vorwurfsvollem Blick, wie ein Lehrer, der seine Schüler zurechtweist.

»Sie haben mich geschubst«, erklärte der Erste demütig.

Der Besuch des Alten dauerte keine zehn Minuten. Heftig gestikulierend tauchte er wieder auf, noch stärker zitternd als zuvor.

»Die Haare vom Kopf!«, hörte man ihn jammern. »Das frisst mir die Haare vom Kopf!«

Als Louis Normil sah, dass der Wächter einem Klienten ein Zeichen gab, der sich ganz dünn machte, um sich an ihm vorbeizuschlängeln, begriff er, dass die Termine keinerlei Bedeutung hatten und dass er wieder den Vormittag vergeuden würde, wenn er wie angegossen auf seinem Stuhl sitzen blieb. Also stellte er sich hinter den anderen vier Klienten an, fest entschlossen, seinen Platz um nichts in der Welt aufzugeben. Zwei Stunden später durfte endlich auch er das Büro des Anwalts betreten.

Dieser sah ihn lange an, ohne ein Wort, ohne eine Bewegung, als wollte er Louis Normil mit seiner Reglosigkeit die Vergeblichkeit seines Unterfangens demonstrieren.

»Nun, Monsieur«, näselte er schließlich, »was wollen Sie von mir?«

Louis Normil holte das Geld aus der Tasche und schlug sich damit auf die Handfläche.

»Ihnen das hier bringen«, sagte er. »Haben Sie nicht fünfhundert Dollar von mir verlangt?«

»Mit welchem Recht«, schrie ihn der Anwalt an, »mit welchem Recht kommen Sie hier ohne Terminabsprache herein?«

»Aber …«, stammelte Louis Normil fassungslos.

»Nichts aber«, versetzte der Anwalt, »ich erinnere mich, dass ich Ihrer Tochter einen Termin gegeben habe, nicht Ihnen. Nehmen Sie Ihr Geld wieder mit.«

Louis Normil spürte, wie ihn der heilige Zorn seines Vaters packte. Die Überraschung, die er darüber empfand, rettete ihn. Er neigte instinktiv den Kopf, um sich von dem Anwalt zu verabschieden, und wandte sich zum Ausgang. Es kam ihm vor, als sehe er ein spöttisches Funkeln im Blick des Wächters, aber er achtete nicht weiter darauf und ging zur Arbeit. Es war fast elf Uhr. Zu seiner Entschuldigung führte er ein Unwohlsein und einen Arztbesuch an. Die beiden Angestellten, die er getroffen hatte, wechselten einen kurzen Blick und lächelten ironisch. Die Atmosphäre im Büro war drückend, erfüllt von beklommenem Schweigen, das durch die Ankunft des Direktors noch lastender wurde.

Der Direktor war ein Mulatte mit rotem Gesicht, rundem Bauch und Jesuitenmiene, der immer unerträglich leise mit seinen Angestellten sprach. Seine kurzsichtigen Augen richteten sich unter der dicken Brille auf Louis Normil.

»Schon wieder zu spät, Normil«, sagte er in gequältem Ton, als rufe er die Angestellten als Zeugen an. »Lässt Ihr Gesundheitszustand so sehr zu wünschen übrig?«

»Allerdings«, entgegnete Louis Normil etwas gezwungen, »ich wollte gerade zu Ihnen kommen, um mich zu entschuldigen, ich bin tatsächlich in medizinischer Behandlung.«

»Dann nehmen Sie doch ein paar Tage Urlaub! Wir finden schon eine Vertretung für Sie. Wie lange dauert Ihre Behandlung? Einen Monat? Zwei Monate? Sie dürfen Ihre Gesundheit nicht vernachlässigen, ich habe großes Verständnis.«

»Vielen Dank, Monsieur«, antwortete Louis Normil und war überzeugt, dass man ihn unauffällig loswerden wollte. »Ich bin Ihnen sehr dankbar, aber glücklicherweise ist meine Behandlung morgen beendet.«

Der Direktor hüstelte und ging eilig davon, als hätte er eine plötzliche Entscheidung getroffen.

Louis Normil tastete noch einmal nach den fünfhundert Dollar in der Innentasche seiner Jacke und wollte sich in seine Arbeit vertiefen. Die Papiere stapelten sich auf seinem Schreibtisch. Trotz seines guten Willens vermochte er sich nicht zu konzentrieren, und führte unter dem forschenden Blick seines Nachbarn zur Rechten zerstreut irgendwelche unnützen Bewegungen aus. ›Wenn ich meine Stelle verliere‹, sagte er sich immer wieder, ›wenn ich meine Stelle verliere.‹ Und dieser Satz weckte in ihm so tiefe Verzweiflung, dass er zu zittern und zu schwitzen begann.

»Geht es nicht gut?«, fragte der Angestellte, dessen Blick ihn förmlich durchbohrte.

»Doch, doch«, antwortete er und fuhr fort, die Papiere mit aufgesetzt konzentrierter Miene hin und her zu schieben.

Als das Büro schloss, ging er nach Hause und fand die Familie bei Tisch. Diesmal stellte ihm niemand Fragen, aber Rose suchte seinen Blick und er schüttelte mutlos den Kopf. Er stand vor den anderen auf und ging hoch ins Schlafzimmer, um das Geld wieder unter die Matratze zu stecken. ›Warum eigentlich nicht in den Schrank?‹, fragte er sich. Aber er ließ es dort, da ihm dieses Versteck sicherer als jedes andere schien.

Er wusch sich das Gesicht, zog ein anderes Jackett an, dann beschloss er plötzlich, seine Geliebte zu besuchen. Ihn trieben die Erniedrigung, ihr Geld zu schulden, und das Bedürfnis, das entsetzliche Missverständnis aufzuklären, das ihren letzten Abend überschattet hatte. ›Sie wird mich beraten, Frauen haben immer gute Ideen‹, sagte er sich noch, um den wahren Grund für seine Unruhe auszublenden. ›Ich werde ihr von diesem Mistkerl erzählen, der mich mit dem Geld weggeschickt hat und unbedingt Rose sehen will.‹ Auf der Treppe kam ihm seine Tochter entgegen.

»Nun, Papa?«, fragte sie.

»Er hat sich geweigert, das Geld zu nehmen«, gestand er ihr.

»Glaubst du, dass ich nicht imstande bin, mich zu verteidigen?«

»Halt dich da raus.«

»Papa!«

»Halt dich da raus«, wiederholte er und ging rasch hinunter, ohne sie anzusehen.

Sie öffnete leise die Schlafzimmertür, hob die Matratze, nahm das Geld und steckte es ein.

10

Am nächsten Tag gab es zum Fest des heiligen Petrus einen Jahrmarkt auf der Place de Petionville. Bunte Lampions schmückten die Bäume, unter denen die Damen vom Wohltätigkeitsverein ihre Tische aufgestellt hatten. Ein Orchester spielte neben dem Rasen, auf dem schon einige Paare einen lasziven Merengue tanzten. Fliegende Händler mit ihren Kästen auf dem Kopf lockten die Passanten an, um ihnen ihre Waren feilzubieten. Sie wurden von den Mönchen verjagt, zu deren Gunsten das Wohltätigkeitsfest stattfand, flüchteten und ließen sich am Straßenrand nieder. Eine Horde Bettler, die sich in der Nähe herumtrieb, wurde von den Gendarmen auf Abstand gehalten. Immer wieder jedoch überlisteten sie für einen Moment die Polizei und kamen angerannt, um ihre skrofulösen oder verstümmelten Glieder zu zeigen und mit klagenden Stimmen um ein Almosen zu bitten.

Als Fanfaren ertönten und das Orchester unterbrachen, verstummten alle und spitzten die Ohren. Die Männer in Uniform näherten sich wie eine riesige schwarze Welle, die sich direkt auf den Platz ergoss. Bei ihrem Anblick stießen die Bettler Freudenschreie aus: Sie befreiten sich aus den Händen der Polizei, die nicht mehr einzugreifen wagte, und stellten sich auf, um ihnen zuzujubeln.

»Hoch leben die schwarzen Uniformen!«, brüllten sie.

Eine Stimme befahl: »Halt! Rührt euch!«, und die Reihen lösten sich auf. Arrogant, mit vorgestreckter Brust, die Hand an der Waffe, umarmten einige von ihnen voller Anmaßung die hübschen Mädchen. Die Stimmung kippte, als hätte plötzlich ein Sturm des Wahnsinns die Menge ergriffen: Die Wohlstandsdamen, die eben noch brav vor ihren Ständen gewartet hatten, richteten sich auf, kicherten nervös und steckten die Hände in Konfettitüten; die Mädchen auf der Tanzfläche wanden sich wie elektrisiert; die Tänzer glichen außer Kontrolle geratenen Robotern, die beim letzten Ton des Saxophons zu Boden stürzen würden. Dieser Wahn endete in einem Kugelhagel. Es wurde auf einen rennenden Mann geschossen, der die Hände zum Himmel streckte. Jemand versperrte ihm den Weg. Die uniformierten Männer packten ihn, schleiften ihn zu einem Baum und banden ihn daran fest.

»Lasst mich gehen«, flehte der Mann, »ich habe

nichts getan, ich habe nur gesagt, dass ich Hunger habe. Lasst mich gehen!«

»Mit welchem Recht hast du Hunger?«, fragte eine Stimme. »Willst du die anderen in den Aufstand treiben?«

»Musik!«, befahl eine andere Stimme dem Orchester.

Und während die Musiker einen neuen Merengue anstimmten, zielten sie auf den Mann und durchsiebten ihn mit Kugeln.

Fassungslosigkeit ergriff die Menge, die sich nicht mehr zu rühren wagte. Noch einmal übertönte das Fanfarengeräusch das Orchester; das Banner erhob sich, die Stiefel sammelten sich. Die Mönche banden die Leiche des Mannes los und trugen sie zu einem Lastwagen, auf dem sich andere Leichen stapelten und der von einem Totengräber in schwarzer Uniform gefahren wurde. Heftig gestikulierend kamen die Mönche zurück. Sie versuchten die friedliche, fröhliche Stimmung wiederherzustellen, die von der Ankunft der Männer in Uniform endgültig gestört schien.

»Das Fest geht weiter, das Fest geht weiter«, schrien sie, zogen ihre Soutanen hoch und rannten mit großen Schritten über den Platz.

Paul drückte ganz fest die Hand von Anna Valois. Er spürte, wie sie zitterte.

»Willst du gehen?«

»Ja.«

Er zog sie mit sich. Nach ein paar Schritten trafen sie auf Fred Morin, der sein Glas hob und rief: »Es lebe das Fest! Es lebe die Freude!« Gleich darauf waren sie von einer Gruppe junger Leute umringt.

»Gehen wir, Paul«, flehte Anna.

»Warum? Was habt ihr denn? Das Fest fängt doch gerade erst an!«, rief Fred.

Er schien betrunken, doch das breite Lächeln auf seinen Lippen vermochte das Entsetzen nicht auszulöschen, das seine Augen weitete.

Paul hielt noch immer Annas Hand und wollte mit ihr den Kreis der jungen Leute verlassen, aber sie versperrten ihm den Weg.

»Du wirst doch deine Freunde nicht versetzen«, protestierte ein Spieler aus seiner Mannschaft. »Du hast uns im Stich gelassen und wir freuen uns, wieder mit dir zusammen zu sein.«

Ihren Worten und Bewegungen fehlte jede Natürlichkeit. Sie glichen schlechten Schauspielern, die man plötzlich mit einer schwierigen Rolle auf die Bühne stellt.

Unwillkürlich drehten alle den Kopf in die gleiche Richtung, und Paul folgte ihren Blicken. Er zuckte zusammen, als er Rose mit einem Mann in schwarzer Uniform sprechen sah, der im Fond seines Wagens saß. Vom Fahrer war nur der Haarschopf zu erkennen. Der Mann in Uniform beugte sich herüber, öffnete die Tür, Rose stieg neben ihm ein, und das Auto fuhr los. Paul wollte hinterherrennen, aber die Fußballspieler versperrten ihm ein zweites Mal den Weg.

»Lasst mich!«, brüllte er.

»Dreh hier nicht durch«, riet ihm der Jüngste der Mannschaft, der erst sechzehn war.

Seine Hand legte sich auf Pauls Schulter und seine Nägel bohrten sich langsam und tief in sein Fleisch.

»Du willst uns doch nicht vormachen, dass du nicht Bescheid weißt«, sagte Fred Morin und sein Lächeln, war noch falscher, noch gezwungener.

»Bescheid worüber?«

»Ist gut«, sagte ein anderer. »Wenn du nicht darüber reden willst, ist das deine Angelegenheit. Aber lass uns eine Verabredung treffen. Du warst unser bester Spieler und wir brauchen dich.«

»Auf einmal, ja!«, entgegnete Paul und sah sie wütend an. »Ich würde zehn Jahre meines Lebens geben, um zu erfahren, woher dieser Sinneswandel kommt. Es ist noch keine Woche her, da hatte ich das Gefühl, eher unerwünscht zu sein. Liegt es daran, dass meine Schwester in dieses Auto gestiegen ist ... glaubt ihr etwa, dass ...«

»Du Glücklicher«, sagte Fred Morin und legte ihm den Arm um die Schulter.

Paul befreite sich mit einem Stoß und sah Anna an. Sie senkte den Kopf. Also gab sie ihnen Recht. Oder mied sie seinen Blick, um ihm nicht wehzutun? Er kämpfte gegen das Verlangen, mit den Fäusten über die Jungen herzufallen und sie zu beschimpfen. Noch einmal sah er Anna an, dann rannte er davon. Lange lief er ziellos durch die Stadt und kehrte erst nach Hause zurück, als es dunkel wurde. Er fand die Familie im Esszimmer versammelt, nur Rose fehlte. Er sagte kein Wort, aber als sie eine Stunde später kam, stand er auf und ging ihr entgegen.

»Nutte!«, beschimpfte er sie. »Ich habe dich gesehen.«

Sie schaute ihn ruhig und mit starrer Miene an.

»Du hast mich gesehen! Und weiter? So dankst du mir also für meine Mühe, diese Felder zu retten, obwohl ich solche Angst hatte.«

Und sie begann eine Szene nachzuspielen.

»Er hat gesagt: ›Steigen Sie ein, Mademoiselle, es freut mich, Sie zu treffen, ich begleite Sie persönlich zum Anwalt. Das ist ein alter Wirrkopf, er hat fixe Ideen. Ich weiß, er hat sich geweigert, das Geld von Ihrem Vater anzunehmen, weil er Sie wiedersehen wollte. Er hat eine Tochter in Ihrem Alter verloren, wahrscheinlich erinnern Sie ihn an das Mädchen.‹ Dann hat er mich wirklich zum Anwalt gebracht, und der hat mir versprochen, dass in einem Monat alles erledigt ist. Wir können unsere Sache jetzt schon als gewonnen ansehen. Nein, wirklich, sie waren sehr höflich, sehr respektvoll, und ich schwöre euch, dass sie aus der Nähe viel weniger erschreckend sind als von weitem …«

»Du riechst schlecht«, rief der Krüppel plötzlich.

»Ich!«, sagte sie verblüfft und legte sich den rechten Arm um die Taille, hielt die Beine aneinander gepresst, wie miteinander verschweißt.

»Du riechst nach etwas anderem als dir, du riechst schlecht, geh weg, geh weg!«

»Sei still!«, sagte Paul mit wutverzerrtem Gesicht zu dem Krüppel.

»Ich bin still, wenn ich will. Wenn ich stehen könnte, würde ich sie auspeitschen.«

Der Großvater erhob sich, nahm das Kind auf den Arm und ging an Rose vorbei die Treppe hinauf.

Sie folgte ihm langsam und schloss die Tür ihres Zimmers hinter sich. Dann sank sie auf die Knie, krümmte sich, berührte mit dem Kopf fast den Boden, schlang die Arme um den Bauch, als hätte sie Schmerzen. Hastig zog sie sich aus, hielt ihre Sachen voller Abscheu mit den Fingerspitzen und rannte ins Bad.

Als die Mutter in ihr Zimmer kam, lag sie in einem frischen weißen Nachthemd im Bett, hatte die Augen geschlossen und atmete ruhig. Die Mutter betrachtete sie einen Moment lang nachdenklich, dann ging sie in das Zimmer ihres Sohnes.

»Sie hat mit diesem dreckigen Köter geschlafen«, schleuderte er ihr voll Abscheu entgegen.

»Das glaube ich niemals.«

»Ja, ja, mach dir nur weiter was vor, nimm von den anderen nur den äußeren Schein wahr, und lass dich dein Leben lang hinters Licht führen.«

»Niemand hat mich je getäuscht, das weißt du genau, nicht mal dein Vater.«

»Du weigerst dich eben, der Wahrheit ins Gesicht zu sehen.«

»Solange sie mir nicht selbst etwas sagt, werde ich sie nicht anklagen. Mit welchem Recht könnte ich mir erlauben, meine Tochter zu verurteilen, wo sie doch mutiger ist als ich.«

»Mama!«

»Sie hat es gewagt, diesen Bestien entgegenzutreten, für dich, für uns, und wir sollen sie dafür verachten!«

»Ich bringe ihn um! Ich bringe ihn um!«

»Beruhige dich, Paul.«

Seine Schwester und er waren im Alter kaum ein Jahr auseinander und von Kindheit an Freunde gewesen. ›Meine Schwester! Meine Schwester!‹, wiederholte er bei sich. Und ein bitterer Geschmack erfüllte seinen Mund. Rose Normil! Die schöne Rose Normil! Die Schwester von Paul, kennt ihr sie nicht?, hieß es immer. Und er lächelte voller Stolz, ohne zu antworten. Wie hoch sie den Kopf trug und wie sie die Nase in die Luft reckte, als sei für sie die ganze Welt voller Gestank. ›Ich bringe ihn um!‹, wiederholte er, und er stellte sich vor, wie er ein riesiges Messer bis zum Heft in den Rücken des kleinen Mannes mit den Gorillahänden stieß.

Am nächsten Tag ging er zu Doktor Valois und sah Anna wieder. Er musste lange warten, da sie als Krankenschwester ihrem Vater in seiner Klinik half. Als sie erschien, so rein und schön in ihrem makellosen Kittel, spürte er die Last von sich abfallen, die ihm das Herz zuschnürte. ›Das gibt es, man muss sich nur sagen, dass es solche Frauen gibt, um sich mit dem Leben zu versöhnen‹, dachte er. ›Meine arme Mutter wurde von meinem Vater so vernachlässigt, dass sie sich in Doktor Valois verliebt hat. Ich habe gesehen, wie sie ihn anschaut. Und das ist verständlich. Absolut verständlich. Wie seine Tochter besitzt auch er eine besondere Anziehungskraft, die nicht nur durch ein angenehmes Äußeres entsteht, sondern durch etwas

Tieferes. Ihre Gegenwart ist berauschend wie ein Parfum. Solche Menschen sind ewig. Ihre Natur gleicht jenen unerschütterlichen Felsen, die seit Jahrtausenden aus der Erde ragen. Es ist gefährlich, sie zu erobern. Anna! Wenn ich mit dem Kopf gegen sie stoße, wird meine Stirn aufplatzen und mein Blut wird herausfließen. Und ich werde daran sterben. Das ist gut! Was soll's! Sterben, um zu sterben!‹

Sie saßen lange im Salon und plauderten. Keinmal erwähnte sie die Felder, und sie schien auch vergessen zu haben, dass er sie auf dem Jahrmarkt verlassen hatte, ohne sich zu verabschieden. Umso besser, dachte er zunächst. Er war zu ihr gekommen, um etwas Glück und Trost zu finden. Das Wunder geschah, denn er fühlte sich glücklich und getröstet. Ehe er ging, kam Doktor Valois, um ihm die Hand zu drücken.

»Ich komme bald bei euch vorbei«, versprach er. »Ich war sehr beschäftigt und habe meinen kleinen Kranken vernachlässigt. Wie geht es Claude? Ist er immer noch so cholerisch?«

Auch er sagte kein Wort über die Felder. Fast so, als wüssten sie von nichts. Paul ging leichteren Herzens nach Hause, alles schien auf einmal so klar. ›Wie feinfühlig!‹, sagte er sich. ›Wie sie es vermieden haben, mich in Verlegenheit zu bringen, mir wehzutun! Und wie sehr ich Anna liebe!‹

11

Die Mauer war nur einen Meter hoch. Trotzdem kam sie der Mutter, wenn sie darauf schaute, höher vor als das Haus. Ein entsetzlicher Albtraum hatte sie aus dem Schlaf gerissen, atemlos und von Angstschauern geschüttelt, setzte sie sich auf: Sie hatte ihre Kinder gesehen, an eine lange Reihe von Unglücklichen gefesselt, ausgehungerte Skelette, halb nackt und mit blutigen Füßen. Der Krüppel, den Paul auf dem Rücken trug, weinte und schrie nach ihr, aber sie konnte sich nicht rühren. Mit ausgestreckten Armen rief sie ihre Namen, ohne sich von der Stelle bewegen zu können, und sie sah, wie sie sich immer weiter entfernten, während das Geräusch der Ketten lauter wurde. Die Hand auf die Brust gepresst, betrachtete sie den Mann, der neben ihr schlief. Würde sie in diesem Bett hilflos sterben? Sie beugte sich über ihn und rief ihn leise. Aber er rührte sich nicht. Dann stand sie auf und ging zum Fenster. Ihre geschärften Sinne nahmen den herben Geruch der Steine und des noch frischen Zements wahr und auch den der Blätter und der Zitronenblüten, die das Grab bedeckten. Sie wandte sich vom Fenster ab, öffnete vorsichtig die Tür und ging auf Zehenspitzen die Treppe hinunter. Mühelos fand sie die Rumflasche in der Speisekammer. Sie führte sie zum Mund und trank hintereinander mehrere Schlucke. Sie hustete und spürte sogleich, wie sich die Wärme des Alkohols in ihr ausbreitete. ›Ich will mich betrunken fühlen‹, sagte sie sich. ›Zum ersten Mal in meinem Leben muss ich mich betrunken fühlen!‹ Sie trank noch einmal, ging dann die Treppe hinauf, umklammerte das Geländer. Ab und zu stieß sie ein ersticktes, groteskes, verzweifeltes Lachen aus.

Zurück im Zimmer, ließ sie sich auf das Bett fallen. Alles drehte sich vor ihren Augen, und ihr Arm glitt ungeschickt auf das Gesicht ihres Mannes. Er fuhr hoch, sah sie verstört und mit offenem Mund an, roch den Rum in ihrem Atem.

»Du hast getrunken?«, fragte er, und während noch die Überraschung seine Augen weitete, trieb ihn eine unüberwindliche Abscheu, sie brutal wegzustoßen.

Sie fiel aus dem Bett und stand schwankend auf. Ungelenk stürzte sie zum Fenster, beugte sich vor und übergab sich geräuschlos. Sie verharrte in dieser Position, solange er schwieg.

»Du hast getrunken!«, wiederholte er. »Du folgst den Spuren deines Vaters. Was ist in dich gefahren?«

Sie richtete sich langsam auf und drehte sich um. Ohne zu antworten, nahm sie eine Wasserkaraffe vom Nachttisch und füllte ein Glas.

»Ich habe Durst«, sagte sie schließlich.

»Was ist in dich gefahren?«

»Woher soll ich das wissen?«

Sie setzte sich aufs Bett, die Hand auf der Brust, in der das Herz in unregelmäßigem, wildem Rhythmus schlug.

»Es hilft«, sagte sie. »Einen Moment lang habe ich alles vergessen, alles, dich, mich, die Kinder und alles andere. Im Rausch spaltet man sich. Eines habe ich jedenfalls gelernt: dass ich noch lachen kann.«

»Bist du wahnsinnig?«

»Absolut! Einen Moment war ich wahnsinnig. Diesen Zustand suchen wahrscheinlich diejenigen, die dem Alkohol verfallen. Den Wahnsinn! Den Wahnsinn!«

Sie ließ ein kurzes Lachen hören, und weil ihr Kopf wieder klar war, klang es grausam verzweifelt. Sie sprachen leise, und er sah sie im Dunkeln wie einen Schatten, verhüllt von einem durchsichtigen Nachthemd, das die Spitzen ihrer Brüste nachzeichnete.

»Leg dich hin!«, befahl er.

Sie legte sich hin, wandte ihm den Rücken zu und richtete sich wenig später wieder auf.

»Kümmere dich nicht um mich«, sagte sie, »schlaf, kümmere dich nicht um mich.«

Er antwortete nicht und tat, als schliefe er. Aber sie wusste, dass er wach lag und sich wegen ihr quälte, worüber sie eine dumpfe Befriedigung empfand. Sie stand am schmalen Fenster und sah den Himmel unter einer

Vielzahl von Sternen funkeln. Sein Glanz ließ die tiefe Dunkelheit im Hof noch unheilvoller erscheinen. ›Jetzt fallen die Blüten der Eichen und der Zitronenbäume‹, sagte sie sich. Und plötzlich tauchte im Schein des Neumondes das weiße Grab inmitten der kompakten Masse der Bäume auf. Irgendetwas bewegte sich ein paar Schritte hinter den Pfählen, und sie erkannte die Gestalt eines Menschen, dann die eines Tieres, das seltsam ungeschickte Sprünge vollführte. Ein Schauer überlief sie, und sie beugte sich vor, die Hände ausgestreckt, den Mund geöffnet, als wollte sie schreien.

»Wann hat das angefangen?«

Sie brauchte eine Weile, ehe sie verstand.

»Seit wann trinkst du?«

Sie richtete sich langsam auf, und ihre Augen, die noch von dem Schauspiel im Hof erfüllt waren, hefteten sich auf den Mann, den sie vergessen hatte, bedeckt vom Laken, den Kopf auf einem Kissen.

»Ich werde wieder anfangen«, antwortete sie trocken, »ich werde wieder anfangen.«

»Du wirst wie dein Vater enden. Der Alkohol wird dich ebenso aushöhlen.«

»Man stirbt immer an irgendwas.«

»Verschone wenigstens deine Kinder.«

»Meine Kinder! Welche Kinder! Sie sind schon tot. Du weißt es nur nicht. Spürst du es nicht?«

»Schweig!«

»Was soll ihnen die Trinkerei ihrer Mutter ausmachen, nach dem, was sie erlitten haben? Was soll sie ihnen ausmachen? Der Geruch des Todes liegt schon über Rose.«

»Schweig!«

Er sprang auf sie zu und packte sie an der Gurgel.

»Ja, ja! Töte mich! Töte mich!«

Er löste die Finger und sah im Spiegel ihr bleiches Abbild.

»Mein Gott!«, murmelte er, sie ungewollt nachahmend.

Sie legten sich hin, zogen beide an ihrer Seite des Lakens, um einander zu entkommen. In der Ferne erhob sich das wütende Gebell eines Hundes und unterstrich die unerträgliche Stille. Eine leichte Brise bewegte die Bäume, und die frische Luft trug den starken Duft der Erde und Pflanzen ins Zimmer.

Sie hörte das Knarren der Treppe, Schritte auf den Dielen, Flüstern, dann schloss sich die Tür des Großvaters. Aber sie rührte sich nicht. ›Und wenn es ein Schicksal gibt‹, fragte sie sich, ›wie käme ich dagegen an? Den Dingen ihren Lauf lassen und warten, die anderen handeln lassen und weiter warten. Mit einem Wort: aufgeben. Ich kann nichts tun, niemand kann etwas tun. Eben das ist so zum Verzweifeln. Die Hände in den Schoß legen und warten. Oder richtig in Wut geraten, um ein für alle Mal Schluss zu machen. Egal, was man tut, es wird nichts ändern. Wir sind wie Ratten in einer Falle gefangen.‹

Sie glaubte zu spüren, wie die Schultern ihres Mannes zitterten, und heftete neugierig ihren Blick auf diesen so nah bei ihr liegenden Körper. Was würde er tun, wenn sie ihn plötzlich berührte?

Und als sie das dachte, sah sie sich mit zwanzig Jahren im Brautkleid vor dem Priester knien, der ihre ineinander gelegten Hände segnete. Gesten ohne Bedeutung, die jedoch damals, in ihrer Jugend, eine Zukunft voller Glück verhießen. Nacheinander waren alle Illusionen verflogen, und in der Leere, die sie hinterließen, bahnte sich langsam das Alter seinen Weg. Die Krankheit war da und würde das Alter hindern, sich lange hinzuziehen, jetzt lauerte sie darauf, ohne Angst, sogar mit einer gewissen verzweifelten Vertrautheit. ›Werde ich durch ihre Hände sterben oder meinen eigenen Tod?‹, fragte sie sich. ›Werde ich als Erste die Augen schließen oder wird mich das Leben zwingen, nacheinander meine Kinder zu begraben, wo ich mich dem Grab doch schon so nahe fühle? Wird es mir diesen bösen Streich spielen? Die Todgeweihte, die die Ihren überlebt! Mein Leben hängt an einem seidenen Faden, ich weiß es, und trotzdem werde ich sie vielleicht alle sterben sehen.‹ In ihrem Kopfkissen versunken, schweißgebadet, die Finger auf die linke Brust gepresst, reglos, hörte sie ihr Herz rasseln und dachte: ›Wir glauben, dass wir kämpfen können, aber das ist falsch. Rose und Paul wissen es noch nicht. Sie sind zu jung und sie wissen es noch nicht. Aus Stolz reden sie sich das Gegenteil ein. Sie sagen sich: Wir kämpfen, wir handeln, wir entscheiden, und sie berauschen sich mit Worten. Es gab eine Zeit, da auch ich mich mit Worten berauschte. Aber es ist aus. Die Illusion hat keine Macht mehr über mich. Die Nachbarschaft dieser Kriminellen hat mich gelehrt, dass man nicht gegen das Schicksal kämpfen kann. Wehrlos sind wir ihrem Hass ausgeliefert. Unwiderruflich verloren. Alle, ohne Ausnahme. Rose, entehrt! Und Paul dabei, sich ins Unglück zu stürzen! Nein, ich kann nicht weiter mit solchen Gewissheiten leben und hilflos zusehen, wie sie untergehen. Mein Gott! Mein Gott! ... Könnte ich mich wenigstens dir anvertrauen! Deine Anwesenheit im Unglück spüren, die Demut haben, auf die Knie zu fallen, mir auf die Brust schlagen und einsehen, dass die Bestrafung gerecht ist! Aber ich kann nicht, ich kann nicht ...‹

Sie sah, wie sich die riesigen Bäume mit einem mächtigen Satz vom Boden lösten und wie ihre dichten Äste auf das Dach des Hauses krachten. Der Himmel verdunkelte sich, unförmige Wellen schwarzer Wolken rollten über ihn hinweg und schlossen sie ein. Sie erstickte. Unter schwachen Zuckungen sank sie in die Bewusstlosigkeit, mit dem Gefühl, dass sich brutale Hände auf ihren Mund und ihre Nase drückten.

12

An jenem Nachmittag ging die Mutter zeitig aus dem Haus. Sie lief lange in der Sonne, erschöpft von Müdigkeit und Angst. Was sie zu tun beschlossen hatte, überstieg ihre Kräfte, sie wusste es, wie sie auch wusste, dass nichts sie daran hindern würde, zu handeln, und wenn sie daran sterben sollte. Völlig vergeblich handeln vielleicht, aber trotzdem handeln, eben danach verlangte das Leben der Menschen. Kurze Hoffnungsstrahlen weckten Illusionen, die sie für immer tot geglaubt hatte. ›Das allein hilft‹, sagte sie sich beim Laufen, ›das allein erklärt, weshalb der Selbstmord nicht das normale Ende eines menschlichen Lebens sein kann. Ich werde versuchen, etwas zu tun, ich werde versuchen zu glauben, dass ich mich noch nützlich machen kann.‹ Sie betrachtete den Himmel, die Bäume, die Blumen, die Leute, als entdeckte sie alles mit neuen Augen. Sie öffnete ihre Tasche und legte Geld in die flehenden Hände der Bettler; als sie einer ausgemergelten Mutter begegnete, die von vier hungrigen, weinenden Babys umgeben war, bewertete sie ihr eigenes Leid und fand es erträglich. Männer in schwarzer Uniform, begleitet von Frauen, die wie Prinzessinnen ausstaffiert waren, saßen in Luxuskarossen, die hupend vorbeirasten; andere, die zu Fuß gingen, grüßten die in den Autos respektvoll mit der Hand an der Mütze, auch sie umringt von Bettlern, die sich mit ausgestreckter Hand vor ihnen wälzten. Wie würde sie ohne Hilfe den steilen Hang hinaufkommen? In der Ferne, auf dem Gipfel, sah sie die gigantischen Umrisse einer Festung, geschützt von Kanonen, deren schwarze Mäuler von weitem beängstigenden Tunneln glichen. Sie vernahm einen ohrenbetäubenden Lärm, den sie für das Brummen eines Motors hielt. Gleichzeitig heulte düster die Sirene. Was sie in diesem Augenblick sah, ließ ihren Atem stocken: Hunderttausende Männer in schwarzen Uniformen kamen aus allen Richtungen am Hang herbeigerannt. Sie stellten sich in engen Reihen auf, die gleichen Käppis, die gleichen Stiefel, und wieder erhob sich das ohrenbetäubende Geräusch. Diesmal begriff sie, dass es nicht von einem Motor stammte, sondern aus Hunderttausenden Mündern kam, die alle zugleich brüllten: »Es lebe der Anführer der schwarzen Uniformen!« Die Mutter erschauerte, machte sich aber mutig daran, langsam den steinigen Hang hinaufzusteigen. Bald ging sie auf allen vieren. Sie hörte ihr Herz in ihrem Hals, in ihren Schläfen pochen, aber sie vergaß, auf sein Rasseln zu achten. Atemlos kletterte sie, fiel, stand wieder auf, kroch flach auf dem Boden. »Mein Gott! Mein Gott!«, flehte sie. Ihre Nägel brachen an den Steinen ab, ihre Hände bluteten, aber sie kletterte immer höher. Jetzt sah sie die Männer ziemlich deutlich. Sie bildeten eine kompakte Masse, die sie an die dunklen Bäume nachts im Hof erinnerte. Sie hatte noch einen weiten Weg vor sich, und der Hang wurde immer steiler, die Festung immer unerreichbarer. Plötzlich bekam sie keine Luft mehr, sie schloss die Augen und spürte, wie die Kräfte sie verließen. Sie rollte zuerst langsam, dann immer schneller und verlor das Bewusstsein. Als sie die Augen öffnete und sich am Fuß des Hügels wiederfand, brüllte sie: »Ich will oben ankommen! Ich muss ihren Anführer sehen, ich muss mit ihm reden, ich muss ihm erzählen, was geschieht. Er weiß sicher nicht, wie die Männer, die er bewaffnet und in Uniformen gesteckt hat, das Recht mit Füßen treten. Aus meinem Mund wird er die Wahrheit erfahren. Mein Gott! Hilf mir! Hilf mir!«

Das Geräusch eines Motors, diesmal unverwechselbar, ließ sie zusammenzucken. Sie drehte den Kopf: Ein Lastwagen kam, beladen mit Männern in schwarzer

Uniform. Die panische Angst verlieh ihr neue Kraft, sie kroch bis zu einem Baum, und versteckte sich dahinter. Der Lastwagen blieb stehen, nahm Anlauf und fuhr schnaufend den Hang hinauf. Die Mutter richtete sich wieder auf. Sie öffnete ihre Tasche, suchte ihr Taschentuch, wischte sich das Gesicht und die Hände ab, reinigte ihr Kleid. Sie ging langsam, mit gesenktem Kopf, die Arme über der Brust verschränkt, dann drehte sie sich zum Hügel um. Eine Minute verharrte sie so, die Augen auf die Festung gerichtet. »Niemand außer ihnen wird sie je betreten«, hörte sie sich murmeln.

Kaum hatte sie die einsame Landstraße hinter sich gelassen, wurde sie von einer euphorischen Menge verschluckt, die brüllend einen Karnevalsmerengue sang. Trommeln begleiteten die Schritte der Maskierten. Gelb gekleidete Peitschenschwinger eröffneten den Zug und ließen ihre langen Lederbänder knallen; dahinter folgten Indianer mit ausgebreiteten Armen, die ihre Perücken und ihre Federn schüttelten. Eine Gruppe halb nackter Teufel mit scharlachroten Hörnern bedrohte die Zuschauer mit ihren vergoldeten Gabeln. Dicke lachende Köpfe liefen in zwei Reihen, während eine wunderschöne Königin in rosa Tüll auf einem Wagen, der die Festung in Miniatur darstellte, die Menge mit Küssen grüßte. Andere Gruppen, in bunt glänzende Stoffe gekleidet, verrenkten sich wie Verrückte, die Tänzer hatten Flaschen in der Hand, waren trunken vom Rum und den Trommeln.

›Der erste Karnevalstag‹, sagte sich die Mutter. ›Und ich habe es vergessen.‹ Sie lief weiter, getrieben, bedrängt und in der entfesselten Menge gefangen. Während sie vergeblich kämpfte, um sich zu befreien, tauchte hinter dem Wagen der Königin eine Gruppe von »Bänderschwingern« auf. Hunderte zerlumpte Bettler folgten ihr mit erhobenen Händen und bewegten sich zum Klang einer riesigen, bunt geschmückten Trommel, die von den Gruppenmitgliedern mit wilden Sprüngen und rhythmischen Bewegungen geschlagen wurde. Die Bänder flochten sich im Takt der Schritte und der Hüften harmonisch ineinander. Die tobenden Menschen brüllten mit geschlossenen Augen immer lauter, betäubt von den Trommelschlägen. Nichts war mehr da: weder der Hunger noch die Angst noch die Verzweiflung. Man gönnte sich eine Ruhepause, versank ganz und gar in den uralten Sitten, die den Menschen für einen Moment das trügerische Gefühl der Freiheit verschafften. Die Trommel, der Tafia, die Musik, die Lieder, der Tanz, die Schreie, das erotische Gewimmel halfen ihnen ebenso gut, sich auszutoben, wie während der Voodoozeremonien der Gedanke, von afrikanischen Göttern besessen zu sein.

Endlich hatte sich die Mutter aus der Menge lösen können. Sie ging langsam durch die verlassenen Straßen bis zu ihrem Haus. Der Großvater saß mit dem Krüppel auf der Galerie.

»Hast du den Karneval gesehen?«, fragte das Kind. »Sind viele Menschen da?«

»Ja«, antwortete sie nur.

»Hast du schöne Masken gesehen?«

»Ja«, antwortete sie wieder, »nur die Bettler sind nicht maskiert.«

»Und gibt es eine Königin und Wagen?«

»Eine sehr schöne Königin auf einer Festung.«

»Sie spielen sich also wirklich als Herren auf!«, brummte der Großvater wie zu sich selbst.

Sie sah ihn schweigend an, dann klopfte sie bei Rose und Paul.

›Wo sind sie?‹, fragte sie sich, als keine Antwort kam.

Auch der Vater war nicht da.

Sie betrachtete sich eine Minute im Spiegel, strich

sich mit der Hand über das Gesicht, seufzte, setzte sich auf das Bett und starrte ins Leere.

Sie war also gescheitert, wie sie alle ganz sicher scheitern würden. Oder würde sie morgen wieder anfangen und an jedem Tag bis zum Tod? War es nicht ihre Aufgabe, die Kinder mit Liebe zu umgeben, ihnen schweigend zu helfen und die Augen zu schließen, damit sie ihre Angst besiegten, damit sie frei handeln konnten, auch wenn sie die Überzeugung in sich trug, dass am Ende aller Bemühungen auch auf ihre Kinder die Niederlage wartete? Einfach ihr Leben versüßen, über ihren Köpfen die mütterlichen Hände ausbreiten, damit sie in ihrer Verzweiflung danach greifen konnten, um sich daran festzuhalten oder sich das Gesicht zu bedecken und zu schluchzen. Erneut beginnen, was sie heute getan hatte, das bedeutete, ihrem Stolz zu gehorchen und ihren eigenen Tod vor ihnen und vor sich selbst zu rechtfertigen. Direkt auf den Selbstmord zuzurennen und ihre Tage zu verkürzen. Denn man würde sie umbringen, das wusste sie. Man würde auf sie schießen, noch ehe sie den Mund aufmachte, um zu sprechen.

In der Ferne vernahm sie den gedämpften Lärm des Karnevals. Sie neigte den Kopf und hörte ihr Herz schlagen. Es hechelte atemlos und müde wie ein altes Stück Vieh auf seinem letzten Weg. ›Ich muss es pflegen‹, sagte sie sich schließlich, ›es pflegen, um länger zu leben als sie alle; darin liegt der Sinn meines Daseins. Ihr Leiden auf mich nehmen, meine Tage verlängern und leben, um mein Kreuz zu tragen und das ihre …‹

Zweiter Teil

13

Der Zweifel ist über mich gekommen. Es ist schrecklich. Ich zweifle an Anna. Gestern Abend war Doktor Valois mit ihr hier. Sie sind plötzlich allzu großzügig, allzu liebenswürdig. Das gefällt mir nicht. Sie haben es erfahren, wie alle, und wie alle sind sie uns ausgewichen. Warum diese Wende? Wenn ich an Anna und an Doktor Valois zweifeln muss, bin ich verloren. Wie sie Rose umarmt haben! Sie war wie erstarrt unter ihren Küssen, als wären sie ihr zuwider. Rose sieht aus, als wäre ihr die ganze Welt zuwider. Sie hat so einen merkwürdig versteinerten Blick, als vollziehe sich in ihrem Innern ein grauenvolles Schauspiel. Mama zitterte am ganzen Körper, als sie Doktor Valois ansah, aber er achtete nur auf Claude. »Es ist also entschieden mit dem Rollstuhl, nicht wahr? Ja, er ist teuer und die Zeiten sind schwierig. Aber ein Arzt kann doch wohl seinem kleinen Kranken einen Rollstuhl schenken, wenn er brav und artig ist. Bist du brav, Claude? Bist du artig? Wie oft bist du wütend geworden seit meinem letzten Besuch? Beruhigen Sie sich, Laura, ich habe nichts Außergewöhnliches gesagt, überhaupt nichts, und ich will auf keinen Fall etwas von Dankbarkeit hören. Ich behandle dieses Kind seit seiner Geburt, nicht wahr? Na also!« Und er schüttelte seinen schönen Kopf und lächelte sein unwiderstehliches Lächeln. Das Lächeln seiner Tochter. Nein, es kann nicht sein, dass … Aber trotzdem, sie sind immerhin zwei Wochen lang nicht gekommen. Sie haben sich verhalten wie die anderen. Und jetzt kennen alle Roses Geschichte. Der Gorilla hat sie bestimmt verbreitet, hat von ihr erzählt und lachend berichtet, wie … Nutte! Verdammte Nutte! Aber nicht sie, sondern ihn werde ich umbringen. Egal, was danach passiert. Ich werde ihm geduldig auflauern, und ihn umbringen. Ich habe in meinem Schubfach ein Messer versteckt, das ich extra dafür gekauft habe. Ich werde es ihm ohne zu zögern in den Rücken bohren. Wie sie alle Rose umschmeicheln! Jetzt gewinnt plötzlich auch sie an Macht, dank des Gorillas. Woher kommen diese Männer nur? Und wer ist ihr Anführer? Plötzlich sind sie aufgetaucht und haben unser Land besetzt, ohne dass wir etwas tun konnten, um uns zu verteidigen. Sind wir so schwach und haltlos geworden? Wir leben in Angst, werden von Tausenden Stiefeln in den Staub getreten. Jeder weiß, dass sie einen Anführer haben, aber niemand hat ihn je gesehen. Er sitzt in seiner Festung, und es heißt, dass er dort herumläuft wie ein Löwe in seinem Käfig, während er auf die Berichte seiner Spione wartet. Vielleicht haben wir das verdient, und wie immer bezahlen viele Unschuldige für die Schuldigen. Waren wir schon so verdorben? Ich weiß sehr wohl, dass wir lange Zeit in der Sünde und im Laster versunken sind, und ich persönlich habe mir auch eine Veränderung gewünscht. Aber nicht so. Ich will mich als ganzer Mann fühlen, als freier Mann. Nicht als Befehlsempfänger. In diesen Tagen wird unter den Bettlern rekrutiert; sie wissen es und zeigen übermäßigen Eifer, um sich eine Waffe zu verdienen. Zunächst halten sie sich an die weniger Hartnäckigen, aber ich weiß, dass auch wir an die Reihe kommen. Alle sind unter dem Banner des Todes und der Streitkräfte versammelt. Wie soll man gegen sie kämpfen?

Ob sie nun aus den abgelegensten Ecken des Landes oder von einem anderen Planeten kommen, nur die Geschichte kann über sie urteilen. Jüngere als ich werden sich vielleicht eines Tages mit ihnen messen. Denn nichts ist ewig. Man muss hoffen, sonst hätte das Leben gar keinen Sinn mehr. Sie durchbohren uns mit Blicken und verhaften die Aufsässigen. Wehe den Halbherzigen. Werde ich der Versuchung lange widerstehen? Danach wäre alles so einfach. Zwölf Jahre Schule, beide Abiturprüfungen mit Bravour bestanden, und jetzt das. Was bieten sie mir? Meinen Rang und meine Auszeichnungen mit schändlichen Denunziationen zu erkaufen? Geschickt die Ellbogen einzusetzen, um mich in die erste Reihe zu drängen? Denn ohne jeden Zweifel gibt es auch bei ihnen schon Große und Kleine, und daher ist ihr Ende vorgezeichnet. Ich habe Angst, mich der Tatsache zu beugen, dass der Mensch dem Menschen tatsächlich ein Wolf ist. Mehr als jeder andere habe ich Lust, mich für eine uneigennützige und wertvolle Sache einzusetzen und zu kämpfen. Aber ohne Waffen. Mit meinen Ideen. Mit brüderlich ausgestreckten Händen, als Vorbild einer nie da gewesenen Bescheidenheit. Jedem werde ich folgen, der Gesetze gegen den Luxus erlässt, um dem zunehmenden Protz, dem entfesselten sterilen Ehrgeiz Grenzen zu setzen; ich unterstütze nur den, der Hunger und Elend, Kerker und Folter beseitigt, der jeden Menschen als Mensch behandelt und einen für alle offenen Dialog erlaubt. Wenn ich zu keiner Partei gehören, wenn ich frei bleiben will, soll man mir diese Wahl lassen. Ohne Waffen, ganz allein, will ich das Recht haben, für Gerechtigkeit und Freiheit einzutreten und herauszuschreien, was ich für die Wahrheit halte …

Ich bin den ganzen Tag durch die Stadt spaziert. Ich habe Blumen und Landschaften gesehen und den Himmel, der geschminkt war wie das schöne Gesicht einer

Frau. Ich hatte Tränen in den Augen, als würde ich mit einem Mal den strahlenden Glanz meines Landes wahrnehmen. Schließlich gelangte ich zu einem abgelegenen Platz, wo sie magere, krank aussehende Männer trainierten, die auf Befehle hörten und mit starren Augen und zusammengepressten Lippen im Stechschritt marschierten, die Waffe über der Schulter. Ich sah einen von ihnen zusammenbrechen. Zwei Männer stürzten herbei. Sie hoben ihn hoch und zogen ihn aus der Reihe. Dann ging das Exerzieren weiter. Ich erkannte Bettler wieder, denen wir oft ein Almosen gegeben hatten. Noch waren sie eingefallen und dürr, aber die Hoffnung, selbst mächtig zu werden, hielt sie aufrecht. Ich weiß, dass der Tod nichts Erschreckendes hat, man muss ihn nur zähmen, damit aus seiner Grimasse ein Lächeln wird. Gestern habe ich angefangen, ihm ins Gesicht zu sehen. Anna! Anna! Ich würde mich zu ihr flüchten, um mich vor mir selbst zu schützen, aber sie kann nichts für mich tun. Sie hat mich zu spät angelächelt, sie ist zu spät gekommen, hat zwei Wochen zu spät ihre Hand ausgestreckt, ist das nicht genug, um mein Vertrauen zu zerstören?

Rose geht seit zehn Tagen jeden Abend weg. Sie ist mager, so mager, und niemand sorgt sich darum. Widerlicher Feigling!, möchte ich meinem Vater ins Gesicht schreien. Aber wenn ich meine Mutter ansehe, kann ich nur schweigen. Sie sieht aus wie eine Sterbende. Großvater sagt kaum mehr ein Wort, sein Bart zittert unaufhörlich. Das macht mir Angst. Ich habe das Gefühl, dass er etwas Teuflisches ausbrütet. Ich bin überzeugt, wir sind alle dabei, etwas Teuflisches auszubrüten. Was wir derzeit durchmachen, ist so empörend, dass wir uns selbst nur entkommen, wenn wir uns wieder und wieder unseren Rachegedanken hingeben. Was mich angeht, so habe ich Klarheit: Ich werde ihn töten und danach sterben. Wie? Keine Ahnung. Aber das ist auch unwichtig. Das Wesentliche ist, dass ich meine Entscheidung treffe und widerstandslos den Gedanken akzeptiere, zu töten und dann zu sterben. Ich habe einen perfekten Plan. Alles ist so einfach, wenn es in der Abgeschlossenheit unseres Bewusstseins abläuft. Wer sieht sich nicht als Held?

Mein Vater wirkt wieder so stumpf und farblos wie zuvor: Er ist wohl sicher, dass er nicht entlassen wird. Auf jeden Fall hat er Rose geschickt eingesetzt. Hat er sie aus Naivität diesen Geiern zum Fraß vorgeworfen? Vielleicht wird er von Gewissensbissen gequält und ist voller Wut und Hass! Es wäre zu schlimm, müsste ich glauben, dass hinter dieser reglosen Maske kein Leben ist. Ist ihm Roses verändertes Gesicht aufgefallen? Erstarrt, tot, ja, tot. Was haben sie mit ihr gemacht? Nein, ich will es nicht wissen. Wenigstens nicht jetzt. Es ist zu früh.

Ich habe Fred Morin und die anderen empfangen. Ihre zunehmende Freundlichkeit geht mir auf die Nerven. Unverzeihliche Schwäche, ich habe ihrem Drängen schließlich nachgegeben und bin jetzt wieder in der Mannschaft. Heute Nachmittag haben wir zwei Stunden gespielt. Zwei Spieler haben mir anvertraut, dass sie die Uniform anziehen wollen. Fred Morin tritt in ihre Fußstapfen, das steht fest. Irgendwas in seinem Blick hat ihn verraten. Ich sehe ihn schon in Uniform, wie er seine Schüchternheit überwunden hat, sich als vermeintlicher Anführer aufspielt und sich mit einem Orden an der Brust tapfer dem Gorilla in den Weg stellt, um ihm meine Schwester auszuspannen. Nur der Gedanke der Macht kann ihn in ihren Augen aufwerten. Die Schwachen fühlen sich nur mit einer Waffe in der Hand stark; ebenso wie minderwertige Geschöpfe. Dabei zählt doch allein der Entschluss. Soll ich ihn weiter treffen, obwohl ich ihn verachte? Soll ich meinen einstigen Kameraden aus dem Weg gehen, weil sie uns schmeicheln? Sie vermeiden es nach Kräften, in meiner Anwesenheit den Namen Rose auszusprechen, aber ich muss sie nur beobachten, wenn sie da ist: nichts als Bücklinge und verstohlene Blicke. Sie trauen sich nicht mal, sie direkt anzusprechen. Sie ist tabu. Das verdankt sie dem Gorilla. Die Tabunutte. Ich werde ihn töten und dann sterben. Ich denke nicht an die anderen. Meine Tat wird uns alle ins Verderben stürzen, ich weiß es. Mein feiger Vater kann noch so schön den armen Unschuldigen spielen und mich der Inkonsequenz bezichtigen, auch er wird draufgehen, wenn ich mein Ziel nicht verfehle. Denn solange der Gorilla lebt, wird er scharf auf Rose sein, und solange er scharf auf sie ist, wird er seine Waffen über unseren Köpfen schwingen, um uns zu verteidigen. Vielleicht werden sie mich für verrückt erklären und einsperren lassen! Wer wird mich schützen? Wer wird den Mut haben, die Wahrheit herauszuschreien? Meine Mutter? Ja, an diesem Tag wird sie ihre Krallen zeigen. Erloschen, aber nicht tot. Man muss nur hören, wie sie ihre Tochter verteidigt, um zu spüren, dass ein Funke genügt, ihr Feuer neu zu entfachen. Man muss nur sehen, wie sie Doktor Valois anschaut. Unterdrückt, aber nicht zerstört. Rose! Rose! Vor fünf Jahren habe ich ihr das Leben gerettet. Mitten ins Meer bin ich gesprungen und habe sie bewusstlos ans Ufer gebracht. Wir sind Freunde geworden. Sie ist loyal wie ein Mann. Sie hat mich nicht verraten, als sie mich eines Abends mit Jacobs Dienstmädchen unter den Eichen erwischt hat. Ein tolles Mädchen.

Es hat sich jedenfalls nichts geändert. Sie sind immer noch auf unseren Feldern. Ist der Gorilla wirklich so mächtig, wie man sagt? Oder führt er Rose einfach an der Nase herum? Vielleicht war es von Anfang an sein Ziel, sich mit der Komplizenschaft des Anwalts die Felder und das Mädchen anzueignen. Wer sagt mir, dass er nicht von vornherein ein Auge auf meine Schwester geworfen hatte? Ich werde ihn töten und dann sterben. Mein Entschluss steht fest. Ich spüre, dass mir diese Entscheidung meine Ehre zurückgibt. Diese Gedanken reinigen mich, sie reinigen uns alle. Die Korruption macht wenigstens an unserer Schwelle Halt, und solange ich noch am Leben bin, wird mich die Rache, die ich in mir nähre, trösten und mir helfen, nicht ergeben den Gedanken an unsere Niederlage zu akzeptieren. Auch wenn es Monate dauern sollte, sie zu stillen. Eine Rasse von Tollwütigen, hat meine Mutter einmal zu mir gesagt. Und das stimmt. Wir alle tragen in uns den heiligen Zorn Gottes, und Großvater merkt es nicht. Wir ähneln uns alle. Aus dem gleichen Holz geschnitzt, und Großvater merkt es nicht. Oder tut er nur so, um seine Vorliebe für Claude nicht rechtfertigen zu müssen? Er mag meine Mutter nicht: Sie zeigt nicht genug Wut. Er achtet nur auf die äußere Reaktion und weigert sich, hinter den dichten Schleier des Schamgefühls zu sehen. Roses Schamgefühl! Und hundertmal nenne ich sie bei mir selbst eine Nutte! Sie haben sie getötet. Sie schaltet das Radio nicht mehr an. Sie hat ihre einstigen Vorlieben vergessen. Kein Tanz, kein Lachen, kein Theater mehr, hinter denen sie sich verschanzte, um sorglos wie alle anderen zu leben.

Ihre schwarzen Uniformen bei den Pfählen ziehen meine Blicke an wie ein Magnet. Schweißnass, triefend, gebeugt unter der Sonne, die Waffe auf der Schulter. Sind sie glücklich? Befriedigt sie das Gewicht der Waffe? Ich muss nur selbst die Uniform anziehen, und unsere Qualen sind vorbei. Nein, das kann ich nicht. Sie würde meinen Körper verbrennen. Und wenn diese ganze List nur dem Ziel diente, mich geschickt in ihre Reihen zu zwingen? Habe ich das Recht, meine Familie zu opfern, indem ich den Widerspenstigen spiele?

Sie beobachten mich und ahnen meinen Hass. Sie werden bis zum Ende gehen, bis ich auf die Knie falle, um Gnade bitte, ihren Verbrechen applaudiere. Und das kann ich niemals. Ich gehöre zu der kleinen unbewaffneten Gruppe, die sich gegen sie erhebt. Glaubt Rose, dass wir Recht bekommen, wenn sie sich dem Gorilla ausliefert? Erzähl, Schwesterchen. Ich werde die Kraft aufbringen dir zuzuhören, ohne durchzudrehen. Was haben sie dir angetan? Hab keine Angst, wenn du mich brüllen hörst wie ein Löwe. Ich werde schweigen, und dann werde ich ihn eiskalt töten, mit aller Vorsicht. Sie werden niemals erfahren, woher der Schlag kam.

Doktor Valois besucht uns in letzter Zeit zu oft. Weiß er, dass meine Mutter ihn liebt? Er hat Claude den Rollstuhl gebracht und zeigt ihm, wie er damit umgehen soll. Er hat die mageren Hände des Kindes auf die Räder gelegt, hat ihm in die Augen gesehen und gesagt: »Na los, schieb!« Und Claude hat geschoben und schallend gelacht. Dabei ist es auf den alten Dielen im Esszimmer bestimmt nicht so einfach. Anna lächelte, sanft, liebenswürdig, unbefangen. Zu spät. Sie stürzte herbei, als Claude bei einem ungeschickten Versuch, schneller zu fahren, beinah umgefallen wäre. Fürsorge? Schmeichelei? Ich sah, wie mich Anna mit fragenden Augen fixierte, und wandte den Kopf ab. Meine Mutter hatte sich elegant angezogen und frisiert, aber sie wirkte trotzdem wie eine Sterbende. Großvater bekam kaum die Zähne auseinander, konnte seine Wut nur schlecht unterdrücken und zerrte immer wieder an seinem Bart. Er wittert etwas. Sieht er noch weiter als ich? Rührt seine Intoleranz daher, dass er das abstoßende Innerste eines jeden von uns besser sieht als die anderen? Spürt er die Unreinheit und die perverse Besessenheit unserer Leidenschaften, nimmt er ihren widerlichen Gestank wahr?

Diese seltsame Frühreife im Verhalten des verkrüppelten Kindes! Sie teilen schreckliche Geheimnisse. Claude hat verstanden. Er hat bei Rose den Geruch von etwas Unbekanntem wahrgenommen, das ihm zuwider war. Den Geruch des Mannes. Gorillaschweiß. Gorillasamen. Ich werde ihn töten. Claude hat seinen Rollstuhl zum Radio gelenkt und es eingeschaltet, woraufhin Rose aufgestanden ist. Nein, hat sie mit dumpfer Stimme gesagt, nein, ich habe zu starke Kopfschmerzen. Trauer! Die Trauer liegt über diesem Haus, aber sie hat es nicht sagen wollen. Sie wird nicht mehr tanzen. Es ist vorbei. Doktor Valois hat sich eingemischt. Er hat freundlich gefragt: Warum nicht, Rose? Warum nicht?, und das Radio wieder eingeschaltet. Sie hat ihn kurz angesehen, ganz kurz, und geantwortet: Ja, warum eigentlich nicht? Und Anna fragte: Tanzt du denn nicht mehr gern, Rose? Du musst dich an dem festhalten, was du geliebt hast, versuch es, versuch dich an etwas festzuhalten. Doch, natürlich tanze ich noch gern, antwortete Rose, warum sollte ich nicht mehr gern tanzen? Und sie hatte den Mut aufzustehen und sich zu drehen, sich vor uns zu drehen. Und dann blieb sie stehen, wie von Schwindel gepackt, und starrte mich mit ihren leeren Augen an. Komm, komm, tanz mit mir, Paul, komm, komm doch. Verweigerst du deiner Schwester einen Tanz? Komm, komm doch. Schmollst du? Gemeiner Kerl! Na gut, dann tanz mit Anna. Eine Schwester ist ja nur eine Schwester, komm, tanz mit Anna. Lass ihn doch, meinte Anna, lass ihn doch. Und ich sah meine Mutter blass werden, die Hand auf die Brust drücken und schwanken. Was haben Sie, Laura?, hat Doktor Valois gerufen und zu ihr gestürzt. Sie hat ihn weggestoßen und ist langsam, mühevoll zum Fenster gelaufen, die Hand über dem Herzen verkrampft. Er weiß es nicht, aber dieses Herz ist ganz erfüllt von ihm. Gesegnet sei, was ihn hierher führt, muss sie sich sagen, gesegnet sei das Schlimmste, das ihn so oft hierher führt. Ich möchte Sie gern untersuchen, Laura, legen Sie sich auf das Sofa. Ich muss Sie untersuchen. Es gefällt mir nicht, wie Sie aussehen. Er hat seine Tasche aufgemacht und sie hat sich hingelegt. Er hat seine Diagnose für sich behalten. Dieses Herz, das ganz erfüllt ist von ihm, droht zu zerspringen. Kann er darüber sprechen? Kann er sie verraten? Auf einmal teilen auch diese beiden ein Geheimnis. Schweigen Sie, Doktor Valois!, flehten die Augen meiner Mutter. Ich werde Sie niemals verraten, Laura, aber Sie sind verrückt, verrückt, und es ist meine Pflicht, Sie zu behandeln. Natürlich mache ich alles, was Sie sagen, aber schweigen Sie! Sie verstehen doch, dass es schon genug ist für sie, für mich, schweigen Sie.

Großvater wurde furchtbar wütend, als er die leere Flasche entdeckte. Wer hat den Rum getrunken? Wer hat ihn getrunken?, brüllte er. Und Mélie, die Lippen hassverzerrt, starrte meine Mutter an, ohne zu antworten. Ich war es, sagte mein Vater und senkte den Kopf. Seit wann trinkst du ohne Grund Alkohol, mein Sohn?, fragte Großvater. Ich hatte ihn nötig, antwortete mein Vater. Großvater zerschlug die Flasche an der Küchentür, und meine Mutter drückte die Hand auf die Brust, eine Bewegung, die fast schon automatisch ist. Niemand betrinkt sich in meinem Haus, brüllte Großvater. Doktor Valois versuchte vergeblich, ihn zu beruhigen. Ich schämte mich, weil Anna da war, und senkte den Kopf. Draußen flogen die Vögel zwitschernd von Baum zu Baum. Claude sagte: Sie töten die Vögel nicht mehr. Warum haben sie die Vögel getötet, Großvater? Um die Waffen zu benutzen, die man ihnen gegeben hat, antwortete Großvater. Wenn du die Schwachen bewaffnest, zielen sie auf alles; wenn du Bettler bewaffnest, haben sie nur einen Wunsch: sich selbst zu beweisen, dass sie mächtig geworden sind;

wenn du Schwachköpfe bewaffnest, suchen sie eine Rechtfertigung für die wichtige Rolle, die du ihnen zugewiesen hast, und ermorden ihren Sohn oder ihren Vater. Verstehst du? Ja, sagte das Kind, dann sind alle Vögel und alle Mulatten- oder Negerkinder in Lebensgefahr. Großvater nahm den Krüppel auf den Arm und ging mit ihm weg. Jacob lauerte hinter seiner halb offenen Tür: Großvater hat seinen Gruß nicht erwidert.

Madame Saint-Hilare, die gebrechliche Nachbarin, hat genug gesehen. Sie hat ihren Sessel woandershin stellen lassen und wendet uns jetzt den Rücken zu. So haben wir ihren weißen, von einem Schildpattkamm gehaltenen Haarknoten vor Augen. Verachtung? Weiß sie von der Beziehung zwischen Rose und dem Gorilla? Dabei sind sie immer noch da und wachen Tag und Nacht über unsere Felder. Nichts hat sich geändert. Posten auf unserem Hof! Strammstehen auf dem mit Zitronenblüten bedeckten Grab des Urgroßvaters. Strammstehen in der Sonne, im Regen. Obwohl sie sicher sind, dass niemand je den Mut haben wird, sich hinter die Pfähle zu wagen, machen sie uns weiter Angst und erschießen die Vögel. Wenn ich den Gorilla getötet habe, werden sie zur Abschreckung Unschuldige ermorden. Sie werden dankbar nach dem Köder schnappen. Werde ich ihnen Grund zum Morden geben? Ich müsste eine hinterlistigere, raffiniertere Rache finden. Das ist nicht leicht. Nichts überlassen sie dem Zufall. Es wird lang und schmerzhaft werden. Meine Wut unterdrücken, resigniert erscheinen, das große Spiel mitspielen. Machiavellistisch! Auch wenn ich so weit gehen muss, um Recht zu erhalten, ich finde einen Weg. Habe ich nicht schon eingewilligt, in die Fußballmannschaft zurückzukehren? Ein erster Schritt zur Unterwerfung. Ich werde meinen Stolz und meinen Zorn schwinden sehen und wie die anderen den Kopf beugen. Lasst diesen Uniformierten vorbei! Wie hübsch er ist in seiner schönen schwarzen Uniform! Links, zwei, drei! Hoch die Fahne des Todes und der Streitkräfte. Alle werde ich sie in die Enge treiben, und mit jedem meiner Schritte Schrecken säen.

Stellt ihn an den Baum. Nein, ihr müsst ihn nicht festbinden. Er wird sich nicht rühren. Er hat zu viel Angst. Peng! Schon bricht er zusammen. Verräter! Werft seinen Körper auf den Lastwagen. Bravo! Du bist deiner Uniform würdig, Paul Normil. Und ich werde die Brust vorstrecken, die Hand an meiner Waffe. Wenn die Bettler essen wollen, sollen sie exerzieren kommen. Eins, zwei, eins, zwei! Ja, aber sie sind doch sehr geschwächt, und die meisten von ihnen sterben. Einer weniger. Werft seinen Körper auf den Lastwagen. Ohne Erbarmen. Unsere Sache kennt kein Erbarmen. Platz für die, die Hunger hatten, die erniedrigt wurden, die sich nach langer Entbehrung wie Raubvögel auf die Güter der Erde stürzen. Schande über jene, die ihnen den Weg versperren. Schande über jene, die nicht verstehen, dass sie jetzt alles opfern müssen, so gierig greifen sie nach dem, was sie um jeden Preis an sich reißen wollen.

Ja, aber ich bin nur ein junger Neger, der mit Bravour seine Abiturprüfungen abgelegt hat, und den das Architekturstudium lockt. Ich will meinen Frieden. Ich will meine Freiheit. Ich will das Recht haben, zu entscheiden und zu wählen. Vielleicht könnte man die Dinge miteinander verbinden? Die Uniform würde mir gute Noten garantieren und mir die Sicherheit geben, dass man mich nach meiner Fasson leben lässt, dass ich bekomme, was ich möchte. Ich bin nicht ganz sicher. Der Versuch lohnt sich: In den Hörsälen zweihundert, dreihundert künftige Architekten und Ärzte, alle in schwarzer Uniform. Warum nicht?

Doktor Valois? Wer sagt mir, dass er nicht ihr Spiel mitspielt, um seine Ruhe zu haben? Er und seine Tochter applaudieren heuchlerisch. Nein, nein, nein. Ihre Gleichgültigkeit für das, was uns zustößt! Ihr plötzlicher Eifer! …

Ich übe das Messerwerfen am Mandelbaum. Der einzige Baum, der uns jetzt noch gehört, weil er vor der Tür steht, am Eingang zur Straße, dem einzig erlaubten Zugang für uns Halbgefangene. Ich will so perfekt werden, dass ich ein Ziel auf drei Meter Entfernung treffe. Ich entdecke an mir außergewöhnliche Fähigkeiten. Der Stamm des Mandelbaums ist mit Wunden übersät. Gegen ihn richte ich meinen Zorn und meine Auflehnung. Jeden Tag werfe ich zwei Stunden, ohne Pause, aus der Nähe und aus der Entfernung. Ich bin wirklich erstaunlich geschickt, sogar im Dunkeln. Noch nie habe ich mein Ziel verfehlt. Reif für den Zirkus. Paul Normil, der Messerwerfer. Und ich werde Annas Körper mit zwanzig Messern umgeben, ohne ihn zu berühren. Mit verbundenen Augen werde ich ihre Umrisse von den Füßen bis zum Kopf nachzeichnen. Paul Normil, der Messerchampion. Von wem habe ich diese Begabung geerbt? Im Lauf der Ereignisse, die sein Leben ausmachen, offenbart sich der Mensch vor sich selbst. Er ist das Produkt der Umstände, die sein Leben bestimmen, sagt man. Könnte mein Vater töten? Er ist nur ein Feigling. Gut, um den Heiligen zu spielen. Gut, um die linke Wange hinzuhalten, nachdem er auf die rechte geschlagen wurde. Die Bettler haben gelernt, mit dem Revolver umzugehen, ich spiele mit dem Messer. Wer hat eine Feuerwaffe außer den Männern in Uniform und den Spionen der Männer in Uniform? Ich werde die Uniform anziehen, um den Gorilla zu töten. Dann werde ich nämlich eine Waffe haben, um mich zu verteidigen. Ich werde vor ihnen salutieren und sie werden denken: noch einer. Ich zertrete die Gebrechlichen unter meinen Stiefeln, die Halbherzigen, die nicht eingezogen wurden, die Verdächtigen, die man nicht wollte, die Schwächlichen wie meinen Vater, die man verachtet und verfolgt.

Der bewegliche, rauschende Schatten der Palmen unter meinen Füßen! Ich laufe schweren Schrittes über ihn hinweg, fern von meinem Haus, fern von den anderen. Mich von allem lösen! Vergessen, dass meine Eltern da sind, und mir vorstellen, dass mich niemand auf der Welt beweinen wird! Roses Magerkeit! Der erloschene, schmerzhafte Blick meiner Mutter! Die von Scham niedergedrückten Schultern meines Vaters! Sie wiegt schwer, die Scham! Sie ist schwerer zu tragen als eine Tonne Schrott. Feigling! Du hast deine Tochter den Wölfen zum Fraß vorgeworfen.

Ich setzte mich auf eine Bank unter den Bäumen, am Rand des kleinen einsamen Platzes, den ich so gern besuche, und schlug mein Lehrbuch auf. Es war etwa elf Uhr. Kinder, die aus der Schule kamen, rannten auf den Platz, verfolgten einander ganz unbekümmert. Sie sahen mich nicht an, waren ganz in ihrem Spiel versunken. Ich sehnte mich nach der Kindheit zurück. Erinnerungen stiegen in mir auf, verblassten und kehrten wieder. Großvater hat gesagt: Es gibt kein einziges Schaf mehr im ganzen Land, aber die Raubvögel haben sich vermehrt. Hat der Kleine es verstanden? Er hat nach oben geschaut, um die schweren schwarzen Flügel der Fregattvögel zu suchen, die über den Eichen schwebten, und deren lange Schnäbel auf die Erde gerichtet waren. Es stimmt, wir haben schon lange kein Lamm mehr gegessen. Ich werde ihn töten! Werde ich es können? Oder mich töten, mich, das wird sicher viel einfacher. Man wird als Mörder oder als Selbstmörder geboren. Ich trample auf den Schatten der Bäume herum, auf der Suche nach meinem ungreifbaren Ich. Müßig. Obwohl ich so gern lese, so gern Architekt werden will. Man hat die Wahl. Alles ist da. Aber vorher einen vernichten, nur einen. Sehen, dass sich sein Blut wie ein rotes Tuch über seine schwarze Uniform ergießt! Dann leben. Lüge. Das wird nicht ausreichen. Ich werde sein wie das Wasser in dieser Abflussrinne, stinkend, grünlich, ohne mich bewegen, mich vollenden zu können. Die Verzweiflung ist wie ein Juckreiz; man beruhigt ihn einen Moment, dann kommt er wieder. Vergebliche Mühe! Ich grüble zu viel. Am Ende werde ich weich werden, in Handlungsunfähigkeit versinken. Sag mir, was sie dir angetan haben, Rose, und ich bin sicher, dass ich es kann. Aber du wirst nicht sprechen. Dein Leben lang wirst du dein Geheimnis für dich behalten, und die Erde wird sich über deinen versiegelten Lippen schließen. Voller Bosheit trample ich auf den Schatten der Bäume herum. Ich hasse ihre gelassene Gleichgültigkeit, ihre mechanische Bewegung, die sich durch nichts beirren lässt. Ich gehe zur Bank zurück und setze mich wieder. Ein Blinder streckt mir die Hand entgegen, ich schließe die Augen und spiele unter dem schrägen Strahl der Sonne, der mich mitten ins Gesicht trifft, den Schlafenden. Was nützt es, einem Krüppel ein Almosen zu geben, wenn zehntausend andere Hunger leiden? Ich werde die Tür zum Esszimmer öffnen und in Uniform vor ihnen erscheinen, mit einer Waffe am Gürtel. Und Großvater wird schreien: Raus hier, Raubvogel! Ich werde in Uniform erscheinen, mit einer Waffe an der Seite, und meine Mutter wird vor Entsetzen und Abscheu die Hand auf die Brust legen. Ich werde zu Rose sagen: Verkauf die Felder und geh fort. Dann wird sie einen Schrei ausstoßen: Warum hast du das getan? Warum hast du das getan? Ganz umsonst, sie wird sich ganz umsonst geopfert haben. Oder hat sie Spaß daran? Verdammte Nutte! Nein, sie ist zu mager, ich will sie nicht noch mehr belasten. Welcher Mann hat sie nicht begehrt? Es ist die Aufgabe eines Bruders, über seine Schwester zu wachen. Du bist nicht aus diesem Jahrhundert, hat Fred Morin einmal zu mir gesagt. Ich hatte einen Dollar in der Tasche. Ich bin am helllichten Tag in eine Absteige gegangen und habe eine Frau bezahlt. Sie hatte Angst vor mir, schloss die Augen und sagte: Was haben Sie? Was haben Sie denn? Ich bin hinausgegangen und ziellos durch die Straßen geirrt. Ich habe Autos anfahren und Bettler rennen sehen. Sie warfen sich beinah unter ihre Räder, die Hände ausgestreckt, stinkend und dünn wie Skelette. Ein Auto für jeden Mann in Uniform, da kommen sicher Tausende zusammen. Ich werde auch eins haben, um meine Frauen und meine Familie auszufahren. Ich kehrte erneut zu der Bank am Platz zurück und schlug mein Buch auf. Ich muss lernen, ich muss! Ich hörte Schüsse und versteckte mich wie ein Schuldiger hinter einem Baum. Der Flüchtende rannte ganz dicht an mir vorbei, dann sah er mich und blieb stehen. Ich wich zurück und er folgte mir ganz vorsichtig, ein paar Schritte hinter mir, ohne etwas zu sagen. Ich hörte, wie er hechelte, und setzte mich wieder auf die Bank. Dann sah ich ihn an. Er war etwa so alt wie ich, trug ordentliche Kleidung und Schuhe. Der Schweiß, der ihm über das Gesicht rann, würde ihn verraten, wenn seine Verfolger uns jemals entdecken sollten. Ich sagte:

»Setzen Sie sich und wischen Sie Ihr Gesicht ab.«

»Ich habe kein Taschentuch«, antwortete er.

Als ich meins herausholte, um es ihm zu geben, spürte ich die Spitze des Messers an meiner Brust. In geringer Entfernung hörten wir das Geräusch ihrer Stiefel, und er kam unwillkürlich näher.

»Was haben Sie getan?«, fragte ich ihn.

»Was muss ich wohl getan haben, damit ich es verdiene, niedergeschossen zu werden?«, antwortete er. »Wissen Sie nicht, dass sie aus Spaß am Töten töten?«

Ich reichte ihm mein Lehrbuch.

»Senken Sie den Kopf. Lesen Sie ganz ruhig.«

Er gehorchte. Das Geräusch der Stiefel verklang, Pfiffe riefen den Trupp zurück.

»Danke«, sagte er und sank in sich zusammen.

Dann legte er den Kopf an die Banklehne.

»Ich falle um vor Müdigkeit. Ich falle um.«

Und gleich darauf schlossen sich seine Augen.

Warum bin ich nicht da geblieben und habe über seinen Schlaf gewacht? Die Mittagszeit war lange vorbei, als ich nach Hause kam. Ich hatte den Unbekannten schlafend zurückgelassen, und am nächsten Tag erfuhr ich, dass ein Student auf einer Bank erschossen worden war, mitten auf einem öffentlichen Platz. An diesem Tag besuchte mich Fred Morin, aber ich weigerte mich, ihn zu sehen. Ich schloss mich in meinem Zimmer ein, ich hatte Angst, aus der Haut zu fahren, wenn mich irgendjemand ansprach. Ich fühlte mich, als hätte ich einen Freund verloren. Ich trauerte. Ein schrecklicher Schmerz, eine Mischung aus Gewissensbissen und Empörung schnürte mir das Herz zusammen. Warum? Warum?, wiederholte ich immer wieder. Warum habe ich ihn auf der Bank zurückgelassen? Warum haben sie ihn ermordet? Warum? Warum? Was war seine Schuld? Hatte er sich geweigert, ihnen seine Schwester auszuliefern? Rose! Meine eigene Schwester! Beschmutzt! Wenn ich den Gorilla töten will, muss ich den Mut haben, der Wahrheit ins Gesicht zu sehen. Meine Mutter kennt die Wahrheit, egal, was sie sagt. Mein Vater auch. Großvater begegnet ihr mit hasserfülltem Schweigen, wie einem Feind. Voller Entsetzen sehe ich den Tag herankommen, da er verlangen wird, dass Mélie ihm die Mahlzeiten in sein Zimmer bringt, um nicht mehr mit uns essen zu müssen. Rose hält durch, aber die Kleider schlottern um ihren Körper. Mager. So mager. Ich werde ihn töten, ich spüre es …

Ich wollte Anna wiedersehen, ehe ich handle. Da ich

nicht weiß, was mich erwartet, kann ich mir auch noch ein bisschen Glück gönnen. Es war sieben Uhr, sie war allein im Salon. Sie sah mich an, dann begann sie zu weinen.

»Bist du mir böse, Paul?«, fragte sie. »Warum bist du mir böse?«

Sie wollte meine Hände nehmen, aber ich war völlig verkrampft.

»Sprich, sprich doch endlich!«, schrie sie.

Ich konnte nicht. Ich versuchte, sie in die Arme zu nehmen, doch irgendwas in mir war stärker und lähmte mich. Rasse von Tollwütigen! Rasse von Misstrauischen! Meine Mutter hat Recht.

Anna murmelte:

»Ich weiß nicht, was du mir vorwirfst, ich weiß es nicht. Ich liebe dich und ich weiß nicht, warum du mich leiden lässt. Ist das gerecht? Oder liebst du mich nicht mehr?«

Als ich ging, hörte ich sie rufen:

»Paul! Paul!«

Ich werde mit der Waffe am Gürtel zu ihr zurückkommen, und an dem Tag werde ich die Wahrheit erfahren. Ich werde erfahren, warum sie und ihr Vater so tun, als würden sie die Anwesenheit der Männer in Schwarz auf unseren Feldern nicht wahrnehmen. Ich werde alles auf eine Karte setzen, auch wenn ich sie danach verliere oder sterben muss. Lieber möchte ich sie verlieren und obendrein sterben, als an ihr zweifeln zu müssen …

Meine Mutter betrinkt sich. Ich habe gesehen, wie sie schwankend die Treppe hinaufgegangen ist. Sie hat mich mit ihren sterbenden Augen angeschaut, dann hat sie voller Schmerz gelacht. Zerstoßenes Glas in der blutenden, röchelnden Kehle. Im Todesröcheln weit geöffneter Mund! Sie wird ihr Herz ausspucken. Rose, die gerade nach Hause kam, ist an uns vorbeigerannt. Die

Tür ihres Zimmers knallte hinter ihr zu. Meine Mutter zeigte mit dem Finger darauf, geschüttelt von dem schrecklichen Lachen, das ihren Mund verzerrte. Dann war sie ganz plötzlich still, ging zum Fenster im Treppenhaus und beugte sich hinaus, als wollte sie fallen. Ich schaute über sie hinweg: Ein Schatten bewegte sich langsam durch den Hof, begleitet von einem weißen kriechenden, springenden Etwas. Der Schatten beugte sich zu Boden, dann richtete er sich wieder auf, das Etwas in den Armen, und ging bis zu den Pfählen. Ich hörte meine Mutter lachen. Das war nicht sie, sondern jemand anders, der in ihr lachte. Sie drehte sich um und sagte zu mir: »Paul, mein Kleiner, nichts und niemand kann den Lauf des Schicksals aufhalten.« Sie öffnete einen Wandschrank, und ich sah in ihrer Hand eine dreiviertel leere Rumflasche. Das andere in ihr lachte wieder, und meine Mutter ging schwankend in ihr Zimmer zurück, nachdem sie mit dem Finger auf die Felder gezeigt hatte. Mein Vater war nicht da. Ich hörte ihn eine Stunde später heimkommen. Ich stand auf und ging in den Flur. Ich sah Licht bei Rose und stieß ihre Tür auf, ohne zu klopfen. Sie kniete vor dem Bett, den Kopf im Kissen vergraben, die Brüste flach auf der Matratze.

»Komm ruhig rein«, flüsterte sie, »und mach die Tür zu.«

Sie kniete auf dem Fußboden, ich sah sie von der Seite, mager und schön, die Augen vom Weinen geschwollen, und wagte mich nicht zu rühren.

»Du wirst weggehen, ich verspreche es dir.«

Ich stürzte mich auf sie und schlug ihr ins Gesicht.

»Ich habe dich niemals gebeten, mir zu helfen.«

»Du musst weggehen, du musst.«

»Ich will nicht, dass du dich um mich kümmerst, klar?«

Sie warf sich auf das Bett, wandte mir den Rücken zu und kroch unter die Laken.

»Es ist gar nicht so schlimm, glaub mir«, sagte sie noch.

Da verließ ich ihr Zimmer, ging in meins zurück und setzte mich im Dunkeln mit starren Augen vor meinen Schreibtisch. Schweiß floss mir über die Stirn und brannte wie Tränen.

14

Der Anwalt ließ mich gleich herein und war sehr zuvorkommend. Kein Wunder, denn mich begleitete der Uniformierte, den ich bei ihm getroffen hatte, und für den er so viel Respekt und Ehrerbietung zu empfinden schien. Der Anwalt streckte die Hand aus, um die fünfhundert Dollar entgegenzunehmen, aber der Uniformierte blitzte ihn so scharf an, dass er das Geld ganz schnell, wenn auch nicht ohne Bedauern, an eine Ecke des Schreibtischs legte.

»Erledigt«, sagte der Uniformierte.

»Erledigt«, bestätigte der Anwalt.

Dann wandte er sich an mich:

»Ziehen Sie sich schon mal aus«, befahl er, als verlangte er von mir eine normale Büroarbeit.

Er verließ das Zimmer und schloss die Tür. Er hatte mich gewarnt, und ich wusste, was mich erwartete. Also fing ich an mich auszuziehen, und als ich halb nackt war, packte mich der Mann in Uniform heftig am Arm und zerrte mich hinter den Paravent.

»Du wirst dich nicht wehren und du wirst nicht schreien«, befahl er. »Wenn du es tust, wirst du es bereuen.«

Er legte seine langen, behaarten Hände auf mich und riss mir die letzten Kleider vom Leib.

»Leg dich hin«, sagte er, »leg dich hin, mach die Beine breit und auch die Arme.«

Ich weigerte mich zu gehorchen, da warf er mich auf das Sofa.

»Du wirst alles verderben«, zischte er, »wenn du Widerstand leistest, kann ich nicht. Du musst gehorchen, ohne zu zögern gehorchen, sonst ist alles verdorben, verstehst du? Ich kann nur bei so schönen Heiligen wie dir ein Mann sein, bei schönen besiegten Märtyrerinnen. Gehorche! Gehorche oder verschwinde. Aber denk dran, dass dann niemand mehr etwas für dich tun kann und dass du die Felder verlieren wirst. Wenn du aber brav alles tust, was ich von dir verlange, verspreche ich dir, schwöre ich dir beim Heiligsten, was ich auf der Welt habe, dass du meinen Schutz genießt und dein Eigentum zurückbekommst.«

Während er sprach, spreizte er langsam meine Beine und breitete meine Arme aus wie die einer Gekreuzigten. Er blieb einen Moment über mich gebeugt, röchelte leise, völlig atemlos. Minutenlang verharrte er so und betrachtete mich. Ich sah, wie sich seine entsetzliche Hand meinem Körper näherte und ihn ganz leicht berührte, mit unerträglicher, krankhafter Neugier.

»So ist's gut, rühr dich nicht, bleib so.«

Er streichelte mich, beugte sich über mich, beschnüffelte mich wie ein Tier, und dann plötzlich fuhr er hoch, ließ die Knöpfe seiner Uniform aufspringen und stand nackt vor mir.

»Du bist Jungfrau, nicht wahr? Du hast mich nicht belogen? Ich werde dir wehtun, sehr wehtun, aber du sagst kein Wort, hast du verstanden? Kein Wort.«

Er triefte vor Schweiß, und ich fühlte mich ganz schmutzig.

Er drang mit einem einzigen schrecklichen, brutalen Stoß in mich ein und röchelte gleich darauf vor Befriedigung. Ich biss mir auf die Faust vor Schmerz und Abscheu. Er stand auf.

»Du bist die schönste Märtyrerin, die ich je gehabt habe«, sagte er. »Ich werde mich an dich gewöhnen, das merke ich schon. Wenn du meine Launen erträgst, werden wir gute, sehr gute Freunde.«

Er reichte mir meine Sachen und sah wortlos zu, wie ich mich anzog. Dann begleitete er mich hinaus und sagte:

»Ich sehe dich morgen wieder. Ich sehe dich einen Monat lang jeden Abend. Wenn du treu bist, übergebe ich dir die Papiere, die dein Vater unterschrieben hat.«

Ich hatte solche Schmerzen, dass ich kaum laufen konnte. Ich nahm einen Wagen und fuhr nach Hause. Am nächsten Tag sah ich ihn wieder, aber nicht beim Anwalt. Er brachte mich aus der Stadt hinaus, in ein grotesk und luxuriös möbliertes Haus, dessen einziges Zimmer mit Spiegeln tapeziert war. Als ich nackt vor ihm stand, warf er sich so brutal auf mich, dass ich schrie. Er ließ mich sofort los.

»Ich reiße dich auf, bis meine ganze Faust hineinpasst!«, brüllte er mich an.

Ich sah ihn in allen Spiegeln, hässlich und erschreckend.

Was kümmert's mich! Nur geteilte Lust ist schändlich, er aber hat mit einer Toten geschlafen. Mit einer Toten, doch er weiß es nicht. Das ist meine Rache. »Das ist gut, nicht wahr?«, fragt er mich besorgt. Und mit geschlossenen Augen sehe ich aus, als würde ich zustimmen. Was kümmert's mich! Ein Monat ist schnell vorbei. Ich werde schweigen, ich werde allem zustimmen, was er verlangt. Fünfmal hat er mich bluten lassen, und ich habe nicht geschrien. Mein Gehorsam kennt keine Grenzen. Ich bin bereit, die schrecklichen Dinge zu akzeptieren, ohne deren Hilfe er kein Mann sein kann. »Ich habe zehn Männer aus nächster Nähe getötet«, hat er mir anvertraut, »aber ich zittere vor Verlangen, wenn ich dein Heiligengesicht ansehe. Leider sind Frauen, die mich erregen, so selten.« Seine schrecklichen Hände auf meinem Körper, in meinem Körper, schamlos mein Fleisch durchwühlend. Was soll's! Ich bin tot. Es ist lächerlich, wie er über einer Toten röchelt. »Dein schwachsinniger Vater war bei mir«, sagte er. »Er hat mich angefleht, dich zu verschonen. Er heulte und heulte. Den Märtyrerkopf hast du von ihm. Und dein Bruder? Worauf wartet er? Wann kommt er zu uns? Er ist doch wenigstens nicht gegen uns? Nein, nein, beruhige dich, ich weiß schon, dass er es nicht wagen würde. Weißt du, wer ich war, ehe ich die Autorität wurde, die ihre mächtige Hand über dir ausstreckt, um dich zu schützen? Nein, ich sage es dir nicht. Du wärst imstande abzuhauen, und ich hänge an dir. Warte. Lass mich die Tür zuschließen ... Ein räudiger Bettler, das war ich. Ja, meine Schöne, ein verachteter Bettler, verabscheut von unerreichbaren Heiligen wie dir. Und jetzt mach die Beine breit. Warte, ich löse deine Haare. Dann siehst du noch mehr wie eine Heilige aus. Ich liebe die Heiligen. Früher, als ich klein war, habe ich in der Kirche gesessen und sie stundenlang angesehen. Breite die Arme aus. Du bist blass. Du siehst aus, als würdest du leiden. Du bist perfekt. So ist es gut, leide und schweig.«

Du wirst weggehen, Paul. Mein Bruder, mein stolzer, fleißiger, edler Gefährte! Auf mir liegt der Geruch des Todes. Der Kleine weiß es. Ich bin tot. Hat Mama es verstanden? Es muss schrecklich sein, das eigene Kind zu begraben, aber schlimmer noch, es langsam sterben zu sehen, ohne etwas tun zu können, um es zu retten. Wir sind in einem Teufelskreis gefangen. Alles hat sich geändert, mit der Besetzung der Felder ist plötzlich alles ins Wanken geraten. Sie tragen die Zeichen des Fluchs. Verflucht, wir sind verflucht, und Großvater weiß es. Deshalb betet er, deshalb geht er nachts mit Claude hinaus. Ich werde kein Wort verraten. Wenigstens die Freiheit zu handeln soll jeder behalten. Ich selbst kenne den Geruch der Hölle, doch sie ängstigt mich nicht mehr. Ich werde Recht bekommen und Paul wird weggehen. Noch ein paar Tage, nur noch ein paar Tage, und dieser Leidensweg hat ein Ende. Ich habe Bauchschmerzen. Ich müsste zu Doktor Valois gehen, aber ich fürchte mich vor dem, was er über mich denkt. Und Fred Morin habe ich geohrfeigt, nur weil er mich küssen wollte! Ich wusste, dass es so weit mit mir kommen würde, ich wusste es. Um zu verhindern, dass er der Erste ist, habe ich mich Doktor Valois angeboten, aber er hat mich zurückgewiesen.

»Sie sind zu jung, Sie wissen nicht, was Sie tun«, hat er mich angeschrien.

Er wollte weglaufen, aber ich habe mich an ihn geklammert.

»Schämen Sie sich nicht, mich zu lieben«, habe ich gesagt, »schämen Sie sich nicht dafür.«

»Doch, ich schäme mich«, hat er geantwortet.

Und er hat mich in die Arme genommen und an sich gedrückt.

»Gehen Sie, Rose, gehen Sie schon!«

»Sie müssen es tun, Sie müssen.«

»Nein, Rose, niemals.«

»Verstehen Sie denn nicht?«

Und ich bin bis zum Morgengrauen bei ihm geblieben, weinend, flehend, ohne dass er mich berührt hat.

An diesem Morgen sah meine Mutter die schlimmste Katastrophe voraus, als sie mich im Treppenhaus überraschte. Dabei fühlte ich mich wie geläutert. Wenn ich diese Tortur hinter mir habe, werde ich ihr noch mehr Schamgefühl und Unschuld bieten können. Die Jungfräulichkeit liegt in der Seele und nicht im Körper; ich weiß gar nichts von den Empfindungen der Liebe. Zwischen ihnen und mir habe ich eine Granitmauer errichtet. Noch ein paar Tage, nur noch ein paar Tage, und alles ist gesagt. Sobald wir unsere Felder wiederhaben, ist jede Gefahr von Paul abgewendet. Mich ängstigt die Gefahr nicht mehr. Ich habe die Grenze überschritten. Ich bin ihr nicht nur begegnet, ich gehe resigniert in ihr unter, mit Haut und Haar. Er aber weiß noch nicht, wohin er geht, was ihn erwartet, was auf ihn lauert und ihn womöglich schon in diesem Moment umzingelt. Und außerdem rede ich mir ein, dass ich tot bin. Er hat nichts von einem Schauspieler, ich werde mit ebenso viel Talent wieder auferstehen. Er ist hilflos dem tragischen Spiel der Ereignisse ausgeliefert, ich täusche mich selbst, indem ich mir einrede, sie an unsichtbaren Fäden zu führen wie Marionetten. Angesichts eines entfesselten Elements werde ich so stark wie die Natur. Auch wenn ich besiegt bin, werde ich immer noch genug Kraft besitzen, zu glauben, dass mich diese Rolle gereizt hat und dass ich mich ihr aus Lust oder Langeweile ergeben habe. Ich errege also einen Mörder mit meiner Sanftheit und meiner Ergebenheit! Ist es wirklich so leicht für mich, aus mir selbst zu schöpfen, sind meine Reserven so unendlich? Werde ich dem Tod, wenn er kommt, gleichgültig begegnen und meine Rolle bis zuletzt spielen können? Dreißig Tage sind lang! Aber was vermag die Zeit gegen mich, da ich doch schon tot bin! Ich wollte Claude küssen, er hat gesagt: »Nein, komm nicht näher, du riechst nicht mehr wie die Blumen.« Ich hatte mich umsonst parfümiert. Wie konnte er das merken? Früher liebte er mich. Er streichelte meine Haare, löste sie, tauchte sein Gesicht hinein und sagte: »Sie riechen nach feuchten Eichenblüten.«

Die Rauheit seiner Stimme entspricht überhaupt nicht seinem Alter, und manchmal erschrecke ich vor seiner Frühreife. Der letzte Abschnitt seines Lebens.

Der letzte Abschnitt all seiner Leben, bald, ich bin mir sicher. Er ist ein letztes Mal in dieser Gestalt des Gelähmten zurückgekehrt, um sein Schicksal zu vollenden. Vom Stadium des Entwurfs zu dem des Helden. Nur Entwürfe um mich herum! Was für ein Entwurf bin ich selbst! Nur die Hoffnung, dass ich auf die Erde zurückkehre, tröstet mich darüber hinweg, eines Tages sterben zu müssen. Es kann nicht sein, dass der Mensch nur ein Leben hat. Gott ist es sich selbst schuldig, sein Werk zu vollenden, auch wenn er hundertmal von vorn anfängt. Ich bin dabei, dieses eine Leben aus purer Schlechtigkeit zu verderben. Weil ich überzeugt bin, dass ich bald sterben werde. Ich werde sterben und dann kehre ich wieder. Bin ich in meinem ersten Leben? Oft werden wirre, rätselhafte Erinnerungen in mir wach, als hätte ich manche Bewegungen und Handlungen schon vor meinem gegenwärtigen Leben ausgeführt. Als Jungfrau hat mich bei der Liebe nichts verwundert. Wie ein mit allen Wassern gewaschenes Weib habe ich die Anstößigkeit akzeptiert. Wenn ich anstelle dieses Mannes einen anderen in meinen Armen gehalten hätte, Doktor Valois zum Beispiel, hätten mich meine eigenen Reaktionen ganz sicher erschreckt. Als ich zum ersten Mal die Stadt verließ, auf einer einsamen Straße im Schatten der Bäume, unter denen ein Fluss rauschte, bin ich stehen geblieben, habe die Augen auf das glitzernde Wasser gerichtet und an meinen Händen seine vertraute, beruhigende Frische gespürt. Süße Wehmut erfüllte mein Herz, während aus meinem tiefsten Innern unscharfe Erinnerungen auftauchten, die immer deutlicher wurden: Ich war schon einmal an diesem Ort gewesen; dieses Haus, diese Bäume, diesen Fluss, ich kannte sie. Ich war unter diesen Bäumen spazieren gegangen und hatte in diesem Haus gelebt. Ich kannte jeden Winkel darin und bedauerte, nicht hineingehen zu können, um mich davon zu überzeugen. Ein beklemmendes Gefühl raubte mir den Atem, als ob ein Teil von mir dort lebte, für immer von mir getrennt. Verstümmelt, aber dennoch auf dem steinigen Weg der Vollendung. Ich habe es eilig zu sterben. Tot! Ich vergaß, dass ich es schon bin. Ermordet, Märtyrerin und Heilige. Ich werde nicht vergebens gelitten haben. Großvaters sinnlose Auflehnung, Pauls stumme Verzweiflung, das Entsetzen meiner Mutter, die schreckliche, erniedrigende Situation meines Vaters sind Grund genug zu kämpfen. Von uns allen leidet mein Vater am meisten. Das Familienoberhaupt, der noch kräftige, für die Ehre und die Zukunft seiner Kinder verantwortliche Mann ist gezwungen, den Kopf zu senken, auf die Knie zu fallen, die Füße seiner Henker zu küssen. Wie er schweigen und leiden kann! Niemals hätte ich ihm den Mut zugetraut, dem Gorilla entgegenzutreten. Hundertmal habe ich ihn unter Großvaters verächtlichem Blick vergehen sehen. Hundertmal am Tag geohrfeigt. Hundertmal am Tag gefoltert. Ein von Spucke beschmutztes Gesicht und immer noch rein. Schande! Schande! Nicht über uns, sondern über sie, über unsere Verfolger. Jeder von uns wird das Leiden Jesu erfahren und sein Martyrium durchleben, wenn auch weniger spektakulär. Märtyrerin, Heilige. Ich! Er liebt es, dieses Ungeheuer, dieser Widerling! Ich habe den Grund des Grauens berührt. Durch ihn habe ich den schlammigen Bodensatz berührt. Gehorsam, zu gehorsam für eine Jungfrau. War ich Jungfrau? Komplizin? Bin ich nicht dabei, mich daran zu gewöhnen, mein Vergnügen zu finden? Ein niederschmetternder Gedanke, der mich Tag und Nacht quält. Kein einziges Mal habe ich eine Verabredung versäumt, kein einziges Mal bin ich zu spät gekommen.

Dabei verspüre ich bei jeder Bewegung ein entsetzliches Brennen und kann nur mit Mühe laufen. Ich springe weiter die Treppen hinunter, um meine Eltern nicht zu beunruhigen. Keinen einzigen Tag hat er mich verschont. Heute Abend war er wie wahnsinnig. Er schrie, er schnüffelte an mir und leckte mich wie ein Tier. Dann stieß er mir seine Faust in den Körper, sah mein Blut fließen und röchelte vor Wollust. Vampir! Vampir! Ich habe gesehen, wie er mein Blut trank und sich daran berauschte wie an Wein.

Von Anfang an wusste ich, was mich erwartete. Sobald diese Männer auf unsere Felder gekommen waren, wusste ich, dass ich dort enden würde. Habe ich einen sechsten Sinn? So entfernt die Dinge auch sein mögen, ich meine ihren Geruch wahrzunehmen. Ich habe auf Radierungen den starken, berauschenden Duft der orientalischen Blumen gerochen; und manchmal störte mich der Staub, den die Hufe der stampfenden Pferde in einem Film aufwirbelten. Ich nieste, und meine Mutter fragte: »Hast du dich erkältet?« »Nein«, antwortete ich, »das ist der ganze Staub.« »Was für Staub?«, fragte meine Mutter. Und ich wies mit dem Finger auf die Leinwand. Ich habe auch beim majestätischen Anblick der Niagarafälle die Nasenflügel geweitet: Sie rochen nach Regenwasser und etwas anderem, das ich nicht bestimmen konnte. Ich kratze, ich kratze an den Eingeweiden der Erde. Ich wühle, ich wühle, und ich kenne schon das feuchtwarme Aroma der ältesten Wurzeln, den muffigen Geruch von allem, was um die begrabenen Körper herumkriecht.

Vor genau sechs Jahren hat meine Mutter zum ersten Mal die Hand auf die Brust gepresst. Und an diesem Tag hörte ich es schwerer, unregelmäßiger schlagen, als arbeitete es nur mit Mühe. An dem Tag, an dem ihr Herz stehen bleibt, werde ich es vor ihr wissen. »Mein Gott! Mein Gott!«, jammert sie und ihre Finger verkrampfen sich auf dem Kleid, direkt über dem Magen. Wenn Großvater nicht so alt wäre, wenn ihn der Kleine nicht so sehr mit Beschlag belegte, würde er vieles erkennen. Aber er sieht nur Claude. Eigentlich sind wir uns alle ähnlich, aber jeder versteckt sich auf seine Art vor den anderen. Der Kleine hat den Geruch der Unzucht an mir wahrgenommen. Es muss etwas Beunruhigendes und unschuldig Perverses in mir geben, und vielleicht hindert mich nur der Gedanke an den Zwang daran, in den Armen dieses Mannes Lust zu empfinden. Wenn ich mich davon freimachen könnte, fände er gewiss eine würdige Partnerin in mir. Gestern hat er sich vor das Bett gekniet und sanft den Schweiß von meiner Stirn gewischt. »Ich würde dir gern gefallen«, sagte er, »ich bin sehr hässlich, aber ich würde mir wenigstens wünschen, dass du meine Liebkosungen magst.« Seine Augen schlossen sich halb, als er schrie: »Wie schön du bist, meine Heilige!« Er hat einen seltsamen Blick, der in der Lust so sanft wird, dass er ihn verklärt. Er hat mir sein Haus gezeigt. Ich roch die Hunde, lange bevor ich sie sah. Ich bin zurückgewichen, aber er packte mich am Handgelenk und zerrte mich vor den großen Käfig, in dem er sie wie Raubtiere einsperrt. »Ich habe sie von weit her kommen lassen«, sagte er, »sieh nur, wie wild sie sind.« Sie schäumten vor Wut. »Weißt du, es gibt nur eine Art, sich in der Welt Anerkennung zu verschaffen: Man muss ihnen gleichen«, fügte er hinzu. Ohne sich dessen bewusst zu sein, benimmt er sich wie ein Satrap, umgibt sich mit Luxus, um sich für die Vergangenheit zu rächen.

»Liebst du die Liebe, meine Heilige, liebst du den Luxus und den Schmuck?«

Ich habe ihm nicht geantwortet. Ich glaube, ich habe nicht einmal den Mund aufgemacht, seit ich ihn treffe, außer um zu stöhnen oder zu seufzen. Wahrscheinlich ist es das, was er besonders an mir mag und was für ihn mein Märtyrersein noch verstärkt. Aber bin ich wirklich eine Märtyrerin, wie er sagt und wie ich es mir einrede? Ich komme seinen Wünschen zuvor. Ich bin von abstoßender Gefügigkeit. Ich ziehe mich aus, lege mich mit gespreizten Beinen hin, die Arme ausgebreitet, wie eine Gekreuzigte, und warte. Die Qual! Was für eine Qual! Er hat gesagt: »Wenn du wolltest, würde ich dich ein Leben lang behalten.« Er hat gelernt, in meinen Augen zu lesen, und lauert besorgt auf jeden Ausdruck. »Das magst du, was?«, hat er gerufen, als ich mich beklagte. »Du magst es genauso wie ich!« Ich habe auch diesmal nicht geantwortet. »Rose, meine kleine Schwester«, sagte Paul, und er trug mich auf seinem Rücken, um mich vor den Dornen zu schützen, die mir in die Füße pikten. Einmal hat er einen Bauern beschimpft, der mich überraschte, als ich mein regennasses Kleid auszog, um es auszuwringen. »Versteck dich schnell, Rose!«, sagte er. Seine Augen waren voller Tränen. Was bedeutet es schon, meinen Körper den Blicken und den Küssen eines Ungeheuers auszuliefern, wenn ich ihn nur retten kann. Er wird weggehen. Allein. Ich werde den Abhang der billigen Liebe hinunterwandern, diskret, sehr diskret, mit meinem Heiligengesicht. Ich habe mit mir selbst Mitleid. Ist mein Schicksal denn so furchtbar? Viele Ehemänner benehmen sich bei der Liebe wahrscheinlich auch so wie dieser Mann. Vom Sakrament der Ehe geheiligte Laster. Auf jeden Fall habe ich meine Reinheit verloren. War ich jemals rein? Ich habe zu früh die Hässlichkeit des Lebens erkannt, und das hat mich altern lassen. Schon als Kind war ich durchtrieben, wenn auch ohne Erfahrung. Wie Claude. Er errät auch zu viel. Als mich Anna wegen des Nähkästchens hasste, das ihr Vater mir geschenkt hatte, spürte ich es, und ich spürte auch, dass sie absichtlich mein Kleid zerriss, selbst wenn sie mich noch so unschuldig ansah. Ich war erst fünfzehn, und es machte mir bereits Spaß,

Doktor Valois zu verwirren. Er liebt mich seit langem, ich weiß es, ich spüre es, und ich habe mich ihm angeboten, ohne dass er sich herabgelassen hätte, mich zu berühren! Die Sinnlichkeit der Normils! Gezeichnete! Die Hölle lauerte schon lange auf uns, jetzt hat sie uns verschlungen. Die Pfähle haben den Teufelskreis markiert, und die Hände, die sie eingeschlagen haben, sind womöglich weniger schuldig als unsere. Wir bezahlen für unser schreckliches Erbe, den Fluch der Vorfahren, der erst mit unserer Rasse verschwinden wird. Wir müssen mit dem gleichen Übermaß hassen und lieben. Ich bewundere die Mäßigung meines Vaters, er ist wie ein Fremder zwischen uns. Wie könnte Großvater ihn lieben? Haltet die Schafe von uns fern, denn wir werden sie verschlingen. Auch wir gehören zur Rasse der Raubtiere und Raubvögel, deswegen kämpfen wir so wild gegen jene, die uns unsere Felder genommen haben. Sie haben eine sehr geheimnisvolle Geschichte. Ich habe meinen Vater und meine Mutter darüber reden hören, als ich sechs Jahre alt war.

Meine Mutter sagte: »Großvater beschimpft mich, er nennt meinen Vater einen Trinker und Habenichts. Wenn ich boshaft wäre, würde ich ihm erwidern, was man von seinem Vater erzählt.« »Und was erzählt man?«, fragte mein Vater. »Man beschuldigt ihn, einen Mann umgebracht zu haben, um sich die Felder anzueignen.« »Du plapperst Gerüchte nach, Laura«, sagte mein Vater. Und meine Mutter senkte den Kopf.

Einmal war ich unter den Eichen eingeschlafen. Im Traum sah ich einen Mann auf mich zukommen, dessen Hemd ganz blutig war. Er zog es aus, um mir seinen Rücken zu zeigen, in dem zwei breite Wunden klafften, und er sagte: »Sieh her, er hat mich mit seinem Messer getötet, um sich Gerechtigkeit zu verschaffen. Um mich zu rächen, werde ich die Hand seines Nachkommen bewaffnen, und er wird töten wie er.« Während der Tote sprach, spürte ich den faden, grässlichen Geruch, den er verströmte. Ein Geruch nach Tod, geronnenem Blut und Verwesung. Der Gedanke an ihn verfolgt mich nicht weiter, aber ich weiß, dass er da ist, zwei Schritte neben dem Grab des Urgroßvaters, und dass er wartet. Wenn Paul nicht weggeht, wird er töten, und das will ich nicht. Keiner von uns wird mehr töten. Wir verdienen es, bestraft zu werden. Die Hand Gottes hat uns gezeichnet, damit sie uns schlagen. So denkt Großvater wahrscheinlich. Der Fluch lastet auf uns, er weiß es, aber er lehnt sich aus Stolz dagegen auf. Ich will dafür bezahlen, dass meine Kinder entkommen, meine Kinder und die von Paul. Will ohne Murren die Schuld begleichen und ein Ende machen. Ich habe genug davon, in der abergläubischen Furcht zu leben, dass der Fluch auf meinen Bruder niedergeht. Er verdient es nicht. Ich kämpfe, aber in der Überzeugung, dass die Gerechtigkeit nicht auf unserer Seite ist. Mit welchem Recht besitzen wir diese Güter? Mit welchem Recht sind wir Privilegierte, während andere im Elend versinken? Das Elend derer, die mein Urgroßvater, der Bauer, ausgebeutet hat, das Elend der Armen, die seinen Garten plünderten und die er erbarmungslos auspeitschen ließ, das Elend der Bettler, die die Uniform angezogen haben, das Elend des Mannes, der sich an mir dafür rächt, dass er sein Leben lang von den Frauen, die er begehrte, abgewiesen wurde. Wenn ich eines Tages auch betteln müsste, wenn ich mich erniedrigt fühlte, wäre ich dann nicht stolz, Paul in Uniform zu sehen, mit einer Waffe am Gürtel? Ich weiß es nicht. Es ist schwierig, sich in andere hineinzuversetzen, und ich bin noch zu wohlgenährt, um zu verstehen, was Elend und Hunger hervorbringen können.

Die Menschen gleichen auf seltsame Weise bestimmten Tieren. Ich war erschüttert von meiner Ähnlichkeit mit dem Panther, den ich im Kino gesehen habe. Das gleiche Gesicht, der gleiche wilde, von falscher Sanftheit verschleierte Blick, der gleiche geschmeidige Hals, auf dem sich langsam ein eleganter Kopf mit bebenden, sinnlichen Nasenflügeln bewegte. Er ähnelt einem Hund. Man könnte ihn leicht für einen Gorilla halten, aber das ist falsch. Seine Hände täuschen, weil sie lang und behaart sind, aber er ist nur ein Hund; ein armer Hund, auf der Suche nach Zärtlichkeit, der als Reaktion auf die Umwelt das Verhalten eines Wolfes annimmt. Ein animalisches Paar, wie geschaffen, um sich zu verstehen. Lasziver, unersättlicher Panther! Ich werde meinen unreinen Körper mit den Nägeln zerfetzen. Er wird sich vor meinen Füßen wälzen. Ich werde von ihm bekommen, was ich will. Er ist nur ein Hund, der beißt, um sich zu verteidigen, ein armer, an Fußtritte gewöhnter Hund, der bellt und beißt, um zu beweisen, dass er etwas anderes ist als ein Hund. »Bist du müde, meine Heilige, bist du müde?« Und er wischt mir zärtlich die Stirn ab. Wie kann er sich so sehr in mir täuschen? Er ist hässlich und er leidet darunter. Ich werde meinen unreinen Körper mit den Nägeln zerfetzen und daran sterben. Mein Schweiß verströmt den Geruch des Raubtiers. Unser aller Schweiß verströmt den Geruch des Tieres. Der Mensch ist nur ein Tier mit einem engen Bewusstsein, das ihn einschließt; deshalb ist er zum Leiden verdammt. In ihm vollzieht sich der Kampf zwischen Bestialität und Geist. Tragisches Schicksal, erbitterter Kampf, aus dem der Geist nur selten als Sieger hervorgeht. Gott hat uns genarrt …

Ich habe Mélie überrascht, wie sie mit einem von ihnen schlief. Sie lag unter ihm und sagte: »Töte ihn, töte sie alle, du bist der Stärkere, töte sie, sie verdienen es zu sterben.« Schläft sie mit ihm nur aus Hass auf uns? Wer ist so naiv zu glauben, man könnte mit Güte das Herz eines Dieners gewinnen? Der Untergebene fürchtet und respektiert jene, die über ihn herrschen. Sie trägt meine Kleider, wenn sie uns ausspioniert und sich von unseren Feinden bespringen lässt, um unseren Kopf zu fordern. Horde von Bettlern und Unwissenden, deren Heil im Verbrechen liegt! Ist es ihre Schuld? Frauen und Männer in Uniform, Frauen und Männer mit Waffen, Frauen und Männer im Gleichschritt, denunzierend, mordend. Worauf wartet Mélie, um die Uniform anzuziehen? Ich stelle mir vor, wie sie im Stechschritt marschiert, die Waffe über der Schulter. Ich stelle mir das Gesicht meiner Mutter bei diesem Anblick vor, ich sehe meine Mutter vor ihrem Sohn in Uniform, wie er mit der Waffe über der Schulter neben Mélie im Stechschritt marschiert. »*Eloi Eloi lama sabachthani*«, wird sie schreien. »Mein Gott, mein Gott, warum hast du mich verlassen?« Verängstigte Frage einer armen Kreatur an den, der alles versprochen hat und sie nun verlässt, sie, die keinen Vater hat, die nie einen Vater hatte und allein alt wird und auf den Tod wartet.

DRITTER TEIL

15

Die Straße ging steil und steinig bergauf, an den Rändern spendeten Mandelbäume Schatten, deren Blätter in dieser Jahreszeit wie riesige rote Zungen zwischen den Ästen herausragten. Ihre tanzenden Schatten zeichneten seltsame Arabesken auf den Boden. Die Sonne schlüpfte unter eine Wolke, und alles änderte sein Aussehen, war in gedämpftes Licht getaucht. Paul stieg den Hang hinauf und erreichte den Ort, wo Fred Morin und die anderen auf ihn warteten. Sie rannten ihm entgegen, hoben ihn trotz seines Protestes hoch und trugen ihn im Triumphzug herum. Er kämpfte, verteilte Fußtritte und Faustschläge, die die anderen fröhlich ertrugen. Als er sich freimachen konnte, trat er ihnen voller Hass mit zusammengebissenen Zähnen und geballten Fäusten entgegen.

»Wenn einer von euch mich berührt, schlage ich ihm die Fresse ein«, brüllte er. »Dreckskerle! Mistbande!«

Er schrie so laut, wie es der Großvater getan hätte, und sah sie verunsichert, mit gebeugten Schultern zurückweichen.

Er fuhr sich mit der Hand über sein struppiges Haar und wandte sich ab, ohne sich zu verabschieden. ›Nie wieder, nie wieder‹, wiederholte er bei sich. Er rannte den Hang hinunter und machte sich auf den Heimweg.

Aber gleich darauf umringten sie ihn aufs Neue.

»Was haben wir dir getan?«, fragte Fred Morin. »Warum rennst du vor uns weg?«

»Drück uns die Hand, ehe du weggehst, Paul, bitte!«, sagte ein anderer.

Er sah sie vor sich auf die Knie sinken und spuckte aus.

»Stimmt es, dass du bald eine schwarze Uniform tragen wirst?«, fragte ihn der Jüngste aus der Gruppe, der erst sechzehn war. »Wenn es stimmt, erzähl dem Freund deiner Schwester von uns. Er ist mächtig, erzähl ihm von uns. Wir alle würden gern diese Uniform tragen. Und die Waffen, die man uns geben wird, werden uns zu gefürchteten und respektierten Männern machen.«

Ein Auto überholte sie, wurde langsamer, legte den Rückwärtsgang ein und blieb stehen. Auf dem Rücksitz saß ein Mann in schwarzer Uniform, den sie alle erkannten. Der Mann steckte den Kopf aus dem Fenster und sah Paul lange an, dann machte er eine kleine Bewegung mit seiner langen, behaarten Hand, wie um ihn herbeizuwinken. Paul rührte sich nicht. Der Mann wartete eine ganze Weile, immer noch aus dem Fenster gelehnt, dann klopfte er dem Fahrer auf die Schulter, gab ihm einen Befehl, und das Auto setzte sich wieder in Bewegung.

»Bist du verrückt?«, murmelte Fred Morin.

Paul schauderte. Er musterte Fred, spuckte ein zweites Mal aus und verschwand. Auf der Galerie sprach der Großvater leise mit dem Kind. Er ging dicht an ihnen vorbei und hinauf in sein Zimmer, öffnete das Schubfach, nahm das Messer heraus, versteckte es unter seinem Hemd und verließ wieder das Haus. Er lief eine Stunde ziellos herum und fand sich wie zufällig vor dem Zollgebäude wieder, in dem sein Vater arbeitete. Er stieß die Tür auf und ging hinein. Ein Unbekannter begrüßte ihn und fragte, was er wolle.

»Mit meinem Vater sprechen«, antwortete er.

»Und wer ist Ihr Vater?«

»Louis Normil.«

Sogleich veränderte sich der Gesichtsausdruck des Angestellten. Er lächelte mit bemühter Liebenswürdigkeit und bat Paul eilig in ein Vorzimmer, wo zwei Sekretärinnen arbeiteten.

»Kommen Sie, bitte sehr, kommen Sie.«

Er sah den Vater an seinem Schreibtisch. Er saß in einem Schaukelstuhl und sprach mit einem großen, sehr eleganten Mann in dunklem, gut geschnittenem Anzug. Der Mann verbeugte sich vor ihm und wagte nicht, sich aufzustützen, seine Hände schaukelten wie beim Laufen vor und zurück, da er nicht wusste, was er mit ihnen anfangen sollte. Louis Normil ließ seinen Stuhl nach hinten kippen, und die übergeschlagenen Knie reichten ihm fast bis zur Brust. Er sah den vor ihm stehenden Mann herablassend an.

»Mein lieber Monsieur Zura, wie könnte ich Sie vergessen«, sagte er, »sind Sie nicht mein Vorgesetzter? Wir müssen nur einen Termin ausmachen, um uns bei einem Notar zu treffen. Ich reserviere Ihnen eins meiner besten Grundstücke, versprochen. Es ist bepflanzt, und das Viertel ist schön und sauber. Sie werden ein ausgezeichnetes Geschäft machen, glauben Sie mir.«

Monsieur Zura dankte und ging hinaus, ohne Paul bemerkt zu haben. Louis Normil folgte dem Blick der Sekretärin, die ihm gegenüber arbeitete und auf einen Punkt direkt hinter seinem Schaukelstuhl starrte. Hastig drehte er sich um.

»Du!«, rief er, als er seinen Sohn bemerkte. »Was willst du?«

Paul sah seinen Vater lange an, dann zuckte er mit den Schultern.

»Nichts«, antwortete er.

»Komm rein. Brauchst du meine Hilfe?«

»Nein, ich war nur gerade in der Nähe.«

»Bist du sicher, dass du mich nicht schonst, dass es keine schmerzhaften Neuigkeiten zu berichten gibt?«

Er war bei diesen Worten erblasst, und Paul bemerkte, wie seine Hände auf der Suche nach einem Halt über den Tisch strichen.

»Nein, Papa, nein, nichts, wirklich nicht.«

Er verließ seinen Vater ebenso plötzlich, wie er gekommen war, und ging hinaus. Bis zur Mittagszeit spazierte er herum, dann fand er die ganze Familie zu Hause. Der Großvater und der Krüppel murmelten gemeinsam ein Gebet. Paul setzte sich an seinen Platz und aß schweigend.

»Claude«, sagte die Mutter, »hast du dich heute schon gewaschen?«

»Ja, Mama, Großvater hat mich wie jeden Tag gebadet.«

»Was hast du an den Händen?«, rief Rose. »Sie sind ja völlig zerkratzt.«

»Ich habe mit Dornenzweigen gespielt«, antwortete das Kind ungerührt.

»Was für Dornenzweige?«, fragte Paul zweifelnd.

Die Mutter sah lange auf die Hände des Krüppels, dann blickte sie zum Großvater. Er kaute langsam sein Essen, ganz abwesend und gleichgültig für das, was um ihn vorging. Er schien wirklich nicht zu hören, als das Kind ihn ansprach.

»Großvater«, wiederholte es und zog ihn am Ärmel, »nicht wahr, ich habe mich an Dornen gekratzt? Großvater?«

Der Großvater kam wieder zu sich und wandte sich an das Kind.

»Wer glaubt dir nicht?«, fragte er. »Und warum solltest du lügen? Nur die Angst zwingt zur Lüge. Vor wem an diesem Tisch solltest du Angst haben?«

»Auf jeden Fall wäre es besser, die Kratzer zu verbinden, ehe sie sich entzünden«, meinte die Mutter. »Komm mit, Claude.«

Sie stand auf und nahm den Krüppel auf den Arm.

Er suchte mit dem Blick den Großvater, bereit, beim kleinsten Zeichen der Ermutigung zu protestieren.

Die Mutter ging mit dem Kind die Treppe hinauf in ihr Zimmer. Sie öffnete seine Hände und blickte verträumt auf die kleinen, tiefen Wunden.

»Hast du noch andere, Claude? Hast du dich noch woanders verletzt?«

»Woanders! Nein, Mama. Wie sollte ich mich denn woanders verletzt haben. Ich habe mit Dornenzweigen gespielt, aber ich bin nicht darauf herumgerollt.«

Er lachte nervös und starrte aus seinen zu großen, von Schlaflosigkeit geweiteten Augen die Mutter an.

»Ich habe nichts, wirklich, ich habe nichts.«

Seine unförmigen Füße hingen reglos aus der Hose. Er war weiß gekleidet, und die langen Ärmel seines Hemdes verbargen die mageren Arme.

»Das ist sehr anstrengend für dich«, sagte die Mutter sanft, »viel zu anstrengend für ein kränkliches Kind, das kaum etwas isst. Hast du mich verstanden?«

Er runzelte die Stirn, sein Blick war plötzlich streng und distanziert.

Die Mutter wagte nicht, in ihn zu dringen, aus Angst, seinen Zorn zu wecken. Sie verband die Wunden und brachte ihn zurück ins Esszimmer, wo er nach seinem Rollstuhl verlangte.

Da kam Jacob herein. Er hatte ein Kartenspiel mitgebracht, das er mit einer großen, freundschaftlichen Geste auf dem Tisch ausbreitete.

»Na, nehmen wir unser Spiel wieder auf, mein Freund?«, fragte er in jovialem Ton, und seine Stentorenstimme erfüllte das ganze Haus.

»Nein«, antwortete der Großvater lakonisch.

»Du lehnst es ab, mit mir zu spielen?«

»Ja.«

»Und was ist der Grund?«

»Ich habe keinen.«

»Komm schon, komm schon!«, meinte Jacob versöhnlich. »Du wirst doch nicht schmollen, weil mich mein Ischias ein paar Tage gelähmt hat. An der Lust zu kommen hat es bestimmt nicht gefehlt, ich schwöre es dir.«

»Schwöre nicht.«

»Ich habe dir oft Zeichen gemacht, ohne dass du mich einer Reaktion gewürdigt hättest. Hast du vielleicht Grund, böse zu sein, sag mal, hast du Grund dazu?«

»Jacob«, antwortete der Großvater in beängstigendem Ton, »pass auf, dass mich nicht der heilige Gotteszorn überkommt, und geh.«

»Aber was ist der Grund?«, beharrte Jacob.

»Ich wiederhole, dass es keinen gibt«, brüllte der Großvater.

Jacob sammelte die auf dem Tisch verstreuten Karten ein und ging, ohne noch ein weiteres Wort zu wagen.

»Stimmt es, Großvater, dass du keinen Grund hast, deinen Freund zu verjagen?«, fragte ihn das Kind.

»Ich habe Gründe, mein Kleiner, gute Gründe, sehr gute sogar. Aber zeige dem, der dich verletzt hat, nie, wo du blutest. Du würdest ihn zwingen, zu lügen, um sich zu rechtfertigen.«

Offenbar weckte die Bemerkung des Großvaters bei dem Krüppel unangenehme Erinnerungen, die mit seiner Mutter zu tun hatten, denn er suchte sie mit dem Blick und musterte sie. ›Sie hat mich gezwungen, sie anzulügen‹, sagte er sich. ›Sie hat mich gezwungen, sie anzulügen.‹ Er blätterte in seinem Bilderbuch, dann hob er den Kopf. Wie gebannt starrte er auf die Eingangstür, als hätte er eine grausame Vision.

Die Mutter wandte ihnen den Rücken zu und stand

vor dem weit geöffneten Fenster, hinter dem die Bäume die Luft mit dem Duft ihrer Früchte tränkten.

»Großvater!«, rief er leise, »Großvater!«

Der Alte drehte sogleich den Kopf, erhob sich und nahm ihn auf den Arm.

In all diesen Tagen hatte er ihn geduldig und unerbittlich auf den Besuch des Verstorbenen vorbereitet. Glaubte er selbst daran? Tief in seiner Seele waren Legenden erwacht, die er vergessen glaubte. Legenden, an denen er sich verzweifelt festhielt, da sie die einzigen erlaubten Waffen für den von Rachegedanken heimgesuchten Gläubigen waren, in den er sich verwandelt hatte.

»Was immer du siehst«, flüsterte er ihm zu, »verrate es nicht. Bleib ruhig, mein Kleiner.«

Die Wimpern des Kindes schlugen heftig und tödliche Blässe bedeckte sein Gesicht. Er legte den Kopf an die Schulter des Großvaters und erschauerte.

»Er ist da«, stieß er tonlos hervor, »ich sehe ihn. Er trägt eine lange Jacke mit hohem Kragen und einen großen Strohhut. Er ist so, wie du ihn mir beschrieben hast.«

»Und was tut er?«

»Er sieht uns an. Er steht neben der Tür und sieht uns an.«

Die Mutter bewegte sich und ging zur Tür. Der Krüppel wollte reagieren, doch der Großvater hielt ihn zurück. Das Kind rang nach Atem, seine Augen waren immer noch geweitet, der Mund trocken. Die Mutter zog die Tür zu, verschloss sie und kam zurück.

»Gute Nacht«, sagte sie, »schlaf gut, Claude.«

Sie hörten sie hinaufgehen, dann umarmte der Großvater das Kind fest und fragte:

»Hat sie ihn im Haus eingeschlossen?«

»Nein. Er hat sie kommen sehen, ist zurückgewichen und verschwunden.«

»Ah!«, machte der Großvater. »Sei's drum, jedenfalls hat er auf unseren Ruf gehört.«

»Seine Füße bluteten, als hätte er einen weiten Weg hinter sich, und er sah uns traurig und niedergeschlagen an. Bist du auch ganz sicher, dass wir Recht hatten, ihn zu stören, Großvater? Hatten wir Recht?«

»Wenn sich selbst die Toten weigerten, die Stimme Gottes zu erhören und uns zu Hilfe zu kommen«, antwortete der Großvater, »was würde dann aus uns werden, mein Kind?«

16

›Der erste Tag im März!‹, sagte sich der Vater. Er lag angezogen auf seinem Bett und dachte nach. Eine Stunde zuvor hatte er seiner Frau einen Teil seines Gehalts gegeben und gesagt: »Kauf den Kindern Kleidung, auch Medikamente. Sie brauchen es.« Ohne ihm zu danken, hatte die Mutter das Geld in Empfang genommen, kurz darauf hatte sie sich angezogen und war weggegangen. Er war allein und dachte nach. Zwanzig Tage waren seit der Besetzung der Felder vergangen.

Er war gebeugt und gealtert, aber er feilte an einem Plan von verblüffender Kühnheit, der schrecklichen Gegner würdig, denen er entgegentreten wollte. ›Suche bei dem Feind, den du bekämpfen willst, den schwachen Punkt, und du kannst sicher sein, ihn zu besiegen‹, wiederholte er sich. Diesen Satz hatte er irgendwo gelesen, in einem Buch, dessen Titel er vergessen hatte, und nun tauchte er aus der Tiefe seiner Erinnerung auf, um ihn zu leiten und ihm zu helfen. Er würde sein Leben riskieren und alles auf eine Karte setzen, das wusste er, aber er hatte nur einen Wunsch: wenigstens Rose und Paul zu retten. Seine im Nacken verschränkten Hände stützten den Kopf, und er dachte unentwegt nach, mit gerunzelter Stirn, die Augen starr auf einen Punkt gerichtet. Lästige, süße und sentimentale Erinnerungen drängten sich immer wieder auf und rissen ihn aus seinen düsteren Träumen. Er gab ihnen nach, sah die längst vergangenen Tage vor sich, die heute das verlorene Glück und Sorglosigkeit verkörperten. Vor seinen Augen zogen Szenen seines Lebens vorbei, die er mit quälender Deutlichkeit durchlebte, wobei er seltsame Gewissensbisse spürte. ›Wie glücklich wir damals waren!‹, sagte er sich. Trotz der Feindseligkeit seines Vaters für seine Frau, trotz der Geburt des verkrüppelten Kindes, wie glücklich waren sie gewesen! Wie vollkommen kam ihm das alles vor neben dem, was sie nun erlebten! Natürlich gab es ein paar kleine Streitereien zwischen seiner Frau und ihm, das Geschrei des Alten, die bitteren Tränen der Mutter beim Anblick der unförmigen Füße ihres dritten Kindes, aber wie viel Entschädigung an anderer Stelle: das vollkommene Einvernehmen zwischen Paul und Rose, die Hausaufgaben, die sie gemeinsam an einem Tisch machten, ihre gebeugten Köpfe unter der Lampe, die Anmut ihrer Körper, die vor seinen Augen reiften und sich veränderten. Wie hatte er es versäumt, all das zu genießen! Mit welcher Gleichgültigkeit hatte er die Idee eines Balls aufgenommen, den die Mutter veranstalten wollte, um den Doppelerfolg der Kinder bei der Philosophieprüfung zu feiern! Er hatte einen wichtigen beruflichen Termin vorgeschoben, um nicht dabei zu sein, und die Gelegenheit genutzt, einen Teil der Nacht bei seiner Geliebten zu verbringen. Jetzt sah er jede Einzelheit dieser Szene: die Rückkehr der jungen Leute aus der Schule, ihre Triumphschreie, die Freudentränen der Mutter, den Stolz im Blick des Großvaters, der, um sich nicht zu verraten, nur in trockenem Ton gesagt hatte: »Deswegen muss man doch nicht das ganze Viertel aufschrecken.« Aber beim Mittagessen hatte er zwei Umschläge aus der Tasche gezogen und sie ihnen mit den Worten überreicht:

»Feiert diesen großen Tag, meine Kinder!«

Am Abend des Balls war er gegen Mitternacht von seiner Geliebten zurückgekehrt und hatte den Großvater gesehen, wie er unter dem Beifall aller Anwesenden eine stattliche Familienmutter im Tanz drehte. Er war hinauf ins Schlafzimmer gegangen, um sich vor dem Spiegel das passende Gesicht zurechtzulegen; das Gesicht eines ernsthaften Mannes, dessen müde Züge davon zeugten, dass er noch mit seinem vorgeblichen Geschäftstermin beschäftigt war. Er hatte seine Frau mit Doktor Valois tanzen sehen, Anna und Paul saßen abseits in einer Ecke des Zimmers, Rose drehte sich allein, die Haare hingen ihr über die Augen, und der Krüppel, der sich geweigert hatte, ins Bett zu gehen, lag lächelnd auf dem Sofa. War es möglich, dass all das kaum sechs Monate her war?

Als er vom Bett aufstand, sah er wieder Roses glückliches, sorgloses Gesicht vor sich, wie sie allein tanzte, die Haare über den Augen, und er sagte laut, als wollte er sich selbst überzeugen: »Es ist unmöglich, sie kann sich nicht dem Gorilla hingegeben haben.« Natürlich glaubten alle in seiner Umgebung an diese Beziehung, aber nur aus reiner Bosheit und weil sich der Gorilla damit brüstete. Er weigerte sich, darüber nachzudenken. Monsieur Zura glaubte so fest daran, dass er ganz plötzlich angefangen hatte, ihm zu schmeicheln, und sich in Liebenswürdigkeiten erging, um seine Anerkennung zu erlangen. Er wurde dadurch also irrtümlicherweise zu einer mächtigen Persönlichkeit und hatte sich geschworen, es auszunutzen. Er hatte sich dem Gorilla nur ein einziges Mal genähert, um ihn weinend anzuflehen, Rose zu verschonen. An diesem Tag entdeckte er angesichts der unerwarteten Reaktion des Uniformierten den Hass. Das dämonische Lachen, das auf seine Tränen antwortete, hatte ihn ganz plötzlich in ihm entfacht. Er hatte den Kopf gehoben und seine Tränen getrocknet, um den Gorilla einen kurzen Moment anzusehen. Aber dieser Moment hatte gereicht, ihm zu beweisen, dass er ebenso ruhig zu töten vermochte wie der abgebrühteste Mörder. Erst war er entsetzt über diese Entdeckung, dann hatte er sich so weit daran gewöhnt, dass er zynisch wurde und mit größter Selbstverständlichkeit den Günstling der Stunde spielte, dem die Mächtigen Ehre und Schutz gewährten.

»Sie bewachen unseren Hof Tag und Nacht«, versicherte er Monsieur Zura mit lauter Stimme, »die Bäume sind übervoll mit Früchten und es wimmelt von Dieben. Wir möchten sie gern verkaufen, aber es gibt so viele Anfragen, dass wir Angst haben, Neid zu wecken.«

Daraufhin hatte ihn der Vorgesetzte noch öfter bedrängt, weil er in die Liste der Käufer aufgenommen werden wollte.

Er kam nur noch selten zum Mittagessen nach Hause. In Gesellschaft des stets von Uniformierten begleiteten Direktors speiste er in Bars und Restaurants.

»Der Freund Ihrer Tochter ist sehr mächtig«, hatte ihm Monsieur Zura zugeflüstert, als er sich befugt sah, wie ein Freund zu ihm zu sprechen, »seine Protektion ist selten und absolut beneidenswert.«

›Was kümmert's mich!‹, wollte Louis Normil ihn anschreien, ›er ist nur ein Mörder und obendrein ein Dieb!‹ Aber er hatte sich beherrscht und sogar sein liebenswürdiges Lächeln behalten.

»Sie sind also der Vater der Kleinen!«, rief an jenem Tag im Büro ein Mann in schwarzer Uniform und schüttelte ihm die Hand.

Er nickte und ließ sich im Beisein einiger Kollegen,

die ihn kalt und mit kaum verhohlener Verachtung ansahen, freundschaftlich auf die Schulter klopfen. ›Was wollen sie mich verurteilen?‹, fragte er sich. ›Werden sie mir vielleicht aus der Klemme helfen? Und haben sie mich nicht vorher auch wie einen Aussätzigen behandelt?‹ Er nahm Einladungen an und zeigte sich nur noch in Gesellschaft von Männern in schwarzer Uniform, den Meistdekorierten, den Angesehensten, lobte in ihrem Beisein die Großzügigkeit des Beschützers seiner Tochter, schwor, dass er ihm eines Tages seine Dankbarkeit erweisen würde.

»Bei meiner Seele, ich habe noch nie einen Vater mit so viel Bewunderung vom Liebhaber seiner Tochter reden hören!«, sagte einer von ihnen.

Sein Schritt stockte, er spürte seinen Mut schwinden. Hastig verabschiedete er sich von ihnen und hielt einen Wagen an. Sobald er drinnen war, nahm er den Hut ab und brach in Tränen aus. Der Fahrer drehte sich um und sah ihn mit ausgestreckten Armen dasitzen, seine Hände umklammerten die Lehne des Vordersitzes, und der Oberkörper wurde von so heftigem Schluchzen geschüttelt, dass der Fahrer rief:

»Aber was haben Sie denn, Monsieur, dass Sie so weinen? Wir erleben seit einiger Zeit eine Menge unangenehmer Dinge. Das stimmt. Und ich will Ihnen auch gestehen, dass ich manchmal ohne Grund zittere, wenn ich die Männer in schwarzer Uniform sehe oder wenn ich sie höre. Aber weinen. Oh nein, das nicht!«

Verschämt unterdrückte Louis Normil seine Tränen, setzte den Hut wieder auf und saß mit gesenktem Kopf da, das Taschentuch vor den Mund gepresst. ›Sie hat es also getan!‹, sagte er zu sich selbst. ›Sie hat es also wirklich getan!‹ Und als er es wiederholte, wurde ihm klar, dass er es seit langem wusste.

Am nächsten Tag saß er wieder mit Monsieur Zura im Restaurant. Männer in schwarzer Uniform, die er nicht kannte, gesellten sich zu ihnen, man stellte ihn vor, alle nickten, als sie seinen Namen hörten, und lächelten liebenswürdig. Er hob sein Glas und führte es gerade zum Mund, als er den Gorilla kommen sah. Dessen Anblick weckte solche Abscheu in ihm, dass er fliehen wollte, um ihm nicht die Hand drücken zu müssen. Aber er tat sich Gewalt an und stand wie Monsieur Zura und die anderen auf, als der Gorilla sich näherte. Der Empfang, den man diesem schmächtigen, mit Waffen behängten Mann bereitete, erstaunte ihn und überzeugte ihn von dessen Popularität und Macht. Monsieur Zura war als Erster von seinem Stuhl aufgesprungen, um den Uniformierten zu begrüßen. Die anderen standen stocksteif in Habachtstellung und ließen dröhnend ihre Absätze knallen. Dann umringten sie den Gorilla und redeten alle auf einmal. Ein riesiger Bursche, der sich wie ein Boxer bewegte, legte ihm vertraulich die Hand auf die Schulter, und neben ihm wirkte der Gorilla noch kleiner und so lächerlich, dass zwei Jungen, die an der Tür standen, die Köpfe zusammensteckten und tuschelten.

»Wo ist die versprochene Belohnung?«, fragte der Boxer und beugte sich zu dem kleinen Mann herab, um direkt in sein Ohr zu sprechen. »Ich habe Ihnen fünf Verräter ausgeliefert, die ich in Ihren Reihen aufgespürt habe, als sie eine Verschwörung gegen Sie planten. Wo ist die versprochene Belohnung?«

»Können Sie nicht noch ein bisschen warten?«

»Ich brauche dieses Feld.«

»Sie bekommen es, aber Sie müssen warten. Wir müssen noch ein paar Formalitäten erledigen.«

»Geschwätz!«, antwortete der Boxer unverschämt. »Sie machen ja doch nur, was Sie wollen!«

Er richtete sich auf, schob den Oberkörper vor und wurde so bedrohlich, dass der kleine Mann kapitulierte.

»Geben Sie mir noch ein paar Tage«, fauchte er.

»Vergessen Sie mich nicht, ich bitte Sie«, flehte ein anderer demütig, »Sie haben versprochen, mich zu belohnen, ich will auch ein Feld.«

»Ich warte schon ein Jahr«, protestierte ein anderer, »und ich zahle immer noch Miete.«

»Hören Sie auf zu zahlen«, entgegnete der kleine Mann eisig, »ich decke Sie vor Gericht.«

Unwillig versuchte er der drängenden Meute zu entkommen, die ihn fast erstickte. Er stellte sich auf die Zehenspitzen, rang nach Luft und sagte mit schneidender Stimme:

»Und jetzt lassen Sie mich vorbei, meine Herren.«

Die Gruppe trat beiseite, und der kleine Mann stand vor Louis Normil, der schon wieder ruhig vor seinem Glas saß. Der Gorilla zögerte, dann machte er mit ausgestreckter Hand ein paar Schritte auf den Tisch zu.

»Ich freue mich, Sie zu treffen«, sagte Louis Normil und erwiderte seinen Gruß. »Ich wollte Sie ohnehin aufsuchen und mit Ihnen reden.«

Er sah die langen behaarten Hände zittern. ›Aus Angst oder aus Wut?‹, fragte sich Louis Normil. ›Irgendjemand hier im Raum macht ihm Angst, aber wer?‹ Er drehte sich um und fing den Blick des Boxers auf, der auf den Rücken des kleinen Mannes gerichtet war. Und plötzlich fühlte er in sich eine ungeahnte Kraft. Der Gorilla hatte ein Taschentuch hervorgeholt und wischte sich die Stirn, während er Louis Normil misstrauisch musterte.

»Wollen Sie mit mir reden, um wieder zu weinen?«, fragte er unverschämt.

»Die Zeit der Tränen ist vorbei«, antwortete Louis Normil und brach in Lachen aus.

»Dann kommen Sie. Ich möchte auch mit Ihnen sprechen.«

Die Hand an einer seiner Waffen, ging er zu einem

einzeln stehenden Tisch, rief einen Kellner und fragte Louis Normil:

»Was wollen Sie trinken?«

»Whisky Soda«, antwortete Louis Normil.

»Zwei Whisky Soda«, rief der Gorilla.

Dann beugte er sich zu Normil:

»Was haben Sie mir zu sagen?«

Louis Normil griff nach dem Glas, das der Kellner auf den Tisch gestellt hatte, hob es hoch und sagte laut:

»Auf das Wohl von Rose!«

»Sieh an!«, meinte der Gorilla verdutzt, »wenn Sie es so nehmen …«

Und er begann zu lachen, die Augen starr auf Louis Normil gerichtet, dessen Blick sich plötzlich einen Moment lang verdüsterte.

»Meine Tochter hängt an Ihnen«, sagte er dann mit einem erstarrten Lächeln, das die Lippen verzerrte und den Rest des Gesichtes wie gelähmt erscheinen ließ, »also mache ich die Augen zu …«

Der Mann in Uniform nahm einen Schluck und schien eine Minute nachzudenken.

»Ich habe mich zu sehr an sie gewöhnt«, gestand er Louis Normil, der sein Glas so fest umklammerte, dass es zu zerbrechen drohte. »Ihre Sanftheit, ihr Gehorsam rühren mich. Ich ertappe mich dabei, wie ungeduldig ich sie erwarte. Vielleicht werde ich sie irgendwann heiraten. Ich verspreche nichts, aber vielleicht werde ich sie irgendwann heiraten.«

»Sie sehen mich schon heute geschmeichelt«, antwortete Louis Normil ungerührt.

Seine Stimme war tief, fast heiser. Er senkte die Augen, um sich nicht zu verraten und kämpfte gegen das Verlangen, sich auf den Gorilla zu werfen und ihn zu erwürgen. In der Anstrengung, sich zu beherrschen, presste er die Kiefer zusammen, und ihm war vor Abscheu ganz übel. ›Du!‹, dachte er. ›So sicher, wie ich

Louis Normil heiße, du wirst durch meine Hand sterben.‹

»Aber wollten Sie mich etwa sprechen, um über Ihre Tochter zu reden?«, fragte der Gorilla, als käme er wieder zu sich, mit der boshaften, tückischen Miene eines tollwütigen Hundes.

»Mein Sohn möchte die Uniform tragen«, antwortete Louis Normil sehr eilig, »und ich hoffte auf Sie, um ihn speziell Ihrem Gefolge zu empfehlen.«

»Das ist eine weise Entscheidung!«, rief der Gorilla. »Ich gebe zu, dass ich ihm etwas misstraut habe. Er ist so distanziert und vermeidet es, mich zu grüßen. Ich misstraue den Unzufriedenen immer, und davon gibt es eine ganze Menge um mich herum. Zwar hat unsere Organisation für alles gesorgt, um sie zufrieden zu stellen, aber sie sind unersättlich. Wie ich hier vor Ihnen sitze, bin ich nur ein Rädchen in einer riesigen Maschine. Unser Kommandant ist ebenso unsichtbar und ebenso mächtig wie Gott. Wir empfangen seine Befehle und führen sie aus. Das ist alles. Oft wissen wir nicht, warum er uns etwas tun lässt, wir gehorchen ihm blind. Ihr Sohn ist auf mich persönlich böse und erhöht damit unvorsichtigerweise die Zahl der Unzufriedenen.«

»Vielleicht hat er geglaubt, Sie würden seine Mitarbeit ablehnen«, erklärte Louis Normil eifrig.

»Versuchen Sie nicht, schlauer zu sein als ich«, protestierte der Gorilla. »Er hat allen Grund, unzufrieden zu sein, weil wir ihm seine Felder und seine Schwester weggenommen haben. Sie hat es als Erste getroffen. Bald werden alle, die uns Widerstand leisten, spüren, wie unsere schwere Hand auf sie niederfällt.«

Während er sprach, starrte er Louis Normil an, aber er konnte dessen rätselhaftes Gesicht nicht deuten. Selbstsicher antwortete dieser:

»Ich kenne Ihren Ruf, Sie werden gefürchtet und respektiert, mein Sohn wird bald mächtig sein, wenn Sie ihn protegieren.«

»He, he, Sie übertreiben ein bisschen ...«

Er beugte sich vor, sah nach den Männern in Uniform, die ihn zuvor umringt hatten, und sagte leise:

»Sie bedrängen mich, aber ich kann sie nicht alle gleichzeitig zufrieden stellen. Meine Rolle ist schwierig: Das ist der Preis für die Stellung, die ich einnehme. Sagen Sie Ihnen doch, dass Ihr Land Ihnen gehört, dann regeln wir beide die Angelegenheit gütlich. Sie sehen vernünftig und gehorsam aus. Ihre Tochter kommt ganz nach Ihnen. Ich mag gehorsame Menschen. Los, handeln Sie den Verkauf aus. Befreien Sie mich von diesen Raubvögeln, und ich werde mich erkenntlich zeigen.«

»Ich möchte nichts lieber, als Ihnen helfen«, erklärte Louis Normil, erstaunt über die Wendung, die die Dinge nahmen.

»Und kein Verrat, klar! Sonst werden Sie es bereuen. Ich habe Ihrer Tochter versprochen, ihr die Papiere zurückzugeben, die Sie unterschrieben haben, und ich halte Wort. Wenn Sie das auch tun, wird alles ganz in Ruhe abgewickelt, und Sie bekommen eine ordentliche Summe. Aber sorgen Sie vor allem dafür, dass die Kerle mich in Ruhe lassen.«

»Soll das heißen, dass Sie mich ermächtigen, die Felder für Sie und mich zu verkaufen?«

»Genau das. Um nichts in der Welt würde ich sie umsonst unter diesen Geiern verteilen, dann bin ich am Ende womöglich der Dumme.«

»Ich verstehe«, sagte Louis Normil und stand auf, um sich zu verabschieden.

Doch der Gorilla packte seinen Arm und bestand darauf, mit ihm zu essen. Als sich Louis Normil zwei Stunden später endlich freimachen konnte, fühlte er sich so schwach, dass er schlurfenden Schrittes nach

Hause schwankte. Mit einem bitteren Geschmack im Mund ging er in sein Zimmer hinauf und legte sich ins Bett. Er lehnte jedes Essen ab, versteckte das Gesicht unter dem Laken und dachte an das Gespräch mit dem Gorilla. Obszöne Bilder bedrängten ihn, wenn er sich diesen Kümmerling vorstellte, der es mit seiner Tochter trieb, und er spürte, wie ihn die kalte Wut überkam. Er beobachtete Rose heimlich, lauschte mit besonderer, krankhafter Aufmerksamkeit auf ihre Stimme, als hoffte er, sie schreien zu hören, dass sie dem Gorilla übel mitgespielt und dass er sie nie angerührt hätte. Er reichte ihr die Stirn zum Kuss, sah sie weggehen und wartete spät in der Nacht auf ihre Rückkehr, die Ohren gespitzt, fieberhaft und voller Aufruhr.

Gleich am nächsten Tag begann er jedoch kraft der Ermächtigung, die ihm die bedeutende Persönlichkeit erteilt hatte, die Werbetrommel zu rühren und die Felder zum Verkauf anzubieten. Ungerührt und entschlossen mied er Monsieur Zura und verabredete sich mit potentiellen Käufern, die alle die schwarze Uniform trugen, bei dem Anwalt, den ihm der Gorilla ungefragt genannt hatte.

17

Am nächsten Morgen brach ein heftiger Streit zwischen den Männern in schwarzer Uniform aus, die auf den Feldern postiert waren. Ihre Stimmen wurden wild und bedrohlich, bald ertönten Schüsse, gefolgt von Schreien und Flüchen.

»Die Raubvögel zerfetzen sich gegenseitig!«, rief der Großvater. »Gott hat vorhergesagt, dass Anmaßung und Gier sie vernichten würden, nun erfüllt sich seine Prophezeiung.«

»Ich will es sehen!«, rief der Krüppel. »Tragt mich zum Fenster.«

Drei Leichen in schwarzer Uniform lagen auf dem Boden, umringt von Männern in derselben schwarzen Uniform mit dem Gewehr über der Schulter.

»Das ist nur der Anfang«, lachte der Vater böse.

Und alle sahen ihn an, als würden sie ihn nicht wiedererkennen.

Er ging ins Schlafzimmer hinauf, stand allein am Fenster und starrte endlos auf die drei Leichen. In der nächsten Nacht sah seine Frau, wie er sich plötzlich aufrichtete, um mit einem unsichtbaren Gegner zu kämpfen. »Ich werde dich töten, Verbrecher, ich werde dich töten«, murmelte er. Sie strich ihm mit der Hand über die glühend heiße Stirn und brachte ihn mit beruhigenden Worten dazu, sich wieder hinzulegen.

Am nächsten Tag stand er sehr früh auf, zog sich an und machte sich auf den Weg zum Anwalt.

Diesmal war es Louis Normil, der die Hand übersah, die dieser ihm mit heuchlerischem Lächeln entgegenstreckte. Er hörte im Stehen zu, als ihm der Anwalt einen verlogenen Bericht von seinen jüngsten Bemühungen gab.

»Der Erfolg ist sicher«, endete er, »Ihre Tochter führt auf meine Empfehlungen die Angelegenheit so intelligent, dass ich das Geschäft für geregelt halte …«

»Sie lügen!«, fuhr ihn Louis Normil an. »Ich sage es Ihnen, weil man mich dazu ermächtigt hat. Sie lügen! Sie haben niemandem Empfehlungen gegeben. Alles wurde ohne Ihre Hilfe geregelt. Versuchen Sie nicht, mich an der Nase herumzuführen. Das funktioniert nicht mehr.«

Das schwarze Gesicht des Anwalts wurde aschgrau. Louis Normil senkte den Kopf und schloss die Augen. Endlich hatte er seine Wut an einem von ihnen auslassen können. In ihm erwachte ein sadistisches Vergnügen, diesen Mann zittern zu sehen, der ihn noch vor wenigen Tagen in Angst und Schrecken versetzt hatte. ›Selbst ein Wolf werden, so muss man sich heute verteidigen‹, sagte er sich.

»Verzeihen Sie«, flüsterte der Anwalt ergeben.

»Übrigens bin ich nicht hier, um über meine Tochter zu sprechen«, fuhr Louis Normil im selben Ton fort, »sondern über die fünfhundert Dollar, die Sie erhalten haben. Worauf warten Sie, um mir eine Quittung zu geben?«

»Aber natürlich, natürlich, wie konnte ich das vergessen?«

Der Anwalt suchte zitternd nach einem Blatt Papier auf seinem Schreibtisch und schrieb gehorsam eine Quittung, die er Louis Normil reichte.

»Bitte sehr, lieber Freund, und verzeihen Sie, dass ich nicht früher daran gedacht habe.«

Louis Normil sah den Anwalt mit einem wütenden Blick an und ging ohne ein weiteres Wort hinaus.

Am Abend fuhr er zu Maud und gab ihr die Quittung.

»Siehst du«, sagte er, »ich habe nicht gelogen.«

Sie sah ihn mit halb geschlossenen Augen durch die dichte Wolke des Rauchs ihrer Zigarette an.

»Mach dir keine Gedanken wegen der Rückzahlung«, sagte sie mit einem seltsamen Lächeln.

»Nein!«, rief er. »Aber du bekommst es bald zurück.«

Seine Sorgen hatten ihn erschöpft, das merkte man ihren Umarmungen an.

›Ich habe solchen Abscheu vor der Ehe‹, sagte sie sich, ›und jetzt verwandelt er sich in einen nichtssagenden Ehemann!‹ Sie empfing ihn mit größerer Kälte, gab sich weniger Mühe, ihm zu gefallen, und versuchte kaum, ihn zurückzuhalten. Und er, dem diese Veränderung nicht entgangen war, fragte sich voller Angst nach dem Grund und machte sich sogar Vorwürfe, sie vernachlässigt zu haben. Er wusste nicht, dass sie von Roses Abenteuer erfahren hatte und ihm böse war, dass er eine so entehrende Situation ohne Auflehnung erduldete. ›Er hätte ihn töten müssen‹, dachte sie unnachsichtig, ›er hätte ihn töten müssen.‹ Ihr allein gestand er seine Qualen, ihr allein erzählte er von dem Gorilla und ihrer Begegnung im Restaurant.

»Ich nutze ihn aus, um meine Ziele zu erreichen, es kümmert mich nicht, was die anderen denken«, sagte er, als wollte er sich vor ihr rechtfertigen.

»Weißt du, dass sich deine Tochter an diesen Mann verkauft hat?«, fragte sie ohne Umschweife.

Er sprang auf, als hätte man ihm ein Messer in den Körper gestoßen.

»Sprich nicht von ihr«, bat er sie mit erstickter Stimme.

»Ach so! Du weißt es und du schließt die Augen. Ich kann diesen Gedanken nicht ertragen.«

»Sei doch still!«

»Wer hilft dir, der Wahrheit ins Gesicht zu sehen, wenn nicht ich?«, schrie sie ihn an.

»Ich erlaube es niemandem, niemandem …«

»Ich aber verurteile dich«, fuhr sie erbarmungslos fort.

»Oh nein! Das kannst du nicht. Du hast kein Recht dazu. Weißt du, was es bedeutet, mit ihnen zu tun zu haben? Hast du sie jemals aus der Nähe gesehen? Hast du sie reden, drohen gehört?«

Sie zuckte mit den Schultern.

»Ich habe den Kelch bis zur Neige geleert«, gestand er ihr. »Bemitleide mich, anstatt mich niederzumachen!«

Er nahm seinen Hut, und sie ging das Auto aus der Garage holen. Während der ganzen Fahrt sprachen sie kein einziges Wort. Ehe sie sich trennten, streckte sie ihm die Lippen entgegen, aber er weigerte sich, sie zu küssen.

»Ich hätte nie gedacht, dass du mich eines Tages beschimpfen würdest«, warf er ihr vor. »Ich bin vielleicht nicht sehr mutig, aber ich bin nicht so charakterlos, dass ich nicht erkennen würde, was sich hinter deiner Strenge verbirgt. Ich werde nur wiederkommen, um dir das Geld zurückzuzahlen.«

»Nimmst du es mir so übel, dass ich dir die Wahrheit gesagt habe?«, fragte sie, erstaunt über diese fast gewalttätige Reaktion, die ihr plötzlich einen anderen Mann offenbarte.

»Ich nehme es dir übel, mich nicht genug zu lieben, um mich zu verstehen. Wir sind nicht Herr über die anderen, Maud. Was vermag ein Vater gegen seine eigene Tochter?«, antwortete er ihr traurig. »Und was vermögen wir gegen die, die uns unsere Felder genommen haben und uns verfolgen?«

Als er nach Hause kam, war seine Frau schon im Bett. Er blieb lange am Fenster stehen, die Augen auf die fernen, gleichgültig funkelnden Sterne gerichtet. Angesichts der herrlichen Erhabenheit dieser Nacht erfüllte ihn der Gedanke an sein Unglück, an ihr gemeinsames Unglück mit unbändiger Wut. »Warum? Warum?«, hörte er sich murmeln, wie mit acht Jahren, als seine Mutter starb. ›Vielleicht haben wir allzu lange ruhig und sorglos neben den Tränen und Klagen der anderen dahingelebt‹, dachte er bei sich, ›das Verbrechen zu dulden, selbst wenn man nicht daran teilhat, ist auch schon ein Verbrechen. Ich bin also mein ganzes Leben ein Feigling und ein Verbrecher gewesen. Nun werde ich bestraft, weil ich gleichgültig auf diese Hölle blickte, deren Flammen mich noch nicht erreichten. Gleichgültig habe ich die anderen sich winden und vor Schmerzen die Gesichter verzerren sehen, und nun bin ich selbst mit denen, die ich liebe, den

Flammen ausgeliefert! Mein ganzes Leben konnte ich nur den Kopf senken und mich fügen. Und nun sind sie gekommen, um mich Hass und Auflehnung zu lehren. Ihre Anwesenheit auf unseren Feldern ist ein gezielter Schlag des Schicksals. Ihre Zahl nimmt zu, bald werden andere ertragen, was wir ertragen haben. Das Unglück, das uns getroffen hat, wird sich bald überall ausbreiten. Wenn wir uns alle betroffen fühlen, werden wir vielleicht verstehen, was Solidarität und Mut bedeuten. Früher weinte meine Mutter, wenn sie meinen Vater schreien hörte. Sie hat immer nur vor ihm gezittert und geweint. Vielleicht komme ich nach ihr. Was bin ich denn? Mit fünfzig Jahren muss ich mir immer noch diese Frage stellen. Ich kann noch so sehr aufschneiden, dem Gorilla die Stirn bieten, den Zyniker spielen, ich weiß, dass ich tief in mir noch immer wilde Angst verspüre. Oh weh! Diese Qual! Sie haben mich auf die Knie gezwungen, haben mich an den Haaren gepackt und mein Gesicht in den Schlamm gedrückt. Und der Hass ist in mich gefahren. Ich mache ihr Spiel mit. Ich beherrsche meine Rolle perfekt. Gut so! Ohne Gewissensbisse und ohne Scham versinke ich mit ihnen in der Unmoral. Und auch dafür werde ich geradestehen müssen. Aber was soll ich tun? Ich bin allein gegen sie alle. Es ist ein ungleicher Kampf.‹

Er ging zum Bett und legte sich vorsichtig hin. Plötzlich erinnerte er sich wieder an Maud, er bemerkte nicht ohne Überraschung, dass er sie vergessen hatte, dass sie gleichsam hinweggeschwemmt worden war von seiner schmerzlichen Träumerei. Denn lange vor der Geliebten hatte er die Kinder gehabt und diese Frau, die neben ihm lag.

Er schloss die Augen, und tauchte sogleich ein in die Stille der Nacht. Ein leises Rasseln begleitete den Atem der Mutter. Fast ein kleiner, klagender Schrei im Rhythmus der dumpfen, unregelmäßigen Schläge. Er beugte sich über sie, das Ohr in Höhe ihres Herzens. War es möglich, dass er so lange an der Seite dieser Unglücklichen geschlafen hatte, ohne etwas von ihrer Krankheit zu ahnen? Dieses wunde Herz klagte ihn an. Er war dafür verantwortlich. Er rief sie leise, und sie stieß einen langen, schmerzlichen Seufzer aus, drehte sich dabei herum und schob sich unbewusst von ihm weg an den Bettrand, wo sie seit sechs Jahren lag.

Als er am nächsten Morgen erwachte, sah er sie an, wie er es lange nicht mehr getan hatte. Seit sechs Jahren hatte er von ihr nur jene Körperteile wahrgenommen, die ihn noch reizten, das Mienenspiel oder einzelne Bewegungen, die eine Erinnerung wachriefen, ohne dass es ihn berührte. Und er brachte einer anderen die Zuneigung entgegen, die er ihr vorenthielt. Wann hatte er angefangen, sich von ihr zu entfernen? Er hatte ihr eigentlich nichts vorzuwerfen. Im Gegenteil. Betrog er sie gerade deshalb, weil er sich ihrer so absolut sicher war? Er hatte sich für sie entschieden, weil sie ruhig, distanziert und gelassen war; würde er ihr jetzt vorwerfen, diese Eigenschaften zu besitzen?

»Wir gehen zusammen zu Doktor Valois«, versprach er ihr. »Du wirkst so müde und abgehärmt. Er muss dich behandeln.«

Sie starrte ihn voller Erstaunen an.

»Was ist mit dir los? Sehe ich schon so aus, als stünde ich an der Schwelle des Todes?«

»Das habe ich nicht gesagt.«

»Doktor Valois hat mich vor kurzem hier untersucht.«

»Und was hattest du?«, fragte er aufrichtig besorgt.

»Ach! Ein leichtes Unwohlsein. So etwas kommt bei jedem vor, oder?«

»Ist Doktor Valois sicher, dass du gesund bist?«

»Ich habe nichts Organisches. Es sind die Sorgen, all die schrecklichen Sorgen, die mich aushöhlen.«

Er sah sie an und wusste, dass sie log. Sie waren nur zwei Schritte voneinander entfernt, und er merkte, wie ihre Nasenflügel bebten. Als sie die Augen schloss, legte er ihr liebevoll die Hand auf die Schulter.

»Wir müssen hoffen, Laura, wir müssen es.«

»Ich konnte mich noch nie selbst belügen.«

»Was soll ohne Hoffnung aus uns werden?«

Sie zog ihre Schulter weg und ging ins Esszimmer hinunter. Da Rose noch im Bett war, frühstückten sie ohne sie. Louis Normil spürte Pauls eindringlichen, verachtungsvollen, unverschämten Blick und zuckte zusammen.

»Wie viele Felder hast du schon für den Gorilla verkauft?«, stieß Paul hervor und zischte die Worte wie eine Beschimpfung durch die Zähne.

»Hoffen wir, dass ich sie verkaufen kann, mein Kleiner«, antwortete der Vater, darum bemüht, so natürlich wie möglich zu sprechen, »denn ich bekomme etwas Geld dafür. Ich habe deiner Mutter eben gesagt, dass nur die Hoffnung uns helfen kann. Ein ganzer Schwarm Geier lauert auf diese Felder. Ich versuche, nicht alles zu verlieren, das ist alles.«

»Und deshalb paktierst auch du mit ihnen«, fuhr Paul fort. »Am Ende werden sie uns alle kaufen, so wie wir hier sitzen.«

Er brach in ein so grausiges Lachen aus, dass der Krüppel ihn mit offenem Mund und voller Neugier ansah.

»Du hast eben gelacht wie der Dämon, wenn er die Seele des Verdammten in den Krallen hält«, erklärte der Großvater mit einer leisen, sanften Stimme, die nicht seine war.

»Mein Vater ist der Freund unseres Verfolgers geworden«, schrie Paul.

Louis Normil erblasste, und seine Schultern krümmten sich, als drückte ihn unendliche Müdigkeit nieder. Der Großvater ließ die Gabel fallen, sein Bart zitterte.

»Wenn das wahr ist, mein Sohn, dann verlasse dieses Haus, zwing mich nicht, deine Anwesenheit zu ertragen, noch bin ich nicht tot«, sagte er.

Der Vater senkte den Kopf wie ein Schuldiger.

»Paul!«, rief die Mutter in schmerzerfülltem, vorwurfsvollem Ton und schloss die Augen.

»Paul irrt sich«, sagte der Vater ernst, »er ist sehr jung und er irrt sich.«

»Ich habe dich mit ihm am Tisch sitzen sehen«, antwortete der junge Mann erbarmungslos, »allein mit ihm. Sag mir ins Gesicht, dass ich mich irre.«

In diesem Moment kam Rose die Treppe heruntergerannt, um sich an ihren Platz zu setzen. Da schob Paul seinen Stuhl zurück und stand auf, sein Blick war von beängstigender Härte.

18

Er lauerte zwei Tage auf den Gorilla, ging durch die Straßen mit dem Messer, dessen kalte Klinge durch das Hemd hindurch seine Haut liebkoste. Vergebens legte er unglaubliche Entfernungen zurück, spähte in Autos, suchte in Gebäuden und öffentlichen Räumen. Kochend vor Wut kehrte er nach Hause zurück, weigerte sich, am Tisch Platz zu nehmen, jagte die Mutter aus seinem Zimmer. Am Abend stand er auf, wartete, bis der Vater weg war, und verlangte Geld von seiner Mutter. Er mietete ein Auto, das er auf dem Weg zum Haus in einer dunklen Ecke abstellte. Sobald Rose hinausging, zog er seine Jacke an, bürstete sich sorgfältig das Haar, lief hinunter und sah ihr vom Gartentor aus nach. Als sie weit genug entfernt war, stieg er ins Auto und startete es. In einigem Abstand folgte er ihr etwa fünf Minuten, bis sie auf einmal stehen blieb. Er trat auf die Bremse und wartete. Weitere fünf Minuten vergingen, dann zehn. Plötzlich erkannte er den Gorilla am Steuer eines Wagens. Die Beifahrertür öffnete sich und schloss sich hinter Rose. Die beiden Autos fuhren eine halbe Stunde in geringem Abstand durch die Stadt und dann auf eine abgelegene Straße, wo die am Ende langer Auffahrten verborgenen Häuser immer seltener wurden. Das Auto des Gorillas bog in eine dieser Alleen und war kurz darauf verschwunden. Paul stellte seinen Wagen ab und stieg aus. Der Ort war so dunkel, dass er kaum etwas sah. Vorsichtig ging er die Auffahrt hoch und erreichte das Haus. Helles Licht drang aus dem Fenster eines Zimmers mit schmiedeeisernem Balkon, in dem sich zwei Gestalten bewegten. Wütendes Hundegebell erschütterte die Stille, und das Licht wurde noch heller, als hätte man eine weitere Lampe eingeschaltet. Plötzlich verschwanden die beiden Gestalten, wie von etwas Unbekanntem verschluckt, doch kurz darauf beugte sich der Gorilla aus dem Fenster. Paul tastete nach dem Messer unter seinem Hemd. »Verflucht!«, hörte er sich murmeln. »Wenn ich nur einen Revolver hätte!« Er ging ein paar Schritte näher heran, bewegte sich auf Höhe der Pflanzen, wagte sich bis vor das Fenster, kauerte sich hin und hob den Kopf. Mitten im Zimmer stand ein Bett, darauf lag Rose, nackt. Zwei Glühlampen hingen über ihr, tauchten sie in taghelles Licht. Er sah sie mit gespreizten Beinen, die Arme ausgebreitet wie eine Gekreuzigte, den Kopf auf der Seite, reglos wie eine Tote, und er hätte fast laut aufgeschrien. Er tastete nach dem Messer, öffnete sein Hemd und hielt das Ende der Klinge mit drei Fingern. Er richtete sich vorsichtig auf und brach mit der linken Hand den Zweig eines Strauches ab, der ihn behinderte. Da sah er, wie sich der Körper des Mannes langsam zurückzog. Blitzschnell warf Paul das Messer, das in der Dunkelheit funkelte. Er hörte es gegen etwas Hartes schlagen und mit metallischem Klirren unter dem Fenster auf die Erde fallen.

»Verdammt! Ich habe ihn verfehlt«, sagte er laut.

Der Gorilla hatte sich zu Boden geworfen. Paul sah, wie er zum Balkon kroch, und gleich darauf pfiffen ihm Kugeln um die Ohren, begleitet vom wütenden Kläffen der Hunde. Er verließ das Gestrüpp, war sicher, dass man ihn nicht verfolgen würde. Die Schüsse verhallten. Nichts bewegte sich ringsum, nacheinander gingen alle Lampen aus. Paul stieg ins Auto, fuhr nach Hause und schloss sich in seinem Zimmer ein.

Zwei Stunden später hörte er Rose nach Hause kommen, sie tastete sich die Treppe hinauf und wagte nicht, Licht zu machen.

›Jetzt bleibt mir nur, sie umzubringen‹, dachte er und sah sie wieder nackt auf dem Bett. ›Warum so viel Helligkeit über ihren gespreizten Gliedern? Ich muss sie umbringen, für mich, für sie, für uns.‹ Er schluchzte, biss in sein Kopfkissen, zog sich nicht aus, suchte keinen Schlaf.

Im Morgengrauen verließ er sein Zimmer, ging vorsichtig die Treppe hinunter, floh Roses Anblick und den des Hauses. Er tankte, raste mit wahnsinniger Geschwindigkeit die Route de Carrefour entlang und parkte vor dem Haus von Anna Valois.

19

An Monsieur Florentin Douboute
(genannt: der Boxer)
6, Rue de l'Enterrement
in der Stadt

Monsieur,

Sie werden übers Ohr gehauen. Begeben Sie sich morgen früh um acht Uhr in die Nähe der Kanzlei von Anwalt X. Zu dieser Stunde werden zwölf Kaufverträge zugunsten Ihres Vorgesetzten unterzeichnet werden. Ihr Kopf und Ihre Muskeln gefallen mir. Sie werden sich zweifellos zu verteidigen wissen und die Belohnung einfordern, die Ihnen zusteht.

Ein gerechter Mann, der Ihnen wohl gesinnt ist.

Louis Normil an seinem Schreibtisch verschloss den Brief und sagte sich: ›Wer hätte gedacht, dass ich eines Tages so gut mit den Wölfen heulen würde!‹ Er griff nach seinem Hut, entschuldigte sich bei seinen Kollegen und brachte den Brief selbst zur Post. Die Adresse breitete sich in ungelenken, fast unkenntlichen Buchstaben auf dem Umschlag aus.

Zur Mittagszeit versteckte er sich bei der Ankunft von Monsieur Zura hinter einer Tür und verließ das Büro, um allein zu der Verabredung zu gehen, die er mit den Männern in schwarzer Uniform getroffen hatte.

»Na dann, bis morgen beim Notar«, sagte er und stieß mit ihnen an.

Am nächsten Tag empfing sie um punkt acht Uhr ein sehr vornehm auftretender Mulatte in einem klimatisierten Raum, der mit sicherem, dezenten Geschmack eingerichtet war. Der Anwalt trug einen riesigen Siegelring an der linken Hand, an dem er zerstreut herumspielte. Seit zehn Minuten saß ihm Louis Normil gegenüber, aber er hatte noch keinmal seinen Blick gekreuzt.

»Ich verstehe«, sagte der Mulatte, nachdem er ihm zugehört hatte. »Sie haben den Wunsch, Felder zu verkaufen, die Ihrem Vater gehörten. Sie sind im Besitz von Dokumenten, die beweisen, dass Sie aufgrund einer zu Lebzeiten erfolgten Schenkung darüber verfügen können. Ist das richtig?«

»Ja. Diese Felder befinden sich auf der Anhöhe von Turgeau und sind von unschätzbarem Wert. Ich habe insgesamt ein Dutzend Grundstücke, die mit Fruchtbäumen bepflanzt sind, jedes einzelne wird auf eintausend Dollar geschätzt. Dieser Herr«, und er wies mit dem Finger auf den Gorilla, »ist der Einzige, der den Preis nicht anfechten will, den ich verlange.«

»Er ist ein echter Kenner und ihm ist wohl bewusst, dass Sie sehr viel mehr dafür erhalten könnten«, erklärte der Notar in neutralem Ton, »aber in diesen Zeiten ist der Spatz in der Hand besser als die Taube auf dem Dach.«

Der Gorilla ließ mit sichtbarer Nervosität seine langen behaarten Finger knacken und begann ungeduldig zu werden. Er sah den Notar grimmig an und sagte:

»Kommen Sie endlich zur Sache. Ich habe keine Zeit zu verlieren.«

Der Notar zog ein wenig die Brauen hoch, setzte die Brille auf und öffnete ein Heft.

»Alles ist bereit, Kommandant, ich wurde bereits informiert.«

Der Titel Kommandant, mit dem der Notar den kleinen Mann angesprochen hatte, ließ Louis Normil zusammenzucken, und er starrte ungewollt auf die Orden an dessen schwarzem Hemd. Das entlockte dem Notar, der die Augen hartnäckig gesenkt hielt, ein leichtes Lächeln.

»Gibt es wirklich unschlüssige Käufer?«, fragte er mit unveränderter Miene.

Der Gorilla zog ein Bündel Geldscheine aus der Tasche und reichte sie dem Notar. Dieser zählte sie und übergab ihm das Heft.

»Bitte unterzeichnen Sie hier, Kommandant.«

Die elf anderen Männer in Uniform diskutierten etwas abseits in einer Zimmerecke.

»Meine Herren«, erklärte Louis Normil und stand auf, »ich will Sie keineswegs zu etwas zwingen. Aber ich schwöre Ihnen, dass Sie sich eine hervorragende Gelegenheit entgehen lassen, Eigentümer in einem der schönsten Viertel der Hauptstadt zu werden.«

Sie stürzten alle gleichzeitig herbei, bezahlten murrend und unterzeichneten.

»So, das wäre erledigt«, verkündete der Notar mit einem Seufzer der Erleichterung, »alles ist in bester Ordnung. Sie können wiederkommen, um sich Ihre Eigentumsurkunden abzuholen.«

»Ist das alles?«, fragte der Gorilla und sprang auf.

»Das ist alles, Kommandant«, antwortete der Notar.

»Warum geben Sie uns die Papiere nicht gleich?«, fragte schüchtern einer der Käufer.

»Weil sie noch nicht fertig sind, ganz einfach«, antwortete der Notar. »Na, na, meine Herren, nicht so misstrauisch. Sie sehen doch, welches Vertrauen uns Ihr Anführer schenkt.«

»Schluss jetzt!«, befahl der Gorilla stocksteif.

Die Männer in schwarzer Uniform standen stramm und gingen mit gesenkten Köpfen hinaus. Dann nahm der Notar ein dickes Geldbündel vom Tisch und reichte es Louis Normil.

»Auf Wiedersehen, Monsieur, auf Wiedersehen, Kommandant, zu Ihren Diensten, Kommandant«, sagte er mit theatralischer Geste.

Louis Normil steckte das Geld in die Tasche und suchte die Augen des Notars. Diesmal entdeckte er einen amüsierten, spöttischen Blick, der auf den Gorilla gerichtet war.

»Wer ist das?«, fragte Louis Normil, als sie draußen waren.

»Oh! Ein großer Herr, ein sehr großer Herr, mein

Vater war eine Zeitlang sein Diener. Jetzt dient er mir. Er genießt den Ruf, niemals ein Berufsgeheimnis zu verraten, mit seiner Hilfe habe ich ein paar nette kleine Geschäfte erledigt.«

»Solche wie dieses?«, fragte Louis Normil mit unschuldigem Lächeln.

»Solche wie dieses«, antwortete der Gorilla zynisch. »Man muss ja sehen, wo man bleibt, nicht wahr? Um auf den Notar zurückzukommen, er ist ein wunderbarer Mann. Intelligent, sehr intelligent, und er hütet viele Geheimnisse. Ich fürchte nur, dass er es eines Tages bereuen wird, allzu gefällig gewesen zu sein.«

Louis Normil zuckte zusammen.

»Soll ich Ihnen das Geld geben?«, fragte er und steckte die Hand in die Tasche.

»Sind Sie verrückt?«, schrie ihn der kleine Mann an. »Warten Sie gefälligst, bis wir an einem sicheren Ort sind. Dort ist mein Auto. Kommen Sie.«

Als er die Autotür öffnete, legte ihm der Boxer, der in der Nähe gelauert hatte, die Hand auf die Schulter:

»Ich habe diese Felder Tag und Nacht bewacht. Ich will meinen Anteil«, sagte er.

»Nimm die Hand von meiner Schulter«, protestierte der Gorilla wütend, machte sich frei und griff nach seiner Waffe.

Der Boxer sprang drei Schritte zurück, zog mit der Fingerfertigkeit eines Cowboys den Revolver und schoss. Der Gorilla brach zusammen.

›Ich habe hier nichts mehr zu tun‹, sagte sich Louis Normil. Er nutzte das allgemeine Entsetzen, bahnte sich eilig einen Weg durch die Menge und verschwand.

Das Geld musste so schnell wie möglich in Sicherheit gebracht werden. Er ging also nach Hause, und diesmal versteckte er es in der Schublade seines Nachttischs unter einem Stapel Bücher. Dann kehrte er ins Büro zurück, wo er Monsieur Zura in größter Erregung antraf.

»Haben Sie schon gehört, Normil?«, rief dieser ihm entgegen. »Unser Freund wurde gerade ermordet.«

»Von wem?«, stieß Louis Normil mit gespielter Überraschung hervor.

Monsieur Zura verdrehte sorgenvoll die Augen und senkte die Stimme:

»Von einem seiner Handlanger, sie werden ihn zur Abschreckung auf dem Platz erschießen.«

»Diese radikale Maßnahme wird unseren armen Freund nicht wieder auferstehen lassen«, erklärte Louis Normil niedergeschlagen.

»Was für ein entsetzliches Unglück, nicht wahr?«, bestätigte Monsieur Zura. »Und sie sind außer sich. Sehen Sie doch die Lastwagen voll bewaffneter Männer. Obwohl sie wissen, wer es war, müssen sie ihr ganzes Arsenal auffahren, um uns Angst einzujagen.«

Louis Normil starrte auf Zuras zitternde Hände, nahm seinen Hut und entschuldigte sich, um direkt zur Einwanderungsbehörde zu gehen, solange seine Popularität noch Bestand hatte.

»Da ist Monsieur Normil«, sagte ein Angestellter respektvoll, als er ihn erblickte, »kümmert euch gefälligst um Monsieur Normil.«

»Lasst doch Monsieur Normil nicht warten«, rief ein anderer.

»Hoch lebe der Anführer der schwarzen Uniformen!«, rief der erste Angestellte.

»Hoch lebe der Anführer der schwarzen Uniformen!«, wiederholten die anderen im Chor.

»Hoch lebe der Anführer der schwarzen Uniformen!«, stimmte Louis Normil brav ein.

›Was kümmert's mich!‹, dachte er. ›Wenn ich nur meine Kinder retten kann, was kümmert mich dann der Rest?‹

›Wir anderen bleiben und bezahlen, was immer es auch zu bezahlen gilt‹, sagte er sich noch, als er die

Pässe entgegennahm. ›Nichts wird mich davon abhalten, Rose und Paul zu retten.‹ Er ging nach Hause und fand seine Frau in ihrem Zimmer.

»Alles ist bereit«, verkündete er ihr. »Die Kinder reisen morgen fort.«

»Mein Gott! ... Wie hast du das gemacht?«

Er öffnete die Nachttischschublade, nahm die Bücher weg und holte das Geld hervor.

»Niemals wird uns dieses Geld für das entschädigen können, was wir verloren haben«, murmelte er mit erstickter Stimme, »niemals, selbst wenn sie uns am Leben lassen, werden wir dieselben sein. Verstehst du?«

Sie schloss die Augen.

»Und wir?«, fragte sie. »Was wird aus uns?«

»Wir!«

Er erhob sich vom Bett, auf dem er neben ihr gesessen hatte, und ging zum Fenster. Jenseits der Pfähle sah er die schwarzen Flecken der Uniformen und runzelte die Stirn.

»Wir!«, wiederholte er.

Da es ihm widerstrebte, sie zu belügen, schwieg er. Verstand sie den Sinn seines Schweigens? Sie stand hinter ihm, eine Hand auf seiner Schulter.

»Hast du Rose und Paul Bescheid gesagt?«, fragte sie, um ihn aus den finsteren Gedanken zu reißen, die er nicht auszusprechen wagte.

»Nein. Wo ist Rose?«

»Sie hat ihr Zimmer nicht verlassen.

»Soll sie sich erst einmal ausruhen.«

Zur Mittagszeit saßen sie nur zu viert am Tisch. Rose hatte sich in ihrem Zimmer eingeschlossen. Niemand sprach von der Ermordung des Gorillas. Auf den Feldern herrschte jedoch ein ungewöhnliches Durcheinander, zahlreiche bis an die Zähne bewaffnete Männer in schwarzen Uniformen liefen hin und her. Im Viertel waren die meisten Häuser verschlossen und stiller als Gräber. Es war, als hätten sich die völlig verängstigten Menschen vorsorglich in Sicherheit gebracht.

›Morgen gehe ich zur Beisetzung des Gorillas‹, sagte sich der Vater, ›ich spiele meine Rolle bis zum Schluss, bis die Kinder weg sind. Dann komme, was wolle!‹

Die Sonne ging unter, als er sein Zimmer verließ. Er traf Rose an der Tür zum Salon.

»Wohin gehst du?«, fragte er und trat ihr in den Weg.

»Was für eine Frage, Papa! Ich gehe einfach aus.«

»Komm, ich muss mit dir reden.«

»Morgen, Papa. Ich muss jetzt gehen.«

»Ich muss mit dir reden!«, fuhr er sie mit solcher Autorität an, dass sie fassungslos zurückwich.

»Ich komme in dein Zimmer, los«, fügte er sanfter hinzu.

Sie sah ihn erschreckt an, schaute auf die Uhr, und rannte an ihm vorbei auf die Straße.

»Rose!«, brüllte er.

Er sah das Licht in Pauls Zimmer und ging hinauf. Vorsichtig öffnete er die Tür. Der junge Mann saß da und starrte finster und streng auf den Boden, die Arme über der Brust verschränkt.

»Geh raus, Papa«, sagte er ganz leise, »geh raus.«

»Ich muss mit dir sprechen.«

»Was haben wir uns zu sagen?«

»Hier ist dein Pass und der von Rose, außerdem das Geld für euer Studium. Mehr als ihr braucht, viel mehr, für die Behandlung, die der Gesundheitszustand deiner Schwester erfordert. Ich habe euch für morgen Flüge reserviert. Das wollte ich dir sagen, mein Sohn.«

Er zögerte einen Moment, dann ging er langsam zur Tür.

»Papa!«

»Ja, mein Kleiner«, antwortete er, ohne sich umzudrehen.

Er spürte, wie sich Pauls zitternde Hände, die ihm eiskalt vorkamen, von hinten an ihn klammerten und sein Gesicht hinaufwanderten.

»Papa«, hörte er wieder, »Papa!«

Und die Hände glitten über sein Gesicht, wie wahnsinnig, warteten auf die Umarmung, die allein imstande war, sie aufzuhalten. Da griff der Vater nach ihnen und blieb so stehen, ohne sich zu rühren, die eisigen Hände seines Sohnes umfassend, und an seinem geschwächten Körper spürte er das Beben von Pauls kräftigen, starken Gliedern.

»Beruhige dich«, bat er, »es muss sein, beruhige dich.«

Er machte sich los, führte ihn zum Bett und zwang ihn, sich hinzulegen. Er hob seine Füße hoch, sah ihn nachdenklich an und hastete aus dem Zimmer. Tränen rannen über seine Wangen, er wischte sie mit dem Handrücken ab. Als er an der geschlossenen Tür des Großvaters vorbeiging, hörte er den Krüppel flüstern. Er ging in sein Zimmer, zog sich aus und legte sich zu seiner Frau.

»Ist Rose weggegangen?«, fragte sie.

»Ja«, antwortete er nur.

»Ich werde die Zeit nutzen, um ihre Koffer zu packen.«

Er ergriff ihre Hand und hielt sie zurück.

»Warte, bis ich mit ihr gesprochen habe, Laura. Warte, bis sie wiederkommt«, sagte er.

Er behielt seine Angst für sich, zählte die Minuten, die verstrichen, und sank plötzlich in einen tiefen Schlaf, die Hand seiner Frau in der seinen.

20

Paul blieb wach und wartete auf Roses Rückkehr. Er starrte auf seine Uhr, es war kurz nach zehn, und schreckte auf, als er die Treppe knarren hörte. ›Da ist sie!‹, sagte er sich und hielt den Atem an. Fünfzehn Minuten vergingen, ohne dass er sich rührte. Schließlich stand er auf, verließ sein Zimmer und presste das Ohr an Roses Tür. Er hörte kein Geräusch. Er klopfte, aber niemand antwortete ihm. »Himmelherrgott!«, murmelte er. »Ich habe doch Schritte auf der Treppe gehört!« Er nahm Anlauf und warf sich mit der rechten Schulter gegen die Tür, um sie aufzubrechen. Zwei Schüsse ertönten ganz nah beim Haus, dann noch mal zwei.

»Jemand hat geschossen!«, schrie die Mutter in ihrem Zimmer.

Der Vater kam verstört in den Flur, er stützte die Mutter, deren Kräfte versagten. Mit dem Finger wies sie auf das Zimmer des Großvaters.

»Sieh nach, ob sie da sind«, sagte sie, und eine tödliche Blässe lag auf ihrem Gesicht, »vergewissere dich, dass sie nicht draußen sind.«

Paul öffnete die Tür, stellte fest, dass das Zimmer leer war, und rannte zur Treppe.

»Nein, du nicht, du nicht!«, rief ihm die Mutter nach.

Sie fiel auf die Knie, die Arme um die Brust geschlungen, und schrie: »Mein Gott! Hab Erbarmen mit uns!«

Paul war schon draußen, gefolgt vom Vater, der mit einer nervösen Bewegung den zu weit gewordenen Pyjama hochzog.

Zwei Körper lagen auf der Mauer, auf die man sie offenbar geworfen hatte. Der Kopf des Kindes ruhte zum Haus gewandt auf den Füßen des Großvaters.

Paul beugte sich über die Leichen, blickte suchend über die Felder und brüllte:

»Mörder! Mörder!«

Er wartete mit zusammengebissenen Zähnen, aber nichts rührte sich. Dann legte er den Körper des Krüppels in die Arme des Vaters und lud sich den des Großvaters auf den Rücken.

21

Rose trat geräuschlos in den erleuchteten Salon. Neben dem Sofa sah sie ihren Vater, ihre Mutter und ihren Bruder, die auf die beiden nebeneinander liegenden Leichen blickten. Niemand hob den Kopf, als sie näher kam, und sie sagte kein Wort. Vom Kirchturm dröhnten zwölf Schläge, die sie geduldig zählte, aufrecht, die Füße nebeneinander, erstarrt, wie vom Blitz getroffen. Sie wartete vergeblich, dass sich jemand rührte, um zu sagen, was zu tun sei, um endlich zu sprechen, zu weinen oder zu schreien, um sich über die Leichen zu werfen und sie anzurufen. Ihre Beine wurden schwach, sie wich etwas zurück und ging wie ein Roboter zur Treppe, die sie mühsam hinaufstieg. Sie vernahm hinter sich Pauls Schritte, ging in ihr Zimmer, ließ die Tür offen. Er schloss sie. Sie schauten sich wortlos an, dann hob Rose die Hand und fuhr sich über das Gesicht. Er hatte das Gefühl, dass sie mit einer unendlichen Müdigkeit kämpfte und jeden Moment vor ihm zusammenbrechen würde, mager und verrenkt wie eine Marionette.

Er sah, wie sie schwankte.

Eine Sekunde hatte er das Bild des Studenten vor Augen, der neben ihm auf der Bank am Platz eingeschlafen war. Er dachte: ›Fertig, sie haben sie auch fertig gemacht.‹ Und er stürzte zu ihr, fing sie auf, trug sie zu ihrem Bett und setzte sich neben sie, um zu warten, bis sie aufwachte. Aber Rose war tot, und er merkte es erst, als es hell wurde.

III

Wahnsinn

Es gibt keine bessere Rolle bei den Großen als die Rolle des Narren. Lange gab es einen wirklich betitelten Narren des Königs, niemals hat jemand den Titel eines Weisen des Königs getragen. Ich bin der Narr Bertins und mehrerer andern, Eurer vielleicht in diesem Augenblick, vielleicht seid Ihr der meine. Wer weise wäre, hätte keine Narren, wer einen Narren hat, ist nicht weise, und ist er nicht weise, so ist er ein Narr, und vielleicht wäre der König der Narr seines Narren.

Diderot

1

Es war, als hätte sich die vergewaltigte, geplünderte Erde in einem wilden Sturm der Verwüstung geöffnet, um uns zu verschlingen. Die Menschen rannten und brüllten. Ich stürzte zur Tür, öffnete sie einen Spalt, kniete mich hin und wagte einen Blick nach draußen. Wie zum Hohn fesselte der indigoblaue Tropenhimmel meine Aufmerksamkeit. In Wasser aufgelöstes Indigoblau, das ein nüchterner, schweigsamer Maler mit einem riesigen Pinsel unermüdlich über den grenzenlosen Horizont strich. Himmel Haitis, unvergleichlicher Himmel, einzig erschaffen, um den riesigen Myrten und dem ewigen Grün der von einem nie endenden Frühling verwöhnten Natur als Hintergrund zu dienen. Kugeln pfiffen mir um die Ohren und ließen mich eilig den Kopf einziehen und die Tür schließen. Stille und Fassungslosigkeit! Angstvolle Stille. Totenstille. Lauschten alle wie ich auf ihren eigenen, rasenden Herzschlag? Die Stille lastete auf uns wie eine Zementplatte, wir wagten keine Bewegung mehr, gefangen im Grauen, im gemeinsamen Grauen, hielten wir uns unsichtbar umschlungen wie in einem tiefen Loch ohne Luft. Faulige Ansammlung von Feiglingen und Angsthasen! Dem Grauen entfliehen. Ich werde dem widerlichen Grauen entfliehen. Allein, in die Erhabenheit unserer Vorväter gehüllt, werden sie mich erscheinen sehen, mich, den harmlosen, verträumten Dichter, wie ich mein ruhiges Antlitz ihren Kugeln darbiete. Lügen! Das Gedicht durchquert nach zahlreichen Mäandern meine Gedanken und setzt sich dort fest, als wollte es mich über mich selbst täuschen. Ich habe Angst. Bin erstarrt vom Dröhnen ihrer Stiefel. Jetzt kommen sie an meinem Haus vorbei! Ich habe die Eingangstür verschlossen und verbarrikadiert mit der alten, von Holzwürmern angenagten Kommode, den vier Korbstühlen, dem kleinen Pitchpinetisch und dem Koffer, in dem meine Bücher und ein Wust von Papieren verstaut sind. Ich handle, bin aber auf merkwürdige Weise gespalten. Geduldig dringe ich dort ein, wo ich es schreien höre, wo ich sicher bin, dass die Teufel morden. Ich verkrieche mich vor der Gefahr und bezichtige mich gleichzeitig selbst der Feigheit, entsetzt über mein Verhalten. In meinem Koffer liegen ein paar Gedichte, unveröffentlicht wie all meine Gedichte, über die Hölle und die Teufel. Grund genug, mich erbarmungslos mit Kugeln zu durchlöchern. Niemand hat sie rein intuitiv je so gut beschrieben wie ich. Lange bevor ich sie sah, habe ich sie mit Stiefeln und Waffen, in einer blitzenden, schwarz-roten Uniform mit goldenen Knöpfen dargestellt. Ich habe die symbolische Bedeutung verstanden: Heiße Flammen brennen in der Tiefe eines Abgrunds, in dem die Verdammten, größte und widerwärtigste Versuchung, ständig einen feinen Goldregen strömen sehen. Rot, Schwarz, Gold! Flammen, Abgrund, Gier! Vergebens. Ich kann nicht schreiben. Ich versuche, das Gedicht im Gedächtnis zu bewahren, das mich verfolgt.

Rot, Schwarz, Gold!
Flammen, Abgrund, Gier!
Fesselnde Farben der Verdammnis …

In die Erhabenheit unserer Vorväter gehüllt, werde ich die Tür aufstoßen und ihnen entgegentreten. Dessalines! Pétion! Toussaint! Christophe! Ich rufe unsere unbeugsamen Helden zu Hilfe. Gott! Ja, Gott! Warum nicht? Ehrfürchtig nehme ich das Kruzifix von der Wand, nachdem es schon so lange vergessen in seiner Ecke hängt, seit jenem Tag, da die Poesie alles ersetzt hat, da ich in meinem haitianischen Parnass versuche, meinen eigenen Gott zu erschaffen; einen sehr haitianischen Gott, halb weiß, halb schwarz, eine Mischung aus Christus und Legba, dem Vater aller Loas, zu dem ich mich mit hängenden Flügeln und geschlossenen Augen geflüchtet habe, um ganz vorsichtig meinen Weg durch das Gewirr der Fallen, der Rückschläge und der hunderttausend Demütigungen des Lebens zu suchen; um mir mit den Machetenhieben der Fantasie den Pfad der Freiheit durch die dichten Blutholz-, Akazien- und Eichenwälder zu bahnen und den unzugänglichen Gipfel des Traums zu erklimmen. Ich darf nicht mehr träumen. Ich muss der Gefahr entgegentreten. Aber mit welchen Waffen? Ich lege das Kruzifix auf den Boden, auf die Dielen, gegenüber der Eingangstür. So lange schon glaube ich nicht mehr an Wunder, und heute erwarte ich ausgerechnet eines von Gott. Das Gedicht im französischen Stil ist plötzlich vergessen. Traurige, wehmütige kreolische Stanzen haben es ersetzt. Dann stoße ich zwei Verse von ungeheurer Intensität hervor. Ich brülle sie zitternd, auf dem Bauch liegend, die Hände mit dem Kruzifix gen Himmel gestreckt. Nachdem ich ehrfürchtig die Füße des Gekreuzigten geküsst habe, lege ich es wieder hin.

Mutter, Negerin, ehe du starbst, hast du zu mir gesagt:

»Diene den Loas der Familie und bete zu Gott, damit nichts und niemand je Gewalt über dich hat.«

Ich aber habe die Loas verachtet und jeden Gedanken an Gott verdrängt. Allzu oft hatte ich Hunger, und wenn ein Mann mit leerem Bauch betet, spuckt er sich geradezu selbst ins Gesicht.

Nun, da die Teufel in unsere kleine Stadt eingefallen sind, fühle ich mich noch schwächer und eher geneigt, göttlichen Schutz zu suchen. Den Hunger bezwingt man, aber die Teufel …

Ich ziehe den Koffer heran und öffne ihn. Unter der staubigen Schicht von Büchern und Papieren entdecke ich darin die heiligen Gegenstände des Voodookults: Marassas-Schalen aus gebranntem Ton, Kerzen in den sieben Farben des Regenbogens, kleine Krüge voll getrockneter Blätter mit schützenden Eigenschaften, Wunderamulette, die ich als Kind an einem roten Band um den Hals trug. Meine Mutter, die Negerin, die nicht lesen konnte und auf dem Markt Ramsch verkaufte, hat geschuftet, um aus ihrem Sohn einen Gelehrten zu machen. Ich habe die kreolische Sprache und den Voodoo hinter mir gelassen, je mehr ich lernte; und sie, die kein Wort Französisch mit mir sprechen konnte, lächelte stolz, wenn sie mich meine Lektionen aufsagen hörte.

Was machen jetzt wohl die französischen Nonnen der Schule Sainte-Marie-de-Dieu? Die französischen Mönche des Collège Saint-Valentin? Auf Knien bitten sie Gott um Beistand für die verfluchte Stadt, sie flehen ihn an, die Teufel zu besiegen, sie zu geißeln und zu vernichten. Und wenn das Böse einmal mehr über das Gute triumphiert? Ebenso gut kann ich die Loas gewogen stimmen und auf meine Seite ziehen.

Ich nehme die Gegenstände aus dem Koffer, behandle sie mit heiligem Respekt und gieße Wasser auf den Boden; so biete ich den Göttern Guineas etwas zu trinken dar. Dann fülle ich die Marassas-Schalen mit Zuckerrohrsirup und umgebe sie mit den Amuletten und Krügen. Ich habe nichts anderes, um es ihnen darzubieten, weder Likör noch Bonbons, und indem ich so meiner Großzügigkeit nachgebe, werde ich womöglich vor Hunger krepieren, während ich auf das Verschwinden der Teufel warte. Als die Loas befriedigt und gesättigt sind, lege ich mich auf den Boden und verschränke die Hände hinter dem Nacken. Ein winziger Lichtstrahl, der durch ein Loch in den Brettern dringt, lässt mich zur Tür stürzen und das Auge daran pressen. Ich würde das Pfeifen der Kugeln der lautlosen Benommenheit vorziehen, in die alles getaucht ist. Von meinem Beobachtungsposten aus sehe ich das wunderbare große Haus von Cécile, den Balkon mit weißer Balustrade, die Nelkentöpfe, die Spitzenvorhänge. Vergeblich versuche ich, ein Lebenszeichen auszumachen. Wo ist sie? Was tut sie? Was ist aus ihrer Mutter geworden? Aus ihrer Dienerin Marcia, einer hübschen, entgegenkommenden Negerin, die mir ihr Lächeln schenkte, wenn sie rief:

»Verrückt! Du bist verrückt, Mulatte! Verrückt! Du bist verrückt …«

Aber ich hatte nur Augen für ihre Herrin. Und sie wusste es. Was kümmerten mich die Beschimpfungen einer armen unwissenden Negerin, die vor Enttäuschung so wütend war, dass sie Steine nach mir warf und die Kinder der Grand-Rue auf mich hetzte!

Voller Verzweiflung, nicht früher nach dem Objekt meiner Begierde Ausschau gehalten zu haben, kaute ich auf meinen Nägeln, als ich einen Mann schreien hörte. So schnell er konnte, rannte er gebückt direkt auf mein Haus zu. Ich sah, wie sich Céciles Fenster einen Spalt öffnete. In der Zeit, die ich damit verlor, ihre Gestalt hinter den Vorhängen zu suchen, fiel der Mann von Kugeln durchsiebt zu Boden. Zwei ganz kleine Teufel, denen die Waffen wie Schwänze gegen das Hinterteil schlugen, beugten sich über den Leichnam, hoben ihre roten Stiefel und stießen sie in sein Gesicht.

Céciles Fenster hat sich wieder geschlossen. Ich verstopfe das Loch mit einem Stück Seife, das auf dem Tisch liegt, und ziehe das schweißnasse Hemd aus. Auf dem Boden glänzt im Dämmerlicht das Kruzifix. Ich strecke mich wieder auf den Dielen aus. Nun liege ich mit ihnen auf dem Boden. Auf dem Boden mit Jesus. Auf dem Boden mit den Loas, denn es heißt, dass der Geist der Götter Afrikas zu den Opfergaben herabkommt, um sich zu stärken. Auf dem Boden wie ein Paria. Ich habe meine letzte Matte verbrannt, um die Wanzen zu vernichten, die mich des Nachts zerbissen. Ehe ich in diesem Elend versunken bin, habe ich an alle Türen geklopft: an die von Madame Fanfreluche, an die von Monsieur Potentat, beide alteingesessene Händler aus der Grand-Rue, die als reich gelten. Ich habe an alle Türen geklopft, und meine Stimme wurde mit dem Hunger immer schwächer, während ich wie ein Papagei wiederholte:

»Bitte geben Sie mir Arbeit.«

Sie flüsterten sich Sätze zu, die ich nicht verstand, und drückten mir für einen Botengang ein Zwanzig-Centimes-Stück in die Hand. Doch was ist für einen Mann, der Hunger hat, ein haitianisches Zwanzig-Centimes-Stück?

Ich habe Durst. Mein Krug ist halb leer. Ich muss mir das Wasser einteilen. Hätte ich doch nur den Mut, nach draußen zu gehen und ganz hinten im Hof die Kohle und den Kocher zu holen, um mir ein bisschen Kaffee zu machen! Ich segne den Einfall meiner Mutter, die mir eines Tages diesen Nachttopf gekauft hat.

Jetzt bin ich so allein, wie ich es niemals war. Allein mit meinen Erinnerungen, meinem Bedauern, meinen Gewissensbissen. Warum Gewissensbisse? Gibt es denn immer einen Grund? Nach dem Tod meiner Mutter habe ich mir vorgeworfen, mich zu schnell getröstet zu haben, obwohl ich mich einen ganzen Monat lang einschloss und mich sogar weigerte, dem guten Doktor Chanel zu öffnen. Dem Einzigen, der mich außer Père Angelo und Frère Justinien vor dem Verhungern rettete. Aber die Guten sind nicht von Dauer, sagt eine haitianische Lebensweisheit. Und es ist wahr, der Tod hat einen feinen Geschmack und sucht sich immer die Besten aus. Doktor Chanel ist tot. Und Frère Justinien auch. Père Angelo, der ebenso gut ist, aber steinalt, kann kaum noch laufen, und es sieht wahrhaft so aus, als würde er trotz seiner Soutane mehr oder weniger wie ich vom Betteln leben. Es gibt schließlich mehrere Arten des Bettelns.

Wenn man Zeuge der Ermordung eines Menschen wird, packen einen auch Gewissensbisse. Die Leiche vor meinem Haus verfolgt mich mehr und mehr. Sie bedrängt mich. Wollte der Mann zu mir rennen? Ich stehe an der Tür und kratze die Seife ab, um die Öffnung wieder freizulegen. Wer ist es? Sein geronnenes Blut bedeckt das gelbe Hemd mit dicken schwärzlichen Flecken, Blut, das rot geflossen und schwarz geworden ist. Schwarz wie die Uniform der Teufel. Sind diese Teufel Neger oder Weiße? Was bin ich, der Sohn eines Vaters, der so sehr Mulatte war, dass er wie ein Weißer aussah? Safranhaut, Akazienhaut, Sapotillenhaut? Nein, die Haut einer verfaulten Kokosnuss.

»Furzbraun«, sagte meine Mutter, »alle Mulatten von deiner Sorte sind furzbraun.«

Unentschlossene Farbe, in deren Grenzbereich ich mich mit Mühe einordne und für die mich die Weißen als Neger ablehnen und die Neger als Weißen. Die Rasse des Mischbluts! Immer schon ein Vogel ohne Nest, in jüngster Zeit besonders unerwünscht. Wann habe ich angefangen, mich wirklich unbehaglich zu fühlen? Und für wen bezahle ich jetzt? Sie haben mich nicht angeschaut, sie haben mein Elend nicht gesehen, Himmelsakrament!

Das Blutbad wird kommen, das mein Freund Jacques, ein Dichter wie ich, vorhergesagt hat. Obwohl es mich noch immer nach all dem verlangt, was das Leben an Möglichkeiten bereithält, um den Tagen die Flucht zu erleichtern, tröste ich mich und rede mir ein, ich würde tapfer sterben, wenn sie plötzlich die Tür aufbrächen und hereinkämen, über den Körper Christi stiegen, um mich zu töten. Letztes Aufbäumen des Stolzes, rührende Schwäche der Unbefriedigten. Ist der Tod nah? Allzu wohlgefällig vergrabe ich mich seit einigen Stunden in meinem vergangenen Leben, um nicht zu erschrecken. Das ist schäbig. Dieses Aufwühlen alter Erinnerungen ist ungesund. Unbefriedigt! An diesem Wort bleibe ich hängen. Hochmütig und unbefriedigt wie alle Künstler.

Hochmütig unbefriedigt! …

Ich will nicht schreiben. Jedenfalls nicht so, wie ich es bisher getan habe. Mir ist, als tauchte ich aus meiner Lauheit auf und würde mir meiner selbst bewusst. In die Enge getrieben und gehetzt wie ein Tier, messe ich meine Kräfte an der Stille und der Angst, dringe vor bis an die äußerste Grenze meines Seins. Um was zu finden? Oh Gott, Erbarmen! Erspare es mir, ein weiteres Mal in nichts anderes zu greifen als in die Leere. Was tun die Gefährten? Dichter wie ich. Leerer Bauch, genährt von Reimen, so verkrümmt wie ich. Die Poesie! Hierzulande die weit verbreitete Krankheit einer unzufriedenen Jugend, die sich nach der Schönheit verzehrt, die so eng an die verlockenden Verse einer geliehenen Sprache gebunden ist, hin- und hergerissen zwischen Kreolisch und Französisch, schwankend wie die Boote dort auf dem Meer, das ich in meiner Kammer grollen höre, ohne es zu sehen. Meine Sinne schärfen sich an der von Schreien und pfeifenden Kugeln durchbrochenen Stille. Ich muss nicht mehr schauen, um zu sehen: Das Meer ist entfesselt. In Aufruhr gegen die Teufel, gegen unsere Resignation, gegen unsere Feigheit, gegen uns. Ich höre es brüllen, heulen, grollen, protestieren. Seine wütenden Wellen heben die verlassenen Segelboote und lassen sie wie Zähne aneinander schlagen. Silberne und rosarote Fische springen hoch in die Luft und werfen angstvolle Blicke zum Ufer; die abgemagerten Hunde laufen schnüffelnd am Strand auf und ab, Unrat und Leichen witternd. Ganz in meiner Nähe baden bunte Vögel gleichgültig im Sand, fliegen pfeilschnell zwischen Himmel und Erde. Zwischen Hässlichkeit und Herrlichkeit. Sie pfeifen und singen fröhliche Sonnenlieder, die schrillen Melodien der Vögel von den Inseln, und ihr wilder Übermut, getragen von der warmen Brise der haitianischen Mittagsstunde, meist begleitet von den Düften der nach Knoblauch und Cayennepfeffer riechenden Speisen, ihr Übermut verstärkt noch unsere Angst als arme Gefangene. Denn wir sind Gefangene. Tapfer, wer sich nach draußen wagt. Sogar die Bettler sind von den Straßen geflohen. Sie verkriechen sich bestimmt irgendwo in den Bergen. Hoffentlich treibt der Hunger sie nicht dazu, zu spionieren, sich mit den Teufeln einzulassen, wo sie doch gestern noch mit ausgebreiteten Armen unter dem Kirchenportal beteten. Auch die Kirche hat ihre Türen geschlossen, und seit heute Morgen sind die Glocken verstummt. Hat Père Angelo etwa Angst? Hat Cécile etwa Angst? Warte, bis ich meine Gedanken geordnet, bis ich einen Schlachtplan ersonnen habe, dann eile ich dir zu Hilfe … Wo habe ich das gelesen?

Meine Kammer liegt in einer Gasse, die in die Grand-Rue mündet. Anonyme Gasse, in der hier und da halbe Bettler wie ich in ihren Löchern hausen. Nachbarin der Grand-Rue und darum umso mehr verachtet. Schändlicher Anhang dieser Hauptstraße, in der sich die so genannten Aristokraten drängen, die sich zur hochwohlgeborenen Gesellschaft zählen. Händler, durchtriebene Geschäftemacher, Ausbeuter, Diebe hinter der Maske anständiger Leute, vollgestopft mit Vorurteilen aller Art, die wie Paschas in diesem Provinznest leben, das durch die Unbefahrbarkeit der Straßen nach Port-au-Prince, für immer vom Rest der Welt abgeschnitten zu sein scheint.

Haitianische Provinz, die ich wieder und wieder in französischen Reimen besungen habe, Provinz, die ich liebe, weil meine Mutter und ich selbst hier aufgewachsen sind, weil wir hier gelitten und uns geschunden haben, haitianische Provinz, ich befreie dich aus den Fängen der Teufel!

Das Bedauern kommt stets aus dem Bauch der Vergangenheit. Das Leben ist ein schwerer Karren, der sich langsam, aber unaufhaltsam und entschieden seinen Weg bahnt. Ich habe mich umgedreht und zurückgeblickt, und Mutlosigkeit hat mich gepackt. Warum habe ich nicht weiter Arbeit verlangt? Warum hatte ich nicht den Mut, Cécile meine Liebe zu gestehen? Aus Angst vor der Zukunft bin ich der Verantwortung ausgewichen, und nun habe ich womöglich gar keine Zukunft mehr. Ich bin allein, eingesperrt wie eine Ratte in ihrem Loch, und die Einsamkeit nagt an mir. Was machen die Gefährten? André, Jacques, Simon! Unterernährte Dichter wie ich. Wie ich von den Teufeln verfolgt.

Ich habe Schüsse gehört und gleich darauf ein panisches Gerenne. Und diesmal bin ich auf den Berg aus Möbeln gesprungen, um die Tür freizulegen. Ich habe sie weit geöffnet und der Flüchtige, der es im Laufen sah, kam wie der Blitz ins Haus gestürmt: Es war André. Wir haben den Eingang wieder verbarrikadiert, und uns erst dann umarmt.

»Was machst du denn draußen?«

»Ich suche Jacques.«

»Wo ist er?«

»Vor zwei Stunden weggegangen. Er ist aus dem Fenster gesprungen und seitdem habe ich ihn nicht mehr gesehen.«

»Dann haben ihn die Teufel gefangen.«

»Sag das nicht.«

»Hat nicht auch er in seinen Gedichten das Zeitalter der Teufel vorausgesagt?«

»Mein Gott!«, stöhnt André und ringt die Hände.

Er kniet sich hin, um ein Gebet zu sprechen.

»Die Teufel öffnen das Höllentor
Zu Tausenden strömen sie hervor
Schwarz und Rot, glänzend von Waffen und Gold …«

rezitiert draußen eine Stimme. Wir lauschen aufmerksam und neugierig.

»Auch die Natur
Verbirgt sich unterm Trauertuch
Der Tod kommt schwebend zu Besuch …«

»Jacques!«, brüllt André.

Er stürzt zur Tür, ich trete ihm in den Weg.

»Nein, André!«

»Jacques!«

Ich drücke ihm die Hand auf den Mund, packe ihn an der Schulter und schiebe ihn an das Loch.

»Schau hin«, sage ich.

Die Teufel, ein ganzes Dutzend, begleiten Jacques, der gleichgültig in ihrer Mitte geht und seine Gedichte deklamiert.

»Hast du sie gesehen?«

»Wen?«

»Die Teufel. Sie umringen deinen Bruder. Sie umzingeln ihn. Sie stoßen ihn vor sich her.«

»Wo?«

»Da, an der Ecke der Grand-Rue.«
»Also ist er in Lebensgefahr?«
»Es geschieht etwas Seltsames.«
»Was?«
»Obwohl sie Teufel sind, sehen sie aus, als würden sie von etwas Höherem berührt, das sie zu überwältigen scheint.«
»Ich sehe Jacques!«, ruft André. »Die Leute klatschen ihm Beifall!«
»Das sind die Teufel!«
»Sie bringen ihn um, René, sie bringen ihn um«, schluchzt André.
»Siehst du sie?«
»Nein. Aber ich bin sicher, dass sie ihn töten werden.«
Schnell hole ich die Flasche mit Clairin, dem Zuckerrohrschnaps, die ich völlig vergessen hatte, denn ein haitianischer Dichter kann wahrhaft nur in guter Gesellschaft trinken und anstoßen. Ich fülle zwei Gläser und erhebe meins:
»Auf die Niederlage der Teufel!«, schreie ich.
»Psst!«, macht André.
Ich zeige ihm das Kruzifix, das auf dem Boden liegt, und gieße mir den Clairin in die Kehle. Er verbrennt meinen Magen wie eine Flamme.
»Mögen Gott und die Loas uns beschützen«, sagt André.
Ich bin voller Euphorie. Andrés Anwesenheit und die Wärme, die sich mit dem Clairin in meinem Körper ausbreitet, stärken meinen Mut, und ich fühle mich imstande, einer ganzen Armee von Teufeln entgegenzutreten. Das Knallen von Schüssen macht meine kühnen Absichten im Nu zunichte.
»Sie haben ihn getötet«, sage ich zu André.
»Warum sagst du das?«
»Hast du die Schüsse nicht gehört?«

»Nein.«

»Du warst schon immer etwas schwerhörig. Hör doch, wie die Kugeln pfeifen!«

»Sie haben ihn getötet!«

»Leider!«

»Lass mich hier raus, lass mich seine Leiche holen.«

»Damit auch du umgebracht wirst!«

Ich zwinge ihn, seinen Clairin zu trinken, führe mit ihm zusammen das Glas an seine tränennassen Lippen.

»Er war erst zwanzig!«, klagt er.

»Trink, trink.«

Der Abend bricht herein. Durch das Loch in der Tür überwache ich die Umgebung. Nichts rührt sich. Die erlöschenden Strahlen der Sonne färben die Wolken orange und krabbenrosa. Und die vom Himmel fliehenden Wolken scharen sich wollüstig um die Sonne, die sie ganz plötzlich verlässt und im Meer versinkt.

Wir haben nur ein oder zwei Stunden auf den Dielen geschlafen. Im Morgengrauen presse ich mich schon wieder an die Tür und sauge wie ein Verdurstender die kleinsten Lebenszeichen der Stadt in mich auf. Kein Hauch. Die reglose Natur um uns herum scheint unserer Angst zu spotten. Ich höre die Nachtigallen ihre kunstvollen Triller modulieren. Sie sitzen auf einer Palme und singen. Als sich das Palmenhaar im Wind bewegt, meine ich an der Hitze im Zimmer zu ersticken. Oh ja! Hinausgehen, mit ausgebreiteten Armen zum Ufer rennen, meine Lungen mit Luft füllen, mich ins salzige Wasser werfen und untertauchen, ohne zu atmen, bis zum Tod!

»Ist niemand auf den Straßen?«, fragt André.

»Nein. Keine Menschenseele. Wir werden belagert. Entweder ergeben wir uns oder wir sterben vor Hunger und Durst.«

»Hast du nichts, um ein bisschen Kaffee zu kochen?«

»Kohle und Kocher sind hinten im Hof. Jetzt sind wir zu zweit. Einer von uns passt auf, während der andere sie holt.«

»Und wenn sie uns erwischen?«

»Wir sind vorsichtig. Hör doch auf zu zittern. Du hast dich schon hundertmal bekreuzigt, seit du hier bist. Die Zeit der Gebete ist jetzt vorbei, Taten sind gefragt.«

Sein schwarzes Gesicht glänzt vor Schweiß. Er ist genauso mager wie ich und gleicht mir wie ein Bruder.

»Die Leiche fängt an zu stinken«, sagt er. »Das stört mich. Warum sammeln sie sie nicht ein?«

»Kennst du ihn?«

»Wen?«

»Den Toten?«

»Das ist bestimmt Saindor, der Krämer vom Strand.«

»Ach ja, das dachte ich mir auch.«

»Ich schuldete ihm fünf Piaster.«

»Und ich zehn.«

»Armer Kerl!«

»Ja.«

»Haben sie ihn vor deinen Augen ermordet?«

»Fast.«

»Hat er geschrien, ehe er gestorben ist?«

»Er hat gebrüllt.«

André bohrt sich zwei Finger in die Magengrube und gibt widerliche Gase von sich. Plötzlich hat er einen Schluckauf. Er muss völlig ausgehungert sein.

Mit dem Auge am Loch, beobachte ich Céciles Haus. Ich sehe sie hinter den Vorhängen. Sie schaut in meine Richtung. Sorgt sie sich um mich? Schnell binde ich mein Taschentuch um eine Holzleiste und schiebe es durch das Loch. Ich bewege das Taschentuch. Céciles

Fenster öffnet sich einen Spalt und sie beugt den Kopf heraus, wie um sich zu zeigen, dann verschwindet sie. Ich ziehe hastig meine weiße Fahne ein und laufe beklommen im Zimmer hin und her.

»Wem hast du Zeichen gegeben?«, fragt André.

»Cécile.«

»Denkst du noch an sie?«

»Ich liebe sie.«

»Aber sie wird dich niemals lieben. Sie ist reich und du bist arm. Diese Leute sind Aristokraten.«

»Sie hat mein Gedicht angenommen.«

»Lachend.«

»Was beweist das?«

»Dass sie sich über dich lustig macht.«

Er nimmt einen Schluck Clairin und klopft mit dem Glas auf den Tisch.

»Sie allein sind die Schuldigen. Sie haben einen großen Holzstapel errichtet, bei dem jedes Stück in Hass getränkt war. Sie haben das Feuer entzündet und kräftig geschürt.«

»Schreib doch ein Gedicht über den Hass.«

»Jesus hat die Liebe gepredigt.«

»Dann schreib ein Gedicht über die Liebe.«

Ich schiebe ihn zum Tisch, der die Tür verstellt, und gebe ihm Papier und Bleistift. Er fängt leise an zu weinen, legt den Kopf auf den Arm.

»Ich kann nicht, ich kann nicht schreiben. Es ist zu viel Hass um mich herum.«

»Schreib. Himmeldonnerwetter! Zerstöre den Hass, indem du mit deinen Gedichten Liebe säst.«

»Erinnerst du dich, René? Die kleinen Händlerinnen, die im Morgengrauen mit Körben auf dem Kopf von den Bergen herabkamen! Wir lauerten ihnen am Weg auf und stellten ihnen nach. Ihr endloses Geplapper! Und ihr Hüftschwung! Der Geruch der mit Vorräten beladenen Esel! Der Duft der Mangos und getrockneten Honigbeeren unter den Bäumen, er erinnerte an die von Madame Fanfreluche importierten Dörrpflaumen, die uns Frère Justinien einmal zu Weihnachten probieren ließ! Vom Morgengrauen bis zum Abend, alle Düfte des Tages! Sogar der Geruch der lebenden Fische, die in den Netzen der Fischer herumzappelten, fehlt mir jetzt!«

Er steht auf und geht zur Tür.

»Ach ja! Der Geruch des Meeres. Drück die Nase an das Loch. Riechst du das Meer? ... Hier eingesperrt zu leben, den Tod zu erwarten ... Diese Angst erinnert mich an etwas. Wir waren schon mal irgendwo eingesperrt, aber wo?«

»Sei still!«

»Lass mich raus!«

»Nein.«

»Ich will weg!«

Er wirft sich gegen die Barrikade, ich packe ihn brutal von hinten.

»Du bleibst jetzt ruhig!«, sage ich.

Er setzt sich auf die Dielen und fängt wieder an zu weinen. Über seine schwarze Stirn zieht sich eine breite violette Narbe. Er kratzt zerstreut daran und wischt das herausquellende Blut an seinem Ärmel ab.

Wird es durch seine Anwesenheit schwerer für mich? Auf jeden Fall habe ich das Gefühl, mich an jemandem zu messen, wenn ich gegen seine Schwäche ankämpfe, und Mut beweise, statt in der Resignation zu verfaulen. Wenn man einen anderen Menschen vor sich selbst schützt, steigert das den eigenen Selbsterhaltungstrieb. Allein würde ich womöglich aufgegeben. Deprimiert und ausgehungert würde ich dem Tod voller Freude die Arme öffnen. Nur die Auflehnung kann den Mut stärken. Warum hat er von Cécile gesprochen? Ich will leben, um ihm zu beweisen, dass sie mich ebenfalls liebt. Ich will nicht, dass man Mitleid mit mir hat. Wenn ich die Stadt befreit habe, wird mir Cécile die Hand reichen. Mein Name wird überall in der Welt zu hören sein. Kennt ihr René? Den großen René, der die Teufel besiegt hat? Habt ihr seine Gedichte gelesen? Ich werde die Teufel besiegen. Kühnheit ist doch nichts anderes als eine Mischung aus Zorn und Verzweiflung! Der Hunger lässt meinen Magen ebenso knurren wie die Wut. Ich spüre, wie sie in meinen Eingeweiden gärt. Wenn sie mein Herz erreicht hat, sehe ich nur noch rot und werde eiskalt jeden umbringen, der sich mir in den Weg stellt. Hütet euch, Teufel, wenn ich vor Wut explodiere. Jeder Einzelne von ihnen ist ein ganzes Arsenal. Was für ein Wirrwarr von Gewehren, Revolvern, Bajonetten, Sporen, Schlagringen, Eisenriemen, Macheten, Knüppeln, siebenschwänzigen Peitschen. Importierte Waffen, einheimische Waffen, nichts scheint zu genügen, um ihnen den Sieg zu sichern, der doch von vornherein gewiss ist.

Heute Abend werde ich allein handeln. Ich mache André betrunken und gehe raus, um Wasser und Kohle zu holen. Wenn ich eine ordentliche Tasse Kaffee getrunken habe, fühle ich mich sicher besser. Der Kaffee besänftigt den Hunger und regt die Nerven an. Ich will nicht einschlafen. Die schlechte Ernährung seit dem Tod meiner Mutter war deprimierend genug. Arme Negerin, die sich zu Tode gearbeitet hat, um ihren Mulattensohn als Prinzen großzuziehen, wie sie es nannte! Meine Handflächen sind zarter als das Blütenblatt einer Orchidee.

»Fass den Topf nicht an«, schimpfte sie, wenn ich ihr helfen wollte, »ich mache ihn selbst sauber; lass den Besen stehen, sonst bekommst du Schwielen an den Händen. Ich schinde mich doch nicht ab, um dich morgen als Diener bei anderen Leuten zu sehen.«

Sie ist in jenem Jahr gestorben, als ich triumphierend nach Hause kam, um ihr meinen Erfolg bei den

Abiturprüfungen zu verkünden. Sie sagte: »Jetzt kann ich in Frieden sterben.« Aber sie ist zu früh gestorben. Sie hatte mir beigebracht, mich auf sie zu verlassen und nicht auf mich. Ich konnte in dicken Büchern lesen und wie ein Pariser Französisch sprechen.

»Gute Vortragsweise, sehr gut«, sagte Frère Justinien und rieb sich die Hände.

Ich schrieb bereits, ich deklamierte die Verse der französischen Dichter und manchmal auch meine, aber etwas anderes konnte ich nicht. Faulpelz!, ruft man mir auf der Straße hinterher. Bin ich faul? Ich kann nächtelang vor einem Heft sitzen und schreiben, durchstreichen, zerstören, um unermüdlich von vorn zu beginnen. Bin ich faul? Meine Mutter hat mir die Kammer hinterlassen, die Möbel, die den Eingang verstellen, und ihre Loas. Faul! Dank Frère Justinien hatte ich Privatschüler, aber wegen des Schnapsgeruchs wurde ich weggeschickt.

»Trink nicht, hör auf zu trinken«, sagte der gute Doktor Chanel wieder und wieder, »du ruinierst deine Gesundheit und deinen Ruf.«

Warum werfen sie mir mein Laster vor? Wenn ich meine Arbeit anständig erledige, wenn ich die Erziehung ihrer Söhne ernst nehme, was müssen sich diese Dickköpfe, die sich für nichts interessieren, dann in mein Privatleben mischen? Wenn ich trinke, ist das meine Sache. Oh ja, mein erstes Besäufnis bei Saindor, dem Krämer vom Strand, den die Teufel ermordet haben. Friede seiner Seele! Ich kämpfte mit einem Gedicht, das mich sadistisch quälte und sich mir entzog. Ich sah es wegrennen, wiederkommen, mir eine lange Nase machen, meine Wange streicheln, mir über die Schulter sehen, mir ernst in die Augen schauen und loslachen. Ich habe getrunken. Wegen dieses niemals geschriebenen Gedichts habe ich angefangen zu trinken. Ich bin durch die Grand-Rue getorkelt, bin bis vor Céciles Tür getorkelt, bin ihrer Dienerin Marcia vor die Füße getorkelt, die lachte und die Kinder auf mich hetzte, die mit Steinen nach mir warfen. Ich habe Cécile nicht angeschaut. Mein Herz hat verrückt gespielt. Ich kann sehr vorsichtig sein. Bis zu meinem Tod werde ich den Namen des Präfekten verschweigen, der mich für ein paar Piaster seine Reden korrigieren ließ und mich nach außen hin weiter wie einen Versager behandelte. Ich werde auch den Namen des berühmten Schriftstellers verschweigen, der mir meine Gedichte mit abfälliger Miene zurückgab und sagte: »Dichter zu sein ist modern, wenn es Ihnen Spaß macht, schreiben Sie ruhig weiter, mein Lieber.«

Leider führte ich keine so spitze Feder, und das wussten sie. Ohne Erbarmen stürzten sie sich auf mich. Inzwischen habe ich den unverdienten Triumph von Phrasendreschern und Mittelmäßigen erlebt. Ganz allein werde ich mit der Machete in der Hand den Gipfel des Traums erklimmen. Ich bahne mir den Weg durch das Gestrüpp der Lianen. Allein in dem Chaos, das meine Hände angerichtet haben, hebe ich den Kopf in der Morgendämmerung, dem Himmel entgegen, die Machete in der Hand, nass von Schweiß und Blut …

Ich gewöhne mich an die entsetzliche Stille, die über der Stadt liegt. Im Grauen versunkene Stadt! Jetzt sind wir also die halb toten Bewohner einer toten Stadt. Ich rieche den widerlichen Gestank der Leiche. André schnarcht auf den Dielen direkt neben dem Kruzifix. Er hat das Hemd ausgezogen, seine Rippen durchbohren fast die Haut. Er gleicht mir wie ein Bruder. Auch das Zimmer stinkt. Der Nachttopf ist randvoll. Ich ersticke. Worauf warten sie, um die Toten zu begraben? Wo ist der Präfekt? Wo ist der Kommandant, der für die Sicherheit der Stadt zuständig ist? Wo ist Monsieur Potentat? Wo ist der Stadtrat? Wo sind die

Gendarmen? Wo sind sie alle? Ja! Ja! Ja! Haben also auch sie Angst? André und ich sind gar nicht so feige. Sie haben wenigstens Waffen, aber wir? Wo sind die Kirchenglocken? Ich will sie läuten hören. Armer Père Angelo! Ihre Gebete sind nutzloser denn je. Man muss mit gleichen Waffen gegen die Teufel kämpfen. Das hier ist nicht Ihre Angelegenheit. Und was haben wir erst damit zu tun, André, Jacques, Simon und ich? Unbekannte, unterernährte Dichter. Arme unbewaffnete Dichter, der Grausamkeit der Teufel ausgeliefert. Was habe ich am Tag vor ihrer Ankunft getan? Ich erinnere mich einfach nicht mehr. Sicher lag etwas in der Luft, das ihre Invasion ankündigte. Etwas, das wir nicht deuten konnten. Vielleicht schwebte die Gefahr schon lange über unseren sorglosen Köpfen. Was ist unsere Schuld? Wofür bezahlen wir? Jesus wurde umgebracht, weil er etwas mehr gesagt hat. Wo habe ich das gelesen? Was haben wir mehr gesagt oder getan als andere? In der Geschichte sind Einzelheiten immer besonders wichtig. Werden wir in die Geschichte eingehen? Oft erhoben sich in der Tiefe meines Bewusstseins Stimmen, die ich mit Reimhieben zum Schweigen brachte. Einzelheiten. Aber wichtig. Was sagten mir diese Stimmen? Warfen sie mir meine Gleichgültigkeit für die uralten Riten meiner Ahnen vor? Beschuldigten sie mich der Faulheit, des Verrats, der Feigheit? Jetzt kratze ich am Lack meiner französischen Erziehung, die von den abergläubischen Ängsten meiner Kindheit an der Gurgel gepackt wird. Es ist so viel ungefährlicher, Gott zu dienen! Er hat die Geduld des verlassenen Liebhabers, der nur auf das Wiedererwachen der Liebe lauert, um die Hände auszustrecken und zu verzeihen. Fordernde Loas! Unersättliche Loas meiner Ahnen!

Ich habe den Koffer geöffnet und eine Ratte gesehen, die gerade den Sirup aus den Schüsseln leckte. Ich habe die Ratte mit einem Fußtritt verjagt und lachend geschrien:

»Jesus, Mensch gewordener Sohn Gottes, strecke die Hand über diese Stadt aus und befreie sie von den Teufeln.«

Ich fantasiere. Das ist der Hunger. Und die Anspannung. Seit wann habe ich nicht gegessen und geschlafen? Inzwischen habe ich neuen Sirup in die *Marassas*-Schalen gegossen und das Loch zugestopft, durch das die Ratte eingedrungen war.

André schläft, jetzt liegt er auf der Seite. Er knurrt und ich gehe dicht an ihm vorbei. Ich sehne mich nach der Einsamkeit. Zurückhaltung wird einem nur im Beisein anderer aufgezwungen. Aber in diesen Momenten steht mir der Sinn nicht nach Zurückhaltung. Ich presse das Auge an das Loch und betrachte wieder die Leiche.

Ich lasse sie nur aus den Augen, wenn sich Céciles Vorhänge bewegen. In Gedanken verfasse ich ein Gedicht über ihre schwarzen Augen, ihre zartbraune Haut, schön wie eine Braut, und sage mir: Es stimmt, sie ist schön und reich und wird niemals mir gehören. Leeres Geschwätz! Mich erwartet der Ruhm, mich erwartet der Reichtum. Ich schmiege mich verliebt in die Arme der süßen Hoffnung.

»Madame Magistral, könnte ich Ihre Tochter Cécile sprechen?«

»Cécile«, wird Madame Magistral rufen, ohne sich weiter um mich zu kümmern, »ein Bettler will dich sprechen. Es ist der kleine Mulatte, der Sohn von Angélie, der Ramschhändlerin.«

Und Cécile wird hochmütig zu mir kommen und mich auf Kreolisch anschreien:

»Was willst du denn? Hast du mir etwas von Madame Fanfreluche auszurichten?«

Und ich werde mit gesenktem Kopf davonlaufen und Marcia wird hinter mir herschimpfen.

Werden sie den Mut haben, mich zu demütigen, ihren Hochmut zu bewahren, nach all dem gemeinsam durchlebten Leid? Lieber die Teufel zum Massaker treiben. Soll die Stadt verschwinden! Soll sie doch vernichtet werden …

Gerade haben sie wieder mit der Schießerei angefangen. In der Nähe der Kirche. Ich wecke André. Wir pressen uns an die Tür, die Augen am Loch.

»Die Bettler«, flüstert André. »Ich habe noch nie so viele gesehen.«

»Aber das sind doch Bauern.«

»Ach so.«

Schüsse knallen. Ein kleines Mädchen rennt von einem Haus zum anderen. Ich sehe, wie es fällt. André nicht. Komisch, dass er nicht gesehen hat, wie es fiel. Beängstigendes Geräusch der Kugeln! Trügerisch harmlos pfeifen sie vorbei, ein Geräusch, das sich durch nichts auf der Welt nachahmen lässt. Ihr Pfeifen hallt ausdauernd in der Ferne nach, vernichtet jedes andere Geräusch, selbst den rauen, martialischen Ton des Gehäuses der Trompetenschnecke, des *Lambi*, das die Bauern zum *Coumbite*, zur gemeinsamen Landarbeit ruft; selbst das Grollen der Trommeln, die die *Hounsis*, die Voodootänzerinnen, zur Voodoozeremonie versammeln. Alles ertrinkt in einem Meer von Blut. Ich würde gern die Gesichter der Teufel sehen, wenn sie töten. Von weitem, unter ihrer Uniform, wirken sie alle gleich. Weder schwarz noch weiß noch gelb. Farblos! Wie das Verbrechen. Farblos! Wie die Ungerechtigkeit und die Grausamkeit. Man sieht von ihnen einzig und allein ihre Uniformen. Körper ohne Kopf. Köpfe mit einer Art goldenem Helm, aber das Gesicht ist ausgespart. Werde ich hinter der Tür meiner Kammer den Mut haben, sie anzuschauen? Anonym wie die Dummheit und die Bosheit. Die Hässlichkeit bedrückt, entmutigt mich. Hässlichkeit nenne ich die Auflösung der

Gesichter und ihrer Züge unter dem Einfluss der sadistischen Grausamkeit. Sie haben zu viel Spaß am Töten. Vor der Kirche liegen Hunderte Leichen. Ich höre ganze Salven pfeifen. Dieses Pfeifen, das begreife ich jetzt, ist ihre Sprache. Es ist ihre Stimme, die ertönt. Da ist einer am Ende der Straße. Ich klammere mich an die Tür und beobachte ihn. Er steht direkt vor uns. Sein Gesicht verschmilzt mit dem Metall, das in der Sonne wie ein Spiegel blendet. Ich schließe die Augen, Schwäche überkommt mich.

»Was hast du?«, fragt André.

»Hast du ihn gesehen?«

»Wen?«

»Diesen Teufel da, an der Ecke der Grand-Rue.«

André wirft sich auf den Boden und krümmt sich zitternd mit verschränkten Händen hinter dem Koffer zusammen.

Es ist unmöglich, mit ihm zu sprechen. Er kann nur beten und zittern. Seine Anwesenheit belastet mich. Ich glaube, dass ich allein besser überlegen und eine Lösung finden könnte. Seine Panik steckt mich an. Ich bemühe mich vergeblich, zu mir zurückzufinden, mich zu konzentrieren. Ich fühle mich so, als würde ich im Traum hinter etwas herrennen, das mir entkommt, wenn ich gerade glaube, es mit den Händen zu ergreifen. Oh Gott, wie hässlich dieses Gesicht war! Werde ich es je vergessen können?

»Hör auf, Gebete zu murmeln«, schreie ich André ungeduldig an. »Du störst mich beim Nachdenken.«

»Psst! Sprich doch leiser«, fleht er mich an.

Ich verfolge eine Idee. Sie betrifft natürlich die Teufel. Wie kann man sie besiegen? Wie gegen sie kämpfen? Ich weiß es! Ich werde einen töten, nur einen, dann werde ich seine Uniform anziehen und mich mit gesenktem Kopf unter sie mischen. Der Würgeengel schlägt mit seinem Schwert die Dämonen der Hölle.

Ich werde die Stadt aus den Krallen der Teufel befreien. Gott hat mich für diese Rolle auserwählt. Mein Schicksal wird sich nur vollenden, wenn ich ihm gehorche. Jeder von uns hat auf Erden eine Aufgabe zu erfüllen, wie könnten wir uns sonst dafür trösten, geschaffen worden zu sein? Es kommt nur darauf an, nicht den Tauben oder Blinden zu spielen und brav zu gehorchen. Ich habe sehr wohl Ohren, um zu hören und Augen, um zu sehen, und ich habe gehört und gesehen. Was ich empfinde, kann nicht nur ich allein empfinden. Werden die anderen sich drücken? Werden sie wie André Augen und Ohren verschließen? Bis zu diesem Augenblick glaubte ich, die Leiche sei schuld an meiner Verwirrung. Jetzt geht mir plötzlich ein Licht auf. Eine unerklärliche Kraft erhebt mich und zwingt mich paradoxerweise im gleichen Moment zu großer Demut. Ich fühle mich wie ein Kind, dem man eines Tages das lang ersehnte Spielzeug schenkt.

Die Leiche wimmelt von Ameisen; die von den erbarmungslosen Insekten zerstörten Augen verschwinden allmählich aus den Höhlen, wo sich bereits zwei tiefe Mulden abzeichnen. Stoisch werde ich die langsame und unwiderrufliche Auflösung miterleben.

Wir sind geprägt vom Sündenfall und von Anfang an verdammt. Wo habe ich das gelesen? Ist das gerecht? Wenn die Teufel unsere Stadt zu ihrem Lieblingsort erkoren haben, kann das nicht am Sündenfall liegen. Was ist unsere Schuld? Jeder von uns möge *Mea culpa, Mea culpa!* schreien, dann werden die Teufel verschwinden. Gott hat den Teufeln erlaubt, uns anzugreifen, um uns zu bestrafen. Wie sonst soll man sich ihre Macht erklären? Gott ist unserer müde. Gott spuckt uns ins Gesicht. Gott quält uns, damit die Strafe ein für alle Mal Früchte trägt. Wem hat sich nicht wenigstens ein einziges Mal der eisige Finger der Gewissensbisse ins Herz gebohrt? Genießer, Ausbeuter, Drückeberger, Spione, Folterknechte, fallt auf die Knie und ruft: *Mea culpa!* »Die Bettelei wird zum Beruf«, habt ihr denen geantwortet, die euch flehend die Hand entgegenstreckten. »Lass uns in Ruhe, Faulpelz!«, habt ihr den Krüppel angeschrien.

Und in euren reichen Häusern habt ihr kostbare Dinge aus Frankreich oder Nordamerika gesammelt, Schmuck und Kinkerlitzchen, mit denen sich eure Frauen schmückten, um mit zugehaltener Nase vor den Augen der Bettler herum zu stolzieren.

Wofür trage ich die Schuld? Mich selbst?

Schon lange vor der Ankunft der Teufel fühlte ich mich beobachtet, als lauerte etwas geheimnisvoll Unsichtbares auf jede meiner Bewegungen und kicherte böse, wenn ich meine Verse deklamierte. Dabei bin ich nur eine winzige Kreatur! In euren Augen bin ich nichts als ein Strohhalm. Ich bin nur ein armer, resignierter Ochse am Pflock, der aus Gewohnheit an seinem Strick zerrt, ohne echte Auflehnung, ohne das heftige Verlangen, die magere Wiese zu verlassen, auf der man ihn festgebunden hat. Ein haitianischer Ochse, im Elend geboren, an sein Elend gewöhnt, der die Sonne anbrüllt, wenn die Eingeweide vor Leere gurgeln. Aber egal, Ochse am Pflock oder nicht, jeder von uns muss jetzt Rechenschaft ablegen. Das Leben ist ein Wucherdarlehen, für das wir trotz allem eines Tages die Zinsen zahlen müssen. Wir haben es missbraucht, und der Tag des Teufelsgerichts ist gekommen. Die Reinigung durch die Höllenflammen, hier und jetzt, und danach der Triumph der Wahrheit. Öffentlich beichten wir dann unsere Verbrechen und schreien: *Mea culpa!*

Die Teufel sprechen. Hört nur ihre Kugeln pfeifen. Unsere grünen Straßengräben sind rot vor Blut. Verflucht seien die Städte, in denen das Elend das erstarrte Gesicht der Gewohnheit annimmt. Denn es weckt kein Mitleid mehr.

Es steht geschrieben, dass die Unschuldigen für die Schuldigen bezahlen werden. Aber, Moment mal, denn ich, mein Gott, ich habe seit meiner Geburt nur die heilige Liebe meiner Mutter empfangen. Verachtung, Demütigung, Tiefschläge, das war mein Los. Natürlich sind die verkrüppelten Bettler mehr zu bemitleiden als ich. Dank meiner anständigen Mutter, der Negerin, habe ich ein Dach über dem Kopf und ein paar armselige Möbel. Diese verkrüppelten Bettler hingegen, nackt wie echte Zombies, fahl und dünn wie Skelette, krepieren vor Hunger irgendwo in den Bergen. Sie brüllen, sie brüllen wie Tiere. Aber die Kugeln der Teufel übertönen ihre Stimmen …

Was ist meine Schuld? Ich kann mich noch so sehr fragen, ich bekomme keine Antwort. Trotzdem versetzen mir unerklärliche Gewissensbisse einen Stich ins Herz. Ich versuche vergebens, mich von meiner Schuld freizusprechen. Ich bin schuldig: die Ungerechtigkeit hingenommen zu haben, ohne mich aufzulehnen, in Schande und Unsittlichkeit versunken zu sein und mich wie Pontius Pilatus verhalten zu haben, die Reichen angelächelt zu haben, um ihnen zu schmeicheln, wie ein Hund mit eingezogenem Schwanz gekrochen zu sein, um vor den Augen der Mächtigen ganz klein zu erscheinen, vor dem Bezirkskommandanten gezittert zu haben, gleichgültig Saindors Ermordung mit angesehen zu haben, mich insgeheim über seinen Tod gefreut zu haben, weil ich ihm zehn Piaster schuldete. Was hätte ich anderes tun sollen? Mein Gott! Das ist schwer zu wissen, schwer zu verstehen, schwer zu entscheiden. Das Elend hat mich vernichtet. Ich habe die roten Teppiche, die gelben Teppiche, die weißen Teppiche von Monsieur Potentat gesehen. Ich habe all seinen Reichtum gesehen und meine Augen davor verschlossen, um das Almosen annehmen zu können, das er mir für einen Botengang schenkte. Sein Reichtum ist noch ganz frisch. Wie konnte er so einen Reichtum in so kurzer Zeit in einem so armen Land anhäufen? Ich will nicht darüber nachdenken. Noch nicht. Ich zittere sogar vor meinen Gedanken. Monsieur Potentat hat einen Haufen Spitzel, sie könnten heimlich um mein Haus herumschleichen. Nein. Ich vergaß die Anwesenheit der Teufel. Die Teufel haben auch Monsieur Potentat und seine Schergen von der Straße verjagt. Sie haben vor nichts Angst, diese Teufel! Sie haben vor niemandem Angst. Warum bewaffnen sie sich dann bis an die Zähne?

Ich kannte meinen Vater nur vom Sehen und ich wusste um seinen Ruf.

»Sieh hin«, hatte meine Mutter eines Tages gesagt und mir einen hellhäutigen, fast weißen Mann mit einem weichen Filzhut und hübschen gewichsten Schuhen gezeigt, der einer schönen Dame den Arm reichte, die Madame Fanfreluche wie eine Schwester glich, »das ist dein Vater.«

Er, der reiche Grund- und Immobilienbesitzer der Grand-Rue, hat mir niemals auch nur eine Elle Stoff für eine Hose geschenkt. Meine Mutter war als Fünfzehnjährige von seinen Pächtern zu ihm gebracht worden, um ihn gnädig zu stimmen. Diese Pächter waren die Eltern meiner Mutter. Das Elend lässt die armen Neger wie Hunde vor den Reichen kriechen. Sie schenkten ihm ihre einzige Tochter als Haussklavin und machten sie im Tausch für ein Eckchen Land zu einem »Bleib-bei-dem-Herrn«. Eines Nachts warf sich der Herr auf die kleine Haussklavin und vergewaltigte sie.

Das ist im Grunde gar nichts. Es gibt Schlimmeres. Es gibt die verkrüppelten Bettler, die sich ohne Wasser und Essen, ohne Trommel und Voodootanz, ohne Clairin und Tafia irgendwo in den Bergen verkriechen. Die Neger Haitis sind einfach unglaublich. Auch wenn sie alle Glieder verloren haben, hängen sie am Leben wie an einem kostbaren Gut. Wenn die Teufel die Stadt verlassen, wenn man die Trommel schlägt und den Tafia verteilt, werdet ihr sie sehen, magerer als Skelette, wie sie sich im Rausch drehen und in den Hüften wiegen, besessen, auferstanden, verwandelt. Schwachköpfe, Hungerleider, Habenichtse, schützen sie sich vor der Gefahr, so gut sie können: Besuche bei gierigen *Houngans*, Voodoopriestern, die ihnen die wenigen Münzen aus der Tasche ziehen, die sie im Verlauf eines mühseligen Tages beim Betteln verdient haben, Gebete zu allen Heiligen im Paradies, Heilpflanzen und Zaubersprüche schützen sie gegen böse Geister. Geht nur hinaus, wenn das alles vorbei ist, und holt sie aus den Wäldern, in denen sie sich verstecken. Die Teufel sind da, um ihre Teufelsangelegenheiten zu regeln, keiner von ihnen wird sich darum kümmern, hinterher für die Scherben zu bezahlen. Sie waren die Ersten, die aus den Straßen verschwunden sind. Diese Teufel wären ziemlich schlau, wenn es ihnen gelänge, sie aufzuspüren …

André sieht erbärmlich aus. Er hat die Marassas-Schalen entdeckt und weiß, was es mit der leeren Sirupflasche auf sich hat. Aber er wagt nichts zu sagen. Er hat ebenfalls seine Loas und wird sich nicht beschweren. Er ist ein Mystiker, der mit einer Menge geheimnisvoller Dinge in Verbindung steht, die er in seinen Träumen sieht oder auch am helllichten Tag, je nach der Gestalt, in der sich das Symbol für ihn offenbart. Im Moment schweigt er trotz seines Hungers aus Vorsicht vor den Göttern Guineas, denn es wird gesagt, dass sie gierig auf Speisen und Trankopfer sind.

»Weshalb diese Komödie?«, fragt er mich. »Du glaubst ja doch nicht daran. Du hast dich immer gerühmt, stark zu sein, einer von denen, die weder Gebete noch Loas brauchen. Was kannst du ohne Glauben ausrichten? Warum hast du Christus auf den

Fußboden gelegt? Was erwartest du von ihm, wo du doch nicht an Wunder glaubst?«

Sein reines, schönes Gesicht lässt mich die Hässlichkeit der Teufel vergessen. Außerdem heilt er mich von meiner Angst.

»Häng den Christus wieder an den Platz, an den deine Mutter ihn gehängt hat, und räum die Schalen in den Koffer. Es bringt Unglück, ohne Glauben Gott und die Loas anzurufen. Ich habe den Glauben mit der Muttermilch eingesogen. Ich bin mit dem Kult der Heiligen und der Loas in unserem Schlafzimmer großgeworden. Die Furcht, ihnen zu missfallen, ist tief in mir verankert. Auch die Bücher konnten sie nicht vertreiben. Du spielst den Starken, ich aber verneige mich demütig vor ihrer Macht.«

»Ich habe auch Angst.«

»Angst genügt nicht.«

»Gott öffnet den verirrten Schafen seine Arme.«

»Die Loas sind die Götter der Neger Afrikas. Gott ist universell. Die Loas rächen sich an den abtrünnigen Negern, denn sie wurden versklavt und verfolgt, und eines Tages wird der Voodoo sie alle wieder zusammenbringen. Aber du bist kein Neger.«

»Bin ich ein Weißer?«

»Nein. Du bist auch kein Weißer.«

»Lass mich in Ruhe, wenn du nicht weißt, was ich bin, und hör mir zu. Die Götter sind da, um uns zu lehren, dass wir auf unsere eigenen Kräfte setzen müssen. Gott, der mich geschaffen hat, wird mir den Mut geben, die Teufel zu besiegen. Gott hat seine Gottespflicht getan, indem er uns auf die Erde brachte. Er erwartet von uns, dass wir uns aus eigener Kraft bis zu ihm erheben. Du hast Recht, ich habe in einem Moment der Panik nachgegeben. Ich werde Christus an seinen Platz zurückhängen und die Schalen in den Koffer stellen.«

André hat Angst. Er ist hin und her gerissen zwischen dem Entsetzen, dass ich mich in seinem Beisein über diese frommen Reliquien lustig mache, und dem Wunsch, sie in Reichweite zu wissen, um bei Bedarf Trost zu erhalten.

»Ich hindere dich nicht mehr am Beten«, verspreche ich.

»Wer könnte mich daran hindern?«, antwortet er.

Das Geräusch von Schritten lässt uns aufhorchen. Nein, es ist etwas anderes. Wir stürzen zur Tür. Kleine, ungeschickt geworfene Steine fallen auf die Straße. Einer erreicht die Tür. Es ist Cécile! Wir sehen sie hinter dem halb geöffneten Fenster. Sie reißt es ganz auf, hebt den Arm und schleudert mit aller Kraft einen letzten, größeren Stein, der vor unseren Augen direkt bis an die Tür rollt, gegen die wir uns pressen. Er ist eingewickelt und verschnürt.

»Eine Nachricht von Cécile!«, rufe ich.

»Was für eine Nachricht?«

»Der Stein ist in Papier gewickelt.«

»Du gehst nicht raus!«

»Das muss ich sowieso, um Wasser und Kohle zu holen.«

»Ich habe Hunger«, gesteht er mir.

»Na siehst du. Gedulde dich noch bis zum Abend.«

Ich ärgere mich, dass ich Wasser und Sirup als Trankopfer vergeudet habe. Ich fühle mich schlapp und ausgehungert. Wir trinken einen Schluck Clairin direkt aus der Flasche und husten.

»Er zerreißt mir die Eingeweide«, sagt André leise.

Ich gehe zur Tür zurück, um den Glücksbringerstein mit den Augen zu liebkosen. Nichts kann mich aufhalten. Ich werde ihn holen und wäre es aus dem Maul der Teufel. Ich werde die Tür öffnen und über die Leiche steigen, die jetzt vor Ratten wimmelt. Von ihrem Fenster muss Cécile es auch sehen.

»Stopf das Loch zu«, sagt André. »Der Gestank wird immer schlimmer.«

Wütend vertreibt er eine Ratte, die vom Dach gesprungen ist und nach etwas Essbarem stöbert.

»Was suchst du?«

»Ein Stück Pappe, um den Nachttopf zuzudecken.«

Er uriniert und hält sich dabei die Nase zu, dann legt er die Pappe auf das Gefäß.

»Ich habe Hunger«, sagt er noch mal.

»In den Marassas-Schalen ist Sirup.«

»Bist du verrückt?«

Die Stille schnürt uns die Kehle zu. Fast sehne ich mich nach dem Pfeifen der Kugeln. Etwas Furchtbares steht bevor, ganz sicher. Nichts rührt sich, kein einziges Blatt. Die haitianische Hochsommerhitze setzt Himmel und Erde in Brand. Die Straße erstreckt sich einsam und rot bis zur Kirche, vor der sich die Leichen türmen. Wie können sie töten, wenn die Sonne untergeht? Wie können sie töten, wenn die Sonne aufgeht? Alles ist so schön zu jeder Tages- und Nachtzeit! Im Moment umarmt das Meer den Himmel dort, wo die Sonne in Safran und Purpur versinkt. Ein Streifen des Himmels brennt. Feuerzungen lecken an den Wolken und lassen sie erglühen. Die Sonne ist ein Zentaur mit flammender Mähne. Ich schwinge mich zu ihr auf. Ich klammere mich an zwei riesige Wellen, die wie durch ein Wunder ihre reine Farbe behalten haben. Im Vorbeiflug greife ich nach zwei Wolken, schmal wie Bänder und so rot, dass sie mit Blut getränkt zu sein scheinen. Ich stehe auf der Sonne, inmitten der weißen Wellen, die Muskeln gespannt, der Kopf umkränzt von den ersten Sternen, wie ein Gott auf einem Lichterwagen …

»Verstopf das Loch«, sagt André.

Ich zucke zusammen, als hätte er mich gekniffen, ich bin außer Atem, trunken von Clairin und Sonne.

Ich verstopfe das Loch und lege mich neben ihn auf den Fußboden.

Ich ersticke. Ich habe Durst und Hunger. Mein Gott, lass die Nacht hereinbrechen!

Ich habe drei Schlucke Clairin hintereinander getrunken und André hat mir den Krug auf den Rücken gebunden.

Wir haben vorsichtig die Möbel entfernt, und ich habe die Tür aufgeschoben. Ich habe mich auf die Erde geworfen und bin mit geschlossenen Augen bis zur Leiche gekrochen, ohne zu atmen. Ich habe den Stein aufgehoben und in die Tasche gesteckt. Dann habe ich den Hof erreicht, bin zum Wasserhahn gerannt, habe den Kohlenkorb gegriffen, Kocher und Wasserkrug hineingestellt und bin gekrümmt zur Tür zurückgelaufen. Das Wasser ergoss sich bei meinen ruckartigen, langsamen Bewegungen über die Kohle. Ich war schweißüberströmt. Als ich an der Leiche vorbeikam, stürzten sich die Ratten auf mich, als wollten sie sich dafür rächen, dass sie mich beim ersten Mal nicht bemerkt hatten. Ich musste den Korb abstellen, um mich ihrer zu erwehren. Durch ihren Angriff blieb ich neben der Leiche stehen, und sah sie unwillkürlich an. In der Dunkelheit kam sie mir zusammengeschrumpft vor, eher wie ein toter Hund als ein toter Mann. Die Zähne ragten spitz zwischen den von Ratten und Ameisen angenagten Lippen hervor. Ich beeilte mich. André erwartete mich zitternd an der Tür, die er aus Vorsicht geschlossen hatte. Wir verbarrikadierten sie wieder und füllten den Kocher mit Kohle. Nach langem Suchen erst fanden wir die Streichhölzer und den Kaffee, den ich versehentlich mit den Schalen in den Koffer getan hatte.

»Lass den Koffer offen«, sagt André.

Er kratzt an der riesigen Narbe, die seine Stirn entstellt, bis es blutet.

»Doktor Prémature hat dich schlecht zusammengenäht.«

»Glaubst du?«

»Es lebe der gute Doktor Chanel! Leider ist er tot.«

»Das liegt vielleicht an der Hitze. Gib mir Clairin, damit ich die Wunde sauber machen kann.«

Ich reiche ihm die Flasche und wühle in meiner Tasche nach dem Stein.

»Der Brief! Er ist verschwunden.«

»Bestimmt haben die Ratten ihn gefressen.«

Ich senke fassungslos den Kopf, drehe den Stein zwischen meinen Fingern hin und her.

»Warum haben die Ratten ihn gefressen? Warum?«

»Weil du ein Unglücksrabe bist. Ganz einfach. Komm schon! Beruhige dich. Ich schütze dich vor dir selbst. Wir sind Kindheitsfreunde. Wir haben zusammen unsere ersten Verse gekritzelt. Ich schütze dich vor dir selbst.«

Während ich Feuer mache, kniet er sich vor das Kruzifix und spricht langsam das Vaterunser. Ich setze Wasser auf und schütte Kaffee in den Filter.

»Du brauchst keinen Kaffee zu kochen«, sagt André. »Ich kann ihn auf keinen Fall bitter trinken.«

»Nimm ein bisschen Sirup aus den Schalen.«

»Führe mich nicht in Versuchung, führe mich nie mehr in Versuchung!«, brüllt er plötzlich los.

Seine eigene Stimme hat ihn so erschreckt, dass er sich auf die Knie wirft, den Krug packt und mit ritueller Geste den Koffer und die Schalen begießt.

»Ich habe Durst, aber die Loas auch.«

Er trinkt und reicht mir den Krug.

Er sitzt da, die Hände über den Knien gekreuzt, und psalmodiert mit klagender Stimme einen Voodoogesang. Dabei schaukelt er nach vorn und nach hinten, und allmählich schließen sich seine Augen. Er lässt sich auf den Rücken gleiten und schläft ein. Ich bleibe bei ihm auf dem Fußboden liegen und passe auf wie ein Wachhund. Oh ja, schlafen! Schlafen!

Kommandant Cravache, was treibst du gerade? Lass die Gefangenen in Ruhe und stell dich den Teufeln entgegen! Kommandant Cravache gegen die Teufel! Zweimal hast du uns ausgepeitscht, weil wir betrunken waren und die Stadt in Aufruhr versetzten, als wir im Chor *Alarm* von Massillon Coicou deklamierten:

Hört ihr den Schrei, der ertönt: Zu den Waffen!
Grauen, Blut und Tränen, seht ihr die Wunden klaffen?
Die Schiffskanone entzündet den Brand,
Verteidigt das Recht und das Vaterland …

Kommandant Cravache schien Massillon Coicou nicht besonders zu mögen. Er packte mich am Kragen, trat mir zweimal in den Hintern, schlug mir mit seinem Knüppel auf den Kopf und beschimpfte mich als Verrückten.

»Verein der verrückten Dichter«, sagte er.

Er hat auch André, Jacques und Simon geschlagen. Auf den Kopf. Immer auf den Kopf. Er näselt ein bisschen, der Kommandant Cravache, und kommt mir – um mit Simon zu sprechen – ein wenig weibisch vor. Er schlägt und betrachtet sein Opfer mit einem seltsamen Ausdruck. Er schlägt und beugt sich dann vor, um am Blut zu schnuppern. Er schlägt und streicht mit fast religiöser Andacht über die klaffenden Wunden. Der gute Doktor Chanel hat mir das Ohr und die linke Schläfe genäht, aber er ist tot, der gute Doktor Chanel. Jetzt würde ich gern wissen, worauf er wartet, um die Stadt zu säubern. Mit dem Knüppel in der Hand, dem Revolver am Gürtel, dem Gewehr auf der Schulter soll der verdammte Kommandant Cravache doch endlich den Teufeln entgegentreten! Er wälzt alles auf meine Schultern ab. Ich werde Anzeige gegen Kommandant Cravache erstatten, der für die Sicherheit in diesem Viertel zuständig ist und seiner Verpflichtung nicht nachkommt. Wenn sie nicht gar unter einer Decke stecken, die Teufel und er. Die Uniformierten halten immer zusammen. Wenn das stimmt, sind wir verloren, unwiderruflich verloren. Denn er wird mich in den Reihen der Teufel erkennen, er wird mich denunzieren und die Teufel werden mich ermorden. Ich werde krepieren wie ein Tier und meine Leiche wird sich zu den anderen Leichen auf der Straße gesellen. Doch das will ich nicht. Gott hat mich auserwählt, die Stadt zu befreien. Werde ich vor meiner Aufgabe davonlaufen? Mir tut der Schädel weh. Irgendwo in meinem Kopf knacken die Knochen. Es fängt im Nacken an und zieht sich bis zu den Schläfen. Meine Ohren brummen. Überanstrengung!, würde der gute Doktor Chanel diagnostizieren. Es stimmt, mein Kopf arbeitet ununterbrochen. Und dann die Enttäuschung! Ich habe den Stein in der Hand. Ich halte ihn vor meine Augen. Cécile! Cécile! Deine schwarzen Augen! Dein schwarzes Haar! Deine zartbraune Haut, schön wie eine Braut. Ich habe eine ganze Jazzband im Bauch: Becken, Trommeln, Posaunen, Flöten, Klarinetten, Saxophone und Tamarindenschoten tönen wild durcheinander. Habe ich Hunger? Es kommt mir vor, als könnte ich nie mehr Hunger haben oder müde sein. Ich schwebe, ich bewege mich in einem halb bewussten Zustand. Und wenn ich meinen Kopf drehe, höre ich drinnen die Knochen knacken.

»Du trinkst zu viel«, sagte der gute Doktor Chanel wieder und wieder, »du ertränkst dein Talent im Alkohol.«

Noch ein Ignorant, denn Baudelaire hat getrunken, weil vor ihm Villon getrunken hat, weil Rimbaud getrunken hat. Und während ich daran denke, bekomme ich Appetit und gehe auf Zehenspitzen die Flasche neben dem schnarchenden André holen, um einen Schluck zu nehmen, nur einen Schluck.

Kein Zweifel, irgendwer hat vorsichtig an die Tür geklopft. Ich wecke André. Er öffnet seine roten Augen und schnappt nach Luft.

»Es hat geklopft«, sage ich.

»Mach nicht auf.«

»Warte!«

Ich renne zur Tür, aber ich kann durch das Loch nichts erkennen. Alles ist schwarz, so schwarz wie der Teufel.

»Du hast bestimmt geträumt«, flüstert André.

»Ich habe nicht geschlafen.«

Diesmal hören wir deutlich drei leise Schläge. Eine Stimme haucht:

»René! René!«

»Es ist Jacques! Er ist nicht tot«, sage ich zu André und schüttle ihn.

Wir räumen die Tür frei und Jacques kommt herein.

»Na bitte!«, sagt er, als er André sieht. »Ich war sicher, dass ich dich hier finden würde.«

»Mein Kleiner! Mein Kleiner! Ich dachte, du bist tot«, sagt André und umarmt ihn ganz fest.

»Tot! Ich! Und warum?«

»Die Teufel!«

»Welche Teufel!«

»Na die, die dich abgeführt haben. René hat dich mit ihnen vorbeigehen sehen. Du sahst so stolz aus, so mutig! Du hast deine Gedichte rezitiert und bist zwischen ihnen gelaufen, ohne sie auch nur eines Blickes zu würdigen.«

»Das stimmt. Jetzt erinnere ich mich. Sie haben gesagt … Wisst ihr, was sie gesagt haben: ›Jacques, du bist ein Genie. Wir lassen dich am Leben, weil du ein Genie bist.‹«

Er streckt die Brust vor und greift nach der Flasche Clairin.

»Spaßvögel! Ihr habt euch versteckt, um ohne mich zu trinken.«

»Wir haben uns wegen der Teufel versteckt, das weißt du genau. Wir sind nämlich keine Genies, uns würden sie töten.«

»Auf jeden Fall habe ich keine Lust, sie wiederzusehen, sie sind schrecklich, widerlich …«

Er schüttelt sich.

»Setz dich doch«, sage ich.

»Wie müde er aussieht«, sagt André zu mir.

»Ja, er ist genauso mager wie wir.«

»Ich habe vergessen zu essen«, gesteht Jacques.

»Hier gibt es leider gar nichts.«

»Ach, das ist unwichtig.«

»Hast du Simon gesehen?«, fragt André.

»Nein.«

»Vielleicht haben ihn die Teufel ermordet«, sage ich.

»Ich habe ihn vor zwei Tagen zum letzten Mal gesehen, nein vor drei … Ach, ich weiß es nicht mehr.«

»Lass ihn in Ruhe«, verlangt André, »er sieht so müde aus.«

»Hast du die Leiche gesehen?«, frage ich ihn.

»Welche Leiche?«

»Die auf der Straße, vor der Tür.«

»Ja. Ein toter Hund.«

»Nicht doch, das ist Saindor, der Krämer vom Strand.«

»Es war dunkel«, sagt Jacques, »da dachte ich, es wäre ein Hund.«

»Die Teufel haben ihn vor Renés Augen getötet«, erzählt André.

»Und die anderen Leichen? Hast du die nicht gesehen?«

»Wo?«

»An der Kirche.«

»Doch. Ganze Haufen. Hunderte Leichen. Ich habe sie gesehen, ich habe sie gesehen …«

Plötzlich beginnt er zu brüllen, und ich stürze mich auf ihn, um ihm den Mund zuzuhalten. Ich hänge mich mit meinem ganzen Gewicht an seinen Rücken, mein linker Arm umklammert seine Brust, während ich ihn mit der rechten Hand kneble, dass er fast erstickt.

»Willst du sie etwa herlocken?«

André zittert so sehr, dass er beim Aufstehen schwankt und fallen würde, wenn er sich nicht am Tisch festhielte.

»Gib ihm Clairin«, sage ich zu André.

»Nein«, antwortet er, »der Alkohol regt ihn auf. Lass ihn los. Du erstickst ihn. Lass ihn los!«, schreit er mich wütend an. »Komm, mein kleiner Bruder, du musst keine Angst haben. Sieh mal, die Tür ist fest verbarrikadiert und niemand kommt herein, wenn wir nicht die Tür aufmachen.«

Ich lasse ihn los. Er ringt nach Luft.

»Das ist eure Schuld«, sagt er, »ihr macht mir Angst mit euren Teufelsgeschichten. Dabei wisst ihr doch, dass ich kranke Nerven habe.«

»Meine Mutter hat mir erzählt, dass sie mal einem begegnet ist«, sagt André. »Sie ging zur ersten Messe und hatte sich in der Zeit geirrt. Ein nackter Riese stellte sich ihr in den Weg und drohte: ›Wehe dir, wenn du mich erkannt hast‹. Sie ist ohnmächtig geworden, auf der Straße zur Kirche, wo man sie bei Tagesanbruch fand.«

»Die Teufel tragen eine Uniform«, sage ich.

»Es gibt alle möglichen Arten von Teufeln«, widerspricht André, »einen habe ich im Traum gesehen. Er war ganz weiß, mit Hörnern und rotem Schwanz. Er fuchtelte mit den Armen und bedrohte mich mit einer langen Gabel. Nach dem Unterricht habe ich meinen Traum Frère Justinien erzählt, und er hat gefragt:

›Hast du einen Voodoo-Altar zu Hause?‹ – ›Ja‹, habe ich geantwortet. ›Zerstöre ihn‹, hat er mir geraten, ›sonst werden dich die Teufel zerstören.‹ Acht Tage konnte ich nicht schlafen. Meine Mutter war schon tot, und sie hatte mir, dem Ältesten, ihre Loas anvertraut. Ich tat doch nichts Böses, wenn ich ihnen jeden Tag zu trinken und zu essen gab, auch wenn Jacques und ich hungrig waren. Und außerdem glaube ich, dass Frère Justinien keine Ahnung hatte, weil er Franzose war.«

»Jetzt fangt ihr schon wieder an!«, protestiert Jacques, »ihr wollt mich wohl noch mal schreien hören.«

»Nicht schreien«, flehe ich, »setz dich ganz brav in die Ecke und sei still. Hier hast du Papier und Bleistift, mach ein schönes Gedicht.«

»Genau, ich werde ein Gedicht über die Teufel schreiben. Leider habe ich sie mir nicht angesehen. Ich habe zwar auf der Straße eine Horde seltsamer Männer bemerkt, die mir im Vorbeigehen zujubelten, aber ich hatte keine Ahnung, ob es Teufel waren oder nicht. Dabei hätte ich ihnen doch ins Gesicht sehen müssen, als mich einer von ihnen ein Genie nannte.«

»Schreib über etwas anderes«, rate ich ihm väterlich, »vergiss die Teufel. Hier bist du in Sicherheit.«

Er schnieft und schaut sich nach den Stühlen um. Als er sieht, dass sie die Tür verbarrikadieren, setzt er sich auf den Fußboden, schaut zur Decke und vertieft sich in das Verfassen eines Gedichts.

André und ich müssen uns besser kontrollieren und unsere Panik in seiner Gegenwart verbergen. Er ist so empfindsam und kränklich. Mit fünfzehn hatte er den ersten Nervenzusammenbruch, und seine Mutter, die sich Vorwürfe machte, die Loas zu vernachlässigen, hat einen *Houngan* bezahlt, damit er ihn behandelt. Sie hat ihre letzte Habe dafür geopfert und ist an

Schwindsucht gestorben. Sie hat all ihr Blut erbrochen und der *Houngan* saß an ihrem Bett und bezichtigte sie erbarmungslos des Verrats und der Gleichgültigkeit gegenüber ihren Loas.

Diese Erinnerung regt mich auf.

Was ist der Nutzen einer Religion, wenn sie niederdrückt, anstatt zu trösten? Wenn sie Verzweiflung sät, anstatt zu helfen? Wenn sie schwächt, anstatt zu retten? André ist niedergekniet und betet. Woher kommt sein Mystizismus? Ich habe gesehen, wie meine Mutter ständig ihren Loas diente, aber ich habe das heilige Erbe ohne Gefühl aus ihren Händen empfangen. Ich bete und beschwöre die Loas im Bewusstsein, eine Komödie zu spielen.

»Komödiant!«, hat Simon einmal zu mir gesagt. »Du glaubst nicht mehr als ich. Das lässt sich nicht zurückholen. Wir sind beide unzugänglich für jede Art von Religion.«

Er irrt sich. Ich liebe Jesus, nicht als Wundertäter, nicht als Sohn des Heiligen Geistes, aber als Menschen, weil er Liebe und Barmherzigkeit gepredigt hat. Ist das unvereinbar mit der Religion? André betet. Er betet leidenschaftlich. Aber irgendetwas sagt mir, dass ich Gott viel näher bin als er. Gott hat genug von Gebeten. Gott hat genug von Beschwerden. Gott hat genug vom Flehen. Gott hat genug von unserer Resignation. Wer weiß, ob nicht er den Teufeln die Tore der Stadt geöffnet hat, damit wir aus uns heraustreten. Die Grand-Rue und ihr Hochmut! Madame Fanfreluche und ihr Schmuck! Madame Fanfreluche auf ihren hohen Absätzen, wie sie verächtlich und erhaben zum Hochamt schreitet. Die ehrwürdige Witwe Magistral und ihre Tochter Cécile. Cécile! Cécile! Dir gewähre ich die Gunst des Zweifels. Lachend hast du mein Gedicht angenommen, aber in deinen Augen war ein Sonnenstrahl verborgen. Und wer tief in sich einen Sonnenstrahl bewahrt, kann nicht verloren sein. Meine Erinnerung an dich ist unvergänglich. Es war an einem Weihnachtsabend, bei Frère Justinien. Der Baum funkelte in allen Farben. Und davor lächelte Jesus, der Neugeborene, in seiner Krippe. Wir sangen *Oh Tannenbaum* und *Stille Nacht*. Dann sagte Frère Justinien:

»Jeder darf sich ein kleines Päckchen nehmen. Es kommt vom Weihnachtsmann.«

Wir haben uns auf die Päckchen gestürzt. Ich habe meins aufgemacht und war enttäuscht: Es waren nur zwölf Murmeln drin, du aber hattest das schöne Taschenmesser in der Hand, das ich so oft bei Madame Fanfreluche bewundert hatte. Du hast mich angesehen und gesagt:

»Nimm auch das Taschenmesser. Ich bin ein Mädchen. Ich brauche kein Messer.«

Und ich habe es genommen. Ich war zwölf und du zehn ...

Würdest du mich lieben, wenn ich berühmt wäre? Würdest du mich lieben, wenn ich die Teufel besiegen würde?

André betet weiter, Jacques schreibt. Frieden für meinen armen Kopf. Ich sage Frieden für meinen armen schmerzenden, knackenden Kopf. André ist vielleicht überzeugt, es liege an seinen Gebeten, dass die Teufel unsere Tür noch nicht eingetreten haben. Ich aber weiß, dass es die Erbärmlichkeit dieser Tür ist, die uns rettet. Niemals werden die Teufel erraten, dass hier jemand wohnt, dessen Kopf ständig an ihrem Untergang arbeitet. Mein Elend ist mein Schutz, denn ein unauffälliger, erbärmlicher Bettler hat größere Chancen, unbemerkt zu bleiben, als ein reicher Mann mit wohlgefälliger Miene.

Das Auge an das Loch gepresst, lasse ich meinen Blick schweifen. Er geht von der Leiche, die jetzt voller Würmer ist, zu Céciles Fenster, von Céciles Fenster zu den vor der Kirche gestapelten Toten. Wie die Vögel schwebe ich zwischen Glanz und Hässlichkeit. Ein Eckchen des Horizonts wird sichtbar, in dem, wie für mich allein, ein Streifen Himmel und ein kleines Stück Meer miteinander verschmelzen. Von morgens bis abends beobachte ich, wie sie sich mit dem langsamen Gang der Sonne verändern. Deren Hitze kündet jetzt von der Mittagszeit. Hinter Céciles Fenster bewegt sich ein Schatten, Hände drücken die Spitzenvorhänge zusammen, schieben sie beiseite, und ich erkenne Madame Magistral. Sie schaut zu meinem Haus und scheint mit jemandem zu sprechen, der unsichtbar bleibt. Dieses Bild ist so klar, dass ich fürchte, man könne meinen Blick von draußen funkeln sehen. Trotzdem fixiere ich dieses Fenster, an dem vielleicht auch Cécile steht. Was macht ihre Mutter dort? Hat sie uns ertappt? Das Fenster öffnet sich, und Cécile erscheint in einem blauen Morgenmantel, das lange schwarze Haar fällt ihr über die Schultern. Schließ das Fenster, Unvorsichtige! Auch wenn du dich um mich sorgst, mach es zu, sonst sehen dich die Teufel! Es ist vorbei. Sie ist verschwunden. Das Fenster hat sich geschlossen …

»Ich habe Hunger«, sagt André.

»Ich auch«, sagt Jacques.

»Es gibt leider keinen Zucker zum Kaffee«, antworte ich.

»Gib mir die Flasche«, verlangt André.

Er trinkt und spuckt aus. Ich trinke auch, aber ohne zu spucken.

»Gib Jacques den Wasserkrug«, sage ich.

Jacques nimmt ihn und trinkt.

»Ich will auch Clairin«, verlangt er.

»Dann regst du dich nur auf«, warnt André.

»Stimmt, aber dann habe ich keinen Hunger mehr. Wenn ich trinke, werde ich verrückt, und wenn ich verrückt bin, habe ich keinen Hunger.«

André kratzt wütend an seiner Narbe und reicht Jacques die Flasche.

»Scheiße!«, schreit der. »Das ist wie Feuer.«

Er schreibt weiter. Er ist plötzlich ganz weit weg von uns, als hätte er mit einem Satz die Grenze einer unsichtbaren Welt übersprungen. Ekstatisch starrt er in eine Ecke des Zimmers und schreibt. Wie kann er schreiben, ohne auf seine Hände zu sehen? Seine Lippen bewegen sich leicht. In der Falle der Reime gefangen. Er ist in die Falle gegangen und kommt nicht mehr heraus. Er kann nicht mehr wegrennen, um den Reimen zu entfliehen. Seine Beine sind gelähmt. Die Falle ist zugeschnappt und hat ihm die Beine bis zu den Hüften abgetrennt. Tausend, zehntausend, eine Million hungrige Dichter, gefangen in den Fallen, die ihren Weg bedecken. Den harten, steinigen Weg, durchzogen von Gräben und Rinnen, den wir müde und erschöpft gehen, der unsere Schuhe durchlöchert, dem wir aber nicht widerstehen können. Weg Haitis, zu beiden Seiten gesäumt von Hoffnungsgrün, Siegesrot, Reinheitsweiß und Safrangelb. Regenbogenfarben, die die gleichgültige Natur über den felsigen Weg bläst, der von der ruchlosen Hand des Menschen angelegt wurde. Ewig festliche Natur, die ohne Schmerz und mit Freude in ihrem Laubwerk bunte Blumen hervorbringt, die riesige Schmetterlinge wie im Rausch umflattern. Ein endloses Fest! Und wir sitzen hier, eingesperrt, ausgehungert, schwitzen das letzte Wasser aus unseren Körpern. Wegen der Teufel. Es wird höchste Zeit, dass ich zur Tat schreite. André und Jacques stören mich. Ich muss allein sein, um nachzudenken. Jacques' blinder Blick und seine Hand, die über das Papier fliegt, lenken meine Gedanken von ihrem Ziel ab. Andrés benommene Untätigkeit geht mir auf die Nerven. Er sitzt immer noch mit offenem Mund und hängenden Armen da, wenn er nicht gerade die Hände faltet, um seine Gebete zu murmeln. Ich bin allein. Mehr als zuvor. Auch wenn ich mich konzentriere, kann ich den Faden meiner Gedanken nicht mehr aufnehmen. Dabei hatte ich doch einen Plan entwickelt, um die Teufel zu besiegen. Ich überlege. Ich überlege. Ich drehe mich im Kreis. Ich klammere mich an eine falsche Fährte. Ich überlege weiter. Ich ersticke. Eine Eisenhand drückt meinen Körper in ein Meer von Öl. Ich wehre mich. Es ist schwarz, schwarz. Ich sehe nichts. Zweikampf mit der Wahrheit. Sie leuchtet mir entgegen, aber ich verstehe sie nicht. Leere! Leere! Ich gehe unter. Tauche ein in namenlose Dunkelheit. Das Licht kehrt zurück. Ich strecke die Hände danach aus. Es entgleitet mir. Au! Mein Kopf platzt. Mein Herz bleibt stehen! …

Manchmal ging ich samstags mit meiner Mutter, der Negerin, auf den Markt. Sie setzte mich neben die Barke, und ich sortierte mit ihr die billigen Leinenstücke, die Kreolenohrringe, das Spitzenband, das ich nach Ellen zu messen lernte, die Silbermedaillen und die Kalikotaschentücher. Sie war stolz auf ihre große Barke, die sie bei Einbruch der Nacht auf dem Kopf nach Hause trug. Um uns herum kamen und gingen Hausdiener, verkrüppelte Bettler, Bettlerdiebe, die wir verstohlen beobachteten. Mama sagte:

»Lass sie nicht aus den Augen, sie sind durchtriebener als Katzen.«

Aber ich hatte nur Augen für Alcindor, den alten Trinker, der sich auf dem Boden wälzte und dann in seinem alten ausgebleichten Gehrock – ein Geschenk des Herrn Präfekten – aufstand und sich weiß vor Staub in einem Bandatanz drehte. Sein zahnloser Mund zog sich bis zu den Ohren, er wiegte sich in den Hüften, und wir klatschten in die Hände, um ihn anzuspornen, als Ersatz für die Trommel: Bam Bidim, Bam Bidim, Bam Bidim … Bam! Mittags kauften wir unser Essen bei Mutters Cousine Justina, ich nannte sie Tante Justina, während sie von den anderen, sogar von meiner Mutter, seit ihrer Hochzeit nur noch Madame Macius gerufen wurde, aus Ehrerbietung für den Ring, den sie seit kurzem am Finger trug.

Wann bin ich aus dem Volk herausgetreten? Im Vorübergehen fragten sie meine Mutter:

»Und dein kleiner Mulatte, Schwester Angélie?«

Und meine Mutter antwortete:

»Mit Gottes Segen, er wächst, liebe Schwester, er wächst, lieber Bruder.«

»Oh, liebe Cousine«, rief Tante Justina, die vor ihrem riesigen Kohlebecken kauerte, »bald ist er ein Mann!«

»Gott ist gut!«, antwortete meine Mutter hastig, um das Unglück abzuwenden.

Denn den Fluch über ihren kleinen Mulatten fürchtete sie mehr als die Pest. Und zwar gerade weil er anders war als die meisten kleinen Neger. Wann bin ich aus dem Volk herausgetreten? Sie legte mir das Skapulier um den Hals, das mir Père Angelo am Tag meiner ersten Kommunion geschenkt hatte. Dieses Skapulier hing neben einem dicken Maldiocrekern an einem roten Band, das sie mir um nichts in der Welt abgenommen hätte. Das Skapulier trug ich außen, den Maldiocrekern innen, und bei jeder Bewegung schlug er gegen meinen Nabel. Wann habe ich meinen Maldiocrekern verloren? Es war kein gewöhnlicher Maldiocrekern. Der *Houngan* Gromalian, den meine Mutter ab und zu aufsuchte, um den guten Verlauf ihrer Geschäfte zu sichern, hatte ihn mit dem Zauber belegt, alle bösen Geister aus meiner Umgebung zu verjagen. Wann habe ich meinen Maldiocrekern abgelegt?

Als ich älter wurde, vernahm ich die Stimmen der französischen Schriftsteller in den Büchern, die mir Frère Justinien borgte.

»Du bist sehr intelligent, René«, sagte er, »ich werde dich beim Lernen fördern.«

Er hat mich wirklich gefördert, aber dann stand ich eines Tages allein da. Allein mit meinen französischen Schriftstellern, allein mitten im Volk, sprach halb Französisch, halb Kreolisch, dachte öfter auf Kreolisch als auf Französisch, trotz der schönen französischen Sätze, die ich las, trotz der schönen französischen Verse, die ich lernte, und mein erstes auf Französisch geschriebenes Gedicht widmete ich Frère Justinien. Er sagte mir wieder und wieder:

»Du bist intelligent, René, ich werde dich beim Lernen fördern.«

Aber er war siebzig und starb kurz vor meiner Mutter. Und ich weinte, weil ich eine zarte Seele habe und weil alle Dichter eine zarte, empfindsame Seele haben. Ich rede von den echten, nicht von den falschen, die der Mode folgen und ihre Reime schreiben, um Anerkennung zu finden. Ich habe auf Französisch Verse über Christophe, Dessalines, Toussaint und Pétion geschrieben. Ich klammere mich wie ein kleines Kind an das Kolonialerbe. Warum nicht? Dessalines glaubte es auszurotten, als er brüllte:

»Schneidet die Köpfe ab, verbrennt die Wachteln!«

Hatte sein Sekretär Boisrond-Tonnerre die Reden über die Unabhängigkeit auf Kreolisch verfasst? Und Toussaint? In welcher Sprache hatte er lesen gelernt, um an Intelligenz mit Bonaparte zu wetteifern?

»Willst du einen Glimmstengel?«, hat mich neulich unser französischer Freund Simon gefragt und mir eine Zigarette angeboten.

Ich habe ihn verständnislos angeschaut.

Ich sehe die Häuser der Stadt tanzen. Sie bilden einen Reigen um meine Kammer. Sie ziehen vorbei, und ich höre abwechselnd das Klavier des guten Doktor Chanel und das Radio von Madame Fanfreluche. Das

Klavier spielt ein Konzert von Mozart, aus dem Radio ertönt ein moderner Merengue. Mozart verjagt in mir den Zauber des Trommlers. Wer hat mich gelehrt, Mozart zu lieben? Eines Tages hatte ich ohne anzuklopfen die Tür zum Salon von Doktor Chanel geöffnet, und ich sah überrascht, wie er reglos, die Arme verschränkt, ernst und aufmerksam lauschte. Dann sagte er:

»Das ist Musik, mein Junge! Mozart ist der Seraph unter den Genies.«

Ich spürte, wie die Noten in meinen Körper eindrangen, sich mit meinem Blut mischten. Und ich verstand erst später, dass ich an diesem Tag etwas Universelles kennen gelernt hatte, das aus dem tiefsten Innern der Menschenwelt kam; etwas, das auch mir selbst gehörte, weil eine Verbindung zwischen diesem Etwas und mir entstanden war. Mozart, der Deutsche, war mein Bruder, unabhängig vom Blut, von den Jahrhunderten und der Entfernung. Ein Bindeglied zwischen den Rassen, ebenso wie Villon, Baudelaire und Rimbaud. Beim Lesen von Mozarts Biographie, die mir Doktor Chanel gab, packte mich der Ehrgeiz:

»Ich werde Gedichte schreiben, die die Welt bewegen«, rief ich.

Später entdeckte ich, dass man für eine solche Aufgabe sein ganzes Blut geben muss, Tropfen für Tropfen. Ich öffnete meine Adern und tauchte vergeblich die Feder in mein Blut. Verfluchter Poet! Scheinpoet! Von Frankreich geformter Negerpoet! Wo ist deine Sprache? Her mit dem Clairin! Um zu vergessen, habe ich mich Tag und Nacht betrunken. Wie Villon, wie Baudelaire, wie Rimbaud …

»Verein der verrückten Dichter!«, lacht Kommandant Cravache höhnisch.

Wenn wir ständig hören, dass man uns als Verrückte bezeichnet, werden wir es irgendwann wirklich sein.

Und Kommandant Cravache hat das Seine dazu getan. Wie viele Schläge auf den Kopf haben wir kassiert? Wie viele Monate Gefängnis? Und warum, Gott im Himmel? Wem wollen sie Angst einjagen, unsere Jäger, unsere Verfolger, unsere Schläger?

Diese Stille gefällt mir nicht. Sie lastet schon allzu lange auf uns. Eine furchtbare Explosion wird alles auslöschen. Unverhofft wird sie dröhnen, die Häuser erschüttern, sie in Fackeln verwandeln, die Menschen zu Staub werden lassen. So wird es kommen. So wird es kommen. Das Warten ist schrecklich! Weder bei sich noch bei den anderen Ruhe finden. Wissen, spüren, dass die Gefahr auf leisen Sohlen näher kommt. Habe ich Hunger? Keine Zeit, daran zu denken. Ich muss einen Schlachtplan machen.

»Ich habe Hunger«, sagt André.

»Trink einen Schluck Clairin.«

»Dann muss ich mich übergeben.«

»Meine Herren!«

»Du ahmst Simon nach«, sagt Jacques, der aufhört zu schreiben.

»Nein. Das habe ich in Büchern gelesen. Ich kann Simon nicht nachahmen, so weiß er auch sein mag.«

»Glaubst du, dass er ein großer Dichter ist?«

»Warum sollte ein großer französischer Dichter in diesem Kaff vergammeln?«, antworte ich und ahme Simon nach.

»Du ahmst Simon nach«, wiederholt Jacques.

»Nein. Alle Weißen nennen unser Dorf Kaff. Und außerdem *Imitor patrem*. Vergiss nicht, dass mein Vater Französisch sprach wie ein Pariser.«

»Du wirst es nie zugeben, aber du ahmst Simon nach.«

Simon der Bohemien! Dreckig und abgerissen wie wir. Bärtiger Riese, der sich von seiner »Festen«, wie er sie nennt, aushalten lässt. Seine Feste ist Germaine, eine runde Negerin voller Grübchen, eifersüchtiger als eine Wildkatze.

»Du wirst es mir nie glauben, mein Freund«, hat Simon einmal zu mir gesagt, »aber mich hat der Bauch eines amerikanischen Schiffes an die haitianische Küste gespuckt.«

Seit sechs Jahren wärmt er sich glücklich an unserer Sonne und ist zehn Tage im Monat krank. Wegen der Kräuter und der Sauferei kotzt er sich die Eingeweide aus dem Leib, dabei schwört er, dass sich diese weißen, rosigen Innereien irgendwann anpassen oder ihn umbringen werden …

Ich höre die Totenglocke läuten: Dong … Dong … Dong …

»Hörst du die Totenglocke, André?«

»Die Totenglocke!«

»Hör doch!«

»Ich höre nichts.«

»Du warst schon immer schwerhörig. Jacques! Jacques!«

»Was?«

»Hörst du die Totenglocke?«

Er lauscht aufmerksam. Sein junges, engelsgleiches, schwarzes, schönes, zur Decke gewandtes Gesicht ist vor Entsetzen entstellt.

Im Zimmer stinkt es widerlich. Oder ist es die Leiche?

»Hast du sie gehört?«

»Ja.«

»Jesus, Maria und Joseph!«, seufzt André.

»Lass Gott und die Heiligen in Ruhe.«

»Du kannst mich nicht hindern zu beten«, protestiert er.

»Lass ihn beten«, sagt Jacques leise.

Es wird höchste Zeit, dass ich den Kampf vorbereite. Allein! Ich werde alles allein vollbringen. Was kann man von den beiden schon erwarten? Sie kommen mir vor, als wären sie gleich hinüber. Es sind meine Gefährten, ich habe Mitleid mit ihnen. Aber die Zeit des Mitleids ist vorbei. Ich muss handeln.

Die Leiche fängt an, mir Angst einzujagen. Sie löst sich hier vor meinen Augen auf, um mir zu zeigen, was mich erwartet. Ich traue mich nicht mehr, das Loch aufzumachen. Dong ... Dong ... Dong ... Die Glocke läutet düster weiter. Ist Père Angelo dabei, die Toten vor den Augen der Teufel zu begraben? Bravo, Père Angelo! Unter Ihrer Soutane verbirgt sich ein echter Mann. Gleich stehe ich auf. Meine Entscheidung ist getroffen. Ich werde rausgehen und die Stadt aufrütteln. So feige sie auch sein mögen, sie müssen aus ihren Höhlen hervorkommen und mir zuhören. Ich warte, bis Jacques und André eingeschlafen sind, um die Tür zu öffnen. Vielleicht werde ich sterben. Egal! Zuerst alarmiere ich Kommandant Cravache. Er soll gefälligst seinen Mut beweisen, seine Schulterstücke und Orden rechtfertigen, aus Angst vor einem offiziellen Bericht besonderen Eifer zeigen. Dann alarmiere ich den Stadtrat, diesen dickbäuchigen Dummkopf, der sein Leben damit verbringt, Laurette zu besteigen, die Hure aus der Rue des Saints. Ob er will oder nicht, auch er muss reagieren und einmal zum Wohl der Stadt tätig werden, zusammen mit dem Präfekten und Doktor Prémature, die ebenfalls Waffen tragen. Im Vergleich zu den Teufeln kommen sie mir harmlos und durchaus noch brauchbar vor. Ich bin sogar fest davon überzeugt, dass die Teufel, wenn der Kampf einmal entbrannt ist, in ihnen die erbittertsten Gegner finden. Falls sie nicht von Panik gepackt werden und als Erste davonlaufen. Bei solchen Makaken kann man gar nichts vorhersehen. Auf jeden Fall muss ich mit gutem Beispiel vorangehen und sie aus ihrer Betäubung reißen. Ich werde meine eigenen Waffen haben, Schnapsflaschen mit einem Baumwollstopfen, die ich anzünde und den Teufeln in den Weg werfe. Wer weiß, was Flammen bei ihnen bewirken! Ich werde versuchen, mit Cécile Kontakt aufzunehmen, ehe ich mich in dieses Abenteuer stürze, über dessen Gefährlichkeit ich mir keine Illusionen mache. Auch wenn ich hier und da aus Schwäche abgedriftet bin, auch wenn sie mich in der Vergangenheit gelegentlich zu wilden Hüpfern verleitet hat, fühle ich mich noch im Vollbesitz meiner Kräfte. Nicht umsonst hat mich meine Mutter, die Negerin, zwei Jahre lang an ihre starken Brüste gehängt, um mich zu nähren. Selbst Samson an der Spitze des Volkes Israel war nicht von mutigeren, inbrünstigeren Gefühlen erfüllt. Von Anfang an habe ich gewusst, dass ich nicht zurückweichen würde, stünde mein Plan erst einmal fest. Nur kann ein Haitianer beim besten Willen nicht tagelang an den Tod denken, ohne davon zu träumen, was hätte sein können, was hätte sein müssen und was niemals sein wird. Mit einem Fuß bereits im Grab, werde ich mich in Gedanken mit einem letzten Aufbäumen an den runden, zarten Bauch einer saftigen Negerin schmiegen, ich werde die Augen schließen und Céciles Zöpfe werden über mein Gesicht streichen. Dann wird der Tod für mich nur noch ein Spiel sein. Ich denke an ihre schwarzen Augen, an ihr schwarzes Haar, an ihre zartbraune Haut, schön wie eine Braut, während ich das alte Kopfkissen meiner Mutter aufschlitze, um die Baumwolle herauszuholen.

»Was machst du?«, fragt André.

»Nichts. Schlaf, schlaf!«

Jacques schnarcht leise, er liegt auf der Seite, mit dem Kopf auf seinen Gedichten.

Verstohlen beobachte ich André. Sobald er die Augen schließt, greife ich in den Koffer und hole sechs leere Flaschen heraus. Ich hocke mich mit dem Rücken zu meinen Freunden und fülle die Flaschen mit Baumwolle. Ich feuchte die Baumwolle mit Alkohol an und stecke die Streichholzschachtel in die Tasche. So! Ich bin bereit. Wo steht in diesem Moment die Armee der Teufel? Das versuche ich herauszubekommen, indem ich durch das Loch nach draußen sehe. Die Totenglocke schlägt weiter. Dong! Dong! Dong! Sonst nichts, nur ein entsetzliches Brummen, als würden mich Tausende Insekten umschwirren. Aber da ist kein einziges Insekt. Nicht mal eine Mücke. Vielleicht sind es die Schreie der Stille, die das Ohr des Menschen nur vernehmen kann, wenn alles schweigt. Auf jeden Fall geschieht etwas Geheimnisvolles im Zimmer: Zwei Sterne sind aus meinen Augen gekommen und haben angefangen zu tanzen, dann sind sie durch das Schlüsselloch entwischt. Der zweite klebt noch daran. Er funkelt wie ein Blick. Ich renne zur Tür und sehe zwei Augen, die mich von draußen anstarren. Da ist jemand, ganz sicher. Ich wecke André und lege den Finger auf die Lippen:

»Da ist jemand hinter der Tür«, flüstere ich.

Er fällt lautlos auf die Knie, zittert und presst die Hände aneinander.

»Rühr dich nicht«, sagt er.

Es klopft an der Tür.

Jacques wacht auf, und ich lege ihm die Hand auf den Mund.

»Die Teufel?«, haucht er.

»Psst! Sei still«, zischt André.

Er zieht ihn an sich und legt ihm den Arm um den Hals.

Wir warten alle drei reglos, stumm, schwitzend. Ich höre die Kugeln haarscharf über das Dach pfeifen. Die Vordertür ist durchsiebt. Blitze durchzucken den Himmel und ein Wasserfall strömt auf die Ziegel herab. Das Wasser dringt ein. Ein Hagel von Metallkörnern prasselt in regelmäßigen Abständen wie Kugeln auf das Dach. Heftiger Wind zerzaust die Bäume. Ich höre sie rennen und schreien. Ich stürze zur Tür und presse das Auge an das Loch. Die Bäume liegen am Boden. Der Himmel hat sich geöffnet. Riesige schwarze Wolken ringen wütend miteinander. Ein Feuerwerk explodiert und schleudert leuchtende Arabesken in alle Richtungen. Der Blick der Menge ist auf die Wolken geheftet. Sie schluchzt und ihre Tränen fallen auf die Straße. Die Leiche schwimmt in einem See. Jetzt ist sie fast in Höhe meiner Augen.

Ich habe weiche Knie. Die Knochen in meinem Kopf knacken, und zwei andere Sterne kommen aus meinen Augen und kreisen durch das Zimmer …

»Was passiert da?«, fragt André.

»Nichts. Es ist der Regen. Schlaf. Ich schwöre dir, dass du weiterschlafen kannst.«

»Hast du sie nicht gesehen?«, fragt mich Jacques.

»Wen?«

»Die Teufel.«

»Nein. Leg dich hin und schlaf.«

Ich muss allein sein …

Mit zwölf Jahren war ich sehr krank. Und meine Mutter, die Negerin Angélie, die ebenso stark an die Loas wie an Gott glaubte, und ebenso stark an den *Houngan* wie an den Arzt, brachte in ihrer entsetzlichen Angst alles durcheinander und bestellte gleichzeitig den Priester, den Arzt und den *Houngan*. Doktor Chanel, der alte Schlaukopf, schüttelte Gromalian energisch die Hand und sagte:

»Wir werden ihn retten, Kollege.«

Aber Père Angelo weigerte sich strikt, dem Voodoopriester die Hand zu reichen.

»Angélie, meine Tochter, haben Sie mich kommen lassen, damit ich hier einen *Houngan* treffe?«, warf er meiner Mutter vor.

Aber sie saß nur schluchzend an meinem Bett.

»Oh weh! Sie kommen aus einem weißen Land, Vater, wo die Menschen gut zueinander sind. Hier in Haiti sind die Teufel überall. Sie schlüpfen in die Gestalt von anständigen Menschen. Sie grüßen dich, sagen adieu Gevatterin, lass es dir gut gehen, meine Schwester; sie sehen dich mit unschuldigen Augen an und hinter deinem Rücken vernichten sie dich. Ich weiß es genau, mein kleiner René hat keine natürliche Krankheit, die ein guter Doktor wie Doktor Chanel heilen kann. Nur der *Houngan* kann die Geister der Toten bekämpfen, die eifersüchtige Nachbarn auf mein Kind gehetzt haben.«

»Angélie! Angélie!«, protestierte Père Angelo. »Der Voodoo raubt dir den Verstand. Du hast nur gute Nachbarn. Anständige Leute, die ich seit ihrer Kindheit kenne und die keiner Fliege was zuleide tun. Weißt du nicht, dass du dich mit dem Teufel einlässt, wenn du an das Böse glaubst?«

»Das Böse ist da, Vater, das Böse ist da. Ich habe Angst vor ihnen, ich habe Angst vor ihnen allen, sogar vor meiner Cousine, Madame Macius.«

»Justina!«, rief der Priester. »Du bist verrückt, meine arme Angélie. Du sollst niemals zu Unrecht deine Nächsten beschuldigen, sonst wird Gott dich streng bestrafen. Folge den Ratschlägen von Doktor Chanel, wenn du dein Kind retten willst.«

Aber meine arme Mutter, die Negerin, die weder lesen noch schreiben konnte und die ergeben ihren Loas diente, folgte auch den Ratschlägen von Gromalian. Sie kaufte die Medikamente, die ihr der Arzt verschrieb, und erhielt heimlich vom *Houngan* eine Heilpflanze, die sie unter mein Kopfkissen legte, und für die er weit mehr Geld von ihr verlangte als der Äskulapschüler, der mir das Leben rettete. Für meine Mutter war meine Heilung ein Wunder, sie weihte mich der Heiligen Jungfrau Maria, deren zarte Farben ich fortan trug. Wann habe ich aufgehört, ihre Farben zu tragen?

Die Erinnerungen kommen und gehen in meinem Kopf, der beinahe platzt.

Mama, geliebte Negerin!

»Du darfst ihm nicht immer nur rote Erbsen und Süßkartoffeln geben«, hatte Doktor Chanel geschimpft und sie ins Ohr gekniffen. »Er wächst. Er braucht Fleisch und Gemüse.«

»Sieh mich an, Doktor«, lachte sie, »sieh nur, was Erbsen und Kartoffeln aus mir gemacht haben.«

»Ja«, antwortete der Doktor, »du müsstest ein bisschen abnehmen, du siehst aus wie eine dicke Kartoffel mit schwarzer Erbsensoße.«

»Abnehmen!«, rief meine Mutter. »Du willst also, dass mich die Leute bemitleiden, dass sie über mich lachen! Lass mir mein Fett. Eine magere Negerin ist nicht schön.«

Ihr Fett tötete sie. Das Herz!, stellte Doktor Chanel fest, als er an ihr Bett geeilt kam. Ich war zwanzig und schämte mich, zu weinen.

Mama! Geliebte Negerin! Das Gewicht deines toten Kopfes in meinen Händen! Dein schwerer, steifer Körper, den Simon, André und Jacques, der erst fünfzehn war, mit mir hochgehoben und in den Sarg gelegt haben. Sie liebten dich alle, meine gute Mutter, meine Negerin! Wir hatten niemals Hunger, solange du lebtest. Als Andrés und Jacques' Mutter Blut spuckte, hast du gesagt:

»Hol sie zu uns, ich setze einen großen Topf mit gemahlenem Mais und Erbsen auf.«

Dein Tod hat vier Jungen zu Waisen gemacht, nicht nur einen.

Ich habe deine Barke mit Ramsch für wenig Geld an Cousine Justina verkauft, die jetzt mit mir schmollt, weil ich nur noch ein *Tafiateur*, ein Trinker, bin und deinem Namen Schande mache.

Ich beuge mich über Jacques und dann über André.

Sie haben die Augen weit geöffnet. Schlafen sie denn gar nicht mehr ein? Ich stelle die Flaschen in eine Zimmerecke und bedecke sie mit einem Tuch.

Jacques richtet sich plötzlich auf. Er sammelt seine Gedichte zusammen, sucht ein leeres Blatt und schreibt.

»Es ist dunkel«, sage ich, »du kannst nicht schreiben.«

»Ich schreibe mit meiner Hand und meinem Herzen, nicht mit den Augen«, antwortet er. »Ich habe zwanzig Gedichte geschrieben, seit ich hier bin.«

»Du solltest ein bisschen schlafen.«

»Ich habe Hunger! Gib mir einen Schluck Clairin.

»Im Koffer ist eine volle Flasche. Hol sie.«

»Wo ist die andere?«, fragt mich André.

»Sie ist leer.«

»Hast du sie ausgetrunken?«

»Ja.«

»Na weißt du …«

»Was ist in diesem Koffer?«, fragt Jacques.

»Der Altar seiner Mutter«, antwortet André.

»In den Schalen ist Sirup«, ruft Jacques.

»Das ist eine Gabe für die Loas. Rühr das nicht an.«

»Ich habe solchen Hunger.«

»Rühr das nicht an«, wiederholt André.

Jacques nimmt die Flasche, öffnet sie und reicht sie mir.

»Bedien dich, René.«

Ich trinke, dann trinken sie.

»Dieser Clairin ist nicht so gut, wenn man nichts anderes im Magen hat«, stellt Jacques fest.

Er setzt sich und schreibt. In der Dunkelheit wird sein junges knochiges Gesicht aschgrau. Wir drei sehen wahrlich schön aus! Dreckig, schwitzend und stinkend! Wie spät mag es wohl sein? Wird Jacques die ganze Nacht hindurch schreiben? Jetzt bricht er vor Müdigkeit zusammen, den Bleistift noch in der Hand.

André sieht immer stumpfsinniger aus. Der Clairin hat ihn schon immer blöd gemacht. Er sitzt mit hängenden Armen da und sieht mich an. Warum muss er mich so hartnäckig anstarren?

»René«, bringt er mühsam hervor, »vorher waren wir glücklich.«

»Wann vorher?«

»Vor ihrer Ankunft hier. Wir waren glücklich, aber wir wussten es nicht.«

»Das ist immer so.«

»Wie, so?«

»Man merkt erst, dass man glücklich war, wenn man es nicht mehr ist.«

»Ja. Und im jetzigen Unglück sehnen wir uns nach der Vergangenheit, auch wenn sie noch so elend war. Ich sehne mich vor allem nach der Kindheit zurück. Ein Kind weiß nichts vom Unglück. Es fühlt sich beschützt von Gott, von der Natur, von seinen Nächsten. Es hat Vertrauen ...«

»Ja. Vertrauen! Glauben! Man verliert sie, wenn man älter wird.«

»In mir sind sie noch unberührt.«

»Nein. Tief in dir nicht. Und deswegen hast du Angst. Diese Schalen voller Sirup, die uns das Leben retten würden, wagst du nicht anzurühren, weil du Angst hast. Jacques wird immer schwächer. Geben wir ihm ein bisschen von diesem Sirup.«

»Ich kann nicht, ich werde es niemals wagen.«

»Siehst du uns lieber vor Hunger krepieren? Wie viele Tage haben wir nichts mehr gegessen?«

»Ich weiß es nicht.«

»Mach das Feuer an. Ich koche Kaffee und wir nehmen ein bisschen von dem Sirup, um ihn zu süßen.«

»Nein. Ich rühre ihn nicht an.«

Unser Streit hat Jacques aufgeweckt. Er jammert leise und ruft mich mit schwacher Stimme.

»René!«

»Was willst du?«

»Hast du sie gesehen?«

»Wen?«

»Die Teufel.«

»Sprich nicht mehr davon. Schlaf.«

»Ich habe Angst.«

»Mach die Augen zu. Dann schläfst du wieder ein.«

»Ich höre Schritte!«

Er springt plötzlich auf, rennt zur Tür und presst sich mit ausgebreiteten Armen dagegen, wie ein großer Schmetterling.

»Sie kommen!«, sagt er.

Er stößt ein grauenvolles Heulen aus und dreht sich zu uns um.

»Ihr Gesicht! Ihr Gesicht! René! Oh! Mein Gott!«

»Beruhige ihn«, sage ich zu André. »Er hat gar nichts gesehen. Der Hunger lässt ihn fantasieren. Beruhige ihn, Himmelherrgott! Alles bleibt an mir hängen. Streng dich an! Meine Herren! Halt ihn fest. Los! Nur Mut. Hilf mir ein wenig, nur ein klein wenig. Hier, nimm diesen Löffel, gib ihm ein bisschen Sirup.«

Er weigert sich und schüttelt heftig den Kopf. Ich tauche den Löffel in die Schalen und lasse Jacques den Sirup trinken. Dann renne ich zur Tür.

Sie sind da, tatsächlich. Myriaden. Sie haben die Grand-Rue überschwemmt. In allen Häusern brennt Licht. Céciles Vorhänge bewegen sich. Ihre Helme funkeln. Ihre roten Stiefel wirbeln den Staub der Straße auf. Sie klettern Leitern hoch, die sie an die Balkons gestellt haben. Die Stunde der Schlacht ist gekommen. Ich kann nicht mehr zurück.

»Was ist los?«, fragt André.

»Sie sind da!«

»Oh Gott!«

Er zittert so sehr, dass seine Zähne klappern.

»Ich will hier raus«, brüllt Jacques.

Er reißt sich aus Andrés Händen los, windet sich und fuchtelt mit den Armen wie ein Besessener.

»Das ist der Sirup«, erklärt André entsetzt.

Plötzlich übergibt sich Jacques und schlägt mit dem Kopf auf den Boden.

»Ich will hier raus, ich will hier raus«, fleht er.

Rot! Schwarz! Gold! Werden sie auf Céciles Balkon klettern? Etwas weiter hinten lodern Flammen auf. Riesige Flammen, die emporschießen und mit tausend Funken in sich zusammenfallen. Wieder Schreie und Gebrüll. Zu meinen Füßen windet sich Jacques noch immer und schlägt mit dem Kopf gegen die Dielen. Ich sehe Marcia, Céciles Dienstmädchen, herauskommen. Sie rennt auf die Gasse, dann wirft sie sich zu Boden und kriecht weiter. Wird sie bis zu mir kommen, um mir eine Nachricht von Cécile zu bringen? Plötzlich sehe ich sie nicht mehr. Cécile ruft mich zu Hilfe! Das ist es.

Ich warte, alle Sinne gespannt. Das Morgengrauen hat die Nacht mit einem Zug verschluckt, die Sonne erhebt ganz langsam, ganz dezent ihr Haupt und richtet ihr Anlitz auf das brennende Haus. Bei ihrem Anblick klettern die Teufel von den Leitern herunter und ergreifen die Flucht. Hurra! Hurra!

»Sie weichen zurück! Sie weichen zurück!«

Jacques, eben noch zusammengekrümmt, entspannt sich mit einem Mal.

»Mir ist schlecht«, sagt er mit schwacher Stimme.

»Das ist der Sirup«, wiederholt André.

»Geben wir ihm einen Schluck Clairin.«

Wir heben seinen Kopf und gießen ihm Clairin in den Mund.

»Jetzt ist es besser«, sagt er.

Ich gehe zur Tür zurück. Die Bäume haben sich wieder aufgerichtet. Der See, in dem die Leiche schwamm, ist verschwunden. Nur ein bisschen Rauch steigt noch aus Céciles Nachbarhaus auf.

»Was machen sie?«, fragt André.

»Wer?«

»Die Teufel.«

»Sie sind verschwunden. Alles ist ruhig. Sogar zu ruhig. Sie haben sich irgendwo verkrochen, aber sie kehren zurück, ganz bestimmt. Ihr Angriff kommt immer unerwartet.«

»Bleiben wir eingesperrt?«, fragt Jacques.

»Wir haben keine Wahl. Die Straßen sind menschenleer. Hört nur die Stille … Heute Nacht habe ich jedenfalls ihren schwachen Punkt entdeckt: Sie haben Angst vor der Sonne. Ihre Schießerei am helllichten Tag war nichts als eine List. Sie werden uns nur nachts angreifen.«

»Das wusste ich schon immer«, sagt André, »meine Mutter hat mir gesagt, dass die Teufel nur nachts aus der Hölle kommen.«

Es klopft an der Tür, und wir zucken alle drei zusammen.

»Gottverdammte Halunkenbande!«, dröhnt eine Stimme. »Macht ihr mir wohl endlich auf?«

»Das ist Simon!«, ruft Jacques.

Wir entfernen die Barrikade und Simon kommt herein.

»Himmeldonnerwetter noch mal!«, brüllt er. »Warum habt ihr mich nicht gleich reingelassen, Schweinebande?«

Er schlägt uns so kräftig auf den Rücken, dass wir ins Wanken geraten. Er füllt das ganze Zimmer aus, groß und bärtig, wie er ist.

»Ihr schließt euch also ein, um ohne mich zu saufen? Ihr überlasst euren Freund Simon den Krallen seiner Vampirnegerin?«

Er umarmt uns und hilft uns, die Barrikade wieder

zu errichten. Er verheddert sich in den Möbeln wie ein Hampelmann.

»Schlitzohren! Wo ist die Flasche?«

André gibt sie ihm. Er drückt sie an den Mund und trinkt.

»Bist du heil davongekommen?«, fragt Jacques.

»Das war nicht so leicht, mein Guter, das kannst du mir glauben. Ich bin sozusagen von zu Hause bis hierher gerannt.«

»Psst!«, macht André vorsichtig.

»Du hast Recht. Sie würden uns aufspüren. Meine Herren!«

Er greift wieder nach der Flasche und trinkt.

»Ein Rachenputzer«, sagt er, »aber das macht Feuer unterm Hintern. Mit dem Zeug im Leib würde ich eine ganze Armee von Teufeln herausfordern.«

Jacques bewegt die Hände und hält sich die Ohren zu.

»Psst!«, mache ich ganz leise. »Er hatte gerade eine Krise. Wir müssen ihn schonen.«

Simon sieht Jacques an und sagt: »Mein Kleiner, du siehst aus wie ein kranker Hund. Du musst essen, das habe ich dir immer schon gesagt.«

»Wir haben nichts zu mampfen«, sage ich.

»Du ahmst Simon nach«, erklärt Jacques überzeugt.

»Lass mich endlich in Ruhe!«, schnauze ich ihn ungeduldig an.

»Was ist los?«, fragt Simon.

»Er glaubt, dass ich deine Sprechweise nachahme.«

»Quatsch!«, meint Simon. »Na, ihr habt wohl keinen Heller, was?«

Er holt eine *Gourde* aus seiner Tasche.

»Die habe ich Germaine geklaut, ehe ich abgehauen bin. Dieses Biest! Gewöhnlich lässt sie ihr Geld nicht rumliegen.«

»Was passiert draußen?«, fragt André.

»Jetzt herrscht totale Ruhe. Ein Gewitterregen und ein Feuer, das reicht wohl. Habt ihr es von hier gesehen?«

»Was?«

»Das Feuer.«

»Sprich nicht darüber, wegen Jacques.«

»Hat er solche Angst gehabt?«

»Wir hatten alle Angst«, gibt André zu. »Du nicht?«

»1940 im Krieg habe ich ganz andere Sachen gesehen. Es ist leichter, auf eine Leiter zu klettern, um ein kleines Mädchen aus einem brennenden Haus zu retten, als die Bomben der Deutschen abzubekommen, das schwöre ich euch.«

»Du hast ein kleines Mädchen gerettet?«, fragt Jacques und stützt sich auf einen Ellbogen. Seine Augen funkeln vor Neugier.

»Sie haben den Kopf verloren und kletterten alle gleichzeitig hoch. Ich habe geschrien: ›Idiotenbande, seht ihr nicht, dass die Leiter gleich zusammenbricht?‹ Da sind sie runtergesprungen. Das kleine Mädchen, die Tochter der Bérengers, kennt ihr sie? Sie stand auf dem Balkon und streckte weinend die Arme aus. Ihre fetten Eltern kamen von einem Fest bei Madame Fanfreluche angerast. Da bin ich hochgeklettert und habe ihnen ihre Kleine gebracht.«

»Mir ist schlecht«, sagt Jacques plötzlich.

Sein schwarzes Gesicht ist aschfahl.

»Ihm ist wieder schlecht«, sagt André voller Panik.

»Ihr habt ihm bestimmt zu viel zu trinken gegeben«, erklärt Simon. »Außerdem stinkt es hier. Was ist in dem Nachttopf da?«

»Was normalerweise in einem Nachttopf ist«, antworte ich.

»Trotzdem stinkt es. Wir öffnen die Tür und räumen ein bisschen auf.«

»Und wenn sie dann kommen?«, fragt André erschrocken.

»Wer?«, fragt Simon.

»Nein, nicht aufmachen, nicht aufmachen«, fleht Jacques.

Er kriecht zu Simon und umklammert seine Füße.

»Was hat er denn?«, fragt Simon.

»Er hat Angst«, antwortet André. »Und ich habe auch Angst. René ist der einzige Tapfere. Er hat Jacques sogar Sirup zu trinken gegeben.«

»Was erzählt er da?«, fragt mich Simon.

»Er wirft mir vor, den Sirup für die Loas nicht respektiert zu haben.«

»Ich glaub's nicht! Mein armer André. Du hast doch so viele Bücher gelesen!«

»Was haben die Bücher mit den Negergöttern zu tun?«

Er klappert mit den Zähnen und zittert.

»Na los, machen wir die Tür jetzt auf oder nicht?«

»Nein, nein«, bettelt Jacques.

Er umklammert Simons Füße, hebt den Kopf und bricht zusammen.

»Himmelherrgott!«, ruft Simon. »Jetzt wird er ohnmächtig.«

Er nimmt Jacques in die Arme und dreht ihn vorsichtig auf den Rücken.

»Er braucht Luft. Wir lüften, während er ohne Bewusstsein ist.«

»Nein«, bittet nun André. »Mir ist kalt. Jacques ist nicht ohnmächtig. Er schläft. Ich kenne ihn. Er ist schließlich mein Bruder, oder?«

»So! Dann seht doch zu, wo ihr bleibt. Was heckt ihr drei hier eigentlich aus? Keine Politik in unserer Gruppe, das haben wir uns geschworen. Und unserem Schwur müssen wir treu bleiben ... Herrgott! Ihr seht aus wie Verschwörer oder ich bin völlig verrückt.«

Er greift nach der Flasche und nimmt hintereinander mehrere Schlucke.

»Brrr ... Ich habe sie ankommen sehen. Sie inspizieren die Gegend. Ehrlich, ich versichere euch, dass überhaupt nichts dabei ist.«

»Warum sind sie dann da?«, fragt André.

»Um sich zu beschäftigen. Ich scheiß auf sie.«

»Sie werden bestimmt nicht die Weißen angreifen«, sage ich.

»Ich scheiß auf sie!«, wiederholt Simon.

»Psst!«, macht André.

»Es hat keinen Zweck, dass ihr euch hier lebendig begrabt. Wenn sie uns anscheißen wollen, werden sie uns anscheißen.«

»Nicht, wenn wir für sie nicht vorhanden sind.«

»Schisshasen!«, explodiert Simon.

»Nein«, antwortet André, »nur vorsichtig. Bei denen kann man nie vorsichtig genug sein.«

»Und überhaupt haben wir jetzt genug über sie geredet«, unterbricht ihn Simon. »Ich habe ein Gedicht geschrieben, ein Meisterwerk. Über Haiti, die Schöne, die Reine, die Warme, über ihre Trommler und ihre Negerinnen, über ihren Körper und ihre Seele. Ich habe mich in diese Insel verliebt. Verliebt, verliebt, versteht ihr?«

»Psst!«, macht André.

»Haiti! Haiti!«, trällert Simon, ohne sich um André zu kümmern. »Ich gehe nie mehr nach Frankreich zurück, und wenn sie wieder ihren schmutzigen Krieg machen, ich ziehe kein zweites Mal die Uniform an, um ihnen zum Sieg zu verhelfen.«

»Die Uniform!«, sage ich. »Wie war deine Uniform?«

»Ich war 1940 achtzehn Jahre alt. Sie haben mich meiner Mutter entrissen, sie haben mich an die Front geschickt, sie haben mir die Zehen abgefroren, mein rechtes Bein kaputtgemacht, den Kopf gespalten, dass ich fast übergeschnappt wäre. Ihren dreckigen nächsten Krieg können sie ohne mich machen. Ich bin nur ein Dichter! Ein verkannter Dichter. Ich habe keine Lust, zu töten und mich töten zu lassen. Ich habe Lust, zu trinken, ich habe Lust, zu schreiben und die Frauen Haitis zu lieben.«

»Lass mein Land in Ruhe«, sage ich.

»Was ist denn jetzt los?«

»Du liebst es nicht.«

»Ich schwöre dir, dass ich es liebe.«

»Wenn du es lieben würdest, würdest du uns helfen, es von den Teufeln zu befreien.«

»Welchen Teufeln?«

»Siehst du! Du hast sie nicht mal bemerkt. Was hast du die ganze Zeit gemacht?«

»Ich habe es dir gerade erzählt. Ich habe ein Meisterwerk über Haiti geschrieben.«

»Lass mein Land in Ruhe, wenn du nicht mal begriffen hast, dass es in Gefahr ist. Hast du wirklich nichts gesehen, nichts gehört?«

»Doch, natürlich. Als ich diese unselige Patrouille aus Port-au-Prince ankommen sah, habe ich mir gesagt: ›Irgendwas wird geschehen.‹ Aber es sieht so aus, als hätten sie es auf niemanden abgesehen, obwohl sie bis an die Zähne bewaffnet durch die Straßen laufen.«

»Wir sprechen nicht dieselbe Sprache. Ich spreche von Teufeln und du antwortest etwas anderes.«

»Warum zitterst du plötzlich?«

»Ich! Zittern! Jetzt bist du völlig durchgedreht, mein armer Simon! Ich hatte dich für einen Bruder gehalten und jetzt entdecke ich in dir einen Weißen, der in einem Negerland lebt.«

»Fang nicht mit diesem absurden Zeug von Haut und Rasse an. Ich bin dein Bruder in der Seele und im Herzen. Das weißt du genau.«

»Hast du die Teufel gesehen, ja oder nein?«

»Warte. Lass mich nachdenken, während ich trinke. Brrr … Meine Herren! Jetzt bin ich fast betrunken. Verdammter haitianischer Tafia! … Neulich Nacht kam es mir schon so vor, als hätte mich ein ungewöhnliches Geräusch geweckt. Es war dunkel und Germaine lag neben mir. Ich hörte Funken prasseln. Ich stand auf und öffnete die Tür. Ein Sternenregen fiel vom Himmel auf das Hausdach. Ein wahres Feuerwerk, etwas Fantastisches, mein Alter, das nur das geschulte Auge des Dichters wahrnehmen kann. Ich hatte etwas getrunken und hielt es für eine Halluzination. Ich legte mich wieder hin, und am nächsten Tag war ich krank. Ein höllisches Fieber mit Durchfall und Schüttelfrost. An jenem Morgen hat Germaine von Teufeln gesprochen, jetzt fällt es mir ein. Sie hatte mich eingeschlossen und die alte Tulia des bösen Blicks bezichtigt. Ich schrieb trotz des Fiebers, gleichgültig für alles andere. ›Dieses Viertel ist voller Teufel‹, erklärte sie mir, ›ich weiß schon, was du hast.‹ Sie weiß immer, was ich habe, und hat mich stets gut gepflegt. Ich habe den ganzen Tag ihre Kräutertees und Suppen getrunken. ›Es liegt etwas Böses in der Luft‹, hat sie immer wieder gesagt. Aber ich schrieb, ohne mich um sie oder die anderen zu kümmern. Wisst ihr, in welchen Zustand einen ein Gedicht versetzt, das man nicht mehr los wird?«

»Sie sind schon seit Tagen da!«, seufzt André.

»Wer?«, fragt Simon.

»Die Teufel.«

»Ja … die Teufel«, stimmt Simon versöhnlich zu.

»Aus Angst vor ihnen bist du doch auch bis zu uns gerannt, oder?«, frage ich.

»Ja, warum bin ich eigentlich gerannt?«, antwortet Simon. »Unbewusst hatte ich bestimmt Angst.«

»Man weiß immer, wann man Angst hat«, sagt André.

Er klappert mit den Zähnen.
»Und ihr habt sie gesehen?«, fragt Simon.
»Wen?«
»Die Teufel.«
»Ja«, antwortete ich.
»Haben sie Hörner und einen Schwanz?«
»Nein. Stiefel, Waffen und einen Helm.«
»Und ansonsten sind sie nackt?«
»Nein. Sie tragen eine Uniform.«
»Mein Gott! Das erinnert mich alles an das Grauen des Krieges. Ich war noch ein Kind, meine Mutter weinte, und jedes Mal wenn ich eine Bombe explodieren hörte, klapperte ich mit den Zähnen wie André oder fiel in Ohnmacht wie Jacques. Doch ich stand wieder auf, ich rannte mit den anderen, ich schoss auf den Feind und presste dabei die Augen zusammen, ich warf mich auf die Erde und hielt mir die Ohren zu. Eine Bombenexplosion riss meinen Schädel auf, und sie hielten mich für tot. Acht Tage lag ich unter dem Schnee. Aber ich habe harte Knochen, deswegen sind nur vier Zehen weg.«
»Wir kennen deine Zehen«, sagt André.
»Du hattest wirklich Glück«, sage ich.
»Glück!«
»Dass du nicht gestorben bist.«
»Ja, aber meine Mutter ist daran gestorben. Als ich aus dem Krankenhaus kam, in das sie mich gebracht hatten, habe ich sie überall gesucht. Ich habe das ganze Viertel in Aufruhr versetzt, und schließlich haben sie mich in ein Irrenhaus gesperrt. Aber ich war nicht verrückt. Ich sagte es ihnen wieder und wieder. Eines Tages kam der Chefarzt zu mir, weil ich den Krankenwärtern durch mein Höllentheater ordentlich zu schaffen machte. Er fragte mich: ›Was magst du gern, mein Kleiner?‹ Und ich riss ihm sein Heft und seinen Stift aus der Hand. ›Gebt ihm jeden Tag was zum

Schreiben‹, hat er den Wärtern befohlen. ›Ich glaube, so können wir ihn ruhig stellen.‹ Doch irgendwann hatte ich genug und bin abgehauen. Ich hab mich in der Nähe versteckt und bin auf einen Lastwagen gesprungen, der gerade vorbeikam. ›Na, mein Junge, wir schwänzen wohl die Schule?‹, hat mich der Fahrer gefragt. Ich habe ihn so wild angestarrt, dass er still war. Ich bin direkt zu einem Verleger gegangen und habe ihm meine Gedichte dagelassen. Mehr als hundert. Alles, was ich im Irrenhaus geschrieben hatte. Ich habe gebettelt, ich habe auf Parkbänken geschlafen. Ich habe gefroren. Ich hatte Hunger. Aber ich habe geduldig auf Reichtum und Ruhm gewartet. Beim zweiten Mal hat mich der Verleger lachend empfangen.

›Das ist doch eine Verrücktengeschichte, die Sie uns da erzählen‹, sagte er. ›Niemals wird das Publikum Ihre Verrücktengeschichte lesen wollen.‹ Dabei hatte ich nur wahrheitsgetreu erzählt, was ich während ihres dreckigen Krieges erlebt hatte …«

»Der Primitive spricht immer von Wahrscheinlichkeit oder Unwahrscheinlichkeit«, sage ich, »als könnte man das Wahre so einfach vom Falschen trennen.«

»Mir ist schlecht!«, murmelt André.

»Nein. Einer reicht! Meine Herren!«, protestiert Simon. »Ein bisschen Mut. Wir können bald hier raus. Wir gehen an den Strand, zu Saindor …«

»Er ist tot«, sage ich.

»Tot!«, ruft Simon.

»Sie haben ihn getötet«, sagt André.

»Wann?«

»Hast du nicht seine Leiche auf der Straße gesehen? Direkt vor der Tür?«

»Wann ist das passiert?«

»Vor ein paar Tagen.«

»Meine Herren! Wenn ich euch nicht kennen würde, würde ich euch für verrückt halten.«

»Leider sind wir es nicht«, antworte ich.

»Mir wird ganz schlecht von euren Teufelsgeschichten«, brüllt Simon. »Ich bin schon besoffen wie ein Schwein und jetzt wird mir auch noch schlecht von euren Teufelsgeschichten!«

»Mein Gott! Maria! Joseph!«, seufzt André. »Er wird sie noch anlocken mit seinem Geschrei.«

»Scheiße! Ich bin besoffen wie ein Schwein! Wenn ich besoffen bin, ist nichts zu machen, das wisst ihr ja, dann muss ich einfach brüllen.«

Und er brüllt.

»Du wirst die Teufel herbeirufen«, murmelt André mit schwacher Stimme.

»Sie sollen ruhig kommen!«, dröhnt Simon.

«Keine Sorge, gute Leute
Das ist kein Aufruf zur Revolte
Nur ein alter besoffener Weißer
Hält den Arsch hin für die Meute … «,

deklamiert er heftig gestikulierend und bleibt an der Barrikade hängen.

»Ich weiß nicht, ob ihr es bemerkt habt«, sagt er und beruhigt sich auf einmal, »ich habe Prévert verstümmelt.«

»An zwei Stellen«, antwortet André.

»Was macht er an der Tür?«, fragt Simon André.

»Er lauert auf Cécile.«

»Alter Spitzbube!«, ruft Simon. »Sie ist hübsch, stimmt's? Sie hat mich zu einem Gedicht inspiriert. Hört zu:

Junge Göttin aus Bronze und Bernstein
Sonnennegerin, geschmückt mit zarter Anmut.«

»Lass Cécile in Ruhe«, sage ich.

»Eifersüchtig?«

»Lass sie in Ruhe. Das ist alles. Und schlaf.«

Sie gähnen alle beide, Simon streckt sich und berührt dabei die Decke. Sie legen sich auf den Boden und gähnen immer noch. Endlich werde ich allein sein! Ich warte, bis sie schnarchen, dann nehme ich meinen Posten wieder ein. Céciles Lampe brennt. Gestalten kommen und gehen hinter ihrem Vorhang. Junge Göttin aus Bronze und Bernstein, hat Simon gesagt. Sie gehört mir. Er vergeudet seine Zeit. Ich habe ihn einen Moment gehasst, als ich ihn über ihre Schönheit sprechen hörte.

Nichts darf mich von meinem Ziel ablenken. Ich weiß, dass sie wiederkommen werden. Ich brauche Stille und Einsamkeit. Auch Simon werde ich mich nicht offenbaren. Er würde es nicht verstehen. Durch ihn habe ich schon genug Zeit verloren. Mein Schlachtplan ist perfekt. Ich bin bereit zum großen Angriff. Sie werden wiederkommen, ich spüre es. Sie lauern irgendwo da draußen und warten auf ein Signal, auf einen Befehl, der irgendwoher kommt. Ein paar Lichter zittern in der Ferne, und in der Verlängerung dieser Lichter zeichnet sich vage die Grand-Rue ab. Geliebte Grand-Rue, gesäumt von schönen zweistöckigen Häusern mit Giebeln wie Hüte! Hohe Häuser mit Balustraden vor den Balkons und Galerien aus weißem Stein. Grand-Rue des Handels und der »vornehmen Gesellschaft«, wo meine Schöne wohnt. Wie ein Fetisch habe ich den Stein bewahrt, den ihr Brieflein umhüllte. Ich drücke den Stein an meine Lippen und suche die Liebste hinter ihren Fensterläden. Die Gefährten schlafen und schnarchen. Ich kann ein bisschen nachdenken. Ich mag weder die Farbe des Himmels noch diesen schmalen Mund, der zwischen zwei Wolken grinst und als Mond durchgehen will. Die Atmosphäre riecht nach Heuchelei und

Verrat. Vor der Kirche liegen keine Toten mehr, weil Père Angelo sie begraben hat, aber morgen wird es andere geben, leider! Wenn wir in unseren Häusern versteckt bleiben, wird es jeden Tag, den Gott Tag werden lässt, neue Tote geben, bis zur endgültigen Vernichtung der Stadt. Bin ich der Einzige, der einen Schlachtplan entwickelt? Wie können wir unsere Kräfte vereinen? Wie den Kontakt zu jenen herstellen, die wie ich den Widerstand organisieren? Simon hat seinen Krieg mitgemacht. Auch wenn er ihn noch so sehr verflucht, er hat ihn mitgemacht und ist im Frieden mit sich selbst. Was jetzt in der Stadt vor sich geht, betrifft ihn nicht. Er hat Recht, sich nicht dafür zu interessieren. Es war unfair, ihn zu verletzen und zu beschimpfen. Ich hatte Lust, meine Gehässigkeit an jemandem auszulassen, und ich bin ungerecht gewesen. Ich werde mich entschuldigen. Die große Verantwortung, die mir zukommt und die ich mit Stolz und Mut annehme, lastet schwer auf meinen Schultern. Auch wenn ich ausweiche, wenn ich voller Glück in die Vergangenheit eintauche und nach Céciles anmutiger und tröstlicher Gestalt Ausschau halte, werde ich den Knoten nicht lösen, der sich langsam und unerbittlich um meinen Hals zusammenzieht. Ich werde niemals mehr schlafen, auch wenn ich hundert Jahre lebe. Habe ich Hunger? Ich habe mir Müdigkeit und Hunger abgewöhnt. Alles ist mir gleichgültig, bis auf den Kampf und die Liebe. Denn sie sind miteinander verknüpft. Ich werde Céciles Liebe gewinnen, wenn ich über die Teufel siege. Die Leiche wird mit jedem Tag, mit jeder Stunde weniger. Die Würmer vollenden ihr Werk. Niemand entfernt sie aus unserem Blickfeld. Sogar Père Angelo hat vergessen, in die Gasse zu schauen. Verachtete Gasse, in der nur halbe Bettler wie ich hausen! Meine Kammer! Hingekauert zu Füßen der hohen Häuser der Grand-Rue. Meine Kammer, die wie ein Erdwurm unter Céciles blumengeschmückten Balkon kriecht. Liebste Mutter, geliebte Negerin, im Schweiß deines Angesichts hast du sie dir zusammengespart und ich hänge an ihr. Du hättest gesagt: Iss und trink, und ich hätte gegessen und getrunken. Mit deinem Tod, mit dem geheimnisvollen Verschwinden meines *Maldiocrekerns*, habe ich meinen guten Engel verloren, habe ihn verloren, weil ich aus Gleichgültigkeit die Loas hungern ließ, die du mir anvertraut hast, weil ich nicht mehr vor dem Kruzifix niederknie, weil ich mich nicht mehr vor dem heiligen Tabernakel verneige! Ich habe vergebens versucht, das vertrauensvolle, fromme Kind in mir zu bewahren, das ich gewesen bin. Lange Zeit habe ich die Fäuste um meine Schätze geballt. Eines Tages habe ich in meine Hände geschaut, und sie waren leer. Wessen Schuld ist das, Mama? Nach deinem Tod hat sich das Leben auf mich gestürzt, hat sich auf mich geschwungen wie auf ein Pferd. Ich bin unter der Peitsche durch einsame Savannen galoppiert, durch erbarmungslose Städte gerannt, schnaufend, schwitzend, mit geschundenen Hufen und dampfenden Nüstern. Der Kommandant hat seinen Knüppel gehoben und mich geschlagen. Er hat die Füße gehoben und mich getreten. Er hat mir ins Gesicht gespuckt, mich als dreckigen Mulatten beschimpft, mich, deinen Sohn. Er ist schwarz wie du, Mutter, Negerin, aber er hat mich für einen echten gehalten, einen Achtzehnkaratmulatten, wie sie hier die schönen, selbstgefälligen Herren mit glattem Haar und unendlich vielen Vorurteilen nennen. Haben sie mich wegen meiner Hühnerkackfarbe verfolgt? Finde ich weder hier noch dort einen Platz, weil meine Farbe einer verfaulten Kokosnuss ähnelt? Simon sagt, man soll die absurde Frage nach Haut und Rasse vergessen. Wenn er Recht hat, warum hat mich der Kommandant dann als dreckigen Mulatten beschimpft? Von der Rassenfrage einmal abgesehen, denn in den Augen der Weißen bin ich schwarz, warum meint der Kommandant, mich zu beschimpfen, wenn er mich »Mulatte« nennt? Nenne ich ihn vielleicht »Neger«? Diese Bezeichnung macht mich zum Außenseiter, und ich fühle mich nicht wohl in meiner Haut, wie ein in die Ferne verschlepptes Tier, das sein Ursprungsland vergessen hat. Verfallen die Teufel etwa auch der Diskriminierung? Auf wen genau haben sie es abgesehen? Haben sie uns angegriffen, um für die einen und gegen die anderen Partei zu ergreifen? Oder wollen sie diese streitsüchtige Stadt ein für alle Mal im Blut, in unser aller Blut ertränken? Dann hätte ihr Vorgehen, so teuflisch es auch sein mag, ein heilsames Ziel. Aber warum haben sie dann Jacques verschont? Warum haben sie Simon verschont? Zwei Extreme, deren Kreuzung ich darstelle. Ich bin schlau. Ich bin gewitzt, wie Simon sagt. André und Jacques werden mir im äußersten Notfall als Schutzschild dienen. Ich werde sie mit eifersüchtiger Sorge bei mir behalten. Ich bin kein Verzweifelter. Ich habe beschlossen zu handeln, aber ohne mich umzubringen. Jetzt habe ich den Faden meiner Gedanken fest in der Hand. Hier, an der Tür, das Auge am Loch, habe ich verstanden, dass ein Mann weder Nahrung noch Schlaf braucht, um sich als Mann zu verhalten …

»Hier riecht es nach Knast«, schimpft Simon, der gerade aufgewacht ist.

»Vielleicht ist es der Nachttopf«, sagt André und reibt sich die Augen.

»Knast! Dieser Dreck!«, schimpft Simon. »Ich möchte lieber mit einer ganzen Armee von Teufeln zu tun haben, als dahin zurückzugehen.«

»Sprich nicht von ihnen«, rät ihm André leise.

»Von wem?«, fragt Simon.

»Von den Teufeln.«

»Wo sind sie eigentlich, eure Teufel? Das habt ihr mir noch nicht gesagt.«

»Mach keine Witze über sie«, rate ich ihm.

»Wir sind alte Freunde, nicht wahr, René? Ich habe keine Geheimnisse vor dir. Also, deine Teufel, an die glaube ich nicht. Ich bin Atheist, vergiss das nicht. Und ein Atheist glaubt ebenso wenig an einen Gott wie an einen Teufel.«

»Lästere nicht«, jammert André, »das ist wirklich nicht der richtige Moment. Wir sind schon den Loas etwas schuldig, weil René ihren Sirup angerührt hat, zwinge nicht auch noch Gott, sich von uns abzuwenden.«

Er zeichnet ein großes Kreuz über seiner Brust und schnieft.

»Ich möchte niemanden verletzen«, sagt Simon. »Jedem seine Überzeugungen. Aber wenn ihr es mir erlaubt, trinke ich diesen Sirup vor euren Augen aus, ohne einen Tropfen übrig zu lassen.«

»Rühr ihn nicht an«, schreit André.

»Gib mir die Flasche und beruhige dich. Ich trinke ihn nur, wenn du es mir erlaubst. Und ob du willst oder nicht, du wirst es mir erlauben. Ich kann nicht leben, ohne zu essen und ich werde bald Hunger bekommen.«

»Du trinkst den ganzen Clairin«, protestiert André.

»Egal, was wir reden, das Leben ist schön«, sagt Simon und streckt sich auf dem Fußboden aus, »auch wenn es stinkt, das Leben ist schön. Nur schade, dass es ein bisschen nach Knast stinkt. Diese Schweine! Beinah hätten sie uns erledigt. Da hätte man wirklich durchdrehen können! Erinnert ihr euch an den Abend, wo sie uns mit Fußtritten geweckt haben, um uns anzukündigen, dass sie uns erschießen würden? Und an den anderen, wo sie uns geohrfeigt haben und wir nackt auf allen vieren wie Hunde vor ihnen herumkriechen mussten? Keine Frage, hier werden die Dichter verfolgt. Sogar die französischen Dichter. Sie nehmen nämlich keine Rücksicht auf ausländische Staatsbürger. Das ist die Schuld unserer Botschafter; sie kommen auf diese Insel und fühlen sich wie Robinson Crusoe ... Erinnert ihr euch, was der Kommandant zu mir gesagt hat, als ich protestierte und damit drohte, mein Vaterland um Hilfe zu bitten? Er sagte: ›Halt das Maul, du weißer Dreckskerl, oder ich lass dich die Zähne zusammen mit der Zunge schlucken.‹ Keinerlei Respekt für mich, den französischen Staatsbürger, der freiwillig hergekommen ist, um den Zauber Haitis in Gedichten zu rühmen und zu preisen, die vielleicht eines Tages überall in der Welt veröffentlicht werden ... Eigentlich haben wir uns nie richtig von den Schlägen des Kommandanten erholt. Aber am grausamsten waren natürlich seine Handlanger. Es gibt nichts Teuflischeres als ihren Gesichtsausdruck!«

»Sei still!«, schreit André.

»Warum? Wir sind eingeschlossen. Niemand kann uns hören. Das ist doch blöd! ... Wie der eine von ihnen den armen Jacques auf den Kopf geschlagen hat! Peng, peng, peng, bis er aus der Nase und den Augen blutete. Was hast du, René? Ich habe dein Gesicht noch nie so verzerrt gesehen! Warum schaust du mich so an? Du machst mir Angst. Du siehst aus wie ein Raubtier! Komm zu dir, mein Alter!«

»Ich mag es nicht, wenn du Lügen verbreitest«, fauche ich ihn wütend an. »Du erzählst uns Geschichten, an die ich mich nicht erinnere. Wenn sie Jacques auf den Kopf geschlagen haben, wie hätte ich das vergessen können?«

»Ich erinnere mich auch nicht mehr so genau«, gesteht André kläglich und kratzt wollüstig an der riesigen Narbe auf seiner Stirn.

»Was heckt ihr beiden hier eigentlich aus? Wollt ihr mir vielleicht einreden, dass ich total durchgedreht bin? Du, André! Woher kommt wohl diese Narbe?«

»Ich weiß es nicht, ich weiß es wirklich nicht … Ich glaube, ich bin hingefallen, als ich ganz klein war …«

»Das gibt's nicht!«

»Und jetzt lass uns endlich in Ruhe«, schreie ich ihn an.

»Ich habe das Recht, darüber zu reden«, explodiert er. »Himmeldonnerwetter noch mal! Ich habe genau wie ihr Ohrfeigen und Stockschläge kassiert. Ihr müsst nicht rumheulen. Sie werden uns nicht von hier wegholen. Haben sie uns jemals wegen einer politischen Sache verhaftet? Nein, oder? Was soll's! Wir machen nichts Böses. Wir schließen uns ein, um uns zu betrinken, das kann niemanden stören, nicht mal die Teufel, die ihr angeblich gesehen habt … Oh je, oh je, verdammte Spaßvögel!«

»Lach nicht über sie«, sage ich.

»Scheiße noch mal! Du siehst vielleicht bedrohlich aus! Spindeldürr und aggressiv wie ein Hahn. Sag mal, mein Alter, du wirst doch deinem lieben besoffenen Weißen, deinem weißen besoffenen Kumpel nicht die Schnauze einschlagen?«

»Sprich nicht mehr von ihnen, sonst lockst du sie an.«

»Von wem darf ich nicht mehr sprechen?«

»Von den Teufeln.«

»Aber ich habe gar nicht von ihnen gesprochen«, protestiert er, »ich glaube nicht daran, das sage ich euch doch.«

»Du bringst alles durcheinander und verstehst gar nichts«, sagt André. »Mach, was René dir sagt. Du bist wirklich nur ein Weißer und die Geheimnisse unseres Landes begreifst du nicht. Mach, was René dir sagt. Er ist der Chef.«

»Der Chef wovon?«

»Der Chef!«, bestätigt André ohne weitere Erklärung.

»Scheiße noch mal! Ich kann euch nicht mehr folgen.«

»Weil du nur ein Weißer bist«, erklärt ihm André.

»Ach so! Hört mir bloß auf mit euren Geschichten von Weißen. Wir sind doch vier echte Brüder, oder nicht?«

»Doch«, antworte ich, »aber es gibt Dinge in unserem Land, die du nie verstehen wirst.«

»Was zum Beispiel? Dass es verboten ist, euren Sirup zu trinken, obwohl ich vor Hunger krepiere, weil ihr ihn angeblich euren Loas geopfert habt? Da! Seht her! Ich werde euren Sirup runtergießen, ihr werdet gleich sehen ...«

»Nein!«, schreit André.

»Ich bin ein Weißer«, brüllt Simon, »und ich habe Hunger!«

Er beugt sich über den Koffer und greift nach den Schalen.

»Zwillingsschalen aus gebranntem Ton«, sagt er voller Bewunderung. »Sie sind zusammengeschweißt wie siamesische Zwillinge. Meine Herren! Sie sind voller Sirup! So viel kriege ich niemals runter. Nichts liegt einem Mann so schwer im Magen wie Zucker, nachdem er Alkohol getrunken hat. Ich werde kotzen und ich kotze nicht gern. Warum schläft er eigentlich die ganze Zeit? He, Jacques! Wach auf, mein Kleiner. Er rührt sich so wenig wie ein Toter. Und da habt ihr euren Sirup. Mir wird schon beim Anblick schlecht. Liebe Loas, ich gebe euch euren Besitz zurück. Oh! Oh! Oh! Meine Herren! Ich nehme lieber Clairin. Warum muss er die ganze Zeit schlafen? He! Wach auf ...«

Ich sehe, wie er die Schalen plötzlich in den Koffer

zurückstellt und sich über Jacques beugt. Er tastet nach seinem Herz und presst das Ohr an seine Brust. Er sieht so komisch aus in dieser Stellung, dass ich in lautes Gelächter ausbreche.

»Er ist tot«, sagt er und richtet sich schwankend auf, geht zu André und legt ihm den Arm um die Schultern.

»Er ist tot«, sagt er noch einmal.

»Du bist verrückt«, antwortet André ungerührt.

»Er ist tot, sage ich dir«, schreit Simon.

Und er schluchzt laut, wie ein großes Kind, die Hände auf die Augen gepresst.

Der Schmerz bricht mit einem Schlag über mich herein. Er bohrt sich wie ein Messer in meinen Schädel und entzündet mein Gehirn. Tausend Feuernadeln stechen in meine rechte Schläfe, und in der Ferne ertönt düster und betäubend der Gong.

»Das Signal!«, schreie ich.

»Welches Signal?«, fragt Simon.

Ich stürze zitternd zur Tür, kann mich kaum mehr auf den Beinen halten. Der Gong ertönt ein zweites, dann ein drittes Mal. Und ich sehe unendlich viele Teufel aus der Erde auftauchen. Diesmal sind sie nackt und ganz schwarz, mit Hörnern und einem roten Schwanz. Sie bewegen sich rhythmisch, wie bei einem seltsamen, stilisierten Voodootanz. Ich sehe einen von ihnen geschickt wie ein Affe über einen Balken bis zu Céciles Balkon klettern. Er tritt die Tür zum Salon ein, kommt zurück und hat Cécile wie ein Paket unter den Arm geklemmt. Er schwingt sich über den Balkon und rutscht nach unten, wo er sie abwirft. Da liegt sie, mit offenem Haar, in ihrem blauen Morgenrock. Er reißt ihr die Kleider vom Leib, bis sie nackt ist. Ich stürze zu meinen Waffen. Ich stopfe fünf Flaschen in meine Taschen, reiße ein Streichholz an und entzünde die Lunte der sechsten Flasche.

»Was machst du?«, höre ich wie im Traum Simon rufen.

Ich werfe ihm einen unerschrockenen Blick zu. Die Nähe der Gefahr erfüllt mich mit einem Glücksgefühl, das mich ziemlich unberechenbar macht. Ich reiße die Barrikade ein, öffne die Tür und gehe auf die Straße hinaus. Das Licht blendet mich. Mit geschlossenen Augen schleudere ich die Flasche mit aller Kraft auf das Straßenpflaster. Ich höre, wie sie zerbricht. Der Boden wird mir unter den Füßen weggerissen. Gleichzeitig dröhnen die Trommeln, brüllen die *Lambis*, schluchzen die Flöten. Ihre Klänge, zunächst noch fern, werden lauter und lauter. Die Berge, grünblaue, kompakte Massen, umzingeln Schulter an Schulter die Stadt, kommen langsam und unausweichlich auf sie zu. Alles beginnt zu schwanken: die Bäume, die Häuser, die Straßen. Alles mischt, drängt, ballt sich zusammen, ist nur noch ein Brodeln scharlachroter Lava, in der die brüllenden Bewohner der Stadt kämpfen. Ich erkenne meine Mutter, Père Angelo, Doktor Chanel, Saindor, den Krämer vom Strand, Cousine Justina, Germaine, Simons Negerin, Madame Fanfreluche, und ich beginne zu brüllen und wälze mich auf dem Boden. Simon stürzt zu mir, legt sich auf mich, umklammert mich.

»Das ist der Kummer«, sagt er, »Jacques' Tod treibt ihn in den Wahnsinn.«

»Vater unser, der du bist im Himmel«, beginnt André zu beten, »dein Wille geschehe ...«

2

Sofort sind wir von Menschen umringt. Simon sitzt auf meinen Beinen und hält meine Schultern fest, während André neben mir kniet und mich mit verschränkten Armen betrachtet. Simon beugt sich über mich und sagt ganz leise: »Himmelherrgott noch mal! Was hat dich nur gepackt, so zu brüllen? Wo doch die Patrouille aus Port-au-Prince eingetroffen ist! Wer weiß, was uns jetzt erwartet! Beruhige dich, mein Alter. Die Schwäche und der Kummer haben dich in diesen Zustand versetzt und obendrein noch der Clairin. Komm zu dir! Du wirst deinen ganzen Verstand brauchen. Beschwöre von mir aus die Loas, bete zu deinem Gott, aber sieh zu, dass du uns da rausholst.«

PRIESTER, *der sich mühsam einen Weg durch die Menge bahnt*: Entschuldigung, Entschuldigung bitte. Ich kenne die Jungs, Entschuldigung bitte.

JEMAND AUS DER MENGE: Lasst doch Père Angelo durch!

JEMAND AUS DEM VOLK: Er ist von seinen Loas besessen, das ist alles. Père Angelo kann da nichts ausrichten.

JEMAND: Er wird ihm den Teufel austreiben. Er ist einfach vom Dämon besessen. Angeblich haben sie sich acht Tage lang eingeschlossen. Igitt! Wie dieser Hundekadaver stinkt!

JEMAND: Seht nur. Père Angelo schafft es auch nicht, ihn zu bändigen. Er ist außer sich. Er wird sich den Kopf blutig schlagen. Da! Jetzt ist die Polizei da.

KOMMANDANT: Was ist los? Vom Gefängnis aus habe ich Geschrei gehört. Was ist hier los? Wo sind die Zeugen?

Die Menge weicht zurück.

KOMMANDANT: Niemand rührt sich vom Fleck.

Die Menge erstarrt.

KOMMANDANT: Macht Platz, macht Platz, aber rührt euch nicht vom Fleck. Platz für die Polizei. He! Kommt zurück! Hier geblieben. Der Erste, der sich davonmacht, kriegt eine Kugel in den Hintern. – Platz für die Polizei! Père Angelo, stehen Sie auf! Und du auch, Weißer!

Er beugt sich über die Flaschensplitter und riecht daran.

Molotowcocktails! Adjutant! Die Patrouille soll kommen. Ich habe die Verschwörung aufgedeckt! Niemand rührt sich vom Fleck, Himmeldonnerwetter! Père Angelo, stehen Sie auf. Und du auch, weiße Drecksau!

MONSIEUR POTENTAT, *zu einem zwielichtigen Kerl, der ihm höchst aufmerksam zuhört und zu hundert Prozent einem Spitzel gleicht*: Da ist die Patrouille! Mein Gott! Ich verfluche die Idee, mich unter diese Menge zu mischen. Die Bettler stinken. Und von diesem Hundekadaver voller Würmer wird mir ganz schlecht. Ganz zu schweigen von der Gefahr, in eine schmutzige Verschwörungsgeschichte hineingezogen zu werden.

KERL: Sie kommen mir ziemlich nervös vor, Monsieur Potentat!

MONSIEUR POTENTAT: Ich! Nervös! Und warum sollte ich bitte nervös sein?

KERL: Bleiben Sie, wo Sie sind, Monsieur Potentat! Die Sache ist ernst.

MONSIEUR POTENTAT: Sprich nicht in diesem Ton mit mir, Unverschämter, oder du wirst es bereuen.

KERL: Ich habe nichts zu verlieren, kein Haus, keinen Reichtum. Und ich gehe bis zum Äußersten.

MONSIEUR POTENTAT: Komm schon! Beruhige dich. Hier, nimm das Geld und sei still.

EINARMIGER BETTLER: Das ist ein verlorener Tag! Warum halten sie ausgerechnet mich hier fest? Ich bin doch nur ein armer Bursche, der auf den Straßen bettelt.

EINBEINIGER BETTLER: Wir hätten besser daran getan, unter dem Kirchenportal zu bleiben!

BETTLER, *ohne Beine, kriechend*: Entschuldigt, liebe Leute, entschuldigt! Kriecht doch auch, Freunde! Und macht euch davon.

BLINDER BETTLER: Um mich zertrampeln zu lassen! Vielen Dank.

KOMMANDANT: Bettler, lasst die Leute in Frieden und verhaltet euch ruhig. He, du, Kriechender! Rühr dich nicht oder ich schieße!

JEMAND, *der ihm den Weg versperrt*: Willst du wohl hier bleiben, Bettler! Wegen dir werden sie uns noch alle verstümmeln!

EINER VON DER PATROUILLE: Nun, Kommandant, haben Sie die Verschwörer gefasst?

KOMMANDANT, *räuspert sich*: Seit acht Tagen überwache ich diese Baracke.

EINER VON DER PATROUILLE: Wer wohnt darin?

MARCIA: Der da, der auf der Erde liegt! Der Besessene. Seit acht Tagen hat er seine Tür nicht aufgemacht.

KOMMANDANT: Wer hat da gesprochen? Wer ist Zeuge? Kommen Sie her.

MARCIA: Nein, nein, ich habe nichts gesagt. Ich weiß nichts.

KOMMANDANT: Nehmt sie fest!

MARCIA: Nein; nein, ich habe nichts gesagt. Ich weiß nichts! Hilfe! Mademoiselle Cécile. Sie nehmen mich fest. Lasst mich los. Ich habe nichts gemacht. Lasst mich los!

CÉCILE: Das ist mein Dienstmädchen, Kommandant. Ich verbürge mich für sie.

EINER VON DER PATROUILLE: Verhaftet sie auch.

CÉCILE: Pater! Verteidigen Sie mich!

PRIESTER: Kommandant, überlegen Sie, was Sie tun. Mademoiselle Magistral ist ein anständiges Mädchen, ihr Vater war einer der höchsten Würdenträger unserer Provinz.

KOMMANDANT: Pater! Die Situation ist ernst. Wir

stehen vor einer Verschwörung gegen die Sicherheit des Staates. Die öffentliche Ordnung wurde gestört. Wir müssen Zeugen befragen. Wo ist der Präfekt? Wo ist der Stadtrat?

JEMAND: Das weiß niemand.

EIN BETTLER, *zu einem anderen*: Sie verkriechen sich bestimmt irgendwo.

EINER VON DER PATROUILLE: Geht den Präfekten und den Stadtrat suchen. Kommandant, schicken Sie Ihren Adjutanten los. Er kennt ihre Gewohnheiten besser als wir.

KOMMANDANT: Befehl ausführen, Adjutant.

ADJUTANT: Zu Befehl, Kommandant.

CÉCILE: Pater, ich will nichts mit der Polizei zu tun haben. Pater!

PRIESTER: Fügen Sie sich in den heiligen Willen Gottes, meine Tochter, und warten Sie, bis der Präfekt kommt. Er allein kann Ihnen helfen.

EINER VON DER PATROUILLE, *ganz leise zu einem anderen*: Sie ist schön! Ich werde mich im Gefängnis um sie kümmern.

KOMMANDANT: Los! Geht auseinander! Lasst die Gefangenen durch.

Er schießt zweimal in die Luft, sofort rennt die Menge auseinander.

SIMON, *zu mir*: Steh auf, mein Alter. Sie bringen uns ins Gefängnis.

EINER VON DER PATROUILLE, *tritt mir in die Rippen*: Steh auf, Dreckstück von einem Mulatten!

SIMON, *zu mir*: Los, streng dich an. Klammer dich an deinen alten Kumpel.

EINER VON DER PATROUILLE, *stößt André und schlägt ihn ins Gesicht*: Hast du nicht gehört? Los, vorwärts, lauf!

CÉCILE: Sagen Sie meiner Mutter Bescheid. Sie ist im Bett, sie ist leidend. Sagen Sie ihr Bescheid und kümmern Sie sich um sie. Père Angelo, ich vertraue sie Ihnen an.

PRIESTER: Sie können sich auf mich verlassen, mein Kind. Nur Mut! Und ihr auch, meine Kleinen. (*Er segnet uns*) Gehet in Frieden!

SIMON: Pater, ersparen Sie uns Ihren Segen und bitten Sie lieber darum, dass man uns vor dem Verhör zu trinken und zu essen gibt. Sehen Sie sie an, Pater. Sie halten sich kaum auf den Beinen. Seit acht Tagen ernähren sie sich nur von Clairin.

PRIESTER: Warum?

SIMON: Sie trauten sich nicht raus, wegen der Teufel.

PRIESTER: Welche Teufel?

SIMON: Die die Stadt überfallen haben.

PRIESTER: Ah! Da ist Doktor Prémature. Doktor! Sie müssen eingreifen! Nach dem, was mir Simon erzählt, stehen wir vor einem sehr seltenen Fall von kollektivem Wahnsinn. Diese Unglücklichen haben sich zu Hause verkrochen, weil ihrer Meinung nach die Stadt von Teufeln überfallen wurde.

DOKTOR: Haben sie diese Flasche mitten auf der Straße zerschlagen, um die Teufel zu verjagen?

EINER VON DER PATROUILLE, *betritt die Kammer*: Kommandant! Kommen Sie her! Hier liegt noch einer im Haus, er scheint tot zu sein.

PRIESTER: Mein Gott! Habt Erbarmen mit ihnen.

KOMMANDANT: Nehmt die Gefangenen mit. Entschuldigen Sie, Pater, das hier ist Sache der Polizei. Doktor, kommen Sie herein, um den Tod festzustellen.

DOKTOR: Macht die Tür auf. Hier erstickt man ja … Er ist tot, Kommandant, schon seit mehreren Stunden.

EINER VON DER PATROUILLE: Legt ihnen Handschellen an, ehe ihr sie durchsucht.

EINER VON DER PATROUILLE: Los! Hände vorstrecken. Was hast du denn in den Taschen? Was hast du da? Flaschen! Flaschen mit Baumwolle und Alkohol! Du bist also ein Verschwörer, ja? Du wolltest Feuer legen? Du wolltest uns umbringen, ja? Antworte, Halunke. Ich werde dich schon zum Reden bringen!

CÉCILE: Pater! Gehen Sie zu meiner Mutter. Ich flehe Sie an.

PRIESTER: Doktor! Diese Männer haben seit acht Tagen nur von Clairin gelebt. Sehen Sie sie an. Verlangen Sie, dass man ihnen zu essen gibt, sonst sterben sie unter den Schlägen. Adieu, Cécile, ich gehe ans Krankenbett Ihrer Mutter.

DOKTOR, *zu mir*: Was hat dich geritten, dich auf eine politische Geschichte einzulassen? Wir helfen dir, wir haben Erbarmen, wir behandeln dich und so dankst du es uns.

ICH: ...?

DOKTOR: Willst du essen?

ICH: ...?

CÉCILE: Diesem da geht es nicht gut. Oh mein Gott! Doktor, machen Sie was.

DOKTOR, *zu André, dessen Beine nachgeben*: Willst du essen?

ANDRÉ: Ich habe Hunger.

DOKTOR: Kommandant! Ich habe mir die Männer angeschaut. Sie sehen so schlecht aus, dass ich mich nicht wundern würde, wenn sie während des Verhörs ohnmächtig werden. Geben Sie ihnen zu essen, damit sie überhaupt reden können.

MONSIEUR POTENTAT: Ich protestiere gegen diese Mildtätigkeit. Diese Leute sind infame Verschwörer.

DER ZWIELICHTIGE KERL, *der sich an die Fersen von Monsieur Potentat heftet*: Ich schlage dem Kommandanten eine allgemeine Durchsuchung der Häuser in der Grand-Rue vor.

MONSIEUR POTENTAT: Doktor Prémature ist zu gut zu diesen Verrätern.

EINER VON DER PATROUILLE: Ohnmächtig oder nicht, ich werde ihre Zungen schon lösen. Das verspreche ich euch.

KOMMANDANT: Seid still, Leute! Vielleicht wäre es besser, auf den Arzt zu hören. Sonst bekommen wir noch Schwierigkeiten.

EINER VON DER PATROUILLE: Kommandant Cravache, diese Männer sind politische Gefangene. Sie müssen als solche behandelt werden. Wenn sie während des Verhörs ohnmächtig werden, haben wir genügend Mittel, sie wieder aufzuwecken.

MARCIA, *weinend*: Ich will nach Hause. Ich habe nichts getan. Ich habe nur Steine auf den Hundekadaver geworfen. Ich habe von weitem nur den Mulatten beobachtet, weil er immer mit sich selber redet und weil er so komisch ist, wenn er zu unserem Haus schaut. Ich hatte sogar den Verdacht, dass er nachts auf den Balkon klettern will, um uns zu bestehlen. Ständig starrt er heimlich zum Balkon. Ich schwöre, dass ich die Wahrheit sage.

SIMON: Sei still, Schlampe.

MARCIA: Du wirst mich nicht am Reden hindern, alter verrückter Weißer. Alle hier wissen, dass du verrückt bist. Und der, der tot ist, war auch verrückt. Alle wissen das.

CÉCILE: Sei still, Marcia.

EINER VON DER PATROUILLE: Hör endlich auf zu jammern!

MARCIA: Ja, Chef, danke, Chef.

DOKTOR: Was stinkt hier so?

EINER VON DER PATROUILLE: Ein Nachttopf.

KOMMANDANT: Habt ihr sonst nichts gefunden?

EINER VON DER PATROUILLE: Doch, Papiere und einen Koffer voller Geschichten.

KOMMANDANT: Waffen?

EINER VON DER PATROUILLE: Nein, Kommandant. Sachen, die ihnen gehören. Persönliche Dinge: *Marassas*-Schalen mit Sirup, Kerzen in Regenbogenfarben, Säckchen. Besser nichts anfassen. Ein Toter, ein Besessener, ein Durchgedrehter und ein Idiot, das ist der Beweis, dass die Loas gefährlich sind.

KOMMANDANT: Macht den Koffer zu ... Du, Weißer, du scheinst etwas besser in Form zu sein. Nimm die Leiche, ehe ich deinen Bauch mit meinem Knüppel streichle.

SIMON, *der Jacques' Körper in die Arme nimmt*: Vertrauen Sie nicht auf meinen Bauch, Kommandant. Er ist von Alkohol und Luft gebläht und wird Ihnen beim ersten Knüppelschlag um die Nase fliegen.

CÉCILE: Reizen Sie nicht ihren Zorn, ich bitte Sie.

SIMON, *leise zu Cécile*: Unser Schweigen wird nichts ändern. Da können wir sie ebenso gut beschimpfen.

CÉCILE: Nein. Ich flehe Sie an. Ich habe zu große Angst vor ihnen.

KOMMANDANT: Sammelt die Beweisstücke ein. Nein, nein, lasst den Koffer da, wo er ist. Nehmt nur die Papiere auf dem Boden und die Flaschen mit.

Die neugierige Menge ist zurückgekehrt. Sie steht in respektvoller Distanz vor der Tür.

JEMAND: Wir hätten nicht wiederkommen sollen. Das war vielleicht unvorsichtig.

EIN ANDERER: Nein. Jetzt haben sie ja die Schuldigen und die Zeugen verhaftet.

EIN ANDERER: Bei denen weiß man nie. Wenn sie erst mal anfangen zu verhaften, drehen sie schnell durch.

EIN ANDERER: Oh! Eine Leiche! Sie haben jemanden getötet. Seht doch.

EINE DAME, *mit einem Seufzer*: Die arme Cécile steckt da in einer höchst unangenehmen Geschichte!

JUNGES MÄDCHEN, *zu einem anderen*: Glaubst du,

dass sie an der Verschwörung beteiligt war? Niemals hätte ich Cécile so etwas zugetraut.

MADAME FANFRELUCHE: Ich fand sie ziemlich merkwürdig in letzter Zeit. Mager, besorgt, merkwürdig eben. Sie ist eigentlich gar nicht mehr so schön.

ALTER MANN: Nun mal langsam, Madame Fanfreluche! Das Mädchen ist schön und Sie sind eifersüchtig darauf, geben Sie es zu. Sie möchten gern dem Präfekten gefallen, der nur Augen für Cécile hat.

MADAME FANFRELUCHE: Unverschämtheit! Wie können Sie es wagen, mich anzusprechen?

ALTER MANN: Nun mal langsam, Madame Fanfreluche! Dieser Ton ist aus der Mode. Die Zeiten haben sich geändert, jetzt solltet ihr Mulatten besser den Kopf einziehen. Außerdem haben Sie doch keine Rassenvorurteile mehr, wenn ich den Gerüchten glauben darf, und die Verlockung des Goldes lässt Sie die Hautfarbe vergessen. Unglaublich, wie blind einen das Gold macht! Der Präfekt also. Ist er schön? Hat er helle Haut? Antworten Sie mir, Madame Fanfreluche!

MADAME FANFRELUCHE: Alter Makak!

ALTER MANN: Der alte Makak, dem Sie ins Gesicht gespuckt haben, als er vor zwanzig Jahren um Ihre Hand anhielt, beschimpft heute Sie!

MADAME FANFRELUCHE: Ich werde Sie anzeigen und auspeitschen lassen.

ALTER MANN: Von wem, Madame? Von einem Neger oder von einem Mulatten? Sie wollen offenbar auf allen Hochzeiten tanzen. Aber trotz Ihrer Machenschaften werden Sie und Ihresgleichen für ihre dummen Vorurteile bezahlen. Die Strafe hat schon begonnen, oder sind Sie blind? Ich werde vielleicht bald sterben, aber die Ameisen werden die Neuigkeiten zu mir bringen, wie die Bauern sagen.

MADAME FANFRELUCHE: Hören Sie auf, mich zu

beschimpfen, oder ich zeige Sie als Vaterlandsverräter an.

ALTER MANN: Wer weiß! Die wären womöglich verrückt genug, Ihnen zu glauben. Hören Sie endlich auf, mit ihren Armbändern an meinem Ohr zu klingeln. Sie machen mich ganz nervös.

DAME: Jetzt weint Madame Fanfreluche vor Empörung! Was für eine lächerliche Person! Der alte Mathurin hat sie mal wieder fein zum Schweigen gebracht und sie putzt sich die Nase wie ein kleines Mädchen.

EINER VON DER PATROUILLE: Seid still da drüben oder ich treibe euch auseinander. Doktor, hören Sie endlich auf, das Schicksal der Gefangenen zu beklagen. Die Anschuldigung wiegt schwer.

DOKTOR: Ich beklage sie nicht, Chef. Wenn sie schuldig sind, soll man sie bestrafen. Meine Vorschläge hatten nur das Ziel, Ihnen die Arbeit zu erleichtern.

CÉCILE: Doktor, ich bitte Sie, suchen Sie in meiner Tasche nach meinem Hausschlüssel. Gehen Sie zu meiner Mutter. Père Angelo ist sicher nicht reingekommen, und sie ist allein.

DOKTOR: Ich! In Ihrer Tasche suchen! Das meinen Sie doch nicht ernst! Ich werde auch ohne Schlüssel in Ihr Haus kommen. Also, meine Arbeit wartet auf mich. Auf Wiedersehen, meine Herren, es lebe die Ordnung und die Gerechtigkeit.

KOMMANDANT: Wir brauchen Ihre Dienste noch, Doktor.

DOKTOR: Wie Sie wünschen, Kommandant.

EINER VON DER PATROUILLE: Bringt die Gefangenen raus. Vorwärts!

JEMAND AUS DER MENGE: Mein Gott! Die Tochter der Magistral in Handschellen! Wenn der Vater noch lebte, würde er sich vor ihren Augen umbringen.

JEMAND: Und die arme herzkranke Mutter! Wer wird sich außer Père Angelo zu ihr wagen?

MADAME FANFRELUCHE: Sie ist allein. Und das Haus ist verschlossen. Es ist gefährlich, sie zu besuchen. Man läuft immer Gefahr, selbst verhaftet zu werden, wenn man das Haus von Verdächtigen betritt.

JUNGES MÄDCHEN: Sieh dir nur den Jungen an, der neben Cécile geht. Sieh dir seine Augen und sein Lächeln an.

ANDERES JUNGES MÄDCHEN: Warum lächelt er?

MADAME FANFRELUCHE: Das ist ein Verrückter! Er ist der Sohn von Angélie, der Ramschhändlerin. Habt ihr ihn nicht erkannt? Das ist doch nicht normal. Sie verhaften Verrückte!

ADJUTANT, *kommt zurück*: Kommandant! Kommandant! Ich habe weder den Präfekten noch den Stadtrat auftreiben können. Ich habe sie überall gesucht. Nicht mal Laurette weiß, wo sie sind. Hier ist Saindor, der Krämer vom Strand. Er sagt, dass er sie in einem Auto gesehen hat, das mit Vollgas nach Port-au-Prince raste.

SAINDOR: Ja, Leutnant, sie sind vor einer ganzen Weile losgefahren und jetzt sind sie sicher schon weit weg. … He! Wer bezahlt denn eure Rechnungen, wenn man euch verhaftet? Du schuldest mir fünf Piaster, du zehn, und Simon noch einiges mehr. He! Ich will bezahlt werden, hört ihr? Seht zu, wie ihr das hinkriegt! Mademoiselle Cécile! Mein Gott! Was machen Sie denn zwischen diesem Gesindel? Wenn Ihr armer Vater, den ich so gut gekannt habe, Sie hier in Handschellen sehen würde! Und Ihre Mutter? Sie wird es nicht überleben. Der Präfekt könnte Ihnen helfen, aber Sie weisen ihn ja hartnäckig zurück. Erst gestern Abend hat er es mir wieder gesagt. Er hat sich sogar betrunken, um seine Verzweiflung hinunterzuspülen. Aber Präfekt und Stadtrat sind jetzt weit weg.

KOMMANDANT: Wir können auf sie verzichten.

Wir müssen immer auf sie verzichten, wenn Arbeit oder Gefahr drohen. Das ist Sache der Polizei. Und die Polizei wird handeln.

CÉCILE: Mein Gott!

ICH: Hab keine Angst. Ich werde dich auch noch ein zweites Mal retten.

ADJUTANT, *zu mir*: He du! Was hast du da?

EINER VON DER PATROUILLE: Zeig deine Hand. Es stimmt, er hat die Faust geballt und versteckt etwas darin. Mach die Hand auf, dreckiger Mulatte! Ein Stein in der Hand eines Besessenen, das kann gefährlich werden. Wirf ihn weg, Hundesohn!

ICH: Nein.

KOMMANDANT, *ohrfeigt mich*: Wirf ihn weg.

CÉCILE: Ich bitte dich, wirf ihn weg.

KOMMANDANT: Vorwärts! Geht weiter. Ihr anderen verschwindet. Räumt den Platz.

ICH, *zu Cécile*: Er war doch von dir.

CÉCILE: Was?

ICH: Der Stein.

CÉCILE: Wie das?

ICH: Der Brief war darumgewickelt.

CÉCILE: Welcher Brief?

ICH: Den du mir aus deinem Fenster zugeworfen hast. Ich habe den Stein fallen sehen und habe ihn geholt. Der Brief war leider verschwunden.

CÉCILE: Aha.

ICH: Ich danke dir trotzdem.

CÉCILE: Ich habe dein Gedicht aufgehoben. Ich finde es sehr schön. Ich schreibe auch Gedichte, ich würde sie dir gern zeigen.

ICH: Du liest meine und ich lese deine.

CÉCILE: Da ist das Gefängnis!

ICH: Hab keine Angst. Ich bin bei dir.

EINER VON DER PATROUILLE: Bringt die Mädchen hier rüber.

ICH: Wenn man dich verhört, antwortest du: René ist schuld. Er hat Waffen hergestellt, um sich gegen die Sicherheit des Staates zu verschwören. Er allein ist schuld.

CÉCILE: Stimmt das?

ICH: Ja.

CÉCILE: Du sprichst ganz vernünftig.

ICH: Hältst du mich etwa auch für verrückt?

CÉCILE: Ich weiß nicht. Ich habe es gehört, aber ich weiß nicht mehr ... Ich kenne dich von klein auf und habe das Gefühl, dich zum ersten Mal richtig zu sehen. Deine Augen, dein Lächeln sind nicht mehr dieselben.

ICH: Weil du mich bisher noch nie angesehen hast. In deinen Augen war ich nur ein Bettler. Das Unglück hat uns vereint.

CÉCILE: Ich hasse den Präfekten, ich hasse den Kommandanten, ich hasse sie alle. Sie widern mich an, und ich wünschte, sie wären tot.

ICH: Vergiss es nicht, Cécile, ich bin schuld, ich bin schuld, das musst du sagen.

KOMMANDANT: Hört auf zu tuscheln ihr beiden! Trennt sie. Und bringt die Mädchen zu mir.

ICH: Leb wohl, Cécile.

CÉCILE: Leb wohl, René.

SIMON, *zu André*: Reiß dich zusammen, mein Alter. Ich halte mich noch ganz gut, obwohl ich Angst habe und obwohl die Leiche deines Bruders ein ganz schönes Gewicht hat.

ANDRÉ: Ich war noch nie richtig gesund. Unsere Mutter ist an der Schwindsucht gestorben. Und ich spucke seit einiger Zeit auch ein bisschen Blut.

SIMON: Meine Herren! Sieh mal, da ist Germaine! Sie wird toben wie ein Teufel im Weihwasserbecken, um uns hier rauszuholen. Ich kenne sie. Wenn's sein muss, pennt sie mit der ganzen Kompagnie, um ihr Ziel zu erreichen. Tapfere Negerin. Sie macht uns Zeichen. Es tut gut, sie zu sehen.

EINER VON DER PATROUILLE, *schlägt Simon in den Rücken*: Halt den Schnabel, weißer Drecksack, und leg die Leiche hin.

Sie gruben ein Loch und warfen Jacques' Körper hinein. Ich stand zwischen Simon und André. Wir hörten den dumpfen Aufprall des Körpers in der Grube und zuckten gleichzeitig zusammen. Der Schweiß rann uns in die Augen, unsere Zähne klapperten vor Schwäche und Entsetzen. Sie schlugen uns mit den Gewehrkolben in den Rücken und stießen uns in ein Zimmer, wo wir uns mit dem Gesicht zur Wand aufstellen mussten. Ich hörte Marcia weinen, Céciles Schweigen erschien mir mutig und würdig. Der Kommandant verlangte Kaffee, befahl, uns einzuschließen und verließ mit den anderen das Zimmer. Man trennte uns von den Frauen und warf uns in einen Kerker.

»Scheiße!«, sagte Simon. »Wir sind erledigt.«

»Ich habe Hunger«, stammelte André.

»Wie kannst du in so einem Moment Hunger haben?«, fragte ich ihn.

»Ich habe Hunger«, wiederholte er.

Wir fielen fast gleichzeitig in einen schweren Schlaf. Im Morgengrauen weckten sie uns mit Fußtritten, und wir fanden uns in einem Zimmer wieder, wo an einem Tisch der Kommandant und drei Männer von der Patrouille saßen. Zwei grün gestrichene wacklige Holzbänke standen an der Wand, und auf dem Tisch vor den Polizisten lagen die Folterinstrumente ausgebreitet.

Der Kommandant begann mit besorgter, bedeutungsvoller Miene demonstrativ unauffällig mit den Dingen vor sich zu spielen.

»Ich habe schwere Anschuldigungen gegen die Angeklagten zu erheben«, sagte er. »Sie haben ein Strafregister und sind vor kaum drei Monaten aus dem Gefängnis entlassen worden. Ich war zu gut, zu nachsichtig, heute tut es mir leid.«

»Was hatten sie getan?«, fragte einer der drei Männer.

»Sie wiegelten die Stadt auf, indem sie ›zu den Waffen!‹ riefen.«

»Sie haben sie begnadigt!«, rief derselbe Mann. »Und Sie wagen noch, es zuzugeben!«

»Diese Worte stammen offenbar aus einem Gedicht von Massillon Coicou«, gestand der Kommandant schuldbewusst.

»Wer ist dieser Massillon Coicou?«, fragte der Mann. »Ist er noch im Gefängnis?«

»Er ist tot«, antwortete der Kommandant. »Wenigstens haben sie das behauptet.«

»Hört ihr den Schrei: zu den Waffen!«, stieß André plötzlich mit leiser, tiefer Stimme hervor.

»Ruhe!«, schnauzte ihn der Kommandant an. »Oder ich schlag dir die Fresse ein ... Wir haben es überprüft: Dieser Vers stammt tatsächlich von dem Dichter Massillon Coicou. Ich dachte, Prügel und sechs Monate Gefängnis würden als Strafe ausreichen.«

»Sie lachen Sie aus, Kommandant«, sagte ein anderer der drei Männer grinsend. »Man muss den Kerlen nur in die Augen sehen, um zu merken, dass sie Sie auslachen. Sie benutzen diesen Vers von Massillon Coicou, um ihre eigenen Gefühle auszudrücken.«

»Sie werden es bereuen, das verspreche ich Ihnen«, versicherte der Kommandant eilig.

»Ihr Eifer hält sich ziemlich in Grenzen«, ergänzte der, der als Erster gesprochen hatte. »Vergessen Sie etwa, dass wir den Befehl haben, selbst unserem Schatten zu misstrauen und niemanden zu verschonen? ... Beginnen Sie mit dem Verhör, Kommandant Cravache.«

»Du da, Weißer, vortreten!«, befahl der Kommandant.

»Name, Vorname, Adresse und Beruf«, leierte einer der Männer herunter und tauchte seine Feder in das Tintenfass.

»Simon de la Pétaudière, französischer Dichter, wohnhaft in dieser Provinz im Haus von Germaine, Händlerin in der Rue Chochotte.«

»Erspare uns die Einzelheiten«, sagte einer der Männer langsam, »und stell dich mit ausgebreiteten Armen an die Wand, die Füße zusammen.«

»Der Zweite! Name, Vorname, Adresse und Beruf?«

»André, Sohn von Julie, Dichter, geboren und wohnhaft in dieser Stadt, Rue du Diable-Vauvert.«

»Sprich lauter, Schwachkopf!«

»Rue du Diable-Vauvert.«

»Kennst du die, Kommandant Cravache? Diese Teufelsstraße?«

»Nein. Aber wir finden sie. Diese Schweine hocken in den unmöglichsten Ecken.«

»Der Dritte! Tempo. Name, Vorname, Adresse und Beruf?«

»René, Sohn von Angélie, unterernährter Dichter.«

»Lass uns in Ruhe mit deinen Geschichten von Unterernährung und beantworte die Fragen.«

»René, Sohn von Angélie, Dichter, geboren und wohnhaft in dieser Stadt, Rue de l'Enfer.«

»Eine schöne Gesellschaft!«, stieß der Kommandant verärgert hervor. »Sie haben nur einen Gedanken im Kopf: Französisch sprechen und Verse schreiben.«

»Höllenstraße! Die Straßen in dieser Stadt haben unmögliche Namen!«, rief der Mann von der Patrouille, der alles aufschrieb. »Kein Wunder, dass hier so viele Verschwörer wohnen.«

»Bringt die Mädchen her«, befahl der Kommandant als Nächstes.

Der Adjutant kam herein und stieß Marcia und Cécile brutal vor sich her. »Da sind sie, Herr Kommandant.«

»Du da, Dienstmädchen, komm her!«

»Ja, Chef, danke, Chef.«

»Sag uns deinen Namen.«

»Marcia, ja, Chef.«

»Marcia wie?«

»Marcia Nanpétrin, ja, Chef.«

»Wo wohnst du?«

»Bei Madame Magistral, ja, Chef. Seit ich zehn bin.«

»Und wie alt bist du jetzt?«

»Zwanzig, Chef.«

»Hast du Eltern?«

»Ja, Chef, in den Bergen, weit weg. In Café-Campé.«

»Du hast als Erste gehört, wie die Flasche explodiert ist. Erzähl uns, was da war.«

»Also, Kommandant: Ich komm aus dem Haus von Madame Magistral, da seh ich die Tür der Baracke aufgehn, die seit acht Tagen zu war. Und der Mulatte kommt raus, mit erhobener Hand und geschlossenen Augen. Er ist wie ein Blinder gelaufen, so wacklig, und dann hat er die Flasche unter den Balkon geworfen. Das Feuer hat sich auf dem Boden ausgebreitet, und der Mulatte hat sich auf die Erde geschmissen und geschrien, und dann sind der Neger und der Weiße auch aus der Baracke gekommen, und der Weiße hat die Flammen ausgetrampelt, sich auf den Mulatten gestürzt und ihm was ins Ohr geflüstert.«

»Ist das alles?«

»Das ist alles, ja, Chef. Ich schwöre es beim Haupt meiner Mutter.«

»Gut, stell dich an die Wand und warte.«

»Ja, Chef, danke, Chef.«

»Jetzt kommst du dran. Name, Vorname, Adresse und Beruf.«

»Cécile Magistral, geboren und wohnhaft in dieser Stadt, Lehrerin an der Nonnenschule.«

»Was weißt du von dieser Verschwörung gegen die Sicherheit des Staates?«

»Ich weiß nichts darüber.«

»Sprich oder du wirst es bereuen.«

»Ich habe nichts zu sagen.«

Zwei Männer kamen von dem Podest herunter, auf dem der Tisch stand, und stellten sich vor Cécile.

»Sprich«, sagte einer der beiden.

»Ich schwöre Ihnen, dass ich nichts weiß.«

»Willst du Prügel? Ja?«

Einer der beiden riss ihr die Bluse vom Leib und griff nach den Ledergurten auf dem Tisch.

»Sie weiß nichts«, brüllte Simon, »sie weiß nichts!«

»Sprich, Cécile«, flehte ich, »sag, was du weißt.«

»Ich weiß nichts«, sagte Cécile.

»Na gut. Ich werde deine Zunge schon lösen. Wart's nur ab.«

Er drückte sie auf die Knie und schlug sie. Die Riemen hinterließen lange rote Striemen auf ihrer Haut.

»Nein! Nein!«, brüllte ich unwillkürlich.

»Er soll mich ruhig töten«, rief mir Cécile zu.

»Nein! Nein!«

»Mit diesen Erinnerungen kann ich nicht mehr leben. Er soll mich töten!«

Zwei Männer von der Patrouille mussten mich festhalten. Ich war wie ein Löwe auf sie losgegangen. Sie drehten mir die Arme um, und ich fiel auf die Knie.

»Cécile, denk an deine Mutter«, flehte ich noch, »sag, was du weißt.«

»Ich will nicht mehr leben, ich will nicht mehr leben«, schluchzte sie.

»Schweinebande«, fluchte Simon.

Er stürzte sich auf einen der Männer und schlug ihm mit seinen gefesselten Händen auf den Kopf.

»Legt ihn um!«, befahl der Mann von der Patrouille, der mit dem Kommandanten am Tisch sitzen geblieben war.

»Ich bin Franzose und ich berufe mich auf mein Vaterland«, protestierte Simon.

»Scheiß auf dein Vaterland«, antwortete einer der Männer. »Du hast einen Vertreter der Staatsgewalt geschlagen.«

»Meine Botschaft wird informiert. Ihr werdet für meinen Tod zur Verantwortung gezogen.«

»Du hast dich an der Verschwörung gegen die Sicherheit des Staates beteiligt.«

»Du lügst. Es gab niemals eine Verschwörung.«

»Und diese Flaschen? Woher kommen die?«

»Sie machen nicht mehr Lärm als Knallfrösche, sie sind mit Clairin und schmutziger Baumwolle gefüllt. Ich verlange, dass man mich nach Port-au-Prince bringt und ich mit meinem Anwalt Kontakt aufnehmen kann.«

»Ha«, lachte ein Mann von der Patrouille böse, »er glaubt wohl, wir haben Zeit zu verlieren. Wie viele Tage warst du mit den Verschwörern in der Baracke eingeschlossen?«

»Ich wiederhole, dass es nie eine Verschwörung gegeben hat«, brüllte Simon.

»Lasst ihn«, sagte der Kommandant, den ein unbequemer Gedanke zu quälen schien. »Kümmern wir uns zuerst um die beiden da.«

»Kommt her«, sagte einer der Männer. »Seht ihr diese Spielsachen? Sie sind so zärtlich wie Frauenhände.«

Er riss uns die Hemden vom Leib und stieß ein entsetzliches, dämonisches Lachen aus. »Seht sie euch an, spindeldürr. Ihr übersteht die Folter keine Stunde lang! Kommandant Cravache, geben Sie mir die Stahlgurte.«

»Ich allein bin schuld!«, rief ich. »Ich habe die Waffen allein hergestellt, während die beiden schliefen.«

»Wen wolltest du in Brand stecken?«

»Die Teufel«, antwortete ich.

»Welche Teufel?«

»Die die Stadt überfallen haben.«

»Er ist verrückt«, schrie Simon dazwischen, »merkt ihr das nicht?«

»Ich frage mich, wer von euch beiden besser den Verrückten spielt«, antwortete der Kommandant. Er kam vom Podest herunter, griff nach einer Art Zange und hielt sie mir vor die Augen.

»Ich reiße dir das Fleisch heraus, ich zieh dir die Haut ab wie einem Schwein, aber du wirst reden.«

»Ich allein bin schuld«, wiederholte ich.

»Auf wen hattest du es abgesehen?«

»Auf die Teufel.«

Der Kommandant schlug mir mit der Zange ins Gesicht und das Blut rann über meine Wange.

»Knüppelschläge hast du schon bekommen, stimmt's? Sie sind anstrengend für den, der sie dir verpasst, aber das hier« – er hielt mir die Zange vor die Nase –, »das ist ein Spiel, das stundenlang dauern kann. Es ist ausschließlich für kleine Verschwörer wie dich bestimmt. Bindet ihn auf einen Stuhl!«

Zwei Männer packten mich und fesselten mich. Der Kommandant reichte die Zange lächelnd dem Mann von der Patrouille, der mit ihm am Tisch sitzen geblieben war, und sagte: »Na los, Sataneau, du hast die Ehre.«

Der Mann nahm die Zange und kam auf mich zu. Er war sehr klein, mit länglichem Kopf und Schlitzaugen unter dichten Wimpern. Er lächelte, und seine Lippen entblößten spitze, strahlend weiße Zähne. Das Gesicht, das der Mann über mich beugte, verschwamm plötzlich, zerschmolz von einem Augenblick zum andern und verwandelte sich in eine blendende Metallplatte.

Ich senkte mit verzerrtem Mund und geschlossenen Augen den Kopf und schrie: »Die Teufel! Sie sind da. Die Teufel!«

Ich warf den Stuhl um und fiel vor ihre Füße, brüllte und wand mich trotz der Fesseln.

»Was ist das für eine verdammte Geschichte mit den Teufeln?«, fragte der Kommandant besorgt.

»Er sieht ständig welche«, antwortete Simon. »Angeblich verstecken sie sich irgendwo in der Stadt.«

Der Mann stand mit der Zange in der Hand da und sah zu, wie ich mich zu seinen Füßen wand.

»Irgendwas ist nicht normal bei dieser Angelegenheit«, sagte er. »Erledigen wir sie, um der Sache ein Ende zu machen.«

»Die Teufel öffnen das Höllentor
Tausende kommen schon hervor
Schwarz, rot, glänzend vor Gold und Waffen
Um den Tod zu säen und das Elend zu schaffen …«

begann André zu rezitieren. Seine Stimme schien aus einer anderen Welt zu kommen. Ich wand mich, hatte Schaum vor dem Mund, und hörte doch, was gesagt wurde.

»Was erzählt der Idiot da?«, fragte der Kommandant.

»Er redet auch von Teufeln«, antwortete ein Mann von der Patrouille sichtbar fassungslos.

»René hat sie uns beschrieben«, verkündete Simon feierlich. »Er hat sie an jedem Tag gesehen, den Gott Tag werden ließ.«

»Ich habe sie auch gesehen«, brachte André mit seiner sanften Stimme hervor.

»Du, Idiot, behauptest auch, sie gesehen zu haben?«

»Ich habe sie gesehen.«

»Wann?«

»Jeden Abend, seit acht Tagen.«

»Und auf wen haben sie es abgesehen?«, fragte der Mann mit der Zange.

»Ich habe keine Ahnung.«

»Auf wen haben sie es abgesehen?«, kläffte der Mann mit der Zange und beugte sich über mich.

»Macht mich los! Macht mich los!«, flehte ich. »Sie kommen zurück.«

»Macht ihn los«, befahl der Mann mit der Zange, »und holt Doktor Prémature!«

»Gut, Chef«, antwortete der Adjutant und rannte zur Tür.

»Er spielt den Verrückten«, sagte der Kommandant mit fiebriger Nervosität, »aber ich habe gelernt, sogar den echten Verrückten zu misstrauen. Gib zu, dass du uns was vorspielst. Gib zu, dass du nicht verrückt bist«, kreischte er und schlug mir mit der Faust auf den Kopf.

»Ich bin nicht verrückt«, sagte ich. »Ich habe die Teufel gesehen. Und sie werden zurückkommen. Sie sind bewaffnet. Sie haben kein Gesicht und tragen rote Stiefel. Schwarz und rot, mit goldenen Helmen, so sind sie. Ich sage es euch: Wenn die Teufel zurückkehren, wird keiner von uns davonkommen.«

»Er scheint es ehrlich zu meinen«, stammelte ein Mann von der Patrouille.

»Und er sieht überhaupt nicht verrückt aus«, antwortete der Kommandant. »Er hat es sogar zugegeben.«

»Ich habe sie gesehen«, sagte ich langsam, »schwarz und rot, mit goldenen Helmen. Sie bewegen sich geräuschlos, nur in der Mitternachtsstille vernimmt man das Hämmern ihrer Stiefel und den Klang ihrer Stimmen. Sie pfeifen wie Kugeln, ihre Stimmen. Sie töten auch, und das vergossene Blut verschwindet, wenn die

Sonne aufgeht. Spitzt um Mitternacht die Ohren, wenn ihr keine Angst habt.«

»Wurden in den letzten acht Tagen Leichen auf der Straße gefunden?«, fragte der Mann mit der Zange, der allmählich unruhig wurde.

»Hundekadaver«, antwortete der Kommandant, »und drei Kinder am Stadtrand.«

Doktor Prémature kam mit dem Adjutanten herein, der am ganzen Leib zitterte.

»Kommandant«, sagte der Adjutant und rang die Hände, »die Frauen in der Rue des Saints, Germaine an der Spitze, bringen den Pöbel mit ihren Geschichten in Aufruhr.«

»Was für Geschichten?«, fragte der Mann mit der Zange.

»Zwei Händlerinnen wurden tot auf dem Weg gefunden, der nach Café-Campé führt, und die Leute erzählen, dass sie große rot-schwarze Gestalten im Wald rennen sahen.«

»Barmherzige Jungfrau!«, jammerte Marcia. »Sie sind auf dem Weg zu mir nach Hause.«

»Sie sind da!«, versetzte ich unbeirrt. »Ich sehe sie!«

Ich stand auf und ging mit starrem Blick und verkrampften Armen langsam zur Tür. Der Arzt beobachtete mich schweigend, die Hände in den Taschen seines Kittels.

Er drehte sich zum Kommandanten und sagte leise: »Kommandant Cravache, diese Männer sind nicht ganz bei sich. Wenn Sie sie foltern, wäre das reine Kraftverschwendung.«

»Sind Sie sicher, dass sie verrückt sind?«, flüsterte der Kommandant. »In dieser elenden Provinz ist angeblich jeder verrückt. Übernehmen Sie die Verantwortung für Ihre Diagnose?«

»Sehen Sie nur!«, sagte der Arzt.

André war auf Simons Rücken geklettert. Dieser

tänzelte mit einem seligen Lächeln und winkte dem Mann mit der Zange vertraulich zu. An der Tür überwachte ich mit der Hand an der Stirn die Umgebung.

Offenbar war der Glanz meines starren, verstörten Blickes unerträglich, denn der Kommandant kam zu mir gelaufen und suchte mit den Augen den Horizont ab. Dann riss er André brutal von Simons Rücken. Er hob die Hand, berührte die Narbe an seinem Kopf und fragte: »Woher hast du die?«

»Ich bin hingefallen«, antwortete André, »als ich klein war, einfach so.«

Der Kommandant starrte Doktor Prémature wütend an, beugte sich zu ihm und flüsterte:

»Doktor Prémature, in diesem Monat sind drei Mädchen an den Folgen von Abtreibungen gestorben. Ich habe die Anzeigen ihrer Eltern aufgenommen, die Sie der Vergewaltigung und des Mordes anklagen. Entweder sind diese Männer gesund oder ich bringe die Sache vor den Richter …«

»Habe ich jemals gesagt, sie wären verrückt!«, protestierte der Arzt erbleichend. »Ich habe nur eine vorläufige Diagnose gestellt. Für eine endgültige Entscheidung muss ich die Männer sorgfältig untersuchen.«

»Ich empfehle Ihnen, die Sache nicht noch komplizierter zu machen, mein lieber Prémature, oder ich sehe mich obendrein genötigt, Ihnen Ihre Waffe abzunehmen.«

»Sie sind nicht verrückt«, rief der Arzt. »Gerade ist mir ein durchtriebenes Blitzen in seinem Blick aufgefallen, ich bin sicher, dass sie nicht verrückt sind.«

Sein ausgestreckter Finger wies auf mich.

»Sie vergeuden meine Zeit, Kommandant Cravache, und das mag ich nicht besonders«, fauchte plötzlich der Mann mit der Zange. »Sie schreiben nach Port-au-Prince und verlangen Verstärkung, weil es angeblich eine Verschwörung gibt. Dann entdecken Sie die Verschwörer und übergeben uns drei Bekloppte und zwei Heulsusen.«

»Der Kommandant ist noch neu hier«, mischte sich Marcia unglücklicherweise ein, »ich habe ihm ja gesagt, dass sie verrückt sind, aber er wollte mir nicht glauben. Alle hier im Ort wissen, dass sie verrückt sind. Sogar die Kinder.«

»Sei still!«, befahl ihr der Kommandant wütend.

»Ja, Chef, ich bin still, ja, danke, Chef.«

Der Kommandant hatte Doktor Prémature nicht aus den Augen gelassen. Er sah ihn eindringlich an und fragte:

»Doktor Prémature, haben Sie die Gefangenen hinreichend beobachtet, um zu einer Diagnose zu gelangen?«

»Ja«, antwortete der Arzt.

»Sind sie verrückt?«

»Nein«, antwortete der Arzt.

»Dann können wir sie als abschreckendes Beispiel erschießen lassen«, folgerte der Mann mit der Zange. Ich bin beauftragt, über das Schicksal der Gefangenen zu entscheiden und erkläre diese Männer zu Vaterlandsverrätern. Sie werden unverzüglich erschossen. Gefreiter, fessle ihnen die Hände!«

»Nein!«, rief Cécile.

»Und ihr Frauen seht zu, dass ihr verschwindet«, ergänzte der Mann mit der Zange.

»Kommandant«, sagte Marcia, »ich will Sie wirklich nicht belästigen und Sie auch nicht, Chef, aber gestern Abend sind Männer in unsere Zelle gekommen und haben uns vergewaltigt.«

»Vergiss alles, was du im Gefängnis gesehen, gehört oder erlebt hast, wenn du nicht willst, dass ich dir die Zunge rausreiße«, antwortete der Kommandant ungerührt.

»Ja, Kommandant, danke, Kommandant.«

»Ich will sterben, ich will sterben«, schluchzte Cécile.

Sie zog sich langsam an und sah mir weinend in die Augen. Ich lächelte ihr so ruhig und so heiter zu, dass sie mich für verrückt hielt. André schien zu schlafen.

Simon warf einen hasserfüllten Blick auf den Arzt, spuckte vor ihm aus und schrie ihn an: »Macht endlich Schluss! Meine Herren! Macht endlich Schluss.«

›Habe ich Hunger?‹, fragte ich mich gerade. ›Habe ich Durst?‹ Nichts schien mehr wichtig zu sein. Nicht mal die Liebe. Nicht mal der Tod. Sie stießen uns nach draußen und wir torkelten bis zum Exekutionsplatz.

»O Christus!«, rief ich. »Da sie uns an die Pfähle binden werden, wie sie dich ans Kreuz geschlagen haben, und da sie unsere Körper mit Wunden übersäen werden, mach, dass unser Tod zu etwas gut ist, und sieh zu, dass unsere Namen nicht vergessen werden.«

Und da öffnete sich langsam der Himmel, und ich sah Engel mit glänzenden Flügeln herabkommen, die uns in die Arme nahmen und singend davontrugen.

Für die Wahrheit, für die Nachwelt

Liebe Wut Wahnsinn, das Hauptwerk Marie Vieux-Chauvets, entstand in Haiti und nicht im Exil. Als die Trilogie 1968 bei Gallimard erschien, entfachte sie den Zorn des Despoten François Duvalier, der über die Insel herrschte. Da bereits drei Angehörige willkürlich erschossen worden waren, fürchtete die Familie der Autorin weitere Repressalien.

Pierre Chauvet, der Ehemann der Autorin, befand sich zu dieser Zeit in Frankreich und wurde von einem haitianischen Diplomaten vor dieser neuen Bedrohung gewarnt. Sofort kehrte er nach Port-au-Prince zurück, kaufte die bereits ausgelieferten Exemplare des Buches auf und vernichtete sie. Marie Vieux-Chauvet überzeugte daraufhin ihren Verleger in Paris, die Verbreitung des Werkes zu stoppen.

Einige Jahre später kauften ihre Kinder den gesamten Lagerbestand auf und vertrieben die Bücher in aller Stille. Bis die Bestände im Jahr 2000 erschöpft waren, wurde das Buch an interessierte Einzelpersonen abgegeben und war allein in zwei Buchhandlungen in New York und Haiti erhältlich.

Diese Erklärungen scheinen uns notwendig als Antwort für all jene, die sich sensationelle Enthüllungen erhoffen. Die Familie der Autorin hat sich dieser Texte niemals geschämt. Auch war Marie Vieux-Chauvet weder eine Märtyrerin noch eine enttäuschte Frau, sie bezeichnete sich schlicht als „Element der Natur". Was sie in Haiti erlebte, verstärkte vielmehr ihren Kampfgeist, ihre Lebensfreude, ihre Großzügigkeit und jenen Optimismus, der ihr half, die Rücknahme ihres schönsten Werkes zu verwinden.

Marie Vieux-Chauvet kann berühren, vielleicht schockieren, aber Mitleid erwecken? Niemals! Sie war weder eine Heilige noch eine Märtyrerin, sie war einfach eine Frau, die sich gegen Zynismus, Feigheit und Ungerechtigkeit auflehnte.

Marilyse Charlier
Régine Charlier
Pierre Chauvet